O VIGARISTA

INDALUS DE BOA VISTA

Para Carolina Velásquez

Sumário

*** *** ***

***

*

Capítulo 1[1]

Montevideo, abril de 2011

Da sua janela, Carolina Velásquez, uma advogada que é também funcionária pública na área de segurança, olha as ondas que se lançam rumorosas sobre a areia branca da praia vazia.

O ciclone extratropical, anunciado, empurra para a costa um vento gelado, desde a tarde anterior, com uma força cada vez maior, o que faz parecer que não termina nunca. A força das ondas do rio[2], a que chamam mar, faz a água estalar com violência no muro de contenção a intervalos cada vez mais curtos.

A cada retorno, as ondas quebram na amurada como uma lâmina de vidro e lançam seus estilhaços sobre a *rambla*. O vento sopra furioso. Traz em seu carro uma chuva grossa em lufadas que, a intervalos, martela a vidraça como fosse um balde de água atirado violentamente contra a janela. Vibra em assobios agudos nos *brise-soleils*, e, lá embaixo, atormenta as folhas das palmeiras, que vergam impotentes ora em uma direção, ora em outra.

Carolina não dormira bem.

O relógio preso na parede da cozinha marca as horas ao contrário; mas seus tique-taques são normais quanto quaisquer outros. Se quisesse, Carolina poderia tê-los contado todos, pois que em momento algum da noite passada ela conseguiu pregar os olhos. A cadência irritante do dispositivo martelou seus tímpanos como um martelete pneumático ao mesmo tempo que o uivo do vento lá fora rebatia na janela e as ondas bravias bombardeavam a proteção de cimento que faz a contenção do areal.

Por um momento o vento muda a direção do seu sopro. É quando

---

[1]Iniciado dia 28.07.2016 – 11:45
[2]Río de la Plata

Carolina abre uma brecha entre as lâminas da janela para ver melhor o tempo lá fora. Tudo está opaco. Como se um cúmulo gigante baixara da sua altura para, cá embaixo, cerrar todos os ângulos e esconder todas as figuras. Um cortinado cinzento é o que se abre no tempo.

Carolina põe o rosto para fora e olha a *rambla* nas duas direções. Com dificuldade vê as luzes dos poucos carros que passam emergirem hesitantes por trás da bruma. O vento faz o seu giro, entra ab-rupto pela janela meio aberta, arrasta as cortinas e leva junto uma golfada de água. Um porta-retratos voa da mesa e espatifa contra a parede. A moça fecha a janela; as cortinas retomam sua inércia.

Carolina Velásquez observa os respingos de chuva no piso espelhado do seu apartamento. Em seguida, volta os olhos tristes para a vidraça embaciada. Com dificuldade consegue ver uma figura, que parece vestida com traje esportivo, a correr pela calçada, mas não consegue distinguir se é um homem ou uma mulher. "¡*Qué necesidad!*"– ela pensa.

Transformado em uma esponja, então confundido com a opacidade do tempo, o horizonte correu sobre o *mar* e chegou à *rambla* como quisesse sufocar as edificações. Não existe linha do horizonte. O que existe é apenas um algodoado, cujas partículas se movem furiosas impulsionadas pelos empurrões do vento.

Carolina corre as cortinas, sai da janela e vai para o sofá. Ajusta uma almofada e aí se recosta. Abre um livro. Carolina Velásquez aprecia os livros desde antes de aprender a ler. Ela destampa uma minigarrafa de champanha e a entorna pela metade em uma taça.

Na sua infância, como qualquer criança, ela brincava. Para tanto, usava o que podia, já que as condições da família não lhe permitiam exagero de brinquedos; nem ela gostava. Quando se dispunha a essas *vanidades* – como ela mais tarde, as classificou – qualquer coisa servia como brinquedo. Um caco de telha ou de louça, um pedaço de espelho, um azulejo quebrado: tudo lhe servia. No entanto, ela tinha preferência pelas bonecas de pano, mimos que ela mesma se fazia. Qualquer retalho imprestável para a costura que sua mãe fazia, tornava em matéria-prima para o seu engenho. Fazia bonecas morenas, negras, louras.

Identificava cada qual com o colorido de pele adequado. Para os cabelos usava linhas de diferentes cores e pequenos chumaços de estopa. Esmerava nos detalhes faciais que ela mesma bordava, de acordo com a origem que pretendia para cada indivíduo. Era ela quem, com agulha, linha e cola, confeccionava as vestimentas, os uniformes, as fantasias e adereços para todas as suas criações, personagens que ela própria inventava.

Depois de crescida, ela compreendeu que o cuidado com que unia cada peça e o capricho empregado em cada pesponto ajudaram-na a lidar bem com os entraves da vida adulta, e a sair-se bem em qualquer empreitada.

Mas gostava mesmo era de livros. Antes de ser alfabetizada já os folheava. Olhava as ilustrações e as interpretava, no começo, influenciada pela mãe; depois, por contra própria. Repassava cuidadosamente as folhas dos livros e dos compêndios como se deveras as estivesse lendo. Sua mãe foi quem lhe ensinou o zelo e o respeito para com eles e foi quem leu para ela as primeiras estórias e lhe incutiu o interesse por tudo o que se referisse a livros, a escrita e a leitura.

O livro nas mãos, aberto. Mas, desta vez, Carolina não passava as folhas, não lia. Apática, olhava as letras na página, mas era como se visse uma escrita em um idioma que ela desconhecia.

Em toda a costa as embarcações balançavam freneticamente nas águas revoltosas. Na baía a água represada se avoluma. Quem está nas imediações do porto ouve com facilidade as pancadas das ondas contra os cascos dos cargueiros ancorados.

Carolina Velásquez passa por uma madorna, o livro sobre o peito.

O telefone fixo toca estridente; Carolina desperta assustada. Levanta-se para atender.

– ¡Hola!

É Stella, uma companheira da repartição.

– ¿Qué pasó? – Stella pergunta.

– ¿Por?

– Te estoy llamando hace rato al celular… no me imaginé lo que pasaba; finalmente intenté a tu casa…

– *No tenía el celular... estaba dormida...*

Carolina mantém o aparelho sempre no modo silencioso. Ele está sobre a mesa. Ela espicha a mão e o agarra. Vê que há várias ligações perdidas.

– *¿Entonces?* – ela pergunta.

– *Recibí una llamada de un tipo que te busca...*

– *¿Quién?*

– *Un tal Grimaldi, Enzo Grimaldi. Yo le dije a él que te pasaba el recado para que vos lo llamaras.*

Carolina Velásquez não conhece o sujeito.

A outra explicou os motivos que a levaram a ligar para a colega, sendo o principal deles, o fato de preservar-lhe a privacidade. Passou-lhe o número.

– *Hiciste bien... ya lo llamo. Gracias.*

Em seguida se despedem.

Carolina não tem pressa para retornar a ligação. Espera até que o tempo melhore, pelo menos, um pouco. Mas ele não melhora. Assim mesmo ela desce para buscar uma cabine pública, coisa difícil de encontrar. Mas ela sabe que existe uma a algumas quadras dali. Não pretende expor seu telefone celular, muito menos o fixo, a nenhum desconhecido.

A advogada sai e percebe que lá fora o tempo estava bem pior do que parecia. Logo ela se dá conta da imprudência que cometera, mas agora, já estava feito. Com dificuldade consegue chegar à cabine. Então, liga para o homem, ouve rapidamente o motivo que o levara a buscá-la. Ela não deixou que ele falasse muito. Disse-lhe que não ia tratar de trabalho por telefone. Marca para se encontrarem em um determinado restaurante, em *Tres Cruces*, no dia seguinte, quando as condições do tempo poderiam estar melhores.

Carolina chega ao ponto de encontro antes da hora marcada, como para mapear o ambiente, apesar de conhecê-lo de sobejo. Ela não conhece Enzo Grimaldi, não sabe como ele se parece, nem se informou quando falou com ele pelo telefone. Preferiu não dar muita confiança ao sujeito, portanto, vai para o encontro quase às cegas. Tem a impressão de tê-lo ouvido mencionar a cor da camisa que usaria, mas, por não lhe ter dado a devida atenção, não lembra a cor. Ela tem, às vezes, uma conduta que não se espera de um profissional, principalmente, um da sua categoria. Mas até hoje ela não teve problemas com isto. Dadas as circunstâncias, era suficiente saber o lugar e a hora em que se daria a reunião. Isto ela sabia.

O *shopping* está tranquilo a esta hora da manhã.

Carolina passeia tranquilamente pelo corredor e passa pelo restaurante do encontro para conferir como estão as coisas por lá. Ainda é cedo. Poucas pessoas estão no local. A maioria dos frequentadores é formada por jovens. Em seguida, ela continua passeando muito atenta. Dirige-se a uma máquina de água quente, mete-lhe uma ficha e enche a sua garrafa. Pela escada rolante ela vai ao primeiro piso. No seu passeio pelo corredor detém-se diante de uma *Agencia de Quiniela* e fica a olhar com interesse os quadros de resultados. Apesar de não ser uma jogadora, ela tem um motivo muito especial para olhar os cartéis com tanto interesse. É que, em um passado recente, *"de la nada"*, ela resolveu fazer um jogo em um concurso que estava acumulado. Ganhou o prêmio gordo de USD 450.000. Usou parte do dinheiro para comprar um apartamento de dois dormitórios na Rambla República del Perú, onde vive, e nunca mais jogou.

Após namorar os números por um curto espaço de tempo, Carolina consulta o relógio. Está quase na hora marcada, mas ela ainda tem tempo suficiente para sentar-se a uma mesa da praça de alimentação e pedir um suco de laranja amarelo como gema de ovo. Olha as pessoas que passam e se diverte com o que vê. Enquanto umas são sérias e alinhadas, outras são irreverentes e mesmo desleixadas.

Carolina toma o suco, tranquilamente. Em seguida, volta para o piso inferior onde está o *La Mostaza*. Passa o tempo lendo manchetes, olhando capas de revistas e observando as pessoas. Senta-se na borda de uma pequena amurada de flores.

Já passa da hora; o homem está bastante atrasado.

Carolina tem apenas um nome. É através dele que ela se aventurou a criar a imagem do indivíduo a quem ele pertence. Ela observa o corredor, as pessoas que entram e saem das lojas, que se esbarram quando se desvencilham das ilhas expositoras. Vê passageiros atrasados a correr para tomar os ônibus. Um sujeito chega correndo ao guiché de passagens, uma mochila surrada às costas.

De onde está Carolina ouve a pergunta do passageiro.

– *Perdón... ¿Qué pasó con el ómnibus de las nueve y treinta para Colonia?*

– *¿Nueve y treinta?* – a moça detrás do vidro indaga; na voz um tom de deboche.

– *Sí...*

– *Lo siento, Señor... si anduvo bien, ya debe de estar por Plaza Cuba.*

O sujeito perdeu o ônibus; desolado, coça o queixo e sai cabisbaixo. Carolina lastima a decepção do indivíduo porque, uma vez, ela mesma experimentou esse desapontamento. Sem tirar os olhos do guiché ela percebe que a atendente meneia a cabeça com reprovação enquanto o sujeito se afasta.

Carolina ouve a música ruim tocada em uma loja de discos. De repente, vê um homem branco, maduro aproximar-se e entrar em uma casa de câmbio. Em uma das mãos ele carrega uma valise; na outra, um bastão em que se apoia, mais por charme, já que não se lhe percebe nenhuma debilidade ao caminhar. Um tipo curioso. Carolina não sabe quem é.

Algum tempo depois ele sai e vai em direção do *La Mostaza,* como muita gente. Carolina o segue com os olhos e vê-lo parar na porta do restaurante. A moça intui que é o sujeito com quem deve encontrar-se. Então ele desaparece. A advogada já não pode vê-lo.

Instantes depois ela se levanta e caminha na direção da casa de pasto. Para na porta e percebe o homem, que entrara no estabelecimento, refestelado em uma cadeira junto à parede, voltado para a saída. Ela observa o ambiente com desinteresse. Em seguida entra e se detém diante do homem. Olha-o por alguns instantes como se o estivesse analisando. Ele também olha para ela, mas não sabe o porquê.

– *¿Señor Grimaldi?*

O homem já a acompanhava com os olhos. Ele olha para ela em silêncio, os olhos azuis se desmanchando num brilho que a Carolina não agradou. Um silêncio breve, que pareceu infinito.

– *¿Qué pretende ese hombre?* – Carolina pensa – *No me gusta para nada.*

Ela rememora o dia anterior e consegue ouvir as palavras apressadas com que ele se dirigira a ela. Ele lhe parecera muito ansioso. Agora, diante dele, confirma essa ansiedade.

Carolina não fazia ideia de como esse sujeito a elegera. Só sabia que ele era um brasileiro abastado, que pretendia fazer investimentos na cidade. Pelo menos, isto foi o que Stella lhe dissera.

Será que Stella tinha alguma coisa a ver com esse homem?

Carolina sabe que sua companheira de repartição gosta de desfrutar a vida e a vive um dia de cada vez. Viver o presente é o seu lema. Ela não gosta de lembrar coisas passadas por mais viçosas tenham sido. Diz que faz mal. O dia presente pode não ser tão bom quanto o dia passado, cuja recordação pode tornar o presente ainda mais frustrante.

Stella não gosta de fazer planos, não gosta de pensar no futuro. Garante que nem sabe se estará viva no dia seguinte. Envolvimentos sérios não estão nos seus planos; sempre foge deles. Diz que não precisa de homem para viver. Stella os quer por perto para a uma boa transa quando ela tiver vontade. E vontade não lhe falta; nunca lhe faltou.

Assim é que ela vive cada dia. Uma forma singular de viver; um formato de vida irresponsável para uma moça inteligente, de boa formação e sem vícios. Às vezes, Carolina não entende a amiga, em tudo, diferente dela, salvo pela correção. Ocorre que é por causa dela que Carolina está no *shopping* para falar, tratar de negócios com um desconhecido.

– *Yo mismo* – o homem responde com insolência –. *No estás un poco retrasada?*

Carolina olha fixamente para o homem.

– *¿Le parece?*

– *Claro. Te espero hace tiempo.*

Carolina franze o cenho e olha o sujeito com olhos enigmáticos. *"¿Qué quiere ese tipo?"* – ela pensa.

Carolina sabe que Enzo Grimaldi mente.

– *¿Sabés quién soy?* – ele pergunta, presumido.

– *No lo sé; sino presumo* – Carolina responde, e continua, sem sentar-se –. *Lo presumo, pero no nos conocemos. Y, también, por esta razón no le permito a usted que me tutee.*

– *También por esta razón... vos decís ¿existe otra?* – Enzo Grimaldi pergunta sem se abater.

– *La principal, Señor, el respeto.*

Agora, Enzo Grimaldi acusa o golpe.

– *Discúlpame...*

– *¿A qué viene, señor Grimaldi?* – A moça pergunta. Antes que o outro responda, ela continua – *Y le aseguro a usted que no estoy retrasada. Llegué mucho antes de que usted. Le observo desde cuando surgió allí* – ela aponta para o lado de onde ele viera – *y entró en la casa de cambio.*

Grimaldi olha desconcertado para a moça. Mecanicamente ele acaricia as bordas do seu celular e o deixa no centro da mesa.

– *Luego usted salió del cambio; tenía un paquete que se lo puso adentro del maletín, y vino a este lugar. Esperé un rato y acá estoy. ¿Usted qué quiere?*

– *Siéntese, por favor* – Enzo Grimaldi diz num sussurro, como para absorver a chamada pela qual acabava de passar.

Seu telefone toca. Tão aéreo ele estava por conta das palavras da advogada, que se assusta. Então, puxa o aparelho para o seu lado e consulta a tela. Faz um sinal para Carolina como se desculpando pela intromissão da chamada, e atende.

Carolina senta-se, indiferente. Não que ela seja uma pessoa distraída, mas por que sente que precisa atuar assim diante desse homem de ares atrevidos. Não deve mostrar apenas a indiferença comercial; deve impor um desinteresse calculado, medido para maior, uma tática para colocar o sujeito no seu lugar. Carolina Velásquez conhece muito bem esse tipo de homem. Convive com ele quase todos os dias da sua vida. Um tipo que ao ver uma mulher interessante já pensa que pode abordá-la.

*** *** ***

Carolina Velásquez é uma mulher bonita, no alto dos seus trinta e poucos anos. Seus cabelos fartos e castanhos contrastam com os grandes olhos esverdeados. A boca é grande; os lábios, naturalmente voluptuosos e úmidos. O corpo leve e bem moldado faz dela uma figura muito agradável aos olhos e, sobretudo, desejável por qualquer homem. Tem uma cútis suave e cremosa que não lhe exige muitos cuidados, motivo de inveja sadia ou não, de muitas das mulheres que a conhecem. Suas colegas de trabalho não cansam de elogiar sua pele e de se declararem invejosas dela. Nesse caso, Stella era a mais atirada.

– ¡Ah si yo tuviera la piel suave como la tuya! – Carolina sempre ouvia Stella dizer.

– ¿Qué harías?

– Por cierto, nada. Precisamente tendría menos trabajo con ella...

Ambas se riam e a vida seguia.

De altura mediana, Carolina não dispensa um salto que, involuntariamente, ela bate forte no chão quando pisa. É uma mulher sedutora. No entanto, sua sedução não é artificial ou provocada, mas tão natural que ela nem se dá conta disto. Ela é sensual, mas não sabe que é. Talvez finja não saber.

Coisa de mulher esperta. Ninguém tem nada a ventilar contra ela, até porque ela não dá margem a especulações. Não é mulher de rodeios; é sempre direta. Ninguém sabe nada sobre sua vida privada. Mais que tudo isto, Carolina é absolutamente séria e comprometida com as obrigações que assume, salvo por um pequeno deslize, um pequeno defeito. Gosta de rezar. Por um tema religioso é mesmo capaz de esquecer a vida e magoar quem a quer bem.

No que se refere aos amores Carolina se revela unilateral e opressiva. Ela não consegue ouvir. Não admite ser contraditada por mais duvidosa seja uma decisão sua sobre um tema que envolva "o casal". De fato, ela não está preparada para ouvir uma negativa, seja qual for, não importando o contexto. Para ela basta a sua opinião. Ela não se importa se tomar na cara em seguida. Afinal, ela faz de conta que o caso não é com ela e segue com a mesma errônea determinação. Se bem, ela é capaz de magoar alguém mesmo em outros sentidos. Neste caso, é irresponsável. Talvez seja esta a razão pela qual, apesar de já ter tentado

15

mais de uma vez, ainda não conseguiu firmar-se com alguém.

*** *** ***

Enzo Grimaldi se ajeita na cadeira, protege a valise no lado da mesa rente à parede e começa a falar. O telefone volta a tocar. Ele atende outra vez. Quando termina de falar, desliga o aparelho.

– *Perdón por el teléfono. Ya no nos va a incomodar de nuevo* – ele se desculpa –. *Como se percibe, soy brasileño; de São Paulo. Vivo actualmente en Punta del Este y tengo pretensión de invertir en el Uruguay* – ele faz uma pausa, como se esperasse uma intervenção. Carolina não intervém.

O garçom se aproxima. Enzo Grimaldi pede um café.

– *¿Usted?*– o garçom se dirige a Carolina. Se o momento fosse oportuno, ela pediria um Chandon Imperial.

– *Un pomelo, por favor.*

Carolina percebe que seu acompanhante faz uma cara de nojo quando ela pede a bebida.

Para quem está acostumado ao guaraná genuíno, pomelo é algo terrível. Sua aparência é a da água suja. É um refrigerante muito apreciado no Uruguai e também no sul do Brasil, mas está mais para limonada purgativa. De qualquer forma, os orientais o apreciam tanto quanto apreciamos o nosso guaraná.

– *Represento al gobierno brasileño, hablo a nombre del* ministro da fazenda... – Grimaldi faz uma pausa, como para sondar o ânimo de Carolina, que ouve atentamente, mas não manifesta qualquer entusiasmo pela narrativa do sujeito. Ela não move uma pestana. Ele prossegue:

– *Actualmente, estoy en Punta del Este con mi hijo y su novia, con quien está para casarse.*

Ele fala de problemas pessoais que a Carolina não interessam, absolutamente. Diz que o filho tem um problema sério na coluna e pergunta por um hospital onde ele possa tratar-se, além de perguntar o que deve fazer para interná-lo.

Enzo Grimaldi quer que Carolina o assessore nos negócios que ele pretende realizar. Mesmo no caso da doença do filho. Para esse assunto, Carolina indica uma advogada com bom trânsito na *Asociación Es-*

16

pañola, que pode, muito bem, assessorá-lo.

Grimaldi necessita conseguir documentos pessoais para os familiares que o acompanham e, também para isto, precisa de assessoramento. Segundo ele, seu filho está para casar-se com uma uruguaia e gostaria que a advogada se encarregasse do desentranhamento dos papéis. Além disso, o interlocutor tem intenção de adquirir bens móveis e imóveis. É muito assunto para um encontro.

Carolina toma seu refresco e olha discretamente para o relógio. Grimaldi percebe. Ele segue falando coisas, contando casos de negócios. A moça termina sua bebida. O garçom passa para atender outra pessoa e ela sutilmente lhe faz um sinal. Ele para ao seu lado; discretamente ela lhe pede a conta. O empregado entende por leitura labial, já que a moça apenas sussurrou.

– *¡Ya vuelvo!*

Grimaldi segue falando como um papagaio. Conta alguns detalhes da sua vida. Carolina percebe que, se deixar, a conversa vai longe, mas não está disposta a seguir. O garçom se aproxima, enquanto ela abre a bolsa. O muchacho entrega a conta a Grimaldi.

Carolina tira o costado do espaldar e levanta a mão na direção do garçom.

– *¿La mía?*

– *Están las dos, Señora* – o garçom responde ante o olhar curioso de Grimaldi.

– *La mía, ¡por favor!* – Carolina é incisiva.

O garçom toma o papel da mão de Grimaldi e volta à caixa. Carolina olha o relógio, agora impaciente.

Grimaldi compreende. Não quer estorvar a advogada, pelo menos, não desta vez. Ele tem planos para ela e precisa deixar a porta aberta. O garçom volta rapidamente com a conta desmembrada. Carolina deixa o dinheiro na cestinha.

– *Bueno, Doctora, veo que tiene cortos los tiempos y no pretendo atraparla. Ya nos conocimos; por ahora es suficiente.*

– *Por supuesto.*

Carolina se levanta. O homem prefere não insistir em conversar; já percebeu como essa mulher se conduz.

"Que mulher mais difícil e estranha" – ele pensa. Arrasta a valise para o colo e começa a abri-la.

– *¿Cuánto le debo, Doctora?*

– *Nada.*

– *¿Cómo nada?*

– *Nada, Señor.*

– *¿Su tiempo?*

– *No cobro por consultas en restaurantes.*

– *Le dejo mi tarjeta.*

Grimaldi estende o bilhete na esperança de que a advogada o retribua.

Carolina pega o cartão, olha-o rapidamente e percebe o brasão da república brasileira. Levanta os olhos para Grimaldi e, em silêncio, fita-o por alguns segundos. Depois, guarda o cartão sem ler seu conteúdo. Só isto.

– *¿Qué hago como para hablar con la doctora de nuevo?*

– *Lo mismo que hoy, Señor. Llame a mi oficina, entonces vemos que hacemos.*

– *Tengo que irme a São Paulo. Me quedo algunas semanas, y luego de volver...*

– *Está bien, Señor.*

Carolina pega sua bolsa. Dependura-a no ombro e a aperta bem, junto ao corpo.

– *¡Que pase bien!*

Grimaldi fica estático e pensativo enquanto observa a mulher sair e desaparecer no corredor, os saltos batendo forte no piso brilhoso do lugar. Ele não consegue entender a advogada. Nunca vira alguém assim, principalmente um militante do direito, gente, às vezes, afoita demais. E, agora, essa, enigmática, indiferente, fria como gelo e dura como uma pedra. Tinha sido indicada a ele com ótimas referências. Então, era esperar. Cada um tem uma forma de agir e, disso, Enzo Grimaldi entende muito bem.

Grimaldi tem muitos planos para o seu futuro em terras orientais.

Só não pode executá-los sozinho. Os negócios exigem clareza e desenvoltura. Ninguém, por mais ingênuo seja, negocia com parceiro confuso, principalmente se este for estrangeiro. Aí é que entra um causídico para desentranhar papéis e fazer a coisa certa.

*** *** ***
***
*

Capítulo 2

Minas Gerais, abril de 1964

Sem qualquer exame de mérito pode-se dizer que a temperatura política brasileira nunca tinha estado tão alterada quanto naquele início de outono. Como consequência dos acontecimentos do dia anterior, a manhã daquele primeiro dia de abril deixou a rodovia em ebulição. Era como se pela estrada passasse uma enorme lagarta verde--oliva.

Sentado em um banco rústico, feito de concreto, no terreiro da sua casa, há tempos Nuno Riquelme olha para o asfalto a pouco mais de cem metros de onde está. Um comboio infinito se arrasta na rodovia – a chamada Rio-Brasília –, direto para o Planalto Central, onde desenvolveria atividades militares que os livros de história não contariam. Uma fileira memorável de jamantas e caminhões leva milhares de soldados armados, uma tropa decidida a defender as cores do Brasil.

Dezenas de carretas transportam tanques de guerra que vão entre caminhões-baú abarrotados de provisões e armamento. Jeeps empencados de soldados armados até aos dentes – alguns, loucos para atirar, com consciência; outros, com consciência, com medo de fazê-lo –, navegam estrategicamente interpostos na enfiada de veículos militares.

Nuno não saberia informar há quanto tempo assiste a essa passagem inusitada, mas para ele é como se estivesse há dias nessa assistência.

Finalmente o comboio termina sua passagem. Nuno entra em casa, um barraco de três cômodos e, vai escutar o rádio. Em dado momento ele ouve o locutor dizer que o governo havia suspendido as atividades escolares até segunda ordem. Nuno não sabia o significado de *segunda ordem*. Sua mãe o orientou dizendo que as escolas não voltariam às atividades até que o governo desse a ordem para tanto.

O menino não estudava, não por estar fora da escola, mas por que um problema de saúde o impedira de iniciar o ano letivo. Assim mesmo, desejou ardentemente estar estudando, apenas para não ir às aulas nos próximos dias. Coisa de criança manhosa, que costuma não sair da cama e alega qualquer enguiço, principalmente em manhãs de inverno, só para furtar-se de ir à escola. Depois, quando passa da hora de sair, "o doentinho" pula da cama e faz misérias por todo o dia.

Como faziam todos os meninos vadios, também Nuno se valia desse comportamento para não sair para a escola, não apenas em manhãs frias. No futuro, sua mãe descobriria a farsa e ele já não podia usar essa estratégia para não ir às lições. Não resolveu muito porque ele tinha pouca tendência para os estudos. O garoto percebeu, desde cedo, que se dava muito melhor exercendo outras capacidades.

Nuno Riquelme era um menino de poucas amizades na escola. Esperto como o diabo, dava nó em pingo d'água, como diziam os poucos colegas com quem se dava.

Não era bom aluno, como era de se esperar de um malandro na acepção da palavra. A boa índole dos pais não parecia ter influência sobre ele. O bom caráter de alguns poucos amigos decentes que ele tinha, também não o influenciavam em nada.

Atrás dele ia sempre uma penca de velhacos, cuja velhacaria, nem de longe, se assemelhava aos defeitos dos meninos comuns.

Nuno não era um menino comum. Seu mau comportamento era conhecido de todos, da mesma forma que a sua ligeireza e a intimidade que ele tinha com cada viela da cidade. Ele não sabia que comandava uma récua de pequenos patifes na escola e fora dela, mas o fato é que ele comandava. Na rua, as pessoas conheciam essa sua condição e, não raro, manifestavam sua antipatia por ele. Sob seu comando a gangue era experta em ludibriar porteiros e seguranças de circo. Era quando uns vigiavam ou criavam situações de tumulto para que outros se metessem por baixo da lona ou mesmo entrassem tranquilamente pela portaria.

Escreviam palavrões nos muros e no asfalto. No asfalto e nos muros eles desenhavam, num desenho grotesco, riscado com carvão ou giz, os órgãos sexuais feminino e masculino.

*** *** ***

Nuno vivia em uma cidade pequena, em cujo correio não trabalhavam mais que dois funcionários. A responsável pela empresa, mulher de meia-idade, solteira, mais ou menos bonita, era quem enviava e recebia os telegramas. Também era ela quem resolvia os trabalhos burocráticos e de conferência de material. Abria e fechava os malotes. Além dela, um único funcionário, homem já de idade avançada, corpo envergado para a frente e pendente para o lado esquerdo, voz quase sumida, com sérios problemas de visão. Um dos olhos parecia de vidro. Passos de lesma, só faltam deixar a trilha de gosma. Era ele quem entregava as cartas endereçadas a pessoas que moravam nas proximidades do correio. As remanescentes iam para a posta-restante, apesar de terem endereço completo. As pessoas deveriam passar no correio e perguntar se havia carta para elas, ou então, eram informadas sobre isto, quando encontravam na rua com a responsável pelo serviço postal.

O funcionário deficiente conferia o endereço das cartas que um incauto procurava. Era um sacrifício para ele; uma tortura para quem chegava. Esperá-lo passar a lupa pelo monte de correspondência até encontrar uma que o interessado esperava era um drama. Quando a busca era feita no momento da abertura do malote, aí, sim, era um problema sério, já que todas as cartas teriam de ser verificadas. Quando já estavam separadas nos seus nichos alfabéticos o problema, nem por isso, era menor.

Ocorre que havia também os telegramas. Estes, dado seu caráter de urgência, não podiam esperar no correio. Teriam de chegar ao endereçado no menor prazo possível. Justamente por isto – apesar das suas mazelas –, Nuno era o único da sua turma que tinha um trabalho. Na verdade, ele tinha dois. Era o encarregado de entregar telegramas aos interessados mediante um trocado pago pela empresa. Nuno era o estafeta oficial. Também, avisava as pessoas, que não possuíam telefone, quando alguém as chamava na telefônica. Era zás-trás. Um pé lá e outro cá. Como um corisco ele resolvia essa pendenga.

Depois da aula ele corria para o correio. Se havia algum telegrama ele se apressava para levá-lo ao destinatário; se não, seu destino era a central telefônica a conferir se havia algum recado para ser entregue.

Por conta dessa atividade, muitas vezes, Nuno mentia na escola. Justificava um atraso dizendo que se atrasara por estar trabalhando; até faltas ele tentou justificar culpando o trabalho. Depois, a diretora descobriu que nem o correio nem a telefônica exigia que ele trabalhasse no horário de estudos. Daí em diante, cada vez que acontecia de ele florear sobre um atraso, seus pais eram chamados à secretaria da escola. Mas o menino não se emendava.

*** *** ***

Uma vez, a escola ficou em polvorosa.

Durante o recreio, quando todos brincavam no pátio, alguém entrou em uma sala – a de dona Lazinha – e escreveu no quadro-negro, com letras de forma, garrafais, uma frase de quatro palavras que ocupou quase toda a extensão do quadro. Logo que entrou na sala para o segundo tempo das aulas, a professora notou a esculhambação. Um escândalo. Ela fechou a sala e foi ter com a diretora.

O tumulto estava formado. O zum-zum arrastou-se como um rastilho. Não durou muito e a escola toda já sabia o ocorrido. As crianças se perguntavam o que estava escrito na pedra e quem era o responsável pela peripécia. Parecia dia de festa. Quem não gostaria de ver o autor da façanha severamente castigado? Afinal, naqueles tempos, a disciplina funcionava nas escolas e em toda parte.

– Quem foi? – Bento Maria, um menino maior, pergunta.

– Quem foi o quê? – Luiz Cézar, um menino bem educado e mais novo do que o outro responde perguntando.

– Quem foi que escreveu? – Bento insiste.

– Escreveu o quê?

– Nada. Cai fora, otário; cê nem sabe do que falo – o garoto diz, enquanto empurra o outro.

Bento sai na direção de um grupinho mais adiante e se mete no meio de outros meninos que, como ele, buscam saber o que estava acontecendo. O certo é que ninguém sabia.

– Você sabe o que está escrito? – pergunta uma menina espevitada, recém-chegada ao grupo, nos lábios rosados uma malícia mal disfarçada.

– Eu? Sei nada, não. Só sei que é um palavrão cabeludo – responde um menino, descalço; nos lábios um riso sarcástico.

– Só quero ver o que vai acontecer com o coitado que fez isso... ah, se quero!... – fala um almofadinha.

– Isso? – um afoito o interrompe – Cê sabe o que tá no quadro?

– Quem dera!... mas ouvi que Zezin falou que é...

Ele se aproxima do ouvido do outro e fala baixinho o que dizem ter sido dito por Zezin. A menina buliçosa chega mais perto.

– Sai pra lá, Olívia, isto é coisa de homem.

– Quá... de homem... coitado... e onde estão os homens?

Os meninos de redor se intimidam.

– Eu sei o que está escrito, tanto quanto sei quem escreveu – Olivia diz.

– Sabe? – Bento Maria pergunta.

– Claro, eu vi quem foi... vi ele entrar, vi sair... claro que não pensei que fosse fazer nada errado. Pensei mesmo que estava enjoado e que tinha desistido do recreio.

Os meninos olham incrédulos para Olívia.

– Depois, vi a professora entrar na sala e sair muito desconfiada. Ela fechou a porta, mas antes, olhou para dentro como para certificar-se de alguma coisa.

Os meninos se picam de curiosidade.

– A professora já estava virando ali ó – Olivia aponta para a esquina da parede, e mostra o ponto onde o corredor muda de direção –, mas antes de virar, ela olhou para trás. Eu tinha acabado de subir a escadinha ao lado da porta da nossa sala. Ia buscar um lenço que estava na minha pasta. Foi quando me bateu a campainha, e como tinha visto a professora sair naquele apavoramento, resolvi espichar o pescoço lá para dentro da sala dela... bem dalí, ó – Olívia aponta a janela ao lado da porta em que ela entraria. O grupinho curioso segue o seu dedo com olhos excitados.

– Li tudo... esse menino deve ser meio doido. Eu não sabia que ele fosse capaz de escrever aquilo no quadro da escola.

– E a professora? – Bento pergunta, excitado.

– Nada. Eu despistei e fiz de conta que não sabia de nada, que não tinha visto nada. A mestra foi e voltou com a diretora.

Os meninos ficam atônitos. A inveja que sentem de Olívia, por ela saber tudo sobre o ocorrido, os corrói.

– A diretora já mandou chamar a mãe dele – Olívia diz.

– Já? – pergunta um menininho tímido – E como a diretora sabe quem foi?

– Eu contei – Olívia responde orgulhosa –. A professora tinha me visto quando saiu para falar com a diretora. Por conta disso, imaginou que eu soubesse de alguma coisa. Depois, as duas me levaram para a diretoria...

Olivia faz uma pausa. Os colegas que a rodeiam olham-na. No ar um inquisitivo e breve silêncio.

– E? – Bento Maria pergunta nos nervos.

– E eu falei... – a menina diz, espalmando as duas mãos, um ar inocente nos olhos vivos.

Alguns dos circunstantes olham para ela com reprovação. Outros, no entanto, como Luiz Cézar, que acabava de juntar-se ao grupo, aprovam sua atitude. É que a escola não podia ser desrespeitada, muito menos daquela maneira infame. Impossível aceitar que uma frase indecente como aquela fosse escrita no quadro-negro de uma escola.

– Qual foi a frase? – é a pergunta de um menino que acabava de juntar-se a outro grupinho enxerido, que se formara nas adjacências.

– Eu que sei? Pergunte a quem sabe.

– E quem sabe?

– Olívia... só ela sabe... pelo menos foi o que ouvi.

Mas Olívia já não podia responder nada, ainda que quisesse; já havia deixado o outro grupo amargando a sua mórbida curiosidade, e saía de fininho. Um menino mais atiradiço pôde perceber malícia na sua retirada, um gingado sensual das suas ancas, um quê de mulher. Ele olhou, mas nada disse; não fez qualquer comentário. Como se soubesse que ele olhava, a garota olhou para trás antes de sumir no meio da meninada.

Não demorou muito e a mãe do peralta estava na escola sob os olhares curiosos de uns, maldosos de outros. Porque, já na meninice, existem os que querem ver o circo pegar fogo, os que se completam com a desgraça alheia.

Era como se a pobre Senhora passasse por um corredor polonês. A meninada se afastava para lhe dar passagem, os olhos fisgados nela. Era a suprema humilhação. Uma vergonha que ela não merecia; a execração pública. A infeliz caminhou acuada pelos olhos da meninada que, no seu silêncio malvado e curioso, dardejava-a, não com lanças, mas com o mesmo silêncio. Uma situação aviltante. A mulher ainda não conhecera tamanho rebaixamento.

Ela entrou na diretoria. Nuno estava aí dentro.

Contrariadas, as crianças foram levadas para suas respectivas salas. Nenhuma delas pôde ver quando a pobre mãe e o filho desajustado saíram. A mãe tinha os olhos vermelhos e inchados pelo que chorara aos pés da diretora. Ninguém de fora sabe o que ela passou lá dentro, a que humilhação foi submetida pela dirigente escolar, mulher severa, de maus bofes, mal amada. As únicas testemunhas dessa conferência inusitada foram o próprio Nuno e a secretária, mulherzinha vulgar, que, naturalmente, seria a incumbida de levar a nova para a publicidade. No final do período dizia-se pelos corredores que o menino tinha sido suspenso por quinze dias. Uma semana depois ele estava de volta.

*** *** ***
***
*

Capítulo 3

Nuno Riquelme tinha uma letra cursiva simplesmente espetacular, um dom natural. Como se já tivesse nascido sabendo escrever. Desde seus primeiros dias na escola ele manifestou uma extraordinária perfeição no manejo do lápis. Depois disso, a caligrafia mais linda, mais artística da escola era a dele. Devido a isso, ele era chamado pela diretora para escrever convites, cartéis ou qualquer outro tipo de aviso que se pregavam no mural. Sob severa orientação da dirigente, e uma vigilância ainda mais severa, era Nuno quem se encarregava da transcrição de correspondências, inclusive, as destinadas à Secretaria de Educação. A diretora escrevia, fazia a minuta; Nuno copiava tudo com magistralidade. Com isto ele angariou simpatia junto a alguns companheiros da escola. Por outros, era invejado.

Não demorou e o diabrete percebeu que poderia tirar proveito da sua habilidade. Foi depois das provas semestrais quando entregou o boletim em casa. Suas notas estavam à altura do aluno irresponsável que ele era. Naturalmente, Nuno levou um sermão. Sua mãe, que por motivos óbvios, era quem mantinha maiores contatos com a escola, ameaçou tirá-lo do serviço do correio e da telefônica. Como se essas atividades fossem responsáveis pelo mau resultado escolar e pelos problemas disciplinares noticiados na caderneta escolar do filho. Mas não era. Não era mesmo.

Foi o que bastou para que ele tomasse uma atitude. Não a de buscar uma melhora no seu rendimento e na sua conduta, mas a de procurar uma forma de ludibriar a mãe. Para tanto, decidiu imitar sua assinatura, o que não lhe custou muito trabalho. Fez o mesmo com a do pai, uma forma de, no futuro, dividir, entre os dois, a responsabilidade pela conferência do documento.

Antes de devolver o boletim mostrou-o, discretamente, a um dos seus colegas mais chegados. Foi um sucesso. Não precisou de mais para que ele passasse a fazer disso um meio de vida entre os seus colegas de escola. Desde aqueles que, mais que companheiros, eram comparsas, até outros sérios e comprometidos que, alguma vez, não se houveram bem nas provas e, para evitar sanções, recorreram aos préstimos do pivete.

Nuno passou a ser o pai e a mãe de muitos dos seus companheiros de escola, tanto dos da sua classe como dos de outras. E tudo mediante pagamento, claro. O preço variava de acordo com a intimidade que ele tinha com o necessitado. De graça, atuou quase nunca, salvo uma vez ou outra em que estava envolvida uma menina, qualquer que fosse, desde que tivesse por ela algum interesse.

Nos casos comuns, ele estipulava o preço de acordo com a cara do cliente. Acontecia de ele cobrar muito mais caro pelo seu trabalho quando o freguês não era da sua turma, principalmente, quando era um desses meninos metidos a besta só por que a família tinha algum.

Já nos primeiros anos da escola, Nuno via as meninas com olhos libidinosos, embora ainda não passasse de um garoto. Ele tinha as horas em que gostava de ficar com os meninos, e não abria mão delas. Era quando chegava a hora da pelada, e, para a pelada, não havia hora certa. Era qualquer uma, desde que se encontrassem pelo menos quatro garotos, número suficiente para a formação de dois times de dois. Qualquer coisa servia como bola; desde um pé de meia, cheio de estopa, a uma laranja murcha. Com sua turma, ele estava sempre metido em traquinagens e inconveniências pela rua ou onde quer que a patota estivesse. Mas Nuno gostava mesmo era de ficar de particulares com as meninas. Gostava do cheiro delas. No começo era apenas isto.

Definitivamente, sua índole não era lá essas coisas. Tinha mais dois irmãos que nada tinham a ver com ele. Nem pareciam seus irmãos. Pode-se dizer que Nuno não prestava. Isto era o que muitos já diziam do sujeitinho. Alguma vez ele lia o telegrama que devia entregar. Muitas vezes soube da boa ou da má notícia de que era portador antes mesmo do endereçado. Aqui e acolá, descobriu coisas que o interessavam, não por que as buscava, mas simplesmente por que as encontrava por simples curiosidade. Muitas pessoas desconfiavam de que ele mexia na correspondência alheia, mas não podiam provar, já que o fechamento dos envelopes não oferecia muita confiança. Demais, nesses tempos, salvo em situações extremadas, ninguém se preocupava com segurança, nem mesmo das portas e janelas, já que a vida era pura tranquilidade, mormente nas cidades pequenas, onde as casas dormiam com janelas abertas e com portas apenas encostadas. Nuno se valia dessa condição de tranquilidade, mesmo sem saber que se valia dela.

O indivíduo era atrevido, mas era discreto. Com o tempo sua discrição foi aumentando na mesma proporção que aumentava o seu atrevimento.

Uma vez, para testar sua habilidade caligráfica, ele experimentou firmar em uma folha de cheque do seu pai. Seria um teste definitivo. A assinatura seria verificada por pessoa com capacidade para perceber detalhes de caligrafia. Pelo menos até prova em contrário, era isto.

O pirralho preencheu o cheque, uma pequena importância, até porque seu pai tinha escassas economias. Mas passou. O funcionário do banco conferiu o jamegão com a ficha do correntista e não teve dúvida. Pagou o cheque.

Nuno Riquelme não parou mais.

Por questão de consciência – porque ele tinha consciência, e apesar dos desvios, agiria com ela pela vida toda – alguns dias depois, o próprio Nuno voltou ao banco e fez o depósito da quantia ilicitamente sacada por ele. Apenas entregou ao caixa um envelope que, além do dinheiro, continha, preso por uma borrachinha, uma tirinha de papel em que constava o número da conta corrente em que o valor devia ser depositado. O funcionário do banco procedeu ao depósito e entregou o recibo ao menino, que saiu satisfeito, considerando ter reparado o mal que havia feito e tendo a certeza de que o futuro lhe seria brilhante, apesar da forma pouco ortodoxa que ele estava escolhendo para viver. Seu pai nunca percebeu a movimentação financeira na sua conta, e, se percebeu, deve ter imaginado que era um estorno por alguma operação equivocada realizada pelo banco.

*** *** ***

Nuno nunca foi um menino aberto. Dado a poucas amizades, sua patota era um grupo muito pequeno e fechado. De toda a cambada, ele era o mais esperto. Por mais inteligente que fosse qualquer um do seu grupo, ou de fora dele, foi ele quem se destacou desde os primeiros dias de escola e por aí afora. Sempre encontrava uma maneira de tirar proveito de qualquer situação.

Para o bem ou para o mal ele estava sempre no comando, situação que lhe proporcionava a sua liderança inata. Com efeito, ainda que não parecesse, Nuno Riquelme era um menino perverso. Quando as coisas fluíam, quando resultavam positivas o mérito era seu. Mas quando o resultado não era o esperado, ele sempre arranjava um álibi, uma forma de transferir as responsabilidades.

Quem está no comando não precisa estar sempre presente. Quando muito, explica a situação, qualquer que seja. A questão se resume em dar ordens bem dadas e a coisa flui. Se uma situação difícil parecia enredá-lo, ele nunca hesitava em buscar um bode expiatório. Além disso, alguns camaradas tinham o rabo preso nele, lhe deviam favores. Sempre era a hora de cobrar.

Alguns se metiam nessa roupa a contragosto; enquanto, outros o faziam plenos de consciência, só para servir ao chefe, em troca de alguma recompensa futura. Estes nunca tiveram qualquer queixa.

A fidelidade é coisa importante em todo o tipo de parceria, mesmo as mais espúrias; principalmente elas. A camaradagem e a harmonia são atributos da fidelidade que devem prevalecer sob quaisquer circunstâncias sob pena de tudo degringolar. Apenas uma vez alguém se deu mal. Mas os riscos fazem parte de qualquer boa empreitada.

Nuno vendia, comprava, trocava. Era naturalmente bom para os negócios. Qualquer tipo de negócio. Não aprendeu a negociar com ninguém, apenas exerceu a atividade. E o fazia com a mesma naturalidade com que respirava. Uma condição inata. Ele era daqueles indivíduos capazes de vender caro um mato alheio... pegando fogo. Em suas mãos, qualquer coisa se tornava mercadoria passível de negócio. Nuno

Riquelme era capaz de negociar mesmo o inegociável.

Por mais ordinário fosse o seu produto, ele sempre ganhava com ele, sempre lucrava. Seu palavreado tornava compradores garotos como ele, ou mesmo adultos, indivíduos privilegiados por terem conseguido um objeto, um sonho de consumo que lhes fora reservado especificamente, em detrimento de outros que até se dispuseram a pagar mais, tudo de acordo com explicação de Nuno. Era uma questão de condicionamento, coisa que ele dominava perfeitamente.

Se algo resultava mal, ou simplesmente não resultava, ninguém o culpava. Todos consideravam que eles próprios não haviam entendido o funcionamento do objeto, que deveriam ter perguntado mais... mas que dá próxima vez tudo se acertava. Os culpados não eram outros senão eles próprios. Pelo menos esse era o convencimento que Nuno lhes incutia. Se por azar, alguma vez, alguém reclamava, o caloteiro não se fazia de rogado. Dizia que desfazia o negócio e que para evitar esses desacertos não negociava mais com o incauto. O sujeito desistia da reclamação.

*** *** ***
***
*

Capítulo 4

Era uma noite fria de inverno.
O serviço de alto-falantes da quermesse era o ponto alto da festa, não apenas por estar em um lugar elevado. O locutor, a voz troante e límpida, despejava sua falação como uma metralhadora. Fazia o anúncio dos bilhetes que eram postados, mediante pagamento, claro, em que moços e moças mandavam recados uns para os outros. Era bom para a igreja, que usava o lucro da festa nas despesas de manutenção do prédio e nas de conforto para os fiéis como, por exemplo, a aquisição de ventiladores.

Cada bilhete levava a indicação de uma música que, vez ou outra, era oferecida para o próprio locutor, um solteiro de meia-idade que tinha lá os seus encantos, não bastasse ser um músico de mão-cheia. Por sua própria conta, de tempos em tempos, ele pegava sua clarineta, instrumento que tocava com mestria, e executava uma peça. A apresentação era oferecida a todos, mas, certamente, tinha endereço certo.

As balzaquianas o disputavam. Quando uma se arriscava a enviar o primeiro bilhete, as outras se alvoroçavam. Nenhuma se permitia ficar para trás. Tinham todas de defender, pelo menos, o seu direito à disputa. "O sol nasce para todas, ainda que seja de noite e com frio" – diziam entre dentes, como forma de justificar o atiramento. Apesar de parecer indiferente, o locutor vibrava com as investidas das admiradoras, mas nem de longe cogitava em ter algo sério com quaisquer delas. Quando muito, umas agarradas, nada mais. A vitrola, perfeitamente manejada pelo sonoplasta, exalava um fundo musical, enquanto o locutor divulgava as mensagens.

– Em seguida, ouviremos Índia, nas vozes afinadíssimas de Cascatinha e Inhana. A música vai para a moça que tem os cabelos longos... – o locutor faz uma pausa e passa os olhos sobre as pessoas que caminham em volta de uma grande barraca, onde se servem quentão e guloseimas típicas de quermesse. Então, prossegue – Ela está usando um mantô cinza. Quem oferece está parado em um dos cantos da barraca – ele olha para os cantos visíveis da grande barraca –, mas vejo tanto marmanjo parado... vai ser difícil, muito difícil saber quem ofereceu a música. Mas a garota já deve saber de quem se trata; isto, sim!

O locutor ri.

A música começa a tocar. Segue o desfile das pessoas ao redor da tenda. Na cozinha da barraca, o quentão ferve e exala os eflúvios do cravo, do gengibre e da canela, curtidos pela pinga fumegante. Marmanjos tímidos esquentam o peito tomando a bebida para ver se criam coragem de se aproximar de alguma garota. Meninas recatadas fazem o mesmo, um aditivo para que se animem a responder bem aos piropos e, mais tarde, subir ou descer os becos escuros aconchegadas do frio sob as mãos atrevidas dos moços.

As atividades da noite estão quase no final. Restam poucas pessoas no recinto. As cozinheiras já não fazem quentão, apenas enchem os copos das pessoas com o que ainda resta no fundo das grandes panelas.

– Agora, o último oferecimento desta noite. Ouviremos a linda canção *Quero me casar contigo,* que Nuno oferece a Vera com muito amor e carinho. Desejo a todos uma boa noite e os espero amanhã, no mesmo horário.

Esta é a derradeira intervenção do locutor. Em seguida ele amassa o bilhete e o joga em um saco, cujo conteúdo só será conferido no dia do balanço final da festa. Como sempre, ele deixa o fechamento do serviço de alto-falantes do dia para o seu segundo e sai apressado. Na esquina da igreja alguém o espera já há algum tempo.

*** *** ***

Na manhã seguinte a cidade amanheceu em polvorosa. Pela primeira vez em sua história a polícia local estava às voltas com uma ocorrência espetacular: Um crime de morte. Uma adolescente havia sido currada quando voltava para casa na noite anterior.

A juventude da cidade não tinha opções de lazer. Uma casa de cinema que existia havia sido derrubada a pretexto da abertura de uma travessa. A antiga passagem, entre a parede do cinema e a de um bar, se transformaria em uma rua. A casa de cinema foi derrubada com a promessa de ser erigida pelo poder público em outro local. A nova rua, de uma quadra, ficou pronta em alguns dias. Não consta que o proprietário da casa de diversões tenha recebido algum pela desapropriação. A cidade nunca mais teve um cinema.

Por conta disso, a população adulta já não podia assistir à *soirée* das quartas, sábados e domingos. Os menores já não tinham a matinê dominical. Doravante, quem quisesse ver um filme, teria de ir à cidade vizinha.

Não fossem as festas de igreja e de congada, que aconteciam algumas vezes por ano, algum circo mambembe, ou um parque de diversões de terceira categoria, que apareciam de vez em quando, a população não faria mais que trabalhar. Estaria fadada a levar a vida no marasmo absoluto.

A menina vitimada recebera uma música na noite anterior. Era uma garota bonita, tímida, contida. Sequer tinha namorado. Certo que seus hormônios já a impeliam na direção da madureza. Enquanto passeava com suas amigas olhava para grupos de jovens, numa tentativa de descobrir quem lhe oferecera a música. Era um comportamento normal nessas festas, a que as pessoas acorriam justamente para flertar, para paquerar. Alguns tipos tinham outros interesses. Iam a qualquer festa para se dar bem.

Quase no final das atividades, quando a maioria das pessoas já havia ido embora, e apenas alguns pequenos grupos de rapazotes e moçoilas se encontravam no recinto, a menina recebeu um sinal de um deles, que formava um grupo com mais dois indivíduos. Ela sentiu que era ele quem lhe dedicara a canção e experimentou um frisson. Ela não o conhecia, não obstante já tê-lo visto de longe em algumas oportunidades. Um rapazola bonito, bem ajambrado, atiradiço. Tinha um riso canalha, mas a menina não o entendeu assim. Para ela, era apenas um riso, um sorriso maroto, natural, espontâneo, vindo de um garoto que lhe parecia interessante. O sujeito se afastou do grupo, caminhou na direção da rua e parou. Seus companheiros permaneceram no ponto em que estavam.

A menina deu mais duas voltas em torno da barraca, até certificar--se de que o cara estava mesmo esperando por ela. Estava. Então, ela dispensou as amigas, todas combinadas, e caminhou, disfarçadamente, na direção do sujeito. As duas companheiras deram mais uma volta. Depois saíram pelo outro lado. Maliciosamente, voltaram-se para o rumo tomado pela companheira. Começaram a subir a rua.

Assim que sentiu que a menina seguia em sua direção, o janota recomeçou a andar lentamente. Virou a primeira esquina. A garota apressou o passo e quebrou o mesmo canto.

A rua era deserta a essa hora. A iluminação precária estimulava e dava guarida a um mal-intencionado. Não bastasse, havia muitos lotes vazios, cheios de mato e árvores frutíferas. Mesmo de materiais de construção, como pilhas de tijolos e montes de pedra.

Após um quarto de hora, os remanescentes do grupo masculino se moveram na cola do que saíra. Era o caminho deles.

*** *** ***

Quando saía para qualquer lugar que fosse, durante a noite, Vera voltava cedo para casa. Cumpria fielmente o acordo que fazia com os pais. Nunca lhes deu motivos para desconfianças.

Nessa noite, ela não retornou.

Teve início, então, a via-sacra de buscas. Desorientado, seu pai saiu pela noite gelada, a bater, fora de hora, na porta das casas de todas as amigas da filha. Em vão. Ninguém sabia dela. Sequer as duas com quem ela estivera na quermesse.

O resto da noite, o pai agoniado levou a procurar pela filha. Não tinha ideia de onde ela poderia estar. Sabia que tinha ido para a quermesse, tanto por que ela saíra de casa dizendo que ia para a feira da igreja, como por que sua presença no local foi testemunhada por muitas pessoas que ele visitou nessa madrugada.

Pela manhã ele foi à polícia. Apesar das restrições quanto ao tempo que separa um desaparecimento do início de possíveis buscas, ouvida a narrativa do pai aflito, a polícia ignorou esse detalhe e iniciou logo a investigação.

A cidade era pequena. Pode-se dizer que todas as pessoas se conheciam. Nem por isto, a polícia progrediu na busca, até porque ninguém tinha muito a dizer. Poucas pessoas haviam visto a menina. Mal mal as que estavam na quermesse, ainda assim, por mera casualidade, já que ali ninguém estava para vigiar ninguém.

Aquele foi um dia tenso, não apenas para a família angustiada, mas para toda a cidade, que nunca havia sido palco de um desaparecimento, ainda que temporário, de quaisquer dos seus moradores. Todos queriam saber o que acontecera com a garota Vera. Era uma excitação geral. Desde cedo, começaram a surgir os comentários, nem sempre os mais isentos e adequados, coisa que faz parte de qualquer grupo de pessoas de qualquer sociedade.

– Viram o que aconteceu com a menina? – perguntou um sujeito, de improviso, ao encontrar dois amigos seus.

– Que menina? – o primeiro amigo devolve a pergunta.

– Não sei bem, mas ouvi dizer que se chama Vera.

– A professora? – o segundo amigo intervém.

– Não.

– Então, não sei quem é.

– Não é a professora.

– Ah... porque a professora...

O sujeito já ia dar informação que ninguém havia pedido. O outro o interrompe.

– Falo daquela menina que mora perto do correio.

– Naquela casa de alicerce alto, de pedras justapostas? – o primeiro amigo indaga.

– Essa mesma.

– Não... conheço, não. Certo é que eu já vi a menina na varanda algumas vezes, mas se encontrasse com ela na rua não saberia distingui-la de quaisquer outras. É que nunca prestei atenção, sabe? Por que ia agora ficar olhando as pessoas na rua? Afinal, que houve com ela?

– Sumiu ontem à noite.

– Suuumiiiu? – o outro pergunta, entre curioso e espantado.

– Pois é... desde ontem não aparece em casa.

– Desde ontem?

– É... apesar da má vontade inicial do delegado, a polícia está procurando por ela pela cidade toda.

– Que safada, hem? – comenta o segundo amigo, um sujeito detestável.

– Não fale assim, sujeito! Você não deve ter a mínima ideia do que acaba de dizer. Cuidado, esses comentários maldosos costumam voltar-se contra quem os profere.

– Que quer que eu fale? A bichinha tem uma cara de levada que dá gosto...

– Você tem filha?

– Tenho, por quê?

– Oxalá não quebre a cara...

O outro acusa o golpe, entende o sentido das palavras do companheiro e não diz mais nada. Por alguns instantes ele pensa nas duas filhas que tem e imagina a tristeza e a agonia que estaria sentindo se o fato tivesse ocorrido com uma delas. "Seria demais para mim, eu não suportaria" – ele pensa e, disfarçadamente, bate na boca. O outro prossegue:

– A família está desesperada. A mãe foi hospitalizada.

– Não é pra menos – o amigo bocudo fala, tentando desfazer o mal--estar causado pelo que dissera antes.

– Esperemos que tudo termine bem – o outro diz.

– Tomara...

– Vai dar tudo certo, você verá.

– E se não der?

*** *** ***

– Ela desapareceu, doutor – diz o pai da garota.

– Como foi isso? – o delegado pergunta.

– Ela foi para a quermesse e não voltou.

– Quando?

– Ontem, de noite.

– Não acha que ela pode ter fugido de casa? – malicioso, o delegado indaga.

– Fugido? – o pai angustiado pergunta num susto – Como poderia, Doutor? Ela nunca fez isso...

– Sempre pode haver uma primeira vez... os arquivos da polícia estão cheios desses casos...

– Não, Doutor... não pode haver uma primeira vez com a minha filha. Ela não é uma menina que fica presa em casa, não é mesmo; mas é responsável e bem educada. Por qualquer meio, se algo diferente acontece quando está fora, ela nos avisa... nunca nos preocupou com atrasos. Sempre sabemos aonde ela vai, e na companhia de quem. Se ela modifica alguma coisa do que foi combinado antes de sair de casa, sempre nos comunica. Chega mesmo a voltar à casa, caso não encontre quem nos dê o recado.

– Acontece, pai, que antes de iniciar a busca, temos de esperar um pouco.

– Esperar, como esperar, esperar o quê? – o pai se exaspera.

– É de praxe aguardar um tempo. Pode ser que a pessoa supostamente desaparecida não esteja desaparecida, e retorne em um dia ou dois...

– E se não voltar, Doutor? E se não voltar? – o pai pergunta, exaltado.

– Mas é praxe esperar... – o delegado responde.

– Que praxe, Doutor? Desde a noite a menina está desaparecida. Já fizemos tudo o que podíamos ter feito.

– Como assim? – o delegado indaga.

– Já fomos às casas dos nossos amigos, gente com quem ela poderia estar. Passamos a madrugada inteira tratando disso. Não conseguimos nada, ninguém sabe nada. O pai chora.

O delegado escuta.

– O senhor tem filhos, Doutor? – o homem pergunta, em desespero.

O delegado não responde. Seu pensamento voa, suas feições se contraem.

– Então, o delegado tem filhos, ou não?

O delegado permanece calado. Depois, diz.

– Já tive. Já tive, meu caro.

O delegado se levanta.

O queixoso permanece sentado. O outro vai à janela e olha lá fora. A manhã fria e enfumaçada parece esconder segredos nas suas sombras.

Em silêncio, o delegado considerou que devia começar a investigação sobre o sumiço da menina. Era a hora de acabar com o marasmo da delegacia e fazer um pouco de movimento. Afinal, considerando as operações policiais realizadas naquela comunidade ao longo dos anos, chega a ser fácil imaginar que aquela cidade não carecia de uma delegacia já que nunca acontecia algo realmente digno de nota policial.

– Está bem, começamos a trabalhar no caso agora mesmo – diz o chefe de polícia.

A polícia diligenciou o dia todo por conseguir descobrir o paradeiro da garota. Contrariando a assertiva dos pais, que garantiram que a filha não teria qualquer motivo para fugir de casa, os policiais não se ativeram a buscas apenas na cidade. No seu empenho, deslocaram-se para cidades vizinhas a visitar endereços de pessoas com quem a família da moça mantinha amizade, com a esperança de que ela pudesse estar aí. Não lograram êxito. Com essa atitude, o que conseguiram foi dar mais publicidade ao caso, sobressaltar os amigos da família e alvoroçar toda a região.

Sabedores de que o último lugar onde a moça havia sido vista foi a quermesse, ao começar a sessão dessa noite, dois policiais já se encontravam aí a fazer perguntas.

Muitas das pessoas que mantinham barracas na quermesse conheciam Vera, apesar de nem todas terem intimidade com ela. O fato de ela residir na casa contígua ao correio era o que a tornava conhecida, já que, invariavelmente, a maioria dos habitantes da cidade acudia à agência postal para pegar suas correspondências. O inusitado, porém compreensível, é que muitos dos comerciantes da feira nem sabiam da ocorrência da noite passada. Preocupados com o provimento da própria vida, não tinham tempo para cuidar de assuntos alheios à sua lida.

Aos que sabiam, a faina do atendimento à freguesia não lhes proporcionava tempo para comentários, salvo se fossem provocados.

– Ela esteve aqui ontem com suas amigas – disse a fazedora de quentão.

Nada mais acrescentou porque não foi perguntada. Em situações que envolvem a polícia, as pessoas se reservam quanto podem, pois sabem que é muito difícil voltar de lá, ainda que o comparecido aí tenha ido apenas para dar um testemunho.

– Conheço, claro. Ela veio duas vezes ao carrinho, ontem. Lembro que até conversamos um pouco – dona Zica, vendedora de amendoim torrado, respondeu.

– Ela estava com tudo. Até ofereceram música pra ela – a pipoqueira garantiu.

– Muito boa moça. Que aconteceu com ela? – perguntou uma da cozinha, que passava, nas mãos, um garrafão de cachaça e um pacote de gengibre.

– Não posso garantir nada, mas vi uns rapazes dando bola para elas, bem aqui... mas isto é normal; a rapaziada vem aqui é para paquerar mesmo. São todos gente conhecida.

– Ela estava com duas amigas – respondeu a vendedora de canudos, mulher, cuja idade não se pode precisar, olhos vivíssimos, manhosos, perspicazes. O corpo bem moldado sob um capote escuro; debaixo do veludo cotelê um par de coxas de dar água na boca.

– Teria algo mais a acrescentar? – o policial perguntou.

A quitandeira segurou o queixo entre o polegar e o médio, o indicador na ponta do nariz, como se pensasse. Depois, falou:

– Já era finalzinho da função. A menina desfilava em volta da barraca como todo o mundo. Estava com duas amigas. Depois, parou bem ali ó, ao lado daquela cabine telefônica. Em seguida ela se despediu das suas companheiras. Recordo que a quermesse já tinha pouca gente. Tava muito frio; como hoje. Ela subiu por ali. Vi bem – a informante indica com o dedo a rua detrás da igreja –. Recordo até que em seguida uns moços que tinham flertado com o grupo dela a seguiram... – a moça faz uma pausa – não, só um deles. Os outros se foram minutos depois.

– Ela estava com duas amigas? Não sabia desse detalhe – o policial comenta.

– Tá por fora, meu caro... quem vem aqui sozinho? Aqui, a moçada só anda em turma; tudo gente da escola, pelo menos, a maioria – a mulher responde convencida.

– A Senhora conhece as duas que estavam com ela? – o policial pergunta, cheio de curiosidade profissional.

– Senhora? Quá! Sou donzela, moço – a moça diz, séria.

O policial se desconcerta, mas não perde o mote.

– Apesar disso, a senhorita conhece as outras duas?

– Apesar disso? – a moça pergunta; um sorriso brejeiro corre-lhe pelos lábios úmidos.

O policial assente com a cabeça.

– Conheço, não; mas aquela ali... – a moça aponta – que está no quentão, deve conhecer, porque as vi conversando muito animadas.

Um dos policiais vai até à barraca de quentão. O outro segue conversando com a moça dos canudos, agora um assunto diverso do que aí o levara.

A moça que faz o quentão estava muito à vontade. Não sentia frio. Afinal, era ela quem interagia com a trempe em brasa. Veste uma blusa branca com bolinhas vermelhas, um decote baixo que lhe exibe o dorso dos seios morenos quando ela se abaixa para atiçar o fogo. Ela sabia de tudo. É dessas pessoas para quem os olhos, ainda que bonitos, não estão na cara apenas para enfeite. Quando o outro policial se achega, a dupla já tem mais subsídios para a continuação da busca.

Agora, os policiais já sabem que Vera estava acompanhada de duas companheiras e sabem onde encontrá-las. Também sabem que ela, ao sair da quermesse, virou uma esquina por onde tinha entrado um dos rapazes, o que flertava com ela, e até que a ela, um pouco depois, seguiram os outros dois, todos conhecidos da informante.

Na manhã seguinte, os tiras estavam na casa da primeira delas. A menina estava sobressaltada. Confidenciou aos policiais que não havia contado em casa que estivera com a colega desaparecida na noite anterior. Disse que sua amiga também não havia falado nada, também ela, muito assustada com os eventos da outra noite.

Cada uma das moças que estiveram com Vera na quermesse deu os detalhes que faltavam aos policiais. Ambas disseram a mesma coisa sobre os jovens que, de certa maneira, assediavam as três, mas garantiram que, assédio mesmo, quem exercia era apenas um deles, que não tirava os olhos de cima da Vera cada vez que passávamos por eles no ponto em que estavam parados. Ele até ofereceu uma música para ela no serviço de alto-falantes. Pelo menos era isso o que parecia.

*** *** ***

O serviço das barraquinhas já ia de vento em popa quando os policiais baixaram no local. Ninguém lhes deu importância. Foram direto para o serviço de som. Conversaram discretamente com o apresentador e derrubaram no chão todo o conteúdo do saco de bilhetes. Abaixaram-se detrás do balcão feito de tábuas rústicas, e ninguém mais os viu. Entre uma música e outra o próprio apresentador se abaixava e os ajudava na busca do bilhete que oferecera a música para Vera.

Demorou, mas o encontraram.

Os policiais não sabiam exatamente quem havia oferecido música para a garota. Afinal, as identificações dos bilhetes são feitas com uma espécie de código que, em rigor, só é identificado pelos seus titulares e pelos endereçados. Alguma vez, os colegas de quem dedica a música e os de quem a recebe, sabem para quem vai e de quem veio. Mas confirmaram que realmente alguém lhe havia dedicado uma canção naquela noite. Juntaram essa constatação à informação sobre os três rapazes que flertavam com Vera, mais a que dava conta de que um deles lhe oferecera a música. Então, já tinham um ponto de partida. Não sabiam o endereço de nenhum deles, mas de dois deles, não demoraram e já conheciam os seus paradeiros. Saíram em busca deles, que seriam os primeiros a ser indagados. Quanto ao terceiro, era questão de tempo. Quem sabe seus amigos não saberiam seu endereço? Na cidade quase toda a gente se conhecia e sabia onde cada um morava. Era questão de perguntar. Se um não soubesse, fatalmente o outro saberia.

Os policiais rumaram para as casas dos dois sujeitos, eles que viviam na mesma rua, não longe dali.

Um deles não estava em casa. O outro, um sujeito assustado com a presença da polícia gaguejou mais do que falou, entretanto, disse que não vira mais a menina desde que ela saiu da quermesse. Garantiu que ele e o companheiro só se separaram quando o outro entrou em casa, e que ele próprio, minutos depois, entrava na sua.

– Não sei de nada, não, Senhor.

– Esteve na barraca ontem?

– Estive, sim, Senhor, e saímos de lá no finalzinho do expediente, eu e...

– Já sei com quem esteve; não precisa nem dizer – o policial o interrompe.

– Faço questão de dizer, Senhor. Saímos pelo mesmo caminho de sempre e fomos pra casa. Meu colega ficou na dele e eu cheguei aqui pouco depois.

– E o terceiro da turma? – um dos policiais indaga.

– Ah, esse não mora aqui – o sujeito balbucia.

– Não mora na cidade?

– Não... quero dizer, mora; mas não é nesta rua.

– Sabe seu endereço? – o outro policial pergunta.

– Claro que sei... digo, sei sim, Senhor. Mora perto da igreja, numa ruazinha que dá na igreja. Na terceira casa, uma casa branca, que tem um grande jardim na frente.

– Qual igreja?

– A matriz... Não saímos juntos – o moço diz.

– Não estava junto com você?

– Estava... estava sim.

– E? – o policial incita.

– A gente esteve junto todo o tempo zoando lá na quermesse, mas ele saiu antes de mim e do nosso outro colega.

Os policiais se afastaram um pouco e conversaram qualquer coisa entre si. Então, aproximaram-se do rapaz amedrontado, disseram-lhe alguma coisa e saíram para o endereço que ele lhes havia fornecido.

Eles chegaram à igreja e deram a volta. Não era ainda dez da noite, mas a casa estava às escuras. Normal naqueles tempos em que as pessoas se deitavam cedo, nem sempre por vontade, mas por falta de opção. Da rua um dos policiais bateu palmas. Uma claridade assomou no lado da casa. Lá dentro, alguém acendeu a luz.

Não demorou e um homem sonolento abriu uma fresta na janela.

– Boa-noite, Senhor – um dos policiais se adiantou e disse os nomes dos dois –. Desculpe-nos pelo adiantado da hora, mas estamos precisando de uma informação sua... não podíamos deixar para amanhã. É só uma pergunta.

O de casa foi à porta e abriu-a.

– Cheguem pra cá. Não há problema algum. Apenas não reparem porque já estou vestido para dormir. A bem da verdade, já dormi um sono – o receptivo diz, nos lábios ardidos de frio, um sorriso –. Tive um dia duro e, com esse frio, os Senhores sabem como é... principalmente para quem já tem mais idade...

– E como sabemos! – um dos policiais fala animado. Abre o portão; e já estão no jardim.

– Para os Senhores é ainda pior, pois não têm hora para trabalhar...

– Bom que o Senhor compreende a nossa situação.

– Vamos, entrem. Está muito frio aí fora – diz o dono da casa.

– Não podemos entrar. É só mesmo uma pergunta – fala um deles.

– Pois então pergunte, que eu estou ficando gelado.

– Que foi, Nonô? – pergunta uma voz sonolenta de mulher, vinda do quarto.

– Foi nada, não, Nega. Só uns amigos pedindo uma informação...

– Mas a esta hora?

Segundos depois a mulher já estava ao lado do marido, a tempo de ouvir a pergunta do policial.

– Seu filho está em casa?

– Qual deles? Temos três... todos menores.

Os policiais são pegos de surpresa. Não contavam com esse detalhe.

Entreolham-se. Ao mesmo tempo o casal também se olha.

– Acho que é o mais velho – um dos policiais diz, meio sem jeito.

– Ah... o Nôzinho... – o dono da casa diz como para si mesmo. E voltando-se para a esposa:

– Ele procura o Nôzinho.

*** *** ***

Nôzinho é um rapaz bonito; lindão, lindaço, como apregoavam as meninas que o comiam com os olhos. Mesmo algumas senhoras de menos reputação. Lindão, mas difícil como quê.

Essas duas tendências se manifestaram nele desde cedo. Foi assim desde pequeno. Apesar da sisudez dos seus pais e dos seus irmãos menores, ele era um irresponsável de marca maior. Bem diferente dos seus dois irmãos, nunca deu segurança aos seus pais que, vira e mexe, tinham de resolver problemas causados por ele, quer na escola, quer na rua, com chuva ou com sol. Estavam sempre pagando contas e tendo prejuízos com coisas que ele fazia pela rua. Pode-se dizer que por onde ele passava não ficava pedra sobre pedra, que atrás, ele deixava sempre um rastro de malfeitos.

Para os que o conheciam ele não passava de um malfazejo, um malfeitor barato, que envergonhava os pais e os fazia sofrer sem um mínimo de consideração pelos sacrifícios que eles faziam para manter a família com um padrão razoável de conforto e, principalmente, por ele, na tentativa de fazê-lo trilhar o bom caminho.

Pais que conheciam aquele peste proibiam terminantemente que seus filhos tivessem amizade com ele. Nôzinho era o cão chupando manga, embora sua aparência fosse tranquila e compenetrada.

– Pois não sabe que esses são os piores? – Dizia uma mãe cheia de convicção.

– E quem não sabe, quem não sabe? – perguntava outra mãe dando mostras de que sabia a resposta.

– Esse não vale nada – comentava outra, meio despeitada, fazendo beiço. No seu caso, somente por que Nôzinho era muito mais bonito do que o seu filho, que não passava mesmo de um feioso mal desenhado.

– Como é bonito, o danado – diz uma adolescente assanhada.

– Bota bonito nisto... se eu fosse ele nem tava aqui – sussurra um malandrão entre risos, uma contração significativa nos lábios.

– E onde é que cê tava, cara? – um maroto indaga zombeteiro.

– Sei lá... penso que tava no cinema; pode tá certo que, no mínimo, eu tava por aí, traçando deus e o mundo.

– Traçar por traçar, ele traça – um deles interrompe –. Não vê que não sobra nada pra gente?

– E é verdade que ele traça? Alguma vez já te falou alguma coisa?

– E ele fala, o patife? Aquele não fala nada, e se a gente aperta ele nega... mas todo o mundo sabe o que ele faz, o filho de uma égua.

– No cinema... no cinema... ah, coitado, aqui nem cinema tem – zomba um magricela enquanto traga uma fumaça, coisa que ele faz às escondidas, pelo menos em relação ao seu pai, um viúvo respeitável.

– Puta merda, cê é ignorante pra burro, cara. Eu tô falando de cinema, cinema de verdade. Com aquela cara eu era mesmo um artista de cinema.

A patota cai na risada.

– Aquele traste eu não quero perto de filha minha – diz uma mãe severa.

*** *** ***

– Nôzinho tá doente, moço. Não saiu da cama hoje – a mãe, tremendo de frio, responde amparando-se no ombro do marido.

– É que precisamos falar com ele, mas já que está doente, voltamos amanhã.

– Estamos às ordens – diz o dono da casa. Depois, tranca a porta e apaga a luz.

Os policiais fecham o portão e ganham a rua. O casal se prepara para deitar de novo. Instantes depois os dois ouvem um barulho no fundo da casa. Não dão importância. Deve ser algum gato ladrão. Metem-se sob as cobertas.

– Já que estamos acordados, que tal a gente... – o pai de Nôzinho sussurra no ouvido da patroa.

– Pode parar, pode parar... não vê que tá frio e que temos de levantar cedo? Vamos dormir. Boa-noite – ela retruca.

O marido não responde. Apenas se encaixa nas nádegas ainda apetitosas da mulher e a abraça em conchinha. Depois, não se move mais. Respira quente nas costas dela. Ela sente que algo começa a pulsar atrás de si, mas não se sujeita. O marido respira cada vez mais quente, ofegante, a cara colada nas costas da esposa. A barba por fazer pinica-a através do tecido fino da sua roupa de dormir. A respiração, antes contida, agora já não tem controle; é forte, sem ritmo, doentia, desesperada. A mulher nada diz. Seu corpo está em brasas. Ele fala por ela e ela já não responde por si. O frio que ela sentia desapareceu de uma vez. O marido sente que essa batalha não terá vencedor nem vencido. A mulher arqueja. Seu corpo inteiro treme dentro da concha com que seu marido a envolve. Ela não se segura mais. De um salto, está em cima dele.

Quando acordaram, um pouco mais tarde do que de costume, os pais de Nôzinho não o encontraram em casa.

Pouco depois, os policiais voltaram à casa de Nôzinho. Seus pais disseram que não o haviam visto, que ele não amanhecera em casa apesar de estar adoentado e nem ter saído da cama no dia anterior. Não sabiam onde ele podia ter-se metido, nem por que saíra de casa sem avisar. Eles não sabiam o motivo pelo qual os policiais buscavam o seu filho. Isto só mais tarde vieram a saber.

Pela metade da manhã alguém foi pegar uma fruta em um terreno desocupado. Encontrou um corpo de mulher, um cadáver de três dias. Era Vera com a sua adolescência arruinada.

Nôzinho nunca mais foi visto na cidade.

No final da tarde, seus dois companheiros foram injustamente apreendidos. As duas famílias, ameaçadas de represália por algo que seus filhos não haviam feito. Mudaram-se dias depois para lugar incerto. Dos dois jovens nunca mais se ouviu falar, salvo que teriam morrido em uma rebelião na Febem. Mas ninguém podia garantir isto.

***

Capítulo 5

Enzo Grimaldi ficou fora muito mais do que as poucas semanas que anunciara a Carolina quando se encontraram no *La Mostaza*. Na verdade se ausentou por meses. Mas agora está de volta a Montevidéu.

Durante sua viagem, além de realizar performances que lhe renderam grandes somas e gastar outro tanto, ele tratou de consolidar as ideias que pretendia materializar no país vizinho. Enquanto isto, gozou a vida como era normal para um homem da sua categoria.

Quando está na lida Enzo Grimaldi não economiza dinheiro nem tempo. Um arrasta o outro. Ele segue atrás; no comando, mas atrás. Para ele, estar atrás não significa retrocesso. É a forma que, ao longo da sua vida, ele encontrou para ter mais controle sobre as suas atividades. Quem está atrás, se souber conduzir-se, pode determinar-se de acordo com o que vê dar certo à sua frente, sem ter de fazer experimentos nem pesquisas. Basta agir na hora certa e com precisão. Os outros que sigam abrindo caminho para quem sabe caminhar. Negócios são negócios, sejam quais forem. Não admitem contemplação.

Grimaldi chega a ser implacável no exercício das suas atividades. Ele costuma entrar de roldão, passar por cima de quem vacilar na sua frente, mas não deixa rastros por onde passa. Empurra as coisas, faz acontecer para que, além de fazê-las à sua maneira, possa assistir ao seu desenvolvimento e modificar sua condução de acordo com as necessidades. Para tanto, mais importante que o próprio negócio, é a seriedade com que é conduzido; seja qual for. Mas isto não é problema para Grimaldi, acostumado a agir com consciência o que torna seguras suas ações.

Agora, que ele já havia conhecido nova praça, esmera-se em determinar seus alvos, as aplicações mais rendosas, os negócios de menor risco, os que podem proporcionar-lhe mais retorno financeiro. Negócios são assim, antes de tudo, devem ser favoráveis aos seus comandantes. Quem os executa recebe por isto. E já está fechada a contrapartida.

De volta, se não tinha ainda tudo determinado, era questão de tempo.

Seus negócios se revestem de um caráter particular, e, em alguns casos, familiar. Por sua própria conta, antes de tomar uma decisão sobre qual a melhor investida da vez, ele sonda com esmero todas as vertentes. Ele só pisa em terra firme, razão por que não atira no escuro. Além dele, seu núcleo é formado, quando a situação o exige, por apenas mais duas pessoas, todas de casa. A companheira do seu filho tem sido peça-chave, pelo menos, em oportunidades em que o charme feminino é importante. Ela é a única estranha, a única agregada, mas comunga os mesmos interesses. De qualquer forma, todos trabalham sob a batuta de Grimaldi. Só partem para uma atividade depois que esta é escalada pelo chefe. Nessa relação, chefe é o que ele é, e assim se conduz todo o tempo. Não tem nenhuma dificuldade em lidar com isto, já que tem tino inato para a liderança. Em rigor, em se tratando de assuntos ordinários, não lhe faz falta um ajudante. Ele se assessora a si mesmo.

Meses atrás, ele se despediu de Carolina dizendo que passaria algumas semanas em São Paulo. Mas da mesma forma que não ficou apenas semanas, também não ficou em São Paulo. Chegou ao Brasil pelo Galeão e aí embarcou para Confins. Consumiu todo o tempo que ficou no Brasil, entre Belo Horizonte e o interior de Minas, precisamente no Triângulo e no Sul de Minas, assuntando a praça para adaptá-la às suas necessidades. Ele não delegava atribuições. Era um centralizador. Ia ele mesmo fosse aonde fosse verificar *in situ* o que precisava verificar. Nem costumava anotar muita coisa.

Durante esse tempo, se alguém precisasse de uma informação a seu respeito, todos os que, supostamente, sabiam dele, dariam erroneamente São Paulo como sendo o seu paradeiro.

No retorno, ele foi direto a Buenos Aires, onde esteve por algumas semanas sondando o mercado de *fitness*, desta feita com o interesse voltado para o seu filho, segundo ele, um *personal trainer* de mão cheia que tinha intenções de estabelecer-se na capital portenha. Daí é que voltou a Montevidéu em uma embarcação de porto a porto.

A expansão das suas atividades o direcionava para o Cone Sul, cujo mercado promissor, de acordo com sua análise, poderia marcar a sua aposentadoria.

A partir daí, e dos investimentos que estava fazendo em Minas Gerais, Grimaldi considerava que poderia dependurar as chuteiras depois de pouco tempo. Sua intenção era mesmo radicar-se em Maldonado ou, preferencialmente, Montevidéu, logo que resolvesse os investimentos que fazia nas alterosas. Investimentos abstratos, naturalmente. Precisamente patifarias. Ele queria viver na beira da praia, mas não queria praia salgada. Andava encantado com as do Rio da Prata.

Desta vez, sua preferência já não eram mais os títulos ou performances outras, que rendem lucros imediatos. Desse tipo de negócio, ele já estava saturado. Já ultrapassara essa etapa. Dinheiro por dinheiro, ele já tinha para toda a vida. O que ele precisava agora era buscar elementos mais materiais. Grimaldi queria estabilizar-se em algum lugar, fincar raiz. Para tanto, buscava um imóvel para estabelecer-se definitivamente, e outros, em que pudesse fixar seus representantes como gerentes de negócios. Grimaldi decidira partir para atividades menos complicadas. Entendia que já não tinha fôlego para sustentar as atividades que o ascenderam e que o mantinham sempre correndo de um lado para o outro, quase como forma de sobrevivência. A essas alturas da vida, ele entendia ser melhor acomodar-se e procurar uma atividade menos visível. Como qualquer um que já tivesse resolvido sua economia ao sol, já era a hora de recolher-se às sombras para viver bem o que lhe restava de vida.

Em Montevidéu ele procurou saber mais sobre a advogada Carolina Velásquez, que lhe fora indicada por uma conhecida sua, esta que conhecia a advogada. Ele mesmo não sabia nada sobre ela, salvo que ela tinha competência para simplesmente resolver tudo o que ele precisasse junto aos órgãos locais, quer da justiça, quer privados. O primeiro contato que tiveram ocorreu mais pela consideração que ele tinha com a sua amiga, do que por confiança na capacidade da causídica. Com a pesquisa que fez, confirmou que ela é uma advogada séria, com fácil trâmite na justiça, além de ser muito competente. Disto é que ele precisava. Qualquer outra qualidade seria de somenos. Há quem busque caráter, mas a Grimaldi só importava a competência. Carolina tinha os dois.

No primeiro encontro que os dois tiveram, em *Tres Cruces*, ele ficou impressionado com ela, não exatamente no que se refere à atividade jurídica, mas quanto ao seu comportamento, a seu ver, muito arredio. Não se lembra de alguma vez ter estado diante de uma mulher que o tratasse com a indiferença com que ela o tratou. Este detalhe fez com que ele, mais do que necessitar dos serviços da advogada, se sentisse incentivado a conquistá-la, um estímulo que, por certo, não o abandonaria enquanto não levasse a mulher para a cama. Seria um desafio, a consumação de uma relação proveitosa, a união do útil ao agradável, o custo-benefício de uma transação que poderia render-lhe muito. Ou não.

Grimaldi não parece ter a idade que tem. Sua aparência é a de um homem maduro, apenas isto. Sua bengala ele a usa para ser diferente, para ser destacado quando isto lhe interessa. Ele conhece bem as ilusões humanas e as expectativas que as pessoas têm acerca das outras pessoas. Para ele uma bengala, se não for por necessidade, é um detalhe que serve para identificar um indivíduo quanto à sua altivez. Entretanto, ele não a usa sempre; apenas de longe em longe, e de acordo com as conveniências, quando ele imagina que o seu uso é necessário. Algumas poucas pessoas com quem ele está amiúde já perceberam que ele mantém uma espécie de cumplicidade com a peça. Se a alguns lugares a que eventualmente comparece ele pode aparecer com ela, outros existem em que ele simplesmente não vai sem ela. Como se ela fosse um amuleto, uma proteção. Talvez seja mesmo.

Carolina Velásquez mexeu com os sentimentos de Grimaldi. Contudo, ela não sabe disso nem contribuiu de forma nenhuma para que isto acontecesse. Deve ter sido o seu jeito alheio e desinteressado o responsável por essa mexida. Ela é uma mulher muito mais jovem do que ele, mas isto nada representa para os conquistadores. Para eles o que conta é a apresentação. As conquistas para esse tipo de indivíduo são como troféus, algo que se exibe para demonstrar seu poder de sedução, ou outro poder qualquer, ainda que tudo não passe apenas de exibição, sem nenhum efeito prático.

Não é esse o caso de Grimaldi. Ele tem disposição e libido para manter-se no pódio. Entre os seus conhecidos, os do seu meio, há quem diga que seu fogo é muito superior ao do seu filho. A essa característica é que ele se apega quando seu tema é o sexo oposto. Graças ao conjunto dos seus atributos é que ele tem-se dado bem na vida, desde os primeiros passos, desde menino.

Com as mulheres ele não passa de um aproveitador, que se vale da invejada boa forma, em todos os sentidos, para marcar presença. É um homem bem conservado, talvez pelo seu estilo de vida. Não se dá a excessos, senão o da ambição. Não tem vícios, salvo o da ganância. Ocorre que estes desvios, embora façam tanto mal quanto qualquer outro, não fazem mal à pele; também não o fazem aos ossos. Ao contrário, quando bem administrados, o que fazem é conservar bem tudo isto.

Carolina, desde o primeiro contato, percebeu algo de estranho nesse homem enigmático, algo misterioso demais, ainda que em rigor, a um menos avisado, nada significasse. Ela mesma, não sabe exatamente o que é, mas tem certeza de que não pode abrir a guarda para esse sujeito. Vê nele um homem de intenções escusas. Sua intuição lhe diz que trabalhar para esse homem pode significar um prejuízo imensurável para a profissão que ela tem exercido com dignidade há anos e que já lhe conferiu um nome junto à comunidade jurídica. Portanto, muito cuidado é o que ela deve ter antes de formalizar qualquer parceria com esse indivíduo.

De volta a Montevidéu, o expediente viável para que Grimaldi entre em contato com Carolina continua sendo o mesmo da primeira vez. Deve chamar o único número de que dispõe e que lhe dá acesso a ela. É o número que lhe fora passado por uma intermediária que era, ao mesmo tempo, sua amiga e amiga de uma amiga da advogada. Contato complicado, mesmo suspeito, através de uma ponte, cujos extremos, no início, não se conheciam, e cuja corrente não será totalmente conhecida em tempo algum.

Carolina não conhece a amiga da amiga, que nem é tão amiga assim. Não passa de uma pessoa a quem ela defendera em uma ação de partilha que vinha patinando com outro advogado até que a divorcianda revogou a procuração que lhe dera por julgá-lo relapso, mesmo incapaz, de resolver o seu litígio. Um desinteressado é o que ele era. Ou, quem sabe, agia de má-fé. Foi quando alguém lhe indicou Carolina. Não demorou e ela desvendou a trama.

Ao cabo de contas, a litigante viu encerrada a pendenga conjugal e saiu do litígio com bens que ela não imaginava pudessem entrar na partilha, não por esperteza de Carolina. Ainda que fosse, porque, nesse caso, as coisas se dariam unicamente por incúria da parte contrária.

Mas não foi por esse motivo que a divorcianda se deu bem. Foi mesmo pelo esmero e pela abnegação com que a causa foi abraçada. Carolina conversou preliminarmente com a mulher, recebeu a papelada e já nas primeiras análises percebeu que, por negligência ou má-fé, o advogado anterior não arrolara todos os bens do casal litigioso. Resultou que as coisas fluíram e dentro da normalidade, tudo foi prontamente resolvido. Desde então, Carolina passou a contar com mais uma pessoa que a indicava para patrocinar causas, ainda que, às vezes, lhe aparecessem os chamados pepinos, não pela sua complexidade, mas pela conduta do interessado.

Essa cliente constituiu-se no liame entre Carolina e Enzo Grimaldi. Ela foi a responsável pela indicação da advogada, em quem ela confiava profissionalmente, à amiga, pessoa a quem Carolina nunca conheceu, mas que foi quem a indicou a Grimaldi.

Carolina não atende a qualquer um, só pelo dinheiro. Uma vez aceitado o patrocínio ela trabalha com afinco, mas antes de aceitá-lo ela se permite analisar se vale a pena no sentido moral.

*** *** ***
***
*

56

Capítulo 6

A manhã é extremamente fria em Cerro Colorado. As pessoas se movem com dificuldade encobertas por uma cerração densa que desde a tarde anterior insiste em ofuscar o tempo. Acrescente-se um vento cortante, que rasga a pele como uma lâmina gelada.

Tudo está encoberto pelo nevoeiro. As folhas das árvores, como os telhados, gotejam uma chuva que não se vê, mas se sente. A gente que se arrisca na rua leva o seu *té* a tiracolo. O mate quente que lhes aquece o peito, nesse momento de frio é o mesmo que os arrefece em outra situação.

No acampamento, o grupo de voluntários, formado em sua maioria por adolescentes, não parece sentir os rigores do tempo. Todos se entregam a afazeres, os mais diversos, de acordo com a capacidade física e intelectual de cada um. Estão em missão religiosa e seguem à risca a determinação recebida. Como tais missões ocorrem por ocasião da chamada semana santa, fazem a via-sacra. Há até quem rache lenha. Assim, não têm tempo para pensar no frio. Alguns o ignoram completamente. Uma turma canta e brinca com as crianças da localidade. Outros tocam e cantam junto com membros da pequena comunidade.

São jovens de vida normal que, durante o ano inteiro, estudam; alguns deles já trabalham. Em uma época específica do período, eles deixam tudo para trás e, voluntariamente, vão para alguma vila miserável no interior do país, acompanhados por religiosos que os iniciam na prática da caridade. O objetivo da comitiva é instruir a população local acerca dos cuidados que todos precisam ter com a higiene, a saúde, os estudos; com o civismo. Dado o caráter da missão, e como não poderia deixar de ser, o estudo do evangelho é primordial.

Os responsáveis pelo grupo de jovens são quatro monjas, um padre e uma leiga. As monjas e o padre nada fazem. A leiga é a única que, de fato, trabalha com os jovens. Nos momentos de descanso, ou depois das atividades diárias, todos se amontoam ao redor de uma lareira e voltam a ser os jovens normais de sempre. Então, cantam músicas religiosas e folclóricas, e dançam sob os olhares atentos dos adultos.

Das quatro monjas, duas delas, já encarquilhadas, atuam como a hierarquia do exército quando um grupo de recrutas é levado para pintar meios-fios das vias próximas ao quartel, quando por aí vai passar alguma autoridade: fazem nada; só mandam e observam.

Das duas que sobram, Irmã Julita, a mais jovem dentre todas as monitoras, é uma mulher bonita e agitada, reservada e vaidosa. Se pudesse, sem pudor algum, usaria cosméticos como quaisquer das adolescentes do grupo. De qualquer forma, mesmo sem dar publicidade ao fato, usa cremes corporais e uma base discreta nas unhas bem feitas. Nos lábios, um batom cor de boca é um cúmplice que não falta no seu toucador. Está aí para realçar seus traços faciais.

Julita gosta de se ver no espelho, principalmente, depois do banho. Demora-se secando diante do quadro e se revira toda, buscando ver os detalhes mais esconsos do seu corpo.

Os nervos à flor da pele, ela experimenta arrepios homéricos enquanto se aplica creme, em uma reação que ela mesma entende como incomum. Seu hábito branco, mal disfarça o corpo sedoso, sempre a exalar suave alfazema. Sempre que pode, dorme desnuda.

Julita não está presente. Nem o padre. Ele não participou de qualquer diligência até esse quase final de manhã. A caçula das religiosas só foi vista no início das atividades do dia.

*** *** ***

O celular de Carolina esteve inquieto essa manhã; mas ela não se deu conta. Só mais tarde, por mero acaso, ela descobriu uma coleção de chamadas, todas de um mesmo número da sua repartição, provavelmente Stella, perdidas na telinha do aparelho. Ela não tem intenção de retornar a chamada, que sua repartição não teria nada a tratar com ela, já que ela estava liberada por alguns dias. Enquanto mirava o aparelho, ele vibrou outra vez. Ela atende.

– *Hola... hola... hola...*

A ligação está horrível, não tem fluxo normal. Carolina fala e escuta, mas nenhuma das interlocutoras distingue uma palavra.

– *Nosotras hablamos desde allí* – uma jovem moradora da vila indica um contêiner fora de uso, deixado em um ponto estratégico, único lugar de onde conseguem usar o celular com bom ganho –. *Hay una escalera al otro lado... sígame, por favor.*

Carolina acompanha a jovem. A ligação cai. O telefone vibra de novo. É a mesma Stella.

– *Hola... ¿me escuchás?*

– *Ahora sí... ¿dónde estás?*

– *¿Qué pasó?* – Carolina pergunta.

– *Él hombre, aquél...*

– *No sé de quién hablás...*

– *El empresario brasileño...* – Stella faz uma pausa. Carolina espera que ela prossiga. Como Stella demora a falar, Carolina provoca:

– *¿Entonces?*

– *Quiere una cita con vos para tratar de cosas de las que ya sabés vos, y también de cosas nuevas... esto fue lo que me dijo él.*

– *No estoy en Montevideo* – Carolina diz, secamente.

– *Me dijo que lo imaginaba, y que te busca a vos...*

– *Ni loca.*

– *¿Y dónde estás?* – Stella pergunta. Carolina não responde.

– *Decile, por favor, que vuelvo en tres días. Gracias. Besitos.*

– *Beso* – Stella diz; e desliga.

Carolina desce do contêiner e retorna para o salão. Larga o aparelho sobre a mesa, mas antes de retomar o que fazia com a moça o telefone vibra novamente. Desta vez, ela percebe e o atende incontinênti. Outra vez é Stella, e outra vez, a comunicação é impossível; já sabendo disso, Carolina vai para o contêiner. A caminho vê Julita entrar no alojamento.

Grimaldi está impaciente. Tem assuntos urgentes a tratar com Carolina, razão por que não pode esperar seu retorno a Montevideo. Se for necessário, manda buscá-la onde ela estiver, pelo menos, isto foi o que

Stella lhe informou. Também pediu que ela lhe passasse o número da amiga para que ele entrasse em contato diretamente com ela. Mas isto estava fora de questão. Carolina agradeceu o recado e os cuidados da amiga. Antes de mover-se, olha para o celular como se olhasse para um inimigo.

"No voy a necesitarlo para nada estos días y, si lo necesito, lo prendo" – ela pensa.

Desliga o aparelho. Desce do velho contêiner.

Enquanto retorna para o salão onde estão os jovens, ela considera o fato de que o brasileiro não dava sinal de vida havia um bom tempo. Ele lhe é indiferente, mas alguma vez, desde que se falaram em *Tres Cruces*, Carolina lembrou-se dele e chegou a pensar que ele desistira dos seus empreendimentos no país, ou, então, que desistira dela e buscara outro advogado. Melhor que fosse assim, mas não era o que parecia.

A meio caminho ela torce carreira; não volta para o salão.

*** *** ***

Carolina não deixa de ser uma mulher estranha. Às vezes, ela própria compreende isto, mas não tem motivos para ser diferente. Ela não se abre nem mesmo quando o tema é sua atividade jurídica. Em alguns casos, como esse que se avizinha, o que ela quer mesmo é manter a maior distância possível do cliente. Sua prudência é o que a comanda. Passa longe o seu interesse em mudar a conduta a essas alturas da vida.

Ela não se mete em assuntos de igreja por obrigação. De fato está aí por decisão própria, embora cada vez mais, se sinta explorada pela paróquia. Ou, pelo menos, pelos quadros com quem viaja a título de evangelização ou mesmo de retiro.

A parte mais difícil de todas as atividades sobra sempre para ela. A tarefa pesada lhe é determinada sem nenhuma cerimônia. Como se ela fosse uma serviçal a quem ninguém respeitava. Apesar disso, ela nunca contestou nada e atuou sempre com muita disposição e zelo. Diferente da forma com que se porta em suas atividades funcionais nas quais, dentre outras atribuições, está a de mando, quando está em atividade religiosa ele só cumpre ordens. É uma subserviente.

Carolina estudou os primeiros anos, na condição de interna, em um liceu de freiras, por conta de uma bolsa de estudos que recebera delas. Nessa condição esteve desde os cinco anos de idade. Durante esse tempo, aprendeu a arte abominável da submissão.

Nas horas em que não estava estudando, trabalhava; não apenas ela, naturalmente, senão a maioria das internadas. Como em todos os lugares, algumas delas tinham privilégios, talvez ditados pela origem da família de que advinham, talvez pelo poder de quem tivesse feito o pedido de internação.

Como o trabalho não terminava nunca, ela e outras internas labutavam até à hora de dormir. Não passavam de escravas; meras escravas. Mas Carolina nunca viu as coisas por esse lado. Achava que devia uma obrigação impagável ao colégio por conta da bolsa de estudos que recebera. Nunca considerou que o regime de trabalho, quase forçado, a que esteve submetida durante todos os anos de internato, por si só, pagou, e muito bem pago, o benefício que havia recebido.

Nas últimas viagens ela tem-se rebelado. Não publicamente, mas com seus botões. Tem sido mais crítica em relação ao modo com que as religiosas se comportam com ela. Talvez na próxima temporada ela não faça parte do grupo. Ainda não tem certeza, mas é o que anda pensando. Entretanto, isto não significa que ela esteja perdendo a religiosidade. De fato, poucas pessoas são mais carolas do que ela.

Carolina tem uma disposição religiosa que parece mais profunda e autêntica do que a de alguns padres e a de muitas religiosas de carreira. Apesar disso, durante a sua vida ela tem tido um comportamento que não deixa de ser uma contradição em relação à sua convicção religiosa.

Esteve casada por duas vezes. Esta é uma das situações em que ela se conduz absolutamente ao seu gosto. Com relação a esse tema não se importa com os ditames da igreja, nem lhe permite a mínima interferência. Por certo, tal conduta não a torna exatamente crível, mas isto é um assunto pessoal.

Quando se casou pela primeira vez, ela estava em plena adolescência; acabara de completar dezenove anos. Um casamento talvez por desesperação. Ela precisava conhecer o gosto da carne.

O internato pode inibir ações, mas nunca impede os pensamentos. Porquanto os de Carolina, como os de todas as outras meninas, voavam; e voavam bem alto.

As paredes do prédio, a educação regrada ministrada pela escola e os ensinamentos ditos sagrados que ela mescla à sua didática, nunca foram capazes de inibir os desejos naturais de nenhuma daquelas adolescentes. Ao contrário. O que fez foi aguçá-los. Porque o resultado final de qualquer confinamento será sempre o aumento do desejo de liberdade ao confinado.

Carolina tinha suas fantasias – não por que as tivesse inatas, mas por que seu corpo as criava –, e não via a hora de torná-las realidade. Saíra recentemente do internato e estava como perdida. Seu corpo se consumia como a fornalha que a protegia dos rigores do inverno. Ela se ardia em chamas de volúpia. Mal se aguentava. Necessitava aplacar essa ardência e já não se contentava com a forma pessoal com que o fazia protegida pelas paredes do educandário, nas poucas oportunidades que ficava sozinha.

Era coisa recente. Quando ela sentiu aquele calor pela primeira vez, pensou que estivesse enferma. Foi reclamar com a madre superiora que simplesmente lhe disse que a situação era normal, que aquilo era o resultado dos seus pecados. Para obter a cura o que ela precisava fazer era rezar muito cada vez que sentisse aquele mal-estar. Foi o que ela fez.

Mas Carolina seguiu incomodada com sua situação. Quando lhe vinha o calor, ela se entregava à oração. Rezava com uma fúria que não coadunava com o exercício da fé. Fez isto até ao dia em que surpreendeu uma jovem monja, a irmã Celeste, extasiada sobre a cama, a barra do hábito na boca, as coxas se abrindo e fechando sobre a sua mão direita. O quarto devia estar desocupado àquela hora. Devia, mas não estava. Carolina não sabia disso. Era a hora em que ela devia fazer a limpeza. A moçoila estava nos seus quatorze para quinze anos.

Ao ver a religiosa se contorcendo sobre a cama a estudante parou estarrecida. Com o susto, ela deixou cair a vassoura. Estava horrorizada, hipnotizada. Completamente intimidada pelo inusitado da situação.

A monja se assustou e abriu os grandes olhos úmidos, ao mesmo tempo, ardentes de lascívia; os lábios vermelhos pela pressão que os dentes exerciam sobre eles. Por motivos bem diferentes, paralisaram-se ambas as mulheres na posição em que estavam.

Na câmara silenciosa podia-se ouvir a respiração ofegante das duas criaturas. Carolina apavorada; nem tanto a outra. Finalmente, a adolescente se volta para a porta. Vai sair.

– Espera – irmã Celeste falou, quase a gritar.

Carolina vira-se timidamente para ela.

– Pode ficar... já vou sair – a religiosa disse enquanto saía da cama e ajeitava o hábito no corpo.

Carolina ficou parada onde estava. A outra caminhou na direção da porta, mas parou, antes, diante da garota. Olhou-a diretamente nos olhos. Desta vez, Carolina não se intimidou. Sustentou com galhardia o olhar da religiosa. A irmã Celeste baixou os olhos. A estudante pegou a vassoura e terminou de entrar no quarto. Irmã Celeste ficou parada na soleira da câmara a olhar para Carolina com um misto de arrogância e medo. Mais de medo.

Esse dia Carolina compreendeu o exato significado do calor que sentia; a partir de então nunca mais se sentiu em pecado por conta dele. Com a religiosa ela aprendeu como dissipá-lo. Se aquilo era pecado, era um doce pecado; o pecado que não levava ao inferno, senão ao paraíso.

Nunca mais ela sentiu culpa por nenhum dos seus pruridos, por nenhum dos seus calores, por nenhuma das suas ânsias, que agora, ela já sabia como contê-las sem sacrifícios, sem rezas. Ninguém tinha culpa, nem mesmo a irmã Celeste, a quem ela havia surpreendido em uma posição deveras adversa. Essa situação não tinha culpados; esse jogo não tinha perdedores.

Desde então, a vida de Carolina passou por uma mudança radical.

Nem ela nem irmã Celeste jamais tocaram no assunto, mas elas passaram a manter uma cumplicidade. Uma cumplicidade sem rumores, apenas latente; sem manifestações, mas cumplicidade mesmo assim.

Depois do episódio, Carolina ainda continuou no internato por mais de três anos. Depois que ela saiu, quando as duas se encontravam na cidade ou nos encontros religiosos sempre tinham um carinho particular que aos demais nada significava, mas que tinha um significado todo especial para as duas.

*** *** ***

Neste momento, todos estão no salão já se preparando para encerrar as atividades matinais, que é chegada a hora do almoço.

Carolina está na porta do alojamento. Alheio ao frio que faz um cão dorme enroscado em uma casinha de madeira aí perto. Carolina olha ternamente para o animal. Já quis ter um, mas nunca se deu esse direito para não prejudicar o direito alheio, mesmo quando morava em um condomínio térreo. Ela tem consciência de que os animais às vezes incomodam e não queria ter problemas com a vizinhança. Depois, piorou. Carolina já nem se permite pensar em animais, que, agora, reside em um condomínio vertical, onde um animal seria absolutamente inviável. Os animais precisam de liberdade, precisam de espaço para correr, precisam de terra para viver.

Carolina Velásquez entra no alojamento. Descobre Julita ao fundo, sem o capuz, a menear a cabeça diante de um pequeno espelho. Os cabelos fartos, soltos, dão-lhe aos ombros.

A freira percebe sua chegada e sorri. Um sorriso bonito, largo e franco. São amigas as duas. Chegam a ser confidentes. Carolina se aproxima, nos lábios um traço quase imperceptível de malícia. A outra arruma o cabelo, prende-o e o cobre com o capuz. Carolina leva a mão esquerda ao queixo e balança verticalmente a cabeça. Agora, seu riso se abre e escorre como uma cascata pelos seus lábios maltratados pelo frio. Seus olhos esverdeados brilham.

– *Entonces, ¿tenés hambre?* – ela pergunta, maliciosa.

– *¿Te pa-re-ce?* – Julita responde com graça.

– *Tenés que ser mi amiga siempre...* – Carolina diz dando-lhe um tapinha nos ombros.

– *¿Y no lo sé, no lo sé?*

– *Sos libre, cariño, tengas en la mente que la vida es tuya... y solamente tuya.*

– *Gracias, mi vida.*

Julita é um par de anos mais jovem do que Carolina. As duas se conheceram alguns anos antes, em uma das missões de que participaram. Não se separaram mais. Apesar das profissões diferentes até se visitam com regularidade. Se por acaso se encontram na rua não se despedem antes de um café.

São discretas as duas. Não têm nenhuma dificuldade em manter a boca fechada. São naturalmente atentas. Em quaisquer circunstâncias, só dizem o que pode ser dito.

Carolina sabe tudo o que se passa com a amiga. Por incrível que pareça em matéria de vida, apesar de mais jovem, todos os dias Julita lhe ensina uma coisa nova. Carolina conversa com ela sobre coisas que nunca se atreveu a falar com ninguém.

O modo como Julita encara a vida diferencia bastante do de Carolina. Acontece que em sua laicidade Carolina, a profana, se comporta como fosse uma religiosa autêntica, carola, chata, dessas que acordam de noite para rezar o terço, enquanto a outra prefere cumprir seu mister e dar o seu testemunho de fé e misericórdia apenas na hora em que isto se faz necessário. Para ela isto é bastante. Quanto ao resto, ela considera que antes de ser religiosa é mulher.

Carolina tirava proveito disso, porquanto, não sustenta nenhuma ideia preconcebida quanto à conduta da amiga. Sempre era tempo de viver, de aprender a viver. Carolina tinha encontrado o seu tempo. Considerando as diferenças, ela tinha para si que Julita também já encontrara o seu e que o modo como ela vivia era mais temperado que o da própria Carolina.

*** *** ***
*

Capítulo 7

Nas duas vezes que se casou, Carolina não foi feliz. As ganas que tinha de conhecer o jogo do prazer fez com que ela metesse os pés pelas mãos. Pegou o primeiro que apareceu. Um tipo que não pode ser chamado de aventureiro porque não passava mesmo de um coitado, mas ordinário lhe cai bem. Não existe para ele um adjetivo mais adequado.

Carolina queria dividir os humores do seu corpo com outra pessoa. Ela passou quase toda a adolescência imaginando como seria sentir dentro do seu corpo a avalancha escaldante do sexo em um momento doce da ternura mais legítima. Enquanto sonhava ensaiou infinitamente o exercício e quanto mais o exercia mais solitária se sentia, mais lhe queimava o fogo interno; mais lhe ardiam as entranhas fumegantes.

Ela tinha desejos invencíveis. Por conta deles criou fantasias as mais extraordinárias e indizíveis. Pensava que vivenciá-las seria a coisa mais normal deste mundo; que os homens, além de terem os seus próprios caprichos, estavam para realizar os das mulheres, fossem quais fossem.

Sua alma se fortalecia com os devaneios da sua imaginação, pela volúpia dos seus pensamentos lúbricos. Mas ela não se via a tomar a iniciativa. Já ouvira que, tanto quanto o homem, a mulher podia dar a saída no jogo dos lençóis. Que uma vez fechada a porta tudo era válido, e tudo permitido. Nem por isto ela se julgava pronta para esse desafio. Não para iniciá-lo. Que ele viesse. E ela tinha certeza de que ele viria. Quando chegasse ela saberia dar-lhe a dimensão exata.

Mas Carolina tinha consciência de que não podia esperar muito tempo, porque já não se aguentava. Sabia do risco que corria de cair em desgraça nos braços de um qualquer, não por culpa alheia, mas por culpa própria. Por fim, cristalizou a ideia de que todos os homens eram iguais na cama, capazes de levar ao delírio qualquer mulher, simplesmente pelo fato de serem homens. Para ela, pela sua própria condição, um homem poderia acender uma mulher por mais fria ela fosse. E isto não era o seu caso. Não mesmo.

O que ela fez foi imaginar que todos eram gentis e carinhosos. Idealizou o cavalheirismo em cada figura. No seu caso, esperava que quando chegasse a sua hora ela seria tratada com toda a gentileza. Apenas a gentileza do trato, porque respeito ela não queria. Quando chegasse a sua vez, ela queria mesmo é que a sua vida se convertesse em um desrespeito total cada vez que estivesse à vontade com o seu eleito. Para isto é que ela alimentava os seus sonhos mais perversos. Queria um animal ao seu lado; um animal sexual, capaz de levá-la a gozos estratosféricos, como alguns de que ela tinha notícia através de leituras proibidas que fazia às esconsas, desde que descobriu umas revistas debaixo do colchão da irmã Celeste, a mesma que ela já havia flagrado em estripulias, no internato.

Ainda no internato Carolina passou a ter dúvidas se a irmã Celeste não sabia que ela mexia nas suas coisas. Às vezes, os achados pareciam muito fáceis, daí, a desconfiança. Como se tais descobertas tivessem sido propositadamente deixadas para que ela as encontrasse, como se a freira tivesse facilitado a coisa para a estudante. Sem contar que algumas vezes ela entrou na câmara da irmã Celeste enquanto esta lia alguma coisa que, sem muito cuidado, Carolina via que fazia parte do seu índex particular. Nem por isto a irmã se protegia.

Muitas foram as ocasiões em que as duas conversaram lado a lado. Irmã Celeste via a garota, os olhos ávidos espichados sobre as páginas abertas. Nada fazia para impedir que ela as visse. Dissimuladamente, o que a religiosa fazia era facilitar as coisas para os olhos curiosos da moçoila. A irmã contava com a cumplicidade da estudante, com a sua discrição quanto ao que ela sabia acerca da sua conduta irregular para o meio em que vivia. Ela própria tinha contado, anos antes, com a mesma cumplicidade por parte de outra religiosa da mesma instituição, que cometia as mesmas irregularidades. A vida é uma troca. Sempre foi e continuará sendo.

Carolina teve os seus sonhos, suas fantasias em relação aos seus so-nhos.

Casou-se com um mórmon. Foi seu primeiro casamento. Não consi-derou a diferença religiosa entre os dois, até porque, para ela, isto era o que menos importava. Tinha, sim, suas ilusões com o casamento; mas quem não as tem? Mesmo sabendo dos seus percalços, essa é uma luta em que se entra pensando que vai vencer, embora a derrota, não raro, chegue já no primeiro *round*, quando os contendores nem bem se aque-ceram.

O dela não teria essa roupagem de derrota, que ela reunia as condi-ções para torná-lo exemplar em todos os sentidos, desde o primeiro dia. Sabia das suas teorias, das suas mazelas, dos seus mistérios. Estava preparada para, no mínimo, não sentir dores de cabeça, já que apren-dera que esse mal é um dos grandes problemas dos casamentos. A lei-tura obstinada sobre a relação que deve existir entre mulher e homem a que se dedicara desde cedo, a autorizava a sonhar alto. Ela já se sen-tia pronta para mergulhar de cabeça nas águas, ainda que turvas, do matrimônio, para emergir de vez em quando, apenas para respirar.

Então, conheceu a decepção em sua maior escala. A primeira grande decepção da sua vida. Dor de cabeça ela não tinha. Foi para o casamen-to preparada para não tê-las. Mas o seu casamento foi que se transfor-mou na sua pior dor de cabeça. Já nos primeiros dias ela viu cair por terra todas as ilusões e expectativas que tinha sobre o tema. Seu pior momento passou a ser exatamente aquele para o qual se preparara to-da a vida. A hora da cama, que bem podia ser qualquer hora vaga, e com a qual ela sonhara desde muito cedo, se converteu, já nos primei-ros dias, em seu maior pesadelo.

Sua primeira noite foi completamente sem graça. Algo que só não pode ser chamado de fracasso porque o fracasso, de fato, ocorre quan-do alguém tenta fazer alguma coisa, seja o que for, e não consegue.

Seu marido nada tentou. Simplesmente alegou cansaço pela correria pré-nupcial. Por mais que Carolina quisesse, não se animou a insinuar--se, a oferecer-se, apesar de pensar fazê-lo em mais de uma oportuni-dade. A noite passou; Carolina passou junto. Um turbilhão se contorcia na cabeça da jovem que finalmente, vencida pela angústia, pegou no sono.

Em algum momento do dia seguinte, completamente afogueada, ela precisou buscar refúgio nas dobras da sua fantasia. Então praticou o ato solitário. Pela primeira vez sentiu-se culpada ao praticá-lo. Considerou que aquele desespero era um sacrilégio contra a sua condição de mulher casada, e que tal condição não apenas exigia, como merecia outro tipo de resultado.

Com o passar dos dias, ela que se casou para apagar seu fogo, viu-se desalentada pela indiferença do marido. Percebeu que a performance do seu mórmon não passaria muito de um trivial sofrido; que ele não estudara todos os capítulos da sua seita, que se prendera apenas às suas proibições. As relações do casal não passavam de atos rápidos em que o marido apenas queria desafogar, um contato animalesco como se fora apenas para a procriação. Ele nunca se preocupou com a mulher. O tempo de duração do seu exercício sexual era um fogo de palha. Gozava com apenas uns gemidos frouxos, deixava-se cair de cima dela e adormecia. Ela ficava olhando para a escuridão do teto, que nem a luz podia ficar acesa.

Poucas foram as vezes que ela gozou, e, nas oportunidades poucas em que isto aconteceu, não foi por mérito do seu companheiro, senão pela necessidade exacerbada que a comia por dentro e fazia dela um ser absolutamente sensível. Quando ocorria o prazer, não era mais que o resultado de dias de uma tensão indizível que, às vezes, coincidia com o desejo do marido. Então, era pá e pimba. Com qualquer meia dúzia de bombadas o infeliz já estava satisfeito, mas nesses dias, eram as bombadas suficientes para que Carolina explodisse no seu gozo reprimido. Esse resultado nunca foi simultâneo, mas quando ocorreu, foi bastante, pelo menos, para ela gozar antes de ele desmontar. Uma estupidez, mas era o que ela tinha.

Suas relações sexuais jamais passaram de atos chochos, sem graça, unilaterais, de um *mormón* insensível que nos seus áureos dias se dispunha a um máximo de duas vezes semanais, com pífia qualidade ou mesmo sem qualquer qualidade.

Carolina precisava de muito mais do que isto. Ela precisava de movimento, de quantidade, de constância; precisava de qualidade. Atributos que ela não tinha em casa e que nem podia pensar em buscar em outro lugar. Nesse pormenor, ela não se desviava da sua orientação religiosa. Não desviava, não desviou nunca.

Então, Carolina rezava, pois isto o marido lhe permitia de bom grado. A única coisa boa de que ela pode gabar-se é que ele nunca a impediu, pelo menos, não escancaradamente, de frequentar a igreja e ter suas práticas religiosas. Se alguma vez ele quis interferir com alguma insinuação, ela se fez mouca e a interferência não vingou.

Nesse período, já como funcionária pública, ela entrou, às escondidas, na *Universidad de la República*, onde foi estudar Direito. O marido, avesso aos estudos não permitiria que ela estudasse, muito menos, em casa. Então, após cada dia de trabalho, ela não voltava para casa. Sentava-se em um banco da *Plaza Independencia* ou da *Plaza Constitución* e aí ficava a estudar até à hora de tomar o ônibus que a levaria à faculdade. Enquanto esperava, amargava a friagem do inverno, a fome e, muitas vezes, teve de proteger-se da chuva, o livro nas mãos, debaixo de uma marquise.

Carolina não aguentou essa vida por muito tempo. Tinha um marido que nada lhe acrescentava, que não lhe proporcionava nem um conforto material ou psicológico. O sexo, desde o primeiro dia, não passara de uma grande decepção. Ela não teve sorte nessa empreitada. Muitas vezes chegou a perguntar-se por que não se resolveu de outra maneira. Afinal, quem disse que é preciso casar para ter sexo?

Finalmente, Carolina se divorciou. Não se preocupou com a promessa "até que a vida os separe", feita na hora do sim. Não conseguiu chegar nem aos dois anos de casada.

Os próximos três anos ela passou a seco. Quando precisava resolvia-se sem maiores problemas. Escaldada com o casamento fracassado direcionou sua vida apenas para dois objetivos: o trabalho e os estudos. Mergulhou nos livros e, nesses primeiros anos, não fez nem amigos na faculdade. Estava vacinada. Via o que acontecia nos seus corredores. Sabia que qualquer aproximação não seria para nada que não fosse uma ida a um boliche; depois, tirar a roupa e levar uma *clavada*. Ela, não. Ela não precisava disso.

Três anos. Este foi o tempo necessário para ela redescobrir-se. Conheceu um tipo sério, bonito; um indivíduo que lhe pareceu interessante. Diferente de antes, quando precisou do casamento para vivenciar o sexo, desta vez, ela se portou com mais naturalidade e se permitiu ser mais liberal. Desde que o relacionamento efetivamente começou, ela o deixou rolar como rola com a maioria das pessoas normais. Às vezes chegava a passar a noite fora.

No começo, os encontros se davam em público, uma vez que aconteciam no Prado, onde os dois caminhavam. A primeira vez que se viram Carolina passeava no interior do *rosedal*, depois de ter feito sua caminhada. Ela mirava, arrebatada, um canteiro florido. O perfume sutil das rosas mescladas exalava no ambiente naquela manhã fria de um domingo de setembro.

Carolina estava exuberante na sua roupa de ginástica, um conjunto vermelho e preto, cuja calça, que dava nos joelhos, havia sido desenhada para exibir um recorte em T, na cor preta. Era como se tal recorte estivesse superposto a uma peça vermelha inteira. Em destaque, o *top* discreto, também em preto e vermelho, cobria bem os seus seios fartos, mas não impedia que surgissem seus semicírculos no decote redondo da peça, nem o vale que separa esses montes de carne.

*** *** ***

O homem se aproxima; Carolina sequer percebe, tão envolvida está com as flores.

– *Te ofrezco aquélla* – ele diz apontando uma enorme rosa encarnada que se destacava em uma moita viçosa.

Carolina se assusta com a chegada inesperada do homem, com sua abordagem, com seu atrevimento. Volta-se para ele, o rosto contraído, as feições duras. Olha-o espantada, o espírito armado pelo susto, apenas por reflexo. Mas logo se desarma. Percebe que ele é um tipo atrevido, mas inofensivo. Apesar disso, ela não pretende dar mole para o sujeito.

Seu susto não incomoda o indivíduo. Ele não se vexa pela aborda-gem ab-rupta. Antes que Carolina resolva dar-lhe as costas ele conti-nua.

– *Si pudiera agarraba una para vos...*

Carolina dá-lhe as costas e se volta para o canteiro de flores, para o ponto indicado pelo sujeito, mas não consegue destacar a flor mencio-nada. São tantas... Depois, ela olha outra vez para o moço e se sente embaraçada. Era como se o conhecesse. Mas não estava certa disso. Ele percebe que algo passava com ela. Então ele se aproxima, aponta para o canteiro de rosas.

– *Aquélla... en la que está la mariposa.*

Carolina olha, outra vez para o canteiro e vê a borboleta que acaba-va de pousar em uma rosa. Olha em silencio o inseto que beija a flor com a leveza de uma pluma.

– *Gracias. Pero no se puede.*

– *Verdad; no se puede...* – ele esboça um sorriso.

Carolina começa a andar. Pega um túnel de trepadeiras que dá para uma das saídas e já está fora do *rosedal*. Ganha a avenida sem olhar pa-ra trás. Se tivesse olhado teria visto que alguém a observava.

Carolina não estava acostumada a ter encontros. Passado o momen-to, nem se lembrou que estivera conversando com um estranho no parque. Não deu a mínima importância ao encontro casual que tivera no jardim. Sua semana se transcorreu sem alterações. No domingo se-guinte ela já estava na pista outra vez, como se nada tivesse acontecido.

*** *** ***

Carolina estudava e trabalhava. Não tinha muito tempo para as ati-vidades desportivas, por mais saudáveis elas fossem. Por conta disso, não caminhava sistematicamente. Se tivesse tempo caminhava todos os dias. Mas não era isto o que acontecia. Aos domingos é que ela se dava esse luxo. Só se privava dele quando chovia.

Saía bem cedo para o Prado. Sua caminhada era um exercício sem compromisso, mais para desopilar o estresse da semana, do que para outra coisa. Depois, Ficava horas vagando pelo imenso parque, perdida entre as árvores, respirando o ar puro do lugar. De tempo em tempo ela sentava num banco e lia páginas de um livro ou de uma revista que trouxera de casa. Ou algum panfleto desses que ordinariamente se entregam nas esquinas. Enquanto lia, ela olhava as ramadas que dançavam com a brisa, escutava os grilos sem saber onde eles estavam. Daí ela ouvia, bem de perto, os pássaros na algazarra do seu eterno recreio, dependurados nas árvores, protegidos entre as folhas. Alguns corriam pela grama à cata de sementes e insetos. Os sabiás ciscavam nos lugares úmidos e saíam com uma minhoca atravessada nos bicos.

Nesse dia, Carolina encontrou uma amiga do colégio, do tempo do internato. Estava distraída, lendo, quando a outra se acercou. Não se viam havia um monte de anos, desde que a outra, Silvita, saíra do educandário.

– *¡Hola, niña!*

Carolina levanta a cabeça e dá com a amiga já parada na sua frente.

– *¡Hola!...* – Carolina faz uma pequena pausa.

Imaginando que a antiga colega não se lembrava dela a recém-chegada diz seu nome.

– *Silvia.*

– *Claro, Silvita, ¡qué bien estás¡ Hace un par de años que no nos vemos. Te veo linda.*

– *Gracias, Carol. Tú también.*

– *Carol… Carol…* – Carolina repete – *Hace tiempo nadie me llama así. La verdad que sólo vos me llamabas así. Séntate aquí, por favor* – Carolina indica o banco. Sílvia senta-se ao lado dela.

– *Entonces* – a amiga fala – *¿estás casada?*

– *Yo no... la verdad soy divorciada* – Carolina diz sem entusiasmo.

– *¿Sí? Lo siento, amiga.*

– *¿Y vos?, veo que tenés un anillo en la izquierdita…*

– *Es verdad* – Sílvia diz, um sorriso franco nos lábios rosados.

– *¿Con el tipo que conocí?* – Carolina pergunta, curiosa.

– *¿De quién hablás?*

– *De tu novio, aquél…*

Sílvia franze o cenho, enquanto pensa.

– *Claro...* – ela diz, lembrando-se de um namorado seu, que Carolina havia visto a distância, em uma noite de festa – *El de mis 15...*

– *Que bien, ¡entonces se casaron!* – Carolina fala, entusiasmada.

– *"Claro" que no, boluda* – Sílvia diz, quase soletrando, um tremor de desdém no canto da boca –. *Sí que me desposé, pero a otro hombre, un hombre de verdad.*

Carolina olha sem graça para a amiga, que continua.

– *Dije "claro" que me acordaba del tipo, nada más.*

– *En aquel entonces, estaban tan bien...* – Carolina diz, reticente.

– *Discúlpame la ausencia, querida, pero aquel era un tipo asqueroso. No nos llevamos mucho tiempo...*

– *¿Por?*

– *No pasaba de un sucio; un puerco sucio. Lo nuestro se quedó por allí... y nunca más lo vi. El otro día una amiga me dijo que se había ido a España. No la pregunté, pero me lo dijo, y ya está...*

– *Cambiemos de tema* – Carolina fala, um sorriso amarelo nos lábios.

Continuaram as duas sentadas ali por um bom tempo. Recordaram situações que viveram juntas na mais tenra infância, antes que as duas fossem para o liceu e, algumas, mesmo no liceu.

– *Yo me fue primero del liceo, y de ahí en más todo quedó más difícil para nosotras. Ya casi no nos veíamos* – Sílvia diz.

– *Verdad...*

– *¿Cuándo saliste?*

– *Casi para casarme... Ahí pasé gran parte de mi vida.*

– *No sé cómo soportaste tanto... Ya sabés que no me gustan las monjas...* – Sílvia diz, a voz impostada.

– *¿Qué decís vos?* – Carolina intercepta a amiga, a voz desesperada.

– *No me gustan para nada.*

Carolina está chocada. Não esperava ouvir tamanha sandice de alguém que estudara com as freiras.

– *A mí no me parece que las deba algo* – Sílvia fala.

– *¿Cómo no? Estudiaste con ellas... sin pagar nada...*

– *No te olvides que yo, que nosotras todas, trabajábamos en las horas que nos eran determinadas... y también no cobrábamos...*

– *Pero ¿no te obligás a nada por ellas?*
– *Nunca las soporté, y no las soporto todavía.*

Diferente da amiga Carolina, Sílvia não pensava que devia obrigações às freiras e à escola. Era politizada. Sabia que havia estudado sem pagar, mas sabia também que nada recebera pelo seu trabalho durante os anos todos em que estivera na instituição. Da mesma forma, não via as religiosas com moral suficiente para tratar as estudantes com a severidade com que o faziam. Não mesmo. O que ela pensa, de verdade, é que a escola, pelo menos nos moldes em que ela a conhecera, não era mais que uma prisão, com todos os seus requintes.

– *No las necesito. Si no me deben a mí, también nos las debo nada a ellas* – Sílvia arremata.

Carolina sente asco na voz da amiga, que segue desfiando seu rosário de impropérios contra as religiosas.

De repente ela se dá conta que não devia se espantar tanto. Afinal, não se recorda de alguma vez ter encontrado Silvita em qualquer atividade da igreja em que as monjas estão ligadas, quer em missões pelo interior do país por ocasião da quaresma, quer na própria capital. Percebe que nunca se encontrou com a amiga em nenhum lugar onde o tema fosse religião. Pensando mais, não se recorda de ter visto uma única vez o seu nome nos convites para os encontros anuais de confraternização de ex-alunas. Nem de alguma vez tê-la visto nessas assembleias.

De fato, Sílvia não tem vínculos com religião. Não tem tempo para essas coisas.

Carolina nunca teve nada contra nenhuma das suas ex-colegas. Agora, tem contra Silvita. Não exatamente contra ela, mas contra a ojeriza que ela tem em relação às dirigentes da escola. Uma ingrata essa Sílvia! Para Carolina, todas as ex-alunas devem ser eternamente gratas e subservientes às monjas do colégio. Devem estar dispostas a servir sem ressalvas a quem as serviram, e bem, por tanto tempo, no passado. Ela própria, apesar das atividades que exerce em duas profissões nunca deixou de reservar um pouco do seu tempo para seguir trabalhando, graciosamente, para aquela gente que ela considera especial, ainda que isto resulte em incompatibilidade com algumas pessoas com quem ela trata regularmente, ou mesmo como era agora, o caso de Sílvia.

Carolina não sabe quantas vezes, ao longo da sua vida, já tomou chuva, se resfriou ou deixou de descansar por conta do serviço voluntário que faz no colégio. Ou quantas pessoas que lhe devotaram muita atenção já se afastaram em razão da descortesia que dela receberam em algumas oportunidades, tudo por que ela punha a igreja acima de todas as suas amizades, coisa que nem mesmo os padres fazem. Ela não tinha mais tempo para as charlas com as amigas. Quando alguma delas a convidava para uma reunião ela não lhes dava trela.

– *Mañana no puedo; tengo que hacer la contabilidad.*

Sem nenhuma cerimônia ela se desculpava por não poder comparecer a um encontro de amigos porque tinha de participar de deliberações na paróquia junto com as freiras e o padre.

– *El domingo próximo llevo toda la tarde con el grupo. Es final de mes y tenemos que armar la programación mensual.*

Se alguma vez era perguntada quanto recebia pelo serviço extra simplesmente dizia que o fazia porque se sentia bem, que gostava de ser útil. Na maioria das vezes, ela chega à secretaria da igreja, onde são feitos os trabalhos de contabilidade, não encontra ninguém e tem de fazer tudo sozinha. Algumas vezes, lhe dizem "que estava muito frio, ou que estava muito quente, ou que tiveram um compromisso e que, ademais, sabiam que ela não faltaria".

– *¿Qué mal puede haber si me siento bien con ellos? Yo soy así…*

Carolina não tem nada pessoal contra Sílvia, mas o que acabou de saber é suficiente para que não se interesse por ela da forma como se interessa pelas outras. A não ser por uma razão muito especial, Carolina não se acha capaz de manter amizade com "*una profana*", classificação que ela acabou de cunhar para Sílvia.

"*¡Qué ingrata!, la mujercita esa… ¿quién piensa que es?*" – Carolina pensa enquanto se dirige à sua casa, depois de despedir-se de Sílvia sem demonstrar muito entusiasmo.

*** *** ***

No próximo domingo Carolina não foi caminhar. Nem no seguinte. Nem no outro. Estava às voltas com a organização de uma peregrinação que o pessoal da igreja faria à Europa. Como sempre, a parte pesada ficou para ela, que precisava preocupar-se até com detalhes particulares de alguns dos viajantes, que não tinham documento de viagem. Carolina teria de auxiliá-los nesse trâmite.

O primeiro destino era a Espanha. Madrid como ponto de chegada. Daí, a Oviedo para percorrer o caminho primitivo de Compostela. Depois, um pulo ao Vaticano, com a ideia principal de ir à *Piazza di San Pietro* ver o Papa João Paulo II. Apenas para ver, que não há outra justificativa. Mais para fazer constar no histórico de viagem de cada um, como se isto pudesse acrescentar alguma coisa às suas vidas. Não seria mais do que assistir a um show em praça pública, como qualquer outro. Um show, simplesmente.

Não havia nenhuma preocupação com a beleza e o significado histórico da Itália, de Roma; nem sequer do Vaticano. Seria só para cravar na agenda uma viagem que muitos desejam. Ou como uma carona que o indivíduo pede para o norte, mas se a condução estiver indo para o sul, também serve. Apenas um ou outro sabia o que a cidade representa na história da humanidade.

Tudo planejado com esmero. Antes de voltar para casa eles passariam pelas lojas locais, porque ninguém viaja, muito menos à Europa, e volta com as mãos vazias. O que faltasse comprar, provavelmente o que ficasse adrede reservado para o final, seria resolvido no *free shop*. Ademais, era uma viagem patrocinada; ninguém sabia o seu custo e ninguém teria de prestar conta de nada.

Carolina não era a única dentre os viajantes que não era exatamente uma religiosa de carreira. Nessa situação estavam apenas o padre e duas freiras, estes que eram os chefes da comitiva. Os demais eram laicos, não passavam de uma seleção especial de gente amiga da paróquia, principalmente amiga dos padres. Não sabiam o valor do passeio.

A organização da viagem consumiu alguns finais de semana de Carolina, mas agora, que tudo estava resolvido, era aguardar a data do embarque, coisa que se daria meses depois.

*** *** ***

Agora, ela estava de volta ao Prado pleno de primavera.

O céu em seu azul profundo e imaculado não impede a passagem dos raios do sol, ainda tímidos, mas ardentes. As flores desabrochadas são como luzes acesas dependuradas nos arbustos e nas árvores. Luzes de todas as cores, cores de todos os tons. Perfume de toda a sorte, que inundava o Prado; abelhas que zumbiam perto de Carolina, beija-flores que bicavam aqui e ali o néctar abundante.

Alguma coisa atormenta Carolina. Apesar da tranquilidade do lugar e da preferência que tem pelo sítio, ela não está bem esse dia. Está mesmo entediada.

Ela termina sua caminhada pelo parque. Conforme era seu costume, segue para o *rosedal*, seu ponto preferido. Quando vai entrar no confinamento das rosas, ouve uma voz masculina, vinda da lateral.

– *¡Qué coincidencia!, otra vez nosotros nos vemos aquí. Hasta parece que marcamos una cita.*

– *Puede que sea una cita a ciegas* – ela responde, a voz enfadada.

– *¿Te parece?*

– *A usted, ¿no?* – Carolina pergunta, distanciada.

– *Por favor… yo soy Juan, y a mí me parece que nos conocemos.*

Carolina olha para Juan com um pouco mais de atenção e lhe parece realmente conhecê-lo. Pelo menos alguns traços do seu rosto lhe são razoavelmente familiares. Enfim, muita gente se parece e essa pequena confusão não seria nada demais.

– *Puede que sí. Tal vez porque nos vimos el otro día* – Carolina diz, duvidando.

– *No lo creo* – Juan diz olhando o céu azul como se buscasse aí a confirmação do que dizia –. *Lo que importa es que estamos aquí, tal vez por coincidencia, tal vez por…* – ele faz uma pausa.

– *¿Por?* – Carolina pergunta, os olhos timidamente voltados para os dele.

– *Porque tal vez te venga buscando todos estos días… ¿podemos sentarnos ahí?*

Carolina sente a investida de Juan, mas não refuga. Talvez precise mesmo conversar um pouco.

Os dois sentam-se no primeiro banco, de frente para os canteiros de rosa, e aí ficam em silêncio, apenas olhando as flores.

Carolina sente-se bem ao lado desse "desconhecido". Ela não sabe as razões exatas que a levam a essa conclusão, mas pelo menos por enquanto, sente-se bem com ele. Talvez seja pelo estado de carência em que se encontra. Durante toda a semana ela tem contato com pessoas, conversa com muita gente, mas nunca com um sentido pessoal, senão maquinalmente, enquanto trata de interesses normalmente delas. Mas Carolina sente necessidade de bater um papo, conversar, talvez futilidades, para temperar a sua vida. Afinal é domingo. Amanhã o batente recomeça e a vida continua com todos os seus solavancos.

Ocorre que Carolina não sabe como iniciar a conversação. Juan parece ter perdido a língua. Se ele não fala, ela também não fala. Não sabe como começar e, justo agora, que estão sentados lado a lado, em uma situação que sugere intimidade, ela está mesmo é mais intimidada do que de costume. Talvez a proximidade esteja sendo o escudo entre eles. De repente, quase num engasgo Juan diz:

– *He venido acá todos los domingos y nunca te encontré.*

– *No volví más desde que nos vimos aquél día.*

– *Llegué a pensar que no nos volveríamos a ver.*

– *No podía venir. Andaba involucrada con unos mandados.*

– *A los domingos?* – Juan pergunta sorrindo.

– *Por supuesto, Señor. Hay cosas que se hacen los domingos.*

– *Por favor, Señor no...* Juan, Juan – ele diz, simulando enfado.

– *Está bien, Juan.*

– *La verdad que no sé tu nombre todavía...*

– *Carolina.*

Ao ouvir o nome Juan volta-se para ela, espantado.

– *¿Carolina?... ¿Carol? Yo sabía que te conocía, claro, ¡Carol!*

Carolina arregala os olhos. Não por que ele afirmara que a conhecia, até porque ela mesma já havia tido essa impressão, ainda que vagamente, mas pelo "Carol".

– *¡No puede ser!* – Carolina diz.

– *Nos vimos una única vez, es verdad; pero escuché demasiado tu nombre. No actualmente, por supuesto, sino en aquel tiempo.*

– *¿Cuándo fue eso?* – Carolina pergunta.

– *Nos vimos en un cumpleãnos, hace mucho, mucho tiempo... un cumpleaños de 15.*

Carolina já foi a tanta festa de debutante em sua vida que fica difícil lembrar-se de uma em especial, principalmente, uma já passada há muito tempo.

– *Aquella noche estaba con mi novia* – Juan continua.

– *¿Qué pasó con tu novia?*

– *Lo nuestro se terminó pronto. En seguida me fui a España.*

Carolina se lembra da conversa que tivera com Sílvia e entende o que passa. Também se dá conta do motivo de pensar que Juan não lhe era desconhecido. Ele era o namorado de Sílvia, o mesmo de quem ela falou mal com Carolina quando se encontraram aí mesmo, no Prado. Carolina sabia da existência de Juan e este da dela, já que tinham Sílvia como um ponto comum.

Carolina e Sílvia eram amigas, mas não estavam sempre juntas. Eram internas no mesmo colégio, mas estudavam em classes diferentes. A disciplina interna impedia um relacionamento estreito entre as meninas.

Sílvia saiu do colégio antes de Carolina, e foi estudar em colégio do Estado. Carolina permaneceu onde estava. Com a saída da outra, elas que na escola, por razões disciplinares, não conviviam regularmente, se apartaram de vez, apesar de serem amigas desde sempre. A partir daí só se encontravam em situações esporádicas como na festa de debutante de Sílvia. As mães das duas seguiam amigas e o convite para a festa não poderia ter deixado de ser feito. Carolina foi à comemoração dos quinze anos de Sílvia beneficiando-se de um "indulto" concedido pela madre superiora. Passado o debute ela foi pela mãe devolvida ao internato.

Carolina e Juan não se conheciam, não se haviam visto antes do debute de Sílvia e, a bem da verdade, não voltaram a ver-se até o encontro recente. Parece que a única vez que se viram foi suficiente para fazer que não se esquecessem, embora até o *rosedal* nunca tivessem se lembrado, nem sequer pensado um no outro. Pelo menos da parte de Carolina, isto é certo.

– *¡Que buena memoria tenés! Nosotros nos vimos una única vez hace una vida, y me recordás la cara…*

– *Dicen que la tengo buena* – Juan corta-lhe a fala –, *pero no es así.*

– *¡Qué memoria!* – Carolina exclama, mais para si mesma, na voz um tico de desconfiança.

Juan continua falando.

Carolina não presta atenção ao que ele diz. Pela sua cabeça passam as coisas, poucas, mas significativas, que Sílvia havia dito sobre ele. *"Un puerco sucio"* – ela dissera –. *¿Qué querría ella decir con ello?* – Carolina se pergunta, em pensamento. Sente-se curiosa em saber o que pode fazer de um homem sem nenhuma aparência asquerosa, *un puerco sucio*. Sente vontade de descobrir.

Os dois continuam sentados conversando informalmente sobre banalidades. Pelas tantas, Carolina acabou descobrindo que Juan é um tipo de mente aberta, interessante; mesmo sedutor. Ela, que já faz tempo não é seduzida por ninguém, que nem sabe se alguma vez foi seduzida.

O que ela sabe é que, na flor da idade, se metera em uma empreitada que lhe rendeu um casamento que não lhe trouxe nada de bom nem lhe deixou nenhuma boa lembrança. Um casamento que morreu no nascedouro. Como uma semente que germina em terreno árido, brota da terra e o broto desaparece antes de lançar seu primeiro par de folhas.

O tempo passa; Carolina e Juan não se dão conta disso. Só percebem o avançado da hora quando um som estranho irrompe do estômago de Carolina. Um barulho surdo como uma trovoada abafada. Os dois se olham sorrindo.

– *Perdón… me suenan las tripas* – Carolina diz, contrafeita.

– *Mirá. Vámonos ahora mismo a una cafetería. Conozco una a un rato de acá.*

    – *¿Te parece?*

    – *Por supuesto. ¿Estás en auto?* – Juan pergunta.

    – *No tengo auto, muchacho. No sé manejar.*

    – *No importa. El mío está cerca.*

Carolina nunca entrou em um carro de estranhos. O fato de ela já ter visto Juan uma vez aí mesmo no parque e de agora estar conversando tranquilamente com ele, não o torna menos estranho. Ela não sabe se deve aceitar.

    – *¿Entonces?* – ele provoca.

    – *¿No te parece inoportuno?*

    – *Para nada. Puede que no tengamos otra oportunidad* – Juan diz sorrindo.

    – *¿Qué querrá ese tipo? Y yo ¿qué querré yo, qué estoy haciendo, dios mío?* – Carolina se pergunta mesmo sabendo a resposta.

Carolina não tem nada contra Juan. Pelo menos, não até agora. O que experimenta ao ser convidada é uma sensação diferente. Sente-se tentada, muito mais do que convidada. Ela tem as carnes febris, mas não gostaria de conservar essa febre por mais tempo. Sente o corpo agitado como um vulcão, prestes entrar em erupção.

Diante de todos os calores que Juan lhe desperta, como ela se comportaria? Ela sabe que está com a libido à flor da pele. Uma libido represada, insaciada. Uma libido que ela, às vezes, tenta aplacar na solidão do seu quarto para descobrir que quando pensa que a aplacou só fez aumentá-la. É apenas um desafogo unilateral e solitário que não a deixa feliz, antes, depressiva. Talvez já seja a hora de ela fazer naturalmente a coisa, não que a sua forma de satisfação atual não seja natural.

Sua experiência anterior não deixou boas lembranças. Por isto mesmo, ela preferiu fechar-se no seu casulo, traumatizada por uma convivência ordinária a que se lançou em um casamento nojento. Seu matrimônio não foi, em nenhum sentido, o que ela havia imaginado. Na parte sexual então, nem se fala.

Terminado o casamento, nunca mais se permitiu um contato com um homem, embora fosse sempre assediada. De fato, mesmo por mulheres. Ela rejeitava os dois, ainda que no segundo caso, algumas vezes, se sentiu tentada e quase cedeu a uma experiência nova. Mas não. Pelo menos por enquanto ela ainda prefere esperar. Ainda tem esperança de encontrar um homem que a faça sentir-se mulher de verdade, ainda que por uma vez. Será que Juan percebeu isto na sua cara?

– *Vámonos. Después te traigo acá o te llevo adondequiera que te lleve.*

Os dois caminham até ao carro, parado pouco adiante. No percurso ninguém diz palavra. Entram no automóvel; Juan dá a partida. Carolina está tensa. Juan parece normal, quase indiferente.

"Pensé que él intentaría algo cuando subiéramos al vehículo" – Carolina pensa.

Mas Juan não tentou nada. Mais de uma vez, quando ele ia mudar a marcha do carro, ela se arrepiou pensando que inadvertidamente ele pudesse resvalar a mão pela sua coxa. Se ele fizesse isto ela não ia se ofender. Já havia posto na cabeça que apenas fingiria um recato que ela, de fato, tem, mas que não era o caso para o momento.

Em alguma ocasião nesse encontro Carolina se decepciona com a seriedade de Juan. Em decorrência das aventuras que ela ouve suas companheiras de trabalho contar cada segunda-feira, após os embalos do final de semana, o que lhe ocorre é inusitado. Por natureza, ela não contaria nada sobre sua vida particular a nenhuma das suas colegas. Mas se fosse de contar, já sabe que não teria nada para dizer sobre esse domingo. Não poderia falar nada sequer para Julita quando a encontrar porque ela mesma terá tido uma aventura mais recheada do que a de Carolina.

– *El tipo es un caballero* – Carolina cogita –. *Yo debía de estar feliz.*

Será que depois de tanto tempo sem estar a sós com um homem Carolina teve a má sorte de sair com um que não a desejava? Mas sendo assim por que parecia que ele manifestava interesse por ela? Por quê? Ou será que ele não demonstrava nada e essa imaginação não passava de uma fantasia dela?

"Si me acuerdo bien lo sentí decir que me había buscado… Claro… lo escuché decir que me andaba buscando…" – Carolina pensa.

84

Chegaram ao destino; uma lanchonete, àquela hora, quase vazia. Conversaram, riram, tomaram pomelo, refrigerante que era do gosto dos dois. Comeram uns *nuggets* de frango apenas para forrar o estômago. Mais tarde, Juan levou Carolina ao mesmo ponto onde a encontrara.

Carolina esperava mais de Juan. Havia esperado bem mais que provar umas iscas de frango. Apesar do desencanto que sentia terminou por justificar cada atitude do seu companheiro de pomelo. Os dois descem do carro. Ela está absorta em seus pensamentos.

"Un muchacho serio, nada más. Puede que si tuviéremos otra oportunidad..."

Juan sai pela frente do carro e a encontra do outo lado.

— *Estoy encantado* — ele interrompe os pensamentos dela enquanto lhe estende a mão.

— *¿Por qué tenés que quedarte aquí?*

— *¿Cómo aquí?*

— *Puedo tranquilamente llevarte a tu casa.*

Carolina segura a mão de Juan. Sente um choque, como se pegasse em um fio desencapado. Na verdade ela está subindo pelas paredes. Deveria aceitar que Juan a leve até a casa? Seria esta a outra oportunidade pensada por ela?

— *¿No te voy a estorbar?* — ela pergunta.

— *¿Te parece?*

*** *** ***

A partir do próximo domingo Juan começou a passar, logo cedo, pela casa de Carolina. Daí, iam para o Prado ou para lugares outros como Parque Rodó, Parque Batlle, Parque de las Esculturas. Onde quer que houvesse verde eles iam. Era uma desculpa para estarem juntos todo o domingo pela manhã. Com o passar das semanas a manhã se estendeu pelo dia inteiro.

Já estavam íntimos na essência da palavra. Bem, quase íntimos.

Carolina não sentia que Juan estivesse de olho nela. Talvez isto acontecesse por conta do exagero dos desejos que ela sentia, não exatamente por ele, mas por qualquer um com quem ela estivesse nesses dias. Melhor que fosse ele, um tipo sisudo a quem ela já estava conhecendo; em quem, no mínimo, já aprendera a confiar. A grandeza do seu ímpeto era o que ofuscava o que Juan sentia por ela. Não seria qualquer desejo que se compararia com o dela. Daí, a dúvida.

Um domingo à tarde, quando Juan levava Carolina a casa, ao passar por uma esquina um grande painel de propaganda chamou-lhe a atenção. Ele parou o carro; depois o desligou. Era a propaganda de um motel. Carolina ia distraída. Não se deu conta.

– *¿Qué pasó?* – ela pergunta.

– *Nada... no pasó nada* – Juan responde tranquilo.

– *¿Por qué paramos?*

Juan abre a janela do carro, em silêncio.

– *¿Y?* – Carolina insiste.

– *Si dependiese de mí, hoy no te llevaría a casa.*

– *¿Por?*

Juan continua sem responder. Apenas olha direto para o cartel. Carolina se abaixa um pouco, a mão esquerda no ombro esquerdo dele, os seios pressionando seu ombro direito; quase um abraço, uma intimidade que nunca havia acontecido entre os dois. É sim, um abraço; sutil, mas um abraço. Ela vê a propaganda. Sua respiração quase para. Então, ela fala no seu ouvido:

– *Hacé lo que quieras.*

– *¿Sí?*

– *Lo que vos querés yo quiero igual. Yo quiero lo mismo.*

Juan se volta para a moça. Beijam-se pela primeira vez. Carolina já não aguentava mais esperar. Ela tinha o corpo em ebulição, como um cadinho que, se não for esgotado, com pouco explode. Agora, ela está saciada porque na sua condição um beijo é suficiente para resgatar-lhe o sossego e dar-lhe um pouco de tranquilidade. Está amolecida. Finalmente. Eles se beijam outra vez e outra mais. Suas mãos se buscam em febre. Eles se apalpam, se apertam, se alisam. Mas não passam disso. Em seguida, Juan liga o carro e faz o retorno.

A partir desse dia, o regime dos seus encontros mudou completamente. Deixou de ser uma coisa do tipo "quase casual", apenas aos domingos, e transformou-se em um hábito. Praticamente viam-se todas as noites. O encontro só não se dava quando algum evento laboral inadiável de Carolina o impedia. Caso contrário, lá estavam eles.

Carolina mudou até de humor. Uma mudança que não passou despercebida a nenhuma das pessoas com quem ela convivia quer no trabalho, quer na igreja. Sua fome de religião não se acabou, mas, pelo menos nesses tempos, se aplacou. Ela tinha outras coisas por fazer. Coisas mais prementes. A necessidade que ela tinha de matar a fome do corpo pareceu indicar-lhe que para a alma, coisa etérea e imortal, havia tempo.

Ela acabou confirmando que Juan era realmente um sujeito sério e respeitador, mas o que ela menos precisava nesses momentos era de seriedade e respeito.

Juan não era exatamente o que ela imaginava para a sua vida, mas se considerassem seus últimos três anos, tempo que ela passou na maior secura, não tinha nada a reclamar.

Depois da sua decepcionante experiência conjugal ela, que não havia conseguido realizar uma, que fosse, das suas fantasias sexuais, se informara muito mais acerca do assunto. Então, chegou a Juan com a cabeça cheia de coisas, ansiosa por, finalmente, poder tirar da vida o que dela deve ser tirado.

Não foi o que aconteceu. Pelo menos, não era ainda o que acontecia. Apesar do cotidiano dos seus encontros e do estro que Carolina levava para cada um deles, ela nem sempre voltava saciada para casa. Alguma vez se questionou se era uma pessoa normal, ou se o fogo que a devorava não era simplesmente uma tara.

Quando começaram a sair, ela pensou que fariam sexo, não um sexozinho vagabundo, mas um mirabolante, todos os dias. Ela tinha essa fixação. Porém, sem muita delonga, descobriu que tudo não passaria de um papai e mamãe muito do sem graça. Na primeira vez que aconteceu, Carolina explodiu em um gozo fenomenal e se iludiu com isto. Mais tarde, pensando no acontecido, entendeu que seu prazer lhe fora proporcionado muito mais pela gana que sentia que pelo desempenho do seu companheiro.

A primeira surpresa foi descobrir que ele era Testemunha de Jeová, outro relacionamento com pessoa de religião diferente da sua. Descobriu que a performance dele não era lá essas coisas, justamente por conta da ignorância dele sobre a religião que ele professava. Mas como ele não se metia com a religião dela, como da outra vez, estava tudo bem. Pior que isto foi constatar que ele não se importava muito com o tempo dela. Era ele e pronto. Se ela conseguisse chegar junto, tudo bem. Caso contrário, azar o dela.

Mas não fazia mal, já que ele era confiável. Nesses tempos bicudos, isto bastava para Carolina. Para ela, essa condição já era uma virtude.

Levaram três anos nessa vida. Durante esse tempo, eles se resolveram pelos motéis. Nunca Carolina pôde realizar uma fantasia – uma das fantasias – que ela tinha, que era praticar o sexo dentro de um carro. Não por falta de insinuação sua. Quanto a Juan ele nunca lhe sugeriu nem mesmo compreendeu as suas investidas.

Carolina sabia que Juan morava na casa dos pais, mas nunca foi convidada a ir lá. Exatamente, não sabia nem em que bairro ficava a casa. Ela, sim, tinha a sua casa onde vivia só, mas Juan nunca passou do portão do condomínio porque ela, dando vazão ao conceito retrógrado que tinha sobre certas coisas, não se permitia ser visitada por um homem, mormente por causa da vizinhança enxerida. Ela mesma já vira uma das suas vizinhas bater na porta de uma desavisada que acabara de receber um homem que, mais tarde, descobriu-se que era seu irmão. Não antes de a fofoqueira propalar aos quatro cantos do condomínio a situação indecente protagonizada pela descarada, que não se importava em sujeitar a vizinhança a um vexame daquela natureza.

– *No deberíamos de aceptar solteras en nuestro condomínio* – ela disse a uma não menos fofoqueira.

– *Pero no es solo esa... te olvidaste la otra?* – ela pergunta, cheia de maldade.

– *Pues sí... que tenemos la otra...*

– Parem com isto suas bocudas. Vão até a casa saber de quem se trata, e terão uma surpresa – falou, sem parar, uma brasileira que passava e ouviu as palavras maldosas das duas.

– *¿Qué ha dicho esa?* – perguntou uma delas.

– *¿Te creés que no lo sé?*

Os três anos iniciais foram um tempo de conhecimento mútuo; pelo menos, ela pensava que fosse.

No início da relação, Carolina não tinha grandes pretensões. De fato, tinha mesmo nenhuma. Queria sexo. Apenas sexo. Em momento algum pretendeu envolver-se sentimentalmente, na essência da palavra, com alguém. A ela bastava que as coisas ficassem como estavam, que seguissem conforme vinham.

Por conta da sua formação religiosa, alguma vez ela se questionava sobre a situação em que vivia. Por pura tontice, já que percebia que muitas das suas companheiras, igualmente carolas, estavam na mesma situação e não davam importância aos comentários. Havia até algumas casadas que compartiam com ela algumas aventuras em que se metiam, mais na tentativa de arrancar dela algum pormenor da sua vida particular. Nunca conseguiram, porque Carolina é especialmente discreta. Ela ouve, mas não fala; escuta, mas não propaga o que sente. Afinal, é uma mulher de confiança. Ela sabia o que as amigas passavam; se bem ou mal, se eram felizes no casamento ou nos relacionamentos, quaisquer que fossem. Também sabia se elas eram sexualmente satisfeitas. Mas sobre ela mesma ninguém sabia nada além do que era visível.

Ela se questionava, sim, mas logo se lembrava da experiência anterior por que passara e a questão era logo dirimida.

Com o passar do tempo, Carolina descobriu que, pelo menos para ela, sexualmente as coisas não eram exatamente as que ela havia imaginado. Mesmo assim, deixou que o relacionamento evoluísse para um casamento.

Aí foi que quebrou a cara pela segunda vez.

*** *** ***

***

*

Capítulo 8

Três dias depois Carolina estava de volta a Montevidéu. No relógio já era final de tarde quando ela entrou em casa, mas o dia estava bem longe de terminar. Ainda se podia ver o espaço lá fora em toda a sua exuberância. O céu era de um azul límpido, despejado, transparente.

Depois que falou com Stella, ainda em Cerro Colorado, Carolina não se lembrou mais dela e, menos, que tinha celular. Completamente focalizada nos temas religiosos que a levaram àquele sítio inóspito não lhe sobrava muito tempo para pensar nas coisas mundanas. Agora, que chega a casa, separa suas coisas. Dá com o celular. Está sem carga, ela o mete em uma tomada e vai à cozinha. Sente necessidade de tomar algo quente. Poderia ser um *té*; não para agora, que ela se sente um pouco mole e precisa de algo mais forte, mas excitante. Então, prepara um café preto, genuíno.

Há muito deixou de usar café instantâneo. Julita, a freira refestelada, sua amiga, foi quem a convencera de que esse café é para gente preguiçosa ou, pelo menos, para gente que não conhece o sabor do café caipira.

Carolina põe a água para ferver. Enquanto deita o pó no coador ela pensa em quanta coisa tem aprendido com Irmã Julita.

Julita é do interior e sabe bem preservar suas raízes. Entre ela e Carolina existe uma grande diferença, eis que esta, embora também nascida no interior, nada sabe do interior e dos seus costumes. Não por desinteresse quanto às coisas da sua origem, mas simplesmente por que veio para a capital antes de completar um ano de idade.

Carolina nasceu no Departamento de Rivera, bem nos limites com o Departamento de Artigas e o município brasileiro de Santana do Livramento, no Estado do Rio Grande do Sul, precisamente em *Masoller*, um minúsculo povoado, como de resto é a maioria dos grupamentos humanos uruguaios, que apesar de ter significado histórico para o país, não tem expressão alguma. Carolina nunca soube da disputa criada por seu país contra o Brasil nem que o vilarejo onde nasceu é um lugar que já foi chamado linha da discórdia e viveu em conflito de território com a Vila Tomaz Vares Albornoz, no lado brasileiro. Um conflito que os moradores das duas vilas desconhecem.

Carolina nunca mais voltou a *Masoller* até completar vinte e dois anos. Já casada, foi passar um carnaval em Artigas. Nos dois sentidos o ônibus estacionou em uma parada para lanche em *Masoller*. Carolina não se deu conta disso. Só algum tempo depois descobriu que tinha estado na sua terra natal, sem o saber.

A água borbulha. Carolina despeja-a no coador e escuta o choro do café. O aroma do pretinho inunda o apartamento, mete-se sob a porta e foge pelo corredor.

Vindo da passagem, Carolina ouve uma voz sussurrante que comenta:

– *Ay, siento olor a café fresco... me dan ganas de tomar un cafecito.*

– *Yo también* – contesta uma segunda voz, bem quando passava pela porta de Carolina.

Carolina sorri divertida. Muitas vezes, ela também sente desejo de tomar um café e nem por isto o toma... Então, ela pega uma xícara no móvel, serve-se e vai tomar seu pretinho de pé, a janela aberta, a brisa do seu marzão doce invadindo o apartamento. Ela deixa os olhos descansarem na água azul que vem quebrar na areia do outro lado da *rambla*. O movimento sinuoso e hipnótico da espuma na areia branca provoca-lhe um grande relaxamento. Ela sente os olhos pesados, cansada que se encontra por conta das atividades não usuais com que estivera metida nos últimos dias. Recosta-se no sofá e logo adormece. Mais tarde, ela acorda com um vento frio a acariciar-lhe suavemente a pele e a abanar uma mecha de cabelos que faz cócegas no seu rosto.

Pouco depois, está de pé. O telefone está carregado. Ela o examina. Imediatamente, uma enxurrada de avisos de chamadas não atendidas, aparece na telinha. Um monte delas, um abuso de chamadas, todas provenientes do mesmo telefone que Carolina atendera quando estava em Cerro Colorado. Por certo sua amiga Stella tentava encontrá-la para Grimaldi. Então, ela compreende que havia feito muito bem em ter apagado o aparelho e imagina como sua fiel amiga deve ter sido molestada durante esses dias.

Ela retorna a chamada. Stella atende num zás.

– *¿Qué pasó que no pudimos hablar?*

– *Buenas noches para vos también* – Carolina diz, descontraída.

– *¿Entonces?*

– *No tenía el teléfono.*

– *¿Cómo no?*

– *Tenía la batería descargada…*

–*¿Y no se la podías cargar?* – Stella pergunta, parecendo nervosa.

– *Por supuesto. La verdad que lo tenía apagado.*

– *¡No me lo digas! Y adónde, carajo, estaba la muchachita ¿en el culo del mundo?* – Stella pergunta, mais amistosa, apesar do palavreado.

– *No, no… estaba allí, en Florida.*

– *Te digo que aquel tipo te busca como loco.*

– *No tengo ningún compromiso con él.*

– *A mí no me parece. Además, aquél es un tipo asqueroso. Me ha llamado miles de veces y ya no me podía contener. El otro día me vi obligada a decirle a él unas cositas…*

– *¿Qué le dijiste vos?*

– *Nada de más… apenas que lo atendía por azar y que en realidad no era secretaria de nadie, por lo menos no en esa movida…*

– *¿Y?*

– *Él se disculpó. Mi pidió mil disculpas, que hasta me hizo sentir mal.*

– *Entonces no es tan asqueroso…*

– *La verdad que está desesperado. Según me dije te necesita con urgencia.*

– *Pues entonces, secretaria mía, si te vuelve a llamar decíle, por favor, que lo llamo mañana.*

– *¡Ni loca! Si me llama otra vez te aseguro que le doy tu teléfono* – Stella diz.

– *No creo que me hagas tal disparate.*

– *Pues entonces tratá de llamarlo.*

– *Lo haré mañana luego de llegar a la oficina.*

– *Está bien* – Stella diz –. E cortam a ligação.

Carolina está morta de cansaço. Além disso, tem um sono represado, que nos últimos dias pouco dormiu. Trabalhou muito com a sua turma em Cerro Colorado. Ao final de cada dia, quando já se encerraram as atividades junto à comunidade, recolhiam-se todos ao alojamento e aí ficavam a conversar, a cantar, a contar histórias até altas horas. Um exercício em tudo diferente do a que todos eles estavam acostumados. Uma absoluta desopilação mental.

Mas o dia seguinte chegava inexorável. Todos pulavam da cama muito cedo, porque muito cedo é que começava o dia para quase todos do grupo. Quase todos porque, dentre os que vieram no comando, apenas Carolina se apresentava na primeira hora. Começava o dia. A mente de cada um estava tranquila, relaxada, absoluta, mas como ninguém anda ou trabalha com o pensamento, senão com o físico, natural é que finalmente se sente o tranco.

Carolina está moída fisicamente, nem tanto pela aspereza das atividades que, decididamente, para alguém acostumado a ralar-se não foram grande coisa. Seu cansaço talvez se deva mais ao fato de que suas atividades cotidianas são muito leves se comparadas com as coisas que ela faz estando no seu mister de fraternidade.

De fato, nos cinco últimos dias, por tudo o que fez, ela deve ter consumido mais energia do que consumiria em quinze dos seus dias normais. Trabalhou feito broca. No seu costumeiro exagero talvez se compare a um mouro. Mas não chegou a tanto. Certo é que trabalhou mais do que todos os monitores com quem esteve em Florida. Não foi uma exorbitância, mas enfim está cansada, ou, pelo menos, se sente cansada.

Carolina entra no banheiro e abre a ducha. A água quente desliza no seu corpo causando-lhe um frisson. Ela se banha menos como banho, mais como carícia. De repente, sente os pelos do corpo se eriçarem como se banhasse em água fria. Mas não é de frio que ela fica arrepiada. Seu calor interno é o responsável por esse arrepiamento.

Seus pensamentos criam imagens misturadas que servem para excitar seus ânimos mais recônditos.

Carolina fecha a torneira, senta-se no piso do banheiro e cerra os olhos. Fantasias reprimidas nos últimos dias se manifestam sem nenhum pudor. Carolina está como doente, mas não está doente. Das suas carnes trêmulas explode uma febre repentina, já sua conhecida. Sua respiração torna-se irregular até transformar-se em um gemido profundo e prolongado. Carolina deixa-se descansar aí mesmo, no chão. Depois, se ergue; abre a água e termina o banho.

Uma hora depois Carolina está no trabalho. Antes de começar as atividades da repartição ela telefona para Grimaldi, que quer encontrá-la agora mesmo.

– *Lo siento, Señor. Pero no puedo verlo ahora...*

Grimaldi insiste em ver a advogada o mais rapidamente possível, mas ela não abre mão do seu tempo. Agora, não. Mais tarde se encontrariam em um café que fica ao lado de uma loja que vende lembranças para turistas, na *Plaza Independencia*. Grimaldi disse que conhecia o lugar e acrescentou que ficava bem perto de onde ele estava hospedado.

Terminado seu expediente, Carolina vai para o local combinado. Sentam-se a uma mesa e Grimaldi diz ao garçom que o solicitará sem demora.

Grimaldi expõe à advogada todas as suas intenções comerciais. Explica melhor o que já iniciara quando do primeiro encontro, agora com mais intimidade. Pelo menos, é assim que ele considera. Para Carolina os ânimos são os mesmos, que ela não confia nesse sujeito, nem se deixa envolver.

– *Lo concreto que tengo para usted es que necesito que me haga unos cuántos trámites para nosotros dos, mi hijo y yo...*

Grimaldi faz uma pausa, Carolina nada diz. Ele continua.

– *Necesito desentrañar unos papeles, hacer la tramitación de documentos, incluso para el casamiento de mi hijo. Sí, que él está para casarse, a la brevedad, con una uruguaya, y, para ello, hay que tener un abogado, en nuestro caso, una abogada* – Grimaldi fala, descontraído –. *Es más...*

– *No necesariamente* – Carolina o interrompe.

– *Perdón.*

– *Le digo que ustedes no necesitan un abogado para hacer un casamiento…*

– *Por supuesto. Concuerdo plenamente. De todos modos lo preferimos porque a nosotros nos gusta la comodidad.*

Carolina assente com um gesto de cabeça. Grimaldi prossegue.

– *Tengo necesidad de asesoramiento en la adquisición de bienes muebles e inmuebles en Montevideo, Punta del Este, Buenos Aires. Inclusive, la primera cosa que me gustaría tratar con usted – antes mismo de lo del casamiento – es sobre una casa de comercio que está a la venta aquí mismo, en Montevideo, y que me gustaría comprarla…*

– *Perdón, Señor* – Carolina o interrompe –. *No soy inmobiliaria, sino más bien una abogada.*

– *Por supuesto Doctora y no tengo ninguna duda de eso. Pero me gustaría que usted tomase las riendas de mis negocios aquí en Montevideo y mismo en la Argentina.*

– *¿Ah, sí?*

– *Claro, es que tengo la intención de establecer a mi hijo en Buenos Aires, quizás también acá en Montevideo…*

Carolina escuta. Só escuta. A ela não importam as pausas calculadas de Grimaldi para que ela faça algum comentário. Então, ele continua.

– *La verdad que nosotros, mi hijo y yo, decidimos salir de Brasil y buscar la vida en otro sitio. Yo porque necesito un espacio tranquilo para trabajar y para llevar mis últimos días.*

Grimaldi tem o hábito de falar dos seus últimos dias com as mulheres com quem se mete. É um truque, uma provocação que ele usa para saber se elas estão paradas na dele. Normalmente, elas lhe fazem um elogio quanto ao físico. De fato, ele está razoavelmente bem, ainda que não seja exatamente um atleta. Na verdade elas o elogiam, mais por interesse, considerando a possibilidade de um bom golpe, dada a opulência que ele ostenta. Elas sugam dele o que podem, mas o que ele tira delas é muito mais. Elas usufruem seu dinheiro, sujeito real mas insensível, enquanto ele desfruta os objetos sensíveis da maciez do toque de cada uma, alentado pela volúpia das suas carnes e pelos calores intestinos que elas emanam. Elas mamam sua grana – e só por que ele quer

– por um tempo, apenas por um tempo, porque sem muita demora ele já está em outra cidade, em outro estado e, para um lugar novo, uma mulher nova.

– *Yo porque necesito ese espacio. Mi hijo porque no le pareció bien dejarme solo en una tierra extaña. Por lo menos esto es lo que me ha dicho él* – Grimaldi fala, um riso maroto nos lábios. Ele faz outra pausa. Vê Carolina atenta às suas palavras, mas silenciosa como uma pedra.

Por mais que Grimaldi se esforce para parecer bem, diante da advogada, e por mais que, externamente, pareça tranquilo, tranquilidade é coisa que ele não tem. De fato ele se sente nervoso diante dela, cujo silêncio é muito incômodo. Ele está sempre com a impressão de que ela o está analisando, à espera de que ele diga alguma coisa fora do eixo, como se ele aí estivesse para fazer algo comprometedor. Pode ser que tudo não passe de impressão dele.

Carolina segue ouvindo tranquila e atenta, mas de repente é como se ele não tivesse mais o que dizer. Sua boca está seca. Decididamente, Carolina não o deixa à vontade, ou seria ele quem não consegue ficar à vontade perto dela? Ele imagina que é melhor dar um tempo em sua explanação. Providencialmente, seu telefone toca.

– *Permiso. Es mi hijo.*

Ele conversa com o filho e o chama ao local onde está com Carolina. Diz que é para ele conhecer a advogada que cuidará, segundo ele, dos interesses de ambos. Terminada a ligação, ele sente a boca ainda mais seca.

– *Ya estará aquí; estamos en el Radisson.*

O Hotel Radisson está a pouco mais de cem metros de onde eles estão.

O garçom entediado está parado perto do balcão. De onde está, vê o movimento de pessoas apressadas que passam nas duas direções e não se dignam a adentrar o estabelecimento. Em seu enfado hipnotizante ele vê o cavalo de Artigas descer do seu pedestal, no centro da praça, meter-se entre os transeuntes e subir a 18 de Julio. Em seguida, ele já não vê o cavalo, mas pode ouvir nitidamente suas ferraduras vibrarem no cimento da avenida.

Para quebrar a monotonia da mesa onde está com Carolina, Grimaldi o chama.

– *Camarero, por favor.*

O garçom chega. Grimaldi faz seu pedido e se lembra que, da outra vez, Carolina nada aceitou. Olha para ela como se indagasse algo. Em resposta ela apenas balbucia:

– *No. Gracias.*

Grimaldi permanece em silêncio até o garçom voltar com seu pedido.

– *Entonces, Doctora, como le dije, pretendo comprarme una casa de shows, una que está a la venta, en Parque Batlle.*

Ao ouvir o nome do ponto comercial Carolina tem um sobressalto. O local citado por Grimaldi, apesar de não ser uma unanimidade, é um dos boliches mais famosos de Montevidéu. Existiria alguma coincidência no fato de aquele indivíduo querer comprar a casa de shows, justamente aquela? Carolina não consegue atinar com o que possa ter levado Grimaldi a vir tratar com ela sobre o boliche. Afinal, ela não é a única causídica da cidade, mas agora passa a ser um ponto comum entre Enzo Grimaldi e o ponto comercial. Talvez ela não descubra nunca se é ou não uma coincidência. Mas o interesse de Grimaldi não deixa de causar-lhe espécie.

Não demora e Nilmar, o filho de Grimaldi, chega. Com ele vem a namorada, uma uruguaia bonita, o corpo perfeito. Um impacto para Carolina, cujos olhos esquadrinham a moça. Em um segundo varrem-na como um escâner. Ela tem uma estatura a que a advogada não conseguiria chegar nem com o seu salto 15. Seus cabelos parecem os de comercial de *shampoo*. A boca uma escultura; os lábios vermelhos, febris, úmidos, palpitantes. Tudo isto para completar a beleza escandalosa da garota.

Até agora Carolina só ouviu do casal recém-chegado um simples "boa-tarde", suficiente para ela saber que a namorada do filho de Grimaldi tem a voz aveludada e sensual. Talvez por esses atributos esteja com o brasileiro. E que cara de felizes eles têm!

"*Y debe de ser muy buena en la cama, esa, porque se dice que a los brasi-*

leños no les gustan mujeres flojas" – Carolina pensa.

A moça veste uma roupa esportiva, dessas que se colam ao corpo e, às vezes, o tornam mais perfeito do que ele é na realidade. Mas não era esse o caso da futura nora de Grimaldi. Ela é realmente uma lindeza de dar inveja.

Carolina estava com inveja. Por um momento esqueceu-se do real motivo que a levara a este encontro e se concentrou apenas na recém-chegada.

Grimaldi conversou com o filho; falou em português, como se Carolina não estivesse presente. Ele não fazia nem ideia de que ela pudesse entender o que ele dizia. Só ele falava. Seu filho apenas concordava com o que ouvia, através de meneios de cabeça. De fato, era como se Carolina realmente não estivesse mesmo aí, eis que ela se comportava como se estivesse em transe – coisa de mulheres –, que ela se encontra perdida, concentrada unicamente nas qualidades da conterrânea, namorada do filho de Grimaldi.

Carolina volta a si a tempo de ouvir as últimas palavras de Grimaldi.

– Então, como já sabe, estou com a advogada de que lhe falei, a doutora Carolina Velásquez, que vai cuidar de todas as nossas coisas, de todos os nossos interesses – ele fala para o filho.

Em seguida, Grimaldi volta-se para Carolina.

– *Doctora, este es mi hijo, Nilmar, y esta es Perla, su novia.*

Carolina troca um aperto de mão com os dois jovens. O contato entre eles se resume a este gesto. Grimaldi volta a falar com o filho.

– Só não entendo por que ela é tão estranha. Esta é a primeira vez que vejo um advogado que atende na rua. É a segunda vez que nos vemos e ainda não sei onde é o escritório dela.

Nilmar levanta as sobrancelhas. O pai continua.

– Mas isto chega mesmo a excitar-me. E a diaba é xucra como uma mula. Mas não importa. O que vale é o serviço que ela faz, a qualidade dele, e sobre isto eu fui bem informado.

Nilmar move a cabeça aprovando o que ouve. O pai prossegue.

– Mas se quer saber, tenho uma expectativa especial sobre ela. Esse tipo sério e carrancudo nunca me enganou e não vai enganar-me justo agora. Sinto um frisson desesperado por esse tipo de mulher... Ao longo da minha vida descobri mesmo que, quanto mais fechada é a cara, mais... bem, você já entendeu.

Nilmar entendeu muito bem. Por conta desse arrojo é que seu pai não ficou casado por muito tempo. Sua mãe não suportou a convivência com aquele dom-juan inveterado, mas antes de dar-lhe o divórcio, deu-lhe o troco.

– No final de tudo, quem sabe o serviço não sai de graça? – Grimaldi diz para o filho.

Carolina entende cada palavra de Grimaldi. Percebe um mal dissimulado traço de cinismo na cara dos dois homens. Ela olha para o pulso.

– Está vendo? – Grimaldi diz para o filho – É sempre assim. Quando olha o relógio é sinal que acabou o tempo, sempre um total desinteresse pela causa, mas eu devo esperar o tempo dela. Afinal, tempo é coisa que não me falta, que não nos falta.

– *Señor, a mí me parece que nos llevamos bien pero ahora me tengo que ir.*

– Como te disse, a coisa é assim – Grimaldi diz ao filho.

– *Muy bien. Que hago para llamarla?*

– *Lo mismo que siempre* – Carolina responde, enquanto se levanta.

– *Doctora, en aquel número la persona me dijo que no es su secretaria y que...*

– *Pare, pare* – Carolina o interrompe, enfadada, enquanto faz um gesto com a mão aberta.

Ele arregala os olhos e se cala.

– *Como fue que usted mantuvo el primer contacto conmigo?* – Ela pergunta.

– *Por teléfono* – ele responde, os olhos bem abertos.

– *¿Cuál teléfono?*

– *Está bien, Doctora, entendí.*

– *Entonces, señor Grimaldi, no cambiemos nada. Seguimos al igual que estamos.*

– *¿Cuánto le debo por hoy?* – ele pregunta.

– *Usted no me debe nada, Señor.*

– *Pero usted está trabajando y...*

– *Señor, pasará a deberme cuando tengamos firmado un contrato. Yo le diré cuando.*

– *Entonces mando mi chofer llevarla a su casa... o adondequiera que vaya.*

– *Gracias, no es necesario.*

– *Mi chofer está cerca, a cien metros, en el hotel, lo llamo y...*

Carolina agarra sua bolsa e segura-a fortemente. Não muda o semblante.

– *No, gracias. Ya se lo dije.*

Perla e Nilmar se entreolham com cumplicidade.

– *No me cuesta nada. A fin de cuentas usted ya se atrasó por lo nuestro. Además, usted me ha dicho que anda en ómnibus* – Enzo Grimaldi fala; na voz um tom de censura pela forma como a advogada se locomove.

– *Señor... por favor...* – Carolina diz, sem pretender disfarçar o enfado – *Me voy en ómnibus porque a mí me gusta estar cerca de la gente, me gusta la gente* – *si usted prefiere* – *cosa a la que muchos no entienden hoy en día. Además, si tengo prisa me tomo un taxi, o me busca mi familia.*

Nilmar e Perla se entreolham novamente. Parecem desanimados. Nenhum deles diz palavra.

Carolina começa a andar, atravessa a rua e toma a direção da *Puerta de la Ciudadela*. Os outros ficam olhando até vê-la desaparecer depois do Monumento a Artigas. Longe dos seus olhos, ela cruza a rua, passa pelo portal e vai direita para a sua parada, do outro lado da praça, a cabeça fervilhando pelo andamento das coisas. Não confia em Grimaldi. Sente que algo nele não bate. Mas não é só isto o que a atormenta. É Perla que, apesar de ser uruguaia e entender naturalmente o pouco que Carolina falou com Grimaldi, não disse mais do que o simples cumprimento. Apenas uma vez ou outra fez um meneio com a cabeça, desses que tanto podem significar uma concordância quanto uma ironia.

"La hija de la madre debe mismo ser buena en la cama. No fuera, y el tipo, probablemente, no estaría con ella, salvo si hay algún interés que no conozco. Pero no creo que sea así, pues la cara feliz de los dos dice lo que pasa con ellos" – Carolina cisma.

Carolina tem essa fixação por homens brasileiros e com as mulheres que os rodeiam. Com isto, o que ela faz é supervalorizar a conduta sexual dessa gente, coisa que se deve a suas frustrações sexuais, à pouca desenvoltura dos parceiros com quem já se deitou e o que ouve e lê sobre a gente do norte, cuja sensualidade ela imagina que seja o máximo.

Muitas vezes, a advogada pilha-se querendo experimentar um tipo do país nortenho, mas não tem ousadia suficiente para tanto; nem sequer para aceitar a corte de algum imprudente. Em uma festa de confraternização em que estavam vários membros da embaixada brasileira, um deles se acercou e convidou-a para dançar. A sua volta, todos perceberam o interesse do tipo, que a eles pareceu interessante, menos a ela, que não aceitou a contradança. Disse que não podia, que estava na hora de ir-se embora. Na verdade ela não se foi e nem dançou com ninguém nessa festa. O brasileiro chamou outra moça do grupo de Carolina. Meses depois, ele voltou para o Brasil. Ela foi junto.

*** *** ***

***

*

Capítulo 9

Telmo Rizzo vivia, já há algum tempo, pelas bandas da região Oeste de Minas Gerais. Ele não se fixava muito tempo em um mesmo lugar, mas onde quer que estivesse era sempre o centro das atenções. Carismático, representava uma opção para qualquer coisa, razão por que ambiciosos e acomodados buscavam uma beiradinha ao seu lado. É que com ele havia sempre uma boa oportunidade à vista e todos queriam se dar bem em alguma coisa.

Em qualquer ocasião, ou para cada ocasião, Rizzo tinha sempre um bom negócio, uma oportunidade ímpar a oferecer a qualquer um que se apresentasse; para tanto, bastava que o indivíduo tivesse lastro. Era um homem bem apessoado, falante, pleno de magia. Entrava e saía com desenvoltura em qualquer lugar, e se dava muito bem nas situações mais diversas. Só não estava rodeado de bajuladores quando, definitivamente, não os queria por perto. Então, viajava em surdina em busca de um pouco de privacidade. Saía do seu círculo sem dizer para onde ia e se metia em um balneário das redondezas para elaborar novos planos e criar novas estratégias.

Se ele não se importasse de arrastar uma cola, bastava dizer, ainda que por alto, que pretendia dar uma escapada. Nessas situações, não raro, ele encontrava mesmo quem lhe pagasse as farras por pura gentileza, por pura bajulação. Para esse séquito tudo não passava de grande investimento. Ele aceitava porque não aceitar seria uma desfeita imperdoável e ele não estava para ferir suscetibilidades. Sabia que a gente do interior, ainda que abastada, mesmo vivendo em cidade grande, nunca perde a alma interiorana. Se, mesmo com as burras cheias, o indivíduo segue vivendo na terra onde nasceu, não perde sua interioridade. Isto Rizzo sabe demasiado porque ele próprio quase foi vítima desse mal. Nascido em uma cidade pequena, precisou ralar, não para viver, mas para perder seu jeito matuto e suas atitudes previsíveis.

Não bastasse sua tendência inata para os negócios, ele dava sorte em tudo em que se metia. Sem estar procurando, sempre lhe pintava a oportunidade de um empreendimento. Quando ele a julgava interessante, abraçava-a de uma vez. Levou, praticamente pelo valor de uma dívida, um balneário de primeira linha pelas bandas de Capitólio. Deu uma merreca por quatro *jetskis*, praticamente zerados e recebeu a escritura da propriedade, bem como a documentação dos veículos náuticos. Por conta disso tomou gosto pelo esporte e aprendeu a manejar a máquina. Mesmo sem Arrais ele passou a gastar o seu tempo livre voando baixo nas águas mansas de Furnas, bem longe dos centros urbanos onde ele efetivamente fazia a sua vida.

O balneário era mais um folguedo. Aqui ele separava algum dinheiro e se divertia. Tudo o que um homem pode desejar na vida.

Telmo Rizzo não gostava de ficar em lugares muito badalados. Preferia a sofisticação singela de uma represa à opulência de uma praia que, nem sempre é limpa. Por isto, gostava de rasgar as águas azuis da Estância de Furnas com o *jetsky* azul e branco, que ele elegera como particular, e dar piruetas, voar como um bólido, deixando atrás de si um rasto de espuma que o persegue como uma nuvem furiosa. Na garupa, enlaçando-lhe a cinta, as tetas desnudas sob o colete salva-vidas colado ao seu costado, uma morena descolada na região, vinda de São Paulo ou de outro lugar, especialmente a seu chamado. Ela lhe morde o pescoço e se delicia com a aventura. Vez por outra ele vem mais para a borda onde passa no limite da segurança e faz uma curva ab-rupta que esparge gotas de água na areia. Muda a direção e foge para o álveo.

O sol reflete na água e desenha um facho de prata comprido atrás da máquina. Sob os coqueiros da prainha casais se deliciam com cerveja gelada e tira-gosto de lambaris fritos.

*** *** ***

O leque de relações comerciais de Telmo Rizzo é amplo. Ele trata com gerentes e funcionários subalternos de instituições financeiras oficiais e privadas; trata com cambistas, com turfistas; trata com desportistas, com gente do agronegócio. Tem fixação por IML. Por onde anda está sempre em estreita ligação, no mínimo, com um auxiliar de autópsia. Diz que faz parte da vida entender da morte. Mas nenhum dos que o conhecem consegue compreender esse apego, coisa a que, jocosamente, chamam de transtorno.

Rizzo nunca tem as mãos vazias quando faz o primeiro contato com qualquer que seja a autoridade. Por isto, está sempre munido de uma carta de apresentação assinada por autoridade hierarquicamente superior àquela com quem ele vai tratar. Ele não dispensa um carimbo. Se for necessário o selo da república, por certo, ele o consegue sem maiores problemas.

No caso do Instituto Médico Legal, a primeira vez que aí comparece, Rizzo leva carta do Secretário de Segurança e a apresenta ao diretor do órgão. Depois, fica amigo, e, quando precisa de algo, pede diretamente ao auxiliar. Ele sabe solidificar amizades; tem meios para isto.

– Se dependesse de mim eu já não estava lotado neste lugar macabro – diz o auxiliar de autópsia enquanto segura o fórceps.

– Mas aquele maluco vem aqui por prazer – o médico responde.

– Ele é gente boa, mas é muito esquisito. Parece que tem faro para mendigos e indigentes.

– Como assim? – o médico pergunta.

– Basta entrar um indigente aqui e ele aparece. Se o sujeito não tiver documentos, seu interesse é maior; ele deita e rola.

– É mesmo, cara? Eu não tinha me dado conta, mas é isto mesmo. Dever ser coincidência – diz o médico.

– Pra falar a verdade, Doutor, quando ele aparece durante a noite eu só abro a porta do morgue e saio. Volto pra minha televisão. Só torno ao morgue quando ele sai; pra fechar a porta.

– Qualquer noite dessas, o cara congela aqui dentro e você vai ter de se explicar – o médico diz enquanto examina a pleura do *de cujus*.

– Que nada, Doutor. Ele não se demora. Depois, ele fica aqui batendo papo. Claro que traz um esquenta por dentro – o auxiliar diz –. Na maioria das vezes vem só pra conversar. Diz que é solitário.

– Abra um pouco mais aqui – o médico aponta um ponto no cadáver.

Antes de realizar qualquer operação do seu interesse, seja com quem for, primeiro, Rizzo amansa o sujeito com mimos, com deferências, fazendo com que o individuo se sinta com uma importância que, de fato, não tem.

Telmo Rizzo se dá bem com todos. Diz que precisa de todo o mundo e que não pode se indispor com ninguém. Para ele, a pessoa mais simples pode ser da mais extrema utilidade. Cada um tem a sua hora e para cada um existe o seu momento. Mas quem se dá bem em quaisquer das relações em que ele se mete é sempre ele. Aos outros sobram as migalhas, como no comensalismo. Mas o que sobra é sempre suficiente para o comensal, que recebe seu quinhão, não por ser especial, mas apenas por estar no lugar certo na hora certa.

*** *** ***

– Bato na madeira, nunca vi uma coisa dessa – diz o gerente da conta de Rizzo ao tempo em que dá três pancadinhas com as juntas dos dedos em sua mesa de vidro –. Como é que você sabe disso?

– Eu nem sabia que alguém pudesse ter essa loucura. Um amigo meu que trabalha lá foi quem me contou – diz o subalterno.

– Cada louco com sua mania; enfim, é a vida – o gerente finaliza ao mesmo tempo que assina a liberação de um crédito para Rizzo.

– Já posso ligar pra ele e avisar que está tudo certo? – o escriturário pergunta.

– Pode. Diga que... Não. Não ligue. Eu mesmo faço isto. Preciso mantê-lo por perto, sabe como é... nunca se sabe o que pode acontecer amanhã... eu ligo agora mesmo – o gerente diz mostrando os dentes.

Rizzo não faz diferença entre os gerentes e os demais funcionários de nenhum órgão ou empresa, senão na primeira vez que os visita, no primeiro contato. Naturalmente, ele tem um tipo de interesse em cada lugar por onde passa, mas para todos os envolvidos ele tem sempre a mesma simpatia, o mesmo enquadramento. Rizzo entende muito bem de relações humanas e sabe como angariar simpatias para tirar proveito delas.

Telmo Rizzo gosta de jogar. Joga, mas só aposta quando a situação lhe é propícia. Quando era ainda um menino, ouviu o seu pai conversando com um amigo, jogador inveterado.

– Jogo não dá camisa a ninguém, meu caro.

– Não dá? Ainda vou arrebentar a boca do balão e aí, você vai ver o que é.

– Pode ser, mas até lá há de perder muito dinheiro e até deixar a família em maus lençóis; talvez nem consiga se recuperar.

– Ora, mas eu jogo o mínimo possível.

– Mínimo porque você tem pouco... já vi você pegar dinheiro emprestado para jogar. Isto não se faz... Eu seria capaz de jogar – ele diz ao amigo, que arregala os olhos –, seria, se tivesse certeza do resultado, se antecipadamente, soubesse os números, o cavalo que chegaria na ponta. Se fosse assim eu apostava a torto e a direito, mas nesse caso, eu estaria, no mínimo, conivente com um crime. Portanto, nessa não caio.

– É, meu caro, então já está claro que não vai jogar nunca. Nunca terá uma chance de mudar de vida.

– Eu mudo de vida todos os dias, meu amigo. Mas sempre com os pés bem apoiados, sem comprometimentos de qualquer sorte.

O que o pai de Telmo pretendia era fazer o amigo entender que, salvo para cevar o indivíduo, o jogo foi feito para dar lucro à banca, seja ele qual for.

*** *** ***

Como todos os meninos Telmo Rizzo gostava de brincar, e brincava. Não as brincadeiras coletivas, de bando, de patota, como se costumava dizer. Gostava mesmo era de divertir-se sozinho, porque não apreciava dividir opiniões, muito menos, bons resultados. Se algo que fazia desse certo era melhor, que o mérito era só seu; se desse errado, ele buscava a correção do erro e seguia em frente. Assim, ele passou da meninice à adolescência, compartilhando alguma coisa, mas apenas as que julgava compartilháveis, com um número de chegados que não dava para completar os dedos de uma mão.

Ele não acreditava em coisas abstratas. Nunca. Tirante as vezes que foi à igreja levado pela escola, não se lembra de alguma vez ter voltado lá, salvo para tratar de algum interesse que envolvesse a igreja ou o padre. Ou para deleitar-se com a beleza da arquitetura que elas ostentam; nada mais.

As coisas que ele fazia e davam certo nem por isto eram perpetuadas, porque logo ele aperfeiçoava o *modus operandi* e partia para uma versão nova.

Quando criança, enquanto fazia artes com o látex da gameleira, ou brincava com argila, ele descobriu como, no primeiro caso, capturar suas impressões digitais, e no segundo, a reproduzi-las exatamente como eram.

Já na escola, ele praticamente não saía para o recreio, entretido que ficava a manusear a cola que usava na aula de trabalhos manuais, sempre com o afã de aprimorar sua brincadeira. Então, lambuzava o molde com a *tinta parker* do seu tinteiro e transferia suas digitais para o caderno. Ele achava muito interessante o resultado que conseguia. Trabalho exaustivo porque, de acordo com a grossura que ele dava a cada película, cada uma não suportava mais do que duas ou três lambuzadas. Depois elas perdiam a forma e ele já passava à confecção de outra.

Com o tempo, ele descobriu como livrar-se, temporariamente, das suas digitais, sem dor e sem esforço algum. Isto ocorreu enquanto ajudava sua mãe em alguma atividade doméstica, na cozinha.

Tudo não passava de uma brincadeira simples, uma sadia curiosidade de criança inquieta que resultava em uma descoberta ordinária que, se pudesse ter alguma utilidade para ele, no futuro, era coisa que ele ainda teria de descobrir.

"A pessoa pode perder tudo na vida, mas o conhecimento adquirido é coisa que não se perde". Esta era outra máxima que ele ouvia do seu pai. Pela vida afora, embora nem sempre ele valorizasse as coisas que aprendera com o pai com o mesmo grau que o velho a elas emprestava, Telmo Rizzo nunca esqueceu os detalhes do que lhe fora passado.

Seu pai era o homem a quem ele devotava um respeito todo especial, mas nem por isto se curvava a todos os seus preceitos. Preferia tê--los como parâmetro de vida, e deles se utilizava somente quando os seus métodos falhavam.

Telmo Rizzo é um homem dinâmico até com suas amizades. De vez em quando ele muda o rol das pessoas com quem lida, coisa que se dá de acordo com o ramo do negócio em que no momento está metido. Algo como se aqui ele fosse amigo de um capataz de fazenda e ali, amigo do dono da fazenda, cada um a seu turno. Pelo menos enquanto ele julga bem os seus bajuladores, o que ele não faz é esquecer, muito menos, desprezar publicamente nenhum deles. Ele não tem interesse exatamente pela pessoa. De fato ele usa cada uma, manipula cada indivíduo de acordo com o grau da ambição de cada qual. Para ele a importância de cada um é proporcional à sua utilidade. Terminada uma etapa, o próprio Telmo desaparece para reaparecer, tempos depois, em outro palco.

O certo é que ele despreza todas as pessoas com quem lida porque, apesar de elas lhe serem úteis, ele não vê nelas, sem exceção, mais do que uma gente interesseira, corrupta e indigna de exercer o posto que exerce. Ele tem nojo dessa gente, embora dela necessite e dela faça uso. Reconhece que não estaria tão bem de vida, não fosse essa récua miserável, conforme ele mesmo a classifica.

*** *** ***

O telefone de Telmo Rizzo toca. Ele olha o número, mas não se recorda, de imediato, a quem pertence. Ele atende.

– Senhor Rizzo... tenho algo importante para o Senhor – é o que ele ouve, mas não reconhece a voz.

– Quem?

– Gomide...

– Gomide, Gomide... – Telmo Rizzo vacila tentando identificar o nome; ligá-lo a uma pessoa.

– Do IML, Doutor...

"Doutor é o *cazzo*, filho da puta, bajulador de uma figa" – Telmo

Rizzo pensa. Ele usa essa gente, mas tem por ela um desapreço mortal.

– Ah, sim. Já sei quem é. A que vem a esta hora?

– Tenho algo que lhe interessa.

– Explique-se, melhor.

– É sobre o presunto especial que o Senhor me encomendou.

"Presunto". Telmo Rizzo não suporta o palavreado usado por essa gente. O fato de lidar diuturnamente com cadáveres não dá a ela o direito de tratá-los dessa maneira grosseira e desrespeitosa. Pelo menos, não deveria dar.

– Coisa fina, senhor Rizzo. Acabei de fazer a verificação. O sujeito não tem ficha, não tem registro; nunca teve documento. Para que mesmo o Senhor precisa disso, senhor Rizzo?

– Como está o movimento esta noite? – Rizzo pergunta como se nada tivesse ouvido.

– Tudo tranquilo. Movimento pra se dormir a noite inteira.

– Estou indo.

Pouco depois Telmo Rizzo chega ao IML onde é recebido pelo auxiliar de autópsia. As dependências estão silenciosas. Apenas se ouve o som da televisão em baixo volume. Os demais plantonistas estão jogando na cantina, que fica na parte posterior do prédio.

Telmo Rizzo abre a pasta que leva consigo; tira um maço de garoupas. A noite é fria. O funcionário esfrega as mãos ao ver o dinheiro. Então se aproxima da janela e olha o pátio onde dormem os automóveis dos companheiros. Só ele não tem um. Já teve, mas era tão velho e problemático que acabou esquecido na frente da sua casa e, a estas alturas, está carcomido pela ferrugem. Já não tem cor, coberto que se encontra de lodo seco e escuro produzido pela umidade das noites e pela poeira dos dias.

O carro está aí há anos. Muitas vezes seu dono já pilhou mendigos a dormir dentro dele, altas horas, quando chegava do trabalho. No começo, quando ainda tinha esperança de consertar o veículo, ele punha os infelizes para fora, sob ameaça de arma de fogo. Depois, desistiu daquela carcaça imprestável e não fez mais caso dos mendigos.

"Agora, já posso comprar um carro. Já não aguentava mais andar de moto, e moto velha, ainda por cima. Depois de hoje já posso comprar o meu, que será o mais novo de todos. Eu devia ter pedido mais... mas não há problema, juntando esse pacote com as minhas economias, dá e ainda sobra" – Gomide pensa.

– Então? – Telmo Rizzo tira-o dos seus pensamentos.

– O corpo chegou não faz muito tempo. O suficiente para que eu cumprisse os trâmites legais e ligasse pro Senhor, coisa que, aliás, fiz antes mesmo de terminar os procedimentos.

– De onde ele é? – Telmo Rizzo pergunta.

– Como assim?

– A procedência do cara, onde ele nasceu, de onde veio?

– Ah, meu preclaro Doutor... aí já é querer demais – o funcionário responde, um riso cínico nos lábios –. O cara não tem documento, nada que o identifique.

Telmo Rizzo olha para o funcionário, mas nada diz. Gomide prossegue.

– Seus companheiros de infortúnio relataram que o conheceram na rua e que aí ele vivia há muito tempo, que era meio perturbado, mas inofensivo. Dormia debaixo do vão da escada de um prédio comercial. Aí era a sua casa, para onde ele voltava para repousar, ou quando não tinha disposição para caminhar. O proprietário nunca se importou com o fato de ele viver aí. Até o ajudava quando ele precisava. Mas ninguém soube dizer de onde ele era. Trazia as roupas sempre limpas, os pés sempre calçados, mas ninguém sabe dizer onde ele se banhava, onde se arrumava.

Telmo Rizzo ouve atentamente. O funcionário continua com sua narrativa.

– Apesar de ele se dar bem com todos os seus companheiros, andava sempre só.

– E como ele veio parar aqui? – Rizzo pergunta.

– Ah, Doutor, pra cá o nego só vem trazido... só vem estirado, se é que o Senhor me entende – o servidor público diz, um risinho debochado na cara cínica –. Esta noite já vieram dois... aguardam o próximo expediente para serem trabalhados.

Telmo Rizzo franze o cenho, um sinal de desapreço que o funcionário não capta. Telmo tem nojo do funcionário, que poderia muito bem tratar o defunto com um mínimo de respeito.

– Isto é tudo, Doutor... o presunto não tem procedência, não tem origem. Veio da rua como se antes não tivesse estado em nenhum outro lugar. Pode isto? – o policial pergunta, como se perguntasse a si mesmo – Depois, arremata.

– Pelo menos, é tudo o que consta no Boletim de Ocorrência.

Telmo Rizzo entrega o pacote de notas ao funcionário, que o mete na gaveta. Rizzo caminha para a porta, entra no necrotério e cerra a porta atrás de si.

Aí dentro, Telmo encontra duas caixas no chão. Ele não sabe qual é a do seu interesse. Volta até a porta e dá de cara com o funcionário que já a estava abrindo.

– É a caixa da direita, Doutor – ele diz apontando o recipiente.

Telmo Rizzo caminha em direção a uma mesa no interior do morgue e sobre ela deixa a sua pasta. Mete a mão aí dentro e saca duas fôrmas de aço inoxidável de estranho formato, mandadas fazer por ele, dois frascos contendo líquido, uma tigela de fundo cônico, liso, uma espátula de silicone, um rolo de algodão e uma embalagem de Alginato. Dispõe os objetos em linha sobre a mesa e volta-se para o cadáver, um homem, que teve uma morte súbita em uma praça perto do lugar mesmo onde dormia. Telmo Rizzo olha para o rosto do cadáver e vê um semblante tranquilo, suave, como se o indivíduo não estivesse morto, mas dormindo.

"Pobre diabo, está em paz agora, livre dos problemas que a sua vida miserável lhe proporcionou" – Telmo Rizzo pensa.

O defunto é um indivíduo jovem, que não deve passar dos vinte e cinco anos. Suas roupas estão razoavelmente limpas. Ele não tem marcas particulares nos braços nem no pescoço. Aparentemente tinha alguma noção de higiene pessoal, pois a figura que Telmo vê pode ser comparada à de qualquer pessoa com bom conhecimento desse fundamento social. A boca, semiaberta, exibe dentes com sinais de cárie, apesar de, pelo menos na parte visível, a arcada estar completa.

"Quem seria esse sujeito? Que o terá levado à vida que levava? Teria familiares?" – Telmo se pergunta meio angustiado –. "Claro." – ele mesmo responde –"Em algum lugar, qualquer um tem sempre um familiar."

Telmo Rizzo fica parado a olhar o corpo inerte.

"Muitos são abandonados pela família" – Telmo pensa sem tirar os olhos do corpo estendido na caixa –. "O cara lá fora disse que o infeliz tinha problemas mentais. Pode ser que seu caso tenha gerado o desprezo da sua gente, que não quis o ônus de um problemático em casa. Há gente assim no mundo." – Sem perceber, ele termina o pensamento em voz alta.

Gomide voltara para a sua cadeira. Ele abre a gaveta, retira o maço de cédulas e passa o dedo índico em uma das suas bordas. As cédulas novas emitem um som característico. Ele conta disfarçadamente o valor recebido. Ao chegar à última nota se dá conta que aí está o equivalente a mais de um ano do seu salário bruto. Para Telmo, uma coisinha de nada, mas para o funcionário era bastante para ele sonhar. Ele apanha sua pochete no canto da gaveta e mete aí o dinheiro, antes que apareça algum dos seus companheiros de plantão.

– Disse alguma coisa, Doutor? – ele pergunta, controlando o tom da voz para não ser ouvido pelos companheiros, que jogam em outro cômodo.

Telmo se dá conta de que não pensara, mas falara.

– Não, obrigado. Está tudo bem. Estou falando aqui, com os meus botões – sua voz sai abafada pelos morgues.

– Cuidado, Doutor – o funcionário responde cheio de graça –, se alguém aí responder o Senhor não vai aguentar o tranco.

"Imbecil" – Telmo sussurra. O funcionário não ouve.

– Pior, Doutor, se os botões não falarem, aí tem muito esperto querendo falar. O bom mesmo é não provocar porque de vez em quando, altas horas, pode-se ouvir um bate-papo aí dentro.

"Palhaço" – Telmo pensa.

Do nada um vulto passa rente aos olhos de Telmo, faz um volteio no ar e para na borda da tigela que ele trouxera. Telmo se assusta e dá um salto involuntário. Não era nada demais. Apenas uma mariposa que entrara inopinadamente pelo basculante. Por um momento ela fica imóvel na borda da peça de metal; depois, voa e vai pousar na testa do defunto.

As palavras do agente público não podiam ter sido mais inoportunas. Fosse outra a situação Telmo teria nem sequer piscado. O ambiente tétrico em que se encontra, somado aos agouros do plantonista foram os responsáveis pelo sua momentânea turbação.

Recomposto, Telmo calça umas luvas cirúrgicas. Aproxima-se da caixa, põe-se de cócoras ao seu lado e pega uma das mãos do cadáver. Examina-a ligeiramente. Depois, a outra. Embebe um chumaço de algodão com o éter contido em um dos frascos que ele levara – o outro contém água – e começa a fazer a assepsia do órgão. Repete o procedimento na outra mão. Em seguida, vai para a mesa, realiza uma manobra com as duas fôrmas. Ato contínuo, pega a tigela, derrama nela umas medidas da água que levara. Sobre a água despeja umas porções de alginato. Com a espátula, ele começa a misturar. Mistura até perceber uma massa homogênea dentro da tigela. Depois, coloca a mistura nas fôrmas de aço que ele trouxera. Toma as mãos do *de cujus* e as pressiona até chegar às unhas. Deixa-as em repouso por uns instantes. Isto feito, ele recolhe todos os seus pertences e senta-se na única cadeira que se encontra no recinto. Não permanece aí mais do que quinze minutos.

*** *** ***

***

*

Capítulo 10

Nos últimos tempos, Telmo Rizzo tem estado ocupado com diferentes tipos de pessoas. Suas incursões atuais são cuidadosamente escolhidas entre alguns tipos específicos, como peões de fazenda, gerentes lotéricos e políticos. Com os últimos ele tem um comportamento muito mais que especial. Prefere movimentar-se em um panorama de política local, interiorano, particular, mesmo individual, tudo para manter o controle absoluto das ações. Isto não significa que ele não atue em mais de um município por vez, desde que estejam geograficamente distantes um do outro.

Telmo Rizzo não atua junto a políticos de capitais ou de cidades muito grandes; salvo muito raramente. Já descobriu que o contato com prefeitos e vereadores de localidades menores rende mais para os seus propósitos. Nesse caso, quanto menor, melhor. Um homem com as suas pretensões pode, por um simples motivo, ter muito mais credibilidade e sucesso em cidades pequenas do que em cidades grandes. É que nas últimas a concorrência também é muito grande em todos os segmentos, inclusive, na política, o que torna os sucessos muito mais complicados. Nesse campo as possibilidades acabam sendo muito diluídas, e faz com que o espaço, por maior que seja, diminua na mesma proporção. Telmo Rizzo não gosta de complicações, muito menos de limitações.

Para ele o envolvimento com essa gente deve envolver uma marcação cerrada, sob pena de tudo "melar". Nada a ver com o que ele faz normalmente, mas segundo ele, o homem deve ter atividades variadas para não ser apagado pelo mercado. Desse modo, se uma diligência não resulta bem, sempre existirá outra para compensar.

Telmo Rizzo trata com gente específica, instruída, mas não descarta o trato com outros tipos de pessoas, naturalmente escolhidas a dedo, que vão desde gente do campo, como peões de fazenda, gente que cuida de animais premiados, a funcionários de segundo escalão, mesmo de terceiro, quer de empresas sólidas, quer de entidades políticas. Tudo pendente apenas do tipo de tramitação que ele pretende dar às suas investidas.

Além desses, ele segue com suas relações normais com seus gerentes de conta já que ele não delega esse serviço a ninguém.

*** *** ***

Telmo Rizzo está como representante do governo para concessões de empréstimos de fomento a pequenos e médios empresários da indústria e da agropecuária. Sua obrigação, segundo ele mesmo informa à clientela, é avaliar as necessidades da empresa ou do pequeno produtor postulante e, conforme o caso, e, sem protelação, fazer a alocação dos recursos que podem ser mesmo a fundo perdido, de acordo com o perfil da empresa ou do fazendeiro. Enfim, do interessado que se apresente para pleitear os recursos. Tudo com a maior simplicidade. A burocracia foi abolida e por conta disso, ele tem-se dado muito bem.

O que ele faz é um serviço itinerante, como se fosse uma caravana do bem, que desloca-se de cidade em cidade para atender necessidades da população. Naturalmente, seu atendimento não é o mesmo das caravanas populares, que atendem as pessoas mais necessitadas, com suas bancadas de cortes de cabelo, de emissão de identidade, de carteira profissional, ou mesmo de atendimento médico, que se realiza em uma carreta adrede preparada para essa finalidade. No seu caso o atendimento, apesar de ser aos necessitados, não se refere a necessitados comuns. Sua clientela são pessoas físicas e jurídicas que demandam aportes para realizar uma obra ou uma expansão dos seus negócios.

Telmo Rizzo é um homem badalado; cercado de áulicos por onde passa. É um ladino. A facilidade com que ele expõe seus temas faz tudo parecer muito fácil aos olhos de quem possa ter algum interesse. Fica assim de gente atrás dele, querendo uma lasquinha.

Às vezes fica difícil encontrar uma vaga ao seu lado em alguma comemoração, ou evento a que ele concorre. Ele mesmo custa a arranjar

116

tempo para atender todas as solicitações de presença que lhe são encaminhadas. Mas ele gosta da situação. Gosta de sentir-se no centro das atenções, pelo menos junto àqueles que compõem a turma do seu interesse. O assédio por que passa, coisa que para alguns seria insuportável, para ele é o termômetro no qual ele se baseia para conduzir suas atividades nos sítios em que, eventualmente, esteja atuando.

Rodeado de bajuladores sua agenda é tão distinta quanto participar de um congresso patrocinado pela prefeitura local, ou comparecer à formatura de jardim da infância do filho do amigo de alguém com quem ele esteja tratando de algum investimento.

Se Telmo fosse atender a todos que reclamam, mais por ostentação, a sua presença, outra coisa ele não faria que praticar relações sociais e comunitárias, atividades importantes para qualquer pessoa, mas que para ele, pelo menos, a essas alturas, já passaram ao estágio de indiferentes e desnecessárias.

Quando convidado, Telmo Rizzo simplesmente não vai, não comparece. Entretanto, ele nunca deixa de justificar a ausência, coisa que ele faz de caso pensado e de acordo com as circunstâncias, sabedor que é que, geralmente, uma justificativa de ausência faz mais efeito do que uma presença, que às vezes, pode passar despercebida. Dependendo da pessoa a quem se dirige, uma justificativa tem efeito moral mais positivo do que uma presença. E é nisto que Telmo aposta.

Ele aprendeu, ao longo do tempo, que a justificativa é sinal de deferência para gente simples. De cara, a pessoa se choca com a negativa, imagina-se preterida, sente-se menosprezada. Entretanto, a justificativa apaga todas as nódoas, porque o indivíduo entende que o convidado não compareceu por que estava assoberbado de obrigações previamente ajustadas.

– Afinal, ele é um só para atender a tantas solicitações, sem considerar seus compromissos pessoais, que não podem ser delegados – comentava com um amigo, um sujeito que acabava de receber um cartão enviado por Telmo.

– A gente precisa compreender o lado dele – concorda o outro, o pescoço espichado para ver o que estava escrito.

– Resultou que ele não compareceu mesmo, apesar de ter deixado uma possibilidade de estar presente – comentou alguém, certa vez.

– É um sujeito admirável esse Telmo – o outro respondeu –. Se ele não pode comparecer, avisa antes.

– É o que eu digo. Tem uns pés de chinelo aí que gostam de fazer cu-doce. Não atendem a nenhum convite, e nem dão satisfação...

– O Rizzo é gente boa, dá atenção pra gente. Está sempre pensando nas pessoas – remata um circunspecto.

Todos pensam a mesma coisa a respeito de Telmo Rizzo, todos imaginam que ele se preocupa com eles. Mas não é verdade. Telmo Rizzo não se preocupa com ninguém exceto com Telmo Rizzo. Mesmo nos seus momentos de maior desprendimento, ele não está pensando em nada a não ser nos seus interesses. O mesmo desprendimento não passa então de uma estratégia para arrebanhar os incautos e os ambiciosos, e locupletar-se à custa deles.

Conforme Telmo Rizzo informa logo que chega a uma localidade, ele está a cargo de um programa de distribuição de verbas do governo federal, que atua no interior, diretamente com a clientela, sem que ela precise movimentar-se até Brasília. Sua atividade não carece de propaganda explicita. Ele resolve tudo com o boca a boca. Após o primeiro contato o próprio cliente se encarrega de propagar a notícia. É o que basta para o sucesso de Telmo. Depois, é tratar de trabalhar e trabalhar muito até esgotar as possibilidades no lugar, quando ele parte para outras cidades aonde vai facilitar a vida de outras pessoas.

O programa do governo representado por Telmo liga-se diretamente ao Ministério da Fazenda. É a primeira vez que o governo implementa o programa, um avanço do serviço público que deixa de ser estático para ir aonde suas ações se fazem necessárias.

Telmo leva consigo a legislação referente à atividade que ele exerce, completamente desburocratizada, que não passa de uma Medida Provisória e alguns manuais simples, que ele usa mais para tirar dúvidas dos interessados, se elas existirem. Mas não existem nunca. Embora tais documentos fiquem todo o tempo à disposição da sua clientela, dificilmente Telmo precisa reportar-se a eles. Ele é sempre tão claro e convincente que, quanto aos benefícios do programa e da valia que ele representa para todos, dúvida praticamente inexiste.

Telmo Rizzo é realmente competente no que faz. Sabe de cor e salteado cada artigo da legislação. Além disso, as armas da república estampadas nos cabeçalhos dos documentos dão a credibilidade necessária junto àqueles que o procuram. Sobre sua mesa, ele ostenta uma placa de bronze em que o seu nome aparece debaixo do brasão da república e da inscrição "Ministério da Fazenda". A placa é exatamente igual ao cartão de visitas que ele exibe, com a diferença que no cartão constam o endereço do órgão em Brasília e o nome do ministro da fazenda. Uma mão na roda para ele e para todos que o buscam.

Nunca foi tão fácil receber verbas do governo!

O novo programa tem como objetivo a liberação de um valor determinado, não muito alto, mas suficiente para um empreendedor médio botar as contas em dia. Se as tiver em dia, dá para fazer um pequeno movimento. O prazo máximo para a liberação da verba não ultrapassa os trinta dias. Isto decorre da forma como o programa foi planejado. É feita uma seleção prévia, já no momento da inscrição, de modo que a análise final em Brasília não tomará tempo da equipe. É o típico trabalho descentralizado, aquele que só leva à direção do negócio os temas que não puderem ser resolvidos na base. Uma vez em Brasília, o que os técnicos têm de fazer é unicamente selecionar os interessados de acordo com um critério interno que obedece à discricionariedade do serviço público. Pelo menos, esta é a informação que Telmo Rizzo passa para as pessoas. Nunca se teve notícia de algo dessa envergadura no tocante à aplicação do dinheiro público, razão por que muita gente já está aplaudindo a iniciativa.

Através da prefeitura local, Telmo já tem agendada uma audiência em um salão que lhe foi disponibilizado pela municipalidade. A divulgação do evento foi feita no mural da prefeitura e, sem muito estardalhaço, foi suficiente para aguçar a curiosidade de uma boa plateia.

***   ***   ***

Era um domingo de noite. Todos que tomaram conhecimento da audiência e preenchem os requisitos exigidos para que a pessoa física ou jurídica possa pleitear a liberação da verba aparecem no salão. Também aparecem alguns que não preenchem as exigências, apenas para assuntar. Vêm de todos os lados. Dentre eles estão os de boa-fé, que apenas veem a possibilidade de dar o pontapé inicial em um projeto antigo. Como não podia deixar de ser, no mesmo barco estão os espertalhões, que em tudo vislumbram uma oportunidade de lucro fácil.

Naturalmente, os valores da liberação não são altos, mas para alguma coisa já são suficientes. Apesar de todos entenderem perfeitamente os trâmites que serão seguidos, uma boa parte da gente ficou com um pé atrás, dadas as facilidades oferecidas.

– Eu estou cheio de dúvidas; não estou entendendo nada – é o comentário que alguém faz em voz baixa, com o seu vizinho de cadeira.

– Que é que você não está entendendo? Eu estou aqui porque entendi tudo desde o princípio; senão, não tinha me dado o trabalho de vir – diz um segundo participante, sentado ao lado do duvidoso –. Se está tudo tão claro...

– Se não está entendendo, devia ter entendido primeiro, antes de vir... fala um sabichão que está sentado na cadeira detrás, enquanto se curva para dar um tapinha no ombro do imbecil.

– Pois é essa clareza o que me assusta – responde o desconfiado –. Não estamos acostumados com essa moleza, você há de concordar.

– Concordo, eu concordo – diz um que acabou de entrar na conversa – mas já é hora de a gente dar um crédito ao governo. Afinal, segundo o seu lema, ele veio para facilitar a vida das pessoas...

– Pois não é o que estou dizendo? – o sabe-tudo interrompe.

– Só que o que vimos até hoje foi ele facilitar a vida de quem não precisa... aliás, uma roubalheira danada – diz um, sentado na cadeira da frente mas com os ouvidos ligados em tudo o que se comenta no recinto. Este não sabe se presta atenção ao que Telmo Rizzo diz do seu posto, ou nos comentários dos colegas ao seu lado.

– Mas já é hora de mudar – o interrompido volta a falar –. E vejo que a mudança chega na hora certa.

– Tô fazendo a maior fé – diz um pequeno fazendeiro de uns qua-

120

renta anos, cujo nome é João Machado, já se integrando ao grupo. João Machado tem planos de montar uma ordenhadeira, aumentar o curral e comprar um lote de leiteiras.

Ele está com a mulher, Isabel, ao lado. Uma matrona cor de trigo, na casa dos seus trinta anos, bonita, elegante como uma garça, como o seu pai costumava dizer desde quando ela era uma menina e gostava de ver essas aves, que pescavam no lago quase no terreiro da fazenda. Ela é dissimulada com o seu corpo atrevido e seu jeito encantador. Veste um costume azul-bebê exuberante.

Para estar aí ela se arrumou como se fosse a uma festa, porque sempre se compõe o melhor que pode, ainda que seja para visitar um abrigo de idosos a quem a beleza física já não importa; ou já não importa muito. Ou mesmo que seja para ir a um velório.

Seus cabelos sedosos e perfumados, penteados no salão, caem nos seus ombros como uma cascata mansa. Os olhos grandes e inquietos de vez em quando passeiam entre os presentes. É quando ela percebe que muitos não estão atentos à explanação de Telmo. Então, ela passa a língua pelos lábios carnudos, umedece-os, e aperta os dentes no lábio inferior, quase como um sestro.

Por uma estratégia que só uma mulher pode explicar, ela tem as pernas sempre cruzadas. Para seu conforto, puxa a barra da saia um pouco para cima, gesto acintoso que deixa à vista a metade das suas coxas roliças.

Isabel é uma mulher diferente, de personalidade ostensiva, que faz o que lhe faz bem sem preocupar-se com o que pensam os demais. Pode-se dizer que é uma mulher incomum. Enquanto as mulheres em geral saem de casa com vestidos de liganete e logo que ele começa a subir elas começam a puxá-lo para baixo, Isabel faz o contrário. Não importa a qualidade do tecido da sua roupa; se ele não sobe sozinho, ela o puxa para cima.

Vez por outra, Machado olha satisfeito para ela; precisamente, para as suas coxas pulsantes. Um ar de satisfação, de orgulho pela mulher que tem, forma-se na sua cara que se veste de cinismo cada vez que isto acontece. Os companheiros que discutem não tiram os olhos da mulher. Um ou outro, em posição menos privilegiada, vergam o corpo dissimuladamente para o lado em que ela se encontra, como se fossem ajeitar a meia, mas o que fazem é espichar os olhos libertinos para cravá-los no que pode ser visto daquele par de coxas e para imaginar o que está oculto pela nesga de pano.

– Já estou com a minha papelada pronta – Machado diz, orgulhoso.

– Como? Se este é o primeiro contato direto que estamos tendo com o agente? – inquire um sujeito que ainda não tinha aparecido na conversa.

– Aí é que está, meu amigo. Tenho os meus contatos. Se você quer mesmo saber, Telmo já esteve na minha casa – o sujeito responde provocativo, ao tempo em que, involuntariamente, põe a mão na perna da esposa, gesto que é acompanhado por uma meia dúzia de olhos famintos.

– Quer dizer então que já se conheciam... assim, fica fácil – zomba um que está mais afastado, já com ares de desconfiança quanto à relação existente entre seu interlocutor e Telmo.

– Nada disso. Ele apenas apareceu em casa para tomarmos um *Col Solare Red Blend*, safra 2009.

A pronúncia saiu às avessas, interiorana. João Machado tinha apenas decorado o nome dito por Telmo, por ocasião do encontro.

– Que é isso? – pergunta um deles, sob o olhar curioso da maioria.

– Popularmente, um tinto. Um tinto americano, de safra especial – Machado fala, com empáfia.

– Você tá falando de vinho? – pergunta outro concorrente.

– De que mais, camarada, de que mais? – Machado responde, outra vez, pondo a mão na coxa da esposa. É como se ele pusesse a mão na perna da mulher para chamar a atenção dos vizinhos de cadeira, para instigá-los, para tesá-los. Mas não era! Outra vez, os olhos libidinosos dos que estão mais próximos se acendem e, como dardos, voam diretos para as pernas de Isabel, como atraídos por uma força magnética.

– E não vejo nada demais em ter estado com ele. Podia ter sido com qualquer um dos senhores... com qualquer um de nós – Machado continua.

– Quer saber? Eu gosto mesmo é de uma boa pinga – é o que o outro diz.

"Mas não foi com qualquer um de nós. Por certo, esse aí terá vantagens sobre os outros, reles mortais. Este é o nosso país" – pensa o que está mais afastado. Mas ele nada diz.

– E quem não gosta? Quem não gosta?... Eu mesmo não nego a origem; prefiro muito mais minha cachacinha, qualquer que seja a marca, a vinho. Tomei o tal mais para acompanhar Telmo – Machado diz –, mas ao mesmo tempo, não deixei de tirar o gosto com a minha amarelinha, de tonel de carvalho.

A esposa olha para ele com reprovação. Dá uma leve tapa na mão que ele tem sobre a sua coxa. Contudo, esse tapa não é de censura pela ousadia do marido já que ela gosta, e muito, dessa situação. Afinal, mesmo que depois, se por alguma conveniência escusa, reclame, qual mulher não gosta de sentir-se desejada, paparicada?

A olhada atravessada de Isabel não significa mais que um alerta carinhoso para que ele modere a linguagem e não se exponha ao ridículo de declarar em público que sua preferência espirituosa é inferior. Para Isabel, se Telmo gosta de vinho, Machado, o marido dela, ainda que somente por conveniência, tem de gostar de vinho. Ela nada diz, mas Machado, que de sobejo conhece os seus sinais, compreende.

Pelo pensamento de Isabel passam algumas lembranças. Boas imagens recentes chegam-lhe arrasadoras, enchem-lhe o corpo de calor e a alma de bem-estar. Seus lábios sedosos mal disfarçam um sorriso.

Isabel é uma mulher interiorana acostumada às coisas, aos comportamentos e as vicissitudes da capital. Aí ela passou boa parte da sua vida. É do tipo bem-sucedido por natureza. Independente disso, Machado lhe proporciona boa vida onde quer que ela esteja.

O marido gosta de exibi-la como se exibisse um troféu de caça, mas quando está sozinha ela sabe exibir-se por si mesma. Quando ela está com ele, não raro, precisa consertar coisas que ele diz. Às vezes, tem de ajudá-lo a entender coisas simples e corriqueiras, cujo entendimento ele não logra. Por conta disso, sua intervenção é necessária. Se ela não interfere, ele acaba metendo os pés pelas mãos. Ela se cuida como uma princesa, à sua maneira e à sua própria custa, pois não chegou ao casamento de mãos abanando.

Verdade é que, sem Isabel, Machado não rompe, não se apruma. Ele mesmo descobriu isto a partir do momento que percebeu como sua vida progredira desde que se conheceram. Muito mais, depois que se casaram. Ela é a grande mulher por trás dele, a grande mola, a pessoa que, a despeito de algum deslize que ele ignora, determina a sua direção na vida. Ela é o seu arrimo, a sua garantia. Ambos têm consciência disto, mas Isabel se garante muito mais do que o marido.

Ela não costuma dar muita satisfação acerca do que faz. Também não é cobrada. Só ela sabe as aventuras em que se mete, mas pelo menos de acordo com a sua idiossincrasia, não se permite nenhuma empreitada por descuido. Isabel não entra em roubadas. Tudo o que ela faz obedece a um plano seguro, razão por que, não costuma fazer nada às escondidas. A única pessoa a quem, teoricamente, ela deve satisfações é o marido, mas para ele tudo está muito bem como está. Então, quem quiser ver, que veja. Dona do seu nariz, Isabel assume o que faz e pronto. Muita gente fala mal dela, uns por inveja; outros por despeito, outros mais, por maldade mesmo. Ela passa e segue. Alguns falam bem.

– Vá ser gostosa assim lá longe – um bem casado comenta.

– Ela é um pouco sem modos, cê não acha? – observa um tipo recatado.

– Sem modos, sem modos? *Tais* brincando... – diz um fuinha.

– Para uma mulher casada eu acho que ela é sem modos, sim. Claro que eu acho.

– Não fica bem, é muito espalhafatosa – outro camarada determina.

– Aqueles cabelos...

– E a cintura, cara?! Que coisa mais delicada! – fala um, cheio de cinismo.

– E eu lá tô preocupado com cintura? Fico vidrado mesmo é naquela bunda... naquela testa, que vez ou outra deixa ver até os beiços... naqueles peitos que, parece, nunca foram mamados – desdenha um deles;

e faz um barulho chiado, enquanto aspira pela boca, os dentes cerrados, a fuça mais cínica que a dos demais.

Ela não está na reunião por acaso, senão de caso pensado. Não precisava estar nesse lugar porque, nesse encontro, não há outra mulher além dela. O convite não foi feito extensivo às esposas dos empresários, ruralistas e políticos, aqueles que constituem a seleta clientela para os créditos oferecidos pelo governo através de Telmo, o seu agente. O fato é que, se não era necessária a presença de mulheres naquela reunião, também não era proibida. A que o marido quisesse levar... Só Pedro Machado levou. Também, se não levasse, Isabel ia do mesmo jeito.

Isabel está aí, junto com o marido. Como ele, ela também conhecia Telmo, conhecimento que se deu há algumas noites, quando ele esteve na sua casa.

Na ocasião os três estiveram à vontade, uma reunião que foi até altas horas. Machado tomou, quase sozinho, o vinho levado por Telmo. Mas como ele mesmo já disse, bebida pra ele é aguardente. Vinho é bebida de frouxo, de fresco. Então, além do vinho, ele se encharcou na caninha, sem nenhum constrangimento. Telmo apenas deu uma bicada estratégica no vinho que levara. Ele não costuma beber. De fato, não bebe. Aos mais chegados, diz ter razões de sobra para estar sempre sóbrio.

Isabel pode até ter muitos defeitos, mas como Telmo, ela também não bebe. Não bebe nem por gentileza.

Ela encantou-se por Telmo no momento exato em que veio lá de dentro e Machado acabava de receber o visitante. Cumprimentaram-se, e nesse momento Telmo já percebera que sob a blusa fina que ela usava estavam dois peitos desprotegidos.

Em seguida sentaram-se, Telmo e Machado em um sofá. Isabel sentou-se, sozinha, no outro, a noventa graus do primeiro. Desde então, ficaram os três na sala, em uma conversa animada.

Durante a conversação, Isabel e Telmo trocaram olhares, ao princípio, dissimulados; mais francos à medida que o tempo passava. Na ocasião, ela não vestia um *tailleur* como hoje, mas um conjunto de saia e blusa em tecido fino e generoso em todos os sentidos. A saia daquela noite lhe possibilitava muito mais desenvoltura para mover as pernas, coisa que amiúde ela fazia.

Muitas vezes, ela flagrou Telmo olhando escancaradamente para as suas pernas. Não dificultou em nada a visão dele. Ao contrário, quando o flagrava, o que fazia era mover-se como se não quisesse nada. Trocava as pernas com um movimento de amplitude desnecessária, apenas para deixar as coxas cada vez mais a descoberto.

À medida que o tempo passava, o anfitrião, vencido pelo teor do álcool que ingerira, foi-se aquietando. Sua voz amoleceu e, finalmente, ele se entregou, irremediavelmente. Podia ter ficado aí mesmo. Em outra situação, ficaria. Não nessa noite. Telmo e Isabel se encarregaram de levá-lo para o quarto e estirá-lo sobre a cama convidativa de um quarto amplo. Depois, voltaram para a sala, onde permaneceram até quase amanhecer...

*** *** ***

O zum-zum da turminha já começa a incomodar. Telmo Rizzo interrompe a explanação em curso e passa os olhos sobre a plateia, já sabendo de onde partia os zumbidos. É a hora de ele fazer-se notar, definitivamente, de impor sua presença.

– Senhores – ela fala, irritado –, desta maneira não dá para continuar. Por conta da falação paralela não estou conseguindo transmitir a mensagem que vim trazer. Estamos em um ambiente pequeno; conversas em separado dificultam a audição para os companheiros que estão, realmente, interessados.

Os ouvintes ficam tensos, não os que estão atentos, mas os outros. Telmo prossegue.

– Portanto, não os prejudiquemos. Quero que saibam que aqui não sou mais do que um agente público, mero representante do governo... não tenho interesses particulares no que estou fazendo... – ele faz uma pausa dramática e continua – no que estou tentando fazer. De qualquer modo, eu lhes garanto que os que estão aqui foram escolhidos a dedo, não por mim, mas pelo órgão, em Brasília, de acordo com estudos realizados pela secretaria do governo, que se dedica a detectar os nichos onde as pequenas dotações podem render mais, por representarem a tão decantada distribuição de renda.

Telmo faz outra pausa; depois, prossegue.

– O que fiz aqui, antes deste momento, foi apenas identificar as pessoas constantes do relatório da secretaria.

Telmo interrompe a fala, segura uma publicação em formato ofício, que está sobre a mesa e levanta-a sobre a cabeça, a capa voltada para a audiência. Ele a deixa no ar o tempo suficiente para que todos a vejam e leiam o que aí está escrito. Em seguida, abre o livro, o corte voltado para o público e passa rapidamente algumas folhas.

A estas alturas, além da voz de Telmo, se pode ouvir o zumbido de uma mosca. O silêncio é sepulcral. Então, ele deixa o livro sobre a mesa e continua com o discurso.

– Se os Senhores entenderem por bem, encerro aqui a nossa palestra. Só preciso relatar que o programa não teve aceitação e seguir meu roteiro para a próxima cidade, onde, por certo, terei mais sorte.

Ele se cala e olha severamente para a assistência. Em seguida, prossegue.

– Venho para fazer o melhor que puder, mas não posso fazer além do que os Senhores me permitam. De fato, não posso agir de ofício, mas apenas cumprir as determinações que me foram passadas. Meu trabalho se encerra com o meu relatório, uma peça que pode ser dura o suficiente para fechar por muitos anos a porta do ministério para as necessidades desta cidade. Tenham em mente que aqui a autoridade não sou eu, mas os meus gentis ouvintes. E que na nossa relação os Senhores são os contribuintes a quem um bom governo deve servir...

Telmo faz uma longa pausa; depois, prossegue, olhando placidamente para o grupo de pessoas que se comportara bem até agora, como sinal de agradecimento. Então, encerra.

– Um bom governo não impõe, oferece. Enfim, os Senhores decidem o que devo inserir no meu relatório.

Os ouvintes que, desde o começo, prestavam atenção ao que Telmo dizia, se manifestam com um pequeno alvoroço de aprovação à chamada dada pelo palestrante. Um que está na fileira da frente, berra indignado.

– É isto mesmo! Quem não tem interesse, não é obrigado a ficar aqui. Mas quem ficar precisa ter um mínimo de urbanidade para não prejudicar nossa sessão.

– Depois que o doutor Telmo se for, babau, não adianta chorar. Ele veio facilitar as coisas sem a necessidade dos atravessadores e políticos que muito bem conhecemos; eles, que com suas tramoias, tanto oneram os nossos empreendimentos – fala um dos que estão na frente.

– O que não pode acontecer é uns poucos desorientados fazerem com que demos todos com os burros n'água. De modo algum podemos permitir isto – se enerva Cipriano, um que veio diretamente de um distrito, disposto a conseguir o empréstimo para um negócio que ele tem em mente.

Enquanto alguém faz a defesa dos propósitos que deveriam ser de todos, o restante da assistência não tira os olhos do grupo de malfazejos, sentado mais para o fundo do salão. Uns chegam mesmo a se levantar para identificar cada um dos indivíduos. Toda a plateia está contra o grupelho mau caráter do fundão.

Telmo ouve, sem interferir, a reclamação dos seus ouvintes de boa-fé. A indignação que ele demonstrou não era tanta assim. Ele não tinha nenhuma intenção de deixar a cidade. Pelo menos, não por ora. Aquilo foi um agá, para testar sua autoridade. Afinal, ele mal começou a tarefa que tem por realizar na cidade. Além do mais, ele está acostumado com esse tipo de gente e, como acabou de provar, sabe, muito bem, lidar com ele. Telmo Rizzo percebe que suas palavras fizeram o efeito esperado.

De fato, as pessoas que estavam tumultuando a reunião nem sabiam que a tumultuavam. São gente de boa índole. Se interferiram na fala do agente público, se a avacalharam como alguém já disse, estavam já profundamente arrependidas e envergonhadas, porém, sem ação para desculpar-se. Aguentar os olhares de reprovação da maioria estava sendo uma tortura que não acabava. De repente, elas desejaram estar fora do ambiente o mais rápido possível.

Foi então que alguém se levantou. Isabel. Na mão ela tinha uma folha de papel em que anotara alguma coisa enquanto a turma falava dela. Ela estava séria e compenetrada quando se levantou.

– Telmo – ela começou.

Se havia alguém no recinto que não reparara na sua presença, agora, não tinha mais jeito; isto era passado. Todos se voltam para ela, empertigada, séria como ela sabe ser quando o momento o exige.

"Telmo?" – que intimidade é essa? – Cipriano se pergunta em pensamento.

– Que disse? – alguém que estava ao seu lado indagou.

Então, foi que o sujeito percebeu que fizera mais do que pensar.

– Eu? Eu não disse nada...

Isabel continuou a falar.

– Quero dizer, doutor Telmo... Desculpo-me em nome dos nossos companheiros. Tenho absoluta certeza de que ninguém aqui quis desrespeitá-lo, senão comentar, ainda que fora de hora, as explanações de vossa senhoria.

Machado aproveita a deixa da mulher para também dar o seu ponto de vista.

– Isto mesmo, doutor Telmo. Desculpe-nos pelo desrespeito, mas não foi nossa intenção. Estávamos falando, discutindo as nossas pretensões para darmos início a tudo ainda nesta sessão. Vamos entrar em bloco com o Senhor, foi o que decidimos na nossa pequena conferência – ele diz, na cara um sorriso amarelo.

Justiça seja feita, eles tratavam realmente do tema exposto pelo casal em defesa do estrangeiro; não completamente. Não exatamente. Não só os dois estavam certos disto, como também o restante do grupelho, da turminha malfazeja. Quanto a Machado, esse sabe muito bem que, além do assunto em pauta, a turma cochichava sobre a sua mulher – mas isto não o incomodava – e sobre a visita que Telmo lhes havia feito, dias atrás. Este assunto foi o que iniciou a discussão particular, que se prolongou até agastar o palestrante.

Isabel, que discursava parada no seu lugar, sai da fileira de cadeiras onde está, caminha elegante como uma ave dos banhados e para bem na frente da mesa que serve de tribuna para Telmo. Todos olham para ela, as respirações alteradas, esquecidos, ainda que momentaneamente, do propósito que os trouxera até aí. O frisson ocorre mesmo com os mais abnegados, os que se sentam na frente, no cuspe do orador e que agora, com Isabel a um pé deles, sentem a pulsação do seu corpo sob o elegante *tailleur* e, por conta disso, sentem o próprio corpo reagir, uma reação em cadeia, igual para todos. Telmo Rizzo fica parado do outro lado da mesa, como petrificado. Diante dele a mulher com quem passara um bom pedaço de noite em uma sala vazia, não faz muito, e cujo gosto ele pode dizer que ainda o tem na boca. Ele não pode deixar de lembrar o acontecido e nem pode deixar de comparar a mulher que tem diante de si com a outra, em casa de quem, esteve.

Uma é dama séria e respeitável, quase tímida. A outra, simplesmente uma mulher que parece não querer do mundo menos do que ele pode dar-lhe antes que amanheça o dia. Decidida e temerária não mede consequências dos seus atos. Ou, então, sabe muito bem o que faz e por que o faz.

Pela lembrança de Telmo passam algumas das peripécias a que ele e Isabel deram curso na sala de estar de Machado. Seus olhos brilham diante da fazendeira. Isabel percebe o brilho, mas comporta-se como se não percebera. Decepcionado, Telmo se retrai. Por um momento imaginou que a mulher lhe desse um sinal qualquer. Ela, simplesmente, estende-lhe a mão em que está a folha de papel. Aí estão os nomes completos de alguns dos participantes.

– Doutor Telmo, aqui está a lista inicial das pessoas que pretendem ser as primeiras a participar desse processo. Tomei a liberdade de anotá-los, de modo a facilitar o seu controle.

– De que fala essa mulher? – pergunta entre dentes, um dos sujeitos que parlavam enquanto Telmo explicava os conceitos do programa que ele representava.

– Não sei de nada – o indagado responde – mas não viemos aqui para a coisa? Então... reclamar de quê. Tô de acordo.

O outro passa a mão pelo queixo.

– É... tem razão. E vindo dessa gostosa, mesmo que seja uma furada eu vou nessa, tô mesmo é dentro.

O outro, na cara um riso cínico e disfarçado, faz um bico e leva o indicador à frente do bigode espesso, amarelo de fumo, em sinal de silêncio.

Desta vez, Telmo Rizzo não percebeu a conversa dos dois indivíduos, primeiro, por que eles falaram muito baixo; depois, por que, ainda que falassem alto, ele não teria ouvido. Isabel não deixa que ele ouça. Ela é o único motivo que lhe interessa neste momento. Isabel, a respiração um pouco avultada, os bicos dos peitos quase furando o tecido do casaco do seu traje.

A julgar pelo que aconteceu na casa de Machado, quando o medo era quem dava o tom, e nem por isto Isabel se intimidara, Telmo fica imaginando o que ela não será capaz de fazer em um lugar onde estejam apenas os dois.

– Aqui está a lista, Doutor. Pegue-a, por favor – ela insta o palestrante que, então, se dá conta de que há alguns bons segundos a mulher estava com os braços estendidos na sua direção.

– Desculpe-me, Senhora; eu me distraí.

Como todos os demais, Machado percebeu a admiração do homem pela sua esposa. Foi o suficiente para ele imaginar que possa tirar algum proveito disso, ele que tem o velho hábito de não se meter em nenhuma empreitada se não tiver, pelo menos, uma fumaça de que pode levar alguma vantagem. Na sua casa ele já percebera uma caída de Telmo por Isabel, mas naquela noite ele não teve tempo de conjecturar sobre isto, já que muito cedo foi vencido pela sua mistura de uva e cana.

Mas ninguém leva vantagem sobre Telmo Rizzo. Nunca. Conforme ele não se cansa de dizer quando em sua roda seleta de partidários, está para nascer quem o passe para trás, quem o deixe no chão. Ele é um homem estratégico, que usa de artimanhas para ludibriar os que, de boa-fé ou má-fé se metem em um negócio com ele. A esses ele considera inimigos e a eles dispensa o respeito que se deve dispensar a um inimigo. Para ele, do lado de cá só existe ele, que não se mistura nem abre a guarda em hipótese alguma.

Rizzo recebe o papel da mão de Isabel, que volta imediatamente para a sua cadeira. Ele passa os olhos pela folha que recebera. Em seguida, como para quebrar o constrangimento geral e restabelecer o bom clima entre todos, ele arma o seu melhor sorriso. Então, começa a ler os nomes anotados pela mulher. Na lista, doze nomes. Poucos, considerado o número de pessoas presentes. Isabel dissera que aqueles eram os nomes dos primeiros que se incorporariam ao processo, mas eram mesmo os nomes das pessoas que compunham o grupo que tumultuava a reunião.

À medida que Telmo lia os nomes, pelo menos três ou quatro deles se sentiram acuados. Haviam ido à reunião para tomar pé da coisa, mas ainda não tinham certeza de que tomariam o dinheiro no momento. Nesses tempos de crise não é bom se expor muito, é o que eles pensam, como de resto deveriam pensar todos nesses tempos bicudos.

Por certo, como a maioria dos presentes, eles necessitam de uma quantia, ainda que pequena, da qual não dispõem no momento, para dar um toque uns no seu comércio, outros na restauração do curral, que há tempo pede conserto, outros para comprar uma leva de bezerros e, pelo menos um deles, para adquirir uma nova matriz. Por certo alguns que estão aí são apenas investidores no pior sentido, que querem tomar dinheiro do governo na base da vantagem.

A reunião não dura muito tempo após a leitura dos nomes. Ao final Telmo mudou de lugar e foi para o meio das cadeiras, agora, para falar diretamente sobre o assunto pelo qual todos estavam aí. Explicou com pormenores o que a maioria dos presentes já sabia. Falou do prazo exíguo em que o governo prometia liberar o dinheiro, de uma forma tão convincente que não restou nenhuma dúvida.

Todos já sabiam que teriam de contribuir, não para que o dinheiro saísse, mas para garantir a homologação do processo. Era um depósito chamado "de impulso". Sabiam e não se importavam com isto, acostumados com as mazelas do país. Mas era exatamente este pormenor que estava causando espécie à maioria deles, já que alguns não dispunham do montante.

– Quem não tiver o valor disponível, mas tiver gana de resolver o problema, basta recorrer ao empréstimo pessoal que pode ser solicitado automaticamente na caixa de autoatendimento do Banco do Brasil, sem nenhuma interferência de terceiros e com saque imediato, desde que dentro da faixa disponibilizada para cada cliente do banco. Não... Não se preocupem os que não forem clientes do BB. Cito o Banco do Brasil, mas todos os outros bancos oferecem o serviço – Telmo explicou, antes de ser perguntado.

Por outro lado, eles souberam, aí mesmo, uma coisa nova. Receberiam integralmente o valor do depósito de impulso junto com a liberação do montante contratado, o que já diferençava a coisa de quaisquer outras empreitadas do tipo.

Apesar disto, a adesão ao projeto não foi como Telmo esperava. Assim, ele teria de mudar os planos. Em algum momento teria de botar em prática o plano B. Ele estava para entregar o kit informativo quando Cipriano, um tanto desconfiado, fez a pergunta que todos queriam fazer.

– Dr. Telmo, o Senhor está dizendo que teremos de pagar ao Senhor?

– Pagar a mim? Como assim? Não entendi sua pergunta.

– O Senhor não disse que teremos de pagar um percentual do empréstimo?

– Pagar, não, meu amigo... será um depósito reembolsável para impulsionar o andamento e para justificar a rapidez dos resultados. Como os Senhores verão, tudo está devidamente explicado no contrato que temos aqui – ele pega o kit e o exibe a todos. Vejam por si mesmos.

Cada um dos presentes pega o envelope padronizado com o Brasão da República e já o abrem ansiosos. Telmo entrega o pacote ao último participante. Agora, abre um para si mesmo.

– Abram o pacote, Senhores...

Mas todos já estão com o documento nas mãos.

– ... verão que tudo está devidamente explicado. O tema do depósito é umas das primeiras cláusulas. Está na cláusula...

– Está aqui, está aqui. Achei! – João Machado interrompe infantilmente a explicação de Telmo, que nem precisou entrar em maiores detalhes.

– Claro que está aí; está tudo aí – Telmo replica –. Como podem perceber, eu não toco no dinheiro. Os Senhores o depositam diretamente na conta do tesouro. Tudo de acordo com a preferência pessoal quanto ao banco. Por favor, observem que, neste caso, só podem ser a Caixa Econômica Federal ou o Banco do Brasil, já que os outros bancos estatais não estão presentes em todas as praças.

Telmo distribuiu os formulários e ficou à disposição para sanar eventuais dúvidas. Mas não restaram dúvidas, estava tudo muito claro nas letras contratuais e nos *folders*. Ele apenas esclareceu que, por princípio, os processos serão encaminhados todos de uma vez, o que não significa que quem não se inscrever imediatamente fique de fora. O importante é que não demorem muito. Como ele tem uma margem de manobra, no caso de as adesões serem lentas, ele não retardará o envio dos processos, para não prejudicar ninguém. Então, fará a remessa dos documentos em blocos, sempre para não causar prejuízos aos que se manifestarem primeiro. Naturalmente, quem estiver na primeira leva receberá primeiro; óbvio.

Uns poucos dos presentes deixaram claro que apresentarão a documentação necessária a Telmo, até ao final da semana que se inicia, de modo que o contrato possa ser assinado a tempo de ser enviado já no primeiro dia da outra semana.

– Outra coisa muito importante – diz Telmo Rizzo – é que a documentação só será enviada a Brasília após a feitura do depósito, já que o recibo deve ser encaminhado junto com o contrato. Sinceramente, isto é apenas uma questão burocrática, já que a transferência dos valores é realizada online, o que a torna imediatamente identificável. Mas enfim, tenho de seguir as normas ministeriais.

Telmo Rizzo faz uma pausa, esperando perguntas. Ninguém pergunta nada; ele finaliza.

– Afinal de contas, certos costumes burocráticos ainda resistem no nosso meio e, enquanto não forem banidos, devemos cumpri-los. Mas a boa notícia que lhes dou é que após a homologação do processo, no prazo de até cinco dias úteis, o Ministério da Fazenda envia uma senha para que o titular do contrato saque o valor caucionado, este que está citado no parágrafo primeiro – Telmo fala, voltando o contrato que tem nas mãos para os presentes e apontando o parágrafo com o dedo, como se fosse necessário...

– O dinheiro sai em quantos dias? – indaga um dos presentes.

– Está aí, mais embaixo, mas eu lhes poupo o trabalho – Telmo responde –. O prazo máximo para a liberação do montante é de trinta dias corridos, mas até hoje, não passou de quinze. Tudo tem de passar pelo departamento jurídico. Naturalmente, apenas para conferência, já que não será remetido nenhum pleito condicionado a complementação futura de dados.

– Então não demora muito – é o que se ouve sem que se distinga exatamente quem havia dito.

– Pela média atual – Telmo volta a falar – entre quinze e vinte dias após o envio da senha a verba estará na conta indicada pelos Senhores, no contrato. Como percebem, desde o recebimento do contrato em Brasília, todo o processo não dura mais que uns poucos dias – Telmo diz, sob os olhares admirados de todos.

– Quanto tempo leva para a gente receber de volta a caução? – Alguém indaga.

Telmo Rizzo volta-se para o lado de onde veio a pergunta, sem saber quem a fizera. Encontra João Machado. Ao seu lado Isabel; seus olhos acesos encontram os de Telmo. Ele sente um choque. Essa mulher o excita a uma simples mirada. Não o excita mais do que qualquer outra, mas é ela que ele tem para o momento e para quem abre a porta caso ela queira entrar.

– Como eu expliquei há pouco – ele responde – e, naturalmente, como consta do contrato, no máximo em cinco dias úteis.

Isabel aponta no contrato que o marido tem nas mãos o lugar onde está esse dado.

– Alguma pergunta mais? – Telmo provoca enquanto passa os olhos pela plateia. Ninguém responde, o que significa que está tudo compreendido.

– Então, eu os espero, a começar de amanhã, no horário do atendimento bancário, no endereço que está na última página.

Telmo Rizzo dá por encerrado o primeiro encontro com aquelas pessoas. Em seguida, elas deixam o salão. Algumas ficam conversando amenidades com o agente público, que não demonstra nenhum enfado. Dentre essas pessoas estão João Machado e Isabel. Finalmente, só restaram os dois. Quando saíram, Machado propôs a Telmo uma chegada a um restaurante.

– É por minha conta.

– Sendo assim, eu aceito... estou a nenhum – Telmo Rizzo diz e, com graça, estende a mão em concha para o outro.

– Sei... sei... – com três dedos João Machado dá uma palmada na mão de Rizzo.

João Machado queria exibir Telmo como um troféu. Pretendia apresentá-lo como alguém importante, estranho ao meio, "o cara de Brasília" com quem ele tinha amizade. Isto, por si só, significava que ele estava no comando, bem na fita, como diziam.

Telmo apenas sorriu e não se fez de rogado. Ele já havia percebido que João Machado é um homem ambicioso. Mas ele também o era. Machado marcou a hora. Disse que ele mesmo pegaria Telmo no seu hotel. À hora marcada, ele parou na frente do prédio. Pontual, Telmo já o estava esperando no saguão.

*** *** ***

Machado seria o anfitrião naquela noite.

Ele sabia que mais tarde haveria um encontro no melhor restaurante da cidade, um lugar amplo, confortável e caro. Não era uma assembleia oficial senão o encontro mensal das principais autoridades do lugar, bem como dos principais comerciantes e fazendeiros. Um encontro privê. Coisa adrede preparada, a que, por convite de um ou de outro membro, sempre comparecia gente de cidades vizinhas.

Era um encontro seleto, que acontece num amplo salão de festas, contíguo ao estabelecimento e que, nesses casos, a entrada se dava a partir de uma porta dentro do restaurante. Mas nem por isto o restaurante fechava as portas aos demais clientes. Em outras situações, o salão assume sua condição de salão de festa. Fecha-se a porta interna e as pessoas entram pela recepção.

Nessa noite, todos os conterrâneos de João Machado conheceriam da sua influência.

*** *** ***

Telmo Rizzo desce três lances de escada e já está ao lado do automóvel. Isabel baixa o vidro para cumprimentá-lo. Ele abre a porta traseira do carro e, ainda do lado de fora, sente o perfume da mulher. Entra e se senta atrás de Isabel. João Machado arranca com o automóvel. Isabel baixa o quebra-sol, regula o espelho de maquiagem e se olha.

Está tudo certo. Mas ela não está interessada em ver-se. Através do espelho seus olhos grandes buscam Telmo no banco de trás. Ele está olhando para o outro lado. Então, ela abre um *nécessaire* e daí tira um pincel. Começa a passá-lo no rosto.

Telmo puxa conversa com Machado. Os dois seguem conversando como se Isabel nem estivesse no carro. Se olhassem para o seu lado, veriam que ela está visivelmente mal humorada. Com sofreguidão ela volta o espelho para a sua posição de repouso. Machado tira os olhos do trânsito e olha rapidamente para a esposa. Telmo, que falava com Machado, imita-lhe o gesto. Ao mesmo tempo, os dois homens olham para Isabel, mas não fazem qualquer comentário. O motorista volta a olhar para a frente e acelera.

– Já vamos chegar. Vou apresentar-lhe os meus melhores amigos – Machado fala assoberbado e rapidamente volta a cabeça para o banco de trás.

– Siga como estamos. Não tenho pressa, meu caro; nunca tive – Telmo diz, tranquilamente.

Isabel respira profundamente, todavia sem alarde. Assim mesmo os dois homens percebem, cada qual à sua maneira. Ela volta a mexer no espelho. Então, Telmo acompanha o seu gesto, olha para a peça e dá com os olhos grandes e pretos da mulher. Eles estão magoados. Telmo dá uma piscadela discreta e esboça um leve e pícaro sorriso. Os olhos de Isabel se acendem. Ela devolve a piscada e morde o lábio inferior. Faz uma mesura, um sinal de aceitação, de concordância.

É como uma criança a mulher de Machado. Criança travessa. Passa da birra ao riso em um piscar de olhos. Bastou a mínima atenção de Telmo para ela cambiar o ânimo. Isabel já está feliz de novo. Ela toma outra vez o pincel e começa a massagear o rosto com as cerdas. Seus movimentos não obedecem a nenhuma instrução de maquiagem. Não passam de mera tapeação. O que conta é que agora Telmo olha para ela com insistência e ela o come com os seus olhos ávidos.

Machado não está morto. Percebe o que acontece; como sempre, percebe tudo.

O carro para no restaurante. Machado dá a chave para o manobrista estacioná-lo. Isabel vê a cena e, intimamente, se diverte com ela. Afinal, ela não se lembra de alguma vez ter visto o marido entregar a chave para alguém estacionar seu carro.

Entram, passam pelo restaurante e vão para a porta que dá acesso ao salão de festas. Disfarçadamente, todos, casais e desacompanhados, que se espalham pelas mesas, olham para os recém-chegados. Pelo canto do olho, Isabel vê que em uma mesa mais distante, uma mulher tasca um beliscão no braço do companheiro.

– Você não me respeita mesmo... – a mulher fala com o marido. A voz sufocada, furiosa.

– Que está dizendo?

– Não se faça de tonto porque eu não sou de hoje, e o conheço de outros carnavais, seu safado asqueroso.

O homem não responde; passa a mão sobre o local do beliscão e olha em volta.

– Pensa que não vi você olhando para ela?

– Ela, quem, criatura?

– Não interessa, vamos embora – ela diz já se levantando, a cara emburrada. Mas a cara emburrada não era muito diferente da normal.

Machado passa pelo segurança, o mesmo de sempre, contratado para controlar a entrada dos convidados e evitar o acesso de pessoas alheias ao grupo, os chamados bicões. Antes que o segurança aborde

Telmo, Machado se adianta e o apresenta.

– Este é meu convidado, o doutor Telmo Rizzo, direto de Brasília, do Ministério da Economia.

Isabel aperta-lhe o braço e diz entre dentes.

– Da fazenda, Ministério da Fazenda.

Mas o leão de chácara já havia liberado a entrada e o que fazia era olhar para o casal que discutia, a sair do recinto.

Dentro do salão o movimento já era grande. Os circunstantes não se limitavam a ficar nas suas mesas e esparramavam-se em grupos, conversando de assuntos sérios a futilidades.

Salvo o regime mensal dos encontros, eles não obedeciam a nenhum ritual que não fosse a separação espontânea das mulheres que, por motivos seus, preferiam a privacidade para tecerem seus enredos. No geral, era a oportunidade mensal que todos tinham para botar a fofoca em dia. O que se falava nesses encontros não cruzava o portal do salão. Ficava aí dentro mesmo. A turma era discreta e se abstinha de fazer certos comentários quando havia convidados, pessoas, cujas condutas eles não conheciam. Sobre essas eles não tinham garantia se não sairiam por aí a fazer discursos maliciosos sobre as coisas tratadas naquela tertúlia. Portanto, era mudar de assunto e fazer com que os outros falassem mais do que ouviam. Essa era a política.

João Machado estava muito à vontade. Apresentava Telmo Rizzo a todos com pompa e circunstância. Por conta disso ele nadava de braçada no meio daquela gente interesseira. Porque interesse é o que move as pessoas de todos os lugares e não era diferente naquele sítio.

Ali todos eram amigos; uns mais, outros menos, mas inimigos, não eram. Nessa nuança de amizade, nem todos os confrades eram exatamente amigos de todos. Nem de João Machado, mas apenas conhecidos, indivíduos que não fediam e nem cheiravam, mas que não tinham nada um contra o outro. Então, João Machado preparou a ida de Rizzo ao clube, ou ao salão, seja lá o nome que davam ao local. Ele foi a essa reunião disposto a mostrar o seu poder apresentando Telmo Rizzo como a personalidade de Brasília que naquela cidade não tinha outro amigo senão ele.

Seus amigos caíram em cima. De repente, o próprio João Machado já era atração. Ele teve o seu momento de glória bem mais longo do que imaginara. O cordão de palacianos aumentava cada vez mais. João Machado nunca havia experimentado tanto paparico. Nesse furdunço ele se confundia com o próprio Telmo Rizzo, e gostava disso. Por sua vez, Rizzo não via nada de especial nos acontecimentos. Apenas contabilizava o assédio como negócio que se realizaria a partir do dia seguinte. Para isto ele estava aí e por conta disso distribuía os seus melhores sorrisos, não bastasse que inflava o ego de Machado quando não escondia a admiração que sentia por ele e dizia, cada vez que era apresentado a alguém, que estava na cidade por obra e graça daquele casal lindo que, para ele, era o casal número um da cidade.

Telmo Rizzo foi sempre um homem zeloso com as palavras. Sempre teve o cuidado de escolher cada uma para não se arrepender de tê-las dito. Claro que alguma vez já se enganou e se arrependeu de algo que tenha soltado de improviso. Mas ele nunca se perdeu por conta de eventual mancada, que ele superava em seguida.

Nessa noite ele extrapolou. Numa dessas, ao ser apresentado ao prefeito Nezito, ele soltou a pérola que já vinha soltando e chamou o casal Machado de casal número um da cidade. O prefeito engoliu em seco. Júlia, primeira-dama, que o acompanhava, franziu o cenho e, se pudesse, voava no pescoço de Isabel, que acabava de tomar-lhe o posto diante de uma autoridade de Brasília. Pior. Ela acabava de ter o posto usurpado pela autoridade federal que, sem rodeios, o entregou à mulher de João Machado.

"Nunca fui mesmo com os cornos dessa aí..." – Júlia pensou, cheia de raiva.

Acontece que Isabel nunca fez nada contra Júlia, cuja implicância devia-se ao porte elegante e chamativo da outra. Era apenas despeito, uma completa dor de cotovelo. Ela olhou em volta e lhe pareceu que os outros homens e mulheres, que estavam arrodilhados em torno deles, não ouviram as palavras de Rizzo.

"Se essa vaca tivesse ouvido já teria dado seus sinais..." – a primeira-dama pensa outra vez, enquanto olha para a mulher do candidato derrotado pelo seu marido nas últimas eleições.

Providencialmente, o telefone do prefeito tocou. Ele verificou o número e ficou sério. Relutou antes de atender como se pensasse qual seria o motivo daquela chamada. Em seguida ele deu uma olhada para os que estão à sua volta, desculpou-se, e, aí mesmo, atendeu.

Para que o prefeito fale à vontade, Telmo Rizzo se afasta alguns passos.

– Como vai, meu caro? Como está a capital? – Nezito pergunta alegremente.

– Estou completamente por fora. E, se lhe interessa, não sei, nem quero saber.

– Como não sabe?

– Estou há uma semana fora de casa.

Nezito ri satisfeito por estar falando com o parceiro. Os dois têm muita afinidade. Nos bastidores ele diz que só conseguiu eleger-se graças à ajuda financeira vinda da capital, negociada pelo seu amigo junto aos caciques do partido.

– E a patroa, como está?

– Muito bem, obrigado. Sabe que para ela não existe tempo ruim; é meu braço direito – o outro responde.

– Quando vai dar uma passada por aqui?

– Me aguarde. Já estamos chegando.

– Sério, quando vem?

– Já não disse que estamos chegando? Estamos entrando na cidade.

– Está sozinho? – o prefeito pergunta.

– Não. Estou com o regional. Viemos para a Divina Expo onde já estivemos durante o dia. Ele só tinha um compromisso agendado, então, depois de resolvida esse obrigação, já estávamos livres. Como só temos de voltar a capital terça-feira, e ele conhece quase nada por estas bandas, convenci-o a darmos um giro informal pelas redondezas, e cá estamos. Aqui só pernoitamos. Amanhã cedo continuamos nosso passeio.

– Ah, maroto! – o prefeito diz, sorrindo. Está mesmo na cidade?

De onde está, Telmo Rizzo que, sem qualquer interesse, ouvia a conversa, agora aguça o ouvido. Simulando dar passagem a alguém, ele aproxima-se mais do prefeito.

– Claro. Estamos entrando na Brasil. Não demoramos e já estaremos juntos jogando conversa fora.

– Então, faça o seguinte, venha direto para restaurante que você já conhece. Não poderiam ter chegado em melhor hora. Hoje é o dia do nosso encontro mensal. O dia do mês em que não se escreve o que se fala. Quando terminarmos aqui, vamos pra casa.

– Opa! Obrigado, mas é só mesmo uma passagem.

– Estamos esperando.

O prefeito desliga.

– Quem era? – Júlia pergunta.

– Cicim.

– De BH?

– Hã, hã.

– Que faz ele por aqui? – a primeira-dama pergunta, os olhos arregalados de desconfiança. Ela tem o péssimo hábito de desconfiar de todos. Para ela todos estão sempre errados ou prestes a cometer um erro. Com isto, o que ela faz é sentar sobre o próprio rabo e pisar no rabo dos outros.

– Está com o superintendente regional. Vieram para a Divina; uma atividade da Caixa.

Telmo Rizzo está atento à conversa. Passa a mão no queixo.

– Ele precisava vir com o superintendente? – Júlia pergunta.

O prefeito olha com reprovação para a mulher.

– Se ele veio é por que precisava, não acha?

– Claro... claro – a mulher responde com um sorriso enigmático. Um sorriso maldoso.

Por uns segundos ela se esqueceu de Isabel. Mas Isabel continuava aí, a três passos dela, a conversar com Telmo Rizzo. Se alguém perguntasse a Telmo o que ela estava falando, certamente ele não saberia responder, porque ele estava aí, mas seu pensamento, não.

Também o pensamento de Júlia voava nesse momento. Ela não podia perder a oportunidade de fazer uma intriga. Tirou o telefone da bolsa, rolou sua lista de contatos e clicou.

Telmo Rizzo diz alguma coisa no ouvido de Isabel e se afasta. Ensaia uns passos na direção do sanitário e sai por um pequeno corredor lateral que dá no estacionamento.

Júlia tem muita coisa para falar; e já tem tudo engatilhado.

– Alô! – uma voz feminina atende.

– Olá, querida.

– Oi, Ju, como está?

– Bem, obrigada. E você?

– Tô na lida, menina... um corre-corre danado.

– Cicim, como está? – Júlia pergunta já com a próxima fala na ponta da língua, pronta para ser cuspida.

– Também segue na luta. Quer falar com ele?

– Falar com ele, como assim? – Júlia pergunta, desconcertada.

– Por que não? Ele está aqui.

Ela passa o telefone para o marido.

– Alô... Alô – Cicim atende. Ninguém responde do outro lado.

– Tá mudo – Quem era? – ele pergunta, olhando para a esposa.

Nezito se afastou da turma, deixou o salão e veio para o restaurante esperar o amigo que não tardaria. Após o telefonema frustrado, Júlia também vai para o restaurante, o telefone na mão.

– Pra mim? – Nezito pergunta.

– Não – Júlia responde, já metendo o aparelho na bolsa.

Não demorou muito Cicim, sua mulher e o superintendente da Caixa chegaram ao restaurante. Nezito os esperava. Ocuparam uma mesa e perderam um tempo por aí. O prefeito Nezito e o funcionário da caixa não se conheciam, mas, após as apresentações, era como se se conhecessem de longa data.

Apesar da informalidade do encontro, essa gente tem sempre algo importante a tratar. Se a coisa importante não existe, cria-se uma, de acordo com a ocasião.

Não poderia haver oportunidade melhor do que essa que, do nada, se desenhou para Nezito. A prefeitura tinha uma pendência junto à caixa. O prefeito considerou que tocar no assunto com aquele funcionário poderia ser de bom alvitre para o desenrolar da situação.

– Então, não conhecia a nossa cidade? – Nezito perguntou.

– Só de passagem. Uma vez fui a Pimenta e passei por aqui.

– Trabalhando?

– Não, meu caro. Esta região não é para trabalho, mas para descanso. Na oportunidade, vim passar uns dias na Estância de Furnas.

– Que tal? – Nezito pergunta como quem já sabe a resposta.

– Supimpa! Um belo lugar.

– Tenho um rancho lá... às suas ordens.

Entre uma conversa e outra, ele deu uma cutucada ostensiva no braço de Cicim.

– E aí? Que acha de eu dar um toque aqui no nosso amigo e pedir um favor?

– À vontade, meu caro prefeito – o superintendente se antecipa, poupando a interferência de Cicim.

O prefeito Nezito joga a sua carta sobre o tema que o andava preocupando e o Executivo da Caixa lhe garante que se encarregará, pessoalmente, do assunto, logo que retornar a Belo Horizonte.

Nezito se levanta.

– Vamos lá para dentro. Quero apresentar-lhe umas pessoas.

O prefeito encaminha seus convidados para o salão. Olha em volta e não encontra quem procura. Disfarçadamente aproxima-se de João Machado e pergunta por Telmo Rizzo.

– Pensei que me tivesse roubado o amigo... não o vejo há tempos. Não está com você? – Machado diz.

– Não.

Telmo não foi mais visto essa noite.

*** *** ***

***

*

144

Capítulo 11

Pelas dez da manhã, Telmo Rizzo chega ao endereço que indicara no folder. Um escritório elegante, amplo e bem montado. Uma música suave despeja-se no ambiente e o inunda por completo. Depois, escorre sob a porta de vidro e ganha o pátio.

Sentada em um tamborete alto, estofado, atrás de um balcão de mármore, a secretária, uma bela morena de cabelos pretos escorridos, olhos grandes amendoados e boca volumosa e fresca, trabalha no computador, provavelmente com assuntos preestabelecidos por Telmo. Cada vez que ela interrompe o trabalho, não passa muito tempo e a tela de fundo da máquina exibe o brasão da república.

Ao lado do monitor, um vaso cônico de vidro leitoso exibe três enormes botões de rosa vermelhos que contrastam lindamente com os cabelos da moça. Ao pé do balcão, levanta-se um dispensador de senha em um frio pedestal de alumínio que, prestativo, espera o primeiro cliente para cuspir em sua mão o papel que vai ordenar o atendimento. Além do balcão, ainda adormecida, descansa a sala de espera, onde meia dúzia de filas de cadeiras fixas vazias espera o início do movimento. Na parede anterior da sala, diante das cadeiras, um pequeno monitor quadrado, em que deverá aparecer o número da senha chamada exibe a inscrição "Senha" na parte superior. A parte inferior está vazia a esperar que a secretária aperte o número que será exibido. Ao lado, um segundo monitor, esse retangular, funciona como um *teleprompter* que exibe a cotação da bolsa. Na parede posterior da sala de espera está a porta do escritório de Telmo Rizzo.

Telmo entra, passa pela secretária e a cumprimenta com apenas um sinal de cabeça e um aceno de mão. Atravessa a sala de espera e entra na sua própria sala. Abre uma gaveta. Tira daí algumas pastas de onde saca alguns impressos. Em seguida, ele organiza tudo sobre a mesa.

Então se estira na cadeira e olha, através do vidro espelhado, a sala de espera ainda vazia. No ritmo suave da música que enche de "bons-dias" a sua sala, ele tamborila tranquilamente sobre o vidro temperado da sua mesa ampla.

Pouco depois chega o primeiro interessado nos serviços de Telmo, mas nas primeiras horas, o número deles não passou de dois.

"Que terá saído errado?" – Telmo se pergunta sem alarmar-se.

Às quatro da tarde, hora em que o escritório cerrou a porta para o atendimento ao público, apenas quatro pessoas haviam aparecido, dentre elas, Machado, Isabel, Cipriano e um sujeito que não estivera na reunião, mas que fora levado ao escritório por Cipriano. Dadas as circunstâncias, o resultado não poderia ter sido melhor, considerando que, à exceção de Isabel, que apenas acompanhava o marido, todos os comparecentes assinaram o contrato.

A essas alturas, os três já haviam ido ao banco, efetivado a transferência de vinte e cinco mil reais para a conta, cujo número, além de constar do contrato, lhes havia sido passado pelo escritório, e voltado com o recibo que foi entregue diretamente a Telmo Rizzo, o que lhes garantiu que os documentos seriam digitalizados e transmitidos para Brasília antes das dezoito horas.

– Quem sabe amanhã já não teremos uma posição de Brasília? Assim que chegar alguma coisa, eu ligo comunicando – Telmo disse a todos.

O dia seguinte também foi escasso de interessados. Apenas duas pessoas apareceram no escritório para assinar o contrato. Não chegou nenhuma comunicação do ministério. Nem chegou no outro dia. Nesse dia, apenas três pessoas assinaram o contrato. Quinta-feira o escritório ficou às moscas. Além da secretária e do próprio Telmo, ninguém apareceu.

Aconteceu que a maioria das pessoas interessadas no produto que Telmo representava estava desconfiada, apesar de ele ser um homem a toda a prova e ter credenciais para isto. O que assustou o pessoal não foi exatamente o valor que deveria ser depositado, mas o fato de tal valor ser devolvido, pior ainda, com a rapidez descrita por Telmo. Não fosse por esse pequeno detalhe, talvez todos os que compareceram à reunião já tivessem assinado o papel.

*** *** ***

Sexta-feira, cedo, o telefone de Cipriano toca.

– Senhor Cipriano? – diz uma voz feminina.

– Sim, sou eu.

– Sou a secretária do doutor Telmo Rizzo. Comunico-lhe que o seu contrato foi homologado e sua caução já está na sua conta. Em breve terá o valor do contrato depositado. Tenha um bom dia, Senhor.

João Machado está na fazenda separando algumas vacas para apalpação. Ele faz o controle. Não permite que os animais sejam estressados no momento da segregação. Tudo tem de ser feito com a mais absoluta calma. Para garantir a tranquilidade dos animais eles ficam confinados desde a noite anterior. Algum indivíduo genioso fica sempre à parte e só entra no corredor muito tempo depois, quando seus ânimos já se assentaram. Esses ficam sempre para o final dos trabalhos, quando já se permite perder mais tempo com um animal.

Nas mãos, Machado tem o livro, cujo manejo ele não delega a ninguém. Embora às vezes algo que ele faz não dê bom resultado, ele é muito criterioso nas suas decisões. Nesse caso, os dados aí metodicamente lançados facilitam o seu trabalho. O animal passa pela seringa e para no brete. Telmo verifica a etiqueta. Um peão libera a passagem e o bicho entra no tronco. Segundos depois Telmo ouve o grito da veterinária, exímia no que faz, que simplesmente diz "cheia", ou "vazia". No primeiro caso a vaca é liberada e, em seguida encaminhada a uma saída especial. No segundo, é coleada e direcionada a outra saída, que pode muito bem ser chamada de vala comum. Seu destino não seria o mesmo se estivesse cheia. João Machado acaba de enviar uma novilha para a vala comum; já é o segundo resultado negativo que ela obtém. Um mau sinal. Sinal de prejuízo, coisa a que ele não pode ceder. Não vale a pena.

– Eu fiz tanta fé nessa vaquinha... – ele pensa.

Permanece olhando o exemplar por alguns segundos.

– Fiz tanta fé... devo dar-lhe outra chance? Melhor não. Não vale mesmo a pena.

Isabel cavalga o seu alazão em uma pista nas proximidades do curral.

O telefone de João Machado, deixado sobre um estrado, toca até parar. Machado não ouve. Não demora muito e o aparelho toca de novo. A veterinária grita a situação do animal que acabava de liberar e o avisa sobre o telefone. Ele confere a etiqueta de uma novilha, mas não a libera. Vai ao estrado e pega o telefone. É uma voz feminina.

– Sou a secretária do doutor Telmo Rizzo.

– Pois não – ele diz, sem prestar muita atenção.

– Ele manda avisar que o valor da sua caução já está liberado.

Aí, sim, ele se dá conta do assunto e pergunta cheio de interesse.

– Quando estará disponível?

– Já está na sua conta, Senhor. Tenha um bom dia.

– Bom-dia – ele responde. Mas a moça já havia desligado.

– Bela! – ele grita a esposa, que não ouve.

– Beeeela! Isabeeel! – ele insiste.

Nesse momento, Isabel estava no lado da pista mais próximo dele. Ela simplesmente acena para ele. O cavalo segue trotando. Quando ela está do outro lado vê Telmo agitando as mãos na sua direção. Então, compreende que ele a estava chamando. Sai pela porteira e já está ao lado do brete.

O jovem peão que direcionava os animais para o corredor do brete não pode deixar de olhar para a mulher, adequadamente vestida para o hipismo.

"Isto, sim, é uma potranca" – ele pensa.

– Que foi, homem? – Isabel pergunta ao marido.

– O dinheiro já saiu.

– Que dinheiro? – a mulher pergunta sem atinar com o que seja.

– O dinheiro que depositamos por conta do empréstimo...

– Você tinha dúvida? – ela interrompe o marido.

– Isto quer dizer que em breve poderemos comprar novas vacas e aumentar o curral, tudo de acordo com os nossos planos – ele diz entre sorrisos.

– Sinceramente, eu nunca duvidei que o dinheiro saísse – ela diz.

João Machado havia estado muito desconfiado do negócio em que se metera. Ele não tem o hábito de se aventurar em um assunto, de primeira. Principalmente, se envolver dinheiro. Normalmente, espera que alguém mais afoito meta a cara para, de acordo com os resultados, decidir o que fazer. Desta vez, foi o contrário. Isabel tinha sido a responsável por ele ter-se rendido logo no começo. Ele confiou na intuição da mulher, que não costumava errar.

Terminadas as apalpações, João Machado começou a ligar para algumas das pessoas com quem havia estado na reunião com Telmo, a fim de dar a boa notícia. Todos já sabiam. Outros ligaram para ele para informá-lo que haviam sido notificados sobre o depósito, ou para comentar o comentário que ouviram.

Ninguém mais tinha dúvidas a respeito da seriedade do novo programa do governo.

A tarde de sexta-feira foi profícua. As cadeiras de espera do escritório ficaram todas ocupadas e, em certos momentos, foram poucas para tanta concorrência. Um movimento que poderia ser inesperado não fosse a experiência que Telmo tinha no ramo. Todos os que chegavam queriam ser atendidos quanto antes; primeiro por que já não tinham as dúvidas iniciais quanto à devolução da caução, segundo por que sabiam que os processos seriam examinados com imparcialidade na rigorosa ordem de entrada no sistema.

Cada um daqueles interessados chegava risonho diante de um Telmo satisfeito e, em nenhum momento, alguém ousou dizer-lhe que tivera dúvida sobre alguma coisa. Apesar disso Telmo tinha plena consciência de que isso ocorrera. Ele mesmo teria tido receios diante da fórmula empregada no processo em que ele está envolvido.

A secretária teve um trabalho assoberbado nesse dia. Ela precisava dividir-se para digitalizar documentos pessoais dos clientes, montar as pastas digitais e emitir o documento que pode ser chamado "de arrecadação", devidamente autenticado eletronicamente, saído de um segundo computador. Nesse documento estavam todos os dados que deveriam ser digitados no momento da transferência. A azáfama era tanta que em algum momento da tarde ela, exausta, entrou na sala de Telmo e lhe disse que não estava dando conta de fazer tudo sozinha.

– Você tem alguém da sua confiança que entende esses trâmites e que esteja disponível? – ele indagou, enquanto mirava a antessala cheia através do vidro espelhado.

– Tenho, sim, Doutor. Uma vizinha, colega de classe, muito competente que ficou desempregada recentemente. Ela aceita qualquer coisa.

– Pois chame-a. Diga-lhe que é coisa de apenas alguns dias, mas que pago no final de cada expediente. Ela já vai para casa com o pagamento do dia na bolsa.

– Não se preocupe, doutor Rizzo.

A moça veio.

No final do expediente mais de quinze processos estavam montados e finalizados. Telmo Rizzo tentou enviá-los enquanto atendia o último cliente do dia. Não conseguiu porque o sistema estava fora do ar. Telmo esperou um pouco e fez outras tentativas, sem sucesso. O procedimento teria de ficar para o próximo dia útil. O cliente não se importou. Sabia que seu processo, no momento que fosse enviado, entraria naquele lote. Isto é o que interessa.

Nesse dia, três pessoas receberam o telefonema do escritório e já estavam com os valores da caução disponíveis na sua conta.

Na manhã de segunda-feira, quando Telmo chegou ao escritório já encontrou quatro pessoas esperando por ele. O dia foi intenso. O agito foi como o de um dia de festa. No dia seguinte o resultado foi o mesmo, o que se repetiu na quarta quando o movimento começou a escassear na parte da tarde. Faltando pouco para o final do expediente, Telmo chamou uma das suas secretárias e lhe mostrou uma folha impressa. O primeiro nome constante da folha, bem como os dados referentes àquela pessoa, estavam destacados com um sombreamento amarelo. Telmo entregou o papel à secretária e disse para ela informar àquele indivíduo que o dinheiro que ele solicitara já estava à sua disposição.

Depois de cerrada a porta, e como fazia cada final de jornada, Telmo Rizzo fez a contagem do seu movimento e concluiu que, apesar da irregularidade inicial, seu compromisso naquela cidade seria coberto de êxito.

No outro dia Telmo chegou ao escritório e, como nos dias anteriores, percebeu que já havia uma pequena fila esperando que a secretária abrisse a porta, o que foi feito assim que ele entrou. Foi só o tempo de ele se instalar no seu gabinete. Começo a lufa-lufa. Tudo indicava que sua missão estava cumprida e que o boca a boca era mesmo a publicidade mais eficiente e barata para aquele tipo de negócio. O boca a boca não requer verba publicitária e faz com que apareçam apenas "candidatos potenciais", o que praticamente evita a triagem e economiza tempo.

Telmo sabia que a maioria das mais de cem pessoas que assinaram o contrato estava de olho em dinheiro fácil, talvez para dar golpe no governo, mas isso não era problema dele.

Depois, era uma safra que se perdia, mesmo sem ter sido plantada; uma inundação sem chuva que levava animais que não existiam; um golpe inevitável da natureza e coisas assim; e tudo seguia. Mas isto não era problema de Telmo. Ele mesmo já conversara com um sujeito que vivia de dar esses golpes no Banco do Brasil. A falta de fiscalização, ou a fiscalização tendenciosa, era o que favorecia essas maracutaias. No que lhe dizia respeito, ele tinha um serviço a fazer. Fazia-o e pronto!

O dia seguinte fecha a segunda semana da atividade de Telmo naquela cidade. As secretárias tiveram mais um dia de trabalho quase forçado. Quatro pessoas já receberam os valores pleiteados e estavam absolutamente satisfeitas. Não somente elas senão todas as demais, que viam o tema como coisa séria. Os demais continuariam esperando. É questão de dias para que tudo termine; ninguém tem dúvidas disso. As perdas de Telmo foram dentro dos limites programados, e ele também estava satisfeito, muito satisfeito...

Quando o último cliente do dia se foi, Telmo deu uma passada de olhos pela sua lista: 149 clientes haviam realizado seus sonhos. Era o que todos esperavam. Como fazia diariamente, Telmo pagou o dia de trabalho para as duas secretárias. Despediram-se até segunda-feira.

Nessa noite, aconteceu uma tragédia. O escritório foi incendiado e tudo foi perdido.

*** *** ***

***

*

Capítulo 12

Carolina Velásquez está retornando para Montevidéu, após participar de um congresso sobre segurança no Mercosul, em Buenos Aires, onde esteve, desde o meio da semana. Depois, aproveitou o sábado para, durante o dia, visitar pontos turísticos importantes da capital portenha. A noite foi reservada para o Teatro Colón, que apresentava a Ópera *Don Giovanni*, estrelada por *Erwin Schrott*, um *performer* baixo-barítono uruguaio a quem ela muito aprecia.

Nesse domingo, Carolina saiu logo depois do café. Passou pelos Bosques de Palermo, consumiu horas entre o jardim das rosas e os lagos, onde ela viu um bando de gansos em fila indiana, riscando calmamente o espelho d'água, e famílias inteiras dessa ave adornando o lago, as mamães gansas tendo em volta uma miríade de pintainhos.

Foi uma bela manhã, que ela encerrou com um passeio de pedalinho em que, a despeito do temor de cair na água, divertiu-se como nunca. Depois, foi para a Feira de San Telmo. Aí, ela comprou as bugigangas com que sempre presenteia os seus amigos e, finalmente, arriscou uns passos de tango em plena praça. Agora, está moída, no barco de porto a porto que aportará em Montevidéu antes das nove da noite. Um vento imprevisto frio e nervoso levanta as ondas que aqui martelam o casco da embarcação como para rachá-lo; mais além se esparramam na areia com espumosa frouxidão.

Do convés Carolina contempla extasiada a tarde incipiente e os vagalhões revoltados que se misturam ao sangue que o sol, metendo-se pelas brechas de pesados nimbos, derrama sobre eles. Carolina sente sua pele eriçada, mas não sabe exatamente se se arrepia por conta do vento frio ou por outra coisa. Pensa em tudo o que passou nas últimas vinte e quatro horas e sorri.

Ela devia mesmo ter ido ao teatro na noite anterior. A peça, além de deixar-lhe uma grande impressão foi coadjuvante em algo que, se ela colaborar, talvez possa mudar sua vida, tirá-la do marasmo em que se encontra já há muito tempo. Pode ser que isto aconteça, mas o perfil do gênio de Carolina não ajuda muito.

O rio fica cada vez mais agitado, entretanto, isto não preocupa Carolina. Em outra circunstância, sim.

*** *** ***

O teatro estava recém-aberto. Carolina entrou e dirigiu-se para o seu lugar. Apenas uma pessoa estava sentada naquela fila, justamente ao lado da poltrona reservada por ela. Era um brasileiro. Ela se senta. Não demora muito e ele puxa conversa.

Os dois sussurram até ao início da função. Aí, ela descobriu que Lucas Porto estava em Buenos Aires pelo mesmo motivo que ela; ambos laboravam na área da Segurança. Estavam no mesmo evento, embora não tivessem se encontrado por lá.

Carolina estava encantada, apesar de nem sempre conseguir acompanhar o tema evocado pelo seu vizinho de poltrona. Mas isto não chegou a interferir na boa charla entre eles.

Terminada a função, eles saíram juntos. Mais tarde, Lucas deixou-a no hotel, que ficava perto daquele em que ele se hospedara. Como Carolina, ele viajaria no final do dia seguinte. Teriam o dia quase inteiro.

No hotel, Carolina deixou suas coisas mais ou menos arrumadas. Sabia que sairia cedo para encontrar-se com Lucas. Quando voltasse, teria apenas de arrochar a mala, comprimir aí dentro a roupa usada no dia e alguma coisa comprada na rua; e correr para Porto Madero.

*** *** ***

Carolina vê algumas gaivotas em rasantes perto do barco e se lembra da placidez com que as gansas deslizavam nos lagos dos Bosques de Palermo enquanto arrastavam sua penca de filhotes como um comboio vivo e emplumado. Ela fecha os olhos, e assim consegue ver, com mais nitidez, todas as imagens que recorda da tarde anterior.

Carolina havia chegado só, a Buenos Aires, mas nesse domingo, não ficou só. Durante todo o dia esteve em companhia de Lucas. Mesmo tendo consciência de que não dançavam nada, os dois bailaram na Feira de San Telmo. Foi com Lucas que ela arriscou passos de tango na feira para serem aplaudidos pela plateia que, indistintamente, aprova todos os que se exibem. Mas tudo é lindo e válido quando se está encantado. Os dois estavam encantados um pelo outro.

– *No te voy a llamar siempre* – Lucas disse enquanto se despediam.

– *¿Por qué no?*

– *Porque no me gusta estorbar a las personas.*

– *¿Y si te digo que no me estorbás para nada?* – Carolina perguntou.

– *Puede que te crea...* – Lucas replicou sem olhar para ela. Seus olhos estavam pregados em um bem te vi que repicava em uma palmeira próxima. Em seguida voltou-se para ela. Nos lábios um riso quase infantil – *Pero es lo que te digo: solo te llamo por necesidad.*

– *¿Ah, sí? ¿Y si te necesito yo?* – Carolina perguntou timidamente.

– *Me llamás vos.*

– *Mejor así.*

E se despediram.

Agora, ela está no barco, o coração apertado. Ela não saberia dizer quantas vezes já viajou a Buenos Aires, mas com segurança, pode dizer que nunca sentiu saudade do lugar. Voltava sempre por conta do trabalho. Só por isto. Mas agora, sente saudade antes mesmo de partir. Um aperto no peito como se mãos invisíveis a esganassem.

O barco começa a movimentar-se. Carolina tem o celular na mão. Ela sente uma necessidade quase invencível de fazer uma ligação; mas contém-se. Como se o abraçasse, apenas o pressiona contra o peito. Ela está distante, alheia. Os olhos borrachos, jogados sobre as embarcações fundeadas no porto, buscam o horizonte para encontrar pequenos veleiros, cujas velas ora são brancas, ora são do mesmo escarlate que o sol despeja sobre as águas. Eles navegam inquietos. Às vezes fazem um volteio o que dá a medida certa da força do vento que os empurra e balança como balançasse uma bandeirola junina. É um vento que não fora anunciado e que pilhou, em plena atividade, alguns esportistas e pescadores.

Carolina desliza os olhos do horizonte ao ancoradouro e se dá conta da fragilidade das pequenas embarcações que bambeiam empurradas pela maré que vem aos trancos, enquanto os cargueiros, fincados como rochas, ignoram o seu efeito e apenas a devolvem estilhaçada em golfadas de espuma.

À distância alguém a observa interessado. Ela não percebe. O homem se aproxima lentamente como para certificar-se de que é Carolina. Ela está sozinha. Quem sabe não é esta a chance que ele esperava? Instantes depois, ele está bem próximo e a chama.

– *Perdón... ¿Doctora?*

Carolina volta-se assustada, como se voltasse de um transe. Está diante de Enzo Grimaldi.

– *Discúlpeme... yo la vi y...*

Carolina simplesmente olha para ele, que continua.

– *Me voy a Montevideo a hablar con usted y la encuentro acá.*

– *Por favor, Señor...*

Carolina reconhece o homem de imediato, mas está tão alheia em seus pensamentos, que não lhe recorda o nome. Ele completa.

– *Enzo Grimaldi.*

– *Sí, señor Grimaldi, no creo que este sea un momento oportuno. Estoy viajando. Por favor…*

– *Lo siento Doctora pero tengo que hablarte.*

– *Y usted quiere hablarme acá, ¿en un buque?*

– *No veo la diferencia, Doctora…*

Carolina arregala os grandes olhos acusando a arrogância do sujeito. Ele compreende, mas não se faz de rogado. Ele precisa dos seus préstimos laborais, mas por sua cabeça passam coisas.

– *... si nosotros nunca hablamos en lugar que no fuese shoppings y cafeterías…*

O celular de Carolina toca. Ela nem confere o número. Atende de imediato, como para livrar-se do mau momento que passa com esse homem impertinente.

– *¡Hola! ¿Quién?*

Carolina gela ao ouvir o nome do outro lado. Ela queria aquele telefonema, mas não acreditava que fosse possível, menos ainda, tão rápido.

– *Te llamo ahora porque más tarde no puedo. Mi vuelo está para despegar* – Lucas fala, apressado.

Carolina pensou que soubesse o que dizer quando ele ligasse. Descobriu que não sabe. Seu coração bate sem controle. Ela respira fundo. Grimaldi percebe. Do outro lado da linha, Lucas sente o seu descontrole.

– *Yo también estoy embarcada. La verdad que ya singlamos. Estamos a un par de minutos del puerto…*

– *A mí me parece que te molesto* – Lucas fala.

Grimaldi percebe as reações de Carolina e sente que ela fala com um homem com quem, provavelmente, esteve em Buenos Aires. "Então, ela tem alguém" – ele pensa.

– *No, para nada. ¡Qué tonto sos! ¡Qué bobo!*

Lucas se anima.

– *Yo te dije que te llamaría cuando necesitase.*

– *Nosotros dos hemos combinado eso* – Carolina fala, apressada.

– *Sí… nosotros dos…* – Lucas é reticente.

Em seguida, ela continua, um pouco mais solta.

– *Vos me llamaste…*

– *Sí, te llamé porque lo necesité.*

– *Yo te iba a llamar. Tenía el celular en la mano para hacerlo y no me animaba…*

– *¿Por qué no te animabas?*

– *Yo tenía algo de preocupación…*

– *A mí me pasaba lo mismo. La verdad que no sabía qué decirte.*

– *Y ahora, ¿sabés?*

– *Tengo que apagar el teléfono. El comandante ha dado el ultimátum* – Lucas diz, contrafeito.

Apesar da efusão das palavras, talvez nunca mais se falassem.

– *Que tengas un buen viaje. Besitos* –. Carolina encerra.

Carolina permanece mirando o aparelho por instantes. A alma leve voa como uma borboleta, o ânimo acomodado, esquecida da realidade. Grimaldi, que havia ouvido toda a sua conversa no telefone, volta a manifestar-se.

– *Tengo que hablarle Doctora… es un asunto muy serio.*

– *Pero no puede ser aquí, ya se lo dije, Señor. Si quiere hablarme búsqueme mañana en esta dirección.*

Depois do telefonema, Carolina está em uma boa condição de ânimo; talvez por conta disso não hesita em entregar um cartão de visitas a Grimaldi, não sem um alerta.

– *Espero a usted mañana. Esté ahí a las doce en punto porque enseguida me voy a otro lugar. Permiso* – ela encerra a conversa e vai para o *free shop*.

Enzo Grimaldi tem vontade de segui-la, de insistir, mas desiste porque a conhece e sabe que ela é irredutível. Às vezes, Grimaldi tem a impressão de que ela não tem nenhum interesse em lhe prestar qualquer serviço. Ele repara o cartão; conhece a rua.

*** *** ***

No início da tarde seguinte Carolina recebe Grimaldi em sua sala. Pela primeira vez, ele tem oportunidade de explicar detalhadamente suas necessidades jurídicas à advogada. Depois de expor circunstanciadamente todas as coisas de que gostaria que Carolina tomasse frente, ele lhe disse que ela teria carta branca para agir em seu nome tanto no Uruguai quanto na Argentina. Dinheiro não era problema. Só pediu a Carolina que regateasse, já que ele pagaria tudo em dinheiro, situação que poderia gerar uma baixa no valor final. A advogada ouviu tudo atentamente e sem interrupções. Analisou cada palavra dita por Grimaldi, todas as suas pretensões. Veio à tona o tema da casa de shows do Parque Batlle.

Ela ainda não conhecera uma situação como a que Grimaldi lhe apresentava. Ele deixaria tudo nas mãos dela. Como ele disse, não queria envolver-se em nada porque, segundo ele, não gostava de aparecer. Mas isto não soava bem. Soava mesmo era estranho para Carolina, especialmente o interesse que ele tinha de manter-se incógnito.

O tema da casa de shows deixava Carolina com uma pulga na orelha, afinal, ela trabalhava, havia anos, para o proprietário do estabelecimento. Não poderia ser por acaso que o empresário chegasse a ela do nada, pelo menos, ela pensa assim. Seria muita coincidência e Carolina sempre teve o hábito de não gostar dessas coisas nem de confiar nelas.

Carolina pode estar enganada quanto aos assuntos de Enzo Grimaldi, mas nesse caso específico, prefere seguir sua intuição. Ela já decidiu o que deve fazer.

– *Entonces debo dirigirme a los locales que usted determine y, con la plata en la mano, hacer el servicio sucio… y para ello, usted me paga bien. ¿Es así?* – ela pergunta de chofre.

Grimaldi não esperava por esta. De toda maneira tinha sangue frio para absorver golpes. Não tivesse e não teria tido na vida o progresso que teve. Por dentro ele sentiu uma contração, mas quando falou não demonstrou nenhum embaraço, e quis ser moralista.

– *No la entiendo, Doctora. Usted interpreta la cosa a su manera, y ya echa rayos* – ele diz, tranquilamente, pensando estar no controle.

Carolina apenas olha para ele.

– *Ademáis de eso no me parece para nada que este sea un comportamiento típico de abogado, ni que sea ética su idea de hacer juicios con respecto a un cliente. Me imagino que esta debería ser atribución de la parte contraria, si fuese el caso* – ele diz, sorrindo, para quebrar o mal-estar latente.

– *Señor Grimaldi, usted no pierde esa manía de correr adelante. Ya se lo dije una vez y se lo repito ahora: no soy su abogada, ni voy a comprar, vender o alquilar nada para usted. Definitivamente, le digo a usted que no soy su abogada.*

Carolina se levanta diante de um Enzo Grimaldi perplexo.

Agora, Grimaldi sente o golpe. Por puro impulso levanta-se junto com Carolina.

"¡Que mujer infernal! No comprendo como puede ser así" – ele pensa, contrariado.

*** *** ***

Grimaldi pensa em Verônica, a mulher através de quem ele se aproximara de Carolina. Verônica não conhecia Carolina. Sabia que ela era advogada, coisa que ela ouvia amiúde da boca de Mirna, uma amiga pessoal que, uma vez, se valeu da competência dos serviços jurídicos da advogada para resolver um tema pessoal. Mirna tornou-se amiga de Carolina depois dessa relação laboral. A partir de então, cada vez que tomava conhecimento de que um amigo seu necessitava de um advogado, ela indicava Carolina.

Verônica é uma mulher bonita – muito bonita –, espevitada, pervertida e extremamente esperta, cuja profissão declarada é acompanhante, com pagamento prévio, feito através de cartão de crédito. Quem a procura já sabe desse pormenor. O pagamento integral é feito antes da prestação do serviço. Assim, uma desistência por parte do contratante não gera qualquer incômodo ou prejuízo à garota. No tocante à sua atividade propriamente dita, ela é uma mulher séria e de uma discrição a toda prova.

Ela tem um rosto suave, perolado, brilhante. Os olhos são duas luzes azuladas. A boca grande adornada por lábios polpudos e sedosos torna-se maior quando ela sorri. Inspiram pecado à alma mais recatada. O corpo livre de intervenções carrega um quadril portentoso, natural, que se destaca ainda mais, pela finura da cintura completamente livre sob os panos leves com que ela, normalmente, se cobre. Seus seios, cujos bicos se eriçam quando são roçados pelo tecido, são dois montes de carne dura que, no verão, vão soltos sob a cambraia alimentando a imaginação de quem os vê, ainda sob a tela. Que o diga Enzo Grimaldi.

Verônica é esperta, mas sua esperteza não afeta em nada aqueles a quem acompanha. Diz respeito apenas ao seu modo de vida, à maneira como ela se conduz. Mora em um condomínio luxuoso, cuja entrada possui dois portões, monitorados ambos em uma central, sem contar que em cada guarita existem dois guardas protegidos por vidros à prova de balas. Seus vinte e dois anos, somados ao seu lucrativo modo de vida lhe ensinaram a proteger-se e a não regatear quando o assunto é segurança.

Quando não está em atividade ela é uma moça simplória, em tudo diferente de quando está contratada. Aí, ela muda. É outra pessoa. Conduz-se de acordo com o figurino do cliente e, como ela mesma diz, está para ele vinte e quatro horas por dia. Em público, sabe comportar-se como uma *lady* e enche de orgulho aqueles a quem acompanha.

Entre quatro paredes a história que ela protagoniza pode ser bem diferente. Ela tanto pode haver-se com toda a sisudez quanto como uma messalina de primeira. Tudo de acordo com o gosto do freguês, desde que no convívio, que tanto pode ser de um dia como de uma semana, ou até mais, não seja obrigada a meter-se com coisas ilícitas.

Verônica escolhe a quem acompanha. Ela não tem vícios e não faz companhia a viciados de nenhuma natureza. Dos maus costumes ela só admite o jogo.

Se algum cliente seu alguma vez se envolveu em situações embaraçosas ela não ficou nem sabendo. E se alguma vez teve notícia disso, o sujeito estava morto para ela; nunca mais teria a sua companhia.

No entanto, para o sexo, ela não tinha restrições. De resto, os homens a quem acompanhava eram pessoas de bem, montadas na grana e apenas não queriam ficar sozinhos em uma cidade divertida. Verônica estava aí para isto, para ajudá-los a vencer o tédio. Para ela não importava se acompanhasse alguém a um parque ou a um cassino, mas não esconde que gosta muito de estar nas dependências do Conrad, lugar fino e sofisticado com vista para o finalzinho do *Río de la Plata*, onde ele se encontra com o Oceano Atlântico.

Mirna era amiga de Carolina, mas nem por isto estava com ela o tempo todo. De fato, pouco se viam, mas como Carolina diz, os amigos não precisam lamber-se todo o tempo. Basta que estejam no lugar certo quando são reclamados. Ela é a advogada que trabalha para Mirna quando esta tem de resolver alguma pendenga agrária ou trabalhista. O primeiro contato profissional que elas tiveram foi há cinco anos quando Mirna enfrentava um divórcio contra um marido que lhe queria arrancar o fígado. Ela já contratara um advogado, mas algumas vezes, não sabia de que lado ele estava. Era como se o causídico atendesse aos dois litigantes ao mesmo tempo. Foi então que alguém lhe indicou Carolina.

Depois, foi a vez de ela, Mirna, indicar a advogada cada vez que ouvia que alguém necessitava de um profissional competente. Desse modo, foi que quando Verônica lhe confidenciou que conhecia alguém que precisava de um advogado, ela indicou-lhe Carolina.

*** *** ***

Verônica e Enzo Grimaldi tomavam sol na piscina de um hotel de luxo quando o assunto veio à tona.

– Posso lhe garantir que ela é uma advogada de primeira – Verônica declarou, pondo-se de pé e olhando, de cima, para ele, escarrapachado na espreguiçadeira da piscina, uma figura madura com quem ela tinha motivos de sobra para identificar-se. Não fosse por detalhes indizíveis, ela imagina que poderia estar mais bem acompanhada. Afinal, está na flor dos seus vinte e dois, mal saída da adolescência. Mas é a vida.

– Séria, competente e brava; pelo menos isto é o que a minha amiga sempre diz.

– Bonita? – Ele pergunta.

Verônica apenas olha para ele, o olhar evasivo. Ele pensa que ela não entendeu. Mas ela só não quis responder.

– Então? Perguntei se ela é bonita.

Verônica fita-o com desdém.

– Não sabia que a merreca que me paga inclui esse tipo de conversa – ela diz.

– Merreca? – ele pergunta indignado – Você nunca viu tanto dinheiro em sua vida.

– Não se iluda, *mon cher*, não se iluda. Você não é o único homem do mundo – ela diz, agora, dando-lhe as costas.

Enzo Grimaldi leva um choque. Verônica já foi muito mais dócil. Seria sua reação um indicativo de que ele já não é o mesmo de outros tempos, e que a ela, ele já não importa muito?

– Se quer saber se ela é bonita, vá perguntar a ela. Ou, então, dobre a oferta. Nesse caso eu posso pensar no assunto. Posso investigar – Verônica diz, o rosto, sempre brilhante, agora, apagado.

Verônica não sabe se Carolina é bonita, nunca se viram e ela nunca se interessou por esses detalhes em uma mulher, salvo quando podia ser uma ameaça aos seus interesses.

A essas alturas, Rizzo já havia contratado um advogado, mas não teve dúvidas em aceitar a indicação feita pela sua acompanhante, até considerando que ele imaginava que teria mais controle sobre uma advogada do que sobre um advogado.

– Como Rizzo? Não é Grimaldi, Enzo Grimaldi? – Verônica pergunta.

– Rizzo?... ah, algumas pessoas me chamam assim – Enzo Grimaldi responde, sem graça.

Foi então que ele conheceu Carolina, uma mulher bonita, naturalmente mais velha do que Verônica, mas que lhe chamou imediatamente a atenção, não apenas para o assunto pelo qual a buscara, mas por outro bem particular. O jeito retraído da advogada mexeu profundamente com ele. Tanto que às vezes ele não pensa nela como uma causídica que ele quer contratar, mas como uma mulher que ele quer na sua cama.

*** *** ***

Grimaldi interrompe os pensamentos que ligam Verônica à sua descoberta de Carolina e volta à realidade, agora, mais manso, consciente de que tratar com Carolina não é o mesmo que tratar com mais ninguém nesta vida.

– *Doctora, por favor, escúchame una vez y me voy.*

Carolina não responde, apenas olha para ele, sinal de que o está escutando.

– *Esta vez, vine por un tema más serio. Es que mi hijo está enfermo, muy enfermo y necesito internarlo. No conozco las instituciones de salud de Montevideo motivo por el que vine a buscarle a usted.*

Ele se cala e olha para Carolina que não se manifesta. Então, ele continua.

– *Él tiene cáncer y está muy mal. Necesito que me indiques el mejor hospital para que él se trate. También que tomes la riendas de todo. Igual que tome providencias en cuanto a documentación de sus hijas menores de edad.*

– *Señor, no puedo darle esta información ya que no la tengo* – Carolina diz –. *Además, usted es quien tiene que hacer las cosas, y…*

Grimaldi interrompe a fala da advogada.

– *No, no puedo. Me gustaría que hiciera todo para mí, no importa lo dispendioso que sean su servicio y la internación. Dinero no es problema, puedo pagar todo al contado, y pago ampliamente a usted por su trabajo.*

– *Yo ahora termino mi raciocínio* – Carolina diz sem se abalar com o que o homem havia dito.

– *¡Adelante!*

– *Lo de las menores usted puede hacerlo ya, en Misiones y Cerrito a mitad de la cuarta cuadra desde acá ¿Una pregunta?*

– *Si, claro.*

– *Su hijo enfermo es ¿aquel con la novia?*

– *Él mismo.*

– *Confieso que no me pareció enfermo para nada.*

– *Esa molestia es así, Doctora. Cuando menos se espera ya está.*

– *¿Usted tiene otro hijo, Señor?* – Ela pergunta, intrigada. Grimaldi não percebe sua inquietação.

– *No. Nilmar es mi único hijo.*

– *Entonces, ¿hablamos del mismo quien tuvo el problema en la columna?*

– *Sí, es él…*

– *¿Su mal tiene algo que ver con los huesos, con la columna?* – Carolina pergunta com maior curiosidade.

– *No. Su problema es otro. El tema de la columna ya está resuelto.*

– *Ah, sí. Ahora me acuerdo.*

Carolina age como se se lembrasse de algo de que se esquecera.

– *Me acuerdo de que usted buscó a una colega mía quien tramitó los documentos.*

– *Verdad. Fue así* – Grimaldi fala.

– *Muy interesante.*

– *¿Qué es interesante, Doctora?*

– *Lo que pasa, señor Grimaldi* – Carolina diz, muito séria –, *lo que pasa es que en su momento mi colega me llamó para preguntarme qué había pasado, ya que se hicieron todos los trámites para que su hijo se internara, y nadie nunca se presentó en el hospital.*

Grimaldi engole em seco.

– Ese es otro tema Doctora. Lo que sí, pasa es…

– No importa, Señor. De una manera o de otra, ya está hecho, ¿verdad? – Carolina corta a fala do homem.

– En cuanto a lo de mi hijo, ¿qué puede hacer por nosotros?

– En este caso, nada.

– ¿Cómo nada, Doctora? Él está mal…

– A pesar de eso, Señor, ese es un caso en el que no me puedo meter. No lo voy a hacer porque mi trabajo no tiene que ver con que yo vaya y ponga la cara en diferentes lados y contrate nada. Yo no hago eso. Mis temas, por lo general, son familia, yo voy a las audiencias, me dedico a otra cosa, o sea yo no lo puedo ayudar en eso.

Grimaldi sente que perdeu a parada.

– Lo siento, señor Grimaldi – Carolina diz *–, es mejor que usted busque a otro profesional.*

– Doctora…

– Por favor, señor Grimaldi. Que pase bien.

Grimaldi sai, ganha a rua. Caminha até a *Plaza Zabala* onde se senta em um banco e liga para Verônica.

*** *** ***
***
*

165

Capítulo 13

Estefânio é um jogador.

Mas não é apenas um jogador. Não joga por jogar. Só entra no jogo quando sua intuição o conduz a isto, quando seu tino determina que o faça. Perder, só quando quer preparar o terreno para ganhar, algo como uma ceva.

É um estratégico na arte do jogo. Ele pode não saber tudo sobre a atividade, mas, certamente, sabe o suficiente para manter abarrotadas de dinheiro suas contas no exterior. Gosta de cassinos. Em busca deles é viajante contumaz pela América do Sul. Nunca traspassou o equador em busca de jogo. Ele prefere a comodidade de poder, eventualmente, viajar mesmo por terra e ter mais facilidade de locomoção. Ele não gosta de aduanas. Para ele, Las Vegas está aqui bem perto. Dependendo de onde ele esteja, atravessa a fronteira de automóvel ou, então, quaisquer duas horas de avião já o deixam no seio de grandes cassinos, principalmente no Uruguai e na Argentina. Ele não chega e joga. Primeiro estuda o ambiente, coisa que pode levar mais de uma viagem. Às cegas ele não joga. Definitivamente. Não se arisca antes de conhecer pessoas no local, de saber que tem segurança para fazer o seu jogo. Sem isto, nada feito. Sem isto, apenas arrisca umas moedas no caça-níqueis, ou simplesmente passeia pelo local como um usuário do hotel; nada mais.

Acostumado à vida fácil não perde oportunidade de conseguir mais algum. Não joga a esmo, mas atendendo a uma determinação interna que só o permite entrar em uma boa. Seu comportamento é igual na vida como no jogo. Para ele, jogar não é um vício, mas um investimento, pelo menos, nos moldes com que ele o faz.

– Às vezes é preciso primeiro perder para ganhar – ele sempre diz.

– Quem perde, perde, meu chapa – alguém sempre contesta –. Perdeu, tá perdido... que nem a morte: uma vez morto, morto está.

– As coisas nem sempre são o que parecem, mas isto a gente só descobre à medida que chega a experiência – ele responde.

– Pode até ser – seu interlocutor responde com uma mesura.

– Pode ser, não. É! Tire por mim. Alguma vez soube que eu saí de um jogo perdendo?

– Não.

De vez em quando ele ganha e de vez em quando, perde. Quando ele ganha um valor considerável, sai imediatamente do jogo.

– Pois aí está. Mas isto é coisa que só se aprende com o tempo. O que não se pode é demorar muito a aprender, se quiser ter algum ganho – Estefânio sentencia.

Á sua maneira Estefânio tem seus métodos. Para tudo ele tem um método, para cada coisa, um método especial. Não dá ponto sem nó, esta é a verdade. Pode-se dizer que, por sua culpa, muita gente já se deu mal, mas ele não se sente responsável por isto. Cada um paga o preço pelo que faz. Cada um deve saber os riscos de uma aventura antes de meter-se nela. Uma vez dentro, não se sai ou, na maioria das vezes, não se pode sair sob pena de... bem, entrou, não sai!

Apesar disso, mais de uma vez ele sentiu pena da família de algum incauto que se deu mal em um negócio em que se meteram juntos. Fazer o quê?

– Perder faz parte – ele justificava – desde que o perdedor não seja eu.

*** *** ***

Estefânio está sempre buscando parceiros para tudo. Ele os busca amiúde porque não os mantém por muito tempo. Eles são descartáveis. Produtos para um único uso, até porque não têm serventia para uma segunda vez. Sua seleção é constante, seu processo é rotativo. Seus parceiros não são aqueles que se interessam por ele, mas unicamente os que lhe interessam. Estefânio não tem pressa de encontrá-los e, quando os encontra, tudo não passa de mero acaso, e, nesse caso, o encontro nunca obedece a um planejamento. O interesse de Estefânio pela parceria nasce mais de acordo com a atividade exercida pelo indivíduo do que por outra coisa. É que os métodos desse homem não obedecem a planos maturados, senão a coisas de momento. Como se ele saísse de casa para dar uma volta e, de acordo com o que acontecesse nessa saída, já voltasse para casa com um plano desenhado e acabado. É assim, com esse método aleatório, que ele estrutura tudo o que faz.

Em uma das suas frequentes viagens Estefânio tomou seu assento na janela, como era seu costume. Pouco depois, entraram dois homens que se conheceram na área de embarque. Eles ficaram conversando na entrada da aeronave, impedidos de prosseguir, pelo congestionamento das pessoas que se amontoavam no corredor. Algo guiou os olhos de Estefânio para os dois homens. Entre uma conversa e outra, um deles perguntou:

– *¿Cuál es tu asiento?*

Esse Estefânio já identificou como estrangeiro.

– 11 E; e o seu? – o companheiro de viagem respondeu e perguntou ao mesmo tempo.

O primeiro conferiu o comprovante.

– Estamos juntos. O meu é 11 D.

Os dois seguiram conversando e caminhando lentamente até chegarem aos seus assentos. Estavam nas duas poltronas ao lado de Estefânio.

Sentaram-se. Enquanto ajusta o cinto, o que se sentou no meio recomeça a conversar.

– Apesar de voar de vez em quando, não tenho muita intimidade com esta joça, não. O medo que sinto faz com que cada vez que viajo seja como a primeira. Fico tenso demais e não reconheço nada no avião – ele diz enquanto tenta encaixar as extremidades do cinto de segurança.

– *Entonces, pásame el cinturón... agarraste la punta errada* – o estrangeiro falou.

Então, o brasileiro entende o motivo por que as pontas não se encaixavam.

– Sinto sempre o mesmo medo. Também, com esta não passa da terceira vez... Não consigo ficar à vontade sabendo que nem posso descer se algo me incomodar. Na verdade, nesta vida eu tenho medo de tudo, às vezes é como se me perseguissem.

Estefânio olha disfarçadamente para o sujeito.

– *Yo entro en un avión por primera vez. Tengo un poquito de miedo pero la llevo bien. La verdad es la segunda vez, ya que tuve que quedarme en Río* – o estrangeiro diz.

– Meu medo não é só de avião. Tenho medo de gente... claro que de avião também, mas muito mais de gente. Eu não era assim, mas fiquei assim com o tempo. Deve ser coisa da idade.

O estrangeiro nada diz; apenas tamborila no apoio do lado do corredor. O brasileiro levanta o braço e, aleatoriamente, mexe em um botão embaixo do compartimento de bagagem. Sopra um vento gelado e ele se assusta. Não esperava por isto. Nem sabe por que mexeu aí. Ele tira a mão, não antes de tentar consertar o malfeito. Não consegue. Estefânio estica o braço e gira o botão. O sujeito olha para ele sem graça e volta-se para o homem à sua esquerda. Para não ficar calado ele diz a primeira coisa que lhe vem à cabeça:

– Viajando a negócios?

– *Escala, compadre, escala. Me compré mal el pasaje y tuve que esperar al día siguiente.*

E se calaram.

Passada a adaptação do acento, os dois reiniciam a conversação que trouxeram para a aeronave. Pelo que Estefânio pôde compreender o assunto de que eles tratavam era sobre as atividades de cada qual. Era um tema que já se prolongava desde a sala de espera.

O avião subiu. Estefânio percebeu que o estrangeiro havia mentido quanto ao pouco medo que dissera ter de voar. A Estefânio pareceu que ele tinha tanto medo quando o da poltrona E, embora este tivesse sido mais sincero ao declarar sua fraqueza. O estrangeiro mordeu os lábios e os teria cortado se o procedimento de saída do solo tardasse mais dez segundos. A curva que a aeronave fez para tomar o curso foi crucial para a apreciação de Estefânio.

Finalmente o avião se alinhou na rota e os dois reataram a conversação.

A fala dos dois homens revelava que eles não estavam contentes com a vida que levavam. Tinham ambições que não se realizariam enquanto fizessem apenas o que faziam. Estefânio compreendeu isto sem dificuldade.

À medida que os dois conversavam, Estefânio percebeu que o homem do assento do meio tinha ares de pessoa atormentada. De repente, falava muito; de repente se calava. Às vezes, fitava o teto da aeronave, no mais completo alheamento. Estefânio notava essa inquietação. Ele percebia um drama escondido nas palavras do cara. Para ele o sujeito era meio perturbado. Não pela perturbação da loucura, mas pela do desassossego. Poderia ser o medo que ele sentia que o deixava assim. Mas não era.

– *Es así, compañero, estamos mal. La explotación es mucha y los derechos muy pocos* – é como fala um deles.

– O pior é que sabemos quem nos explora, meu caro, conhecemos muito bem os nossos carrascos e não podemos fazer nada – o outro riu um riso amargo e falou como se dirigisse, agora, não apenas àquele com quem entrara no avião, mas também a Estefânio, que não teve dúvidas de que eles eram, no mínimo, mal agradecidos. De fato, eles eram completamente revoltados com a situação que viviam, precisamente com os patrões. Os dois não escondiam sua revolta.

Não demorou muito e Estefânio já sabia que Pablo, que falava um português carregado de sotaque, e que até preferia conversar em seu idioma, era crupiê em um cassino, em *Punta del Este*. O outro, sentado na poltrona do meio, era responsável por muitas fazendas de gado pelas bandas do Pantanal, principalmente pelo plantel de animais premiados; atende pelo nome Justino. Para Estefânio, seus dois companheiros têm duas atividades tão distintas quanto interessantes. Isto é o que os dois têm em comum.

Estefânio não é psicólogo, mas conhece o mundo o suficiente para dar-se o luxo de analisar, e bem, algumas condutas. Já percebeu que, por algum motivo, Justino é um homem bem menos resolvido do que Pablo.

Ele ouviu, mas nada disse em relação ao comentário de Justino. Sua manifestação foi apenas um leve sorriso sem mostrar os dentes.

Justino e Pablo continuam conversando sem papas na língua. Por conta deles, Estefânio já teria entrado na conversa, pois, à medida que falam, voltam-se para ele. Porém Estefânio apenas escuta. Em nenhum momento, desde o comentário de Justino, extensivo a todos, ele ficou alheio à conversa. Escutava e sorria com falsa timidez. Com simples meneio da cabeça ele concordava com o que os dois diziam – mesmo quando eles falavam algo com que, particularmente, ele não estava de acordo. O fato é que Pablo e Justino já o inseriram na sua conversação. Se ele não falava nada, talvez fosse por não entender o tema de que eles tratavam. Nada demais.

Estefânio ouve atentamente. Isso é coisa que ele aprendeu desde muito cedo. Quem ouve bem pode dizer muito. Ele analisa a conversa dos dois homens ao seu lado, como para tirar conclusões acerca de cada qual, como se os analisasse psicologicamente, coisa que ele está acostumado a fazer, não por ser habilitado, mas por estar habituado a lidar com pessoas dos mais diversos tipos.

Aos poucos, ele vai-se soltando. Seus vizinhos falantes já conseguem ver-lhe os dentes. Nenhum palpite até agora.

– Sinceramente, se eu soubesse como fazer, já tinha arrancado uma *plata de aquel hijo de puta. En sus bolsillos entra dinero cómo el agua en un buque que se echa a pique* – Pablo diz, agora, enojado.

– E eu, não? Pensa que fico feliz vendo o meu patrão tomar uísque a dois por quatro e, ainda por cima, me proibir de tomar uma simples cachacinha? – Justino lamenta.

– *¿Él te prohíbe tomar un traguito?*

– Claro – Justino responde –. Nos melhores momentos ele não permite. Proíbe taxativamente como se fosse o dono do mundo. Já mandou muita gente embora por conta disso.

– *¿Cuándo se dan eses* melhores momentos? – Pablo pergunta.

– Nas exposições, cara, quando o mulherio está solto. O escravo só trabalhando e, às vezes, sendo humilhado, não unicamente pelo patrão, mas também pelos visitantes.

– *Es como te digo, la plata entra a rodo, cómo vosotros decís, y uno no le ve el color. Si no fuera por las propinas…*

– Propina? Dessa eu entendo. Por aqui está cheio delas – Justino fala sorrindo.

– *Pará, pará* – Pablo interrompe o colega –. *No es de esa que hablo.*

Justino arregala os olhos sem entender.

– *Hablo del dinero, de la gratificación que se nos dan los jugadores cuando ganan. Algunos la dan mismo si pierden.*

– Pensei que perdessem sempre. Não é assim que acontece? – Justino pergunta.

– *Casi siempre sí, porque todo está programado para que gane la casa. Cuando los jugadores están ganando mucho es cierto que no hay clientes.*

– Como não?

– *Los jugadores no son de facto jugadores sino profesionales de la casa… juegan para atraer a los otros. Es así.*

– Então, quem joga só perde? – Justino indaga.

– *No. De tiempos en tiempos alguien consigue un gran premio.*

– E levam o dinheiro quando ganham? – Justino pergunta, desconfiado.

– *¿Qué decís?*

– Não matam o cara na saída?

– *Ni loco... la cosa es seria; es fea pero seria.*

– O que sei é que dono de cassino não perde e que cassino só traz desgraça – Justino diz.

– *Desgracia para los jugadores, sí Señor.*

– Por isto, Dutra acabou com os daqui.

– *¿Quién?*

– Eurico Dutra, um presidente antigo… já faz muito tempo – Justino responde.

– *¿Sí? Les digo que una vez u otra alguien gana algo, pero los premios más altos son pagados por los tragamonedas, lo que se da de tiempos en tiempos.*

– Que é isto? – Justino pergunta.

– *La máquina en la que se juega metiéndosele monedas adentro.*

– Ah, essa eu sei qual é. E dá tanto dinheiro assim? – Justino segue perguntando.

– *No todas, ni todos los días, por supuesto. Nosotros tenemos una maquinita especial que ya no premia hace casi cinco años. Ahí se juega un dólar por jugada. Se puede jugar una vez pero se puede hacerlo infinitamente, todo de acuerdo a la capacidad financiera del jugador. Hay que ver.*

Pablo faz uma pausa, divertindo-se com o interesse de Justino.

– E jogam sempre?

– *Si, lo hacen desde el momento en que las puertas se abren, es decir, todo el tiempo. Es la única modalidad en aquel casino que el juego no para, mismo los aficionados por la ruleta se reservan un ratito para arriesgarse en la tragaperras.*

– Qualquer um pode jogar? – Justino, que entende muito de cuidar de gado, e nada de jogo, pergunta com afoiteza, como se estivesse prestes a lançar sua moeda. Tivesse aí um caça-níquel e teria jogado.

– *Cualesquiera que se lleve una moneda. Allí va gente común, que ni está acostumbrada a jugar, sólo porque se les llega la noticia de cuán gorda anda la maquinita. Esa gente viene ávida por ganarse una plata que les va a quitar los problemas, y se va con problemas más grandes aún…*

Pablo faz uma pausa. Depois, continua.

– *Cómo en realidad ocurre a todos los tipos de juegos, ¿verdad?*

– Eu não entendo de jogo, mas que o jogo não dá camisa a ninguém, lá isto eu sei, meu caro – Justino fala.

– *Así es* – Pablo diz, franzindo o cenho –. *Hay gente que llega con un dólar pero las hay que llegan con un paquete lleno de monedas y se quedan por horas; no se van antes de que la máquina les coma el último metal. Al lado hay un cartel que se cambia diariamente y que informa el valor actualizado del premio.*

– Quanto? – Justino pergunta.

– *Ah, no lo sé. Las personas juegan como locas, las monedas van y no vuelven nunca hace casi cinco años. Millones de dólares, es cierto.*

– Quanto? – Estefânio se mete na conversa pela primeira vez.

– *He dicho que no lo sé… la última vez que miré el cartel, ya pasaba de los cuatro millones.*

Estefânio sorri discretamente, mas o riso não passa despercebido.

– Este aqui ri – Justino diz voltando o polegar para o lado de Estefânio –. Não sabe de nada, o inocente... queria ver ele com os pés e as mãos atados quando tem tudo nas mãos e, ao mesmo tempo, nada tem.

Pablo concorda com Justino.

– *La cosa* não *es fácil, camarada. Tal vez usted ni imagine lo que verdaderamente sea... con esa cara de élite* – Pablo encara Estefânio.

Os três sorriem.

Então, Estefânio bate com a mão no joelho de Justino e faz uma observação.

– Só não entendo por que reclamam tanto...

– *Olhaí* o cara – Justino diz olhando para Pablo.

– *Es como yo dije.* Ele *debe ser patrón. No* entende *el lado de quien trabaja...* – Pablo fala, aborrecido.

– Podem parar com essa lenga-lenga. Podem parar. Se estou dizendo é por que sei o que digo – Estefânio diz com autoridade, enquanto levanta a mão esquerda à altura do queixo.

Estefânio tem as feições tragicamente severas, contraídas. Seus dois companheiros de assento voltam-se para ele, simultaneamente, os olhos arregalados, curiosos, indagativos. Os dois homens estão assustados com a sua interferência agressiva. Então, ele continua.

– Não sei por que reclamam tanto.

– Mas nós sabemos – Justino responde pelos dois.

– Não me parece... como podem reclamar se continuam onde estão?

– Como assim? – Justino pergunta.

– Se está tão ruim como querem fazer parecer, por que continuam trabalhando?

– *Bueno, ¿por qué? Porque nosotros no tenemos cómo llevarla* – Pablo diz.

– Então, não reclamem e trabalhem. Façam o melhor que podem, pois para isto são pagos.

Estefânio interrompe a fala e olha pela janela. Lá embaixo um rio, outrora caudaloso, serpenteia com dificuldade em um leito sem proteção. Seus companheiros não sabem o que responder acerca do que Estefânio acabara de dizer. Em silêncio ele continua olhando o rio lá embaixo por alguns instantes.

Ao perceber a repentina alienação e o interesse do colega em algo que ele não via, Justino comenta:

– Eu não olho pra baixo nem a pau. Tenho uma gastura danada de altura. Se esta merda cai não tenho como me agarrar a nada. Não olho para fora; não olho mesmo. Quando tenho de viajar, compro para qualquer lugar, menos na janela.

– Não sou elite como estão imaginando. Claro, tenho os meus recursos, mas sou gente comum como todo o mundo. Tive de dar duro. Tenho de dar duro todos os dias. Se não me levantar cedo minha vida não anda. Pensam o quê? Dou duro todos os dias, mas sempre solucionei meus problemas sem lamentação. Se vocês estão assim, aborrecidos com o que fazem, por que não mudam? Eu posso dar um jeito, tenho a solução.

Os dois se entreolham e não ousam fazer perguntas.

– Posso ajudá-los a sair da merda... – ele faz uma pausa de efeito. Olha para seus companheiros que estão com os olhos esbugalhados de curiosidade.

– Diga logo, homem; que tem para nos oferecer? – Justino pergunta afobado.

– O que tenho a oferecer pode resolver a situação de cada um, pelo menos, temporariamente. Depois, vocês poderão caminhar sozinhos, por sua própria conta. Só vai depender de vocês, compreendem?

– *¿Cómo podemos comprender,* se ainda não nos *habló* nada... – Pablo diz descrente.

– Há riscos, claro. Tudo tem risco nesta vida, mas depois...

– Minha vida já é muito arriscada. Ainda vou precisar de mais riscos? – Justino interrompe Estefânio, enquanto apresenta um breve e cínico riso nos lábios ressecados. Estefânio olha para ele sem entender exatamente o que passa por sua cabeça. Verdade é que a análise que ele faz de Justino não é boa. Sente nele uma inquietação que ele não consegue esconder, e que se manifesta involuntariamente.

– A vida não é fácil. Quem não arrisca, não petisca, é o que diz o adágio popular – Estefânio fala.

– Então desembuche cara. Diga logo o que tem a dizer, vamos lá com a prop... epa!

O avião está aterrissando. Parece que o piloto não calculou bem a descida. A aeronave não pousa, mas choca-se contra a pista. Em seguida, dá pulos como se fosse uma bola, como se saltasse uma série de quebra-molas.

Justino arregala os olhos, segura no apoio dos braços e aí despeja todo o seu peso. A maioria dos passageiros também não se sente confortável com o tranco. Alguns soltam uma imprecação, enquanto outros invocam os santos como se isso servisse para alguma coisa. Ao mesmo tempo voam alguns palavrões pela aeronave. Além do grosso da confusão, isolam-se alguns gritos histéricos de homens e mulheres. Talvez um exagero. Não era para tanto.

O avião se estabiliza. Alguns passageiros dormem apesar do susto de muitos e da gritaria de outros tantos. Os dorminhocos estavam mais cansados do que a maioria, ou, então, aquele voo estava cheio de noviços.

Justino está amarelo. A cara pontilhada de gotas de suor. Pablo segura forte a poltrona da frente com a mão esquerda; a direita se agarra na divisória que individualiza os assentos.

– Não gosto dessa porra é por conta disso – Justino diz.

– *La verdad que a mí tampoco me gusta. Nunca me gustó. Si pudiera tendría mis pies siempre en la tierra* – Pablo comenta.

– Isto de voar é lá pra passarinho – Justino fala.

– Pode fazer o favor de descer da minha mão? – Estefânio diz, tranquilamente.

E só agora Justino se dá conta de que estava estrangulando a mão dos dois companheiros no apoio do braço. Ele recolhe os braços. A mão de Estefânio está branca pelo apertão que sofrera. Ele alonga os dedos usando a mão direita. Pablo estava na mesma situação que ele, mas não havia dado conta do episódio. Também ele alonga os dedos.

– *¡Carajo!*

– Me desculpe, cara – Justino diz, a voz frouxa, enquanto olha para um e outro.

Pablo também está assustado. Olha para os dois companheiros. Diante do papelão de Justino ele arrisca um riso para disfarçar o próprio susto.

– E você, cara, não tem medo? – Justino pergunta, olhando espantado para Estefânio.

– Medo pra quê? Ou de quê? Avião é assim mesmo. Se acontecer alguma coisa a gente nem se machuca. Morre é pronto. Isto aqui é muito mais seguro do que automóvel, ou do que o cavalo que você monta lá na fazenda... lidar com boi, então, é um perigo; com gente que perde no jogo pode ser ainda mais perigoso – Estefânio responde a olhar tranquilo para os dois assustados companheiros.

Todos se calam por uns instantes. Depois, Pablo se recompõe e comenta:

– *San Pablo... se dice que acá hay un barrio cuya población es poco más pequeña que la del Departamento de Canelones, ¿verdad?*

Às vezes, Pablo fala portunhol, mas quando fala diretamente com Estefânio usa seu idioma. Já percebeu que isto não é problema para ele.

– Que disse? – Justino indaga – Eu até entendo o que você fala; afinal, ando pela fronteira, mas se disparar assim, fica difícil acompanhá-lo.

– Você não viu nada, meu amigo. São Paulo tem muitos bairros maiores do que muitas cidades brasileiras de bom porte – Estefânio diz, e olha diretamente para Pablo.

Agora, a aeronave desliza suavemente pela pista.

Justino corta a conversa dos outros dois e retoma o que dizia antes dos baques da aterrissagem.

– Então, qual é a proposta que você tem para nós?

Estefânio expõe aos dois o que seria a solução para o problema deles. Não se aprofundou muito no assunto. Disse apenas o que julgou propício para o momento, contudo, o que falou foi suficiente para deixar sua plateia muito excitada com o que ouviu.

Quando o som ambiente avisa que "os celulares devem permanecer desligados até..." a metade dos passageiros já está com o seu ligado, avisando que acabou de aterrissar, informando que "daqui a pouco estou aí...", por isto ou aquilo, marcando ou desmarcando contatos. Coisas sem importância, mas que servem para dar a essa gente a importância que ela não tem. Essa raça deve ter sofrido muito durante décadas porque até outro dia não existia celular...

Alguns minutos depois o avião estaciona. A cabine dá as instruções de desembarque para os passageiros que chegaram ao final da viagem e para os que estão em trânsito. Passa uma eternidade até que a porta seja aberta. Enquanto isto forma-se uma torrente humana no corredor, gente incapaz de observar noções de segurança, ou mesmo de urbanidade, e que se comporta como uma boiada estourada, mal a aeronave toca o solo. Indivíduos que, de acordo com os seus interesses, entende tudo diferente do que ouve e quer sempre criar sua própria lei quando a lei para todos já existe.

Estefânio não fica atrás. Teria feito o mesmo, mas o corredor congestionado o impediu até de tentar. Enquanto espera a sua vez ele mergulha no vão das poltronas, agarra sua valise, que está no piso, e põe-na sobre os joelhos. Abre-a e daí tira uma pequena carteira marrom, de couro. Fecha a valise.

– Fico por aqui, antes, porém... – Ele se cala e busca alguma coisa dentro da carteira. Não encontra.

Por mera curiosidade seus companheiros de viagem não tiram os olhos da sua mão.

Estefânio fecha a carteira com um gesto brusco. O zíper emite seu zunido característico. Ninguém se dá conta. Sem terminar a frase iniciada ele segura o queixo com a mão esquerda enquanto meneia o pescoço feito uma lagartixa; um sinal de preocupação. Desce a mão. Aplica-lhe duas palmadas leves com a carteira, enquanto olha para o teto da aeronave, os olhos muito abertos, a valise fechada sobre os joelhos.

Justino e Pablo olham para a cara de Estefânio; seguem seu olhar e descobrem o motivo que o fez abrir tanto os olhos. Duas poltronas à frente, uma morena monumental, nos seus vinte e poucos anos, tenta tirar sua mala do bagageiro. A mala está justa no compartimento; a moça precisa fazer força para sacá-la.

Ela veste uma calça moldada, cujo cós em desnível, deixa seu umbigo quatro dedos acima de um botão de alumínio, que contrasta com o pretume da calça, esta que se assenta ao corpo da garota como fosse sua própria pele. Os passadores vazios, sem cinto, dão o sinal da liberdade dessa criatura magnífica. Embaixo, a barra dobrada dez centímetros acima dos tornozelos nus deixam à vista os pés torneados dentro de umas sandálias pretas, salto agulha de uns dez centímetros. Uma blusa ciganinha, feita em viscose, estampa indiana, sobe quando a moça levanta os braços, e deixa metade dos seus seios trêmulos suspensos, livres, soltos com o seu bege de castanha de caju. A garota força os braços alternadamente; seu tórax balança de um lado para o outro. Alheios aos olhares que os torpedeiam, seus seios dançam sob os panos. Seus mamilos protrusos não resistem à fricção com o tecido e se enrijecem.

Ela tira a mala. Estefânio deixa a carteira de lado e volta-se para a valise. Abre-a.

– Ah, aqui estão – sua mão sai com alguns cartões de visita –, um pra você... outro pra você.

Estefânio entrega aos dois o seu cartão de visitas. Junto com o que foi parar nas mãos de Pablo está um impresso dobrado no mesmo tamanho do cartão. Estefânio está guardando o restante dos cartões quando, mesmo sem olhar diretamente, vê Pablo a olhar alternadamente para o papel e para Justino. Estefânio faz que não vê.

– E isto aqui? – Pablo pergunta, agora, segurando o impresso separadamente.

– Hã? – Estefânio olha surpreso para ele.

Pablo estende-lhe o papel.

– Ah, esse é meu, meu camarada... esse é meu.

Estefânio tira o impresso da mão de Pablo. Segura o papel com a mão direita. Com a mão esquerda, dá dois piparotes no papel dobrado enquanto repete.

– Este é meu; meu mesmo, meu camarada!

Ele olha para o corredor. A moça já está lá na frente, passando pela porta do avião. Ele se levanta e se despede dos dois. Antes, anota seus telefones.

– Nos falamos em breve. Eu os chamo logo que me acerte por aqui, para colocarmos em prática a nossa teoria.

Estefânio desembarca. Pablo e Justino seguem viagem. Eles só descerão em Campo Grande. Daí, cada qual tomará o seu rumo. Pablo seguirá para Bonito e Justino vai para o escritório da fazenda em que trabalha.

Minutos depois que o avião levanta voo, os dois recomeçam o assunto deixado por Estefânio. Nenhum deles fala o idioma do outro, mas se entendem sem muita dificuldade, desde que falem devagar. Pablo tem mais facilidade, acostumado que está a lidar diariamente com brasileiros na roda de jogo.

– Então, você tá acreditando no que o cara falou? – Justino pergunta.

– Pode ser... *el tipo me pareció sincero.* Como *es* mesmo *su* nombre?

– Justino.

– *No. El nombre del tipo...*

– Ah... é meio complicado... *Peraí.*

Justino toma a carteira e pega o cartão de visitas que foi deixado com ele. Tá aqui, ó: Estefânio – ele diz mostrando o bilhete.

– Estefânio... isto mesmo – Pablo, que acabava de pegar o seu cartão, concorda e prossegue –. *El tipo me pareció saber de lo que hablaba.* Estou *dispuesto a tentar, no me cuesta nada.*

– Acha mesmo?

– Sim...

– Eu só queria saber sua opinião porque a minha já está formada.

Pablo olha para ele interrogativo.

– Só não trato com ele se ele mijar pra trás.

– *No sé qué es; ¿qué significa?* – Pablo pergunta.

– Se ele não cumprir a palavra, se não ligar – Justino ensina.

– *¿Él no dice* que nos chama *así que esté listo*?

– Foi o que ele disse. Mas sou meio desconfiado. Apesar disso, espero. Tô fazendo fé. Até digo que se em alguns dias ele não ligar, eu mesmo ligo. Não foi pra isto que ele deu o cartão pra gente?

Pablo assente com um gesto de cabeça.

– Não tem medo de algo dar errado? Justino indaga.

– *No lo tengo para nada* – Pablo responde –. Também, se der, não *me quedo peor de lo que estoy.*

– Parece que este é o meu caso. Por isto é que, se ele não ligar, eu ligo. Preciso tentar mudar a minha vida. Além disso, meu amigo, também eu, pior do que estou não fico e, se ficar, arranjo outro tipo de trabalho. Não aguento mais esse negócio de ficar tratando bicho como se fosse um bibelô e levando esporro de capataz que não entende nada do riscado.

Pablo ri sem emitir som.

– Você não imagina o que a gente passa com essa gente. Tem gente boa no meio, mas a maioria é raça ruim. Tem capataz que quer mandar mais que o dono, mais que o fazendeiro.

Pablo escuta atentamente. Justino prossegue:

– Principalmente no meio em que trabalho, onde os animais são premiados e vivem pra baixo e pra cima em exposições. Lidar com fazendeiro furreca já é uma merda, agora, você imagine com esses premiados; simplesmente uma desgraça.

– *Si supieras lo que es cuidar de miles, a veces, centenas de miles de dólares en una* noite *de juego* y *recibir míseros pesos al final* do mês, não ia se sentir o *peor* de todos.

– Pois muito bem. Vamos esperar que Estevânio ligue.

– O nome *del hombre* é Estefânio – Pablo corrige.

– Que seja. Vamos esperar a ligação.

*** *** ***

***

*

182

Capítulo 14

Perto de um mês depois o telefone de Pablo toca. Do outro lado da linha está Estefânio. Esta já é a segunda chamada desde que os dois se despediram em Guarulhos. A primeira aconteceu aos poucos dias seguintes ao que se conheceram e, pelo que Pablo pensava, apesar de amistosa, não fez muito sentido.

Diferente de quando estavam no avião, agora Estefânio está mais leve, risonho, tranquilo. Está mais solto, aliás, como da outra vez em que telefonou. Talvez ele seja do tipo que se sente melhor e mais à vontade não olhando nos olhos do interlocutor. Quem sabe não tem motivos para essa tranquilidade ou para fazer que acreditem nela?

Por conta do que conversaram no avião, ainda que por alto, e da outra ligação, em que Estefânio não disse muita coisa, Pablo esperava ansiosamente pela chamada. Só não a esperava para hoje. Também, apesar de ficar sempre excitado com a possibilidade de um conluio com o brasileiro, ele não tinha certeza se isto ocorreria. Alguma vez pensou mesmo que tudo não passava de papo furado. Ainda assim, ele esperava que o sujeito não estivesse se divertindo com a sua cara.

Nesses dias de espera, ele esteve muitas vezes parado a pensar na proposta que havia recebido. Se alguma vez era molestado pela direção da casa onde trabalha, sua ansiedade aumentava. Era quando ele acreditava mais, que o brasileiro tinha uma boa cartada. Talvez isso se devesse à sua ansiedade, mas ele acreditava.

Agora, ele está em casa, de folga, a verificar detalhes para um assado que fará com amigos. É uma folga proporcionada pela nova política do cassino em que ele trabalha, que agora adota horários mais flexíveis, de acordo com a preferência dos clientes e, naturalmente, com a entressafra.

Em uma varanda nos fundos da casa, a *parrilla* está sendo entulhada de carnes tão variadas como moela e tripas ovinas e suínas; morcilha doce e salgada, e linguiça; rins e maminha; cabrito novo e fraldinha. Algumas dessas iguarias não são para qualquer um. É preciso ter peito para encarar, mas para os nativos é papa-fina.

– *¿Quién?* – Pelo inesperado da ligação, Pablo atende com desinteresse.

– Estefânio.

– *Estefanio... Estefanio…* – Pablo repete sem lembrar-se de quem se tratava.

– *Sííí, nos vimos recién, en el avión, y además, nos hablamos hace poco. ¿Ya me olvidaste, muchacho? ¡Qué débil que sos!*

– *Ah, sí. Claro. Discúlpame Señor, ¿cómo le va?*

– *Bien, gracias. Te llamo porque necesitamos hablar* – Estefânio responde.

– *Yo esperaba su llamada, Señor.*

– *Pues aquí estoy, y nos podemos llevarla sin eso de Señor, ¿está bien?*

– *Entonces, por favor, háblame.*

– *No. Mejor que hablemos personalmente.*

– *Claro, pero…*

– *No te preocupes. Estoy en Montevideo y me voy en seguida a Punta del Este. Sólo necesito tu dirección… o un punto adónde podamos vernos.*

– *Bueno… no hay problema; si querés podés venir a mi casita. Hoy no trabajo, estoy en casa todo el día.*

Pablo dita seu endereço. Estefânio o acrescenta ao GPS.

– *No me demoro. Estaré allí pronto.*

– *Tengo un asado para hoy con unos amigos. En una hora por ahí, por ahí… prendo el fuego. Si te apetece retardo un poquito a encender el fuego, y ya lo comeremos todos juntos.*

– *No te preocupes conmigo. Hasta luego.*

Estefânio se arranca para Punta levando consigo muita disposição. Já na cidade e nas proximidades da casa de Pablo, ele volta a chamá-lo para informar que está por chegar.

Pablo acabou de acender a *plancha*. Confere a tela do celular. Afasta-se do seu grupo de amigos e atende.

– *Ya estás llegando... Lo espero afuera. Bienvenido amigo.*

Pouco depois, Estefânio está no portão de Pablo, que já o esperava.

Os dois começam a conversar aí mesmo. Depois, traspassam o portão e se aproximam da porta de entrada. Pablo faz um sinal para que Estefânio espere aí enquanto ele vai para os fundos da casa onde estão os companheiros.

– *Por favor, sigáis con el asado; ya vengo* – ele diz aos companheiros.

– *Ya lo comeremos todo* – fala o que está com o violão.

– *No te preocupes... Te aseguro que no voy a permitir que no te dejen nada. Cuando vuelvas tendrás los carbones y las cenizas para tirar* – diz, chistoso, o que cuida da *parrilla*.

– *¡Bueno!* – Exclama um que está deitado em uma rede trazida de Fortaleza no último verão.

– *No sean tan malos* – Pablo diz, sorrindo. E volta para encontrar Estefânio. Por instantes, ele e Estefânio permanecem parados perto da porta.

– *¿Qué le pasó al tipo, que está sonriente?* – malda um que distribui cartas na mesa.

– *Cositas, por supuesto. ¿No es con ello que él está siempre metido?*

– *Quizás mujeres... ¿te olvidaste de la llamada que ha recibido hace poco?*

– *No, no... aquel era hombre te lo aseguro.*

– *No, no, digo yo. ¿Te olvidaste de que su teléfono timbró recién? Cien pesos, que es una mujer* – O outro diz.

– *Estás loco. ¿Apuesta? Ni pensar. Dejemos eso para los tontos de los casinos. Se los cuento en seguida.*

– *¿Decís que soy un tonto?*

– *No, no... solo un poquitito así, ¡mirá!*

O enxerido saiu pé ante pé a ver quem havia chegado. Voltou em dois tempos.

– *Un hombre* – ele diz.

– *¿Viste? Yo habría perdido* – falou o apostador.

– *Mejor así. Yo nunca apuesto.*

Pablo abre a porta da frente. Os dois entram e se sentam em torno de uma ampla mesa redonda. Estefânio assunta discretamente o ambiente, coisa que ele faz desde que cruzou o portão de entrada. A casa é simples, mas muito bem montada. Tudo é muito limpo, as coisas todas em seus lugares. Quem a arruma sabe o que faz. Sobre uma mesinha de canto, chama-lhe a atenção uma pequena estátua gorda, de metal. Ao lado, descansa um telefone fixo, sem fio.

As gorjetas que Pablo recebe no cassino de primeira linha onde trabalha valem mais do que o salário que lhe pagam. Ele usa bem esse dinheiro de modo a tornar a sua morada um lugar aconchegante e acolhedor. Aí é que ele recebe os amigos para intermináveis rodadas de mate e as constantes *parrilladas*, coisas sem as quais essa gente não consegue sobreviver. Comedido, Pablo prefere receber a visitar.

– *¿Hay alguien más en casa?* – Estefânio pergunta.

– *No. Vivo sólo.*

– *¿No hay una señora?*

– *¡Ni loco! En casa mía, no* –. Aflito, Pablo responde.

– *Por?* –Estefânio pergunta.

– *Por favor, Señor* – Pablo fala, constrangido –. *Este es un tema que no me gusta.*

– *Perdón, perdón. No tuve la intención de entremeterme en tu privacidad* – Estefânio diz, sem graça.

– *No te preocupes. Es un tema ya resuelto* – Pablo diz, recompondo-se.

– *Bueno, ¿en cuanto a los otros?*

– *¿Los de afuera?*

– *Sí.*

Pablo ri e diz:

– *Un poquito más y ya no saben dónde están.*

– *De todas maneras ¿no te parece que es mejor que no nos oigan?*

– *Por supuesto. Me voy afuera a darles una palabra.*

Pablo sai. Estefânio fica na sala. Levanta-se e vai ao canto onde está a estátua de metal. Ele já conhece a peça, uma figura feia que mais parece um saco plástico meio cheio de água. Ao lado, o telefone esguio no seu pedestal a contrastar com a figura. Estefânio sente que há muito não via um telefone fixo. Com certo exagero ele podia dizer que já não lembrava mais de como eles eram. Volta para o seu assento e fica a tamborilar na mesa. Pouco depois, o que será o seu parceiro, entra.

– *¿Entonces?*

– *Ya les dije que vamos a salir.*

– *Nos vamos, y ¿ellos se van también?*

– *No… solamente les dije…*

– *¿Y el asado?* – Estefânio pergunta.

– *Va a seguir igual. Todos saben dónde está todo, y todo lo que quieren está a la mano. Un poquito más y ya no se acordarán de nosotros.*

Pablo fecha a porta e torna a sentar-se.

Estefânio não faz rodeios e vai direto ao assunto que o trouxe a esta casa. Expõe as suas ideias a Pablo, que já está na atividade dos cassinos há vários anos e pode-se dizer que conhece todos os segredos do ambiente de jogatina.

Os dois conversam objetivamente sobre a real motivação desse encontro. Um esclarece o que pretende enquanto o outro escuta meio atordoado e diz o que pode oferecer. Assim, é que Pablo explica a sua função no cassino onde trabalha, bem como todas as atribuições inerentes à sua boa execução.

Estefânio gosta do que ouve. Então, ele tira da valise um pequeno estojo. Dentro, está uma cartela em que, à primeira vista, além da delimitação dos quadrinhos e da numeração que os identifica, não há nada escrito nem marcado. São três quadrinhos em cada carreira de quadrinhos. Pablo mira com curiosidade o objeto sem entender nada. Então, Estefânio tira do bolso outro estojo, este, bem menor do que o primeiro. Daí, ele retira um pequeno objeto, cujas medidas não devem passar de 1 cm por 2 cm por 3 mm de altura, peça que desaparece sob sua falangeta. Em um dos lados da área menor existe um bulbo minúsculo. Um pouco além do centro da área maior, considerado a partir do lado em que está o bulbo, aparece uma minúscula chave *push button*, pouco mais que uma saliência.

– *¿Qué es esto?* – Pablo indaga.

– *Ya verás.¿Ves la puntita esa?* – Estefânio aponta uma pequena saliência em cada célula da cartela.

– *Por supuesto.*

– *Sácala.*

Pablo puxa a lingueta plástica. Um pedacinho de fita plastificada pende da sua mão; nada mais.

– *¿Y?*

– *¿Qué ves?* – Estefânio pergunta.

– *La cosita esa.*

Estefânio pressiona levemente o botão *push button*. Em seguida, direciona o bulbo contra a pequena fita que o outro tem pendente nos dedos. Apesar de não ver nenhuma luz, Pablo percebe que aparece na fita um desenho semelhante a trilhas de placa eletrônica, como se fosse um processamento fotográfico. Estefânio volta a pressionar o botão; as trilhas desaparecem.

– *No entiendo. ¿Es uma linternita?* – Pablo pergunta, cada vez mais curioso.

– *Ya te vas a entender, no te apresures.*

Então, Estefânio abre a maleta e tira dois estojos, um deles, um pouco maior do que o da "lanterna"; ainda assim, muito pequeno. Sobre este ele nada fala. Apenas o mete no bolso.

– *Como ves, cada cinta de la primera cartela se compone de tres cuadros, tres pequeños cuadros. Uno es el complemento del otro, no importa el orden en que se ajusten.*

Estefânio percebe que, para Pablo, a compreensão da coisa está sendo cada vez mais complicada. O oriental não consegue atinar com a serventia daqueles pequenos objetos.

– *Ya entenderás todo, no te preocupes. Lo que pasa es que este pequeño aparato* – Estefânio exibe uma das peças que acabara de sacar da valise ao seu perplexo ouvinte –, *lo que pasa es que esta cosa acá comanda, a un simple toque… todos los quadritos que has visto. Estes seis están solamente para ejemplos ya que están contenidos en esta segunda cartela de tres líneas.*

Então, enquanto aponta para as suas linhas, Estefânio indica a cartela que acabara de tirar da maleta.

– *Te lo voy a explicar cómo.*

Estefânio se levanta e começa a andar pela sala. Um vento forte irrompe pela veneziana aberta. Folhas maduras que se desprendem de uma árvore do quintal inundam o ambiente. Pablo corre para cerrar a janela. Lá de fora vêm gritos estridentes de alguns dos churrasqueiros, já um pouco alterados pela bebida, e para quem qualquer coisa serve para um chiste. Estefânio volta-se para Pablo em atitude indagativa.

– *No te preocupes, son todos inofensivos. Si alguno se emborracha más de la cuenta, se duerme ahí mismo y se va mañana. Nosotros somos así. Está todo lindo, te lo aseguro.*

Estefânio explica tim-tim por tim-tim o funcionamento das peças. Depois, pede que Pablo repita passo a passo tudo o que acabou de ouvir. Tudo estava perfeito. O oriental havia, enfim, entendido tudo nos mínimos detalhes.

– *En fin, ¿creés que puedes hacer la cosa?* – Estefânio pergunta.

– *No veo dificultad alguna, Señor. Sólo hace falta decidir cuándo lo vamos a hacer.*

– *Entendiste todo, ¿verdad?*

– *Absolutamente.*

– *Una cosa muy importante de la que me olvido. ¿Cuánto me vas a cobrar por todo?*

– *No creo que sea cuestión de precio. Vamos a trabajar juntos. Seremos socios, ¿no?*

– *Me siento muy cómodo, pues es así que trabajo siempre, muchacho. Las responsabilidades son compartidas y ninguno espera órdenes de nadie. Cada cual hace lo mejor que pueda y del modo más objetivo posible.*

A carne assada começa a exalar o seu cheiro, que entra pelas gretas da veneziana de madeira.

– *A propósito te cuento una cosa importante que era para ya estar puesta desde mi llegada.*

– *Ah ¿sí?*

Estefânio abre outra vez a valise. Pablo segue sua mão e vê-la voltar trazendo um embrulho que Estefânio coloca sobre a mesa sem maiores explicações. Da carteira, ele tira um pequeno impresso. Segura-o entre os dedos médio e indicador e o estende para Pablo que o recebe e fica a mirá-lo de cima a baixo, sem entender nada.

– *¿Un billete de juego?*

– *Sí.*

– *¿Y?*

– *¿No te acordás?* – Estefânio indaga.

– *¿Debería?*

– *Creo que sí... al final lo viste hace poco tiempo* – Pablo fica pensativo. Depois fala:

– *¿Estás diciéndome que éste es el que apareció el otro día en el avión?*

– *El mismo.*

– *¿Y por qué lo tiene?*

– *No lo tengo… esta es una copia. Aquel ya se fue. Te lo muestro para que te acuerdes de aquel día, cuando me iba a rescatar un premio gordo* – Estefânio diz, nos lábios um riso silencioso.

– *Un carajo que te fuiste a recibir un premio. ¿Verdad que ganaste?*

– *A pesar de no haber jugado, sí, gané el premio.*

– *No entiendo* – Pablo fala –. *¿Entonces?...*

– *Ahí es que está la cosa. Yo tenía a otro Pablo, ¿comprendés?*

– *Para nada.*

– *Te cuento.*

Estefânio explica a Pablo que para aquela ocasião ele tinha um sócio no Brasil. Um sócio temporário, um sócio para um único negócio, como seria o próprio Pablo. Era uma pessoa que trabalhava em um banco público responsável por pagar os prêmios das loterias.

Estefânio sempre soube que muitos prêmios não são reclamados pelos ganhadores, uma situação deveras esdrúxula, surreal, mas que ocorre com mais regularidade do que se possa imaginar. As razões para esse disparate ninguém sabe. A mais provável talvez seja a morte do titular do bilhete ou da cartela premiada sem que seus parentes saibam do jogo. Ou esquecimento de conferir o resultado, ou perda, naturalmente sem que alguém tenha encontrado o documento. Como os prêmios não ficam para sempre à disposição do interessado, passados noventa dias, caducam e são doados para, de certa forma, financiar a educação.

– *Pasados los noventa días "el dueño del billete" pierde la plata* –

Estefânio diz, os olhos fixos no seu interlocutor.

– *¿Entonces?* – Intrigado, Pablo pergunta.

– *Como te he dicho… el gobierno la toma, y si la toma él, mejor que por lo menos de tiempos en tiempos, o una vez que sea, la tome yo, ¿no te parece?*

A atividade de Estefânio demanda estudo e paciência. Pressa ele nunca teve mesmo e, se alguma vez se sente apressado, por sua conta se contém. Quem vive de caça não pode se exasperar. Se a caça não aparece, deve manter o tino e voltar no dia seguinte e no outro e no outro.

– *Es así. Yo tenía un compañero que cuidaba las cosas para mí, de modo que controlaba la retirada de premios. No de cualquiera sino los gordos.*

– *La verdad que no logro entender lo que me decís* – Pablo diz, sentindo--se um completo idiota.

– *Te aseguro que llevamos más de tres años hasta llegar a un punto interesante. Hace poco él me informó que había un premio de dieciséis millones y pico de reales que no había sido reclamado. El juego había sido hecho en una ciudad del interior de San Pablo.*

Pablo realmente não entende o significado do bilhete que Estefânio tem nas mãos.

– *No logro entender nada.*

– *Señor Pablo* – Estefânio diz, muito sério –. *Yo no necesito este papel… que ya cumplió su misión. Yo lo traje para vos, exclusivamente, para que veas cuán serias son las cosas en las que me meto. ¿Tenés vos, realmente, disposición para ayudarme?*

Pablo está como magnetizado pela fala de Estefânio. Tudo lhe soa muito convincente. Apesar de, às vezes, a explicação que recebe parecer um tanto vaga, ele já não tem dúvidas de que não é necessário que compreenda tudo. Já percebeu a segurança com que seu interlocutor lhe fala e conjecturou que ele não teria se dado o trabalho de procurá--lo sem que tivesse algo muito sólido para apresentar. Ele se lembra de algumas coisas que Estefânio dissera quando se viram pela primeira vez e da segurança com que ele falava já naquele primeiro momento.

Pablo considera que desde que se despediram em Guarulhos o brasileiro já o chamara duas vezes, e agora estava aí, o que denotava o seu interesse em uma empreitada, cujos detalhes Pablo ainda não conhecia, mas sabia que estava em curso. Naquelas chamadas ele sempre reforçava que tinha um plano em andamento para os dois e também para Justino. Agora, ele tem todas as informações iniciais. Sente que ainda falta alguma coisa, mas está pronto para ouvi-las.

O vento já passou, foi embora. Pablo vai até a janela, abre-a e, em silêncio, lança os olhos lá fora. Estefânio percebe o seu tormento, mas sabe que esse é o tormento da decisão. Então, ele respeita o silêncio do candidato a parceiro e também se cala. Deixa Pablo remoer seus pensamentos, pelo menos até que os ajuste. Depois, dá uns passos e se posta junto ao camarada.

– *Sí, Señor, estoy listo* –. Pablo responde de repente, sem olhar para Estefânio.

– *Así es que se habla. Ahora entramos en los detalles. De todo esto lo más importante es que la ayuda será mutua. Y ahora te digo lo que hace falta decir. Hablo de este dispositivo. Ah, ya te digo que cada uno de estos cuadraditos no son menos que un chip.*

Agora, Estefânio fala especificamente da cartela completa, a que contém três linhas de pequenos quadros.

Os dois voltam para a mesa. Estefânio passa ao parceiro todos os detalhes da aventura. O plano não era complicado não obstante, no começo, Pablo ter pensado que seria mesmo impossível. De fato era de todo simples.

A cartela que Estefânio apresentou a Pablo é composta por três linhas de adesivos. A primeira e a terceira linhas possuem três células numeradas. A segunda linha possui cinco células. A primeira e a quinta células não levam números, mas as letras "a" e "b". As três células centrais levam os números de um a três.

O que Pablo precisa fazer é escolher aleatoriamente, ou de acordo com sua preferência, uma figura na primeira roda do caça-níqueis e colar bem no centro dela o adesivo número 1, da linha do meio, a linha de cinco elementos. Ele deve repetir a operação nas outras duas rodas, naturalmente, colocando o adesivo sempre na mesma figura, ou seja, em figuras iguais nas três rodas. Os adesivos devem ser colados na mesma ordem em que aparecem na cartela.

As duas células que aparecem indicadas pelas letras "a' e "b", devem ser coladas uma de cada lado da máquina, no chassi. Seu alinhamento deve obedecer ao centro da figura em que foram colados os números de um a três. Essas serão as figuras que aparecerão quando as rodas pararem de girar. Será o resultado vencedor, três figuras ou, se for o caso, números iguais. A conformação dessas células depois de serem colocadas na máquina deverá ser a mesma com que aparecem na cartela.

Já as três células da primeira linha devem ser coladas na parte de cima do chassi, na mesma ordem crescente e observando o mesmo alinhamento das rodas. A prumo. As três da terceira linha devem ser coladas na parte de baixo, na base do chassi, no mesmo alinhamento da primeira em relação à segunda. O resumo final é que todas as nove células numeradas de 1 a 3 devem estar alinhadas horizontal e verticalmente entre si. As células "a" e "b" devem ficar alinhadas horizontalmente, de modo que, ao pressionar o botão *push button* é criada uma onda que circula perifericamente, em sentido horário, partindo de "a" e passando pelos pontos 1 a 3 da parte superior do chassi da máquina. Em seguida passa pelo ponto "b"; na primeira passada, energiza o ponto 3 da segunda linha, desce para o ponto 3 da base do chassi e continua a fluir até o ponto 1 desta base. Daí sobe ao ponto 1 da segunda linha e, finalmente, se condensa na célula 2 da segunda linha, esta, a maior de todas as células do circuito.

– *Entonces, ¿está bien lo que te hablé sobre los posicionamientos de estas células en la maquinita?*

– *Sí, claro. Está todo bien* – Pablo responde.

– *Si algo más te hablé no te preocupes en guardar nada ya que te lo he dicho solamente para conocimiento y para que sepas más o menos como todo funciona.*

– *Sí, lo entiendo.*

– *A vos solo importa no olvidarte de que todos estos números y letras cuando estén en la máquina deben observar la misma posición que guardan en esta cartela.*

Pablo não responde; acaricia o queixo e Estefânio percebe sua inquietação. Os dois permanecem em silêncio por alguns segundos.

– *Solo hay un problema* – De repente, Pablo diz, ansioso.

Estefânio apenas olha para ele e ele prossegue.

– *Esto va a aparecer, ¿no?* – Ele pergunta, apontando para os pequenos adesivos.

– *Esperaba que hicieras esta pregunta. No. No aparece, experimentá.*

– *¿Cómo?*

– *Sacá los adhesivos y pónelos adónde quieras ahora mismo y ya verás que no se puede ver nada. Luego de entrar en contacto con la sustancia en la que se las pone se toman sus características. No se permite ver nada.*

Desconfiado, Pablo retira um adesivo e o cola na mesa. É como se não estivesse nada aí. O adesivo, antes transparente, adquire a cor marrom logo que toca a madeira. Pablo olha intrigado para Estefânio, que estende a mão e tira um adesivo sob o olhar do parceiro. Em seguida, cola-o sobre a unha. Ele toma a coloração da unha. Então, ele comprime o polegar e represa o sangue. O dedo fica rosado. A unha fica rosada como se não tivesse nada colado sobre ela.

Pablo tem os olhos muito abertos. Tira outro adesivo e vai na direção do buda de bronze que ele tem sobre um móvel. Prega-o na peça. Ninguém dirá que há algo estranho com o buda. Pablo está encantado com o que vê.

– *¿Entonces?* – Estefânio pergunta.

– *La verdad que es muy simple todo.*

– *Hay que tener solamente un cuidado especial con eso* – Estefânio adverte.

Pablo olha para ele, ao mesmo tempo solícito e decepcionado.

– *Nada que no se pueda hacer. Hace falta que busques un espacio lo más liso posible para pegar los números. En fin, las células son muy pequeñas y creo que no deberá tener problemas. Conozco las máquinas, hay espacio suficiente. Lo principal es que tengas cuidado cuando fueres a poner las piezas. ¿Hay cámaras?*

Pablo se posta pensativo. Segura o queixo e fecha os olhos, como se passasse por um transe. Seu pensamento vagueia; voa pelas instalações do cassino onde trabalha, e faz uma revista no seu interior, especialmente no setor de caça-níqueis. Ele ri porque, apesar de trabalhar há anos no cassino e ver, quase diariamente, as câmaras do recinto, nunca lhe passara pela cabeça que alguma vez tivesse de se ater à sua quantidade e localização.

– *Sí, las hay* – Ele diz, finalmente –, *pero no creo que sea difícil. Pese a que hay miles de ellas por todos los rincones del lugar, exactamente en la parte de los tragamonedas no son tantas.*

– *No las hay ahí ¿por un motivo especial?* – Estefânio pergunta.

– *No. Sin lugar a dudas, no. Es que el lugar es tranquilo. Un lugar en el que, al principio, los jugadores son tranquilos y no tienen mucho que jugar. Vienen y se van cómo llegaron. Muy diferente de las mesas dónde todo puede ocurrir, ya que ahí están jugadores expertos; si me entendés.*

– *Sí, perfectamente* – Estefânio responde sorrindo.

– *En ese lugar hay dos cámaras, una en cada punta, en cada lado, ¿entendés? Y solo sirven al control de las entradas del ambiente. Están mirando para abajo como para cubrir las entradas. No se enfocan en puntos específicos como las de otros recintos.*

Pablo se cala por uns instantes, um silêncio programado, como se nesse tempo ele conjecturasse acerca de coisas pendentes.

– *Sí, lo entiendo* – Estefânio responde –. *Lo que te digo es…*

– *Perdón* – Pablo interrompe o raciocinio de Estefânio –. *En cuanto a la piecita esa que me ha mostrado, y de la que nada hablaste ¿adónde entran?*

– *Yo te iba a contar en el momento cierto* – Estefânio diz –. *Pero como estás muy atento te lo cuento ya. La piecita* – Estefânio tira a peça do bolso – *es un control remoto muy potente. En un área sin muchos obstáculos se puede controlar perfectamente, con un sólo toque, las células pegadas, en nuestro caso, en las ruedas de la tragaperras, a distancia de unos cien metros. Luego de fijar las células en la máquina, lo único que tendrás que hacer es esperar el momento cierto para accionar este botoncito* – Estefânio diz, enquanto mostra o botão ao parceiro.

– *¿Yo?*

– *Por supuesto.*

– *¿Y por qué yo?*

– *Muy buena pregunta y te explico. Mejor que seas vos para el caso de alguien dudar de algo y resolver someterme a un registro. No sería nada bueno ser encontrado con este dispositivo.*

– *Tenés razón. ¿Y cuándo será eso?*

– *Te digo que no tengo prisa de que todo ocurra. Lo que importa es que todo salga a contento… para que no levante ninguna sospecha te pongo que todo debe ser hecho despacito. Así, cada día pegarás una célula, es decir, si se puede ponerlas todas a la vez, todo bien, pero como te he dicho, despacito se va mejor.*

– *Concuerdo.*

– *Y cuando esté todo hecho me llamás vos y yo vengo inmediatamente. La verdad que la prisa que yo te pido ahora es necesaria, sino alguien se adelanta a nosotros y la ruedita se para… y ya no nos importará más…*

– *Es verdad. Te digo que te llamo pronto… y adiós…*

– *Así es.*

– *Lo que te digo es que a partir de hoy comienzo a frecuentar el lugar. Hoy mismo me hospedo en el hotel. Me doy unas vueltas adentro a mirar los jugadores, juego unas cuantas rondas como sin ningún interés, y me voy. Si gano me quedo, no en la mesa de juego, por supuesto –* Estefânio diz, sorrindo –. *Te pido no mirarme si me voy adónde estés vos. Yo no te miraré nunca. Lo que sí te pido es que me informes cuando todo esté arreglado y luego que esperes hasta que llame y te diga que estoy pronto. ¿Está bien así?*

– *Claro. Muy bien. Pronto estaremos en esa.*

– *Entonces, seguí con tu parrilla, que ya me voy.*

Estefânio se levanta seguido por Pablo.

– *¿Una cerveza? –* Pablo pergunta.

– *No, gracias. No tomo.*

– *¿Un refresco?*

– *Agua, por favor.*

Pablo entra pelo corredor e vai para a cozinha. Abre a geladeira e chama.

– *Vení, por favor. Sentite como en tu casa.*

Estefânio não se faz de rogado. Vai para a cozinha. Antes, abre a valise e saca um envelope marrom. Ele deixa o envelope sobre a mesa. Já na cozinha, observa que este ambiente, com suas peculiaridades, é ainda mais bem arrumado do que a sala. Tudo nos mínimos detalhes. O dono da casa entrega a água para o seu parceiro; para si, pega um pomelo.

Estefânio não gosta dessa bebida; disfarçadamente chega a coçar o nariz.

– *Con agua y pomelo, ¡brindemos por nuestro negocio!*

– *Brindemos.*

Como bem dissera Pablo, parece que no fundo da casa já ninguém se lembra de que aí existe alguém além deles. A algazarra que eles fazem é digna de um bordel mal frequentado, coisa que, em momento algum, exerceu qualquer influência sobre Pablo, que esteve tranquilo durante todo o tempo em que conversou com Estefânio, como se nada acontecesse a poucos metros da sala, em torno da churrasqueira. Está mesmo acostumado com a sua turma. Estefânio pensa na alienação sincronizada daquelas pessoas. Cada qual no seu canto. São capazes de resolver suas coisas, seus interesses sem interferir nas coisas alheias. Ele chega a experimentar um tico de inveja.

– *Ya veo que conocés bien a tus amigos. Ninguno se arriesgó a venir acá* – Estefânio fala.

– *Acá, ¡nunca! Ni loco. Te digo que acá sólo adentran cuando es para tratar de asuntos formales. Fuera de eso no pasan de donde están.*

– *Que bien. Ya veo que sabés manejar las cosas.*

– *Si no se hace así se pierde el control. Además todos tienen buena onda. Entienden todo sin problemas. La verdad, si a la mano tienen una bebida, un asado y una guitarra no se interesan por nada más. La bebida hace que aparezcan los cantantes como has sentido. A esos basta un rinconcito adonde acostarse cuando les pesan los ojos. Gente que no ha cantado nunca se vuelve cantante de primera línea, aunque a los oídos todo no pasa de una tortura* – Pablo diz com um largo sorriso –. *Ahora que lo nuestro está resuelto ¿Vamos a probar la carne?*

– *Mejor no, ya me voy. ¿Quién sabe otro día?*

– *¿Quién sabe?...*

Estefânio se vai. Pablo o despacha no portão e volta para fechar a porta, que ele deixara aberta. Então, vê o envelope sobre a mesa. Ele nem sabia que aquilo estava ali. Não vacila. Corre ao portão a tempo de ver Estefânio fazendo o contorno, alguns metros adiante. Então, faz sinal para que ele volte. Estefânio interrompe a manobra e volta de marcha a ré. Enquanto ele desce do carro, Pablo sai do portão e vai apressado em direção a casa. Estefânio segue o homem e para na porta. Vê-lo pegar o envelope e olhar discretamente a outra face. Nada escrito em nenhum dos lados. Parado na porta, Estefânio o espera. Ele chega e estende o envelope ao parceiro.

– *¿Para ello me llamaste?* – Estefânio pergunta.

– *Claro, es tuyo* – Pablo fala.

– *No es mío, y no lo olvidé… sino lo dejé específicamente para vos.*

Pablo olha em silêncio para o envelope. Depois o bate conta a palma da outra mão.

– *¿Qué hago con esto?*

– *Si fuese yo, lo abriría.*

Pablo abre o envelope, afasta suas paredes com dois dedos e, discretamente, procura ver o seu conteúdo. Seus olhos brilham. Estefânio percebe.

– *¿Por qué*? – Pablo pergunta.

– *Por nada. ¿No somos amigos? Esto es para que entiendas como sé tratar a mis amigos. Es una pequeña parte de lo que conseguí con el billete. Es la suerte y podemos decir que ella nos sonrió aquel día que nos conocimos, ¿verdad?*

Pablo nada diz.

– *También para que tengas en mente que yo sé cómo hacer la distribución de renta, esa de que tanto hablan, y de concreto nada hacen para solucionarla, ¿me entendés?*

Estefânio faz uma mesura e sai. Pablo não o acompanha. Confere rapidamente o volume de cédulas e guarda tudo sem demora. Depois, sai pela porta da frente e vai direito para os fundos da casa onde está a sua turma. A ela se integra como se aí estivesse todo o tempo. Sua chegada nada tem de especial para os seus companheiros. Tudo acontece como se ele daí não tivesse saído em momento algum. Ele está exuberante. Ninguém percebe.

***   ***   ***

Nesse mesmo dia Estefânio chega ao hotel cassino, onde Pablo trabalha, e aí se hospeda. À noite ele vai ao cassino acompanhado de uma garota contratada para esse fim. Uma garota exuberante, absolutamente comportada, discreta. Simplesmente uma dama. Nos lábios sedutores e amplos sempre um sorriso largo e contido. O que passa entre ela e Estefânio durante os dias ou simplesmente as horas que passam juntos, fica aí mesmo. Ela não usa celular durante o tempo que está com ele. Não precisa. O mais sofisticado dos homens queria ter uma secretária igual à sua disposição. Mas essa parece já ter dono.

Estefânio não se preocupa com sofismas. Sabe, mais que ninguém, que a presença da moça é sinal de ostentação e que qualquer pessoa, por mais sonsa seja, sabe que ele se faz acompanhar por uma mulher que está recebendo para isto. Há maior *status* machista do que pagar, poder pagar, por uma companhia e pela melhor companhia?

Não. Não há. Estefânio pode pagar e não regateia. Se nunca regateou em pormenores mais grosseiros, como poderia fazê-lo diante de uma mulher como aquela? Não. Ele a exibe e a repete sempre que vai a *Punta del Este,* desde que tenha assuntos de somenos para tratar, ou quando precisa comparecer perante um determinado público. É como se ela fosse fixa. Só de Estefânio. Há mesmo quem pense que é assim, embora ninguém possa garantir isso. Ninguém nunca tem certezas acerca de Estefânio, até porque muito pouca gente pode dar-se o luxo de conhecê-lo o suficiente para saber muito a seu respeito.

Quando ele tem algo importante a fazer, prefere mover-se sozinho e discretamente. Fica mais ágil e menos vulnerável.

Essa tarde Estefânio e sua garota vão para o *spa,* onde fazem musculação, pegam uma sauna e divertem-se na piscina. De volta, se arrumam e jantam. Depois, vão para o terraço, onde ficam a observar a vermelhidão crepuscular do Atlântico. Aí, ficam a conversar amenidades e não mais do que isto. Ambos sabem o papel que têm nessa parceria e sabem respeitá-lo. Não descem antes que o mar perca toda a coloração e se transforme em uma massa negra, e dele só se sabe pelo arrulho que as ondas vespertinas fazem na areia da praia, pelo *flash* giratório do fanal que corta as nuvens ralas, e por alguns pontos vermelhos, estáticos no meio da escuridão pastosa.

Bem mais tarde, Estefânio e a garota vão ao cassino. É a primeira vez que ele entra no recinto. De resto é a primeira vez que ele se hospeda nesse hotel. Por seus motivos, espera que seja também a última vez.

Estefânio e a moça passeiam pelo ambiente como muita gente faz. Param nas mesas de jogo e observam como se estivessem estudando a possibilidade de sentar é jogar. Vão ao bar. Estefânio pede um vinho. Sua acompanhante beberica o dela. A taça de Estefânio permanece intocada. Ele pedira um guaraná brasileiro; não tinha.

Depois, vão para a mesa dos dados. Estefânio joga algumas rodadas.

Quando decidem voltar para o hotel, ao passarem pelos caça-níqueis, Estefânio para, instado pela sua acompanhante que quer jogar. Ele gosta da ideia porque queria mesmo um contato mais efetivo com o ambiente das máquinas, embora não pretenda girar a manivela.

– *Tengo unas moneditas* – a garota diz, enquanto abre o moedeiro na sua carteira. Em seguida ela olha o alinhamento das máquinas e aponta uma.

– *No, no, por favor; hay mucha gente* – Estefânio diz.

– *Claro que no, mi tontito. Te puedo llamar así, ¿no? Nos vamos a la de al lado donde no hay nadie* – a garota fala.

"Ufa" – Estefânio suspira.

– *Menos mal* – ele diz, referindo-se ao fato de não irem à máquina concorrida.

– *¿Por qué hay tanta gente en aquélla?*

– *¿Cómo voy a saber, nenita?*

– *¿Nenita? Gracias* – a moça diz.

– *¿No es así que te llamo siempre?* – Estefânio diz em meio riso.

– *Por supuesto… ah… hay un cartel encendido arriba que dice algo* – ela diz, ao ver um aviso na parede. Parece que uma seta com intermitência de luz aponta para um dispositivo.

Os dois postam-se diante de uma máquina. Como não está jogando, Estefânio apenas observa. Com indiferença, olha para as máquinas de redor; sempre deixa parar a vista na fila de gente que espera sua vez de mover a manivela da máquina do grande prêmio.

Durante todo o tempo que permanece esperando a moça jogar ele procura demonstrar enfado por estar aí. Apesar de qualquer um que olhar para ele perceber o seu agastamento, a moça não o percebe, ou faz que não percebe. De qualquer maneira, Estefânio não está mesmo aborrecido. Sua demonstração não passa de uma representação, para o caso de algum dia aparecer em uma gravação das duas únicas câmaras do local, uma em cada extremidade, coisa que já sabia por informação de Pablo e que acabou de conferir.

A companheira de Estefânio já perdeu algumas moedas. Mas ainda tem um troco. Estefânio faz-lhe um sinal indicando que vai ao sanitário.

– ¿No querés mi compañía? – Ela pergunta.

Estefânio se volta para ela sem entender.

– ¡Para el baño!... – A moça completa a pergunta para deixá-la mais clara.

– No, no. Por ahora, no es necesario – Estefânio sorri, e se afasta lentamente.

A moça devolve o sorriso, mete uma moeda na máquina e aciona a manivela com força. As figuras giram a toda velocidade diante da jogadora.

Mal ficou sozinha, ela começou a ouvir piropos de um jogador argentino, mais exaltado, que estava na fila da máquina concorrida. Outros jogadores se animaram com essa iniciativa descarada e foram alertados por outros, mais comedidos, de que a moça não estava sozinha, que eles bem sabiam disso e que, ainda que ela estivesse só, isto não justificaria o assédio.

A moça estava sem graça, intimidada. Sente-se segura quando tem Estefânio ao seu lado e profundamente indefesa quando, por alguns momentos, ele se afasta e a deixa só, como agora.

Ela não gosta de ficar sozinha, principalmente em um antro de jogadores. Vez por outra ela olha para trás para conferir se seu companheiro já está de volta. As rodas param com três figuras diferentes. A jogadora tem mais duas moedas. Ela mete a penúltima na máquina e pressiona a manivela com raiva. Volta-se, outra vez, procurando por Estefânio, que já vem. Ela continua olhando para ele como para mostrar aos atrevidos de plantão que não está só, apesar de ter certeza de que eles não ignoram esse fato.

Aos poucos as rodas vão perdendo a velocidade e o jogo vai-se consolidando. De costas para a máquina, a garota não vê o que acontece. De repente, um alerta musical e um grave tilintar de moedas. A garota volta-se para a máquina no momento em que Estefânio se aproxima.

– *¡Gané, Gané!* – A moça grita e se abraça a Estefânio, excitada pela jogada.

Ela não é uma jogadora; eventualmente, joga algumas moedas, mais pelo prazer da expectativa, já que o ganho nessas máquinas, em rigor, é muito pequeno. Nunca havia ganhado nada. Esta é a primeira vez que ela ganha. As moedas não param de cair, de tilintar.

Todos os jogadores das proximidades voltam-se para o lado da máquina ganhadora; todos com inveja do casal. Alguns não se importam com a máquina, mas olham do mesmo jeito. Estão encantados... com o corpo da jovem.

Novecentos e vinte e cinco dólares foi a féria da noite. Eles pegam o dinheiro e vão para o apartamento.

O casal continua hospedado no hotel. Durante o dia, os dois vão a balneários da região e a locais onde possam ter atividades ao ar livre. Ao cassino não deixam de ir uma noite sequer, ainda que apenas para um passeio.

Naturalmente, não por conta de Estefânio, mas da sua garota, eles param nas máquinas e gastam algumas moedas. Estão com crédito. Não gastam do seu orçamento, mas do ganho da primeira noite, ainda assim, apenas algumas moedas por vez.

À exceção da primeira noite, em todas as demais, lá estava Pablo no exercício da sua atividade. Meros desconhecidos, ele nunca trocou um olhar com Estefânio que, por seu turno, ainda que estivesse na mesa onde Pablo trabalhava, não ousaria olhar para o seu lado.

Às vezes, enquanto ele jogava nas mesas, sua companheira pegava um *drink* no bar e vinha bebericá-lo ao pé dele, alguma vez, a mão dependurada no seu ombro. Talvez se aquele tipo de jogo dependesse da concentração dos jogadores, Estefânio até tivesse alguma vantagem, dada a alienação a que alguns deles se entregavam, absorvidos pela presença da moça, atordoados pela sua sensualidade, paralisados pela sua leveza. Mas não dependia. Ali, cada jogada só se sujeitava à força da roleta ou à queda dos dados.

Estefânio não ganhou nem uma vez.

*** *** ***
***
*

Capítulo 15

Uma semana depois que esteve na casa de Pablo, Estefânio foi avisado de que o combinado entre eles já estava feito. Tudo estava nos conformes; já era a hora de botarem em prática o resto do plano. Então, Estefânio deu ao parceiro as coordenadas da sua atuação.

Estefânio chegaria ao cassino, perambularia por vários setores. Eventualmente, poderia parar em algum e fazer uma jogada. Finalmente iria para a bancada onde Pablo trabalha. Aí ele se sentaria para jogar umas partidas. Este seria o último lugar do cassino onde ele estaria antes de dirigir-se para o setor dos caça-níqueis. Quando ele se levantasse era a hora da atuação, e ele teria tudo controlado antes de levantar-se. Se a ocasião não fosse propícia, não se levantaria, ou o faria, mas permaneceria no lugar até poder fazer um sinal ao parceiro. Nesse caso, a coisa não se daria. Era Pablo ficar atento porque quando Estefânio saísse do seu assento sem nenhuma manifestação, em pouco tempo ele, Pablo, teria de usar o dispositivo que Estefânio lhe havia passado. Que deixasse passar trinta minutos para dar tempo a que o outro passasse por outras máquinas antes de chegar àquela que era o seu alvo. Depois, era a hora.

*** *** ***

Nessa noite, antes de sair para o cassino, Estefânio parou na portaria e avisou que na manhã seguinte deixaria o hotel. Como os empregados do turno já não estariam no momento em que ele fosse fazer o *check out*, ele já lhes deixou uma polpuda gorjeta. Estefânio é assim; sabe agradar as pessoas que o servem. Com suas propinas ele garante o seu lado, adianta o seu. Não há um empregado de hotel capaz de não receber com deferência, sob todos os aspectos, um cliente de mão aberta.

Mais tarde, Estefânio estava em plena atividade no cassino. Fez tudo conforme estava combinado com Pablo. Quando percebeu que o movimento na área dos caça-níqueis diminuíra consideravelmente, era a hora. Como se esse detalhe fosse o limite do tempo que ele havia programado para jogar. Ele levantou-se e foi direto a uma das máquinas. Jogou algumas moedas e as perdeu. Sua acompanhante sorria um sorriso apagado, consternada pela má sorte do companheiro.

– *Ahora soy yo la que juega. No ganás nada vos. Voy a mostrarte como se hace* – ela diz, e se mete na frente de Estefânio. Perde lá umas cinco moedas.

– Nem todo o dia é dia santo – Estefânio diz com um sorriso maroto.

– *¿Qué?* – a moça pergunta, sem entender.

– *Nada. Déjame jugar; tú te quedas mirándome; nos vamos en un ratito.*

Estefânio olha o relógio, olha em volta. O setor já está quase vazio. Então, ele mete mais uma moeda na máquina e nada acontece. Então, abraça a moça, coisa que quase nunca faz em lugar aberto, e vão saindo. Ao passarem pela máquina concorrida, agora vazia de jogadores, Estefânio, demonstrando surpresa pelo fato, diz:

– *Mirá. Vamos a aprovechar ahora que no hay nadie ahí y vamos a darle a ella unas moneditas.*

– *Dale.*

A moça o segue tranquila.

Os dois caminham para o caça-níqueis. O cartel eletrônico que a moça vira, de fato refere-se à máquina que têm diante de si, e informa há quanto tempo aquela máquina não premia, bem como o valor do prêmio que será entregue a quem alinhar três figuras idênticas se as rodas se alinharem agora: uma quantia fabulosa.

– *¡Wau!* – a companheira de Estefânio exclama.

Estefânio começa a jogar. Uma jogada atrás da outra.

Dois casais se aproximam e se postam atrás deles, esperando sua vez de jogar. Enquanto esperam, eles se alisam. Um dos homens afunda a cara no V profundo do decote da sua companheira e acaricia-lhe os seios, com a barba por fazer. Ela dá gritinhos como se estivesse incomodada. Ao mesmo tempo aperta os peitos contra a cara do sujeito.

Porta-se como uma gata, cujo miado tem o som de "não" quando o que ela faz, de fato, é abaixar-se e abaixar-se mais e levantar o cabo.

– *Ya está. Vámonos ahora, sino te vas a perder la ropa interior* – a acompanhante de Estefânio diz, tocando-lhe o ombro.

Estefânio olha disfarçadamente para o relógio. Apalpa as algibeiras. Algumas moedas tinem num dos bolsos do seu paletó. Ele enfia a mão na algibeira e tateia as moedas por segundos, como se as contasse pelo tato. Sua mão sai com três moedas, que ele exibe à sua companheira.

– *No, no. Una última. Tengo unas monedas más. Tres jugadas más y nos vamos, ¿está bien?*

– *Me quedo con vos, sin ningún problema, hasta que amanezca* – a moça responde, um riso sutil nos lábios atrevidos. Olha para trás e vê o casal se esfregando feito dois bichos.

– *Gracias. No te quedarás mucho, cariño. Será solo hasta que se vaya la última* – Estefânio diz, e balança as três moedas na palma da mão.

Estefânio mete rapidamente uma moeda na máquina. A roda gira e para cada uma com uma figura diferente. Ele olha para sua companheira, que sorri amarelo.

– *Una ya se fue...* – a garota brinca enquanto revira sua carteira. Aí, encontra uma moeda perdida.

– *Verdad* – Estefânio concorda.

Estefânio toma a moeda da mão da moça e a enfia na máquina.

– *Dos ya están...*

A máquina começa a girar.

– *No, no; esta es mía. Si la máquina se para el premio es mío.*

As rodas seguem girando.

– *Está bien, esta vuelta es tuya* – Estefânio concorda; nos lábios um sorriso sedutor.

A máquina gira até parar. As figuras não têm nada a ver uma com a outra.

– *Entonces vamos a mi segunda y última moneda. La otra la ahorro.*

O casal assanhado cessa seus arrulhos e olha inquieto para a máquina que não para. O homem tem umas moedas tilintando na mão, um ostensivo sinal da sua impaciência. Mais duas pessoas chegam e se postam na fila.

Estefânio enfia sua moeda na máquina e vistoria os bolsos da calça. De um deles, sua mão emerge com mais três moedas. No instante seguinte a máquina dispara.

Um alvoroço no cassino, noite de festa para o sortudo jogador que já estava com saída do hotel marcada para a manhã seguinte. Estava quebrado o recorde de tempo sem premiação daquela máquina maldita que, a partir de então, passaria a ser uma máquina sem nenhum atrativo especial, como qualquer das outras existentes no local.

O acontecimento propagou-se como um rastilho aceso. Na manhã seguinte, a notícia já havia percorrido todos os corredores do hotel. Dos hóspedes mais sofisticados aos funcionários mais humildes, todos já sabiam a respeito dos acontecimentos da madrugada. Não havia quem não comentasse.

Como já estava acertado, Estefânio deixou o hotel sem mais delongas. Deixou *Punta del Este*. Não pretende voltar aí tão cedo.

*** *** ***

Uma semana depois, toca o telefone da casa de Pablo que vai atender um tanto surpreso, já que o aparelho dificilmente chama. Ele nem mesmo sabe por que o mantém, já que só usa o celular. Talvez o mantenha por que de vez em quando a linha do celular tem problemas; é quando o fixo lhe é útil.

– *¡Hola! ¿Quién habla?*

– *Tu amigo de siempre* – diz a voz do outro lado.

Pablo reconhece a voz. Durante esses dias ele tem pensado muito no brasileiro e a empreitada em que se meteram. Não esperava que ele voltasse a chamá-lo.

– *¿Como estás, muchacho?* – Estefânio pergunta cheio de viço.

– *Muy bien, gracias.*

– *Me quedo feliz con eso.*

– *Gracias, amigo. Y te agradezco también por haberme llamado pues me siento en falta con vos…*

– *¿Sí? ¿Por?*

– *Por lo que hiciste por mí. ¿Te parece poco?* – Pablo diz.

– *A mí no me parece nada. ¿Qué te hice yo?*

– *Bueno... vos me hiciste lo que nadie nunca me había hecho.*

– *Me pregunto si alguien te ha hecho algo en mi nombre...*

Pablo ri.

– *Gracias de verdad, amigo* – Pablo diz, emocionado.

– *Todo bien. No sé de lo que hablás vos… pero si querés así, que así sea. La verdad que te estoy buscando todos estos días y no te he encontrado nunca.*

– *Me buscaste a mí…¿por?*

– *No me puedo creer que no sepas por qué te he buscado. ¿No tenemos un negocio?* – Estefânio pergunta.

– *Por supuesto…* – Pablo responde vacilante – *Pero… ¿ya no es un hecho consumado?*

– *¿Te parece?*

Pablo não responde. Segundos depois ele volta a falar.

– *¿Cómo tenés vos este número? Sí, a mí me parece que todo está resuelto. Hablo del otro día.*

– *Me lo diste vos* – Estefânio diz.

– *¿Yo? No sabía que te lo había dado…*

– *Te llamé, ¿no? Entonces, ya está.*

– *Como yo decía, gracias por el sobre, por el besamanos.*

– *No, no. Por favor. Ello son aguas pasadas, amigo. Estoy por otra cosa. Tenés una cuenta bancaria disponible para que te ponga una plata?*

– *Sí, la tengo, pero...*

– *Entonces... dámela pronto.*

Pablo dita os dados da conta.

– *Esta es la única cuenta que tenés?*

– *Sí, claro. ¿Para qué necesito otra?*

– *Vas a necesitar, amigo.*

Pablo não compreende o que passa. Não sabe o que responder.

– *¿Pensaste que ya habíamos terminado nuestro emprendimiento?*

– *¿Y no lo terminamos?*

– *Perdón, pero no te imaginaba tan tonto. ¿Me estás diciendo que si yo me fuera estaría todo bien? Pero no. No soy un tipo aprovechador. ¿Vas a querer que te deposite una plata en tu banco habitual?*

– Señor… Seguro que no entiendo lo que me dice – Pablo fala preocupado.

– Voy a ser claro y directo. Si hago el depósito en la cuenta bancaria que usás, estarás frito en una semana. ¿Me entendés?

Pablo vacila e diz.

– Me parece que sí… pero no sé…

– Entonces, hay que abrir una cuenta en el extranjero…

– ¿Cómo? Si no sé cómo hacerlo…

– Te lo voy a explicar.

Estefânio explicou tudo para o homem e deveras o ajudou na abertura de uma conta no Panamá. Na verdade, ele fez tudo o que precisava fazer para o parceiro, que só teve o trabalho de lhe passar os dados pessoais exigidos.

Pablo recebeu os dados da nova conta, que lhe foram passados por Estefânio. Durante os próximos dias ele não se cansou de mirar tais dados, não acreditava neles e, se acreditava, não tinha certeza. Uma semana depois, de madrugada, ele resolveu conferir e entrou na internet. Ele tinha USD 500.000 dólares na conta. Ficou petrificado. Não sabia se ria ou se chorava. Para os seus padrões, ele estava milionário e, deveras poderá ficar muito mais, se aplicar bem a propina que havia recebido. Ele tem certeza de que saberá aplicá-la. Se havia sabido até agora, tendo de manejar migalhas, como não se daria bem então, que tem algo substancioso nas mãos, a que ele chama empreendedoras?

Como ele sempre diz a companheiros seus que, estando na mesma situação que ele, não conseguem poupar, apesar de todos os maus pedaços por que já passara, tinha casa quitada, uma vida tranquila e mesmo uns trocos de reserva. Ele podia mesmo viajar de vez em quando, como foi o que aconteceu na oportunidade em que conheceu Estefânio, o seu benfeitor.

Agora, sua vida sofrerá uma guinada. Pablo tem certeza de que ela mudará graças ao concurso de Estefânio, que por seu arbítrio, lhe destinara uma significativa quantia do montante que levantara no giro do caça-níqueis. Estefânio era um sujeito e tanto, disso Pablo estava seguro.

"Realmente, mi amigo sabe cómo hacer la división de rentas" – ele pensa.

Está decidido, ele não ficará no cassino. Dará um tempo, talvez uns noventa dias, depois se vai. Ele já removeu os adesivos que havia plantado no caça-níqueis. Encontrou-os porque tinha sido ele quem os colocara. Outra pessoa não os teria achado, pelo menos não com facilidade. Talvez se houvesse uma suspeita; de outra forma, não. De todas as maneiras, era melhor que não ficasse nada na máquina que, mais dia, menos dia, poderia passar por uma devassa.

Poucos meses depois Pablo estava instalado no Departamento de Soriano, onde adquiriu uma gleba de trinta hectares, em uma área cortada por um riacho sem histórico de cheias. O antigo proprietário – um herdeiro que vivia no exterior – quis desvencilhar-se da terra. Ele não tinha noção da capacidade produtiva da propriedade que herdara nem do seu valor exato. Tinha pressa em livrar-se dela, que só lhe dava despesas com impostos e com um caseiro cheio de exigências. Pablo regateou e conseguiu uma mamata.

O sujeito torrou imediatamente o imóvel, principalmente por que, nesses tempos de crise, receberia o total de uma só vez.

Pablo investiu na terra, comprou uma máquina, contratou um maquinista que o ensinou a manejá-la. Em pouco tempo o campo de hortaliças já produzia e Pablo começou a entregar mercadorias no mercado modelo, com isto fazendo multiplicar o seu dinheiro. A vida de Pablo nunca mais seria a mesma.

*** *** ***
***
*

Capítulo 16

Justino já não se lembrava de Estefânio. Não que houvesse passado muito tempo, desde que estiveram juntos em um trecho de viagem, mas por que, primeiro, ele não tinha um motivo sustentável para lembrar-se do sujeito; depois, por que ele não tinha muito tempo para pensar em coisas que não fossem o seu trabalho. Seu serviço não lhe dava folga para esses desavisos. Seu patrão, menos ainda.

Nos primeiros dias depois do encontro ele alimentou uma ilusão, alicerçou uma esperança a respeito do que Estefânio havia dito. Pior, ele acreditou piamente no tipo. Depois, se deu conta de que tudo não passara de fanfarronice e que resultaria em nada.

Às vezes, ele se lembra do encontro e das palavras sem pé nem cabeça ditas por Estefânio. Então, sente vergonha por ter dito ao companheiro uruguaio que só não se associaria àquele brasileiro de boas falas no caso de ele mijar na palha. Pois bem, a coisa estava feita, a palha estava mijada. Ele, Justino, ingênuo como ele próprio nunca imaginara que pudesse ser.

Justino estava decepcionado com a vida. Chegou a apostar suas fichas em uma mudança radical a partir de um conto do vigário: Estefânio. Tudo com base em algumas palavras soltas que ele ouvira do sujeito. Idiota, isto, sim, é como ele se sente. Onde já se viu, acreditar em um desconhecido com quem se encontrou, por acaso, em um avião? Bem feito!

A esperança que ele teve nos primeiros momentos foi-se dissipando à medida que os dias passavam. Algumas semanas e, finalmente, esfriou por completo. Para ele a coisa já estava apagada, como se, desde o encontro, muito tempo já tivesse passado, embora esse tempo fosse de apenas alguns meses.

A ansiedade, capaz de deturpar o juízo mais sóbrio, é inimiga do sossego. Justino é ansioso. Se não é, está. Tudo por conta da facilidade que imaginou para a sua vida no caso de que fosse ajudado por Estefânio, como este lhe prometera. Uma sandice da sua parte, eis que por mais que o outro o ajudasse não teria como mudar-lhe a vida tão radicalmente a ponto de, agora, ele achar-se tão infeliz por não se sentir ajudado e, por sua conta, ver-se abandonado. Enfim é seguir em frente com o que a vida lhe oferece. Seguir seu rumo, tocar o barco e não se preocupar com facilidades nem com falsas promessas. É seguir trabalhando, cumprindo sua obrigação sem reclamar.

Se ele tivesse conhecimento do que havia acontecido com Pablo, o uruguaio com quem estivera naquela viagem, talvez se matasse de desespero. Quem sabe não se plantasse na frente de um nelore irritado e lhe oferecesse o ventre para afiar suas guampas? Ou não se agachasse atrás de um quarto de milha ferrado, e com uma varinha lhe cutucasse o machinho para que ele lhe mandasse a ferradura na testa?

Felizmente, ele não sabia de nada. Melhor não saber, pelo menos, por enquanto.

*** *** ***

Desde aquela viagem, já passava de um ano. Justino nunca mais teve notícias de Estefânio ou de Pablo. Não sabia nada atual sobre nenhum dos dois. Mas por conta dos sonhos advindos daquela viagem, os cuidados que ele tinha com os animais do patrão deixaram de ser prazerosos, talvez por que consumiam todo o seu tempo, talvez por pura implicância com quem lhe pagava o salário.

Justino podia pedir as contas e ir embora, mas não fazia isto porque, de certa forma, ele tinha algum privilégio na fazenda, embora não admitisse. Pelo menos, ele estava sempre onde as coisas aconteciam, apesar de nem em sonho fazer parte delas.

Para ele, apenas isto já não bastava. Ele queria ser protagonista de alguma coisa, fosse lá o que fosse. Ainda que para tanto precisasse matar o principal boi do seu patrão, ou matar o mesmo patrão. Uma bobice pensar assim, pois o resultado seria demasiado grave.

Desse mal Justino não morreria, porque ele não tinha peito para fazer nenhuma das duas coisas. Então, o que ele tinha de fazer era aguentar calado todas as rasteiras que a natureza lhe dava – ou que ele pensava que ela lhe dava – e deixar de choramingo. Era esquecer os percalços por que passava e seguir sua rotina miserável sem esperar que algo extraordinário acontecesse para mudar o curso da sua vida insossa. Isto é o que era.

Mas ele não gostava da situação em que vivia, sempre sujeito aos desmandos de um patrão insolente, cujas exigências eram sempre maiores do que a condição de trabalho que ele oferecia para o empregado. As coisas realmente funcionavam quase sempre assim. Provavelmente o sentimento que criava nele seu distúrbio existencial era proporcionado pelas instigações sindicais, ou pelas lembranças do tempo em que não era mandado.

O pantaneiro só conseguia esquecer seus problemas laborais exatamente enquanto trabalhava, porque essa era a hora em que ele estava embebido em uma atividade de que gostava e de que estava, de certo modo, acostumado desde a juventude.

Mais tarde, quando ia dormir começava a sua agonia, o seu martírio. Era o momento em que ele repassava todos os episódios desgastantes por que já passara e os agravava de acordo com as suas ansiedades. Pode-se dizer que ele já não conseguia dormir direito. O normal era que dormisse no máximo quatro horas por noite, embora se deitasse bem cedo. Entretanto, havia noites em que ele sequer pregava os olhos e apenas revirava-se na cama a noite inteira. Essa situação já o acompanhava havia muito tempo, mas agravou-se depois que ele conheceu Estefânio, aquele que encheu sua alma de esperança e que o deixou desiludido como uma noiva abandonada.

*** *** ***

Chovia. Justino revolvia-se em uma cama que era apenas limpa. O colchão de espuma mole parecia querer enrolar-se sobre ele como um bife rolê, cada vez que ele, insone, se movia.

O dia havia sido difícil. Justino rodara de fazenda em fazenda – todas do seu patrão –, em uma caminhonete 4 x 4, das antigas, sem o mínimo conforto, para tratar de assuntos referentes aos animais que seriam levados para as exposições que se aproximavam. Ele era o homem de confiança do seu patrão, apesar de não receber dele a atenção de que ele, Justino, se achava digno.

Durante o dia, mesmo com veículo traçado, não foram poucas as dificuldades que ele precisou driblar para mover-se entre poças d'água, lama, bancos de areia, buracos e uma coleção infindável de mata-burros de madeira, cuja manutenção não existia, apesar de serem diuturnamente submetidos à sobrecarga dos caminhões que aí transitavam. Por isto mesmo, eles estavam imprestáveis. Não foram poucas as tronqueiras de arame liso e farpado, e porteiras fechadas que ele teve de abrir debaixo de chuvisco ou de chuva torrencial naquela via-sacra que ele já fizera incontáveis vezes, mas que nunca lhe parecera tão cansativa quanto desta vez.

Justino chegou ao pequeno hotel, pouco mais do que uma parada de comitiva, uma pocilga de quinta categoria, quando a noite já se havia instalado. Chegou molhado, embarrado como se tivesse saído de uma barroca; completamente moído. Tinha a mão machucada pela chave de rodas quando ele teve de trocar um pneu que estourou ao passar sobre uma mandíbula que parecia fincada a propósito, no meio do barro. Já começava a escurecer, quando isto aconteceu. Atabalhoadamente ele forçou a chave, que escorregou do parafuso, o que resultou no acidente inevitável.

Passava um pouco das nove da noite quando ele chegou à vila, um lugar muito pequeno e sem recursos, cujo nome nem vale a pena ser citado, situada pelas bandas do norte de Aquidauana. A essa hora já não havia onde comer. A única lanchonete viável estava fechada por falta de público, que a gente não sai com chuva. No próprio hotel ele conseguiu que lhe preparassem dois mistos-quentes. Foi o que ele comeu nessa noite.

Apesar da chuva, o calor era intenso. No banheiro, ele teve a dimensão do lugar onde passaria as próximas horas e ansiou que o dia chegasse logo. A janela tinha uma tela de proteção, mas dentro do cômodo a orquestra de pernilongos era ensurdecedora. Parecia que a tela não era para evitar que os insetos entrassem no cômodo, mas para mantê--los presos aí dentro.

Sobre uma mesa de latão, dessas de propaganda de cerveja, um pequeno ventilador encardido pede para ser ligado. Justino não se faz de rogado porque ele não conseguiria suportar o forno daquele cubículo. Apesar disso, ele ligou o aparelho mais para que seu barulho encobrisse o zumbido dos pernilongos do que para usufruir do conforto que ele, por certo, não oferecia.

Justino deitou-se. O ventilador começou a girar. A cada volta ele dava um estalo, sem contar a vibração que sua base causava sobre a mesa, como se fosse uma batucada. Com isto ele se movia sobre o tampo da mesa cheio de manchas de ferrugem nos lugares onde a tinta já não existia. Justino olha para o teto e se esbofeteia para matar as sovelas que o rondam como urubus na carniça. Está puto.

O ventilador vai escorregando aos poucos e chega à borda da mesinha. É quando Justino dá um salto para impedir que ele se espatife no chão. A mão, já machucada, toma a segunda dose do dia. É demais para Justino. Ele solta um impropério enquanto balança a mão danada e a assopra com o seu bafo quente.

– Puta que o pariu, eu não mereço isto!

Ele senta-se na cama e fica a observar a mão pulsante. Os pernilongos seguem fazendo sua zoada. O homem está indignado.

Seu telefone toca sobre uma mesinha de cabeceira, pouco mais do que um tamborete.

"Quem seria a esta hora?... Deve ser o patrão. Não vou atender" – ele pensa.

O telefone segue tocando. Para ficar livre, Justino pega o aparelho e atende sem olhar o número.

– Justino? – ele ouve a voz no telefone.

Não é o patrão.

– Sim, eu mesmo.

– Finalmente, meu amigo. Te busquei o dia inteiro. Por onde anda?

Justino está atordoado. Ele perde uns segundos até localizar-se.

– Que aconteceu? Pensei que não quisesse atender-me e agora, te-nho quase certeza disso. Vejo que esperava outra ligação.

– Não... Estevânio, não esperava ligação alguma. Na verdade, estou surpreso por que por aqui dificilmente consigo linha. O telefone fica sempre ligado, mas não resolve.

– Estefânio, Justino, Estefânio – o outro corrige.

– Desculpe, ainda não estou acostumado com o seu nome.

– Então, por onde anda, rapaz?

– Estou na lida.

– Como tem passado?

– Como sempre, mas hoje foi um dia especialmente ruim.

– Sinto pelo seu dia ruim, mas não vou tomar o seu tempo pedindo que me narre o acontecido. Afinal, um dia ruim pode muito bem ser véspera de um dia muito bom.

– Pode até ser, mas já não acredito em fantasias, meu caro; passei da idade.

– Nunca se passa da idade de ter sonhos e fantasias, meu amigo, é o que lhe digo.

– Pode ser, mas as coisas boas têm a péssima mania de não aconte-cerem comigo – Justino fala, com pessimismo.

– Não seja tonto, cara. As coisas acontecem; tudo tem o seu tempo; e não adianta querer passar o carro na frente dos bois – Estefânio replica.

– Pois eu espero esse tempo há tempos, mas nada acontece.

– Não sabe o que aconteceu ao seu amigo?

– Que amigo?

– O nosso amigo, aquele com quem viajamos há pouco mais de um ano – Estefânio diz, convicto.

– Ah, o paraguaio... não sei nada dele.

– Uruguaio. Ele é uruguaio – Estefânio corrige o desavisado Justino –. Mora em Montevidéu, quero dizer, morava...

– Que aconteceu com ele, morreu?

Do outro lado da linha Estefânio ri.

– Qual?! Pelas últimas que sei ele está muito bem de vida. Já nem es-tá empregado.

– Como alguém pode estar bem de vida sem emprego? Não entendo isto – Justino diz com enfado.

– Não precisa entender. Isso é coisa do Pablo. Mas cá estamos para tratar do nosso tema, agora.

Justino não está muito à vontade. Está cansado, teve um dia do cão e, agora, esse *bon vivant* a azucrinar-lhe a paciência. Ele já havia desejado muito receber uma ligação de Estefânio, mas com o passar do tempo, esqueceu-se das promessas que ele lhe havia feito. O tempo nem tinha sido tanto assim. Como Estefânio dissera, pouco mais de um ano, mas era suficiente para quebrar a harmonia de qualquer esperança. Hoje, assim de cara, Justino nem faz ideia do motivo por que Estefânio o chamou. Durante o tempo da ligação, ele imagina que o cara o chamara apenas para jogar conversa fora, ainda mais àquela hora da noite.

– E qual é o nosso tema? – ele pergunta sem muito interesse.

– Que curta memória você tem, meu amigo. Esqueceu-se que temos um compromisso tácito para um assunto? Pode não ser uma coisa muito grande, mas fiz a proposta e você aceitou.

Agora Justino se toca.

– É verdade. Mas pensei que não passasse de uma brincadeira...

– Pra seu governo, meu caro – Estefânio o interrompe –, eu não brinco, pelo menos, não em serviço.

– Pensei que era uma broma porque já passou tanto tempo... no começo, acreditei; depois, me descoroçoei.

– Passou nada, meu caro. Tudo a seu tempo, sem precipitação. Tenho tudo controlado. Preferi tratar primeiro da parte que envolvia nosso outro amigo porque o caso era mais direto. Ele trabalha, trabalhava todos os dias.

– E eu não? Eu trabalho até na chuva, como hoje – Justino corta a fala de Estefânio.

– Claro, mas a sua atividade, para o nosso caso, é mais específica e exige mais trato. Pode até não resultar em nada, mas não podemos desistir antes de tentar.

Justino fica pensativo. Em que a sua atividade seria específica em relação à do outro? Para ele o trabalho de Pablo é muito mais expressivo que o seu, sobretudo por que o outro lida com gente fina, gente limpa, interessante. Gente cheirosa, sobretudo as mulheres com seus vestidos transparentes, seus decotes generosos e seus perfumes afrodisíacos. O trabalho de Pablo é bem diferente do seu, que o mantém no meio de peões, da inhaca de gente suada como ele próprio, embarrada, suja de bosta de vaca, fedendo a mijo azedo de animais, impregnado na sola das suas botas.

– Agora, ele está bem, muito bem – Estefânio volta a dizer –. Está como sempre quis, de acordo com o que me contou recentemente. Não tem emprego porque já não precisa de um. Já não trabalha empertigado e faz seu próprio turno que, nem por isto, é menor do que o turno antigo. Ao contrário, com a diferença que trabalha durante o dia debaixo de sol e chuva, muitas vezes, acossado pelo vento frio que serve para aumentar sua disposição, as botas metidas na terra. Outras vezes, mesmo os pés no chão para recordar a meninice. Assim é que ele está, o nosso amigo Pablo. Assim é que sempre quis estar. Está feliz. Disse-me que de tarde, ou mesmo de noite se o trabalho se prolonga mais, quando toma o seu banho, sente-se o dono do mundo, recomposto, pronto para recomeçar na manhã seguinte.

Justino ouve e sente-se envergonhado. Afinal ele está refugando o que o outro anda buscando. A vida é mesmo assim, cheia de diferenças, cheia de detalhes, cheia de coisas. As pessoas quase nunca estão satisfeitas com o que têm.

– Sabia que ele agora tem até mulher? – Estefânio pergunta.

– E não tinha? – Justino indaga estranhando.

– Não tinha e nem queria ter, meu caro. Havia passado por uma decepção e não queria nem saber de mulheres. Quando estava em perigo o que fazia era se aliviar no comércio, como se diz, e não queria nem saber o nome da pessoa com quem tinha estado, nem repetia a pessoa, para evitar a criação de vínculo.

Justino ouve pensativo. Estefânio prossegue:

– Logo que se instalou no sitio que comprou, o danado não quis mais ficar só, já não lhe apetecia a solidão. Então, ele estava longe da cidade grande, longe do movimento; só, no meio do nada. Conforme me disse, suas noites tinham ficado longas demais, frias demais para um homem que trabalhava arduamente. Ele não queria mais a solidão. Entendeu que era a hora de recomeçar a viver, e, no seu caso, esse recomeço incluía uma mulher. Era a hora de ele ter quem o esperasse em casa no final da tarde ou mesmo de ter quem o acompanhasse na lida, ainda que fosse apenas para fazer companhia, para estar por perto.

– Bom pra ele – Justino fala, a voz parcimoniosa e desconsolada.

Ele pensa no seu próprio caso. Ele, Justino, que nunca teve sequer tempo para pensar em ter uma mulher em casa.

– Bom para qualquer um, meu caro. Uma costela quente é muito especial. Mesmo quando já não aguentamos mais nada... sabe como é – Estefânio diz com desfaçatez –. Uma mulher na cama é sempre bom, ainda que apenas para nos esquentar os pés. Não dá pra ficar sem elas porque sem elas a gente não rompe. Mudando de prosa, que você anda fazendo? Estou ligando desde cedo e só consegui encontrá-lo agora – Estefânio reclama.

– Estou longe de casa tratando de coisas para as exposições que se aproximam.

– Disso estou sabendo, por isto achei que já era a hora de começarmos a ordenar as coisas. Onde você está, exatamente?

Justino ri.

– Longe, mas nem tanto pela distância. É mais pelas condições das estradas, meu caro. Para chegar ao rincão onde estou a coisa não é fácil, principalmente debaixo de chuva. O lugarzinho se chama Cipolândia.

– Cipolândia?... cidade de cipós? – Estefânio pergunta, só por perguntar.

– Quê?

– Nada. Uma coisa que pensei aqui. Quando você volta para casa?

– Amanhã ou depois. Tudo depende do que eu consiga resolver por aqui.

– Então, façamos um trato. Vou para Campo Grande e nos vemos em três dias – Estefânio diz, com tranquilidade.

– Tudo bem, mas pode falar, falar do nosso. Estou ouvindo – Justino provoca.

– Não, meu amigo. Liguei apenas para marcarmos um encontro. Não vamos tratar de negócios. Não por telefone.

– Por que não falamos de uma vez? – Justino está ansioso.

– Não, meu caro. Não mesmo. Em breve nos veremos pessoalmente. Temos muito o que conversar, mas não há de ser por aqui. Nem precisamos pressa. Tenho tudo controlado.

– Tudo, o quê?

– Especificamente, nada. Apenas tenho as datas em que as coisas acontecerão e é com elas que manejo.

– Sendo assim, é melhor que não venha a Campo Grande antes que eu o avise que estou livre, isto para evitar que perca a viagem. Deixe por minha conta. Eu o chamo quando estiver disponível. Como sabe, não mando em mim, e preciso fazer o que me mandam.

– Ainda não manda em você... – Estefânio diz, de si para si.

– Como?

– Ainda não manda, meu amigo; mas tudo depende de você. Da nova chance que você poderá se dar. Espero a sua chamada.

– Está bem. Diga-me só uma coisa, você tem algo a ver com a mudança de vida do uruguaio?

Estefânio apenas ri do outro lado; um riso indefinido que Justino não sabe se de bonacheirice ou de escárnio. Então, ele resolve acatar o silêncio do outro e encerrar a conversa.

– Fiquemos assim, mais dois ou três dias eu o chamo.

Desligam.

Justino está excitado com a ligação, mais ainda por saber que, do nada, o seu companheiro de viagem já tem novo estilo de vida. Claro que Estefânio tem tudo a ver com o caso. Afinal, ele prometeu mudar a vida dos dois revoltados, quando ainda estavam no avião, quando acabavam de se conhecer. Depois, não tinha explicação para a mudança de vida do *criollo* em tão pouco tempo, ele que se mostrava sem perspectivas, e, como o próprio Justino, desiludido. O riso de Estefânio era a garantia tácita de que ele tinha tudo a ver com o que aconteceu com o uruguaio, embora Justino, nem sequer de longe, imagine o que pode ter acontecido nem em que circunstâncias as coisas se deram.

Nessa noite, Justino não conseguiu conciliar o sono. Talvez não conseguisse mesmo, dadas as condições horríveis do cômodo em que estava. O lugar era uma estufa que cheirava a mofo, com pernilongos em profusão, como se o sítio fosse um criadouro, ou um local de confinamento de todos os insetos do lugar. Mas, depois do telefonema, ele não percebeu isto, nem deixou de dormir por conta desses, agora, pequenos detalhes em sua noite miserável. Essa noite ele não dormiu, mas o motivo foi outro.

Alguma vez, não cabia em si nem no cômodo, engordado pela excitação e pela curiosidade sobre o que Estefânio teria para lhe propor. Então ele saía. Ficava na pequena varanda escutando a chuva fina que tamborilava na verdura e na lataria de dois carros, contando o seu, que estavam estacionados. Outra vez, pegava o corredor comprido e estreito que divide a construção em duas bandas e dava na portaria, onde um recepcionista dormitava atrás do balcão. Abria a porta e ficava a olhar a praça que se estende do outro lado da rua de terra e a escutar o silêncio da noite só quebrado pelo murmúrio da chuva branda.

Alheio à chuva fina, um cavalo pasta a grama da praça. Suas mordidas e as passadas, que ele eventualmente dá, estão entre os poucos sons que se ouvem nas proximidades do hotel, além da sinfonia da chuva. Servem para dar o ritmo, quebrar a monotonia dessa noite molhada. De longe em longe o cavalo bufa.

Em uma cadência bem marcada o pio de uma ave noturna emerge na noite, vindo de qualquer lado. Ao lado da porta de entrada, um cão de rua, adotado pelo hotel, dorme sob a marquise.

"Será que o que posso fazer me renderá o que parece ter rendido ao uruguaio?" – Justino pensa e a noite passa. Ele fica num vaivém continuado entre o fundo do hotel, onde os dois carros jazem sob a chuva e a frente do prédio, onde uma praça vazia e um cavalo noctívago são testemunhas do isolamento desse lugar.

Agora ele cruza a porta de entrada, para e fica a olhar a paisagem noturna pintada de chuva. A chuva se intensifica. Na ponta da rua, Justino vê surgir uma figura que monta um grande cavalo branco que apenas se sabe branco pelo que se vê das patas, do pescoço e de uma parte do rabo, quando passam sob a luz embaciada de um poste. O resto está debaixo do cavaleiro e da capa enorme, de couro fino curtido, com que o homem se cobre e cobre toda a anca do animal até à metade das patas traseiras. Ele vem devagar. O cavalo não apura o passo apesar da chuva que aumenta. Nem por isto o cavaleiro o fustiga. Parece que os três: a chuva, o cavalo e o cavaleiro, estão em perfeita sintonia, que são parte da natureza chorosa desse começo de madrugada, como os espectros que fazem parte dos pesadelos de qualquer um.

Justino aperta os olhos por um momento e recorda as palavras ditas por Estefânio, e outras que lhe ocorrem enquanto sonha acordado com o que pode resultar delas. Depois, abre os olhos e vê que cavalo e cavaleiro continuam sob a chuva na pachorra que bem se assenta aos irresponsáveis e aos perturbados.

Um chapéu de abas largas cobre a cabeça do cavaleiro dessa visão noturna. De tempo em tempo, uma brasa se acende na sua cara e uma baforada de fumaça sobe, fica retida na grande aba do chapéu e inunda a barba nevada do cavaleiro. Não demora e ele passa na rua bem na frente de Justino. Ao passar, ele olha para a entrada do hotel e olha para Justino. Então, dá outra tragada no seu cigarro e solta a fumarada. A brasa acesa brilha na sua cara enovelada. O cavaleiro gesticula um cumprimento e passa, agora, rapidamente. Justino corresponde ao cumprimento com o mesmo aceno reforçado por palavras.

Nesse tempo, o recepcionista, que havia sido acordado pela conversação que ouvia na porta do hotel, aparece atrás de Justino e olha para a rua com naturalidade, como se buscasse a pessoa com quem seu hóspede conversava.

– Está sem sono? – ele pergunta.

Justino se assusta. Recompõe-se e responde:

– É... não consigo dormir.

– Algum problema com o quarto?

"Que pergunta!" – Justino pensa. Todos os problemas, mas ele não responde o que deveria responder.

– Não... está tudo bem. Eu apenas não consigo dormir.

– Com quem falava? – o porteiro pergunta.

– Cumprimentava o cavaleiro.

O recepcionista olha outra vez para a rua, espicha os olhos nas duas direções e não vê ninguém. Justino olha na direção em que o cavaleiro seguira, e já não vê nada. Fica pensativo por uns instantes. Em seguida, ele passa pelo porteiro e entra outra vez no hotel. Para no balcão e comenta:

– Não consigo entender para onde vai um sujeito a esta hora da noite, debaixo de chuva...

– Quem?

– O cavaleiro.

– Ah... o cavaleiro... – o porteiro diz ensimesmado e irônico.

– Conhece ele? – Justino pergunta curioso.

O porteiro volta até à entrada do prédio, confere de novo toda a extensão lá fora e nada vê a não ser a chuva que, agora, aperta.

– Não. Nem vi cavaleiro algum... pensei que estivesse brincando – o porteiro responde zombeteiro.

– Como não viu? – Justino indaga.

Sem responder a pergunta do hóspede o porteiro o inquire, na voz um cinismo mal disfarçado.

– E toda aquela conversa, com quem falava?

Justino não responde. Toma o corredor e vai para o fundo do hotel. Depois, entra no quarto e não sai mais. Também, não dorme. Depois de muito rolar na cama resolve levantar; pega o celular e começa a jogar. Amanhece assim.

Nas próximas horas, Justino é ansiedade pura. Tudo piora quando, vencido os três dias, tempo em que ele deveria estar em Campo Grande para encontrar-se com Estefânio, ele estava ainda mais longe da capital do que quando falou com o seu futuro parceiro. Resolvia coisas extras, que o patrão lhe cobrara de última hora, na região de Porto Ciríaco e Nhecolândia, em pleno pantanal.

Ele não estava feliz com os acontecimentos. Nos últimos tempos tem andado nada satisfeito com o seu patrão, mas nesses dias, ele está especialmente irado com ele. Não pôde ir ao encontro agendado com Estefânio nem teve coragem sequer para tentar ligar para ele e avisar do contratempo.

Quanto a Estefânio, Justino imaginava de duas, uma: ou o sujeito sequer tinha tentado chamá-lo, ou havia tentado em vão, devido à falta de sinal.

Para Justino nenhuma das situações era boa. Ele temia que o outro o achasse desinteressado e desistisse da parceria. Se tal acontecesse, seria o fim da picada. Nesse caso o patrão seria o culpado, já que por conta de ordens extras, o empregado teve de ficar mais dias fora.

O mesmo Justino não chamou Estefânio para avisar sobre a mudança de plano do patrão que o obrigou a permanecer na região por mais tempo. Ele não ligara não por que deliberadamente não quisesse fazê--lo, mas pelas circunstâncias locais o que, de acordo com a sua maneira de entender, culpa particular pela sua roída de corda, ele não tinha. Não havia como ele chamar. Só restava saber se seu amigo Estefânio entenderia isto. Ou pior, se o cara ainda continuava seu amigo.

O fato é que Justino estava muito agastado com a situação. Ele temia que Estefânio pudesse imaginar que ele tivesse dado para trás, e desistisse da proposta que estava por fazer. Essa gente é sensível, sobremaneira irascível. Normalmente não compreende o problema dos mais fracos, não dá importância aos seus contratempos para não passar por fraca.

Mas Justino não deu para trás. Não deliberou nada acerca do seu descompromisso. O que passa é que ele não tem controle sobre a sua vida, ela que pertence inteiramente ao seu patrão. Deveras ele estava muito agoniado com os insucessos desses seus dias.

Naqueles rincões, a única comunicação de que Justino dispunha era o radioamador, sempre conectado com o escritório e com todas as fazendas. Celular, nem pensar. Entretanto Justino não podia falar por rádio com Estefânio. Ainda que fosse possível seria mesmo fora de propósito; não podia ser. A essas alturas, Justino entendia que a situação não era boa e que Estefânio devia estar puto com ele porque essa gente não tem paciência. Uma merda, isto, sim.

Que pelo menos o outro não desistisse da promessa que fizera, era a sua esperança.

Capítulo 17

Uma semana depois, Justino, já na rodovia para Campo Grande, se dá conta de que não manuseara seu celular nos últimos dias, salvo para matar o tempo jogando *Minicraft Pocket Edition* e outros jogos, nos poucos momentos que lhe sobravam para gastar consigo próprio, já que para outra coisa o dispositivo não servia. Então ele percebe que o aparelho já não tem carga.

No primeiro posto de serviços que encontrou ele pôs o celular para carregar, pelo menos um pouco. Estava muito ansioso para verificar sua caixa postal apenas depois que chegasse a Campo Grande. Ainda faltavam muitos quilômetros. Ele não podia esperar. Não teria almoçado no caminho, mas por conta da carga do celular, aproveitou e fez as duas coisas.

Terminado o almoço, ele verificou a carga do telefone. Ao mesmo tempo, uma enxurrada de chamadas adormecidas inundou a tela, quase todas de Estefânio. Então, ele não sabe se fica feliz ou apreensivo. Poderia ficar feliz porque as reiteradas chamadas indicam que seu futuro parceiro continuava em busca da parceria. Por outro lado, ele não sabe o que a essas alturas pode estar passando pela cabeça do outro, que pode, muito bem, estar-se sentindo desprestigiado e já pode até ter mudado de ideia acerca do empreendimento que pretendia levar a efeito com ele.

Justino retorna a última chamada. Estefânio não atende. Depois de alguns bons segundos, ele desiste e suspende a tentativa.

Outra vez volta-lhe a agonia que já o acometera antes da primeira ligação de Estefânio alguns dias atrás. Pela sua cabeça passa um redemunho maléfico de preocupações. Justino comporta-se como um fraco. Parece um homem inseguro demais para enfrentar os percalços da vida. É mais como uma criança birrenta, que não sabe esperar a hora certa para que as coisas aconteçam.

Passada sua inquietação, Justino já não sabe se o telefone chamado não atendeu por que estava ocupado ou se, simplesmente, não foi atendido. O homem está atordoado e ansioso. Fica a mirar a tela por uns instantes sem animar-se a tentar ligar de novo. Ele mete o aparelho no bolso e vai para caixa pagar a conta.

Seu telefone toca enquanto ele separa o cartão de crédito. Uma chamada ridícula na voz de um narrador de rodeio, felizmente, meio abafada no seu bolso detrás. Justino faz um sinal para a moça que o atende, cede o lugar para o sujeito que acabou de fazer fila na sua retaguarda e se afasta para atender à chamada. Deve ser Estefânio retornando. Felizmente. Justino atende afoito sem atentar-se ao número.

– Alô! Não pude te atender esses dias porque, como já sabe, eu estava fora de área. Depois, fiquei sem bateria. Gastei-a jogando até ela zerar. Só agora consegui uma carga.

– Ei, ei! Calma lá. Que tá acontecendo? – pergunta a voz do outro lado da linha.

– Não é Estefânio? – Justino pergunta afobado.

– Olha lá o sujeito – a voz canta com ironia –. Pensei que estivesse ansioso por conta de uma mulher... mas é por... por quem mesmo? Afrânio? Que há, cara? Tô te desconhecendo.

Justino se dá conta do engano que acabava de cometer e descobre que anda muito precipitado. Há poucos dias ele atendeu ao telefone pensando que era o patrão quem o chamava. Não era. Agora, pensou que não fosse.

– Patrão! Desculpa aí. Estou meio atabalhoado – ele diz engolindo em seco.

– Tá esperando ligação de Afrânio, cara? – o patrão ri alto, um riso de mofa; faz uma pausa. Depois, ameniza – Tô brincando, cara. Confio no seu taco. Mas vamos ao que interessa.

Do outro lado, o patrão descarrega um monte de instruções sobre novos movimentos que Justino deve fazer logo que chegue à capital, avisa que ficará três dias fora da cidade e cobra celeridade ao empregado.

– Preciso de tudo prontinho quando retornar da viagem. Meus próximos passos dependem do seu sucesso na minha ausência.

Justino gosta cada dia menos do seu patrão. Acha-o muito inconveniente. Ultimamente, muito mais. "Nem um dia de folga... o desgraçado" – ele pensa.

– Estará tudo certo, patrão.

– Assim é que se fala, meu caro. Por isto, trabalha pra mim.

O patrão desliga sem mais considerações.

Contrariado, Justino mete o telefone no bolso e volta para a caixa. Ele paga a conta e sai. Quando vai entrar na caminhonete, o locutor de rodeio berra abafado no seu bolso. O patrão de novo, puxa vida.

– Fala, patrão – Justino atende com enfado. Ele está deveras descoroçoado com aquele que lhe paga o salário.

– De novo? Não, meu amigo. Dia desses, você já me chamou de patrão. Deixe essa mania de subserviência, meu caro. Não sou seu patrão, cara. Nem quero ser. O que quero mesmo é ajudá-lo a melhorar a sua vida. Pelo menos dar um empurrãozinho...

Justino se dá conta de que realmente não está bem. Agora, só dá má nota. Estefânio é quem está no outro lado da linha.

– Ah, cara, ando muito nervoso.

– Algum problema?

– Sim e não, mas não vamos falar disto agora, por favor.

– Melhor mesmo – Estefânio responde com naturalidade –. Temos coisa mais importante com que nos ocupar. Por onde tem andado, que não me responde as ligações?

– Estava perdido no meio desses matos. Não tinha como falar.

– Foi o que imaginei. Tenho chamado todos esses dias. Mas agora não importa. Onde está?

– A caminho de Campo Grande – o vaqueiro responde.

– Pois muito bem. Podemos nos ver hoje?

Justino pensa alguns segundos. Está cansado, mas não pode furtar-se a esse encontro. Demais, o patrão já lhe encheu a agenda para os outros dias. Então decide.

– Mais três horas, pouco mais, pouco menos, estarei em Campo

Grande.

– Pois nos vemos.

– Sim. Vamos a um restaurante.

– Não, meu amigo, nada de restaurante. Você me liga assim que chegar a Campo Grande, e vem direto para cá. Anota aí o endereço do hotel em que estou hospedado... Assim que você ligar eu desço para recebê-lo. Poupo-lhe o trabalho de se anunciar na portaria. Será bem melhor para nós dois. Estou por sua conta.

– Está bem.

– Então, até mais tarde.

– Até.

A ligação é cortada. Justino olha para o telefone por alguns instantes como se quisesse decifrá-lo. Em seguida, mete-o no bolso e entra na caminhonete. Enfia a chave na ignição, mas não a gira. Abraça o volante e aí permanece por alguns momentos, um turbilhão de pensamentos indistintos rugindo nos seus miolos. Depois, se apruma. Gira a chave, pega a estrada e dirige sem parada e com pressa.

Ao chegar a Campo Grande ele não chama Estefânio. Primeiro, passa em casa. Não vai chegar ao hotel do jeito que estava lá no mato. Ele tem um mínimo de vaidade.

Finalmente, chega de táxi à porta de um hotel de primeira linha. Ele sequer se lembra de alguma vez ter passado nessa rua. Enquanto paga o taxista ele olha para o *hall* de entrada e não vê Estefânio. Ele terá de chamá-lo, de anunciar-se, muito diferente do que o outro prometera. Mas a culpa não é de Estefânio, senão do mesmo Justino, que não fizera a chamada que estava combinada.

Estefânio lê uma revista na ampla sala de recepção. De onde está ele vê Justino através da parede envidraçada do hotel. Levanta-se e atravessa a porta automática no momento em que Justino desce do táxi, levanta a cabeça e vê-lo, já parado na entrada do prédio. Justino se decepciona consigo próprio. Outra vez sua precipitação o faz antecipar as coisas e antecipá-las mal, como é normal aos apressados.

Justino vence os degraus da escada vestibular e já está com Estefânio. Cumprimentam-se. Depois, trocam algumas palavras atinentes ao encontro, aí mesmo no *hall*. Em seguida, Estefânio faz entrar seu parceiro e vão para o bar. Enquanto conversam amenidades, Justino toma água. Estefânio bebe um guaraná. Justino quer logo entrar no assunto que o levou aí, mas não se anima. Prefere esperar que o outro resolva manifestar-se. Saem do bar e entram no elevador.

Chegam à suíte onde Estefânio está hospedado. Mal entram, Justino para na frente de uma mesa. Estefânio vai ao cofre e daí tira um pacote. Em silêncio, entrega-o ao seu convidado, que o segura automaticamente. Em seguida, o anfitrião afasta a cortina de seda e abre uma ampla janela. A noite incipiente derrama seus raios rubicundos no fundo do aposento. As paredes brancas refletem a luz de umas para as outras, de modo que o ambiente fica colorido de um vermelho difuso e misterioso. Arrastada pela luz da tarde, a brisa vespertina entra pela janela e move levemente o cortinado.

Estefânio volta-se para o interior do cômodo e depara Justino de pé no mesmo lugar onde o havia deixado. Ele parece paralisado, nas mãos, o pacote que recebera; mas não sabe o que fazer com ele. Estefânio indica-lhe uma poltrona enquanto ele próprio se senta em outra diante de Justino. Sobre uma mesinha, um cesto artesanal cheio de caramelos. Ele pega um de menta e indica o cesto que está ao lado da poltrona em que Justino está sentado. Justino olha, mas não entende.

– Então? – Estefânio pergunta, olhando fixamente para o vaqueiro.

– Então?, pergunto eu. Eu não sei de nada. Estou aqui por sua conta, atendendo ao seu chamado.

– É verdade. Mas não falo disso.

– Nesse caso é que não sei mesmo.

– Falo do pacote que tem nas mãos.

Perturbada e furtivamente o peão olha para as mãos e se dá conta de que segura um pequeno embrulho. Mira-o assustado como se acabara de recebê-lo. Ele faz menção de levantar-se, já o braço esticado, para colocar o pacote sobre a mesa. Estefânio faz um gesto para que ele fique onde está. Mecanicamente, ele se deixa cair no estofado, agora, fitando o embrulho que tem nas mãos. Sobre a mesinha ao seu pé ele vê uma revista de palavras cruzadas. A página aberta traz um cabeçalho em que Justino lê: "Cruzadas em branco". Logo abaixo o alerta "Coloque 30 casas mortas".

– Pode abri-lo. Aí estão as instruções para o que vamos fazer – Estefânio fala.

"Deve haver um engano, não pode ter uma palavra cruzada assim" Justino pensa enquanto olha a página.

Justino desvia os olhos da revista e olha desconfiado para o pacote, dá-lhe uma volta nas mãos e começa a abri-lo.

Pouco depois, os olhos saltados da cara, Justino olha para Estefânio e diz:

– Isto é dinheiro...

– Não era para ser? Que pensou que fosse? – Estefânio pergunta, um riso confiante nos lábios.

Justino volta a olhar timidamente o interior do embrulho a verificar se não se enganara. Uma vez feita a conferência, ele repete:

– É dinheiro, sim.

– Prefiro que o chame de alavanca. A alavanca que move o mundo, meu caro.

Antes de proferir qualquer palavra, Justino verifica cuidadosamente o interior do pacote. Para tanto, chega a arrastar para fora algumas notas; não vê nada além delas.

– As instruções, onde estão?

– Bem na sua mão – Estefânio diz, um riso apenas desenhado nos lábios cínicos.

– Confesso que não entendo o seu modo de falar as coisas.

– Não entende por que não quer, meu caro. A resposta você já a tem. Eu lhe afirmo que você já começou a dever-me algo. Não que ao final do nosso objetivo você terá alguma dívida comigo, mas por que já tem um adiantamento... – Estefânio faz uma pausa.

– Então?

– ... quando ainda nem começou a trabalhar. É mamata demais, não acha? O dinheiro é seu, meu caro.

– Você chega do nada, me entrega este dinheiro – Justino folheia as notas de real, todas de garoupa, um monte delas – que nem sei quanto é, e diz que é meu?

– Isto mesmo. É pouco, mas seu.

Justino não quer entender o que está passando. Fácil demais. Ele nunca ouviu falar de algo assim; dinheiro que cai do céu? Não.

– Vamos conversar, meu caro. Vou expor-lhe as minhas pretensões.

Justino olha para ele interrogativo. Mas sua interrogação não é em relação às pretensões do outro, mas quanto à sua participação. Terá de apenas ouvir? É a pergunta que cogita. Acostumado a lidar com gente e com esse tipo de abordagem, Estefânio compreende a dúvida tácita do sujeito e explica:

– Eu lhe exponho o que pretendo; você me diz se é capaz de armar um plano exequível para realizar minha pretensão. Você me diz das possibilidades e da forma como, se for o caso, tornará as coisas possíveis. Está bem assim?

– De acordo – Justino diz, ajeitando-se no sofá.

*** *** ***

***

*

233

Capítulo 18

Justino vai pelos seus trinta e cinco anos. É um homem triste. Não foi sempre assim, mas esse desalento o acompanha já há alguns anos. Trabalha como um mouro para o seu patrão a quem ele classifica em seus pensamentos como um explorador, um déspota que lhe arranca o couro sem piedade, e que, se pudesse, talvez nem lhe pagava o salário. É um homem vaidoso, um peão vaidoso, como ele próprio se classifica.

Já está dito que ele não gosta do patrão, mas em contrapartida, tem um carinho todo especial por alguns animais da sua propriedade: os cavalos. Com eles ele conversa como se não fossem bichos, e eles o entendem como se gente fossem, e da melhor estirpe.

Apesar da sua inata ignorância, Justino tem um dom especial para lidar com os equídeos. Desde a sua contratação, dez anos atrás, é ele quem doma os cavalos da fazenda, dos puros-sangues aos pantaneiros que trabalham na lida do campo. O patrão descobriu essa sua qualidade já no começo da sua prestação de serviço quando o viu conversando com um potro árabe manhoso que ele adquirira de pouco e que ainda era xucro. Esse animal era arredio, uma função para o veterinário, que não se sentia à vontade perto dele.

Certa manhã, o patrão de Justino o viu parado perto do bicho, acariciando-lhe a cara. Depois, sua mão se estendia para o pescoço e em seguida ia ao lombo. Enquanto isso, o patrão percebia que o novo empregado conversava com o animal e com ele demonstrava uma intimidade chocante.

O patrão entrou. Algum tempo depois voltou e viu que Justino caminhava lado a lado com o bicho, que o obedecia com desenvoltura. Andavam rente às tábuas do curral. O animal parava quando Justino parava e seguia quando ele continuava. O peão não tinha sequer uma corda. De espaço a espaço ele se aproximava mais do cavalo e o acariciava deslizando a mão no seu pelo, na sua cara, ou mesmo dando tapinhas no seu pescoço enquanto aproximava o rosto da cara do animal. O patrão sentou-se em um largo banco na varanda e ficou a observar em silêncio.

Todos os dias isto se repetia e o patrão nem sabia quando tinha começado. Pouco tempo depois, Justino começou a colocar a sela no animal, primeiro, solta. A partir desse dia, ele passou a ser o domador oficial da fazenda, passou a ser o chefe de todos os peões, ainda que não recebesse para isto, sob o olhar insatisfeito e despeitado dos empregados antigos.

Dos bois ele não gostava. Apenas os respeitava. Mas esse respeito não era espontâneo, senão por medo. Nasceu quando viu um touro rachar a testa de um tratador com um coice lateral, e se cristalizou quando, em outra oportunidade, viu o chifre afiado de um nelore enlouquecido rasgar o ventre a um boiadeiro, arrancar no peito as tábuas do curral, e sair arrastando as tripas do homem pelo pasto. Ele viu isto não foi na fazenda em que trabalha atualmente, mas em outra, quando ainda nem trabalhava e passava pouco de um menino ambicioso, época em que ele nem imaginava que um dia estaria lidando como esses bichos para ganhar a vida.

Demais, ele acha que os bois são indiferentes e arrogantes. Não manifestam o mínimo carinho por ninguém. Muitas vezes bufam à passagem de Justino como se o avisassem para manter a distância que os separava; uns, a fina flor da fazenda; o outro, o cuidador, apenas isto. Era uma bufada normal de um indivíduo que não raciocina, mas que Justino, pleno dos recalques com que a vida o agraciou, sempre entendeu como uma provocação. Impossível saber quem é mais irracional.

Decididamente, Justino não gosta de bois; apenas os atura por dever de oficio. Se pudesse, ele ficava longe deles; se pudesse, mas não podia. A impressão que se tem é que ele fica a espreitar cada um desses chifrudos a esperar que surja uma oportunidade para mostrar-lhe que ele também sabe ser indiferente e duro.

Justino não é homem de denunciar o que lhe passa pela cabeça a uma simples observação. Pode-se dizer que é um homem esperto, que sabe dosar suas emoções e conduzir bem os seus passos. Administra razoavelmente bem os seus rancores, sua alma violenta, mesmo seus ódios e algum percalço do passado. É um indivíduo acomodado, fixo em um trabalho que ele julga desgastante e mal pago, sob as ordens de um homem de quem ele não gosta.

Mas Justino não foi sempre assim. Nos seus anos mais verdes ele era um indivíduo solto e não tinha paradeiro. Não tinha amizades, como ainda não as tem, simplesmente por que não confia em ninguém; às vezes, nem em si mesmo. Sua vida errante ele a iniciou já na adolescência quando precisou justiçar um individuo que estuprara sua única irmã. Foi pelas bandas de Caarapó. Tinha então quinze anos.

*** *** ***

Ramona, sua irmã, era uma adolescente vistosa e sapeca. Provocante não por que queria sê-lo, mas por que sua estampa assim o determinava. Ela provocava apenas por que existia, mas nem sabia exatamente o que isto significava. Seus cabelos lisos eram pretos como a noite; a pele morena e doce. Os olhos grandes, redondos e espertos tinham um quê de verde. Os lábios petulantes e convidativos; úmidos, de carne fresca como manhã de outono; brilhantes, eles eram moldura viva e provocante a adornar as carreiras de dentes brancos e cerrados da jovem.

Ela não precisava usar salto para fazer presença. Suas pernas compridas e roliças se incumbiam desse pormenor. Não precisava, mas quando usava, era um arraso. As outras meninas, salvo poucas exceções, viravam anãs. Ramona causava frisson apenas chegava a uma festinha ou a qualquer ajuntamento de jovens. Era o centro das atenções, mas não pedia isto. Era natural. Os moços que a viam começavam a sentir coisas; as moças, uma inveja perene, mesmo quando não a viam. Mas o que ela gostava mesmo era de esnobá-los a todos, meninos e meninas.

A irmã de Justino não tinha preferência por nenhum dos rapazes que a cortejavam; nem mesmo por um forasteiro que não escondia seu interesse por ela. Esse era filho de um comerciante recém-chegado à cidade. Era mais atirado que os outros, talvez por que fosse de fora. Tentou abordá-la mais de uma vez, sem sucesso para a alegria dos outros que viam nele um rival em potencial.

*** *** ***

Uma noite, um grupo de garotos voltava de uma festa a que Ramona tinha apenas aparecido, no início. O mesmo acontecera com o forasteiro, o filho do comerciante, que havia chegado ao clube e saído antes mesmo que Ramona aí aparecesse. Por essas alturas da noite a moça que a paparicava nem se lembrava dela porque entusiasmo de jovem é volátil e atua de acordo com os acontecimentos, eis que atende a interesses imediatos. Coisas do tipo, se uma investida der certo, deu; se não, paciência. Tenta-se outra hora, não agora porque vem gente atrás e a fila anda.

Quando os rapazes passaram por uma construção, ouviram rumores dentro da obra. Cá fora, o tapume estava afastado. Os jovens adentraram o terreno sorrateiramente e chegaram ao alpendre da casa. Olharam por um vão de janela. Nada viram na sala.

Os rumores, os gemidos que não se sabia se de prazer ou de dor vinham de outro cômodo. O grupelho abelhudo não se animou a entrar pelo vão da porta, mas a seguir o perímetro da construção e verificar seu interior através de outros vãos. Já no primeiro cômodo lateral descobriam o malfeito. Bem debaixo da janela, quase rente à parede, uma menina se movia sob um corpo masculino que a sojigava com arrebatamento.

Quem viu a cena reconheceu Ramona imediatamente. Viu que ela vibrava e gemia debaixo do sujeito. Ninguém saberia explicar se ela se debatia ou se desfrutava. Mas isto não importava. Ver a cena bastou para quem viu. Quem não viu, ficou na vontade, e não viu por que não quisesse, mas por que foi arrastado do lugar pelos que viram primeiro.

Pelo meio da tarde seguinte, o sucesso da noite anterior já se espalhara. Meia cidade já sabia que Ramona havia sido estuprada. Os comentários maliciosos tomaram conta das ruas. Em sua casa ninguém sabia de nada, ainda.

– Eu sabia que isso era questão de tempo – fala uma garota baixinha e despeitada que invejava os dotes de Ramona.

– Tempo de quê? – indaga uma tontinha, que nunca entendia as coisas à primeira.

– Tempo de quê? Ainda pergunta? Tempo de ela levar o que merecia. Entendeu? – a outra responde com novas perguntas.

A tontinha fica em silêncio por um momento, como se pensasse.

– Entendi... entendi, sim... acho que entendi...

Mas não tinha entendido nada.

A baixinha sabia que ela não entendera. Então, rindo-se, uniu o polegar, o indicador e o médio da mão esquerda, formou um tubo com os outros dedos e... zás! Espalmou a mão direita e desferiu, com violência, três ou quatro tapas sobre o tubo formado pelos dedos da mão esquerda, enquanto dizia zombeteira:

– É isto, garota... isto, tá vendo?

Os outros riram juntos. A lesada saiu sem graça.

– Bem feito! Deve estar toda arrombada – falou uma vesga. Queria ver como ela vai sair de casa agora, a cara esfacelada, as pernas antes lisas, cheias de cicatriz. A estas alturas, não sai mais de casa. Bem feito pra ela!

– Pois é, azar o dela – diz uma magricela, branca como o leite. Eu não gostava mesmo dela. Uma exibida.

– Exibida e debochada. Vive se oferecendo pra todo o mundo, chama a atenção e quando os caras vão pra cima ela dá pra trás – diz um rapazinho sem graça, que faz parte do grupo e que, de certo, já levou um fora da garota. Também, agora, ninguém vai querer mais – ele denuncia.

– Não vai? Então é que você se engana, cara – diz uma garota metida a sabichona –. Agora mesmo é que a cidade inteira vai querer. Até eu, se fosse um garoto, queria.

– Ahh... – gemem todos em uníssono

– Não acredito no que estou ouvindo – fala o rapazinho sem graça.

– Se eu fosse homem ia querer só pra tripudiar em cima da vadia – a sabichã fala alto, o rosto rosado.

– Pelo menos, estou livre dela – diz uma.

– Livre da beleza dela – diz outra.

– Porque a danada é bonita que dói – fala o magricela.

– Já era, cara. Quero ver quem vai querer agora – diz uma que até agora só ouvia.

– Até porque quando as feridas secarem vão sobrar as cicatrizes – diz uma gordinha, cheia de si.

– Quem foi que fez o serviço? – uma sardenta desmilinguida pergunta, enquanto explode uma bola de goma de mascar.

– Quem podia ser? Claro que foi o mauricinho da loja.

– Aquele que todas nós queremos e ela desdenha?

– Quem mais podia ser? – fala um esmirrado, cheio de ciúme.

– Ahh... – alguém geme – então já sei...

– Quê que cê sabe? – um coro de vozes pergunta.

– Então é por isso que ele viajou hoje cedinho.

– Como viajou? – alguém pergunta.

– Eu o vi tomar o ônibus hoje bem cedo...

– Querem saber de uma coisa? – pergunta uma delas – O bom de tudo isto é que ficamos livres dela. Ela já não é mais páreo para nenhuma de nós. Não acham?

– Claro – diz uma voz fraquinha.

– Gente, gente... espera aí. Vocês estão falando de quem mesmo? – é a pergunta que faz Mazé, uma garota comedida, que até agora apenas ouvia, e com reprovação, o comentário dos seus amigos.

– Ah... essa não!... Mais uma lesada. Precisamos dar uma peneirada nesta turma... assim, não dá. Claro que falamos de Ramona, preciso desenhar? – a sabichona fala ao tempo em que olha com soberba para todos os que estão à sua volta.

– Aquela ali? – a outra pergunta, a voz baixa como para não ser ouvida por quem não interessava, enquanto, disfarçadamente, gesticula com o pescoço e vira os olhos para a cabeceira da rua.

Todos se voltam para o lado indicado, os queixos caídos numa decepção indescritível.

Lá vinha Ramona linda como sempre, andando com a mesma leveza com que sempre o fazia. Não dava nenhum sinal de que estava estropiada como queriam aqueles que, até prova em contrário, são a sua patota. Vinha tranquila, esbelta, risonha; arrastava uma sandália rasteira sob seus quase dois palmos mais alta do que o mais alto daquela turma. Todos olham espantados e decepcionados. Não podem crer no que veem.

Pela guia Ramona traz o seu cachorrinho de estimação, sem raça definida, que a acompanha tranquilo. Vez por outra ele dá uma corrida e obriga sua dona a segui-lo no mesmo ritmo. Ela corre alguns passos para atender ao folguedo do animal. O cabelo da moça, solto, voa como uma cascata de azeviche. O grupinho malfazejo olha para ela com um despeito mal dissimulado.

Ramona não sabe que foi vista na noite passada. Ainda que soubesse não mudaria o seu comportamento porque acredita que cada um deve cuidar da sua vida e deixar os outros em paz. Por outro lado, se imaginasse que alguém a vira, não imaginaria esse indivíduo entre alguém que a conhecia, muito menos alguém do seu grupo de amigos – ou falsos amigos, o que eram de fato.

Ela não imagina que essa gente se rói de inveja dos seus dotes físicos e que, se a suportam, é simplesmente para mantê-la por perto, para terem mais controle sobre ela. Pobre garota. Ela não tem culpa de ser bonita e de não precisar enfeitar-se para parecer bonita.

– Essa garota não é nada disso que vocês estão falando. O que sei é que ela é gente boa, uma mina destemida e de personalidade forte. Por conta disso, eu gosto dela muito mais do que de outras pessoas do nosso meio – Mazé diz, mas ninguém a ouve.

A turma olha insistentemente para Ramona; perscruta as partes visíveis do seu corpo aí buscando algum sinal de violência. Nem um arranhão nas suas coxas morenas que o *short* curto permite ver. Nem um hematoma nos seus braços. Nada. No rosto o mesmo frescor de sempre, quando os malfazejos esperavam vê-lo danificado.

– Oi, gente! Beleza? – ela cumprimenta alegremente. E passa.

– Ooi... – seus "amigos" respondem chochos como uma bola murcha.

Apesar de a cidade inteira já estar sabendo do ocorrido, levou dois dias até que a notícia chegasse à casa de Ramona. A má nova chegou completa, com endereço do local onde tudo acontecera e com o nome do autor da façanha. Ramona não havia dito nada em casa nem em lugar algum, sobre o ocorrido. Deve ter tido suas razões.

Por esse tempo, Justino não estava na cidade. Trabalhava em uma fazenda de mate e, em principio, só via a família duas vezes por mês. Depois, de mês em mês. Agora, que havia ganhado a confiança da companhia de mate e, apesar da sua idade, era o chefe de um dos setores mais importantes do processo produtivo, passava até três meses sem dar as caras em casa, o que significa que era pouco visto na cidade.

Menos de vinte e quatro horas depois do acontecimento que estava alimentando o falatório na cidade, Justino já sabia de tudo, informado por um emissário – essa gente que gosta de disseminar a maldade – com riqueza de detalhes e, provavelmente, com os exageros que não podem faltar às fofocas. Ele já sabia que o filho de um comerciante novo na cidade estava de treler com sua irmã. Alguém já o havia informado disso.

Desse dia em diante ele não voltou mais a Caarapó. Passou a procurar o paradeiro daquele moço e não demorou a descobrir que ele estudava em Campo Grande. Quatro meses depois ele já viajara três vezes à capital para descobrir o endereço do rapaz. Não precisou mais do que isto.

Um final de semana de junho, quando voltava de um show artístico, o filho do comerciante foi assassinado na porta da casa onde morava. O morto não tinha inimigos que alguém pudesse atestar, não tinha vícios e nem andava enturmado; era bem comportado, aluno exemplar, benquisto por todos que o conheciam. A polícia nunca descobriu o assassino.

Justino passou o resto do ano sem nenhum contato com seus familiares. Por ocasião do natal, ele apareceu, e percebeu que as coisas continuavam como sempre estiveram, salvo que o comerciante havia ido embora, sentindo-se culpado pela morte do filho. Ele não se perdoava por ter ido abrir loja no interior e por ter deixado o filho sozinho na capital.

Em casa, ninguém tocou no assunto do estupro, o que deixou Justino muito intrigado. Em um momento em que ele e a irmã ficaram sozinhos, na sala, ele que sempre tivera muita afinidade com ela, perguntou:

– E aí? Não tem nada para contar-me?

– Eu devia ter? – ela devolve a pergunta, um sorriso maroto nos lábios carnudos.

– Pode ser... – Justino responde evasivo – Novidade sempre aparece.

– Não. Aqui nunca acontece nada, não há qualquer novidade. Na verdade a única novidade é a sua chegada, já que você ficou um tempão sem dar notícia. Ficamos todos muito preocupados, sabia? – Ramona diz, achegando-se ao irmão.

De onde estão eles veem uma caminhonete parar no outro lado da rua. Ramona levanta-se apressada e corre para a porta. Já no umbral ela para e, sorrindo, como se acabasse de dar-se conta de que esquecera algo, olha para Justino e diz:

– Lembrei uma coisa importante. Tenho uma novidade sim.

Em seguida ela olha diretamente para a caminhonete parada e faz um sinal para fora. Volta correndo para perto do irmão e diz rápida e sussurrante:

– Estou para casar-me. Meu noivo acabou de chegar.

– Como? – Justino pergunta, atordoado.

– Casando, ora – a moça responde.

Justino engole em seco, não sabe o que dizer, não sabe o que pensar. Antes que se recobrasse do choque o noivo de Ramona entra pela porta. A moça enlaça o seu pescoço e lhe tasca um beijo. Intimidado, o rapaz fica estático. Ramona enlaça sua cintura e assim, lado a lado, ela faz as apresentações:

– Este é meu irmão Justino. Justino, este é o meu noivo querido... de Bela Vista.

Os dois se cumprimentam. Justino está completamente aturdido.

– Bem, eu estava de saída. Fiquem à vontade.

Ele sai, toma a rua e vai sentar-se no banco da praça que fica na outra quadra. Mil pensamentos passam pela sua cabeça, mas Justino não chega a conclusão alguma acerca de nenhum deles.

Mais tarde, ele volta para casa. O casal de enamorados havia saído. Melhor para Justino, que ficou à vontade para conversar com a mãe. Vai encontrá-la. Ela descansa imersa em uma rede amarrada, quase rente ao chão, em dois pés de erva-mate, no quintal. Ao lado dessa rede, encontra-se uma segunda rede; esta, vazia. Ambas formam um ângulo agudo, eis que, por um dos lados, elas se prendem à mesma árvore. Justino entra na segunda rede que, como a outra, quase se arrasta. Ele se estende aí dentro. Instantes depois, sua mãe diz, descobrindo a cabeça:

– É você, meu filho... Pensei que fosse o seu pai.

– Não, mãe. Entrei em casa agora. Não vi o pai. Puxa, mãe que rede mais baixa. Elas não eram assim.

– Ah, meu filho, nem te conto. Elas estão amarradas baixas porque descobrimos que deixá-las como eram antes é muito perigoso.

A mulher se cala. Justino fica pensativo, mas não atina o que a mãe quer dizer. Não consegue entender que perigo a rede podia oferecer.

– Entendi não, mãe; como assim?

– Como assim o quê?

– Esse negócio da rede...

– Ah... é sério, meu filho. Sabe o paraguaio que mora na esquina de baixo?

– Sei...

– Pois é. Ele tinha a rede amarrada alta como todo o mundo. Um dia sua empunhadura se rompeu e ele caiu de mais de mais de um metro com a espinha em uma raiz exposta... como essas que você vê aqui mesmo no quintal.

Instintivamente, Justino tira a cabeça de dentro da rede e olha o quintal.

– E aí, mãe?

– Nunca mais se levantou, o coitado. Não se move da cintura para

244

baixo.

Justino deixa pender a mão direita como para verificar a altura que separa sua rede do chão. Não passa de um palmo.

– Assim, rastejante, é mais seguro porque se arrebentar o punho... – a mãe faz uma pausa e continua – você sabe que tudo acontece quando menos se espera, não é?

– Claro, mãe.

– Pois é... então baixinha assim mesmo se acontecer um acidente a gente fica mais protegida, não é?

– É. Mãe.

– Mas mesmo assim é preciso ter cuidado, você sabe como são as coisas... e balançar a rede, nem pensar. Pode parar; o balanço é que faz com que o punho um dia se rompa – a mãe diz para Justino, que começava a balançar a sua rede.

– Tá certo, mãe.

Os dois se calam. Justino quer continuar conversando, mas não sabe como entrar no tema que o preocupa nesse momento.

É quando sua mãe põe os pés para fora da rede e diz:

– Vamos, meu filho. Vamos preparar um mate.

– Mãe, espere. Já vamos.

– Que foi Justino? – a mãe se assusta com o repente do filho.

Justino levanta o tórax e fica sentado na rede, as pernas estiradas quase rentes ao chão.

– Ramona vai casar-se, mãe?

– Vai, sim – a mãe responde satisfeita.

– Como pode ser isto, minha mãe. Rápido assim?

– Ah, meu filho, esta é uma história, você nem imagina. Demais, você sabe que sua irmã sempre soube o que queria da vida. Nunca se deixou levar pelo que os outros dizem. Em muitas coisas, não se preocupa sequer com o que eu e o seu pai dizemos. Felizmente, ela está sempre certa. Nunca nos decepcionou; nem quando, alguma vez, pensamos que ela estava errada.

– Então me conte. Quero saber – Justino fala apressado. – Quando saí daqui, há nem tanto tempo assim, nem namorado ela tinha...

– Pois é, meu filho, as coisas são assim mesmo... – a mãe diz um tanto evasiva.

– Mãe, conte essa história direito – Justino diz sem compreender o que passou naquela casa enquanto ele esteve fora.

– Tá bom, Justino. Vou contar tudo. A história não é mesmo simples assim – a mãe diz olhando fixamente para o filho, como se esperasse uma pergunta.

Justino fica silencioso. Sua mãe recomeça.

– Pouco antes de você deixar de nos visitar, sua irmã teve um problema...

– Que problema? – Justino a interrompe.

– Uma noite, depois de uma festa, ela foi violentada.

Isto Justino já sabe. Ele quer saber como as coisas evoluíram para esse casamento. Não diz nada e segue ouvindo.

– Ela não disse nada em casa, mas no dia seguinte a cidade inteira já sabia; menos nós.

– Como a cidade ficou sabendo?

– Uns meninos que voltavam da festa perceberam o que acontecia.

– Onde foi isto? – Justino pergunta, tentando parecer calmo.

– Em uma casa em construção.

– Como a Senhora ficou sabendo do acontecido já que Ramona não contou?

– Ah, meu filho... essas coisas andam. Os meninos disseram que se aproximaram da obra e olharam pelo vão de uma janela. Lá estava a sua irmã. Espalharam a notícia. Dois dias depois, nós ficamos sabendo do zum-zum. E foi quando nos disseram que tinha sido o filho de um casal que havia chegado, recém, de Campo Grande, um pessoal que abriu uma loja na esquina...

– Tá bom, mãe. Os meninos viram os dois juntos? – Justino interrompe a fala da mãe.

– Não. Pelo que sei, disseram que viram Ramona. Ela estava voltada para a janela de onde eles olharam a cena...

Justino olha interrogativo para a mãe.

– Meu filho, eu não vou entrar em detalhes. A turminha deduziu que era aquele moço porque ele andava querendo conversar com sua irmã. Já havia tentado se aproximar algumas vezes no pouco tempo que esteve aqui...

A mãe de Justino faz uma pausa como se por sua cabeça passasse um pensamento estranho; ele espera ansioso pelo final da narrativa.

– Quando amanheceu, confirmaram que era ele porque o viram tomar o ônibus logo cedo. Entenderam que estava fugindo. Tudo isto com você fora. Não sei por que desde que foi trabalhar na Laranjeira você só apareceu aqui algumas vezes, ainda assim, no começo. Não pudemos compartilhar nada com você naqueles momentos duros.

– E aí, mãe? – Justino pergunta angustiado.

– Aí... aí que, logo que ficamos sabendo, fomos atrás de Ramona que confirmou tudo. Ficamos conversando lá na sala. Perguntamos – na verdade, eu perguntei; seu pai apenas ouvia – se ela sabia que ele já havia fugido.

*** *** ***

– Quem fugiu, mãe?

– O desavergonhado, o mau caráter, filho daqueles não sei que diga, que abriram uma loja na cidade.

Ramona franze o cenho.

– Não sei do que a Senhora está falando...

– Como não sabe? Não se faça de tonta, minha filha. A cidade toda já sabe.

– Eu mesma não sei... – a moçoila responde intrigada – A Senhora poderia explicar-me?

– Falo daquele patife que ficava dando em cima de você... ah, minha filha, me poupe, por favor... e eu ainda fico dando explicações.

– Não preciso mais explicações, mãe; já entendi. Mas devo contrariar a Senhora. Ele nunca deu em cima de mim.

– Como não?

– Nunca! Eu estou dizendo.

– Mas se é o que essa moçada toda diz...

– Mãe, espere um momento, por favor. Esse menino nunca me cau-

247

sou nenhum problema, nunca deu em cima de mim conforme a Senhora está dizendo. Uma vez, logo que chegou aqui, ele veio falar comigo; veio sim. Educado, gentil. Disse que eu era muito bonita. Disse que me havia visto na loja do pai e que ficara encantado, isto foi o que ele me disse. Propôs namoro...

Ramona faz uma pausa. Sua mãe, os olhos esbugalhados, insta para que a filha continue porque ela mesma já não estava entendendo nada.

– Pois é, mãe. Eu disse a ele que não podia, que tinha namorado. Lembro-me bem que, nesse dia, alguns dos meus amigos nos olhavam à distância.

– E? – Sua mãe pressiona.

– Então, ele não insistiu. Lamentou-se; apenas isto. Mas nós continuamos conversando um pouco mais; falamos de coisas de jovens, falamos de escola. Ele estuda em Campo Grande, sabia? Disse que estava aqui de férias, mas que logo estaria de volta à capital porque as aulas já estavam por pouco mais de um mês. Lembro até que me disse, entre sorrisos que, "ainda bem, porque assim não vou ficar te vendo e querendo que fosse a minha namorada." Isto ele disse.

A mãe de Ramona escuta em silêncio.

– Depois disso, nunca mais nos falamos apenas acenávamos um para o outro. Ele entendera perfeitamente o que eu havia dito. Aliás, uma ou duas vezes nos falamos, sim. A última vez que isto aconteceu foi...

Foi então que sua mãe cortou-lhe a fala.

– Pois aí está no que resultou. A estas horas ninguém sabe onde o desinfeliz está.

– Mãe, pai – Ramona interrompe bruscamente a mãe, enquanto olha para ela e para o pai, que a tudo assiste sem se manifestar –, não foi ele, e nem foi estupro. Ele foi embora, sim. Mas não foi fugindo de nada. Apenas voltou pra Campo Grande por que o ano letivo dele, assim como o meu, está por começar. Ele mesmo me disse isto. Era o que eu ia dizer quando a Senhora me cortou. Ele me contou sobre seu retorno a Campo Grande lá na loja, quando lá estive na manhã do dia do acontecimento.

Sua mãe sente faltar-lhe o ar.

– Então?

– Eu quis, minha mãe. E ele também queria...

– Ele quem, minha filha?

– Aquele, mãe – Ramona aponta um moço que acabava de parar uma caminhonete embarrada na porta da casa.

Os pais da moça voltam-se para a rua e veem cruzar o portão um moço metido em roupas de trabalho, na cabeça um chapéu de boiadeiro. Cara de menino. Não deve ter nem carteira de motorista. O moço para na soleira da porta aberta.

– Licença.

Atordoados, os pais de Ramona não respondem. Ela é quem põe o moço para dentro. Ele havia vindo para falar com eles, tudo conforme previamente combinado com a moça.

Terminado o relato da mãe, Justino está pálido.

– Mas ele não era lá essas coisas, meu filho. Boa bisca é o que devia ser. Não fez malfeito aqui, talvez por que não tenha tido tempo ou oportunidade, mas acabou fazendo em outro lugar.

– Como assim, mãe? – Justino indaga; uma pressão no peito que parecia dilacerá-lo.

– Por incrível que pareça, não durou muito o desinfeliz. Pelo que soube, foi assassinado na porta da sua casa em Campo Grande. Levou a breca. Até hoje a polícia não descobriu o autor. Sinceramente, que não descubra nunca – ela completa.

Justino está aturdido. Experimenta uma agonia que sabe jamais o deixará.

– Quem era o sujeito que entrou na sala quando a Senhora e o pai conversavam com minha irmã? – Justino pergunta, mais para confirmar.

A mãe ri um risinho cínico, e diz:

– O mesmo que você deixou na sala com ela, há pouco.

– O noivo dela?

– E quem mais? Os dois souberam escrever certo por linhas erradas, quero dizer, pelas linhas que consideramos erradas. Casam-se dentro de cinco meses; em maio. Um bom guri e um partido melhor ainda. O pai dele, fazendeiro de muitas fazendas, já deu ao filho uma com a porteira fechada. Disse que é para ele começar a vida. Fazem muito gosto, os pais dele. Já estiveram aqui algumas vezes.

Justino ouve em silêncio. A mãe continua seu discurso:

– Um final de semana eles passaram por aqui e a levaram a Bela Vista para ver o que a espera. Ela voltou encantada. Eu e seu pai já fomos convidados a visitá-los, mas ainda não fomos. Você sabe que não gostamos de sair de casa, mas nós vamos lá. Eles já disseram que nos pegam aqui, mas não vamos abusar da bondade de ninguém. Qualquer dia desses, damos uma fugida e aparecemos por lá.

– Ela tá grávida, mãe?

– Não... não tá.

A mãe de Justino sai da rede. Ele permanece imóvel dentro da sua. Seus olhos giram aleatoriamente; não se fixam em nada. Justino sente náuseas como se estivesse doente. Não está. Um turbilhão de pensamentos o atordoa. Ele se sente como em desabrigo sob uma tempestade, cuja ventania desgovernada aqui o empurra para diante, ali o joga para trás. Em seu transe, seus olhos podem ver uma coruja com seus olhos de ouro que vem pousar em um tronco seco de uma erveira morta. A ave fica a mirá-lo fixamente como se o perguntasse: "E agora?"

Justino está confuso. Não esperou pelo natal. Após uma noite em que não conseguiu conciliar o sono, ele partiu. Desde então, nunca mais apareceu na cidade e passou a viver sem muitas paradas até chegar à fazenda em que trabalha atualmente. Ele nunca mais foi o mesmo.

*** *** ***

***

*

Capítulo 19

Aproximava-se o mês de abril, época em que acontece a Exposição Agropecuária de Campo Grande. Para quem frequenta suas dependências e concorre às suas atrações e festejos, do dia da abertura até ao último dia, tudo parece muito fácil. É como se, de repente, num passe de mágica, chegada a data determinada, zás, tudo se realiza. Mas as coisas não são exatamente assim; pelo menos não para aqueles que fazem a coisa acontecer. As festas só são festas para quem participa delas como festas, para quem sai de casa, paga o ingresso e entra. Para seus organizadores não passam de trabalho árduo.

Para o público é folguedo e descontração. É a oportunidade – e não apenas essa, mas qualquer festividade *outdoor* – em que a gente aproveita para aliviar o estresse acumulado no período que a antecedeu. Mas para os realizadores e para os expositores tudo começa muito antes. É quase impossível avaliar a pressão por que passam até chegar o momento da abertura dos portões ao público. São ajustes que se fazem em um dia para serem refeitos no dia seguinte, tudo observando a politica de apresentar o melhor. Uma verdadeira força-tarefa estuda, desenha, discute estratégias de bem-estar e segurança não apenas para o público, mas também para os animais, estes que, em um contexto particular, são a atração principal do evento.

Nas fazendas a situação não é diferente. No período que antecede as exposições a peonada experimenta um regime de trabalho ainda mais duro do que o normal. Aqueles que lidam diretamente com os indivíduos da elite agropecuária passam a dormir quase junto com os bichos porque precisam monitorá-los, cuidar para que sejam vistos, desde o momento em que adentram o perímetro da exposição, não apenas como um animal, mas como um exemplar insuplantável na sua categoria.

Um animal no tatersal é como a candidata a miss na hora do desfile. Sobre ele recai todos os olhares, todas as expectativas.

Esse não é um tempo bom para os cuidadores, que o patronato é sobremaneira exigente. Se fosse apenas uma exposição por ano o regime especial de trabalho com o plantel, ainda que temporário, já não seria favorável ao peão. Considere-se agora que não é apenas uma, que esse evento se estende pelo ano todo, cada evento em uma época, em cidades diferentes e distantes umas das outras. É uma tarefa das mais dignas para o servente de fazenda. Pena que os fazendeiros não sabem disso. Bem, saber, eles sabem. Mas para eles é mais conveniente ignorar.

O patrão de Justino possui algumas fazendas espalhadas pelo sudoeste do estado e pelo pantanal. Então, Justino está precisando desdobrar-se para dar conta de todas as ordens que recebe. É o homem de confiança, o braço direito do fazendeiro embora não tenha, sob nenhum prisma, a consideração a que faz jus. Se ele fosse dois, já estaria trabalhando no limite; sendo apenas um, sua vida está nada fácil.

Seu patrão muito confiado o enche de elogios e, aqui e ali, deixa escapar que ele é imprescindível, mas nem por isto se preocupa muito com ele, sequer em fazer seu pagamento em dia quando Justino está pelas fazendas distantes do interior. Quando o empregado reclama, o patrão, entre risos, diz que não se preocupou já que ele estava no mato e que nem teria onde gastar o dinheiro.

Naturalmente, esses incômodos quase rotineiros foram sempre minimizados pelo patrão insensível, com piadas sem graça.

– Se você fosse casado, cada vez que viajasse eu lhe pagava adiantado, assim você ficava tranquilo e não se preocupava com a família... mas nem casado você é... não custa nada esperar uns dias – era o que Justino alguma vez ouvia o patrão dizer na maior esculhambação.

Justino não gostava daquelas graças. Muitas vezes quis mandar o patrão às favas no exato momento em que ele se fazia de besta e, só não o fez, porque estava disposto a fincar raízes, ainda que a um custo desproporcional. Apesar do que Justino chamava humilhação, ele sempre agia com tranquilidade, pois sabia que se as coisas azedassem, azedariam para o seu lado. Desse modo ele procurava resolver tudo com a máxima lisura. Assim, ele resolvia os seus problemas e os do seu empregador sem maiores traumas. Talvez ele se deixasse mergulhar naquelas águas, para ele turvas, apenas para tentar superar seus próprios tormentos.

– Não me casei para não levar chifres, patrão – Justino respondeu, energicamente, certa vez.

O fazendeiro acusou o golpe. Ele tinha certas desconfianças quanto ao seu matrimônio.

"Que será que ele quis dizer com isto?" – o fazendeiro pensou.

Justino conhece um trabalhador de fazenda como ele que não passa o perrengue por que ele, Justino, passa, quando está fora da sede, ou quando seu patrão viaja sabendo que não estará presente quando vencer o mês. Nesses casos, aquele patrão sempre lhe antecipa o pagamento. Assim o empregado não tem problema com as dívidas. Ao viajar ele já deixa dinheiro em casa com a esposa. Justino queria ter essa consideração por parte do seu empregador.

Entretanto, parecia que todo o esforço, toda a movimentação, todo o seu sacrifício era mesmo bom para ele, pois contribuía para que ele esquecesse, pelo menos de vez em quando, o drama que o acompanha há muitos anos e que o atormenta mais à medida que o tempo passa.

Justino está farto de tudo isto. Especialmente por esse começo de outono ele tem a alma em fogo, muito mais do que em qualquer outro abril da sua vida. Nessa ocasião, ele tem por fazer coisas que nunca fez, e que nunca sequer imaginou que um dia estaria na sua carta de atribuições. Coisas que se juntam a todas as lembranças dolorosas que o corroem, agora, mais do que em qualquer outro tempo. Ele foi precipitado uma vez. Agora, teme estar repetindo a dose.

*** *** ***

Justino é um homem só. Por vezes é descontrolado e extrovertido. Seu descontrole o acompanha desde novo e foi o responsável pela sua drástica tomada de decisão quando do episódio em que esteve envolvida Ramona, sua irmã. Por outras, ele é apenas um retraído e triste.

Não se julga capaz de sustentar uma casa porque não se vê com paciência suficiente para manejar os problemas domésticos.

Às vezes bate-lhe uma saudade indizível de casa, lugar a que ele nunca mais voltou desde que de lá saiu, em um natal há quase duas décadas. Apesar de permanecer no estado natal e de, às vezes, estar bem perto da sua Caarapó, nunca mais pisou aí, nunca mais soube dos pais. Sobre Ramona ele sabe sem precisar fazer perguntas. Ela casou-se naquele maio conforme sua mãe lhe dissera. Desde então, tornou-se uma fazendeira, e com seu marido, um que deixara o umbigo na lida, desfruta as facilidades e o conforto que o trabalho honesto proporciona. O casal só procriou três anos após o casamento, quando Ramona já estava física e mentalmente, mais madura para a matermindade, e os dois já estavam estabilizados na fazenda que receberam para começar a vida.

O único filho, Danilo, não veio em seguida ao matrimônio exatamente por conta da pouca idade da que seria sua mãe, senão por que ela e o marido tinham planos a cumprir e não poderiam entregar-se aos cuidados puerperais logo após o casamento.

O menino já vai pelos seus quinze anos, estuda em Campo Grande e diz que vai ser veterinário de grandes para cuidar, ele mesmo, das fazendas da família.

Ramona estava encaminhada na vida como sempre estivera. Não precisava que alguém cuidasse dela, menos ainda, da forma com que seu irmão Justino pretendeu fazer um dia. Se o infeliz filho do comerciante recém-chegado à cidade era suspeito de ter cometido um delito pelo simples fato de que se pensava que ele assediava Ramona, sobre Justino nunca recaiu qualquer suspeita sobre nenhum acontecimento. Ele já não vivia na cidade quando aconteceu o "fatídico" episódio que envolveu sua irmã. Depois do acontecido, só voltou a Caarapó mais de seis meses depois, quando tudo de bom e de mal, já acontecera. Foi quando soube do noivado da irmã. Pressionado pela consciência, não esquentou o lugar em casa. Daí em diante nunca mais voltou à cidade.

Ramona seguiu o seu curso. Não deve ter pensado naqueles ti-ti-tis mais do que um dia; se pensou.

Ela não tinha mesmo nada que pensar porque a história, a sua história, era bem outra. Desde o maio seguinte, ainda que ela quisesse pensar em futilidades, não teria tempo. Tinha uma fazenda para administrar; dias, cujas horas eram incompatíveis com todo o trabalho que tinha para levar adiante sua empreitada e, sobretudo, tinha um marido gentil e carinhoso com quem dividia o cansaço do trabalho e o prazer do descanso. Ela ainda não tinha trato com fazendas, mas era questão de tempo.

Poucos anos depois, com o falecimento do seu sogro, a viúva fez o adiantamento da legítima e tudo passou para as mãos do único filho, marido de Ramona. Sua sogra preferiu ficar apenas com a propriedade onde morava, ainda assim, com a supervisão do filho.

O jovem e laborioso casal já estava às voltas com mais trabalho. Ramona, que já aprendera a lidar com a fazenda passou a cuidar de outras, a viajar, a tratar com os peões, como forma de desonerar o marido, que não dava conta de tudo sozinho. Então, ela já não era uma neófita. Era valente no campo, montava como poucos. Com desenvoltura e precisão femininas cercava qualquer rês. Participava de clubes de laço, onde era a sensação. Ramona tem uma coleção de troféus por competições vencidas contra peões experientes. A esse tempo ela já estava envolvida com mais afazeres, do que os que podem assoberbar muitos homens que se dizem fortes. Ramona, sempre disposta não se furtava ao trabalho.

*** *** ***

***

*

255

Capítulo 20

Justino nunca esteve tão desorientado. A perspectiva de uma nova faceta em sua vida o está atordoando e o deixando com uma excitação para ele fora do comum. Ele anda aéreo. Algumas vezes, em plena lida, ou mesmo em meio a conversas, ele cerra os olhos para pensar em Estefânio. Ele tem plena consciência do que terá de fazer e não vê dificuldade para a sua consecução. Apenas não atina como Estefânio poderá ter lucro com aquela trama já que... "Ah, mas isto não é problema meu, é lá com Estefânio. Ele deve saber o que está fazendo e, se não souber, paciência. Eu mesmo sei que as coisas não são bem assim, mas não tenho de dar explicações a ninguém. Não fui eu quem começou isto" – Justino pensava.

No início desse conluio, ele teve muitas dificuldades em compreender o comportamento de Estefânio. Imaginou que ele fosse apenas um fanfarrão idiota, que gostava de vangloriar-se e de fazer os outros de tolos.

"Posso ajudá-los a sair da merda...", ele se lembra destas palavras ditas por Estefânio quando se conheceram no avião. Lembra também que ele dissera que a ajuda que daria ao peão não seria uma coisa definitiva, mas apenas um impulso. Um primeiro impulso, bem dado, era o que ele oferecia aos seus dois colegas de poltrona.

De inicio, Justino se encheu de expectativas. Depois, preferiu deixar os pés no chão que, afinal, a vida não é fantasia. Ou, pelo menos, não apenas fantasia. Mudou seu conceito apenas soube sobre o que Estefânio proporcionara a Pablo, o outro companheiro de viagem. Apesar disso, não absorveu bem o método de convencimento usado por Estefânio, isto de adiantar dinheiro, ainda sem ser solicitado, quando todos o atrasam, mesmo o já devido, e, em alguns casos, até o caloteiam. Justino venceu essa dúvida após falar com Pablo por telefone e saber, por sua própria boca, como sua vida havia mudado depois que conheceu Estefânio ou, exatamente, por conta dele.

Bem antes de Justino, Pablo havia recebido um adiantamento de Estefânio quando apenas faziam as primeiras tratativas para a empreita em que se meteriam. Ele explicou ao vaqueiro que Estefânio lhe adiantara dinheiro *de la nada* e que, depois de terem resolvido as pendências, quando ele pensava que o que havia recebido já estava completo, Estefânio o chamou, não para conversar, mas para dizer que ainda lhe devia dinheiro e que precisava de uma conta bancária para que o montante fosse depositado. Só depois disso, Justino passou a encarar com mais seriedade as palavras e os atos de Estefânio. A julgar pelo acontecido com Pablo, terminado o serviço a que se propusera, ele teria uma gorda compensação, disso ele já não tinha dúvidas.

*** *** ***

Estefânio é deveras generoso. É o tipo de pessoa que quase já não existe. Ele quer para si o conforto que a vida oferece, mas preocupa-se com a divisão de renda. Por sua cabeça passa o conceito de que de nada vale ele estar muito bem e ver em torno de si um bando de miseráveis. Ou ter um produto para vender e não ter quem o compre. Isto é apenas uma ideia visto que de fato ele não vende nada. Mas sua parte social ele a faz, sempre que pode, e da maneira mais convincente possível. Com isto ele se sente feliz. Este é o seu conceito de bem-estar, o seu desafio social. É o que ele faz desde criança, nunca de graça, naturalmente. A contrapartida é sempre necessária. Não poderia ser de outra forma.

Justino está cheio de esperança quanto a esse homem singular, mas algumas vezes, no silêncio da noite, sente medo do que vai fazer.

"E se não der certo?" – ele pensa nesses momentos, sabendo que nesse caso ele estaria irremediavelmente perdido, já que conhece a forma como os fazendeiros resolvem seus problemas.

Dará certo. Ele não estará sozinho, nem terá de engendrar ações ao seu gosto para conseguir realizar a pretensão de Estefânio. O que terá de fazer é adaptar a sua ação à teoria ditada pelo outro que, pelo que ele já percebeu, não é de difícil compreensão nem de complicado desenvolvimento. É questão de planejamento e para isto, existe Estefânio.

*** *** ***

Naquela tarde, sentado no sofá da suíte do hotel, Justino ouviu as preliminares do que deveria fazer quando chegasse o momento. Desde então, passou a calcular cada palavra antes de dizer qualquer coisa a quem quer que fosse. Ele que já era um sujeito fechado fechou-se ainda mais. Quanto ao seu comportamento no trabalho, esse não mudou. Seguiu como sempre tinha sido. O que ele fez foi ficar mais atento quanto aos detalhes das coisas que fazia e, principalmente, das coisas que se faziam perto dele. Percebeu, depois de conversar com Estefânio, que pecava em certos detalhes, que lhe faltavam informações sobre o seu serviço, coisas que, dado o tempo que ele trabalhava naquele ramo não era esperado que ele não dominasse.

A partir do encontro que tiveram no hotel ficou decidido que conversariam com frequência ou, pelo menos, sempre que pudessem, coisa que seria observada pelo lado de Justino, já que quanto a Estefânio, ele estaria sempre que fosse solicitado. Nessas ocasiões seriam repassados os passos que cada um deveria dar até à consecução do que se daria no tempo certo. A conversa deveria ser sempre cara a cara, porque Estefânio não confia em telefones. Considera-os úteis como um reservatório de água de onde se retira o líquido quando se quer, mas ao mesmo tempo inútil quando aparece um rombo na sua parede e esse rombo não é reparado. "Pois aí está: o telefone é um reservatório furado de onde o produto que ele contém pode vazar. Vazou, tá vazado, compreendeu?" – foi o que Estefânio lhe disse naquela ocasião.

*** *** ***

Justino não sabia, todavia Estefânio possuía uma grande e próspera fazenda na região de Coronel Sapucaia, no sul do estado. Ele não a conhecia, apesar de conhecer praticamente, todas as grandes propriedades do estado. Talvez que seu desconhecimento se desse em razão de Estefânio ter sua atividade pecuária em região diferente da em que Justino trabalha, que é a zona pantaneira. Fosse de Aquidauana para oeste e para o norte, ele conheceria tudo, mas em Coronel Sapucaia, não. Talvez, também por ser um negócio iniciado há pouco tempo, já que o empresario rural adquiriu a propriedade em tempos recentes e ainda está trabalhando para deixá-la no ponto que ele pretende que esteja, ou seja, competitiva quanto à qualidade dos produtos que ele pretende oferecer.

A fazenda de Estefânio não é grande pelo seu tamanho, mas pela infraestrutura e pela sofisticação. Justino bem que gostaria de visitá-la e, não fosse pelo excesso de serviço que tem enfrentado nesses tempos que antecedem a exposição de Campo Grande, já teria dado uma fugida com Estefânio, que tem prometido levá-lo até lá.

O que mais tem chamado a atenção de Justino é o fato de o ruralista estar trabalhando com o boi *wagyu*, um indivíduo japonês de alto custo de produção e, naturalmente, com uma carne caríssima que chega a ser infinitamente mais cara que a dos animais de qualidade, do mercado brasileiro. Justino nunca viu esse animal. Tinha sabido dele através de um panfleto a que teve acesso em uma das exposições em que esteve, mas nem sabia que o animal já estava sendo criado no Brasil. Na ocasião, imaginou que aquilo fosse uma propaganda de coisas e produtos do Japão. Para ele o único boi de corte existente era mesmo o nelore. Pelo menos, é o único que ele conhece.

Estefânio já mostrou a Justino alguma coisa atinente à sua atividade pecuária, alguns panfletos e a foto de uma propriedade, a mesma do município de Coronel Sapucaia. Justino está entusiasmado com a nova perspectiva porque já percebeu que Estefânio é uma pessoa bem intencionada, que cumpre o que promete. É gente com quem ele pode acabar trabalhando. Quem sabe não vem a ser seu gerente, principalmente na variante em que ele pretende estender suas atividades além da fronteira, para alguns países do Cone Sul? Estas são as promessas que Estefânio tem feito a si próprio, a estória que ele tem contado a um Justino interessado, talvez interesseiro, que não tem motivo algum para não acreditar nelas. Talvez seja a sua grande oportunidade.

Mas como fica a expectativa que ele tem alimentado, a de ter seu próprio negócio? Decididamente, Justino anda misturando as coisas em sua cabeça; não sabe exatamente o que quer da vida. Ele sabe que quem vive em dúvida não se apruma. Ouviu isto desde criança, desde moço, em casa. Ouviu pelos caminhos em que passou, como um mantra, pronunciado por quem já conseguiu da vida tudo o que quis e por quem sonha ainda conseguir.

Dúvidas. Justino já viu gente sucumbir por conta delas. Também sabe que precisa melhorar de vida antes de já não ter forças para intentar essa mudança. Sente que quase já passou o tempo de ele tomar um rumo, de decidir-se por algo que seja proveitoso e lucrativo, não apenas para os outros como tem sido até hoje. Tudo o que ele tem feito vida afora, só tem servido para o bem-estar alheio, mas Justino ainda pode pleitear o câmbio de vida, que isto só dele depende.

Nos últimos tempos ele tem lembrado muito de casa. Por dentro um sentimento de perda nasceu e cresceu ao longo dos anos, mas ele nunca quis dar azo a esse sentimento para evitar encontrar os familiares, relembrar fatos desagradáveis que o envolviam sem que a família soubesse e, por conta disso, acabar falando o que não deve, até para desafogar a consciência. Quis esquecer, lutou intimamente para esquecer a família por conta dos vínculos indesejados que por motivo secundário, acabaram sendo criados entre eles.

Desde o natal que ele quis passar com a família, já depois de alguns meses de afastamento, e que, por razões suas preferiu recuar antes dos festejos, isto já há muito anos, nunca mais viu a mãe, ou o pai. Nunca mais viu ninguém que pertenceu ao seu passado. Por linhas travessas ele sabe o que acontece com a irmã, justamente por que, dada a prosperidade experimentada por ela e seu marido, eles estão sempre em evidência, principalmente nos assuntos concernentes à pecuária.

*** *** ***

É domingo. Um domingo frio e cinzento. Justino está ansioso e não sabe o que fazer para conter essa ansiedade. Ele é um indivíduo solitário que nem sempre sabe lidar com a solidão. Ele abre a janela; um vento úmido acerta-lhe a cara como uma bofetada. Uma bofetada que serve para trazer-lhe um pouco de ânimo, como aquelas que se costumam desferir na cara de um desfalecido para reanimá-lo. Ele deixa a janela aberta e vai para o outro lado da sala. Abre a portinhola de um móvel e daí retira uma caixa de papelão onde guarda recortes de jornal e de revistas de pecuária que trazem fotos de Ramona, algumas em pose com o seu marido, outras em plena lida em alguma das suas propriedades. Ele gosta de ver e rever todas as fotos da irmã, mas tem preferência pelas fotografias dela na cancha em uma disputa de laço. Nessas, Justino sente a força que a impulsiona pela vida afora e compreende por que sua irmã chegou aonde chegou.

*** *** ***

Ramona mantinha, desde menina, uma atração silenciosa pelos animais, especialmente pelos cavalos. Ela gostava deles muito mais do que das pessoas que normalmente a rodeavam. Aproximava-se desses animais de uma forma muito especial e sentia que eles a entendiam perfeitamente.

Ela sonhava com tê-los, ainda que soubesse que a condição econômica da sua família nunca lhe permitiria a realização desse sonho. Sonhava. E, sonhar, já disseram, não custa nada. Sonhava. E já disseram também que os sonhos podem materializar-se, não para todos, é certo, mas para um que outro.

Ela via animais debaixo de chicote, com aspecto de desnutrição, a arrastar carroças pelas ruas e se revoltava contra os seus donos. Uma vez, em uma viagem, deparou um carroceiro fustigando seu animal que levava morro acima uma carga de areia com um peso superior ao que suas forças podiam arrastar. E dá-lhe chicotadas e impropérios, até que, não suportando, o animal caiu de joelhos e foi arrastado pela carga até ao pé do morro. Estava morto.

Os animais prestam-se ao trabalho, desde os primórdios da civilização; Ramona tem consciência disso. Mas ela não entendia como algumas pessoas, ainda se valendo deles, da sua força para ganhar a vida, os maltratam tanto. Quando era garota, às escondidas, não foi uma

262

nem duas vezes que ela soltou esses animais de cercados ou amarrados em um pau e os tocou para longe. Não foi. Alguns, os seus donos nunca mais os viram. Parece que os bichos compreendiam que estavam livres dos maus tratos a que eram submetidos de sol a sol e que deviam aproveitar a chance e desaparecer de uma vez. Na manhã seguinte os carroceiros não os encontravam e, como não podiam comprar outros animais, e por não saberem fazer outra coisa, passavam a ver sua miséria se agravar dia após dia por falta da sua força de trabalho, do instrumento que os ajudava a ganhar a vida.

Ramona se sentia satisfeita com isto. Era a sua vingança, embora sentisse pena da família do miserável. Acontece que, entre o ser humano e os animais, ela sempre preferiu os últimos – mais mansos que os primeiros – , que não atacam, mas apenas se defendem se for o caso. Ela cresceu com isto.

Mais tarde, a sorte encaminhou sua vida para a realização do seu sonho. Ramona nem se deu conta. As coisas aconteceram tão rapidamente que quando ela percebeu já estava em uma propriedade cheia de animais, e, depois, em outra e mais outra.

Ela começou a montar por necessidade, sem nem sequer lembrar-se que alguma vez tinha pensado em montar por folguedo. Sem perceber, junto com peões no pasto, começou a laçar vacas enfezadas e trazê-las para o brete. Depois, descobriu que os peões eram quem estressava os animais. Nem percebeu que conversava com os cavalos como já fizera quando era mais moça, nas ruas de Caarapó ou em algum boxe de exposição agropecuária. Daí até começar a montar por esporte foi um pulo. Mal tinha começado e já se destacava na atividade. Por influência dela, outras mulheres começaram a montar e a aparecer nos rodeios de laço comprido, não mais como plateia, mas como competidoras, para embelezar um esporte que se imaginava exclusivamente masculino.

Então, Ramona já era fazendeira próspera, peona de fazenda e amazona de primeira. Estava feliz. Por isto e pela vida que levava, era feliz.

*** *** ***

Justino revolve a caixa de papelão onde guarda as fotografias da irmã. Às vezes, ele passa horas mirando e mirando as fotos dela, como se olhando-as ele se redimisse de algum pecado inconfessável. Agora, ele tem nas mãos uma foto recente, uma que se sobrepõe a todas as outras em matéria de plástica. Essa que o transporta à cancha e fá-lo sentir o cheiro da poeira que a montaria da irmã levanta na sua corrida. É uma fotografia de movimento em que Ramona aparece montada e em plena investida, o laço na mão, firme na sela, em perfeita sintonia com o cavalo. Uma foto espetacular; a da sua preferência. Aí se vê a imagem congelada de Ramona montada, o laço jogado pairando sobre a cabeça da rês. O cavalo eternizado em uma corrida pendente para a esquerda a uns quarenta graus fora do centro, como se corresse quase deitado. Ramona tem a mão direita espalmada na altura da cabeça, um instante após ter jogado o laço, que ainda desenrola quatro espirais diante do seu rosto. A mão esquerda conduz o ginete, cuja cauda espessa se confunde com a nuvem de poeira levantada pelas patas do bicho. A moça equilibra o cavalo voltando o próprio corpo para a direita, os olhos fixos na laçada que vai fechar-se nas aspas da novilha.

"Esta é a minha irmã" – Justino pensa enquanto acaricia a foto com a mão rude.

"Felizmente, ela está bem; tudo não passou de um terrível engano" – o pensamento de Justino voa ao passado.

Então, vem-lhe à mente o filho do comerciante e ele sente o coração saltar-lhe no peito, a respiração dificultosa como se tivesse os pulmões calcificados. Seus olhos ficam pesados como vergados por uma carga de chumbo. O remordimento que ao longo dos anos o tem acompanhado se apresenta com suas garras vermelhas e aduncas. Ele sente como se tais garras o rasgassem para que seu sangue vertesse até a última gota. É o seu passado frio, escondido e, por vezes, esquecido, que algumas vezes não se contém nos escaninhos da sua alma e quer desabrochar para a sua suprema infelicidade. Tem sido assim nos últimos tempos. Justino não tem tido paz.

Sem perceber ele fecha a caixa de fotografias e larga as duas mãos pousadas sobre ela. Sente como se o peito fosse explodir e quando percebe, vê que amassou a tampa da caixa.

Justino pensa na vida; pensa no compromisso acertado com Estefânio e não vê a hora de deixar tudo para trás e tentar buscar uma nova
direção para a sua existência.

Na sua cabeça uma confusão o atormenta. Ainda que sem querer,
ele sente que, por sua própria conta, pode estar entrando em uma rou-
bada que não seria a primeira. Ele quer, sim, cumprir o trato que fez
com Estefânio, mas a sua índole, que não é má, o tem levado a pensar
que pode estar fazendo algo de que depois se arrependa. Apesar disso,
cada vez que lhe assalta esse freio moral ele acaba por concluir que melhor é arrepender-se de ter feito algo do que de não tê-lo feito, principalmente se, depois, vir alguém mais arrojado se dar bem na mesma
empreitada.

*** *** ***

***

*

Capítulo 21

Estefânio está imbuído do propósito de fazer da fazenda recém-adquirida uma propriedade de ponta no ramo da agropecuária. Esta, pelo menos, é a versão que ele tem dado. E ninguém tem motivos para não acreditar, pois ele tem-se movido nessa direção. Segundo ele explica, ele tem urgência de tudo, tanto que, apenas adquiriu a fazenda mandou fazer a análise da terra, e, com pouco já terá bem adiantado o preparo para o plantio. Ele é um homem que não deixa passar uma oportunidade. Se ela não chega por si mesma, ele a cria. Sempre foi assim.

Quanto à realização do negócio, outra coisa que ele tem confessado é que se aproveitou do fato de os herdeiros estarem em pé de guerra, comendo-se uns aos outros em uma contenda extrajudicial, naturalmente, e que ele chegou como o salvador da pátria. Regateou sem dó.

Regatear é uma característica inata nesse homem. Depois, abriu a burra, botou dinheiro vivo sabendo que nenhum ambicioso resiste a um desfile de cédulas, não importa qual seja a moeda. Pelo menos é isto o que, entre risos e chacotas, ele tem contado a alguns gerentes com quem tem negociado atualmente. Foi assim com o gerente da concessionária de máquinas e equipamentos, e com alguns outros com quem ele tem negociado nos últimos tempos.

De fato, Estefânio não passa de um oportunista que sabe escolher a hora de entrar em um negócio. Age como um predador que só ataca o mais frágil para não correr o risco de sofrer alguma frustração.

Os gerentes não se cansam de ouvi-lo repetir que sabe tirar proveito da miséria alheia e da afoiteza dos incautos, mas isto não é crime; nem pecado. Para ele a linha que delimita seus negócios é a vontade do outro de vender ou comprar, e a dele de comprar ou vender, enfim, o desejo mútuo das partes em realizar uma transação. Ele nunca perde porque tem sido um predador consciente.

"Ou da necessidade que o outro tem de vender. Principalmente nesse caso, é que a gente deita e rola, e enfia os dois pés. Não é isto que fazemos quando encontramos uma bota larga?" – Foi o que Estefânio ouviu, enquanto sorvia um café na mesa do administrador da concessionária de maquinaria agrícola, quando comprava uma colheitadeira, antes mesmo de fazer a plantação, segundo ele mesmo informou ao negociante. O que ele queria era aproveitar o preço, visto que sabia que mais para o momento da colheita os preços subiriam.

– Pois você tem toda a razão em comprar agora – disse o gerente a tamborilar com a caneta sobre sua mesa de vidro.

– Penso que estou certo e que posso fazer uma boa economia usando essa política de compra antecipada.

– Está absolutamente certo – o gerente respondeu –. Se todos pensassem assim seriam mais prósperos.

– Ainda bem que não pensam. Há alguns que não pensam em momento algum – Estefânio comentou.

O gerente escrevia números em uma folha de papel para mostrar a Estefânio as vantagens que lhe proporcionava por ser um cliente especial. Estefânio via e ouvia atentamente.

"Bem" – pensa o gerente, enquanto morde a tampa da esferográfica com que rabisca os números para Estefânio –, "o certo é que ele vai perder os incentivos que o governo está prometendo dar aos produtores quando chegar o momento da safra... mas isto é lá com ele; ele que pense nisto."

Estefânio está em silêncio, mas também está pensando. "Este é o único limite que observo. Se alguém tem para vender e eu quero comprar, compro, e pronto..."

O gerente estende-lhe as anotações que fazia, nos lábios um sorriso indefinível. Estefânio segura o papel e o olha atentamente, sob a observação do administrador, que percebe que o cliente arqueia as sobrancelhas enquanto lê.

Terminada a leitura, Estefânio arqueia-se para a frente e finca o cotovelo esquerdo na mesa. O gerente imita-lhe o gesto, enquanto oscila a esferográfica presa entre o indicador e o médio.

– E isto? – Estefânio pergunta enquanto estende o papel para o sujeito que tem diante de si e aponta o dedo para um detalhe.

O gerente esperava a pergunta. A resposta veio incontinênti.

– É o que temos para clientes como o Senhor. O que temos aí...

– Opa! Parou!... Senhor, não! Vamos nos tratar com intimidade, flui melhor. Não se abaixe para mim. Somos iguais.

O gerente sorri, e continua:

– Bem, o que temos para o Senh... digo, pra você é isto aí: duas alternativas de financiamento.

Estefânio puxa o papel para si e o olha novamente. São duas propostas, uma delas, com uma boa diferença de preço.

– Não entendi – ele diz.

– A segunda opção é a da casa. Financiamento próprio, sem envolvimento de instituição financeira. Não é para todos, senão para os clientes que consideramos especiais. Fica um negócio bom para os dois lados. Todos ganhamos. O cliente porque paga um preço menor e a empresa porque não precisa pagar... bem, você sabe.

– Então é isto, financiamento entre nós dois; e estamos?

– Simples assim – o gerente responde sério.

Estefânio é um cliente especial para qualquer vendedor em qualquer negociação em que se mete. Ele tem a papelada em dia e à mão. Não há um documento que se lhe exigem para a realização de uma transação que ele não o tenha na pasta, atualizado. Sem contar que, se para iniciar a interação, for necessário o desembolso de dinheiro vivo ele sempre o tem de contado, ou, no mínimo, disponível para uma transferência bancária imediata, coisa que ele resolve aí mesmo diante do vendedor, através de uma operação pelo celular. É dinheiro digital, mas é dinheiro vivo da mesma forma; e até mais seguro.

A colheitadeira está comprada, operação realizada diretamente com o gerente que, dada a importância do novo cliente, tratou ele próprio do negócio depois que um vendedor já havia iniciado a conversação. Melhor dizendo, ele surripiou, na cara dura, uma venda do seu funcionário que havia ido a ele apenas para pedir uma orientação sobre o que se podia fazer pelo cliente em potencial que estava na sua mesa.

O funcionário voltou para a sua escrivaninha. Ele estava mordido. Ele, como os demais vendedores, tem uma meta de venda que precisa ser cumprida. Mas o gerente preferiu exacerbar as próprias atribuições e tomar-lhe essa venda quando sua obrigação é apenas gerenciar. Ele agiu assim levado pela sua ambição cega, por um capricho incontrolável, para ver se se dava bem naquele negócio, se pavimentava um caminho em que poderia andar no futuro com aquele cliente com ares de boa gente e, naturalmente, levar alguma vantagem.

O vendedor está irritado, mas quando chega à sua mesa faz a melhor cara e pede que Estefânio o acompanhe até à mesa do gerente, no que é prontamente atendido. Também Estefânio tinha os seus interesses. Sabia que tratando com quem manda mais poderia conseguir mais...

*** *** ***

Ao entrar na concessionária, Estefânio era um cliente como qualquer outro. Tornou-se especial ao ser atendido e ao dar a conhecer ao vendedor o objeto do seu interesse e a urgência que tinha de adquiri-lo. Pelas características que se desenharam para a operação, o vendedor levou-o diretamente ao gerente da loja, único que poderia fazer certas concessões e modificar, a seu critério, ainda que em prejuízo de terceiros, o cronograma de entregas de produtos já adquiridos. Em outras palavras, o único que podia fazer favores específicos, até mesmo indicar promoções de gaveta para o cliente de acordo com o caso. Esta não era uma operação diferente das outras. Apenas apresentava características diferenciadas de acordo com o potencial do freguês. Eram vantagens que se ofereciam para sedimentar o relacionamento comercial, principalmente, se o negócio envolvesse um cliente de peso que aí aparecesse pela primeira vez. Era um investimento, não mais do que isto.

– Ele não veio apreçar, chefe; veio comprar – o funcionário disse ao seu gerente.

O chefe levantou-se e girou o pescoço pela loja. Deu com Estefânio esparramado na mesa do seu funcionário.

– Mande-o pra minha mesa.

– Não, chefe. O negócio já está encaminhado. Eu só queria mesmo era saber...

– Mande o cara pra cá. Depois a gente conversa sobre isso...

*** *** ***

Estefânio fechou rapidamente o negócio. Com o empenho do gerente, ele deixou na mão outro fazendeiro que comprara, antes dele, o mesmo produto. Que o outro esperasse.

– É o seguinte – disse o gerente na ocasião –, recebo, ainda esta semana, uma unidade que seria entregue nos próximos dias. Eu deveria avisar o comprador sobre a chegada do produto assim que ele estiver no pátio... mas não farei mais isto. Ligo para ele apenas para desculpar--me de um atraso da remessa, alheio à minha vontade, e marco uma nova data de entrega do seu pedido.

O gerente é o tipo de homem que gosta de trabalhar com as mãos molhadas. Quanto a Estefânio, domina, como poucos, a arte de molhar a mão de qualquer um. Pode-se dizer que os dois são duas almas que se completam. Ele considera o gesto um impulso para os seus negócios e um incentivo para os seus colaboradores.

O gerente não podia perder aquele negócio. Afinal, se o sujeito não comprasse ali o objeto do seu desejo ou da sua necessidade, compraria em outro lugar. Não. A loja não podia dar-se o luxo de perder aquela venda, mormente nesses momentos de crise. De cara ele vislumbrou novas oportunidades de bons negócios com aquele cliente novato. Já ficara claro que valeria a pena a ajuda que ele lhe dava ao disponibilizar uma máquina quase a pronta entrega, em detrimento de outro cliente. De certo, um cliente menos importante. Vale a pena. Estefânio tem uma irresistível conduta negocial. Convincente sob todos os pontos de vista.

Nesse mesmo dia, Estefânio foi encontrar-se com Justino. Não era um encontro casual, senão um anunciado e acertado entre ambos há alguns dias.

Não obstante, Justino não se apresenta com o mesmo ânimo de antes, não era o homem que Estefânio conhecera. Ele o via arredio, alheio em alguns momentos, mesmo agressivo em outros. Como se algo o comesse por dentro.

Estefânio não se surpreendeu com o ânimo diferenciado do quase parceiro, acostumado que está com as nuanças do mundo e com a sua própria nuança. Com o passar do tempo que os separava do primeiro encontro no avião, Estefânio descobriu que Justino tinha uma personalidade um tanto indefinida. Ele se revelou bem diferente de Pablo, que se mostrava retraído no começo, mas que se abriu depois, o que proporcionou um grande negócio entre eles.

Estefânio já havia detectado uma inconsistência significativa em Justino. Temia que algo pudesse não resultar bem na relação que os dois estavam construindo, e ele precisava de muita segurança cada vez que se metia em um tema. Ele já não vê com muita convicção a participação de Justino no seu próximo empreendimento, não obstante, sente que ainda pode dar-lhe um voto de confiança. Descarta-o depois; e pronto. Afinal, suas operações não comportam mesmo a assiduidade de participantes.

Salvo em situações muito especiais, Estefânio não costuma repetir atuação de colaboradores, porquanto quer sempre o caminho livre de indícios, coisa incompatível com a repetição ou assiduidade de atores. Isto ele sabe muito bem, mas ao longo do tempo tem sabido quando apostar em uma segunda participação de um mesmo indivíduo. Ou mesmo se deve apostar em uma primeira participação de um sujeito, ainda que esse se mostre frouxo. Cada um na sua hora pode ser útil de alguma maneira.

Com esse raciocínio ele foi ter com Justino para acertarem os últimos detalhes da transação em que estavam se envolvendo, ou, pelo menos, para ver se podia dar sequência à tramitação que encetavam. Se desse certo, continuavam; se não, ele dava a negociação por encerrada nesse zero a zero. Ele considerava que não havia dívidas entre os dois.

Se as coisas não resultassem bem, com certeza ele encontraria novos caminhos e novas alternativas para resolver o mesmo tema.

Apesar das dúvidas que Justino lhe tem suscitado, nessa reunião Estefânio o encontra bastante seguro sobre as suas ideias e as suas aspirações. Então, ele passa para Estefânio o mapa de disposição do seu tempo, bem como a listagem da documentação necessária para a realização das operações a que dariam curso. Além disto, informa-o sobre todos os trâmites que precisam ser realizados para a consecução dos negócios que se desenham. Afinal, Estefânio quer apenas comprar gado, arrematar exemplares de elite no leilão que se aproxima e, depois, transportar os animais com toda a segurança até ao seu destino. Nada de malfeitos. Ele não quer problemas com a fiscalização e, para isto, é essencial que a documentação esteja perfeita. Não pretende ter contratempos em barreiras sanitárias ou qualquer que seja, nem ter os animais arrematados retidos na estrada à espera de uma simples nota fiscal.

Estefânio é novo nessa de fazendeiro. Precisa assessorar-se por quem entende do ramo. Justino entende. Além de saber tudo sobre o manejo com os animais, nada lhe foge da parte burocrática. De qualquer forma, era torcer para que tudo se resolvesse da melhor forma; e tudo terminaria por aí.

*** *** ***

Aquela noite Justino não passou bem.

Como já vinha acontecendo havia algum tempo, ele foi tomado por uma severa inquietação. Às vezes sentia um calor que o inundava de suor como se ele estivesse em plena lida ao sol do meio-dia. Ao mesmo tempo, baixava-lhe um frio febril e ele cruzava os braços pressionando-os contra o peito enquanto se enroscava sob o seu poncho, que não lhe bastava.

Ele variava.

Sua mente atormentada criava imagens que tremulavam diante dos seus olhos como uma profusão de fantasmas que mudavam de cor e de forma a cada momento. Seu peito arfava em acelerado como se lhe faltasse o ar, que ele buscava encontrar a todo o custo. Vinha-lhe do fundo do peito um ronco estertorante, sufocado, convulso. Justino se debatia num delírio como de morte.

Os fantasmas que lhe surgiam, ou que ele criava em sua febre psíquica, dançavam histéricos ao lado da sua cama e mesmo sobre ela. Dançavam no teto, de cabeça para baixo. Cuspiam nele. Às vezes, pisavam-lhe com força brutal e ele gemia.

Por fim, ele levantou-se e caminhou no escuro até à janela além do pequeno corredor, que ficara aberta, sem que ele sequer se lembrasse de não tê-la fechado. Também não se recordava o momento em que se deitara. Ele arrastou uma cadeira e deixou-a perto da janela; aí se sentou enroscado como um casulo de lã.

Apesar do seu agasalho exagerado, mesmo para as noites mais frias, seu corpo extenuado pelo descompasso interno tremia convulsionado. Seus dentes batiam uns contra os outros e emitiam o som de matraca que bem lembrava o que emite uma vara de monteiros enquanto amola suas presas e corre pelas baixadas ou por campos alagadiços onde revolve a terra com sua relha feroz.

A friagem que entrava pela janela e o acertava de frente, na cara, fez bem ao homem que, aos poucos, se acalmou e voltou para o quarto. Acendeu a luz. Tomou a bilha e virou meio copo d'água. Trocou a roupa embebida de suor e deitou-se novamente. Não apagou a luz. Deitou-se só por deitar. Imóvel como uma pedra ele ficou mirando o teto. Com medo de fechar os olhos ele não saberia dizer quando os cerrou. O fato é que acabou adormecendo.

*** *** ***

***

*

Capítulo 22

Era uma noite muito fria e sombria naquele início de junho. O inverno antecipara-se ao calendário e já fazia das suas. Contra a sua vontade, o quarto crescente era escondido por uma massa de grandes e densos blocos de nuvem que deslizava preguiçosamente, empurrado por uma brisa pachorrenta que se movia com lentidão. Quando a massa raleava, aquela esfera de luz, ainda incompleta, pintava-a de um amarelo pálido, às vezes, quase transparente, o que por momentos muito breves, dava um pouco de graça à cinza daquele céu de começo de inverno.

As ruas estavam quase todas desertas a essa hora, segundo terço da madrugada. Elas que haviam ido dormir muito cedo, fugindo da friagem.

Muito espaçadamente alguém se arriscava a sair e, quando acontecia, não era exatamente uma aventura, mas alguém que cumpria a obrigação de ir trabalhar ou que voltava do trabalho. Sempre há alguém que trabalha fora de hora. Nessas noites singulares, nunca acontecia nada especial nesse quadrante da cidade, salvo quando, em algum final de semana festivo, como é este, uma gangue meio chapada voltava para casa, ou um vagabundo se metia a gritar noite adentro.

Essa noite, apesar de festiva, ninguém grita. Era quase silenciosa, quase morta, a despeito de uma ou outra pessoa perambular nessa escuridão vazia.

Como para quebrar a monotonia, e da pior forma possível, de quando em quando passava um automóvel que exalava um barulho ensurdecedor, coisa que alguém ousa chamar de música, cuja qualidade, por si só, já deixava claro o tipo de gente que a ouvia.

O carro passava, mas o som que dele emanava continuava reverberando por algum tempo e só se diluía por completo quando já o veículo estava muito longe. À sua passagem o carro deixava uma multidão de descontentes, gente despertada no melhor do seu sono.

Idosos que custaram para conciliar o sono, que já dormiram um pouco e que, por conta disso, agora que foram acordados, seguirão em vigília; no mais absoluto estado de nervos verão a despedida da madrugada e o advento da aurora. Esses e outros, assim que o carro passa, desejam, em silêncio, ou mesmo em um esconjuro entre dentes, que ele encontre uma caçamba de entulhos pela frente para que seus ocupantes aí encerrem o seu propósito de atormentar a madrugada.

Até que viesse outro da mesma classe, a noite recuperava seu silêncio.

Em uma praça mal cuidada, uma patota silenciosa fumega o seu baseado que vai passando de boca em boca. Do outro lado da praça, sozinho, um infeliz garroteia o braço e aplica-se uma injeção. Solta a borracha, ajeita-se no banco e vê desfilar diante de si uma multidão de demônios que o chama com gestos obscenos. Ele não se move. Não vai. Inferno por inferno ele já tem o seu. Essa gente não faz mal a ninguém senão a si mesma.

Uma vez ou outra um cachorro sem dono, ou cujo dono não passava de um relapso, revolvia um saco de lixo em busca de comida. Depois, o bicho saía no seu passo vagabundo a mendigar outras lixeiras. Atrás, deixava a imundície espalhada nas calçadas. Na manhã seguinte o sol se incumbirá de fermentar tudo e atrair as moscas para a podriqueira. Um gato surge na esquina da rua; o cachorro desembesta atrás dele. O felino engata uma corrida na direção de um ipê e só para quando está bem protegido em uma bifurcação de galhos a mais de dois metros do solo.

Embaixo, o cachorro, agora bípede, apoiadas as patas dianteiras ao tronco da árvore, late furiosamente. Em cima, na sua proteção, o gato mostra valentia e emite o som característico de fósforo sendo aceso. Ele arqueia o espinhaço, ouriça os pelos e arremessa os pontiagudos dentes de marfim, prontos para atacar, que chegam a refletir a luz amarela de um poste, cujo brilho é filtrado pela copa da árvore ao pé dele. Mas não ataca. É tudo fanfarronada. Quando podia lutar o que fez foi correr, como faz muita gente.

Apoiado à árvore o cão segue latindo raivosamente e espirrando baba, tal a fúria com que exprime seu desagrado para com o bichano. Talvez sua indignação reflita apenas a inveja por não poder trepar em árvores. Quando se cansa de latir ele retoma o seu caminho em busca de outras lixeiras, que isto é o que sabe fazer um cão vadio.

O gato desce da árvore e se lambe como se nada tivesse acontecido.

Mais adiante, em uma esquina, o cão para vacilante como se hesitasse sobre qual direção tomar, ou como se alguém lhe barrasse a passagem. Ele olha para trás e vê o gato, que agora arranha o pé da árvore. Sem sair do lugar o vira-lata olha em volta com desinteresse, apenas movendo o pescoço para um lado e para o outro. Descobre um abrigo, uma providencial caixa de papelão. Dirige-se a ela e aí se ajeita. Quando levanta o pescoço, o gato já sumiu. O silêncio volta a inundar a noite, pelo menos até que surja outra coisa para quebrá-lo.

Em alguns pontos as árvores da rua impedem a claridade. Aí elas formam como um túnel de verdura. Em algum poste a lâmpada está queimada ou quebrada pelos vândalos. Noutros, elas ficam acima da ramalhada. Aqui, ela está envolvida pela folhagem. Isto contribui para o escurecimento de alguns segmentos da rua apesar da iluminação pública. Pela particularidade anuviada da noite, a lua não ajuda em nada.

Umas seis quadras abaixo surgem, bem no meio da rua vazia de automóveis, duas figuras, cuja definição a distância encobre. Elas caminham pressurosas e cheias de zelo. As duas vêm juntas, mas vêm separadas. Uns duzentos metros mais adiante deixam a rua e vão para o passeio. Param diante de um portão. Uma delas é uma mulher; agora se percebe sob a luz veemente da entrada. Ela aciona um alarme, cujo apito se ouve desde longe. Ato contínuo, gira a chave e empurra o pesado portão enquanto seu companheiro espera que ela entre. Ela entra. O moço recomeça a andar, retorna o curso no meio da rua e continua na mesma direção em que vinha.

Cada vez mais perto; cada vez mais perto.

Agora, bem destacado pela proximidade, vê-se que não passa de um adolescente, as mãos crispadas nos bolsos da jaqueta para espantar o frio.

O jovem anda no meio da rua por precaução, por questão de segurança. Uma maneira de não ser surpreendido por algum malfazejo que pode esconder-se em uma esquina ou atrás de uma árvore. Ele aprendeu esse comportamento ao ler uma revista muito antiga que encontrou em casa e, desde então, segue à risca o ensinamento, sempre que anda de noite. Por cautela é que ele vem prevenido. De fato, nunca se imaginou observado ou seguido por alguém.

Mas ele está sendo campanado; não apenas esta noite. Uma perseguição que vem acontecendo há algum tempo. Quem o observa está aí porque já conhece todos os seus hábitos, já sabe tudo sobre ele.

Um homem cambaleante aparece na esquina, um bêbedo voltando de algum *rendez-vous*. A julgar pelo aspecto decadente, talvez nem saiba onde mora. Se souber, é possível que não entre em casa, ou por que a mulher, se a tiver, o impeça, ou por não conseguir meter a chave na fechadura.

Na direção contrária vem o rapazola, que já está bem próximo da entrada da sua casa. O bêbado se apoia em uma árvore antiga aí plantada. Abre a braguilha e mija no pé da planta. Minutos depois, o muchacho já está colado ao seu portão. Mete a chave na fechadura. Alguém o chama pelo nome. Ele absorve o chamado e se volta, mas nada vê.

Agora, dois tiros rompem o silêncio da noite. Ato contínuo, o cachorro, que se recolhera na caixa de papelão, a pouca distância, começa a latir e desce a rua em desabalada. Outros cães que vivem nos arredores, ou que perambulam pelo sítio, principiam uma desafinada orquestra de latidos que, de dentro dos quintais, diretamente das ruas e mesmo das casas, violenta a noite. Os animais que estão mais próximos latem por conta dos estampidos que lhes feriram os ouvidos sensíveis. Os mais distantes fazem-no apenas por chateação, só por que ouviram o ladrido dos demais.

Amontoado ao pé de uma montanha de lixo, outro animal, que ainda não havia sido percebido, acorda de um sono despreocupado e começa a latir furiosamente. Ele ladra como se estivesse sendo acossado, mas não estava. Em seguida, ele se dá conta de que nem sabia o motivo da sua bravura. Então, senta-se na anca, contorce o corpo, coça as orelhas e se recolhe outra vez.

O bêbado, já sem essa aparência, inicia uma corrida e sai desembestado. Seu corpo, agora ereto, já não é o de uma pessoa embriagada. Aquele homem não estava bêbado, mas apenas se fazia. Ele sai determinado na direção da esquina situada a poucos metros. Dobra-a e desaparece na escuridão. Janelas se iluminam em algumas casas, mas ninguém aparece.

Em um sobrado, a poucos metros, um homem acende as luzes da sacada, afasta o cortinado, abre lentamente a porta e aí surge a perscrutar a rua. Atrás dele vem sua mulher, de pés juntos, jurando ter ouvido disparos. Ele mesmo não ouviu nada. A mulher espicha os olhos sobre o seu ombro ao mesmo tempo que aí se ampara. Ele traz na mão uma lanterna. Acende-a e derrama o seu facho sonolento pela rua deserta e fria. Atrás dele a mulher nada vê; nem ele. Então, ele desliga a lanterna. Em seguida apaga as luzes do varandim e arrasta a porta corrediça. Antes de fechar a cortina, sua mulher ainda lança um olhar para a rua através do vidro da porta e vê algo mover-se perto de uma árvore na outra calçada.

– Ali, veja ali – ela diz baixinho, cutucando o marido.

Ele volta-se para a porta e abre-a rapidamente, já a lanterna despejando o seu facho curioso na direção apontada pela mulher.

– É só um cachorro – ele diz enquanto desliza o foco de luz ao longo da calçada.

– É... é só um cachorro mesmo – ela repete, desapontada.

Eles fecham a porta, a cortina e se recolhem. Em seguida, como se obedecessem a um sincronismo, apagam-se todas as luzes que foram acesas nas casas de redor. O silêncio volta a invadir a rua. Parece que todos voltam a dormir.

Em uma daquelas casas, um jovem casal, que como outras pessoas, nesta noite ouviram os estampidos, também se levantou para acudir a rua. Não que tivesse algum interesse no que ocorria ou deixava de ocorrer lá fora, mas simplesmente por que fora despertado. Os dois abrem uma brecha na janela e olham para fora sem acender qualquer luz. A mulher tem a mão direita no ombro do marido e deixa-a escorrer até as suas nádegas.

– Não é nada – ela diz.

– Não é.

Ela mesma fecha o vão da janela e arrasta o marido para a cama, mas não se deita imediatamente. Liliane, a mulher, deixa o marido, Beto, na cama e vai sair para a cozinha; ela tem sede.

– Deixe que eu lhe busco a água – ele diz.

– Não precisa. Fique aí... eu volto logo.

Beto vai levantar-se. A jovem mulher, um pé arribado na beirada da cama, espalma a mão direita no peito dele. Mira-o de frente. Morde o lábio, uma luz indefinida nos olhos grandes. Um safanão que não pode ser confundido com violência e ela o empurra de volta para a cama. Ele desmorona sobre o lençol de tafetá branco, amarfanhado; os braços abertos. Cai de costas, os olhos atônitos a mirar o teto.

Então, Liliane repousa a mão sobre o joelho ainda dobrado. Ela tem sede, mas olha para o marido com olhos de fome. Os dentes, ainda prendendo o lábio, ela os aperta ao limite suportável, junta as pálpebras pela metade e desvia sutilmente os olhos para outra parte do corpo do homem; aspira fundo; uma inspiração marota, entre dentes e tira o pé de cima da cama.

– Tá bom, tá bom... vá... eu espero, mas posso estar dormindo quando você voltar.

– Não se preocupe, posso acordá-lo eu mesma. É que essa levantada fora de hora me tirou o sono. Ando com umas coisas na cabeça... ai... ai... – ela geme.

Liliane se vira e caminha na direção da porta do quarto. Beto segue-a com os olhos sonolentos, mas não deixa de ver nela tudo o que ele precisa. Em seus lábios desenha-se um sorriso imperceptível.

– Ah, garota!... – ele diz, baixinho, para si mesmo.

Liliane veste um robe de seda, branco, estampado com uma infinidade de flores pequenas e outras um pouco maiores, distribuídas em blocos pelo tecido. As flores menores se espalham em torno de uma

280

reunião maior de flores em um tom único, que à distância parece um buquê visto de cima. O restante das flores, ou as que estão mais dispersas, são todas coloridas de rosa, de vermelho, de verde e lilás. Diferente das que estão agrupadas, cada uma dessas flores está em um tom fumê que, às vezes, se dilui na direção do seu centro, outras vezes, na direção da borda. Ao longo de toda a abertura da peça desliza um debrum em seda branca, de uns cinco centímetros de largura, o mesmo do punho das mangas compridas. Um cinto da mesma seda e da mesma largueza cinge-lhe a cintura bem moldada. Bem um palmo do café com leite – com menos café do que leite – das suas coxas febris fica à vista.

Liliane sai pela porta. Vai inquieta. No peito sufoca-a uma ardência como se suas entranhas fossem um vulcão buliçoso prestes a entrar em fervura. Ela abre a geladeira já com o copo na mão, e recebe no peito uma golfada de ar gelado que serve para abrandar um pouco o seu estro. É só por alguns segundos, porque esse tipo de calor não se aplaca com o frio, que de ordinário, o que pode fazer é aumentá-lo. O frio sugere aconchego, que sugere o contato que resulta em fricção. Daí, o frio vira calor que precisa ser aplacado de alguma forma.

Liliane escora a porta do refrigerador com o joelho. Aí mesmo toma a água. Apesar de ter enchido o copo, não tomou mais que dois goles. Reconhece que não tinha sede. Estava mesmo era agoniada. Sua alma travessa bulia nas suas entranhas e ela sentia a pele fumegar. Fecha a geladeira e então o seu corpo arde de vez. A diferença de temperatura causada pela interrupção do hálito frio do refrigerador faz que o ambiente da cozinha se assemelhe a uma estufa.

A mulher já não cabe dentro do robe. Desata o laço. Depois caminha para o quarto. Para na porta. Deitado de bruços seu marido finge dormir.

– Beto... Beeto!... – ela chama o consorte, a voz aveludada e mansa; a voz morna, dengosa e frouxa.

Beto dá um salto na cama e se volta para a porta do quarto onde a mulher está parada. Ela segura os lados do penhoar e abre os braços. Seu corpo surge palpitante, completamente desnudo. Liliane permanece nessa tentação por apenas alguns segundos. Em seguida, corre para a cama, lança-se sobre o marido, que abre os braços. Seus corpos se aninham, suas bocas febris se buscam como estivessem magnetizadas. O robe de Liliane voa. Com sofreguidão as mãos do jovem casal palmeiam seus corpos em brasa. Para eles a noite acabou ou apenas iniciou. Depende do ponto de vista.

Bem mais tarde, eles ouvem uma movimentação na rua. O choro de uma sirena irrompe nessa noite singular e cessa. Pouco depois, a sirene soa de novo. O casal não distingue bem os sons. Não atina se aquele som é o anterior, que saía, ou se era de outra viatura, que chegava. Bombeiro, polícia, ambulância? Não importava. Para Beto e Liliane o mundo lá fora não interessava.

Um pouco mais, duas sirenes uivaram simultaneamente e partiram em direções opostas. Depois, a noite recuperou o seu silêncio. Então, Beto e Liliane descobriram que lá fora a coisa tinha estado movimentada, mas não se importaram.

Já quase amanhece. É fim de semana. Liliane e Beto adormecem.

*** *** ***

Justino está como petrificado. Olha um corpo estendido na calçada e dele vê brotar uma infinidade de fantasmas que dançam diante dos seus olhos e sobre a sua cabeça. O corpo caído no passeio é como um manancial de espíritos que vão nascendo e povoando todo o entorno. Cada um se alinha diante de Justino, primeiro com as feições que ele identifica com a do morto a seus pés para, depois, deformar-se e ficar irreconhecível.

Como fossem miragem aqueles espectros começam a dançar diante dele enquanto voam até à altura de um homem. Justino nota que, apesar de flutuantes, aquelas imagens, às vezes densas, às vezes transparentes, não estão desligadas do corpo estirado. Com ele se comunicam por um filamento diáfano ou opaco, de acordo com a visagem a que se ligam.

Justino sente os olhos arderem como se a eles tivesse sido lançado um punhado de areia grossa. Ele une levemente as pálpebras e sente que dos seus olhos brota um líquido espesso que escorre pela sua cara. Em seguida, com dificuldade, abre os olhos. Então vê, através da cortina do humor que lhe minara dos olhos, todas aquelas figuras, até agora, com aparência humana, se transmudarem em uma massa gosmenta e pegajosa que se acerca dele e começa a sufocá-lo.

Ele sente a respiração faltar-lhe. Experimenta a sufocação, aqui pela fumaça em que as entidades que o circundam parecem ter-se transformado; mais adiante, como se estivesse mergulhado em um cadinho de gusa prestes a ser corrido que, ao invés de tostá-lo, apenas o asfixia. Ou como se estivesse sendo afogado por uma ação de tortura que ele não sabia quem lhe aplicava.

É a morte definitiva o que Justino experimenta. Ele passa a mão pelos olhos e percebe que o líquido que escorria deles era sangue. Então, olha através das imagens que dançam diante de si e percebe que, mais adiante, sua estrada se estreita. No final da linha ele vê uma tênue luz, como a de um círio, cujo lume uma vez é branco outra vez é amarelo e, outra vez, não passa de uma vibração como a miragem que ondula sobre uma pista quente. É o momento em que tudo o que está diante dos seus olhos se agita em fúria e adquire a desafiadora tonalidade do rubi. Do corpo derramado no passeio o sangue se esvai em golfadas e vem aos seus pés para manchar-lhe os sapatos.

Justino volta-se para o rosto do morto, cujos olhos abertos paralisados pela morte adventícia já não podem vê-lo. Ele não quer olhar para aquele cadáver. Apesar disso, não consegue desviar os olhos. Então, vê que aquele corpo vai ficando transparente ao tempo em que perde todo o sangue.

É então que Justino se dá conta de que a vermelhidão líquida que verte do corpo tombado vai envolvendo o seu próprio corpo como se ele mergulhasse em uma piscina sanguínea.

Ele quase não consegue respirar.

De repente escuta um estrondo. Os fantasmas que planavam descem de uma vez sobre o cadáver que parece reagir e os renegar. Como uma nuvem de fumaça empurrada de um tubo por uma força violenta eles desaparecem no céu escuro.

Justino percebe que estava caído no chão. Tinha a cabeça ao lado da do corpo que dava o derradeiro suspiro e expulsava definitivamente todas as possibilidades de voltar a sentir alguma dor.

*** *** ***

Justino dá um salto involuntário sobre a cama. Ao mesmo tempo um grito atordoado ecoa no seu quarto desalinhado. Em seguida, ele faz movimentos convulsivos antes de espichar-se de novo sobre o colchão. Então, ele crava os olhos na luz do teto, acesa. Agora, a confusão da luz na sua retina traz de volta os fantasmas que o atormentavam no seu sonho desventurado, mas ele não sabe se os entes da sua alucinação saem-lhe do fundo dos olhos ou se brotam do bulbo incandescente.

Por um momento ele volta à meninice dos seus nove anos e se vê diante da vitrine do único bazar da sua cidade. Aí, uma singular coleção de velocípedes coloridos e de jeeps verde-oliva movidos a pedal, cujos faróis acendiam ao toque de um botão, o desafiava a comprar qualquer deles, quando ele não podia comprar nem sequer um caramelo recheado de rum dos que estavam num baleiro giratório sobre o balcão. A agonia do passado confunde-se com a aflição do presente e ele não sabe qual dessas situações é pior. É o mesmo sufoco; disso ele não tem dúvida.

Ele cerra os olhos. Por instantes somem os jeeps, os triciclos, e dissolvem-se os caramelos. Por instantes desaparecem os espectros que atormentavam o seu espírito. Cessam as visões, mas a tortura parece aumentar. Seu sentido submerge em um poço de sons que o absorve como se ele despencasse da borda de um vulcão e mergulhasse em uma lava de tormentosa fantasia.

Justino sente faltar-lhe o ar como se estivesse sendo esganado por mãos invisíveis que vieram para levá-lo para o inferno. Mas Justino não acredita em inferno. Não acredita em coisa que ele não pode tocar. Esta é a primeira vez que ele se molesta com algo abstrato.

*** *** ***

*

Capítulo 23

Não é por acaso, ou do nada, como se diz, que Estefânio tem as características que tem. Elas vêm desde sua idade mais tenra. O que ele sempre primou por fazer foi aperfeiçoá-las com o tempo e ajustá-las às necessidades de plantão.

Ele era ainda bem novo e já comandava o seu passo com precisão; sabia aonde o levaria a sua rota. Com a maior desenvoltura já enganava quem cruzasse a sua estrada. Era um ladino nato em todos os sentidos. Essa condição fazia dele um líder, o chefe do seu grupo de rua, uma matula de moleques malcriados, que muito mais que seus companheiros eram seus cúmplices.

Era uma turma ordinária, segundo a opinião unânime das pessoas que conheciam aquela récua. Essa gente tinha razão, porque a turminha não era flor que se cheirasse.

"Não valem uma pitada de rapé", conforme dizia o velho Bicalho, sempre às voltas com eles roubando suas frutas, estragando sua cerca, surripiando ovos no seu galinheiro para vender e comprar figurinhas.

"Esse bando de malfeitores, gatunos dos infernos, gente ruim, indivíduos inominados, sem futuro, que não respeitam nem o santo". O padre Afrânio resmungava cada vez que a patota fazia uma limpeza nos nichos da igreja e levava os donativos deixados pelos fiéis ao pé de cada imagem.

Eles não arrombavam nada, mas de cinquenta centavos para cima, levavam tudo.

No começo o padre achava que a paróquia não estava contribuindo e, muitas vezes, fez duro sermão sobre o pecado da avareza, uma forma de, como se diz, bater no couro para o burro entender. Mais tarde, descobriu que o problema não era a paróquia, mas alguns paroquianos malfazejos.

"A continuar assim, vou acabar não tendo verba nem sequer para trocar a lâmpada da sacristia. Não tem jeito. Não terei outra coisa que fazer senão deixar esta joça fechada." – Padre Afrânio diz para si mesmo, enquanto penteia os cabelos com os dedos, num sinal de visível nervosismo.

– Que vai ter de deixar fechado, padre Afrânio? – Mônica Fontes, que ouviu o final da frase ao entrar na salinha dos milagres, perguntou.

– Desculpe-me, dona Mônica. Não vi que a Senhora estava aí. Falava cá com meus santos... e meus botões.

– Eu não estava padre. Acabei de entrar.

Padre Afrânio volta a pentear os cabelos com seus dedos finos e compridos. Está pelos seus cinquenta. Mônica Fontes olha para ele cheia de coisas na cabeça. Os cabelos do padre, completamente brancos, adornam-lhe a face trigueira e magra. É um homem alto, bonito, às vezes, nervoso sem motivo aparente; mas deve ter lá as suas razões. Estando na rua não parece padre. De fato, só é padre na hora da missa, quando seus paramentos o denunciam.

*** *** ***

– Ah, se ele não fosse padre... – Júlia dos Santos, uma mulher frequentadora da igreja, comenta quando o vê passar na rua.

– E daí? Que seja padre. Não é homem do mesmo jeito? – diz uma miudinha, cabelo muito preto, chanel, que costuma comer o padre com os olhos, mesmo na hora da missa.

– Quando me confesso conto a ele até coisas que nunca fiz, só pra ver se o danado entende, se reage – Sarita fala sorrindo, uma calma indefinida na voz cremosa, um brilho enigmático nos olhos castanhos.

– Eu comia ele to-di-nho – é o que diz dona Rita de Cássia, uma casada respeitável, meia-idade, pele fina, enquanto soletra o final da frase e umedece os lábios com a ponta da língua palpitante.

– E ele entende, quero dizer, já entendeu? – pergunta uma morocha que não passa dos trinta anos.

– Entendeu o quê? – dona Rita de Cássia pergunta.

– Tô perguntando pra essa aí – a morena responde e aponta para Sarita.

– Se tivesse entendido eu não tava aqui reclamando da vida – a viçosa Sarita responde. Um riso aberto na boca larga denuncia-lhe a expressão sinuosa dos lábios carnosos e os dentes perfilados de infinita brancura.

Todas caem na risada.

– Um desperdício, isto é o que eu posso dizer. Padre? Não podia ter uma profissão mais convencional? Vocês já viram a mala que ele tem? – é o comentário de Genoveva, mulher do farmacêutico Zé Moreno, cujo apelido ninguém entende já que ele é um branco quase louro.

Genoveva é uma mulher espevitada, bonita como quê. É alta, a pele cor de lã crua, cabelos grossos e castanhos pelas espáduas, as pernas compridas, as coxas roliças torneadas na medida certa. Notada por onde passa e tema de falação mesmo quando não passa. Não tem filhos. Usa roupas escolhidas a dedo, cujo preço não condiz com a exuberância com que surgem naquele corpo. De ordinário as peças não são caras, mas parecem caras. Também, com um corpo que ajuda não há roupa que não se ajuste.

– Mais convencional? Como assim? – a miudinha pergunta, os olhos muito abertos.

– Uma que comprometesse menos, ora – Genoveva responde tranquilamente.

– Lá vem você com seu assanhamento, mulher – Sarita intervém.

– Sai pra lá, cafuçu. Não venha pra nossa seara porque conhecemos sua fama – dona Rita de Cássia diz –. Aqui já temos concorrentes de sobra.

– Se cair na rede é peixe e se vacilar eu pego – Genoveva diz, o riso molhado. Não tô nem aí. Não se garantem?

– Qual? Aqui é só papo e vontade, meu bem. A gente só faz farra. Quem vai fundo mesmo é só você – Sarita diz meio desconsolada –. De todas nós você é a única liberada.

– Quá! Liberada nada... Faço o que posso. Mas não fale assim, gente. Isto pode chegar lá em casa e...

– E ainda não chegou? – dona Rita de Cássia pergunta, a voz carregada de intriga.

Genoveva ri. Morde o lábio, meneia a cabeça negativamente; mas não está negando nada.

*** *** ***

– Eu vinha da costureira, aonde fui buscar um vestido que mandei fazer. Vi o Senhor entrar na igreja e entrei também – Mônica Fontes fala –. Na entrada quase fui atropelada por um magote de pivetes que saía correndo. Quem são, Padre? O Senhor os conhece?

– Um bando de desequilibrados é o que são. Gente ruim, raça ruim. E que deus me perdoe – o padre responde.

Padre Afrânio entrelaça os dedos nos cabelos cheios e os chacoalha.

Mônica Fontes finca os olhos sedentos, vivos como brasa, nos cabelos do religioso e não se contém.

– Como seus cabelos são bonitos, padre!... brancos de leite, brancos de algodão – ela diz, um sorriso enigmático nos lábios grossos –. E sei que o Senhor nem tem idade para isto...

Padre Afrânio se encabula.

– Família, minha filha; família. Todos os meus irmãos são assim desde novos. Eu os tive brancos em poucos meses pelos meus trinta anos. Tenho irmãos que os tiveram brancos antes disso. É uma característica do lado da minha mãe.

– O Senhor tem muitos irmãos, padre?

– Oito.

– Seus pais não brincavam, hem? – Mônica Fontes comenta. Um comentário descabido, fora de hora, desnecessário. Ela esconde a boca com as mãos.

O padre faz que não ouve e prossegue:

– Cinco homens e duas mulheres...

Mônica Fontes arregala os olhos e comenta:

– Então não são oito, padre; são sete...

– Vivos, dona Mônica. Vivos. Rosalinda morreu de pneumonia quando ainda era uma menina, com pouco mais de três anos.

Mônica Fontes deixa sobre o balcão dos milagres o embrulho que trazia e começa a abri-lo.

– Veja se o Senhor gosta, padre – ela diz, enquanto olha padre Afrânio, que olha assustado para ela.

– Quero dizer – dona Mônica conserta o que dizia –, veja se o Senhor o acha bonito.

Padre Afrânio tosse encabulado.

– Ora, dona Mônica, quem sou eu para gostar ou achar bonito um vestido seu? Não entendo de modas. Demais, seu marido...

– Ah, padre... aquele lá...

– Tá bem, dona Mônica, vamos indo – o padre diz e vai saindo.

Mônica Fontes vai jurar o resto da vida que o viu excitado.

*** *** ***

Aquele magote de pivetes, como havia dito dona Mônica Fontes era inofensivo quando não estava em grupo e, principalmente quando não estava Estefânio. Individualmente cada um era garoto praticamente normal. Quando eles se juntavam, aí sim, eram uma avalancha e deles não se esperava nada que prestasse. Mas seus malfeitos, afora os saqueios aos nichos dos santos, não constituíam crimes. Não passavam de pequenas malvadezas, insubordinações e atos de desrespeito que incomodavam, cujo efeito só transparecia dada a sua reiteração. No caso dos santos, era mais pecado do que outra coisa. Coisa de menino levado, diriam uns.

Antes mesmo de frequentar a escola, a astúcia de Estefânio, essa qualidade indesejável pela forma como ele a exercia, já se havia manifestado nele. Mas Estefânio não foi muito longe com a escola. Era muito inteligente, mas muito sutil e insubordinado. Não era bom aluno. Não havia como sê-lo com estas características. Não completou o liceu. Parece que não precisava disso. Mas ficou preparado para aprender o que quisesse no futuro, assim, só de ver fazer, só de ouvir Ele se viraria muito bem vida afora sem precisar esforçar-se com essas coisas. E se virou...

Todos da sua turma, dos maiores e mais fortes aos menores e mais raquíticos, o respeitavam. Nesses últimos o respeito, pelo menos no início, não era mais do que medo. Por esse motivo, não precisa ser explicado, que explica-se pela subserviência com que eles se portavam diante de Estefânio. Depois, o respeito se solidificou porque eles perceberam sua inteligência singular e a sua capacidade de resolver as coisas mais intricadas. Apesar de esse grupo ser fisicamente bem fraco, era ele que compunha o exército de Estefânio, uma força que ninguém ousava desafiar.

Quanto aos primeiros, a história era outra.

Aconteceu uma primeira vez, quando – por uma desavença qualquer com um menino dos maiores, Jucão, sem dúvida, o mais forte de todos, que andava fazendo ginástica de Joe Weider através de uma revista –, Estefânio precisou entrar em ação. A questão a ser dirimida era a liderança do grupo, mostrar quem comandava aquele time, deixar claro, de uma vez por todas, quem era o dono do pedaço.

Jucão era um sujeito invocado e metido a besta. Espalhava que tinha namorada e que tinha comido não sei quem sem nunca ter chegado perto de uma menina. Ele tinha, sim, vontade, e andava de olho em um monte de garotas. Mas o simples fato de dizer que namorava era suficiente para que os meninos com quem ele andava o invejassem. Alguns tinham ciúme, outros, despeito e outros, raiva. Ele tinha o mau hábito de denegrir a imagem das meninas que não lhe davam confiança – e nenhuma dava –, exatamente pelo seu caráter duvidoso.

Estefânio conclamou sua tropa de fracos e, juntos, aplicaram a esse mau caráter uma boa lição. Todos tiraram uma casquinha, até mesmo para descontar o atrevimento com que o sujeito se portava com eles na maioria das situações. Mas não deixaram marcas no seu corpo. Não se sabe como, nem quem o ensinou, mas Estefânio já aprendera que nunca é bom deixar marcas em quem se justiça, salvo se o que se pretende, além da punição, for exatamente deixar claro o que pode acontecer aos rebeldes, aos desertores, ou aos inimigos, todos da mesma raça ruim que aqui se iguala no teor.

Estefânio não fazia ginástica com o corpo, mas com as ideias. Para ele nenhum corpo forte era capaz de vencer uma ideia bem elaborada.

"Quem pensa antes de fazer alguma coisa não avança de primeira, mas espera a hora de avançar numa boa". Ele dizia sempre. Ninguém entendia, mas para ele era bastante dizer. O que ele queria era preservar-se de modo que ninguém pudesse dizer alguma vez que ele não avisara sobre alguma coisa que discutiam.

– Aqui, quem manda sou eu; todo o mundo entendeu? – Estefânio perguntou na ocasião, enquanto olhava, não apenas para o meninão que tinha sido humilhado, mas para todos os presentes.

Nesse momento, um menino menorzinho tirou algumas figurinhas do bolso e começou a embaralhá-las. Outro começou a esticar as gomas de um bodoque de que não se separava nunca. Um terceiro concordou com um gesto de cabeça e caminhou para perto de Estefânio. Os demais o seguiram.

Estefânio olhou para o lado e avistou, a pouca distância, no campinho, um cachorro às voltas com uma ripa de costela bovina. Outro cachorro veio célere na sua direção. Ele então se levantou agressivo e rosnou aos bufos, a ripa atravessada entre os dentes tartáricos. O outro cão preferiu mudar de direção. Só Estefânio percebeu a cena. Ele sorriu disfarçado e voltou-se outra vez para a sua turma. Ninguém disse nada. Estava tudo certo.

Todos entenderam; menos o grandão.

– Me pegaram juntos... mas vou pegar cada um docês, seus fi duma égua.

A canalhada mirim acusou a ameaça, inclusive Estefânio. Com a diferença que ele se recompôs imediatamente.

– Cê tá ameaçando a gente?

O grandão não respondeu. Lançou um olhar furioso sobre todos e saiu arrastando seu chinelo.

Ninguém mais tocou no assunto nos próximos dias. A vida da patota seguiu a mesma de sempre. Um malfeito aqui, outro ali, não era novidade para eles.

Estefânio levava vantagem em tudo sobre quem quer que fosse. Se não ganhasse, normalmente, uma coisa móvel, ele a tomava. Se fosse um jogo, por mais inocente que fosse, ele blefava; se precisasse, roubava. Perder é que não perdia. Ele só não levava vantagem quando não participava da atividade ou da tramoia. Se participasse a vez era dele e de mais ninguém. Ele ganharia todas, ainda que fosse sobre os seus abnegados companheiros, mesmo porque ninguém ousava desafiá-lo.

Se fosse necessário, ou se ele achasse que devia, ele dividia o seu ganho, mas deixar de ganhar, não deixava. Agia com essa dureza para não abrir precedentes.

Lia gibis e, como era de praxe entre todos os meninos, trocava-os com qualquer garoto que os tivesse, fosse da sua turma ou mesmo um desconhecido. Com ele era preciso ter muito cuidado porque ao verificar, na ruma de gibis que lhe era apresentada, algum que lhe interessava, ele sempre dava um jeito de valorizar mais os seus, uns por serem mais novos, outros por que ele dizia que a história era melhor.

No caso das revistas "sem preço", ele não as trocava, apenas as exibia, de modo a aumentar-lhes o valor. Dava detalhes da trama para excitar o interesse do outro menino que, finalmente, uma semana depois, batia na sua porta fora de hora para pagar pela tal a quantidade de gibis que fosse necessária.

As revistas de Estefânio eram sempre as que valiam mais.

Quando seus parceiros de troca de revistas, ou qualquer outro que surgisse, era quem detinha as coisas interessantes, Estefânio desdenhava, mostrava desinteresse, e chegava mesmo a dizer que já havia lido uns trechos, e que não havia gostado, e que com elas não fazia negócio. Não fazia, mas ficava rodeando, até dar um jeito de fazer o incauto colocar a tal revista no meio de outras como contrapeso em uma troca por alguma "espetacular" que ele oferecia.

Em suas negociatas de gibis quando o parceiro endurecia Estefânio considerava a hipótese de misturar alguma das alheias que lhe aguçasse o interesse no meio das suas e a surripiava. Depois, se o prejudicado desse falta, associasse o sumiço a partir do encontro com Estefânio e reclamasse, este buscava no meio das suas, "encontrava" a perdida e a devolvia reclamando que se soubesse que ela estava com ele a teria lido... muitas vezes moeu a cara de algum menino que ousou duvidar da sua honestidade na troca das revistas.

Mais tarde, o menino Estefânio tomou outros rumos. Exerceu outros misteres de vadiagem e terminou por ser o que é atualmente. Para tanto, ele ensaiou quanto pôde na escola, enquanto a frequentou, e, em dado momento, mesmo em casa. Já agora não mais com revistas em quadrinhos, mas com coisas mais sofisticadas e lucrativas. Coisas mais perigosas. Apesar disso ele não tem um histórico de fracassos. Estefânio se vangloria mesmo é de nunca ter tido qualquer percalço na vida. É um homem abastado, não à custa de trabalho, mas, como a maioria dos ricos, de muita tramoia e muita velhacaria.

*** *** ***

Alguns dias se passaram. Já ninguém se lembrava da contenda que decidiu a chefia do grupo, muito menos das ameaças de Jucão.

Os soldados de Estefânio, como às vezes, para dar o tom da sua liderança, ele os classificava, não moravam distante uns dos outros. Viviam todos no mesmo bairro, faziam parte da mesma vizinhança, de modo que só andavam sozinhos em casos extremos. Se por ventura um deles precisasse cumprir um mandado andava um par de metros e já estava no portão do outro. Por hábito, chamava; e chamava outra vez no próximo portão. De estripulia em estripulia lá iam todos cumprir o determinado pela mãe de um.

– Vá ligeiro, meu filho.

– Vou num pé e volto noutro, mãe.

Para buscar um simples quilo de sal no mercadinho mais próximo, não raro compareciam, quando menos, três ou quatro garotos nessa empreitada, todos imbuídos de um mesmo objetivo, porém, cada qual com seus interesses particulares, o que resultava um interesse coletivo diferente do que os conduzia no momento; ou que deveria conduzi-los. Por conta desse interesse paralelo, o sal de dona Maria, de sá Ritinha, ou de qualquer outra mãe, nem sempre chegava a tempo para o almoço. A cozinheira tinha de valer-se de empréstimo com a vizinha ou sair à rua onde ia encontrar a patota emborcada sobre uma roda de bafo em um passeio liso, o sal a um canto ou, às vezes, ainda sem o sal. Nesse caso, pegava o dinheiro e ia, ela mesma, buscar o tempero.

***   ***   ***

De segunda a sexta, dona Rosa não fazia nada em casa, nem marcava qualquer compromisso para o horário compreendido entre as dezenove horas e as vinte horas. Se estivesse em uma atividade ainda não terminada, ela a suspendia. Se fosse alguma diligência por começar, não começava; afinal "tem tempo". Nada era capaz de arrancá-la da mesa da cozinha onde, muitas vezes, ela precisava colar o ouvido no rádio, cujas pilhas já estavam no fim, mesmo depois de passadas por uma ou duas temporadas no congelador ou na chapa do fogão. Dona Rosa havia pegado o gosto pela Voz do Brasil desde quando ainda era uma criança e seu pai, um cabo aposentado do exército, abnegado getulista, seguia os feitos do governo, desde a Guanabara, em um velho rádio valvulado, Philips BR 305 U.

Era mês de junho. Primeiros dias.

Um começo de noite, a rua deserta e fria, Paulinho precisou sair para levar um recado da sua mãe a uma vizinha, cuja casa estava a apenas três quadras. Era coisa muito rápida. Ele saiu correndo e deu o recado. Na volta, Jucão o esperava escondido atrás de um carro que estava parado a meio caminho.

De imediato Paulinho não viu o que o atacou, nem quem. Quando percebeu, já havia levado uma saraivada de sopapos na cara e sentia que o sangue minava no canto da sua boca, o lábio rachado. Então ele levou a mão à boca para limpar o sangue que já escorria. No mesmo instante sentiu um soco do seu oponente bater-lhe no estômago como se fosse um coice. O menino experimentou uma vertigem. Apertou com força os dois braços contra o tórax e gemeu. Um jorro de vômito voou da sua boca.

Jucão aplicou-lhe uma voadora; seus dois pés acertaram as costelas de Paulinho, que ficou estatelado na calçada. Pedaços de carne mal mastigados na janta se espalharam no entorno, impregnando-o de um cheiro ácido.

Jucão seguiu seu caminho, a alma lavada; desse, vingado.

***   ***   ***

A cigarra zuniu brevemente por duas vezes. Ninguém veio atender. A casa estava em silêncio. A cigarra zumbiu de novo, agora, nervosamente; um sibilo comprido. Depois outro apito. O dispositivo silenciou. Então ouviu-se um murmúrio do lado de fora da casa.

Alguns segundos mais e a cigarra voltou a ressoar na cozinha. Ela estava colocada acima do portal que dá para o terreiro. Na cozinha era onde ela tinha de ficar, por ser aí o lugar normalmente habitado na maioria do tempo.

– Paulinho, atenda a porta – dona Rosa grita da cozinha.

A campainha segue tocando. Mais dois toques insistentes e invasivos. Então, a mulher se desprega do seu Philips, que corta o dia inteiro sobre a mesa da cozinha, sobre o baú do quarto de costura, ou onde quer que ela esteja. Agora, ela está sentada na cadeira da cozinha, o rádio entre seu ouvido e o abraço que ela lhe dá para facilitar a audição.

– Já vou, já vou – vindo dos fundos da casa dona Rosa gritou impaciente pela insistência com que tocavam a campainha.

Apesar dos seus nervos, a campainha não parou de tocar.

– Que coisa... é sangria desatada? Será o Benedito? A gente não tem sossego nem de noite – dona Rosa vocifera pelo corredor.

Ela abre a porta de uma vez.

Então, depara um grupo de umas oito pessoas, parado na sua porta.

– Que aconteceu pra vocês estarem nessa revolução toda? Morreu alguém? – dona Rosa pergunta irônica.

– Felizmente, não, dona Rosa.

– Então?...

Seu Pedro, um viúvo que mora na vizinhança, o homem que está à frente da comitiva e que não perde oportunidade de cravar os olhos em dona Rosa enquanto alimenta o sonho de juntar seus trapos aos dela, olha para trás e o restante das pessoas se afasta deixando livre a visão de dona Rosa. Aí está Paulinho entre dois homens que o amparam. Ele vem, cada braço envolvendo o pescoço de um homem que o segura pelo punho. O menino traz a boca inchada, a camisa manchada de sangue escurecido, já coagulado.

– Paulinho?! – dona Rosa diz, quase gritando.

A mulher olha para trás, para o corredor e diz, agora num sussurro:

– Eu pensei que meu filho estivesse aqui...

– Mas não está, dona Rosa; quero dizer, não estava; infelizmente, não estava. Esse menino precisa de um pai – o viúvo diz.

Dona Rosa, já entrando, não ouve as últimas palavras do homem. Acompanham-na seu Pedro e os dois homens que amparam Paulinho. Os outros três ou quatro homens do grupo se movimentam para entrar. Seu Pedro faz um sinal para que permaneçam onde estão.

– Já estamos bastante gente aqui dentro. O menino precisa de ar – ele diz aos outros.

– Que aconteceu? – dona Rosa pergunta.

– Não sabemos. Eu o encontrei no passeio, no meio da outra quadra. Deve ter sentido mal e caído.

– Mal? Mas ele é tão forte... – dona Rosa comenta – estava aqui e saiu correndo para levar um recado para dona Lucinha.

– Eu disse por suposição, porque ele estava vomitado. E, pra seu governo, dona Rosa, digo-lhe que ele lançou pedaços de carne que engoliu praticamente sem mastigar. Deve ter sido isto que lhe causou o incômodo.

– O Senhor deve estar com a razão. Vou amassar umas folhas de boldo pra ele e ver o que acontece. Se for problema de estômago é tiro e queda. Depois, se necessário, levo-o ao posto.

– Tem a boca, dona Rosa. Acho que está cortada por dentro. Ele deve ter caído com ela diretamente no passeio.

– Vou cuidar de tudo, seu Pedro. Agradeço de coração pela caridade que fizeram.

– Não foi nada, dona Rosa. Essas coisas não deviam acontecer, mas são inevitáveis. Fazer o quê, não é? A espantosa disposição desses pequenos demônios é o que lhes prejudica a saúde, se a Senhora me entende. Quem sabe ele não caiu por que estava correndo? Eu tenho os meus netos e sempre estou às voltas com suas peripécias.

– Quem sabe não é isto mesmo, seu Pedro? Mesmo assim, vou fazer o chá. Se não fizer bem, garanto que mal não faz.

– O Senhor só me ajuda a ajeitá-lo aqui?

– Claro, dona Rosa.

Seu Pedro ajuda a mulher a ajeitar o filho no sofá, e sai com os outros, prometendo voltar no dia seguinte para saber do garoto.

Dona Rosa fica a sós com o menino. Conversa com ele para saber o que acontecera. Ele diz que não foi nada. Estava correndo e tropeçou.

– Acho que até desmaiei, mas já estou bom de novo – ele diz.

Paulinho sente uma dor forte nas costelas, mas nada diz à mãe. Ele permanece sentado no sofá enquanto ela limpa sua boca com um pano embebido em água de sal.

Dona Rosa certifica-se de que tudo está bem, pelo menos aparentemente, com o menino.

– Tá tudo bem, mãe. Só uma dorzinha besta na boca do estômago e outra aqui – ele leva a mão ao queixo –. Amanhã já estou bom.

Em seguida, dona Rosa vai ao quintal, colhe umas folhas de boldo, coloca-as em um copo e, cuidadosamente, as maceta. Deita-lhes água gelada que de imediato muda o seu incolor para um verde-escuro amaro. Dona Rosa da uma misturada com a colher e está pronto o chá. Então, leva para Paulinho o macerado amargo dos infernos, que chega a anestesiar a língua; mas ele gosta; sempre gostou. Toma até por graça.

Resolvido esse tema, dona Rosa se lembra da Voz do Brasil e volta para a cozinha. O programa já acabou faz tempo, mas se não tivesse acabado, não teria como ela ouvir o resto porque o aparelho está mudo. As pilhas se esgotaram definitivamente.

– Amanhã, compro outras.

Minutos depois Paulinho se levanta não sem dificuldade e vai banhar-se. Debaixo da camisa ele descobre a pele carimbada pelos pés de Jucão. Puxa o beiço e encontra um grande corte no pé da gengiva.

"Fi duma égua" – ele diz baixinho, e cospe no vaso uma saliva esverdeada pelo boldo.

Na manhã seguinte, sábado, Paulinho acorda com a boca mais inchada e uns hematomas feios na cara. Ele não tem escola. A dor no peito continua, mas já está amainada. Ele diz à mãe que não precisa de médico para isso, que resolve tudo com umas compressas geladas, coisa que ele já fez antes mesmo que ela se levantasse.

Esse dia ele não sai de casa. Nem dia seguinte.

Domingo de tarde. Gente alegre comemora o resultado de uma partida de futebol. O ar paralisado dessa tarde de final de outono dificulta a respiração.

Fogos de artifício espocam no céu azul vespertino. Salvo alguns estratos manchados de um rosa tirante a alaranjado que estão imobilizados no ponto mais baixo, onde começa o horizonte, não há qualquer mancha nesse pálio exuberante. Mais tarde se descobrirá que a comemoração não foi bem aceita por algumas pessoas, e que a coisa resultou em um entrevero. Alguém no meio daquela turba portava um revólver carregado.

Paulinho tinha passado a tarde com o ouvido pregado no rádio. Nesse dia, nem no anterior, dona Rosa teve vez, mas foi mesmo ela quem lhe cedeu o rádio, já que ele estava impossibilitado de fazer qualquer coisa que lhe exigisse esforço físico. Pelo segundo dia consecutivo ela inquiriu o menino sobre o que, de fato, acontecera, mas não obteve resultado. Paulinho foi muito convincente ao explicar-lhe as coisas.

– Se a Senhora quer saber, mãe, nem eu mesmo sei direito o que aconteceu.

– Como não, meu filho? Quer que eu acredite nisto?

– Não posso fazer nada, mãe. Se a Senhora insiste em não acreditar...

– É que tudo parece muito esquisito, filho.

– Só por que a Senhora quer, mãe. Fui levar o recado da Senhora para dona Lucinha. Quis voltar rápido e fui correndo. Na volta, tropecei e lá fui de cara no cimento. Isto eu recordo muito bem.

– Tá certo, meu filho. Deve ter sido assim que tudo aconteceu.

Agora, Paulinho está ouvindo o rádio, o volume nas alturas. Muitas vezes nesse dia dona Rosa se arrependeu de lhe ter proporcionado o aparelho e o admoestou.

– Ouça o que quiser, meu filho... mas o vizinho pode estar querendo ouvir outra coisa.

A cigarra apita repetidas vezes, nervosa. Dona Rosa recorda o acontecimento de três dias atrás e se assusta. Felizmente, desta vez, seu filho está bem diante dela.

A cigarra continua como uma sirene. Uma voz afobada vem junto com ela.

– Paulim, Paulim, Paulim...

E dá-lhe campainha.

Paulinho reconhece a voz. Sua mãe vai abrir a porta.

– Dona Rosa, Paulim tá em casa? – Ricardo pergunta afobado.

– Tá sim. Que aconteceu, menino, para esse afobo todo?

Dona Rosa se apoia no portal. Ricardo passa zunindo por baixo do seu braço e entra sem ser convidado, vai encontrar o amigo de molho, ouvindo o Philips, as pilhas novas.

– Tá sumido, que houve? A turma tá incuida.

– Basta olhar pra mim pra saber – Paulinho responde voltando o rosto para a porta –; senta aí.

Ricardo senta-se ao lado do amigo, vê sua cara um tanto transfigurada e pergunta, os olhos arregalados:

– Que aconteceu que você está todo moído? Foi atropelado?

– Fui, sim... estava só esperando melhorar para ir ver a turma, falar com Estefânio.

– Mas me fale, onde cê foi atropelado?

– Aqui mesmo, *pertim* de casa.

– Caramba... e o motorista?

– Que motorista?

– O que te atropelou, ora.

– Não foi motorista, foi Jucão – ele diz baixinho e olha para a mãe, que vinha entrando.

– Jucão, aquele?

– Ele mesmo.

A cara do amigo está à vista e Ricardo está vendo os hematomas já meio amarelados. Paulinho levanta a camiseta, as marcas dos pés de Jucão também já estão ganhando nova cor.

– Puta merda! – Ricardo exclama – Que estrago!

Paulinho puxa o beiço para baixo. Surge no vestíbulo um traço de bordos esbranquiçados, vivos, inchados como inchada está esse lado da sua cara.

– Agora, tá na cara o motivo de você não ter aparecido nesses dois dias. Estefânio já sabe disso? – Ricardo pergunta.

– Ainda não. Como lhe disse, eu estava esperando melhorar um pouco mais para ir ter com a turma.

– Não precisa, eu me encarrego de levar a notícia.

Ricardo olha para o amigo, a mão no seu ombro. Então, levanta, ele mesmo, a camiseta de Paulinho, e dá uma boa mirada na tatuagem deixada pela pezada de Jucão. Faz uma mesura com os lábios e balança a cabeça lentamente no sentido vertical. Depois, solta a camiseta, fita a cara do amigo. Espalma a mão, e com a ponta de três dedos vira o queixo de Paulinho para o lado.

– Ai, cara. Tá me machucando – Paulinho reclama e tira a cara.

Ricardo ignora a reclamação do amigo. Segura-lhe o queixo e volta--o para o seu lado. Agora, Paulinho não reclama. Sabe que não vai adiantar. Na verdade, o que ele sente é a proteção do amigo, a proteção da sua turma espelhada na presença de Ricardo que, agora, balança a cabeça horizontalmente.

– Estefânio precisa saber disto... ah, se precisa! – Ricardo diz, entre dentes.

Ricardo se levanta de chofre e sai sem mais palavras, cego de raiva. Não vê dona Rosa parada na porta da cozinha. Quase a derruba.

– Desculpe, dona Rosa – ele diz sem parar. Abre a porta da sala e desaparece.

Ricardo juntou a turma mas não disse o motivo do ajuntamento. Apenas garantiu que era muito importante, o que era suficiente para aguçar a curiosidade dos companheiros.

– Calma, calma. Conte o que aconteceu – Estefânio diz, a voz pausada.

– Calma, calma... é só o que você vai dizer? Calma porque não foi você quem viu a cara do nosso amigo.

– Diga então como é que ele está – Estefânio pede.

– O coitado tá todo moído. Eu encontrei ele prostrado em casa ouvindo rádio. Alguém aí já imaginou Paulim escutando rádio num dia animado como o de hoje? Nem não. Ele tá lá, a cara toda arrebentada, a boca rasgada. O peito parece que tem umas quatro costelas quebradas. Ricardo contou tudo e mais um pouco.

Estefânio ouviu em silêncio. Depois, perguntou:

– Alguém viu Jucão?

– Eu vi – Paulo Capeta respondeu –, tá na pracinha comemorando o resultado do jogo.

– Pois vamos lá – Estefânio disse, já começando a andar.

Encontram Jucão com facilidade. Paulo Capeta chega perto dele, que se põe em alerta imediato. O menino entrega-lhe um papel com algo escrito, e sai. Jucão suspende a vigilância; abre o papel, lê as letras bem desenhadas. É um bilhete de Estefânio.

"O fi duma égua já deve ter sabido o que aconteceu com o seu companheiro. Agora quer conversar, mas não declina o assunto. A convocação deve ser para me chamar de volta e me passar o posto de chefe da turma" – Jucão pensa.

Jucão dá um piparote no papel, amassa-o, guarda-o no bolso e vai encontrar Estefânio, vai assumir o posto de chefia.

Na próxima esquina Estefânio sai na sua frente.

– Ondé que Paulim tá, cara?

– E eu que sei? Sai da minha frente – Jucão diz com petulância.

– Pois vou lhe mostrar onde ele está.

– Vamos logo com isto. Você não me chamou pra falar desse assunto, chamou?

Estefânio assobia e toda a turma sai detrás de uma caçamba.

Jucão compreende que havia caído em uma armadilha. Põe-se em guarda, mas recebe o primeiro pontapé, por trás. Quando se vira o resto da turma cai sobre ele. Finalmente, ele está moído, mas consciente. Sente no peito o ranger de pelo menos uma costela quebrada. Ele geme caído ao pé da caçamba de entulhos.

– Como último aviso eu lhe digo para não dizer nada a ninguém sobre o que aconteceu aqui hoje, senão vai ser pior – Estefânio diz tranquilo e seguro.

Mais tarde, Jucão chegou a sua casa cambaleante, faltavam dois dentes na frente, a cara toda amassada. Tinha duas costelas quebradas. Nunca disse nada em casa, nem explicou o acontecido.

*** *** ***

***

*

Capítulo 24

Justino anda com a alma carregada, mas já está decidido. Dê no que der, ele cumprirá o trato feito com Estefânio, trato que, aliás, foi feito mais consigo próprio do que com o outro. Depois, serão outros quinhentos. Ele saberá aceitar de bom grado o que lhe for reservado. Se tiver de arrepender-se, como outras vezes já se arrependeu em relação a algumas coisas importantes e mesmo de algumas mínimas, que fez ou deixou de fazer, será um arrependimento a mais, coisa que não há de fazer muita diferença. Por outro lado, se as coisas resultarem bem, ele não sairá com as mãos abanando.

Justino não sabe exatamente quanto Pablo recebeu de Estefânio, mas sabe que por razões especiais, o trabalho que ele vai executar não pode comparar-se ao outro. A natureza dos valores reais nos dois casos é muito diferente. Até ele, na sua simplicidade, podia compreender isto. No caso de Pablo estavam envolvidos um cassino e uma máquina que não premiava havia anos, dinheiro vivo, milhões de dólares. Já no seu caso, o que estava em jogo era um bem material de muita visibilidade, o que tornava tudo mais difícil, mas até prova em contrário, com um envolvimento de valores, ainda que altos, bem menores do que no outro caso. Pelo menos era assim que Justino pensava. Seu pensamento não deixava de ser justo; era, sobretudo, razoável.

Justino chegou a sonhar alto na sua relação com Estefânio, mas depois, graças ao conhecimento que ele tinha sobre a atividade pecuária, percebeu que o resultado final não seria tão lucrativo. Ao que tudo indicava Estefânio ainda não descobrira isto, mas por certo descobriria antes do último ato. Quando isso acontecer talvez até mude os planos, talvez até desista do planejado e parta para outra.

*** *** ***

Justino anda perturbado por um passado que ele nunca esqueceu, mas que nunca esteve tão vivo na sua consciência. Por conta dessa perturbação ele já não tem ambições muito claras. Tem ambições. Só isto, justamente por que está vivo e os vivos sempre auguram algo novo, algo diferente para dar tom à existência. Mas ele gostaria, sim, de pelo menos uma vez na vida ficar no alto do pódio e ser admirado.

Ele recorda que já passou por uma situação em que esteve em evidência embora tenha sido uma mostra que nenhum benefício lhe rendeu.

Aconteceu em uma oportunidade em que foi premiado pelo seu patrão em pleno tatersal, coisa inesperada, ali na frente de todos, gente conhecida e desconhecida. Foi no meio de um leilão, a televisão transmitindo o evento para todo o país. Ele estava sentado no meio da plateia e foi chamado. Não acreditou que o Justino chamado fosse ele. Disfarçadamente, ele olhou em volta para ver se alguém se movia. Ninguém! Era ele mesmo. O leiloeiro o apontou no meio da plateia.

– É você mesmo, meu caro Justino. Chegue até aqui.

Sem entender o que acontecia, Justino atendeu ao chamado. Um tanto desconfiado e sem jeito ele se levantou e foi em direção ao pódio. Todos os circunstantes se voltaram para ele, cheios de curiosidade. Também eles não entendiam o motivo por que aquele homem havia sido chamado ao tablado.

A timidez impedia Justino de conduzir-se como devia. Tudo ficou pior quando o locutor anunciou que ele estava sendo chamado para receber uma justa homenagem de alguém que muito o admirava. Foi quando ele tropeçou no último degrau da pequena escada de madeira, que leva ao ponto mais alto, de onde se vê a plateia de cima para baixo. Justino precisou amparar-se na tribuna. Muita gente riu.

Então, foi que o patrão de Justino saiu detrás de um biombo, tomou o lugar do narrador e começou a engrandecer as qualidades profissionais do seu empregado.

– Sem ele eu não sou ninguém – o patrão disse dirigindo-se à plateia.

O locutor, que estava um pouco afastado da tribuna, puxou as palmas, no que foi acompanhado por quase todos os presentes.

– Nas mãos desse camarada aqui, um sujeito de confiança – o fazendeiro falou, enquanto apontava para Justino – você pode deixar todo o seu patrimônio; ele cuida como se dele fosse.

Outra vez o locutor começa a bater palmas, e outra vez a plateia o segue, a exceção de uns quatro os cinco sujeitos que cochichavam na última fileira de cadeiras. Algumas palavras mais, e o fazendeiro vai encerrando a sua fala enquanto oferece a Justino um troféu dourado que, independente do seu valor material, encheu de inveja e despeito o grupinho malfazente, sentado na última fila de cadeiras. Para Justino o troféu nada significou.

– Esse deve ser um puxa sem tamanho – balbuciou um desse grupo.

– Se der um chute no saco do seu patrão, com certeza acerta a boca desse baba-ovo – falou outro.

– Só digo uma coisa, puxando o saco ou não, ele é quem tá lá em cima recebendo as palmas de todos e aparecendo na televisão – fala o terceiro, este de mente mais aberta que os outros.

– Qual é, sujeito – fala o que havia se manifestado primeiro –, você está do lado de quem?

– Qual é, pergunto eu, cara – retruca o que fez o comentário –, puxa-sacos somos todos nós e tenho certeza que, em sã consciência, nenhum de vocês pode contestar-me. Mas quem está lá em cima é ele, esse tal Justino. E já se vê que o tonto nem sabia da homenagem...

Seus colegas olham-no com desprezo, mas nem se dão conta disso. O outro continua:

– Puxando saco ou não, olha só onde ele está: lá em cima. Os demais estão cá embaixo, olhando para ele... e nós? Nós estamos aqui, morrendo de ciúme, de inveja do cara. Olhem só para nós...

Justino pega o troféu. O peão que admoestava os colegas na última fila de cadeiras é o primeiro a puxar as palmas. Seus colegas vacilam por um momento antes de aderirem ao gesto. Enfim, todos estalam suas mãos em homenagem ao colega desconhecido. Ele devia mesmo merecer, pois ninguém tinha notícia de uma homenagem dessa natureza, muito menos, em público e naquelas circunstâncias.

O troféu na mão, Justino desce cautelosamente os degraus. Move-se de lado. Desse modo, seus pés se apoiam completamente e ele evita a repetição do transtorno da subida. A cabeça baixa, cuidando para não pisar em falso, ele não olha diretamente para ninguém.

Uma vez vencida a meia dúzia de degraus da escadinha, Justino não volta para o lugar onde estava antes ser chamado à tribuna. Resvala-se pelo corredor lateral formado entre as cadeiras e o biombo de propaganda segurando o troféu contra o peito, como se fosse uma taça de campeonato. Esse gesto nada tinha de especial. Justino só fazia assim porque o corredor era estreito e não lhe permitia sair caminhando normalmente. Se juntou o troféu ao peito foi para evitar que ele ferisse alguém à sua passagem.

– Se bobear, ele levanta o troféu como fez aquele beque da seleção de 58 – diz o mais exaltado do grupinho invejoso. Ele já se esquecera de que, ainda que pressionado por um colega, há pouco estava aplaudindo o moço.

Mas Justino não estava pensando nisso. O troféu com que fora agraciado, que para a plateia e para os demais peões é um diferencial, mesmo motivo de ciúme, para ele não passa de uma prova da mesquinharia do seu patrão que, se realmente o achava tão bom quanto apregoou pelo microfone, bem poderia tê-lo premiado, não com um troféu vagabundo desse, mas com uma quantia em dinheiro.

"Que vou fazer com esta merda? Para que preciso e pra que me serve esta porcaria em alumínio, pintada de dourado?" – Justino pensava enquanto se escafedia.

"Ele teria feito melhor se tivesse enfiado esta porra no próprio cu."

Justino pensou assim. E pensaria o mesmo no futuro, cada vez que visse o troféu empoeirado e cagado pelos mosquitos, sobre a mesa num esconso da sua casa.

De acordo com o entendimento de Justino, ao dar-lhe o troféu o que o patrão fez foi enaltecer-se a si mesmo, dando uma demonstração pública de que tinha uma consideração especial pelo seu empregado. Nada mais que isto; o que para Justino era muito pouco.

"Se é que ele tem alguma consideração por mim, coisa de que duvido, eu digo que consideração não enche a barriga de ninguém" – Justino pensava.

Na sua cabeça pequenina ele sentiu que tinha sido humilhado com aquela exposição desnecessária. Em razão disto, se ele já vinha com a cabeça cheia de revolta, com ideias de desforra contra o patrão, depois do troféu o que aconteceu foi que suas ideias se solidificaram.

Justino está perturbado por problemas íntimos, dramas de consciência, coisas mal resolvidas que o torturam como fossem um colchão de espinhos. Um tema que não se resolverá antes de consumir toda a sua capacidade de lidar com as adversidades da vida, coisa que ele buscou por sua própria conta e que há de macerá-lo com seus pés pesados e fustiga-lo até a loucura. Quando ela vier ele estará tranquilo porque os loucos não têm outro problema que não o da loucura mesma, mas este, eles não sentem.

Apesar de já um pouco apagado em seu discernimento, ele já percebeu que o seu rumo torto não tem mais volta e que deverá perpetrar a desforra que vinha desenhando havia tempos. Uma desforra que ele pensa que seja contra terceiros, mas que pode ser contra ele próprio.

Nesse ínterim foi que Estefânio apareceu e a cabeça de Justino desorganizou-se de vez. Agora, era questão de tempo.

Em um encontro com Estefânio eles acertam as senhas que deverão usar. Para o tema que propuseram não se verão mais, salvo se uma mudança de planos os obrigar a isso.

*** *** ***

Após a conversa com Justino, Estefânio não saiu muito convencido do sucesso da sua investida, mas de acordo como seu pensamento, o que tiver de ser, será; ele não tem muito a perder. Está em um jogo e pronto. Agora, é jogar, é arriscar e tentar fazer o melhor que puder. Esta será a primeira vez que ele se envolve diretamente em uma operação. Nas anteriores, ele só participava no momento do desfecho. Agora, o serviço bruto terá de ser feito por ele, desde o preparo do terreno, o que faz com que pela primeira vez ele se sinta verdadeiramente excitado com um golpe, apesar de esse ser dos mais simples a que terá dado azo.

No que depender dele, não há dúvidas; tudo está devidamente nos eixos e azeitado. Então, se o plano não resultar exatamente como ele calculou, ele não perde muita coisa, nem se arranha. "Quem está na chuva é para se molhar", é o que ele sempre diz; é a sua máxima. Demais, se uma das operações, a que depende mais diretamente de Justino, não der certo, desde que dispõe das informações, ele segue a seu talante. Em tudo isso sua única preocupação é o fato de ele nunca ter tido qualquer ciência sobre o tema em que agora se mete. Este é o seu desafio.

***   ***   ***

Até pouco tempo atrás, Estefânio não conhecia o Estado de Mato Grosso do Sul, senão por uma única viagem pela década dos oitentas. Ele só passou a conhecer alguma coisa muito recentemente quando começou a interessar-se por estender suas atividades até a esse rincão brasileiro. Por razões particulares e pelas características de fronteira seca, Estefânio preferiu direcionar suas pretensões mais para o sul do estado, a parte mais emblemática.

Era uma sexta-feira seca e fria, o ar paralisado e denso. Estefânio alugou um carro no aeroporto mesmo e viajou para a região da Grande Dourados. Na manhã seguinte, bem cedo, ele deixou o hotel. Caiu na estrada. Se alguém o estivesse seguindo provavelmente pensaria que ele não tinha destino definido ou que estava perdido, já que andava aleatoriamente.

Destino, concretamente, Estefânio não tinha; mas perdido não estava. De vez em quando ele verificava umas anotações que fizera quando esteve com Justino. Isto era o que precisava para o reconhecimento que ele fazia do terreno.

Aqui e acolá ele passava mais de uma vez por uma mesma estrada, a maioria de chão batido, cheia de costelas de vaca, ou areões que muito bem podiam segurar um automóvel. Algumas não eram mais que atalhos que davam sempre em uma mesma rodovia. Mas Estefânio sabia exatamente o que fazia.

Na tarde de sábado, ele já estava bem familiarizado com as principais rotas rodoviárias da Grande Dourados. Já conhecera as particularidades de quase todas as estradas do entorno, embora não tivesse maiores pretensões sobre essa área.

Ele não dispunha de muitos dias. Seu tempo urgia, mas ele teria um dia mais. O total de dois dias de que dispunha era mais do que suficiente para a sua perfeita localização naquele terreno inóspito, não pela topografia, mas pelas características de um lote de pessoas que, realmente, comandava a região. É que por essas quebradas circula gente de todos os tipos, de pessoas normais, cujas ideias são conhecidas, àquelas, cujos desígnios não se conhecem e cuja índole é uma incógnita. É bom estar bem com todos, conhecendo-os ou não, a fim de que se evitem transtornos.

Estefânio tem molejo. Se precisar, saberá sair desse lugar tão bem e íntegro quanto chegou.

Na tarde de domingo Estefânio conhecia tudo de Naviraí à fronteira, passando por Coronel Sapucaia; e de Amambai a Ponta Porã, passando por Caarapó e Laguna Carapã. Ele teve um cuidado especial pelo trecho entre Amambai e Sanga Puitã.

Para Estefânio todos esses caminhos são muito isolados e solitários. Considerando as estradas que ele conhece nas áreas mais povoadas do país, o que ele percebeu nesse sítio foi um fluxo quase inexistente de veículos, o que torna a rota muito perigosa.

Muitos anos antes, uns trinta e poucos, Estefânio passou uma única vez, por esse sítio, vindo do oeste do Paraná, de ônibus, para ir aventurar no Estado de Rondônia, então, recém-criado. A esse tempo, as estradas dessa banda brasileira, as mesmas por onde ele trafega agora, sequer eram asfaltadas o que tornava o tráfico lento e difícil. Ele se recorda que, apesar da lentidão do passado, as estradas eram mais fiscalizadas. Talvez isto se devesse às ininterruptas operações policiais, desenvolvidas à época, contra o tráfico e o contrabando na região.

"Ou então, a coisa se deve à realidade pobre daqueles anos em que a polícia não dispunha da tecnologia de que dispõe hoje para detectar a movimentação dos que vivem à margem da lei, e o que tinha mesmo de fazer, se quisesse ter algum sucesso operacional, era lançar-se ao trecho e aí largar seus agentes afundados no barro, envolvidos pela poeira, vergastados pelo frio intenso das intermináveis noites de campana." – Estefânio cisma. Ele solta um risinho entre dentes antes de continuar com seu pensamento.

"Hoje, apesar da agilidade dos caminhos, ela faz tudo sem sair do escritório; só vai a campo na boa, na hora exata. Não sai para procurar nada, mas para buscar o que já sabe onde está."

Estefânio balança a cabeça num gesto de assentimento, como se estivesse confirmando algo, algum pensamento que ele prefere guardar para si.

Estefânio já está com tudo pronto. Fosse uma prova de exame e ele já estaria habilitado para desenvolvê-la, se não para gabaritar, pelo menos para conseguir uma aprovação com um bom grau. Não precisa de mais análises.

***   ***   ***

O sol já quase desaparecia no horizonte raso da região. Estefânio estava a poucos quilômetros de deixar a rodovia MS-165, de onde vinha, para entrar na MS-386 e chegar à BR-463, que o levaria a Dourados. Ele estava satisfeito com o que descobrira enquanto batia as estradas nos últimos dois dias. Para ele tudo estava conferido e certo. Seus dois dias de carreira não foram em vão. Seu final de semana não foi perdido, senão de uma valia sem medida. Estefânio não precisa de mais dados, de mais nada além de esperar o momento de agir. Estava tudo nos conformes. Ele já estava terminando de completar o seu circuito e, para seu controle, já elaborara um mapa em sua cabeça. De quando em quando ria silencioso dentro do carro.

Mas o melhor estava por vir.

A pouco mais de um quilômetro de deixar a rodovia em que vinha ele descobriu uma saída à direita e resolveu ver aonde ia dar. Era uma estrada de terra, simples, cujo piso indicava que era usada com regularidade. Estefânio entrou por aí e pouco mais de dois quilômetros adiante chegou à rodovia MS-386, um pouco antes da rotatória em que ele sairia vindo pela outra via.

Era um atalho. Normalmente, Estefânio não gosta de atalhos. Para ele um desvio tanto pode ser um encurtamento do caminho como pode levar a um atoleiro ou favorecer as emboscadas. Mas este não era a armadilha que poderia ser.

Depois de percorrer o trecho descoberto ele concluiu que esse segmento não constituía um atoleiro, senão um providencial desvio, que deixava fora da rota um posto fiscal agropecuário. Um achado que poderia evitar contratempo a alguém que não pretendesse tê-los. A descoberta do trecho de estrada não podia ter sido melhor.

Estefânio seguiu seu curso. Em Sanga Puitã pegou a segunda saída para a BR-463. Uma hora mais tarde, estava no hotel, em Dourados.

*** *** ***

Nas duas semanas que antecederam a exposição o Tatersal Elite Ximenes andou de vento em popa. Durante todos os dias da semana inicial aconteceram palestras sobre manejo, confinamento, pastagem, crédito, mercado e outros temas relativos à atividade pecuária. Era um ritual de aquecimento, um ensaio para a exposição, uma amostra do que o mercado reservava para os leilões daquela temporada. Estefânio esteve presente a cada evento. Não passava, no entanto, de um estranho que era visto pela primeira vez e sobre quem não recaía nenhuma curiosidade. Era como se aí ele estivesse completamente camuflado.

Para ele foi providencial seu comparecimento. Se não estivesse aí ele não teria tido acesso a um assunto de extrema importância quanto ao que ele pretendia fazer e sobre o qual ele nunca havia pensado. Sempre muito atento ele ouviu cada exposição que era feita, mas diferente dos demais participantes, nunca interferiu.

Sua condição de novato, ainda que os demais participantes do evento não soubessem disso, não lhe proporcionava a mínima possibilidade de contribuir com aquele simpósio nem para fazer qualquer aporte de ideias ou comentários sobre os temas que aí eram tratados.

Ninguém reclama de quem apenas ouve, mas qualquer um pode encontrar incoerências na conduta de um falador inconsequente. Me-

311

lhor, portanto, era ouvir, exercício que Estefânio sabia fazer com acuidade. Por conta disso ele, ao longo da sua vida, raramente teve grandes problemas, e quando os teve, os resolveu com rapidez e destreza.

Terminado o simpósio Estefânio procurou Justino para dirimir as dúvidas que os palestrantes lhe haviam incutido. Foi quando Justino descobriu que, a despeito de ele não ter dado a Estefânio certos detalhes operacionais, Estefânio estava a par dos entraves que teria de enfrentar na empreitada que se aproximava. Os mesmos entraves que ele, Justino, omitira, mas que, finalmente, embora contra sua vontade, viu-se na obrigação de confirmar cada um deles.

Então, já não havia mais incertezas para Estefânio. Os planos dos dois teriam de ser forçosamente mudados. Estefânio seguia com eles se quisesse; o contrário seria demasiado decepcionante para Justino.

Estefânio não era homem de se assustar com gritos, pelo menos, não ao primeiro deles. Não era cão de fugir quando alguém batia o pé, senão de arreganhar os dentes e saltar em cima se isto acontecia. "Deixar que tudo se acabe assim, depois de tanto trabalho e tanta expectativa?, nem pensar... ou deveria pensar?" – Estefânio pensa enquanto Justino corroborava o que o outro ouvira nas palestras, coisas que complicavam o ordenamento das coisas.

– Que disse? – Justino indaga.

– Eu disse algo?

– Sim.

– Não percebi, foi cá comigo mesmo...

– Então?

– Até prova em contrário, seguimos como estamos. A primeira parte será exatamente como conversamos.

– A outra?

– Não sei... creio que não acontecerá e, se acontecer será por minha conta e risco. Tenho de pesar o fato de que ninguém poderá desfrutar o resultado por melhor que seja. Já considero desistir dessa parte. Afinal, para que riscos desnecessários? Concorda?

Justino concorda, mas no íntimo gostaria que as coisas fossem diferentes. Afinal, ele havia criado tantas expectativas que agora sua frustração parece maior do que é.

– Não lhe prometo nada. Se acontecer você ficará sabendo.

Justino apenas balança a cabeça.

– Eu já estava com tudo pronto. Acabei de chegar do sul do estado aonde fui verificar algumas rotas. Já tenho os documentos todos prontos, as notas fiscais já estão no computador esperando apenas a hora de serem preenchidas, mas vejo que foi perda de tempo. Eu não esperava que as coisas fossem assim, que presumissem obrigatoriedade para muitas coisas, tal qual você me explicou – Estefânio diz a contragosto.

– Se pra você não foi o que esperava, imagine pra mim, que apostava todas as minhas fichas nesse negócio – Justino comenta.

– Sinto muito, meu caro. Mas como vê, não tenho culpa por esse revertério. Fiz tudo o que pude para que ao final não tivéssemos de reclamar de nada.

– Sei disso... – Justino diz desarvorado.

– De qualquer modo, você não perderá comigo. Não costumo sair pela porta dos fundos com aqueles que me apoiam.

Estefânio olha para Justino, que não consegue disfarçar o desapontamento.

– A orientação que você me passou sobre a documentação e seus trâmites – Estefânio prossegue – foi de suma importância. De posse de tudo o que você me ensinou eu estou seguro de tudo. Chego a sentir-me um veterano na atividade.

Justino move a cabeça com assentimento.

– Claro que você não terá tudo o que mereceria se as coisas corressem conforme eu imaginava, porque eu mesmo não sairei satisfeito. Mas aí está uma coisa sobre a qual nenhum de nós tem qualquer controle – Estefânio fala e bate com a mão no ombro de Justino.

Decididamente, Justino não está feliz com os acontecimentos.

*** *** ***

Na semana anterior à exposição, o Ximenes realizou três leilões de grande ganho. Estefânio esteve em dois deles, o primeiro e o terceiro, que lhe foram indicados por Justino como os que negociariam os melhores lotes individuais.

Estefânio arrematou tantos lotes quantos necessários para completar a carga de três carretas. Ele roubou a cena, foi o maior sucesso da temporada. Alguém que chegou para arrebentar a banca, para desbancar useiros e vezeiros em arrematação. Se antes do evento ele era um mero desconhecido, os competidores – porque todo leilão é uma competição, principalmente depois de algumas doses do whisky que se servem gratuitamente – lograram conhecê-lo no momento mais grave. Foi quando do pregão dos primeiros lotes de elite, hora em que a disputa se aferra, quando ele, sem nenhuma dose de bebida, absolutamente sóbrio, e sem regatear, suplantou os concorrentes e arrematou animais que muitos queriam.

Passada a experiência, Estefânio resolveu todas as pendências burocráticas em dois dias. No terceiro dia os animais foram embarcados. No início da noite estavam no destino aposto nas notas de trânsito. Na manhã do quarto dia cruzaram a fronteira.

Justino amargava uma decepção sem tamanho. Ele havia passado uma informação confidencial ao outro, coisa da qual nem ele sabia e que descobrira ao acaso, mas que acabou servindo para nada. Dessa feita seria levada, à surdina, uma leva de animais para a exposição. Uns indivíduos inesperados, desconhecidos, que estariam apenas expostos sem nenhum propósito imediato que não fosse o de torná-los conhecidos, causar espécie e aguçar desejos.

Tratava-se de um casal que chegara recentemente à fazenda, importado do Japão, não se sabe por que vias. Parelha robusta, para criação, que passava a cerveja e que saíra recentemente da quarentena. Diferente de outras levas de animais que, quando chegam do exterior, recebem a maior cobertura midiática, o que deixa em evidência os seus donos, esse lote chegou silencioso, sorrateiro. Talvez por que não era para aparecer fora de hora, senão no momento adequado; talvez por outro motivo. Jamais se soube.

Justino deu o toque para Estefânio que passou a tratar de descobrir uma maneira de ter aqueles animais. Depois do deslocamento que fez ao sul do estado, ele voltou com as ideias ajustadas, mas o que ele aprendera acerca da burocracia que envolve a legalização de um animal tirou-o da jogada. Essa é uma ciência que fazia parte do cotidiano de Justino, mas que Estefânio só conheceu recém. Não era para ele saber mesmo sobre isto antes, até porque esse não era o seu ramo de atividade. Não havia como ele fazer nada. Portanto, nada feito. Assim mesmo por puro despeito, Estefânio não tira isto da cabeça e mais parece menino birrento com uma ideia fixa.

As aquisições recentes de Estefânio já estão todas resolvidas. Conforme prometera, o gerente da concessionária de máquinas passou por cima de pedido anterior e entregou a colheitadeira a Estefânio, de acordo com o diagnóstico que lhe fizera. Por questões particulares, já há alguns dias, o próprio Estefânio providenciou sua retirada, bem como seu deslocamento até à fazenda. O gado adquirido no leilão também já está no seu destino final.

Para que dê por encerrada a sua investida no centro-oeste, agora, só falta Estefânio tomar a decisão a respeito da parelha japonesa. Ele precisa fazer uma viagem, mas não pode sair; não pode deixar o palco das suas atuais investidas antes de decidir o que fazer quanto aos *wagyu*, que constituem o seu atual sonho de consumo. O que tiver de fazer deve ser feito rápido.

Quarta-feira é o último dia de preparação para o grande evento. Tudo deve estar pronto para a abertura da exposição no dia seguinte. Toda a infraestrutura está montada, os animais já ocupam os seus boxes.

Entretanto, dois boxes conjugados, construídos recentemente em um ponto ao mesmo tempo estratégico e reservado do recinto da exposição, estão vazios. A construção parece mais uma sala de academia e chama a atenção não só das equipes de logística como de curiosos e entregadores que ainda circulam pelo local. Permanecerá vazia até a manhã seguinte.

Justino olha as acomodações, tão diferentes das demais, e não con-

315

corda com o que acontece.

Em outras circunstâncias, mesmo tendo sabido que a movimentação dos animais para Campo Grande, ocorreria na última hora, teria contestado o patrão e tentado fazê-lo perceber a sandice que estava cometendo. Para Justino aquela movida era, sob todos os aspectos, um risco desnecessário imposto aos animais, um capricho dispensável inobstante a infraestrutura espetacular da câmara que os transportaria para a exposição. Mas desta vez o capataz preferiu omitir-se. Seu patrão devia saber o que pretendia fazer. Fosse o caso de não saber, não seria um mero capataz com troféu de lata que o colocaria nos eixos.

Em seu pensamento Justino rememora o reboque em que os animais são conduzidos, peça que chegou à fazenda junto com os animais. É um baú climatizado em que os indivíduos não sofrem nenhum estresse, não correm o risco de ferir-se nem de cansar-se. Aí dentro não há como eles sofrerem qualquer dano. Do teto caem duas cintas largas que os prendem pela base do peito e pelos vazios. Estas se ajustam de forma que os pés toquem levemente o piso. Assim, não sofrem qualquer pressão vertical.

"Um exagero, isto é o que é" – Justino pensa.

Nesse cômodo o animal é amparado pelos flancos, desde a cabeça, por outra cinta que os ajusta contra a parede do cômodo, esta almofadada, que evita que o corpo oscile lateralmente, tudo isto montado em um impecável compartimento de aço inoxidável em que o animal viaja tranquilamente. Assim, eles não acusam os movimentos do reboque que os leva, nem os solavancos da estrada. Viajam como se estivessem flutuando em um ambiente que pode ser comparado com um ninho de beija-flor, cuja parte interna é fofa e delicada, enquanto o lado externo é grosseiro e comum. Uma viagem sem risco, discreta, sem alarde. Dela só sabem três ou quatro pessoas, apenas as que com ela estão envolvidas, dentre elas, Justino.

"Por quanto tempo esse cuidado vai prevalecer?" – Justino se pergunta – Não funcionará bem por aqui; pode funcionar no estrangeiro, onde as normas são seguidas à risca. Aqui, duvido. Isto não passa de fogo de palha. Daqui a pouco está tudo junto e misturado... Cerveja pra boi? Ora, essa..." – Justino ironiza em pensamento e vai cuidar de outros estandes do patrão.

Quinta-feira. Os boxes continuam vazios. O dia já vai pela metade e o casal de *Wagyu* não chegou. Por mais que tente, Justino não consegue contato com o motorista que transportava discretamente os animais. Deve ser apenas um pequeno retardo, afinal, tudo foi planejado na mais completa discrição para causar impacto apenas na hora certa. Um contratempo qualquer é o responsável pelo atraso. A única preocupação de Justino é o telefone do motorista. "Por que ele não atende?" – é a pergunta que Justino se faz sem encontrar a resposta. "Deve estar brotando por aí; em breve saberei o que aconteceu."

Por via das dúvidas, Justino pega seu telefone e liga para o posto de fiscalização sanitária localizado na confluência das rodovias MS-165 e MS-386 para saber se os animais passaram por lá. Não passaram. Preocupado, ele chama um funcionário do posto de Amambai.

– Passou, o sol ainda nem tinha saído – o funcionário confirmou.

Justino desliga e fica pensativo.

"Se passou por Amambai e não passou por Ponta Porã, algo aconteceu no percurso. Que terá sido?" – ele se pergunta.

Preocupado que está em acertar os últimos detalhes para que tudo fique ajustado até à hora da abertura da exposição, Justino não se atém aos antecedentes do evento. Se estivesse atento poderia muito bem ter-se recordado de Estefânio e lembrado que, apesar de desacoroçoado com o plano que os dois haviam elaborado, ele não o havia descartado completamente. Só mais tarde, quando já não havia mais como esconder a preocupação, ele se deu conta de que o atraso poderia ser obra de Estefânio.

Então, ele experimentou um misto de alívio e sufocação. Junto com isto veio o medo da verdade. Pela primeira vez ele pensou no que lhe sucederia se seu patrão pelo menos imaginasse que, ainda que minimamente, ele tinha envolvimento com o desaparecimento dos animais.

"Não pode ter sido Estefânio. Depois que ele soube os trâmites que envolvem... não. Não pode ter sido ele." Justino pensa sem muita convicção.

No final da tarde tudo estava consumado: os animais não apareceram. Saíram da fazenda, mas se perderam pelo caminho. Apenas uma
meia dúzia de pessoas ficou sabendo do contratempo. Os boxes de luxo continuaram vazios até ao final da exposição e só serviram para
aguçar a curiosidade dos frequentadores e mesmo de expositores.

O motorista que levava o casal de animais foi encontrado no dia seguinte e não soube explicar o que de fato havia acontecido. Só se lembrava de ter parado para verificar um barulho que surgiu de repente
do lado direito da traseira do veículo. Lembrava-se de que logo que fechou a cabine, um automóvel que vinha se aproximando parou. O
condutor desceu e se ofereceu para ajudá-lo.

– Não, obrigado. Não é nada – ele disse enquanto se abaixava para
verificar a roda traseira. O sujeito o acompanhou e percebeu que, de fato, não devia ser nada.

– Então, vou indo – o sujeito disse.

O próximo ato foi descobrir-se amarrado e amordaçado em um canto da estrada, depois de uma noite especialmente fria, já pela volta do
dia. O proprietário da carga não deu queixa. Ao que tudo indica ele
preferiu arcar com o prejuízo.

"Ele deve ter suas razões para manter a polícia longe de tudo" – Justino pensou ao saber que seu patrão não havia feito o B.O.

*** *** ***

***

*

Capítulo 25

A essas alturas Estefânio não tinha mais o que fazer no centro-oeste. Se ele tinha alguma pendência por aí já a resolvera e estava pronto para ir baixar em outro sítio. As coisas que ele precisava fazer para continuar sua saga de golpes urgiam e não o deixavam parar por muito tempo em um lugar. Não o deixavam criar lodo. Porquanto, Justino não recebeu mais qualquer chamada vinda de Estefânio nem soube mais nada sobre ele, que desapareceu sem mais nem menos. Ele teria seus motivos para agir assim, porque sempre os teve para fazer o que quer que fosse ou para tomar fosse qual fosse a decisão.

Para Justino o desaparecimento do possível parceiro era um evento normal. O pouco que ele o conhecia já o ensinara que esse sujeito era imprevisível o que, de certa forma, tornava interessante qualquer relacionamento que alguém mantivesse com ele. Alguma vez o preocupava o fato de ele ter-lhe passado seus dados pessoais, mas ele não via exatamente em que isso poderia ser ruim para si. Demais, os dados seriam para que ele recebesse a contrapartida quando os dois realizassem qualquer dos negócios já convencionados, coisa que, pelo menos de acordo com o entendimento de Justino, não havia se concretizado. Portanto, era esquecer tudo e seguir a vida.

– Você não vai complicar-me com isto? – Justino perguntou na ocasião.

– Para mim, sua dúvida chega a ser uma ofensa, meu caro. Não nego que posso complicar alguém e que já passei por cima de muita gente, tanto que, se estou aqui agora, é por que já o fiz um par de vezes, mas nunca o fiz a um amigo. Pense bem... que eu ganharia passando-lhe a perna? A não ser que eu pretenda abrir uma empresa em seu nome.

Justino olha repentinamente para ele, assustado. Estefânio entende o seu susto.

– Não se apoquente, não tenho tempo para empresas; gosto de trabalhar livre de entraves.

– Assim espero...

– Assim será. Seus dados pessoais não me servirão para outra coisa que não seja a criação de uma conta nova quando for necessário. Não se aflija.

– Não estou aflito... é só uma maneira de falar, uma pergunta normal.

– Entendo perfeitamente. Caso não logremos nosso propósito eu elimino os seus dados sem prévia consulta; não é assim que dizem?

Justino riu amarelo em concordância com o que dissera o outro.

*** *** ***

Um dia daqueles Justino, que há muito tempo tinha a mania de ler a parte policial dos jornais, leu sobre um golpe dado na praça de Campo Grande. Alguém, cujo nome não foi citado para não prejudicar as investigações, comprara uma colheitadeira de primeira linha em uma concessionária da cidade.

O utensilio foi adquirido regularmente, mediante a apresentação de toda a documentação normalmente exigida para a consumação do negócio. A entrada foi paga a vista, no ato da compra. O restante, de acordo com as normas do negócio, foi dividido em prestações financiadas pela própria empresa, uma concessão especial para um cliente que dera motivos para ser tratado com deferência. Três meses depois, a empresa não vira a cor do dinheiro das prestações vencidas. O gerente entrou em pânico, ele que havia negociado, em pessoa, com o cliente, e que agora teria de explicar o critério de triagem usando naquela transação.

Num final de semana o mesmo gerente pegou a estrada e foi até ao endereço de destino da colheitadeira. Então, descobriu a enrascada em que se metera. Ele não podia acreditar que a propriedade a que chegara era a mesma, cujo nome ele próprio havia lançado nos documentos de compra da colhedeira. Estupefato, ele descobriu que a fazenda próspera para a qual fora emitida a nota fiscal não passava de uma estanciazinha familiar sem nenhuma expressão.

A propriedade pertencia a uma família, então composta de apenas um homem e uma mulher, antigos, que o receberam desconfiados e sem atinarem com o que aquele homem alinhado estava buscando naquele rincão perdido do sul do estado.

O casal vivia aí sozinho a manejar a terra com enxada, vivendo do que plantava, do leite de meia dúzia de vacas, dos ovos de um galinheiro rústico e do que produzia uma pocilga tosca que nem sempre conseguia conter os poucos animais, que rompiam as tábuas e ganhavam a larga. Cada vez que isto acontecia era um desastre. Antes que o casal desse pela ocorrência, os animais já haviam feito um estrago no mandiocal perto da casa. Mas foi para o endereço dessa propriedade que a nota fiscal havia sido emitida.

– Não sei de nada, moço – disse o idoso parado na porta.

– Quem é o moço? – sua mulher, que acabava de acercar-se, perguntou-lhe, apreensiva.

– Não sei... disse que é gerente de uma loja de máquinas lá em Campo Grande – o marido respondeu voltando-se para a mulher.

– De Campo Grande? Que quer ele aqui? Nem sabia que você estava comprando alguma coisa lá. Está? – a mulher perguntou.

– O Senhor não quer entrar? – já se afastando para dentro da casa, o estancieiro perguntou ao recém-chegado.

O comerciante entrou. Uma sala simples, bem arrumada, cheirando a alecrim, cujo cheiro o negociante não sabia se vinha de fora, entrado pela janela aberta, ou se era de algum odorizante de ambiente. Uma cortina antiga balançava preguiçosa empurrada pela brisa que vinha do exterior. Sobre uma mesa rústica coberta com uma toalha de crivo, descansava um lampião a gás sobre o qual o gerente botou os olhos, talvez por curiosidade.

– É que de vez em quando falta luz por aqui, moço. Por isto ele fica aí, sempre à mão – disse o velho estancieiro, talvez menos velho do que indicava sua aparência. É que a idade do homem do campo não se reflete pelos seus anos de existência, senão pelo sol, pela chuva e pelo vento que ele recebe no couro.

Em uma mesinha coberta com uma toalha, cujo acabamento é o mesmo da que cobria a mesa do lampião, se acomodava uma pequena televisão de tubo, que parecia querer esconder-se de quem chegava.

O gerente ambicioso coçou o queixo, os olhos presos num ventilador barulhento que estalava cada vez que a ventoinha chegava ao final do seu curso.

– O Senhor tem certeza de que não mandou comprar uma colheitadeira? – ele perguntou.

O estancieiro arregalou os olhos e abriu a boca, num gesto involuntário. O outro percebeu a idiotice que perguntara.

– Não, não... eu me expressei mal. O que eu quero saber é se o Senhor sabe se existe outra propriedade com o mesmo nome da sua por aqui.

– Estou seguro que não, moço. E pode ter certeza que eu conheço tudo por estas bandas. Nasci por aqui. De fazendeiro a posseiro eu conheço todo o mundo.

O gerente estava desconsolado. Levantou-se.

– Já vai? O Senhor não toma uma água, um café?... – o estancieiro perguntou.

– Um suco de carambola? É bem refrescante – a mulher completou, com vivacidade.

– Não é preciso. Já vou mesmo.

" Sai... sai..." – o estancieiro fala soprando as palavras entre os dentes praticamente sem abrir a boca. Ao mesmo tempo, bate o pé no chão para afastar o gato que veio lá de dentro e começou a roçar nas suas pernas.

O estranho olhou a cena e saiu sem dizer mais nada. Caminhou lento na direção do seu carro. Os pouco mais de vinte metros que o separavam do veículo pareceram um quilômetro. Antes de entrar, ele olhou para trás. Parado na porta da casa o casal o observava.

– Entendeu alguma coisa? – o estancieiro perguntou à esposa.

– Eu, nada – ela respondeu.

Entraram.

*** *** ***

Segunda-feira. Os ânimos andavam exaltados na concessionária. Pelos corredores os boateiros cochichavam espalhando que o gerente, além de ter de arcar com o prejuízo seria despedido. Outros diziam que ele seria preso. Para uma cúpula que já andava com ele por aqui, aquela trapalhada tinha sido a gota d'água, o motivo que faltava para defenestrá-lo. Ninguém estava sofrendo por isto, mas um dos vendedores, aquele de quem o gerente surripiara a venda, estava no mais absoluto regozijo.

*** *** ***

No mesmo jornal Justino leu outra notícia interessante que, apesar de apresentar um objeto diferente, revestia-se do mesmo *modus operandi* da anterior. Um arrematador levara um bom lote de exemplares de primeira linha em um dos leilões que antecederam à exposição, realizados pelo Tatersal Ximenes.

Considerando a forma com que o golpe foi perpetrado, o delegado atribuía sua autoria ao mesmo indivíduo que dera o tombo na concessionária de máquinas agrícolas. Como neste caso, o arrematador deu o sinal com depósito imediato. Cumpriu tudo o que a praxe exige. Apresentou sem titubear todos os documentos exigidos e mais que fossem. Era desses que não têm problema com títulos.

Tudo certo. Tudo nos conformes. Nos dois dias seguintes ele providenciou a papelada para liberação do produto adquirido e o transporte. No terceiro dia, bem cedo, ele retirou os animais.

Depois, veio o contratempo. As parcelas que foram vencendo não foram pagas e ninguém soube o paradeiro dos animais nem do arrematante. Foi a primeira vez que um leilão, negócio que se cerca de toda a segurança, e que nem sequer aceita desistência, experimentou um golpe dessa natureza. Essa notícia não foi dada, mas vazada, porque os organizadores do leilão nunca admitiriam esse sinal de vulnerabilidade.

A fim de não prejudicar as investigações também nessa ocorrência o nome do suspeito foi omitido, mas, nesse caso, Justino não teve dúvidas de que se tratava de Estefânio. O pouco que Justino o conhecia já era suficiente para saber o modo como ele agia. Bastou juntar os contatos recentes que tivera com ele para chegar a um termo.

Justino foi quem proporcionara a Estefânio as informações acerca das formalidades das hastas. Na ocasião ele pensou que as indagações de Estefânio se devessem apenas ao fato de ele não entender nada do ramo da agricultura e pecuária, por ser um novato na atividade. Com as melhores intenções – ainda que não fossem – ele repassou ao sujeito todo o seu conhecimento sobre os trâmites dos leilões. Ao ler a notícia ele compreendeu de imediato que Estefânio era um vigarista de primeira, um que fazia jus a todos os qualificativos constantes da matéria jornalística. Ele só não sabia ao certo se Estefânio realmente estava metido com a atividade agropecuária ou se tudo não passava de fita. Isto ele não sabia, eis que Estefânio não lhe dera detalhes. Não competia a Estefânio contar tudo o que fazia, mas apenas expor as necessidades que tinha. Para perpetrá-las ele fazia o que julgava necessário fazer. Nada mais.

"Um sujeito admirável no que faz... devia ser presidente da república" – Justino pensou.

Justino não se preocupou mais com a matéria que lera.

Dias depois seu telefone tocou. Era Estefânio, bonachão e tranquilo como Justino o conhecera. Justino não se lembrava dele, pelo menos nesse momento.

– Olá, meu caro. A chamada é rápida; só para lhe avisar que, conforme combinamos, já não preciso dos seus documentos nem das suas declarações e atestados. Portanto, está tudo destruído. As cópias digitais foram deletadas.

– Eu lhe agradeço por ter cumprido o que prometeu a respeito deles. O que sinto é que os acontecimentos não nos foram favoráveis e a papelada acabou não tendo serventia.

– Pois eu lhe digo que daqui em diante, se precisarmos, digamos, atuar em outra frente, você terá de mandar-me tudo de novo porque não costumo guardar esse tipo de papel.

– É... não vamos mais precisar mesmo – Justino disse sem saber exatamente que sentimento o acometia nesse momento.

Ele lembrou-se de Pablo, da boa sorte que tivera. Da sua parte ele estava em um misto de conformidade e decepção.

*** *** ***

***

*

Capítulo 26

Carolina Velásquez acabou de sair do banho. Atrás dela se arrasta o aroma de erva-doce do sabonete que ela usa. Ela se seca cuidadosamente enquanto o quarto se inunda daquela essência vinda com os vapores do boxe. Carolina se vê em tamanho natural no espelho que tem na parede. Fica de costas para o espelho, faz trejeitos com o corpo e se contorce para ver suas nádegas.

Depois de tudo verificado, ela põe um dos pés sobre um tamborete e começa a passar-se um creme de pera da Natura, que ela acha delicioso, e que traz do Brasil sempre que vai por lá, ou que encomenda a algum conhecido que viaja para o gigante do norte. Antes, ela comprava mesmo em Montevidéu, das mãos de uma consultora que batia na sua porta. A consultora não apareceu mais. Um dia, Carolina a encontrou na *rambla* e foi informada que, apesar de não saber o real motivo, o produto não chegava mais a Montevidéu. Carolina nunca soube se era verdade. O certo é que nunca mais conseguiu o seu creme preferido.

Ela usa as duas mãos para aplicar-se o produto. A mão esquerda vai por dentro das coxas; a outra por fora. Ambas deslizam com suavidade do tornozelo até a parte mais alta. As duas mãos trabalham simultâneamente. Logo, Carolina troca de perna e repete a operação. Quando termina, ela se contorce na frente do espelho e se aplica o creme nas nádegas. Carolina suspira; imagina que melhor seria que outra pessoa o estivesse fazendo por ela...

Agora, sua pele veludosa recende a fruta fresca.

Carolina repete a operação. Agora se alisa, uma alisada sensual, enquanto se aplica o produto. As carnes brancas das suas coxas lisas ficam eriçadas ao toque das mãos e à eficácia do creme. A moça sonha enquanto repete muitas vezes esse exercício. Apesar do creme e do relaxamento que consegue na parte externa do corpo, seu interior está em brasas, sua mente confusa.

Seu telefone toca na mesa da sala. Ela vai, nua, e agarra o aparelho.

– *¡Hola! ¿quién habla?*

– *Soy yo, Stella.*

– *¿Cómo estás vos, te puedo ayudar?*

– *Por supuesto* – Stella diz –. *He recibido una llamada de un policía de Maldonado, quién me pidió tu número. Le dije que no estaba autorizada a brindar el teléfono de mi jefa a nadie y que deberíamos hacer al revés. Era él quién debería proporcionar su número, entonces yo me haría cargo de llamarte, como lo hago ahora, y luego vos decidirías lo que hacer.*

– *Perfecto. ¿Qué quería él?*

– *No se lo pregunté, pero me pareció preocupado con un detenido que tenía en la sede judicial. Por él que te buscaba. Y a me mi pareció muy interesado.*

Carolina não entende como um policial pode estar incumbido de contatar um advogado para um preso. Isto deveria ser problema da família do indivíduo, dos amigos, ou, em último caso, da própria justiça, já agora considerando que o custodiado não tem como contratar um advogado, e partindo da premissa de que todos têm direito a ampla defesa. Este é o quesito que, por si só, já presume a assistência de um causídico em todas as etapas de um processo a que qualquer indivíduo esteja envolvido.

– *Gracias, Stellita. Voy a llamarlo a ver lo que pasa.*

Carolina volta para o quarto intrigada e reinicia sua seção de massagem. Veste-se. Em seguida liga para o número que a colega de trabalho lhe dera. Era de uma *jefatura* de Montevidéu. A chamada é atendida prontamente. Ela fala com um homem afobado que se identificou como oficial, cujo nome ela não distinguiu bem se Ricardo ou Picardo, mas isto, pelo menos por ora, é de somenos. Esse policial lhe informa que havia um preso na Sede Penal, que o indivíduo a havia designado para defendê-lo, que ela deveria aceitar o cargo e apresentar-se às treze horas no *Juzgado Penal de Noveno Turno de Maldonado*.

Afora o momento em que se identificou, Carolina preferiu apenas ouvir o que o outro tinha a dizer. Um indivíduo petulante sobremaneira, um autêntico ignorante quanto aos procedimerntos da justiça. O fato de ela ter sido escolhida pelo preso como sua defensora nada significa. Ela tanto pode aceitar o encargo quanto negar-se a fazê-lo. Entretanto, o atrevimento do policial já dava para perceber a forma como ele trabalhava e o pouco respeito que tem com as pessoas. Se não respeitava uma advogada, sua conduta com os presos sob sua custódia não era de certo algo exemplar.

Finalmente, Carolina disse que não podia se apresentar e, imediatamente, resolveu fazer uma pergunta, já que até ao momento o policial não havia falado o que ela considera mais importante.

– *¿Quién es la persona que quiere mis servicios de abogada?*

– *Un tipo que se ha envuelto en un montón de estafas más allá de usar documentación falsa* – o policial responde.

– *No, dígale que no puedo ayudarlo; que además yo soy policía y no me dedico a penal* – Carolina diz, incisiva. O oficial tenta interrompê-la.

– *Doctora, él tiene… mejor dicho, cualquiera tiene derecho a un abogado.*

Carolina faz ouvidos de mercador e segue com o seu raciocínio:

– *Yo nunca podría defender a alguien que está denunciado por uso de documentación falsa y en varias denuncias por estafa, cómo usted me acabó de confirmar.*

O policial insiste por um momento, mas diante da negativa de Carolina, recua, ou simula um recuo.

– *De todas maneras voy a comunicar al juzgado que no puedes hacerte cargo de la designación. Asimismo te pido que en unos quince minutos te pueda volver a llamar o que me llames vos.*

Carolina desliga o telefone. Pensativa, olha para o teto. Os dedos finos tamborilam sobre uma pasta de documentos que está sobre a mesa.

"El tipo no me dijo el nombre de la persona a nombre de quién, hablaba." – Carolina pensa.

Não fazia mal, pelo menos isto, ela saberia com brevidade, pois já sabe que o oficial vai voltar a chamá-la.

Carolina ainda tem um pouco de tempo antes de sair para o trabalho. Ela aciona o computador e recomeça a trabalhar em uma petição complicada de divórcio litigioso em que o ponto de desentendimento paira na divisão dos muitos bens possuídos pelo casal. Cada um dos indivíduos quer que a partilha lhe seja favorável, ainda que para tanto o casal não se divorcie apenas entre si, mas também da lei. Carolina examina cuidadosamente os documentos de propriedade, principalmente dos bens reais que vão desde imóveis na capital a estâncias em mais de um departamento. Tão compenetrada está nessa lida, que se assusta quando seu telefone toca. Deve ser o oficial de polícia.

– *¡Hola! ¿Quién es?*

– *Yo de nuevo, querida* – Stella responde –. *El tipo me llamó porque no tiene su número…*

– *Que cosa, ¿no?*

– *Te cuento que él está en el mismo teléfono y aguarda tu llamada.*

– *Lo llamo ya, gracias.*

Carolina corta a ligação com a sua repartição. Em seguida, liga para a *jefatura*. O oficial está ao lado do aparelho. Logo que atende dispara um falatório de que Carolina não gosta nem um pouco.

– *Doctora, la jueza de noveno turno dispuso que te tomara un acta a los solos efectos de tener un poco de colaboración en el asunto, ya que el detenido solamente hablaría en presencia tuya.*

Definitivamente, Carolina não gosta do oficial. Um abusado que não hesita em tutear um desconhecido, quando esta não é a melhor conduta. A ela soava mal, muito mal, a situação que o oficial lhe propunha. Em princípio, ela nem pôde crer no que ouvia, mas depois, percebeu que, ainda que absolutamente estranho tudo aquilo, era uma pretensão real. Ela só não sabia se tal pretensão era da juíza de Maldonado ou do policial. Fosse de quem fosse, ela a entendia como disparatada e incomum.

– *Perdón, Señor, no pude alcanzar su apellido cuando me lo dijo la otra vez* – Carolina diz.

– *Picardo. Yo soy Picardo, Señora.*

– *Pues bien, señor Picardo. A mi me resulta extraño que la jueza le ha ordenado tomarme un acta.*

– *Pues ten en mente que es la verdad; te lo aseguro.*

– Ahí está Señor. El tema es que no puedo aceptar ser la defensora del detenido por razones de primera orden, de las que ya le hablé a usted pero que las confirmo.

– Pero la jueza…

Picardo tenta cortar a palavra de Carolina; ela o ignora, e continua:

– Otra cosa, Señor:¿Quién es la persona detenida, y por qué me ha nombrado? Hasta que se demuestre lo contrario, no me imagino cómo alguien pueda desde Maldonado pretender que me haga cargo de su defensa, si Maldonado está llena de buenos abogados…

– En cuanto a ello Señora, nada te puedo adelantar ya que es un tema particular del tipo – Picardo responde, arrogante.

– Es así, Señor, y a ello me atengo. Entonces, ya está. Sin un nombre no hay nada que se pueda hacer. Que pase bien.

Carolina afasta o telefone para desligá-lo, mas ouve a voz gritada do outro lado. Então volta com o aparelho para ouvir o que o outro diz.

– Por favor, Doctora. No me cuesta decirle el nombre del hombre.

– Dígamelo, pues.

– Telmo Rizzo… pero en realidad está con documentación falsa y su verdadero nombre es Nuno Riquelme.

– No conozco a nadie con ese nombre.

– Él dijo que la conoce… y pidió que la llamáramos.

– Decididamente no lo conozco – Carolina diz *–. De todas maneras si me indicó lo hizo en confianza, y no veo como la jueza puede pedirme un acta en la que hablo de él. Ya le dije a usted que no puedo representar a ese hombre por razones de incompatibilidad funcional. Pero también no puedo traicionar la confianza que me ha depositado. Extraño lo que me pide la jueza de noveno turno de Maldonado. ¿Qué pasa?*

– No lo sé, Doctora. Lo que sí sé es lo que te digo – Picardo fala, retraído. Parece não prestar atenção ao que a advogada diz.

– A mí no me parece, Señor. Hay algo malsonante en esa movida – Carolina observa.

– Acá está otro nombre usado por el tipo, Enzo Grimaldi. Yo sabía que había otro.

– ¿Enzo Grimaldi? – este sí, lo conozco. La verdad que una vez me buscó

pero no pude aceptar los encargos, no por los motivos por los cuales no los acepto ahora.

– Como te he dicho, Doctora, tendrás que permitir que se te haga el acta.

– Ahora mismo es que no, mi caro Señor. Si antes yo no podía por un tema de confianza, ahora no lo puedo por secreto profesional. Si por un motivo no lo puedo defender, por otro más serio no puedo ir en su contra. Si esto se da soy yo quien va a cometer un delito… y no estoy para ello.

Sem importar-se com o que Carolina diz, Picardo volta ao seu tema.

– Será cosa de pocos minutos, Doctora.

Finalmente, para ver o que acontece e para saber exatamente o que estava acontecendo, Carolina concorda em dar o depoimento.

– ¿Adónde te tomo el acta? – Picardo pergunta.

– Nos vamos a… – a advogada diz o nome do lugar onde poderia dar-se o encontro – *Es donde trabajo. Allí me queda cómodo, y además puedo poner en conocimiento a mis autoridades todo lo que está pasando.*

– No, no. Ahí no estoy autorizado a ir – o oficial Picardo diz.

– Y ¿por qué usted no está autorizado a ir a ese lugar? Además de eso ¿ya tenía previsto que si sucediera la cita debía ser ahí y por algo se previno?

– Lo que pasa es que solo puedo irme a la seccional de Carrasco – Picardo fala.

– No sé adónde queda esa seccional – Carolina retruca.

– Es cerca de Portones.

– Esto es muy lejos, camino al aeropuerto. Estoy a más de una hora de ahí. Para estar allí tengo que tomarme un ómnibus porque no estoy con auto – Carolina diz.

– Yo la voy a buscar – o oficial diz, friamente.

– ¿A buscarme? Esto sí que no. Estoy muy lejos de ése lugar. Además, tengo que ir a trabajar.

– Hagamos una cosa: acortamos distancia. Ponemos un punto y nos encontramos en ese punto – Picardo sugere.

– Bueno, entonces, nos encontramos en Burgues y Propios, que yo estoy cerca de ése lugar – Carolina propõe.

– Perfecto – o oficial diz e passa o seu número para a advogada.

Eles cortam a ligação.

Carolina já estava pronta para sair para o trabalho, onde começaria à uma da tarde. A julgar pelo lugar onde ela presumiu que o oficial estava quando se falaram, ela imaginou que, de carro, ele poderia chegar em vinte minutos.

O serviço de meteorologia dava alerta laranja para aquele dia. La fora o céu estava revoltoso. Folhas voavam sob o ímpeto do vento que vinha em lufadas. Carolina sai de casa já sob os primeiros pingos de chuva e vence rapidamente as três quadras que a separam da sua parada. Mal chegou ao ponto de ônibus o mundo pareceu cair. A proteção da parada de nada valia porque a chuva caía quase na horizontal. Carolina já esperava o oficial de polícia por uns bons minutos. Era já pelas doze e ela não vira ainda um automóvel estacionado ou, pelo menos, chegando, de onde alguém pudesse sinalizar como sendo o oficial Picardo. Ela não podia esperar mais. Chamou o telefone do oficial, mas ele não atendeu. Então, Carolina enviou-lhe uma mensagem de voz.

– *Habla la doctora Velásquez, ya estoy aquí, ustedes demoran. Hace un par de minutos los espero… ¿Están cerca?*

Carolina chamou o número outra vez; em vão. Enviou outra mensagem, e outra, e mais outra. Enviou muitas mensagens e nenhuma foi respondida.

Eram doze e vinte e cinco quando o ônibus 158 parou no ponto. Carolina, já atrasada, tomou a condução. Felizmente, o ônibus estava quase vazio. Carolina não teria de sujeitar-se a mal-estares aí dentro. Sentou-se bem na frente da porta de saída de modo que, ainda que o ônibus ficasse lotado até ao ponto onde ela desceria, ela não teria problemas ao descer.

Minutos depois de Carolina estar embarcada seu telefone vibra. Não é o número que ela havia chamado insistentemente enquanto esperava o ônibus. Um número desconhecido.

– *Discúlpame* – disse a voz do outro lado –. *Se me quedó sin batería el celular, te estoy llamando del celular de mi compañero, estamos acá* – era o oficial Picardo.

– Bueno, como ustedes no llegaron, yo me traté de comunicar, no me aten-dieron; me fui porque yo a la una tengo que entrar a trabajar.

Então, Picardo falou suplicante como se alguém o estivesse forçan-do a tomar o depoimento da advogada:

– Por favor, Doctora… este… necesitamos hacer esta diligencia para la jueza, por favor te pido que… que te bajes, nos decís donde te bajás y nosotros nos acercamos a dónde estés y te levantamos…

– Señor Picardo – Carolina corta a fala do oficial *– estoy a camino de mi trabajo, por favor…*

– Ya no vamos a ir a esa seccional, a la de Carrasco. Vamos a otra pero el tema es colaborar; el tema es… este… poder hacer esa declaración para que la jueza la pueda tener.

Tudo muito complicado, mas agora, Carolina quer ver até aonde is-to vai dar.

– Bueno, muy raro todo esto, pero me voy a bajar.

Carolina desceu no ponto pela altura de Burgues e Boulevard. Aí permaneceu debaixo da chuva, agora amainada, até ver chegar um ve-ículo Fiat, e parar. Do carro desce um indivíduo, o celular na mão. Ele faz uma chamada. Imediatamente o telefone de Carolina vibra. Ela já compreende que aquele é o oficial. Atende. De onde está ele a vê. Já se identificaram.

Carolina deixa o abrigo, atravessa a rua e caminha alguns passos no outro passeio até acercar-se do veículo parado. Então, ela vê três ho-mens dentro do carro, quatro com o que está do lado de fora. Ela para em silêncio a observar o interior do automóvel. Não gosta de nenhum dos sujeitos que estão embarcados.

– Prácticamente en este auto no entro – ela diz, para surpresa de todos.

– No, no… nos apretamos – disseram os que estavam dentro do carro, já se movendo para um dos lados do automóvel.

Carolina entrou no carro com os quatro policiais e foram direitos à Seccional 13. Aí, entram em uma sala onde se dará o seu depoimento.

De início o oficial quis saber de Carolina onde ela havia conhecido Telmo Rizzo, ou Enzo Grimaldi, como havia chegado a ele, ou como ele havia chegado a ela. Um autêntico interrogatório, como se ela estivesse detida. Carolina, que já estava farta de ser tuteada pelo indivíduo, resolveu que era a hora de mudar o tom da conversa.

– *¡Un momento! Vos me llamaste y me dijiste que una persona me había nombrado como su defensora penal para que a la una fuera acompañarla, y yo dije que no aceptaba ese cargo. Otra cosa Señor, no alcanzo con tu conveniencia en tratarme de esa manera, sin lo más mínimo respeto. Más allá de ser abogada yo soy tu compañera de trabajo, y exijo que me respete, si no por urbanidad, por lo menos por lo que dispone nuestro reglamento.*

– *Acá el responsable de la investigación soy yo, acá quién toma el acta soy yo, vos sos una simple declarante en lo que yo te estoy preguntando, por tanto no corresponde que seas vos la que dirija el acta* – o oficial Picardo diz, a voz alterada.

O clima não está bom entre eles. A animosidade é latente.

– *Muy bien. Está bien, yo no dirijo el acta, pero si no ponés lo que yo digo que tenés que poner, yo no te firmo el acta* – incisiva, a advogada responde.

– *Me estás desobedeciendo* – Picardo diz, bufando.

– *No te estoy desobedeciendo... hay que poner lo que es, y no voy a permitir que vos pongas lo que tengas ganas. Vos tenés que poner lo que pasó* – Carolina diz, a voz calma, um desdém indescritível.

Muito alterado Picardo elabora a oitiva. Não consegue de Carolina mais do que sua condição de advogada permitia. Ela apenas esclareceu que em algum momento de 2011 ou 2012 – não se recordava bem – conhecera o brasileiro Enzo Grimaldi, nome com que ele se apresentou a ela, através da amiga que ela tinha em comum com outra pessoa, uma cartomante que Carolina não conhecia.

Na ocasião, sua amiga lhe informou que havia sido consultada por uma amiga que ela conhecia bem, que a chamara de Maldonado, que lhe disse que conhecia um brasileiro que estava investindo em Maldonado, especialmente em Punta del Este e procurava um jurista para cuidar dos seus investimentos, tanto quanto de qualquer documentação de que ele necessitasse.

– *No sé con exactitud si era una gitana o una tarotista* – Carolina ponderou.

Por uma questão de confiança no seu trabalho, a amiga de Carolina a indicara para a cartomante; e nada além disso.

– *Llamá a esta persona que es de mi confianza y quizás te pueda dar una mano* – disse a amiga de Carolina à que a chamara.

Assim, foi que Carolina teve o primeiro contato com Enzo Grimaldi. Mais, ela não disse.

Terminado o depoimento, que se havia desenrolado de maneira grotesca e não usual, Carolina se levantou pronta para ir-se.

– *Bueno, yo ahora me voy para mi trabajo.*

– *Por favor, un minuto; voy a llamar a la jueza* – Picardo disse.

O homem entra na sala contígua e liga para a juíza. Carolina não ouve a conversa. Minutos depois ele retorna e diz, sem nenhuma cerimônia:

– *La jueza ordenó que te trasladáramos a la sede porque quiere escuchar, ella misma, lo que nos acabas de contar.*

– *¿Qué decís? ¿Me voy así, sin orden judicial?*

– *Es así.*

– *Entonces, quiero hablar con la jueza. De la misma manera que usted le habló a ella, yo también puedo hacerlo.*

– *Lo siento.*

Carolina percebe que se meteu em uma enrascada inominada. Ela nunca viu tal procedimento e dele só tem notícia em regimes de exceção, ainda assim, quando sobre o individuo pesa pelo menos uma suspeita, o que não é o caso.

Se daí ela saísse imediatamente para o seu trabalho já chegaria atrasada. Já tendo de ir à Sede Judicial, ela não vê alternativa a não ser comunicar-se com o seu órgão e avisar sobre os acontecimentos. Apesar disto, o oficial não permite que ela o faça.

– *¿Cómo no? Como te he dicho, Señor, algo no suena bien en todo esto.*

– *¿Qué te parece?* – o oficial pergunta, zombeteiro.

– *Voy a descubrirlo, y cuando lo haga sentirás las consecuencias, te lo aseguro.*

Picardo olha para Carolina com indiferença. Porém ela percebe nele uma mudança de aspecto cada vez que ela lança dúvidas sobre o procedimento a que está sendo submetida.

– Si tengo que irme a Maldonado necesito avisar a mi oficina. Estoy sometida a jerarquía al igual que vos.

– Lo siento – Picardo diz, secamente.

– Ya no pude hablar con la jueza y ahora ¿no me permitís hablar con mi jefe? No lo puedo creer.

– Vámonos. La jueza no puede esperar.

*** *** ***

O oficial Picardo é um homem muito estranho. Sabidamente dado a práticas que denigrem a polícia e enchem de asco a sociedade inteira, é o tipo de indivíduo que debita todas as misérias do mundo na conta da pobreza das pessoas, como se a pobreza fosse o estigma do mau-caratismo. Pode ser para ele, dono de um caráter dúbio inato, que ajusta tudo de acordo com os seus interesses mais sórdidos, mas que não representa as pessoas, os pobres de uma maneira geral. Ele nunca foi exemplar em nada. Já não era um bom funcionário quando entrou para a Polícia. Tinha má índole. Muitos na corporação se perguntavam – e seguem perguntando – como ele conseguiu ser aprovado. Entre seus vizinhos existem os que chegam a insinuar que ele tinha conluio com algum maioral da corporação desde o tempo da academia. É um homem que impõe respeito, não pela boa conduta, mas pela arrogância. Tem uma cara severa, olhos simiescos, lábios finos e duros.

Nasceu em Coronado, um bairro isolado, afastado, de *Bella Unión, Departamento de Artigas,* hoje, com uma população de pouco mais de quatrocentas almas, um dos sítios mais pobres do país. Não tinha tendência para a agricultura como os pais, ou como a maioria da população da vila. De muito pequeno ele já crescia os olhos para coisas inacessíveis para a sua família, as quais ele queria a qualquer sorte. Não gostava de trabalhar; isto é certo. Para realizar seus sonhos de consumo ele cometia pequenos furtos aí mesmo em Coronado. Depois, aventurou-se por *Bella Unión* e, mais tarde, já se arriscava cruzando o rio de barco para cometer seus pequenos delitos em *Monte Caseros.*

O pequeno Picardo não tinha amigos, que as boas famílias tinham restrições quanto a ele e não permitiam que seus filhos andassem em sua companhia. Quem andou, se deu mal.

Apesar da sua má índole ele tinha lá seu quinhão de inteligência. Conseguiu tirar o curso fundamental com seus onze anos. Depois, fugiu de casa e foi viver com o tio Ramón, que morava nas proximidades do *Cementerio del Norte*, em Montevidéu. Em Coronado se dizia à boca pequena que ele saíra fugido do lugar, já que se tornava notável pelos seus malfeitos.

Tio Ramón vivia de subemprego, assim mesmo, e com a ajuda de religiosos, conseguiu que o sobrinho completasse o liceu. Sempre ambicioso, ele via na polícia a sua salvação. Imaginava que trabalhar na repartição pública lhe abriria as portas para a riqueza. Com esse intuito foi que prestou o concurso.

Após sua nomeação no cargo Picardo se ajuntou com autoridades que não levam muito a sério o ofício e, pelo menos por ora, tem-se dado bem. Esse indivíduo não serve de exemplo para nenhum policial, menos ainda, para companheiros recém-admitidos na corporação como os três que o acompanham atualmente.

No começo suas tramoias não passavam do âmbito policial, mas, pouco tempo depois, sua perspicácia já o autorizava a voar mais alto. Foi quando percebeu que o judiciário tinha também os seus corruptos e procurou meter-se no meio deles. O encontro com Nayara naquela tarde chuvosa foi providencial para os seus interesses. Ele mudou seu grau de hierarquia. Já não precisava lidar com funcionários subalternos. Daí em diante, aos seus trampos ele passou a somar o prazer. Nessa empreitada ele se houve muito bem porque percebeu que se dava muito melhor com alguns quadros da justiça, hoje tão corrupta quanto incompetente, do que com os do seu próprio orgão.

*** *** ***
***
*

338

Capítulo 27

Carolina aceita ir a Maldonado. Entra na viatura e se aperta entre os três homens que estão no banco traseiro. Logo que tomam a autoestrada e, debaixo de muita chuva, o motorista aperta o pé e vai perigosamente rumo à capital de todos os fernandinos. Sequer os cintos de segurança estavam sendo usados por qualquer deles, nem mesmo por Carolina, que, ao entrar no carro, no meio dos dois policiais não encontrou o seu. Todos estavam metidos sob o banco sinalizando que tais acessórios nunca eram usados. A moça sentia medo. Na sua concepção, estava sendo sequestrada e não sabia em que resultaria tudo aquilo.

Durante o percurso o telefone de Carolina toca. É um advogado amigo que a chamava. Ela aproveitou para deixá-lo a par do que acontecia. Contou-lhe que estava sendo levada à força para Maldonado.

– *Por supuesto luego de llegar a la Sede Penal voy a exponer todas irregularidades a la jueza… esto si ella también no estuviere involucrada en todos estos desmanes.*

Assim que desligou o aparelho começou uma discussão. O oficial Picardo voltou a pressionar Carolina.

– *Quiero que sepas que no estás autorizada a hacer llamadas. Yo solo no te quité el aparato porque al otro lado tenías a alguien que ya te había escuchado. Un abogado, ¿verdad? A mí me parece que estás intentando complicar lo nuestro.*

– *Que lo entienda como quiera…*

– *¿Sabías que puedo decir esto a la jueza?*

– *Pues hacelo. Porque de mi parte no tengo ninguna duda; voy a llevar todo a la Suprema Corte. Entonces sabremos lo que es cierto en toda esa movida.*

A viagem foi muito rápida. Rápida e perigosa. O condutor dirigia como louco, não obedecia aos sinais de trânsito nem às normas mais elementares de segurança. Pelas duas da tarde já estavam na Sede Penal. O oficial conduziu Carolina pela porta da frente, expondo-a aos olhares de todos os que aí estavam. Ela passou por um corredor cheio de pessoas. Ninguém sabia em que condições ela estava aí. Aos olhos de todos não passava de uma prisioneira comum que entrava levada por um monte de policiais apressados. O oficial Picardo apontou aquelas pessoas como vítimas de Rizzo que esperavam para dar seu testemunho contra ele, agora que ele está definitivamente preso. Ela viu sinais de decepção e raiva na cara de cada uma daquelas pessoas.

Quando a juíza que, segundo Picardo, não podia esperar, iniciou a audiência, já passava das dezoito horas. Dentre as pessoas que estavam na sala se encontrava uma defensora. Isto fez Carolina imaginar que lhe haviam criado uma situação bem constrangedora, que seu sequestro havia sido transformado em uma prisão legal.

– *No Doctora, de ninguna manera piense eso. Yo soy la defensora del detenido* – disse a funcionária.

– *Lo que queremos de usted* – o fiscal interveio polidamente – *es solamente una orientación acerca de esta persona. Cómo usted la conoció previo entendemos que era la persona cierta a darnos la orientación de la que necesitamos.*

– *Ah, bien. Bueno, la verdad que no tengo lo que decir porque en algún momento tuvimos yo y esa persona una relación profesional, y como tal, si algo me confidenció lo hizo en secreto profesional.*

– *Sí, sí, Doctora. Nosotros no queremos detalles; apenas enterarnos un poco sobre cómo ese hombre aparece en Montevideo, que tipo de trabajo le hizo; nada más.*

Então, Carolina explicou como se deu seu encontro com Enzo Grimaldi e que, de fato, o orientara quanto aos trâmites que ele deveria perseguir para conseguir alguns documentos de que necessitava. Essas informações ela lhe passou independente de estar com uma procuração assinada por ele, coisa que nunca se deu.

*** *** ***

340

Com efeito, no momento da assinatura da procuração Carolina desistiu da assistência jurídica àquele estrangeiro. Foi na ocasião em que ele lhe propôs viajar a Buenos Aires para alugar um apartamento para o seu filho, que pretendia instalar-se na capital portenha.

– *¿Por qué no se lo alquila él mismo?* – Carolina indaga.

– *Porque nosotros preferimos encontrar todo arreglado, de manera que él llegue, ponga la llave y entre al apartamento* – Enzo Grimaldi responde.

Carolina nada diz. Olha para o sujeito com os olhos enormes e ansiosos. Olhando para o chão ele continua:

– *No solo el apartamento como también otros inmuebles de los que necesitamos...*

– *¿Y dónde está la necesidad de que un abogado actúe en eso?* – Carolina interrompe o tipo – *Eso es algo simple de hacer, es decir, luego que el interesado reúna las condiciones exigidas por la ley, ya está.*

– *Por ello necesitamos que alguien de confianza nos haga todo* – Grimaldi diz, enquanto olha, timidamente, para a causídica.

– *Lo siento Señor. No puedo ayudarlo en eso. No estoy para ese tipo de trabajo. Yo no trabajo con inmobiliaria como para tener noción de que cosas puedo alquilar.*

– *¿Cómo no tienes?* – Grimaldi pergunta agressivamente, outra vez, como era seu costume, tuteando a advogada.

– *Mejor que busque a otro profesional, Señor.*

– *No puede ser... no es profesional. Yo le pago cinco mil dólares sólo para que hagas esa operación. ¿Eres la profesional de confianza que me indicaron?*

– *No para ello, Señor. No para ello.*

– *Estás perdiendo la oportunidad de tu vida. Hay mucha plata involucrada, Doctora.*

– *No, Señor. Gracias. Que pase bien, Señor.*

– *¿Cuánto le debo por ahora?* – sem graça, Grimaldi pergunta.

Carolina não responde.

*** *** ***

O fiscal olha para a escrivã, em silêncio. Por sua vez, a burocrata olha para a defensora que estava aí e apenas ouvia. Ninguém pronunciou palavra.

Carolina acabara de dizer o que podia ser dito sobre o preso. Nada mais que isto. Mas a história desse homem não se prendia apenas ao que ela dissera. Tinha muitos outros detalhes.

*** *** ***

Telmo Rizzo, ou seja lá quem for, chegou a Montevidéu para dar golpes. Não que tenha iniciado sua saga golpista nesse país, aonde só foi para diversificar o seu palco de ação, já que ele é um vigarista nato e não sabe fazer outra coisa.

Aí, ele aproveitou quanto pôde. Por onde passou deixou o seu rastro de maracutaias. Seus patos pagaram o preço que devem pagar todos os ambiciosos, indivíduos que não querem subir a escada degrau por degrau, mas que querem estar no topo com apenas um passo. Esses são sempre vítimas fáceis para os achacadores que neles veem uma bota larga em que metem os pés sem piedade. Por conta desses metidos a espertos é que existem os verdadeiros espertos, porque aqueles quando afundam estão armando alguma, querendo afundar alguém, aproveitando-se da sua boa-fé, da sua necessidade ou da sua inocência. Quando encontram o malandro genuíno sucumbem. Depois, engolem seu prejuízo ou mesmo sua falência porque sabem que foram vítimas do seu próprio golpe. Então, é tramar uma vingança que, algumas vezes, se realiza. Contra Rizzo, não; porque ele é escorregadio o suficiente para desaparecer da mesma forma que aparecera, e com pouco surgir faceiro em outro sítio. Não há como descobrir um homem de muitas caras e de muitas identidades. Pelo menos, não com facilidade. Daí, a razão do seu bem-estar constante.

Normalmente, as tramas de Telmo Rizzo, onde quer que se desenvolvam, envolvem muita gente, afundam muita gente que, como legado do episódio passa a cultivar contra ele um ódio visceral, embora inoperante. Mas aos que ele envolve para ajudá-lo nas suas negociatas ele deixa o seu "testamento" de bondade e, provavelmente, esses não têm dele mágoa alguma.

Nunca houve, pelo menos até agora, quem pudesse testemunhar

contra Telmo Rizzo. Isto por que simplesmente Telmo Rizzo não existia, não existe. Ele é apenas uma representação, como uma personagem que nunca se repete e que não repete sua atuação. Cada vez que atuou até hoje sempre o fez com um *script* diferente que não mantinha nenhum vínculo com a atuação anterior. Telmo Rizzo não repetia o golpe em lugar algum e quando os cometia era sempre como outra pessoa, sempre outra identidade, outra identificação.

*** *** ***

Em uma data mais recente, Enzo Grimaldi voltou a aparecer e contatou Carolina. Na ocasião ele pretendia internar o seu filho para um tratamento de câncer e queria que Carolina o assessorasse nesse evento. Sua proposta foi que ela deveria encarregar-se de todos os procedimentos junto ao hospital como advogada da família. Que pagasse o que fosse necessário. Dinheiro não era problema, como ele já lhe afirmara com todas as letras.

Mas Carolina já estava vacinada contra as investidas desse finório. Ela sentia que, para ele, ela já se transformara em uma obsessão; entretanto, ela não estava para satisfazer desejos escusos de quem quer que fosse. Não conseguia compreender como alguém podia ser assim insistente. Naturalmente, ele estava acostumado a comprar tudo, inclusive pessoas, com o dinheiro que manobrava. Carolina não estava para isto. Nessa tentativa, o máximo que ela se permitiu fazer foi indicar-lhe o que é considerado o melhor hospital da cidade para tratamentos dessa natureza.

– *Al hospital no voy, Señor, porque mi trabajo no tiene que ver con que yo vaya y ponga la cara en diferentes lados y contrate nada. Yo no hago eso. Mis temas son estrictamente sobre familia pero en juicio. No para temas particulares, si bien involucran tema familiar. Voy a las audiencias y ahí de acuerdo a la ley es que llevo los asuntos de familia. Lo siento. No lo puedo ayudar en eso.*

– *No me puedes ayudar nunca* – Enzo Grimaldi murmura.

– *Verdad. No lo había pensado, por lo menos, no de esa forma. Pero es verdad* – Carolina fala –. *Debe de ser porque sus temas son siempre temas que...*

Carolina faz uma pausa. Grimaldi fita-a intrigado e a insta a continuar.

– *¿Temas qué?…*

– *… que nada, Señor… temas tal vez que no son los míos.*

– *Pues a mí me gustaría saber cuáles son los tuyos.*

– *Ya se los dije; todo el tiempo se los dije.*

Enzo Grimaldi engoliu em seco.

*** *** ***

– *¿Hay algo más que desearía agregar, Doctora?* – o fiscal pergunta.

– *Nunca más lo vi.*

– *Gracias.*

O fiscal dá por encerrado o depoimento de Carolina. Em seguida, manda chamar a juíza, que, a estas alturas, já ouvira todas as testemunhas que Carolina vira ao chegar à Sede.

Por que já estava informada sobre detalhes, não exatamente da situação do detido, mas da revolta de Carolina, a juíza resolveu mudar os planos de como agiria com o indivíduo preso. Não era a hora de esquecer a prudência. A juíza não esqueceu. Já mandou buscar o seu nome na internet e descobriu que aquele indivíduo era procurado no Brasil por crimes da mesma natureza dos que cometera no país dos *Trinta y Tres Orientales*, e pelos quais acabava de ser detido. Também, determinou que fossem solicitadas maiores informações, junto às autoridades brasileiras, a respeito daquele homem de múltiplas identidades.

Pouco depois, a magistrada entra na sala. O depoimento de Carolina lhe é entregue. A juíza passa os olhos pela página e vai levantar uma dúvida, mas Carolina nem espera que ela fale algo. De imediato lhe informa que já havia dado o seu depoimento e havia ido aí porque um indivíduo a havia nomeado para defendê-lo e que ela, por razões óbvias não aceitara a nomeação.

– *Me gustaría saber cuáles son esas razones obvias, Doctora* – a juíza interrompe Carolina.

– *Están todas ahí, Sra. Juez. Pero reafirmo que más allá de ser abogada soy también policía. Y como todos saben no es ético para un policía tomar un caso en el que está involucrada una persona con temas de armas, estafas, documentos falsos. Como le dije a usted está todo ahí en esas actuaciones. No tengo nada más que decir. Todo eso sin contar que como ya atendí a ese Señor como abogada estoy impedida de hablar acerca de detalles de su vida, aunque los sé.*

– Entiendo, entiendo... – a juíza falou em solilóquio enquanto passava aleatoriamente as vistas pelas páginas e movia a cabeça verticalmente.

– *Yo no* – Carolina diz.

Em uma postura inquisidora a juíza desvia os olhos para a advogada. Carolina continua:

– *Pero yo no entiendo Sra. Juez, cómo pude haber sido tratada como una delincuente...*

Carolina faz uma pausa para consertar o que dizia.

– *... No, no. No como delincuente, que ellos se merecen respeto a pesar de todo. Yo fui tratada como la delincuente, por ese Señor* – ela aponta para Picardo – *y por sus tres compañeros que están afuera, desde Montevideo, desde el momento en el que me llamó por la mañana, hacia aquí en esta Sede. Yo tenía que trabajar en mi oficina. No me lo permitió ese Señor* – Carolina se volta para Picardo –, *no me lo permitieron. Yo fui arrastrada hacia aquí, secuestrada para dar un testimonio a una jueza que, de acuerdo a ese Señor, me esperaba. Llegamos como a las dos de la tarde, luego de un viaje rapidísimo y peligroso en el que el conductor viajaba a alta velocidad bajo una lluvia incesante poniéndonos a todos bajo riesgo de un accidente fatal. Yo fui secuestrada, esta es la palabra, como le dije a usted, y tratada sin ningún respeto o consideración. Llegué próximo a las dos, y solamente declaré pasadas las seis. Por todo lo que pasé en el día de hoy con esta movida les aseguro a ustedes que mañana mismo denuncio ante la Suprema Corte de Justicia. Ahora por favor, déjame ir.*

A juíza não objetou. Apenas olhou para Picardo de um modo estranhamente amistoso, o que não passou despercebido a Carolina, nem ao fiscal. Este, porém, não ligou importância. Existia, sim, um conluio entre aqueles dois funcionários, mas a advogada não podia avaliar exatamente o significado daquele flerte. Podia significar nada.

"Tengo que evaluar lo que pasa entre esas personas. Y lo voy a concretar

antes de que haga la denuncia ante la Suprema Corte. Puede que consiga datos importantes, y si no logro nada me bastarán las razones que ya tengo" – Carolina pensa.

A juíza sai da sala dando por terminada sua atividade nesse âmbito. O oficial Picardo olha para Carolina. Em seguida, acompanha a juíza.

Carolina olha uma derradeira vez para todos os circunstantes, o nariz empinado.

Por dentro ela está arrasada. Tardiamente, considera que nesse episódio agiu com uma inocência que não se pode esperar de um adolescente; menos ainda, de uma pessoa da sua idade. Ainda menos, de um indivíduo que ao mesmo tempo pratica as profissões de policial e advogado, atividades que exigem atenção constante por parte de quem as exerce. Ela espera que o episódio não chegue ao conhecimento de alguns dos seus colegas de ambas as profissões. Nesse momento, recorda seu arrazoado indignado diante da juíza, do fiscal, do oficial, enfim, de todos que estão na sala. Um falatório exagerado, inseguro, infantil. Se levado ao pé da letra, o que ela disse à juíza demonstra apenas imaturidade, coisa que não se pode admitir dadas a sua idade e sua experiência de vida. Sua indignação é nada mais que um choramingo infantil incompreensível e inaceitável.

Se Carolina tinha intenção de entrar com uma ação contra os procedimentos a que foi submetida, que entrasse, mas não precisava anunciar isto aos envolvidos, não precisava ser o arauto da citação antes mesmo de iniciada a contenda. Também, não havia nenhuma necessidade de manter com o oficial Picardo a conversa que mantivera durante a viagem, ocasião em que lhe pedira respeito por ser ela uma advogada e, além disso, policial como aquele que a levava, ela não sabia se presa ou sequestrada.

Na verdade, Carolina estava desesperada. Não havia sido preparada para enfrentar uma situação que exigisse clareza de pensamento e tomada de decisão imediata. Ela descobre que não era tão boa no que fazia como sempre havia imaginado. Pelo menos desta vez, seu comportamento diante de uma adversidade foi, no mínimo, infantil. Com sua falação o que demonstrou foi fraqueza. Agora, ela se apercebe. Devia ter percebido antes. Sente saudades do tempo em que fazia seus brinquedos, suas bonecas; um tempo leve, distante, sem incômodos.

Esta não é a primeira vez, nem a segunda que ela age assim. Isto custaria uma cota da sua credibilidade se as pessoas do seu entorno não fossem tão tapadas. Carolina tem sua inocência do tamanho da sua fé, uma fé que pode levá-la ao inferno, pelos embaraços a que já a submeteu. Mas ela não se dá conta disso, embora já tenha sido alertada sobre esse desvio, simplesmente inaceitável, isto é o que é. Esta é sua única fraqueza. Todavia, diferente da força, que precisa ser muita para levar alguém ao sucesso, a mínima fraqueza pode levá-lo à derrocada. Carolina chega a pensar que, por dentro, todos podiam estar caçoando dela, e que, após sua saída podem mesmo fazer chacota sobre a facilidade com que ela fora envolvida nos acontecimentos do dia.

Carolina agarra sua bolsa e sai sem dizer nada. O fiscal vai acompanhá-la até à porta. Em silêncio descem as escadas. A cada passo Carolina bate fortemente os saltos contra os degraus. O fiscal imagina que ela age propositadamente para externar sua indignação. Não é verdade. Este é simplesmente o modo como Carolina anda. Uma forma estabanada de pisar que não a deixa passar despercebida por onde passa. Um mau hábito. Ninguém pode denunciar-se assim. Os dois chegam ao *hall* do prédio.

– *Le agradezco a usted por su colaboración, Doctora* – o fiscal rompe o silêncio.

Carolina olha para ele, mas nada responde. Sua cabeça está a mil com os pensamentos que a atormentam desde que terminou sua oitiva. O fiscal olha-a por alguns instantes e volta apressado pelo mesmo caminho pelo qual viera. Começa a subir. Ele tem algo em mente.

*** *** ***

A chuva que começou a cair ainda pela manhã segue lavando o tempo com persistência. Parece que não vai parar mais, embora neste momento esteja leve. Carolina abre sua sombrinha, desce os dois degraus da entrada e já está na rua. O fiscal olha-a por alguns instantes; depois termina de subir o último lance de escadas.

A chuva aperta. Carolina consulta o relógio do celular. Já passa das sete da tarde. Ela, que não havia comido durante esse dia, resolve tomar um café antes de pegar o ônibus para Montevidéu. Então, segue na direção de uma lanchonete que fica a três quadras daí, preocupando-se, agora, não apenas com proteger-se da chuva, como prevenir-se contra a água que os carros lançam do asfalto, principalmente, quando passam rentes à guia.

Verdade que para proteger-se Carolina executa um movimento constante com a sombrinha que, ora está sobre sua cabeça, ora esta voltada para a pista. Quando ela protege um lado, desprotege o outro. Já está ensopada. Seus pés escorregam dentro dos sapatos úmidos em que se equilibra nesse início de noite, horrível para ela, que não gosta de chuva. Na rua, apenas ela e um indivíduo que, em seu abandono, se enrosca em uns trapos em frente a um estabelecimento comercial, já fechado. A luz branca da marquise protege o indivíduo e, talvez por isto, ele escolheu esse lugar.

Quando se aproxima, Carolina olha disfarçadamente para o sujeito, que parece não preocupar-se com a chuva nem com ela. Ao passar por ele, ela faz uma breve parada a conferir se o homem realmente dormia. Dormia. Um par de chinelos rotos descansa ao seu lado. Um dos pés do homem salta fora do cobertor em que o homem se aninha como um bicho. Uma garrafa de água, vazia, está tombada ao lado do embrulho humano. Carolina sente um aperto no peito. Ela tem sempre uma garrafinha de água na bolsa. Abre o acessório e se dá conta de que, nesse dia, sequer bebera água. Tira sua garrafa e coloca-a ao lado do homem. Olha, agora de perto, para o trapo humano; depois, começa a andar.

– *Gracias, Señora* – o homem diz debaixo da coberta.

Carolina assusta-se e olha para trás. Para outra vez. O homem se descobriu e está com a garrafa na mão. Um indivíduo de aparência jovem, ainda que sofrida, é o que Carolina vê. Ele sorve um gole de água.

– *Muy amable. Muchísimas gracias* – ele repete.

Carolina não responde. Não por que não quisesse responder, mas por que não conseguiu. Ela segue o seu caminho, mas para alguns metros adiante.

*** *** ***

Juan Benitez vivera em Artigas com a mulher e um casal de filhos pequenos, o menino com cinco anos e a menina com três, em uma baixada na margem esquerda do *Río Cuareim*. É um homem simples, benquisto pelas pessoas que o conhecem. É educado e respeitador. Cultivava tabaco em um sítio que possuía, nas proximidades da cidade. Normalmente, ficava fora de casa cinco ou seis dias por vez. Apenas nos finais de semana ficava em casa, ainda assim, quando não era época da safra. Precisava estar atento à plantação e não podia perder tempo. Sua mulher entendia perfeitamente, principalmente por saber que do labor do marido advinha o bem-estar da família.

Se pudesse, Juan Benítez plantava outra coisa, ou tentava a vida em outra atividade. Mas não podia. Ele sabia sobre os males que o fumo produz em quem o usa, e, recém, havia sabido da doença da folha verde do tabaco, que assola os plantadores e todos os que têm contato com as folhas, principalmente no momento da colheita. Apesar disso, não tinha como furtar-se à atividade, eis que essa era a mais rendosa. Tinha sob o seu comando alguns empregados com quem se confundia do plantio à colheita.

Três verões atrás, depois de passar um final de semana inteiro com a família, coisa que quase nunca acontecia naquela época do ano, de franca colheita do tabaco, ele teve de voltar para a cidade no meio da semana. Uma tromba d'água havia caído na cabeceira do rio; a enchente desceu arrasando tudo o que encontrava pela frente. Foi um episódio noturno, tão rápido que chegou pela madrugada e pelas nove da manhã já havia passado. Atrás, deixou um rastro de destruição e morte. As águas desceram arrastando animais e plantações. Em sua investida levou os bens mais preciosos de Juan Benítez. Sua família só foi encontrada dias depois, seis quilômetros abaixo, encravada em um ponto onde o rio se divide em duas vertentes que voltam a se unir quase mil metros depois. Os corpos ficaram encalhados na vertente mais estreita, cuja largura não chega a três metros.

Juan Benítez nunca mais foi o mesmo. Abandonou a plantação de tabaco e, de fato, nunca mais se lembrou dela. Como já não tinha casa nem família, por uns poucos meses, viveu com uma irmã que mora na margem direita do rio, em Quaraí. Depois, desapareceu. Passou a perambular em busca de um destino que já não lhe pertencia. Acabou encontrando uma vida de que jamais tivera notícia. Com uma mochila às costas já percorreu todo o Uruguai, além de ter passado por todas as cidades, vilas e fazendas da fronteira gaúcha. Por que não incomoda ninguém, passa despercebido por onde passa. E assim vai vivendo, vegetando, sem dignidade e sem respeito, enquanto vai consumindo o que lhe resta de vida.

Juan Benítez não tem trabalho, não tem vícios. Não sabe qual caminho o leva aos sítios em que aparece. Ele perdeu tanto a noção da vida que nem sabe que uma vez teve uma família, cuja perda foi a responsável pela sua alienação. Nem sabe que já foi proprietário, e custa a lembrar-se do próprio nome. Perdeu a dignidade, mas não perdeu os bons modos, não perdeu a educação. Ele vive do que lhe dão. Às vezes ganha uma garrafa de água.

*** *** ***

Um carro passa ligeiro e borrifa água sobre Carolina que estava parada olhando para o homem sob a marquise. Ela se assusta e começa a andar. Dois passos; olha para trás. Juan Benítez lhe acena e se cobre. A chuva aperta. Ela segue na direção da lanchonete.

Instantes depois, seu telefone vibra. É Stella, sua colega de repartição.

Então, Carolina se lembra de que se esquecera de avisar que faltaria ao trabalho. Não foi um esquecimento proposital, senão circunstancial. Afinal, os sucessos do dia foram os responsáveis pela sua falta, apesar de, por volta do meio-dia, ela ter saído de casa para ir ao trabalho.

Stella tomou conhecimento do ocorrido através do advogado com quem Carolina havia falado enquanto era levada para Maldonado. Em vão insistira em chamá-la por toda a tarde. Agora, diz que vai ao encontro da amiga, com mais duas companheiras.

– *Por favor, querida, no. Ya estoy liberada y me voy a comer algo a la cafetería que conocen. Ya vuelvo a Montevideo* – Carolina diz, esbaforida.

– *Para nada, muñe. Espéranos en el café, que ya vamos.*

Carolina não teve como contestar. Jogou o telefone na bolsa e continuou na direção do café. A chuva que por último vinha às lufadas, apertou definitivamente.

A moça chegou ao café, vazio a esta hora. Os atendentes estão acotovelados no balcão prevendo que esta noite talvez não tenha movimento. Culpa da chuva que cai desde cedo. Carolina escolhe uma mesa onde deixa sua bolsa. Tira o casaco. Senta-se voltada para a porta. Cruza os dedos e os aperta uns contra os outros. Depois, remexe a bolsa como se buscasse alguma coisa. Pega o telefone.

Agora, a salvo da chuva que lá fora segue forte, Carolina verifica o telefone; encontra uma coluna de chamadas não atendidas, não apenas de Stella. São chamadas de clientes e de números desconhecidos. Ela deixa o telefone sobre a mesa. Olha o anúncio luminoso de um champanha que, de um cartel no outro lado da rua, parece chamá-la, sob um *spot* poderoso que o deixa claro como o dia. As borbulhas da foto parecem mover-se na figura. O casal que brinda parece não ter maiores preocupações.

Carolina passa a língua pelos lábios tensos. Sua boca arde por provar um gole, um merecido gole após o dia tenebroso que ainda não terminou. Ela precisa relaxar. Embora não seja uma viciada na bebida sempre se vale de um *drink* espumante após seus momentos de maior tensão. Ela desvia os olhos da propaganda. O anúncio se move para continuar diante dela. Ela fecha os olhos para deter o movimento da placa, mas o cartel continua pulsando, agora em vermelho, no fundo da sua visão. É quando seu telefone vibra e se move sobre a mesa. Por um instante, ela sai do enlevo em que se encontra.

*** *** ***

***

*

Capítulo 28

A juíza Nayara é uma mulher ladina. Como muitos da sua profissão, desde o início da carreira, tinha a intenção de enriquecer à custa dos ajustes que poderia fazer no exercício da atividade judicial. É uma mulher bonita, charmosa. Uma mulher dengosa. Fatal, à sua maneira. Acabou de completar trinta e cinco anos, entanto ninguém lhe dá mais que trinta. Casou-se quando ainda era uma estudante de direito, mas o casamento não completou um ano. Foi preciso que se casasse para descobrir que não tinha tendência para suportar um homem sob o mesmo teto. Quando muito, uma permanência de horas, que tanto podia ser durante o dia quanto de noite, e, na hipótese máxima, que não passasse de um final de semana.

Tem uns olhos verdes e penetrantes que, às vezes, mudam de cor de acordo com o seu humor. Sua boca saborosa é um poço de mistérios, uma cova de segredos, um nascedouro de paixões, das mais sublimes às mais voluptuosas. Sua pele de jambo não requer sol para ser linda. Não precisa de horas de salão para ser sedosa. Nayara está sempre bronzeada, que para ela a natureza se incumbiu desse pormenor com mestria. Sua pele é sempre lisa, não importa a estação.

A juíza Nayara é uma mulher assediada no trabalho, na rua, onde quer que esteja, mas nunca reclamou disso. Nas rodas dos tribunais costuma dizer que uma mulher inteligente não reclama dessas coisas. Chega a confirmar que o assédio sadio faz bem ao ego, principalmente se partido de alguém interessante. Na verdade, aproveita-se dessa condição para selecionar suas conquistas.

Desse modo, Nayara vai levando a vida. Reúne em sua conduta a capacidade de corromper e ser corrompida com a mesma intensidade, com a mesma desenvoltura, com a mesma facilidade. É mestra em mandar trazer ao seu gabinete pessoas para prestar depoimentos sem que, para tanto, obedeça aos mínimos critérios do direito. Estas são as oportunidades em que ela tece a sua rede de influência, joga com culpados e inocentes de modo a inverter as situações de acordo com os seus interesses, desde que haja a contrapartida das demais partes envolvidas. Nesse caso, aos inocentes o que ela faz é prejudicar, porque quando em uma linha se inocenta um culpado, na outra linha se está culpando um inocente.

Mas não é com qualquer um que ela age com parcialidade. Isto só ocorre quando a parte investigada reúne condições de poder arcar com o preço da sua inocência e, por conseguinte, da sua liberdade. Aí, entram os favores da juíza e sua competência singular.

A juíza Nayara não age sozinha. Ela precisa de, pelo menos, um auxiliar competente para realizar suas ações mais escusas, gente que, se for preciso, segura o tranco sem chiadeira, ou que, pelo menos, prometa segurar. Se não segurar, dá-se um jeito depois, mas aí, é outra história. Para ela não foi difícil identificar um indivíduo com essa característica em cada setor que ela precisava influenciar. Nayara tem intuição para isto, o que lhe é facilitado porque sempre há algum salafrário de plantão em busca de uma boa parceria. Como resultado, ela tem uma peça-chave em todos os escalões da polícia e em todas as instâncias da justiça. É o tipo de funcionário que não resiste a uma investigação simples, e que, em uma investigação séria, se cair, leva junto uma plêiade de safardanas. Na polícia, seu arrimo é o oficial Picardo, ele que, graças a ela, tem trânsito livre aonde quer que vá, seja trabalhando, seja se divertindo.

Pelo empenho da juíza Nayara traficantes contumazes têm sido absolvidos ou recebem penas irrisórias, incompatíveis com o movimento dos seus negócios escusos.

Enquanto em processos dirigidos por outros juízes amiúde se apreendem valores em espécie, barcos, automóveis caríssimos, lotes de joias de toda a natureza, nos a cargo de Nayara, ou não se apreende nada, ou o que é apreendido não passa de coisas consumidas pelo uso, bugigangas sem valor, ou máquinas destroçadas. Por mais que sejam os processos distribuídos a ela, neles, dificilmente são apreendidas coisas de valor. Pelo menos, elas nunca aparecem. O relatório aponta que se bens há, estão muito bem distribuídos entre laranjas, de modo que, de imediato, são de difícil detecção. Isto não significa que, com frequência, a juíza Nayara não apareça com colares, brincos, pulseiras, ou dirigindo, ela própria, um automóvel esportivo que, até que se prove o contrário, foi adquirido por ela mesma. Ou que qualquer dos seus asseclas não surja com a mesma ostentação.

Enquanto isto, alguns presos condenados conseguem fugir de presídios praticamente sob os olhos de funcionários que deveriam cuidar para que não fujam. Outros são mortos sem que seus guardadores se deem conta; pelo menos, é isto o que relatam.

Se a sociedade não fosse tão corrupta, descobriria por si só que a melhoria de vida, não apenas da juíza Nayara, mas de uma boa leva de juízes, de policiais, enfim, de funcionários públicos que agem como ela é incompatível com o salário do mês e mesmo com o que pudessem poupar desse mesmo ordenado.

Telmo Rizzo é um indivíduo manhoso que não gosta de perder carreira e que tem o cuidado de não se envolver com a polícia. Não obstante, mantém um plano para safar-se e pagar por sua liberdade o preço que for cobrado, caso algo saia errado. Desta vez, saiu.

Há dias ele está preso, algo que se deu por acaso quando a polícia nem buscava por ele, nem sabia que ele existia. O alvo da operação policial era um simples pai de santo, envolvido com a prática de curandeirismo.

Apesar da sua movimentação materialista, Telmo Rizzo é um crente. Um crente irresponsável que, ainda por cima, acredita em milagres. Por conta dessa irresponsabilidade, buscou a cura do câncer do seu filho em igrejas e candomblés quando podia ter, pelo menos, tentado minorar seu sofrimento através da boa medicina. Dinheiro para pagar, ele tem. Mas não fez isto, não podia fazer porque não poderia expor-se no momento de fazer a documentação no hospital. Telmo Rizzo tentou com Carolina, mas a investida não resultou. Desde então, preferiu buscar a cura do parente através dos mistérios improváveis da oração, viesse de onde viesse e fosse ministrada por quem quer que fosse. Como não podia ser de outra forma, deu chabu, na essência da palavra. Uma lista de nomes nos arquivos do babalorixá foi suficiente para colocar Telmo Rizzo frente a frente com a polícia, não por ser buscado por algum crime, mas por que a operação de busca ao pai de santo era chefiada por Picardo, que viu em Rizzo uma oportunidade de se dar bem.

Picardo conversou com o pai de terreiro e viu que ele não tinha maiores problemas. Ainda assim o forçou, de modo que ele acabou dando a lista das pessoas que o buscavam. Picardo sabia que muita gente que procura apoio em alguma crença, na verdade, está buscando um pato quer entre os atendentes, quer entre os atendidos. De acordo com o pai de santo, dentre sua clientela estava um indivíduo, esse sim, que deveria estar preso, pois o que fez foi dar prejuízo, não só a ele, mas a outros colegas de crença seus, espalhados pela cidade, pessoas que só esperavam que o indivíduo caísse nas malhas da polícia para darem seu testemunho contra ele. O policial quis saber mais sobre o indivíduo. Os dados que recolheu do pai de xangô acerca do novo alvo foram suficientes para Picardo formar uma posição a seu respeito. Dali mesmo ele ligou para a juíza Nayara que preparou uma operação para levar o sujeito para ter uma conversa com ela.

Na manhã seguinte Telmo Rizzo, localizado em um hotel cinco estrelas em Punta del Este, foi tirado do apartamento mal raiou o dia.

Ele não andava com muita sorte. Esta era a segunda vez que caía em menos de um ano, e depois de muitos anos de estrada. A primeira vez havia sido em uma cidade do interior de Minas Gerais. Na ocasião, ele foi reconhecido por pessoas a quem aplicara golpes. Apesar do reconhecimento, livrou-se por falta de provas, embora reconhecido por todos os que depuseram e que afirmaram com todas as letras que era ele o autor das manobras que os prejudicara. Apesar dos protestos, reconhecimento facial não foi suficiente. Então, foi feita a identificação datiloscópica que, afinal, determinou que o autor dos estelionatos era outra pessoa em quem a polícia não conseguiu botar as mãos. Provavelmente, era uma pessoa muito parecida, um sósia. Só podia. Na ocasião, correu o zum-zum que o preso havia molhado a mão da polícia, coisa que nunca foi provada. O fato é que as impressões digitais realmente não eram as de Telmo Rizzo.

De qualquer maneira, era a segunda, vez em pouco tempo, que Rizzo era detido. Que lhe teria passado? Estaria sendo descuidado? Ele precisava acabar logo com a má impressão causada. Mal chegou à presença da juíza Nayara, ele abriu o seu jogo, coisa que já havia iniciado durante os trâmites iniciais com Picardo. Foi justamente essa precipitação que instigou o oficial a falar em particular com a juíza antes mesmo de sair do hotel. Depois disso, até que eles resolvessem como as coisas terminariam, Rizzo permaneceu detido por três dias sem ter um advogado. Não que lhe fosse negado o direito, mas por que ele mesmo preferiu esperar para ver se conseguia resolver sua pendenga sem maiores exposições. Finalmente, ele percebeu que avaliara mal a situação em que se encontrava e pediu que lhe chamassem Carolina Velásquez. Ele sabia da má vontade que a advogada lhe dedicava. Sabia que, ao que parecia, ela não ia com a sua cara. O motivo ele não sabia, embora a qualquer um pudesse estar claro; seu pedantismo e as ofertas que ele fazia, sempre em dinheiro vivo, eram coisa de criar espécie em uma pessoa honesta. Do seu assédio velado, então, nem se fala. Ele tem arrogância monetária e isto é algo que, por natureza, algumas pessoas não compreendem. Para o desespero de Rizzo, Carolina não compreendia. Pelo menos, não havia compreendido nas, talvez duas vezes em que a procurara. Assim mesmo, arriscou-se. Quem sabe dessa vez não daria certo?

Outra vez não deu.

A atitude de Carolina desde o começo, somada aos seus modos em audiência, além da ameaça de levar a conduta do oficial e da juíza à apreciação da Suprema Corte de Justiça, mudou os planos dos funcionários públicos e complicou a situação de Telmo Rizzo. No seu despacho a juíza mandou buscar informações sobre o sujeito no Brasil, seu país de origem, justamente para ter subsídios que demonstrassem uma investigação séria se por acaso a coisa melasse no futuro. Ao pedir as informações seu intento não foi realizar a justiça com esmero, mas preservar-se se alguma vez tiver de declarar algo sobre os acontecimentos que envolveram Carolina.

*** *** ***

O telefone já havia vibrado sobre a mesa um par de vezes sem que Carolina se dignasse a atender a ligação. Agora, ela agarra mecanicamente o aparelho e o atende com apatia.

– *¡Hola!* – Carolina atende pensando ser, outra vez, sua colega de serviço.

– *Hola, Doctora* – A voz grosseira de Picardo, agora, quase gentil, é a que responde do outro lado da linha.

– *¿Qué quiere usted, Señor?* – Carolina pergunta afoita, sensivelmente aborrecida.

– *Calma, Doctora, calma… estoy para comunicarle que tenemos un auto a su disposición para trasladarla a Montevideo* – Picardo fala com uma mansidão forçada, programada, como se estivesse sendo obrigado a falar.

– *No. Gracias, Señor. No lo necesito.*

– *Es necesario… este… Doctora. La vamos a llevar* – Picardo diz com uma amabilidade que não condiz com sua figura.

Carolina sente a mudança de tom nas palavras do policial e, por um momento, cogita no que poderia ter acontecido após sua saída da sede judicial. Não atina com o motivo. Responde com segurança:

– *No, no.*

– *Ya el jefe de policía lo ha ordenado. Hay un auto disponible para que nosotros la llevemos, Doctora* – Picardo diz, quase suplicante.

– *Por favor, Señor. Ya le dije no, y lo confirmo. Usted me está molestando, asediándome, y no me gusta para nada.*

Então, Picardo muda o que dizia.

– *La verdad que me engañé. Quién ha puesto el auto a su disposición no fue el jefe de policía, sino la Señora Jueza Nayara, quien ordenó que la llevemos ahora mismo.*

– *De ninguna manera, Señor. Dígale a la Señora Jueza que no necesito. Tengo como llegar a mi casita, y de manera segura* – Carolina responde com ironia fazendo recordar ao oficial os maus momentos passados na viagem de ida.

Picardo não retruca. Carolina espera um segundo e vai desligar quando ele volta a falar.

– *Bueno, de todas maneras quería... este... disculparme con usted porque no trabajé en los mejores términos. No fue bueno que nos conociéramos así, yo fui muy impulsivo, yo estaba trabajando, investigando y quería la máxima colaboración y... y bueno, capaz que no nos entendimos pero bueno le pido disculpas...*

Picardo faz uma pausa esperando que Carolina se manifeste. Carolina se apresenta, não da forma esperada pelo policial, que imaginou que ela aceitasse as desculpas.

– *Entonces ¿reconoce usted que la situación por la que me hicieron pasar era completamente irregular?*

Picardo não responde de imediato. Diferente do seu rompante habitual ele parece pensar antes de dizer qualquer coisa. Ele morde os lábios, umedece-os com a língua. Carolina ouve o som aspirado que ele emite com esse movimento. Em seguida, ele fala:

– *Bueno, le pido disculpas de nuevo; este, quedo a las órdenes, bueno, este... un placer conocerla.*

– *Nos vamos a ver, Señor. Nos vamos a ver...*

O oficial desliga o telefone. Carolina deixa o seu sobre a mesa e olha para o cartel de champanha do outro lado da rua. Ela permanece aí um pouco mais. Depois, levanta-se e, obcecada pelo chamariz do espumante, vai ao balcão onde os atendentes se acotovelam. Ela elege um que está em uma das extremidades.

– *¿Usted tiene champán?* – ela pergunta de supetão.

– *¿Perdón?*

– *Un espumoso* – a moça confirma.

– *No, Señora* – o atendente responde; um leve sarcasmo num riso mal contido –. *Nosotros servimos refrescos, jugos, pizzas, canelones, caramelos, tortas, pasteles, emparedados... todo de acuerdo a lo que está en el cartel* – o empregado diz enquanto aponta o polegar sobre o ombro, na direção da parede posterior.

– *Jugo de guayaba* – Carolina fala de repente.

– *No, Señora. Los jugos son solamente los que están arriba* – agora, ele se volta para a parede e, enfadado, aponta com o indicador o ponto exato da placa que anuncia os produtos; aí aparecem os dois únicos sucos que eles oferecem.

Carolina olha instintivamente para o lado apontado pelo atendente. Ela não gosta daqueles sucos. Acha-os aguados. Amargos. Venenosos. Não está acostumada a esses. Prefere os naturais, de fruta amassada diante dos seus olhos.

– *Entonces, un expreso, por favor.*

– *¿Algo más?*

– *No. Gracias. Me tomo un café mientras espero a unas amigas.*

O atendente prepara o café. Carolina pega a bandeja e volta para a mesa.

– *La tía quería champán* – o atendente fala ironicamente com um dos seus colegas.

– *Lo escuché.*

– *¿De cuál planeta sería esa doña?* – uma garçonete ruiva e debochada diz, enquanto se aproxima.

Carolina está bebericando o seu café quando o telefone vibra outra vez. Ela já está farta desse telefone que não para... desta vez ela verifica o número antes de atender. Era o advogado, seu amigo, o mesmo que ligara quando ela viajava para Maldonado espremida entre os policiais. Ele chamou para prestar solidariedade. Queria saber como tudo havia passado e para dizer que havia informado ao superior hierárquico de Carolina sobre os contratempos por que ela passara. Explicou que tentara falar com o *jerarca* desde que falou com Carolina, bem mais cedo, mas que só havia conseguido o contato no final da tarde.

– *Hace pocos minutos me informaron de que su jefe contactó a una autoridad de Maldonado y le narró la situación irregular a que estabas siendo sometida.*

– *Gracias, Doctor; muchas gracias. Ahora está todo bien, y ya me vuelvo a Montevideo.*

– *Estoy a sus órdenes, Doctora, por si necesita algo.*

– *Gracias, muy amable... muchas gracias. Que pase bien.*

Desligam o telefone. Carolina fica pensativa e entende a mudança do oficial Picardo.

"Todo se explica... ahora quedó claro el motivo que llevó al descortés Picardo a un cambio inusitado de comportamiento" – é o pensamento de Carolina.

Minutos depois, as companheiras de Carolina chegam ao café.

*** *** ***
***
*

Capítulo 29

Ao saírem da audiência de Carolina o oficial Picardo e a juíza Nayara seguiram diretamente para o gabinete desta. Ambos estavam nervosos, mas Picardo era mais contido e chegava mesmo a disfarçar o nervosismo.

– *¿En qué nos ha metido, cabrón?* – a juíza dirige-se a ele logo que cruzam a porta.

– *No la entiendo, Sra. Juez* – Picardo responde sem mirá-la, enquanto se dirije a uma cadeira.

– *No entiendes porque sos um boludo, y...*

– *Para, para* – Picardo modifica o tratamento que dispensava à juíza. Levanta-se bruscamente da cadeira em que acabara de sentar-se e olha diretamente para a magistrada, o dedo em riste.

A juíza Nayara se espanta com a quebra de hierarquia do policial. Quando estavam na casa de um ou de outro isto era normal, não aí, em plena sede judicial. Ela olha com severidade para o policial que, sem intimidar-se, prossegue:

– *Hablaste dos palabras y me ofendiste con las dos. Ya sabés que no accedo a eso.*

– *Entonces decime ¿cómo puedo llamar a alguien que comete una tontería como la que acabaste de dar curso?* – Nayara responde com a mesma alteração de voz com que o policial se dirigira a ela.

Entrementes o fiscal vinha falar com a magistrada. Antes de bater na porta, percebeu que dentro da sala havia uma altercação. Ouviu por alguns segundos. Desistiu de entrar. Saiu daí para evitar que alguém o flagrasse naquela atitude suspeita. Não ouviu muito, mas o suficiente para saber que a discussão se referia aos procedimentos que acabaram de firmar. Voltou à sala de onde viera e acompanhou Carolina até à saída.

– *No te estoy entendiendo, cariño. ¿Qué te pasa?* – Picardo atalha, a voz amainada.

– *¿Qué me pasa?* – a juíza responde com a mesma pergunta, a voz cortante como lâmina afiada – *¿Es lo único que tienes que decirme, estúpido? ¿Acaso sabes quién es esa mujer?*

– *Simplemente una abogada como cualquiera* – Picardo responde enfadado, já impaciente.

A juíza olha para o teto e diz, a voz cansada como se falasse para si mesma:

– *No… no… esa no es una cualquiera.*

Em seguida olha firme para o oficial Picardo e prossegue:

– *¿No te das cuenta de que ella nos va a denunciar?*

– *¿Cuántos y cuántas ya nos amenazaron, doctora Nayara?* – Picardo pergunta, zombeteiro.

– *Pero nunca nos hemos encontrado con la doctora Velásquez.*

– *¿Y?*

– *Ya verás, ya verás…*

A juíza tamborila com os dedos no queixo, os pensamentos dando voltas. Depois, continua:

– *Ella no es como los demás. Nosotros debemos prepararnos para problemas. Si no fuese por tu precipitación no estaríamos ahora en ese lío, esa movida.*

– *¡Mirá quién habla!* – Picardo ironiza.

–*Ten en mente que no buscabas a ese tipo y lo encontraste por azar. ¿Por qué lo trajiste?* – a juíza pergunta.

– *¿Por qué?* – o oficial interfere – *Te voy a decir el porqué. No te olvides de que luego de llamarte y explicarte lo que pasaba, mandaste que lo trajera hacia vos.*

– *Pero tu ambición sin medida fue lo que te impulsó a llamarme* – a juíza Nayara diz enojada.

– *Bueno, no sé lo que pasa contigo, pero estamos juntos en esa como estuvimos siempre.*

– *Entonces ¿dónde está la orden judicial?*

– *No la tengo, no la tuve nunca.*

– *Entonces, querido...*

Picardo entende. Então, não deixa que a juíza prossiga com sua fala, e dá o seu recado.

– *Te pido que no me transformes en tu enemigo, cariño. Ya me conocés como amigo, pero para nada me conocés como enemigo.*

Picardo e a juíza Nayara sempre se deram bem e não é de hoje que "trabalham" juntos em seus desvios de conduta. Entretanto, parece que desta vez as coisas saíram dos eixos. Surge então a primeira desavença séria entre os dois, coisa que ao que tudo indica não será resolvida na cama como de outras vezes. Pela primeira vez Picardo sente a fragilidade da juíza. Percebe que ela não sabe conduzir-se diante de mera desvantagem, o que pode torná-la perigosa; muito mais, já que a caneta está com ela.

Os dois funcionários continuaram conversando no gabinete. Tentam armar uma estratégia para o caso da provável denúncia de Carolina. Não podem pôr tudo a perder na primeira dificuldade.

Picardo sai dessa reunião privada com a juíza inteirado do que a advogada Carolina Velásquez é capaz de fazer. Apesar de ter encaminhado a conversa com a magistrada ele percebeu que para defender-se ela esquecerá os prazeres que eles têm vivido juntos e não hesitará em atirá-lo aos leões.

Mas ele tinha um trunfo. Por pura intuição omitira um fato importante que descobrira sobre Telmo Rizzo quando o encontrou na batida que o levou à Sede Penal. Agora, podia tirar proveito. Nessa mesma noite foi falar com Rizzo.

*** *** ***

Quando fez a busca no local onde Telmo foi encontrado, Picardo deu com um cofre onde, além de outras coisas, como dinheiro vivo, estavam três pares de luvas confeccionadas em borracha finíssima, além de três máscaras de silicone. Não fosse pelas máscaras, ele não teria examinado as luvas.

Julgando que os disfarces eram um achado e tanto, sobremaneira suspeitos, o oficial não precisou examinar muito para descobrir que as luvas eram muito mais que simples peças de proteção. *"¿Por qué un tipo común necesitaba piezas cómo aquéllas?* – ele se perguntou.

O material com que as luvas foram fabricadas era extremamente fino. Assim mesmo, Picardo percebeu que elas tinham algo de áspero na parte interna. Estirou uma delas sobre uma mesa e examinou-a minuciosamente. Depois, as outras. Então, descobriu que elas não eram luvas na essência da palavra, mas simples ferramentas de trabalho de um criminoso arguto. Apenas uma minuciosa forma de manter encoberta a identidade de um criminal, um artifício refinado destinado a encobrir crimes.

Picardo nunca havia sequer ouvido sobre aquela artimanha, mas não precisou de muito esforço para descobrir sua serventia. Aquelas luvas eram nada menos que uma pele artificial que reproduzia impressões dactiloscópicas que não eram as de quem as usasse. O oficial estava diante de um indivíduo esperto, que, talvez tivesse, ele mesmo, inventado aquele ardil.

Cada par de luvas era de uma cor. Um par era preto, outro claro. O terceiro par era marrom-claro. Picardo descobriu que a cada par correspondia uma máscara da mesma cor e entendeu logo como tudo funcionava.

– *¿Serían tuyos estos disfraces?* – ele perguntou ao detido.

– *¿Puedo decirle a usted qué no?*

– *Bueno, si preferís así... a mí no me importa. Ya tengo formada la idea sobre todo. Además puedo obtener la respuesta por medios otros que no los amistosos...* – Picardo faz uma pausa. Em seguida continua:

– *Si me entendés...*

– *No es necesario. Yo sé cuándo pierdo.*

– *Tenés una prudencia admirable...*

– *Gracias* – Telmo responde sem rodeios.

Picardo olha-o enquanto estica os dedos de umas das luvas. Telmo diz de improviso:

– *Por cuenta de esta prudencia que usted me atribuye ¿puedo hacerle una preguntita?*

O oficial Picardo olha amistosamente para ele, espicha um dedo da luva e o solta. Com um estalo a borracha se retrai contra as costas da mão do policial. Surge um vergão vermelho na sua pele branca.

– *¡Carajo!*

Picardo dá uma lambida nas costas da mão. Solícito olha para Telmo.

– *¿Hay algo que se pueda hacer?* – Telmo pergunta.

– *¿A mi mano?*

– *No, no... éste no es un problema mío...*

Picardo compreende; segura as luvas e as máscaras, olha para Telmo e diz, cheio de convicção:

– *Puede que sí.*

– *¿Entonces?*

Picardo ri. Olha cinicamente para Telmo Rizzo e segura o dinheiro que está no cofre. Ele não sabe a quantas anda aquele pacote, mas sabe que aquele dinheiro não é suficiente para os seus planos.

– *Por ahora nos quedamos como estamos* – ele fala enquanto mete o dinheiro em uma pochete presa ao cinto.

Telmo Rizzo concorda sem mais perguntas.

Em seguida Picardo observa atentamente cada uma das luvas e descobre que as seis peças correspondem a três pares distintos entre si.

– *¿Tres pares?* – ele pergunta.

– *Sí... individualizados.*

– *Me parece un genio usted.*

Telmo Rizzo sorri levemente, arqueia as sobrancelhas, mas nada diz. Picardo estende as luvas uma ao lado da outra, sobre uma mesa e se predispõe a bater fotos. Então, Telmo interfere.

– *Si usted pretende sacar fotos hay que combinar las piezas...*

– *¿Qué dice?*

Sem responder, Telmo Rizzo agarra, ele próprio, as luvas e observa as costas de cada uma. Mostra a Picardo um sinal numérico a cada duas, que indica os pares na ordem crescente, da esquerda para a direita. Assim, ele dispõe os pares sobre a mesa. Picardo fotografa. Em seguida, ele fotografa em *close* cada par em separado.

– *Gracias* – ele diz, sorrindo.

Telmo Rizzo apenas sorri.

– Luego veremos cómo quedan las cosas y ya conversaremos sobre el tema – Picardo fala.

Ladino como é, Picardo nada disse sobre isto a Nayara. Não desta vez. Era como se a parceria dos dois estivesse por um fio.

Sabedor de que as coisas a que dava curso juntamente com a juíza alguma vez poderiam desandar, ele se precaveu desde o início. A ela parecia que ele se abria, mas o fato é que não se abria, pelo menos, não o suficiente para que a magistrada a ele se igualasse em termos de estratégia em uma situação de desconforto entre os dois. Mas ela não sabia disso. Ele estava sempre um grau acima, embora ela não se desse conta.

O conluio dos dois não começou nos corredores da Sede Penal, mas em plena rua.

Viram-se pela primeira vez quando ela iniciava a carreira jurídica. O encontro deu-se na *Plaza Cuba* em uma oportunidade em que Nayara chegava de um fim de semana longo que passara em Colonia. Casualmente, Picardo tinha ido à *plaza* deixar um colega de trabalho que vivia no interior e perdera o embarque em *Tres Cruces*. Ele saía da parada debaixo de um aguaceiro, que já perdurava desde o começo da manhã, quando Nayara desceu do ônibus. Ele não se fez de rogado. Parou o carro ao seu lado e desceu. Deu a volta sob a chuva forte, abriu a porta, já pegando a mochila da moça.

– Entrá que te llevo – ele disse de improviso.

Nayara olhou atônita para ele e não discutiu. Entrou rapidamente no automóvel. Picardo bateu a porta e correu para assumir o volante. Sentou-se e, sem nada dizer, espichou o braço para o lado da carona, abriu o porta-luvas e daí tirou um pacote de lenços. Pegou uma das peças e enrolou rapidamente no dedo.

– ¿Qué pasó? – a moça falou pela primeira vez.

– No te preocupes. No fue nada; yo solo me herí el dedo en tu cremallera.

Nayara buscou o interruptor do teto e acendeu a luz interna.

– Lo siento – ela disse, constrangida.

– *Ya he dicho que no te inquietes. No pasa de un susto. Está todo bien.*

– *Lo siento igual* – Nayara disse.

– *¿Adónde te dejo?*

– *En un lugar seguro como para que pueda tomarme un táxi sin problemas* – ela respondeu.

– *¿No te sentís bien acá?*

– *Por supuesto.*

– *Entonces, por favor, decime el lugar exacto adónde te dejo.*

– *Entonces... en mi casa.*

Picardo deixou a moça em casa. Ficaram de falar-se oportunamente em uma situação menos complicada. Ele deu seu número para a mulher.

– *Anotá el mío... así cualquiera puede llamar* – ela disse.

Nayara desceu do carro, a chuva caindo a cântaros. Antes de abrir a porta ela voltou-se para a rua. Picardo esperava que ela entrasse. Ela entrou com um aceno, mas não sabe se ele retribuiu.

Os próximos dias passaram no mais absoluto silêncio entre eles; como se os dois não se tivessem conhecido.

Nenhum deles deu o ar de sua graça. Também, o encontro não tinha mesmo tido nenhuma importância. Nada mais que uma carona fortuita apesar de providencial, coisa que acontece a todo o momento em todo lugar, sem maiores consequências. Como se eles nem se lembrassem do encontro inusitado naquele início de noite opaco e encharcado.

Uma sexta-feira, duas semanas mais tarde, Nayara estava em casa entediada, estendida no sofá, um livro aberto sobre o peito. Aquela semana havia sido especialmente chuvosa. Quando não estava chovendo as nuvens ficavam à espreita esperando o pior momento para se derreterem. Era quando as pessoas saíam do trabalho e precisavam correr para tomar o ônibus. O ônibus parava sob a chuva e os usuários se amontoavam da calçada aos degraus da escada, enquanto o motorista cobrava de quem não tinha bilhete e lhes dava o troco que, às vezes, lhe escapava e ele tinha de abaixar-se para pegá-lo no assoalho. Quem tinha seus bilhetes ia atropelando quem congestionava a entrada, ainda que estes não tivessem culpa disso.

Já em casa, a juíza Nayara estava entediada. Acometia-a um aborrecimento que trouxera do trabalho e cuja causa ela não conseguia determinar. Ao entrar ela deixou o casaco dependurado em um cabide já na entrada da casa. Seus sapatos ela os foi largando pela sala enquanto caminhava. Jogou a bolsa sobre a mesa e parou para livrar-se da roupa.

Ela estava nervosa. Tirou a peça inferior do *tailleur* e a debruçou no espaldar de uma cadeira. Da parte de cima ela se livrou já sentada no sofá. Daí mesmo ela jogou a peça sobre a mesa e despiu a meia-calça. Depois, agarrou um livro, que sempre deixava na mesinha ao lado, e o abriu. Não foi capaz de ler uma linha que fosse. Aí ficou matutando, alguma vez com os olhos nas páginas abertas, outra vez, o livro descansando descuidado sobre os seus seios.

De repente, ela levantou-se e foi ao banheiro. Fez xixi, voltou para sala e pegou a bolsa. Tirou o celular e o folheou. Não encontrou o que buscava. Mordicou o indicador em uma postura abstrata como se buscasse algo no escaninho da memória. Por fim veio-lhe a lembrança trazendo no dorso o exato momento em que ela anotava o número que buscava. Não o anotara no celular, mas em um guardanapo com que se enxugava na ocasião. Fechou a bolsa e abriu uma gaveta. Lá estava!

Primeiro Nayara ficou olhando para o número e cismando sobre a conveniência de ligar. Decidiu. Digitou os números e esperou. O telefone tocou até esgotar-se. Então, ela ouviu a voz da secretária eletrônica informando que a pessoa chamada, por algum motivo, não podia atender naquele momento; que ela deixasse um recado após o sinal. A ligação seria retornada logo que a pessoa chamada estivesse disponível.

– *¡Miércoles! No he hablado nunca con una máquina y no será hoy que voy a hacerlo* – ela diz enquanto deixa o aparelho cair em cima do sofá.

Nayara pega o livro e, desta vez, lê. Concentrada que está na leitura, assusta-se quando o telefone toca bem perto do seu ouvido.

– *¿Quién es?* – Ela pergunta, secamente.

– *Uno a quien llamaste hace poco* – responde uma voz masculina.

– *¿Yo?*

– *¿Quién más usa tu teléfono?*

– *Nadie* – Nayara responde.

– *Entonces, cara mía, hace un rato me llamaste.*

Nayara se dá conta da gafe que cometera. Se ela pretendeu impressionar alguém tinha começado bem mal. Mas não era bem isso; ela não tinha pretendido nada além de conversar. Para tanto escolheu justamente aquele gentil desconhecido a quem ela brindara o número do seu telefone, mas cujo nome nem sequer teve a curiosidade de perguntar. Também não dissera o seu. Talvez por falta de tempo e de "clima", considerando que naquela tarde o clima estava muito ruim.

– *Ah, sí... me acuerdo de vos* – ela diz, descontraindo-se.

– *Pero yo... discúlpame, no sé con quién hablo.*

– *Soy la de Plaza Cuba...*

– *Plaza Cuba... Plaza Cuba... Ah, la muchacha mojada... muy bien. Pero no nos hemos presentados todavía. Picardo, a las órdenes.*

– *Bueno, soy Nayara, y no estoy para darle órdenes a nadie, por favor. Solo quiero conversar y no tengo con quién.*

– *No tenías, mina; no tenías* – Picardo responde.

– *Lo veo muy pícaro...*

– *Soy así, pero no hago mal ninguno a quienes no lo quieran, si me entendés...*

– *Lo entiendo perfectamente. Soy tal cual. Siento que nos llevaremos bien.*

Foi assim que tudo começou. No início nenhum dos dois sabia sobre a atividade profissional do outro. Nos primeiros dias se inteiraram do que podiam fazer juntos na cama. Dois meses depois já se conheciam como se se conhecessem desde sempre e estavam completamente ajustados em todos os sentidos. Tudo já estava definido. Uma era juíza, o outro, policial.

Não demorou muito até que Picardo tivesse acesso direto ao gabinete de Nayara. Era tido como de muita competência, de modo que não podia perder tempo com burocracia. Entrava no gabinete sem ser anunciado. Essa atitude a uns gerava inveja, a outros, desgosto. A um fiscal, que sempre bateu as asas para ela, causava inveja e despeito ao mesmo tempo.

O máximo que Picardo fazia, quando ela estava despachando com terceiros, era um sinal logo que entrava na sala. Sem demora a juíza Nayara levantava os olhos e suspendia o que estava fazendo para atendê-lo. Quando sabia que na sala não havia ninguém além dela, ele, apenas por formalidade, dava um toque com o nó do dedo na porta e entrava sem esperar autorização. Ela já sabia que era ele. Em momentos favoráveis acontecia de eles se darem uns apertões aí mesmo, tendo apenas o cuidado de irem para a salinha contígua onde um dispositivo oferecia café quente a qualquer momento. Não obstante, eles eram discretos, como invisíveis, não apenas nesses momentos íntimos como em todos os outros.

Havia quem ventilasse uma intriga com o nome dos dois, mas ninguém podia provar nada porque, primeiro, não está escrito em lugar algum que não pode haver envolvimento sensual entre pessoas de profissões ou classes sociais diferentes entre si. Tudo não passa de assunto de foro íntimo que cada qual resolve de acordo com o seu entendimento, sua necessidade, sua preferência ou conveniência. Depois, os dois eram livres, eram adultos e, como se diz, vacinados.

O acesso que Picardo tinha ao gabinete da juíza desde cedo inspirou-lhe ideias espúrias. Na primeira oportunidade que teve ele fez cópias de todas as chaves que ela detinha e guardou consigo. Não seriam para uso cotidiano, nem mesmo para um simples uso, salvo se alguma vez surgisse alguma oportunidade que não pudesse ser desperdiçada. Exatamente ele nem sabia por que fazia isto, mas deixou sua intuição no comando e não vacilou.

Não foi difícil executar a manobra porque ele já aprendera onde Nayara guardava a bolsa de trabalho, como também sabia sobre as chaves. Isto podia ser interessante. Picardo não forçou esse conhecimento, essa liberdade. Tinha sido mesmo Nayara quem o iniciara nos movimentos dentro de casa, quando, cheia de momos, ela lhe pedia algo que ele não sabia onde estava e ela o orientava. Isto facilitava tudo.

Quem tem acesso ao corpo de alguém tem também acesso a sua casa. Esta máxima valia para os dois, que nenhum deles tinha qualquer restrição na casa do outro. Afinal, viviam só. Tinham liberdade de estar lá e cá de acordo com a conveniência. A única diferença é que, ao contrário de Picardo, Nayara tinha algo de ingênuo nas suas espertezas.

A Picardo bastou que precisasse sair para fazer uns mandados, certa manhã, quando retornaram da praia – isto, logo no começo da relação dos dois –, para ele surrupiar o molho de chaves e metê-lo no bolso.

Deixou Nayara tomando mate, balançando-se em uma cadeira de balanço na varanda dos fundos e saiu para resolver o que ela pedira. Ele sabia muito bem o que tinha de fazer. Conhecia quatro bancas de revistas que ofereciam o serviço de chaveiro. Passou em três delas. Ele fez uma cópia em cada banca. Três chaves: uma da porta de entrada do gabinete; as outras duas, de dois armários. Não demorou. Fez as chaves e resolveu o que saíra para resolver. Com pouco já estava de volta.

Picardo foi direto para a bolsa de Nayara, que continuava no mesmo lugar onde sempre ficava, guardou aí as chaves originais e deixou tudo como estava antes. Passou para a varanda e não encontrou a moça. Então, voltou pela casa e foi encontrá-la dormitando nua, de bruços na espaçosa cama de casal do quarto amplo. Ele parou na porta e olhou o corpo desnudo da mulher. Sobre a cintura dela descansava o robe acetinado, *pink,* que ela deve ter preferido não vestir. A claridade silenciosa que adentrava pela janela aberta escorregava suavemente sobre aquela pele corada e sedutora e fazia com que o robe que a estorvava refletisse a luz como fosse um espelho e colorisse de um sutilíssimo rosa a penugem finíssima que se esparramava pelas nádegas perfeitas da juíza. Picardo contempla a paisagem em silêncio. As marcas do biquíni alteram seus sentidos. Ele chega a sentir remorso por ter subtraído as chaves.

"Cálmate muchacho... estás en una competencia, no declarada es cierto, y esa doña te hará igual si le das cancha. Vos tenés lo que a ella le interesa, entonces, disfrútala en cuanto puede y ya está" – ele pensa para justificar sua infidelidade.

Ele recorda o diálogo áspero que tiveram não faz muito tempo.

" – Pero tu ambición sin medida fue lo que te impulsó a llamarme.

– Bueno, no sé lo que pasa contigo pero estamos juntos en esa como estuvimos siempre.

– Entonces ¿dónde está la orden judicial?

– No la tengo, no la tuve nunca.

– Entonces, querido…"

Se ela queria uma ordem judicial ela a teria. Era questão de tempo. Ser pego de surpresa ele não seria. De modo algum.

*** *** ***

Picardo não sabia quem era Carolina Velásquez, mas a ele pareceu que Nayara sabia muito bem. Pela reação de Nayara ele tinha certeza de que Carolina faria a denúncia que prometera e que a juíza temia tal denúncia. Ela tinha telhado de vidro e quem o tem... bem, Picardo também o tinha, mas Picardo era Picardo.

"Era de esperarse – Picardo pensa –, en fin ella lo prometió desde que empezamos esa movida. Que tonto fue en no creerle. Ahora no puedo quedarme esperando que el cielo caiga sobre uno. Mejor moverme."

Picardo é um jogador em tudo o que faz. Um jogador que não gosta de perder, e não interessa a quem prejudique. É o tipo que reserva uma ou mais cartas para eventualidades e isto não é novidade. Ele nunca precisou usar as chaves até que Nayara resolveu peitá-lo.

Foi quando ele resolveu jogar com a carta que guardava.

Por enquanto, Picardo prefere aproveitar as facilidades que Nayara lhe oferece. Ele cruza a porta e se aproxima da cama. Nesse mesmo instante, ela resvala a mão direita pela coxa dela e puxa o robe que lhe cobria algo da cintura. Ela vira-se, os olhos mornos abertos, oferecidos, o peito arfante, os seios tesos.

– Te estaba esperando, lindo, y me dormí un ratito – ela diz.

– En la calle te veía en cada una que pasaba – Picardo retruca.

Nayara sorri amarelo e diz com sofreguidão:

– No me mientas, chico… veo que no cambiás nunca y que seguís pícaro como siempre. Vení a besarme… que de mi boca te doy el gusto amargo del mate.

– Puede, muñequita, que nuestras bocas tengan el gusto amargo de la vida…

374

– *No... en cuanto a mí, no... por lo menos por ahora el amargo que tiene mi boca es el del té.*

Que estranha esta conversa. Nenhum dos dois se lembra de alguma vez ter falado ao outro nesse tom.

Picardo mete a mão no bolso e segura o molho de chaves que fizera com as cópias. Sente-as quentes como brasas. Como se deveras as chaves o queimassem, ele tira rapidamente a mão da algibeira. Ato contínuo faz o movimento de abri-la e fechá-la sucessivas vezes como para arrefecê-la de uma queimadura imaginária. Momentaneamente aturdido Picardo desvia os olhos. Não acha nesse quarto um lugar onde descansá-los. Então, lança-os pela janela. A claridade vespertina cobre-lhe a retina de sombras fantásticas que voam como flocos de algodão tintos de vermelho. Nayara está esparramada sobre o lençol branco.

– *¿Qué pasa, ya no me querés más?* – Nayara dirige-se a ele. A voz agora adocicada nem parece a que lhe falara há pouco.

Picardo volta os olhos para Nayara. Mira-lhe o corpo. Seus olhos embaciados pela luz externa o veem mover-se na cama como as ondas que se formam em uma lagoa tranquila quando se lhe atira uma pedra. As marcas do biquíni estão aí, contrastando com o tom da pele, atraindo-o como um magnetismo.

– *Vení que te necesito más que nada.*

– *Ya voy...*

A mente fervilhando Picardo deita-se ao lado de Nayara. Por mais que ela o tentasse, e por mais que ele quisesse, pela primeira vez, seu corpo não correspondeu...

Nos próximos dois dias o relacionamento dos dois limitou-se ao funcional cada qual cumprindo a sua parte no desempenho da sua atividade. Alegando uma coisa ou outra Picardo se negou a visitar Nayara que, por seu turno, considerando a desculpa para não recebê-la, dada pelo parceiro, preferiu recolher-se e esperar.

Ela e Picardo não eram de insistir ou forçar nada que se referisse ao relacionamento dos dois. O que acontecia entre eles era sempre espontâneo e natural. Para terceiros tudo estava bem. Nesses dias nebulosos entre os dois ninguém viu mais do que podia ser visto. Como eles nunca demonstraram publicamente nenhuma intimidade, o comportamento frio de agora não chamava a atenção de ninguém. Eram coisas íntimas, sentimentos que não se podem ver se não forem especificamente demonstrados.

Entretanto esse marasmo, pelo menos da parte de Picardo não era real. Ele maquinava dia e noite sobre o que fazer, aguardava o momento certo de agir e apenas esperava que esse momento não tardasse muito.

Nayara era imprevisível, ele bem sabia. Portanto tinha de estar preparado. Nos dias que seguiram a audiência, a tranquilidade com que ela agiu sobre o tema Telmo Rizzo e a ameaça de Carolina entrar com uma representação contra a dupla não o deixava sossegar. Nayara não podia ter mudado de opinião em poucos dias a respeito das más expectativas. Salvo se tivesse tido, em *off* alguma notícia da desistência de Carolina sobre a ameaça da representação. Possibilidade pouco provável.

De qualquer forma, Picardo percebeu que a coisa não andava, as promessas não se realizavam. Telmo Rizzo não havia sido ouvido antes nem depois da advogada. Teria sido outra tirada da juíza? Por algum motivo que ele desconhecia talvez todo o movimento em torno da advogada não havia passado de encenação. Picardo imagina que o que a juíza pretendia era forçar a advogada a dizer coisas que talvez soubesse sobre aquele brasileiro, já que Picardo lhe passara informações muito seguras acerca das atividades daquele estrangeiro cheio de espertezas.

Em conluio com o oficial Picardo, a juíza Nayara já agira assim em outras vezes e, com a ajuda de advogados aéticos, conseguiu levar vantagem com determinados detidos, naturalmente de grande interesse para a dupla. Os advogados davam para a juíza informações que eles detinham sobre determinada pessoa, justamente por já lhe terem prestado assistência jurídica. Com essas informações a juíza se municiava contra o indivíduo e, em uma oitiva falsa, o pressionava a negociar sua soltura em troca de pagamento espúrio. Era uma negociata lucrativa para todos, mas ninguém lucrava tanto como Nayara e Picardo. Depois, tais detidos saíam pela porta da frente sem ficha, sem nada contra o seu nome; a ficha limpa, como se diz no jargão policial.

Mais tarde, à revelia da juíza, Picardo se incumbia de outra negociata. Era quando ele conseguia mais dinheiro do extorquido garantindo que lhe daria o nome e o endereço de quem o havia traído. O sujeito aceitava o negócio e pagava satisfeito. De vez em quando um advogado era metralhado na porta de casa enquanto lavava o automóvel, às vezes, diante dos filhos, em uma mansa manhã de domingo. Nunca se conheceu os autores dessas façanhas.

*** *** ***

Bem cedo do dia seguinte ao desentendimento que teve com a juíza, Picardo providenciou uns apetrechos que julgava de grande valia em uma situação especial, que talvez ocorresse. De posse dos petrechos, pôs-se em guarda e ficou como um gato que espreita um passarinho à espera do momento certo para dar o bote. No terceiro dia, teve a chance que esperava.

Ele estava na sala junto com a magistrada tratando de um tema rotineiro quando foi chamado para atender a um aguazil. A juíza fez um sinal suspendendo o assunto. Ele levantou-se. Deixou suas coisas na cadeira ao lado da em que se sentava e foi até à porta. Atendeu ao funcionário aí mesmo no corredor, na frente da porta, que ele nem fechou completamente. Resolvido o tema com o meirinho ele se virava para entrar na sala quando percebeu que a juíza saía em direção ao banheiro. Foi o que bastou.

Picardo voltou ligeira e sorrateiramente para a sala. Já entrou metendo a mão no bolso. Tomando a carteira, abriu-a. De um compartimento insuspeito tirou as duplicatas das chaves que havia feito. Escolheu rapidamente uma delas. Pegou sua pasta, tirou uns objetos que guardava soltos aí dentro e foi direito para um dos armários. Aí dentro uma pequena caixa de plástico repousava indiferente na prateleira central em uma posição de fácil manejo. Picardo levantou-lhe a tampa sem nem sequer arredá-la e fez o que tinha de fazer. Não consumiu nem um minuto do inicio ao final do seu procedimento. Ele era ligeiro nos passos e hábil com as mãos.

Em seguida dirigiu-se para a cadeira onde estava sua pasta, meteu nela as coisas que tinha nas mãos, fechou-a e a deixou no lugar em que estava. Rápida e silenciosamente ele saiu outra vez da sala e fechou a porta.

A pretexto de falar com um funcionário de outra seção, pessoa que ele, por tê-la visto sair, sabia que não estava, Picardo foi à sala e perguntou pelo sujeito. Não o encontrando retornou para o gabinete. A juíza já voltara para a sua mesa de trabalho. Terminaram o assunto de que tratavam. Ele se levantou e saiu. A juíza o acompanhou com os olhos. Quando ele abria a porta para sair ela o chamou.

– *¡Hey, hey... muchacho!*

Solícito, Picardo voltou-se para a juíza.

– *¿Qué pasa?*

– *¿No te olvidaste nada?*

Picardo apalpa minuciosamente os bolsos. Confirma que está tudo em ordem. Franze as sobrancelhas, faz um trejeito com os lábios. Sem atinar, pelo menos na aparência, com o que a juíza fala ele pergunta com intimidade:

– *¿Te parece?*

A juíza aponta sobre a mesa, o rosto sério. Picardo corre os olhos sobre os papéis. Não entende.

– *¡Qué tonto sos!* – Nayara diz enquanto se levanta. Nos lábios um meio sorriso.

– *No te muestro la mesa, tontito; mirá la silla.*

E foi ela mesma pegar a pasta.

– *¡Ah!* – Picardo exclama e vai ao encontro de Nayara.

A juíza entrega a pasta ao oficial. Olha-o nos olhos. Respira fundo.

– *Te he extrañado, negro. Vení a mi casita hoy de noche.*

Picardo toma a pasta, um riso sem graça nos lábios duros. Agradece a gentileza recebida.

– *Mi cabecita anda por las nubes. Gracias.*

Ele dá as costas para Nayara. Se ela visse seu rosto veria um traço acanalhado. Picardo abre a porta e sai. No corredor ele diz para si mesmo:

– *¿Habría pensado realmente que me olvidararía la maleta? ¡Pobrecita!*

Se ele tivesse olhado para trás teria visto a juíza, o cotovelo direito apoiado no pulso esquerdo sobre o tronco, os dedos polegar e médio da mão direita amparando o queixo, enquanto com o indicador golpeava de leve a aba direita do nariz, o rosto carregado.

"Agarrate, Catalina, que nos vamos a pelear feo" – Ela pensa enquanto movimenta o pescoço positivamente e vê Picardo fechar a porta.

Cada um deles está cheio de más intenções para com o outro. Uma relação perniciosa que parece não ter resistido ao primeiro baque. Uma trama que só deu certo enquanto as coisas estavam sob controle. Agora, que estão desandadas, embora nenhum deles tenha-se manifestado com beligerância, por seu turno, cada um está urdindo sua teia para não ser pego de surpresa.

Apesar da hierarquia Nayara é a parte mais fraca nessa relação. Talvez por entregar-se ao romantismo, sentimento opaco que ofusca a mente mais esperta e a faz entrar em contradições. Não se deve misturar sentimentos com negócios, pois um pode comprometer o outro irremediavelmente. O indivíduo que entremeia essas duas características tão distintas deixa de ter juízo, perde a razão e, por mais norteado que um dia tenha sido, sai do caminho, perde o rumo e começa a girar como uma bússola desorientada. Começa a querer sem querer e a não querer querendo.

Assim está Nayara. Apesar de antever uma situação difícil com quem tem feito quase de tudo nos últimos tempos não pode vê-lo de perto que se lhe aflora o desejo e ela esquece a prudência. Assim, que bastou estar perto de Picardo para querer senti-lo mais perto e tê-lo como não o tem tido há alguns dias.

Nayara continuou ali sentada, tamborilando o dedo no nariz e pensando. Se pudesse ela faria alguma coisa contra Carolina, mas seguramente ela não tinha peito para fazer o que eventualmente deveria ser feito em uma situação como a que se desenhava para ela. Quanto a Picardo era esperar. Se ela souber levá-lo poderá ter um aliado de peso caso Carolina cumpra o prometido.

Naquela noite Nayara esperou em vão por Picardo. Mais de uma vez pegou o telefone para chamá-lo, mas em nenhuma delas perpetrou uma ligação.

*** *** ***

Nos dias que se seguiram, talvez para precaver-se da quase certa representação de Carolina, a juíza deu prosseguimento ao caso de Telmo Rizzo. Melhor teria sido que não o tivesse feito. Agora, o processo anda independente da sua vontade fato que não se daria se tudo continuasse como estava. Entretanto, Nayara tinha convicção de que dar prosseguimento era o melhor a fazer já que ela tinha subsídios que poderiam sustentar todas as ações anteriores, ainda que realizadas com arbitrariedade. Mas isto, de acordo com os interesses em jogo, podia ser relevado considerando as provas materiais que ela detinha e em que poderia amparar-se.

*** *** ***
***
*

380

Capítulo 30

Nos dias que se seguiram Carolina Velásquez, discretamente, buscou informações sobre o oficial Picardo e a juíza Nayara. Não foi difícil descobrir indícios altamente comprometedores contra eles porque eles não eram primários no seu ministério espúrio e, às vezes, deixavam muitos rastros. Não passam despercebidos. Carolina chega a ter dúvidas se a justiça já não anda atrás deles, apesar de tal situação nunca ter sido ventilada nos noticiários, talvez para manter o sigilo e não prejudicar o desenvolvimento de uma possível investigação que esteja em andamento. Em todas as ocorrências encontradas os dois estão juntos. Ao que tudo indica estão mancomunados desde o início e não será possível encontrar um sem encontrar o outro. O fato é que os dois formam uma boa dupla que, sozinha, vale por uma quadrilha inteira.

Também o fiscal havia ficado intrigado com o modo como as coisas sucederam no dia em que ouviram Carolina. Até àquele momento não havia ninguém sendo processado, mas tudo aconteceu como se algo estivesse sendo feito para pressionar alguém a depor sobre um fato que eventualmente fosse do seu conhecimento, mas que o depoente, além não ter qualquer obrigação de declinar tal fato, tinha restrição ética de fazê-lo. Portanto, naqueles dias também o fiscal buscou em *off* saber mais sobre aquele casal que discutia a relação em uma sala fechada do local de trabalho, como se deveras fosse um casal, como ele mesmo ouvira logo que saíram da audiência com Carolina.

Uma tarde daquelas foi ele mesmo quem chamou a advogada para dizer que, como ela, ele também tinha dúvidas sobre a juíza e o oficial e que, inclusive, havia recolhido alguns dados a respeito. Ele quis saber se ela tinha mesmo intenção de representar contra a magistrada, consignando que, em caso positivo, ele lhe repassaria as informações que tinha e ela entrava com a representação, reservando ao ministério público sua participação no momento adequado.

– *Entonces, Doctora, tenemos que vernos para que le presente lo que tengo y que vea si le sirve para sus propósitos.*

– *Gracias, Doctor. Estoy segura de que me sirvan. ¿Podemos vernos mañana?*

– *Sí… ¿adónde?*

– *Estoy por la Ciudad Vieja…*

– *Entonces, a las 5 de la tarde en El Copacabana.*

– *Perfecto.*

Na tarde seguinte, conforme havia combinado, Carolina entrou no El Copacabana. O promotor acabara de chegar. Após os cumprimentos formais foram sentar-se mais para o fundo do ambiente, local escolhido por Carolina, ponto de onde teriam controle sobre o movimento do local. Pediram um expresso para justificar o uso das dependências. Sem delongas o fiscal abriu sua pasta e deixou sobre a mesa alguns papéis. Carolina pegou um por um e sem dizer nada apenas movimentava a cabeça, gesto significativo de que o material lhe interessava.

– *¿Sabe usted que los dos son personas ricas?*

– *Hay muchos ricos por ahí, Doctor.*

– *Por supuesto… no digo que no, pero los dos no tenían ninguna tradición, es decir, son de familias tradicionalmente pobres.*

– *En cuanto a eso ya lo imaginaba.*

– *No más para localizarla en eso Doctora, le digo que nuestra jueza fue una becada, no exactamente por su sabiduría sino por el desespero de un hombre que quería que su hijo estudiara al paso que él era un irresponsable, y no lo quiso nunca. Entonces le dio la beca a la hija de un empleado suyo, un viudo que hacía por merecerse la consideración del patrón que, por su turno, sabía que el empleado quería que su hija tuviera una vida mejor de la que tenía él mismo. Por supuesto la chica tuvo sus méritos. Era osada e inteligente. Eso fue suficiente para que poco más tarde se tornara la jueza que es. Mientras tanto su papá no le vio la investidura.*

Carolina seguia manuseando os papéis, uma ruma substancial deles. Aí estavam dados importantes que não lhe cairiam nas mãos senão

com a ajuda de alguém como o fiscal, que com eles trabalhava diariamente.

Além desses dados, o promotor tinha outros elementos, informações que já lhe haviam sido passadas por fontes externas. Eram narra-
tivas de pessoas que, alguma vez, tiveram algum problema com a
justiça e se defrontaram com a juíza Nayara e o oficial Picardo que,
com sub-repção, abusaram do poder que tinham em razão de ofício para extorqui-las, impedir que dissessem algo ou forçá-las a dizer, sempre no interesse particular dos dois. A tudo isto se somava alguns
dados tirados diretamente de informações processuais que, apesar de
constarem de informes de denúncias, careciam de uma investigação
mais aprofundada. No rol das informações constavam mesmo as que
foram prestadas por funcionários subalternos que eventualmente descobriram coisas contra algum figurão e quis denunciar, ocasião em que
tiveram a boca fechada pelas ameaças da dupla malfazeja.

– *Ahora ya no me falta nada, Doctor. Arreglo todo esto y en la próxima*
semana presento la denuncia en la Suprema Corte.

– *Estoy con usted. Cuente conmigo para lo que sea, Doctora.*

– *Gracias. Seguimos en contacto.*

Era final de tarde. Fora do restaurante o tempo espalhava o seu rubi
pelos escaninhos das ruas. Os raios oblíquos do sol resvalavam pelas
torres e mergulhavam mais embaixo, no mar platino que já parecia
uma piscina de sangue.

Carolina e o fiscal saíram do restaurante e seguiram em direções
opostas. O promotor desceu na direção da Rambla enquanto Carolina
virou a esquina na Peatonal Sarandí. Certamente ela passaria pela Ca-
tedral Metropolitana, e não poderia passar pelo lugar sem entrar e fazer uma oração. Não podia passar diante da capela mais simplória, que
se sentia na obrigação de parar e rezar. Aí mesmo era o seu altar e aí
mesmo ela se deixava cair contrita. Carolina não perde uma igreja onde quer que esteja. Não pode ver um padre, que se acerca; não pode
ver uma monja, que se derrete toda. Seu espírito embotado não a deixa
passar por nenhuma igreja ou ícone religioso sem botar o joelho em

terra. Que pecados teria essa mulher que se sente na obrigação de estar sempre em contrição?

*** *** ***

Picardo e a juíza nunca mais foram os mesmos depois daquele primeiro choque. Apesar de ainda não ter passado duas semanas desde o atrito – forçado pelas circunstâncias, é fato –, que tiveram, para eles é como se fosse um ano porque nesses dias, ironicamente, as razões do serviço fizeram com que eles estivessem muito juntos. Eles não se recordam de no melhor da sua relação terem precisado se encontrar com tanta assiduidade em razão da sua função. Não passava um dia sem que se encontrassem pelo menos uma vez. No que tange ao particular nunca mais se viram, nunca mais se tocaram ainda que ambos tenham querido isto todo o tempo. Não foi fácil para nenhum dos dois manter-se alheio. Mas se mantiveram.

Com o passar dos dias, eles foram se colocando cada vez mais na defensiva porque, cada qual, tinha certeza de que, na sua hora, se valeria das armas de que dispusesse para sobreviver ao outro.

A essas alturas, a juíza já resolvera dar ares de legalidade à situação que envolvia Telmo Rizzo. Mais uma simulação, eis que existe processamento sem prisão, mas prisão sem processamento, ninguém tinha notícia. Mas essa era a situação de Telmo.

Telmo Rizzo já esteve detido outras vezes durante a sua vida, mas não tinha medo de cadeia. Pode-se dizer que, de certa forma, ficava mesmo muito à vontade. Se medo teve foi apenas na primeira vez, já faz muito tempo, mas ali mesmo ele descobriu a fórmula de, ainda sob detenção, não ter vida muito diferente da que levava normalmente. Sempre existem os funcionários ajustáveis e era deles que ele se valia para manter seu conforto. Esses, ele descobria quando estava detido, que aí era o lugar certo para conhecer os funcionários e detectar-lhes o ânimo. Aí é o lugar mais adequado para conversar com eles sem ser mal interpretado, e descobrir as fórmulas que eles usam para se manterem bem com todos.

Telmo Rizzo já estava detido havia alguns dias, mas nem o fato de estar nessa situação em um país que não era o seu o deixou alterado.

Já no primeiro dia que passou confinado, por razões próprias, Picardo teve uma conversa tranquilizadora com Rizzo, o que o deixou em *standby* para os acontecimentos futuros. Ele estava detido, mas por conta do empenho de Nayara e Picardo, não acontecera ainda nenhum procedimento jurídico contra ele. Picardo sabia da irregularidade dessa prisão. Não pela prisão em si, que foi realizada normalmente, ainda que por azar, a partir da informação que o pai de xangô passou a Picardo que, em uma busca autorizada por Nayara descobriu os apetrechos suspeitos que, muito bem, justificaram a detenção do indivíduo. A prisão só era ilegal porque Rizzo permanecia de molho na delegacia como forma de miná-lo, como forma de fazê-lo abrir as mãos e dar a sua contribuição para a sua liberdade.

Telmo Rizzo já estava acostumado com isto. Depois daquela desastrada oitiva, em que ele citou a advogada como sendo sua representante, e pelos rumos que a coisa tomaria, Picardo falou com Rizzo e pediu-lhe que esperasse até a fumaça baixar. Não seria de um dia para o outro que isto se daria, e ele teria de ter paciência e esperar. Enquanto isto que pensasse na forma justa de retribuir o grande favor que lhe seria prestado ao final de tudo.

– *Claro que lo entiendo, Señor. Por cierto no tendrás ningún perjuicio conmigo.*

– *Así se habla, amigo.*

Depois, bastou que as coisas desandassem. O oficial Picardo tinha um sexto sentido para as adversidades, e por conta desta característica ele estava sempre um passo à frente dos acontecimentos quando isso lhe interessava, o que o tornava quase invisível aos seus possíveis contendores.

*** *** ***

Bem cedo do dia seguinte ao episódio do uso da chave duplicada no gabinete de Nayara, Picardo esteve com Telmo Rizzo. Chegou ao prédio para tratar de muitos assuntos e, no meio deles, incluiu o detido, com quem falou por poucos minutos sem chamar nenhuma atenção especial sobre o encontro. Aquela visita fazia parte da rotina dos trâmites normais dos casos em processamento por aquela sede.

Picardo chegou à sala onde Telmo Rizzo se encontrava sozinho, tranquilamente lendo revistas que lhe haviam sido entregues por algum plantonista solícito. O local era uma prisão tão somente por que tinha grade. Quanto ao restante, era um compartimento preparado para abrigar pessoas que por algum motivo não tinham ainda sido enviadas ao presídio. Ou, então, que estivessem apenas detidas para alguma averiguação legal ou não. Era o caso de Telmo Rizzo.

Naturalmente, se o indivíduo estivesse apenas detido teria alguma regalia, que não era disponibilizada a alguém que estivesse realmente preso. Essa era uma forma sub-reptícia de manter o indivíduo à disposição e em segurança para ambas as partes. Uma janela, de onde se podia ver o exterior, era servida por uma ampla grade que permitia ver o pátio desde o terceiro andar. Durante a noite se podia fechar a janela, a folha de duas bandas, que impedia a entrada da friagem noturna, da mesma forma que podia ficar aberta e receber a aragem quando o tempo era quente.

Telmo Rizzo estava bem instalado. Para a maioria dos funcionários da sede ele não era um preso, mas apenas alguém que estava impedido de sair do país por problemas de documentação, coisa que se resolveria em poucos dias.

Picardo e Telmo se falaram rapidamente através da grade da porta. Afora algumas palavras de cunho exclusivamente pessoal, Picardo simplesmente lhe disse que voltaria à noite quando, provavelmente, o ambiente estaria mais tranquilo. Então consumariam o acordo que até então eles mantinham apenas como uma expectativa, um comprometimento. À noite liquidariam a fatura. Depois, cada qual seguia o seu caminho tranquilo e em paz.

O dia, que amanhecera cinzento e triste, continuou com a mesma característica até ao finalzinho da tarde, quando o sol apareceu apenas para despedir-se e manchar de rubi as cinzas do crepúsculo.

Durante todo o dia Telmo Rizzo leu tranquilo como se estivesse em sua casa, o corpo estendido num sofá que lhe servia de cama, a nuca apoiada em um dos lados da peça e os pés cruzados na outra extremidade. Afora esse exercício de não fazer mais que ler, o que fez nesse dia foi levantar-se algumas vezes e ir até à janela onde por longos minutos permanecia cismando sobre a frouxidão das horas e respirando o bálsamo úmido que entrava pela grade.

De tempos em tempos, alguns bem te vis vinham pousar em um ceibo antigo, fincado a poucos metros da janela e cantavam com estridência talvez em regozijo pela carícia da chuva, ou apenas por molecagem. Depois, voavam para outras árvores e continuavam com sua ária metálica que podia mesmo ferir ouvidos sensíveis. Também nesses momentos Telmo Rizzo se levantava do sofá e vinha para a janela onde se punha em um jogo de tentar encontrar os passarinhos mergulhados na ramagem úmida. Às vezes, descobria o casal balançando em uma grimpa, o peito estufado pelo canto. Noutras vezes só os descobria quando alçavam seu voo para ir pousar em outra árvore bem distante, de onde continuavam a badalar o seu sino, cujo som chegava quase sumido à janela para despejar-se cansado aos pés de Telmo Rizzo. Então, ele se lembrava da sua meninice quando não precisava negociar a vida para viver e quando não precisava comprar passe para ser livre. Nesses breves momentos via-se embrenhado no cerrado batido do loteamento recém-aberto, na vizinhança de onde ele morava, uma atiradeira nas mãos, os bolsos cheios das pedras com que municiava a elasticidade da sua funda. Então, ele se sentia revigorar e vinha-lhe a saudade imorredoura daqueles tempos de inocentes deslizes. Depois, ele tornava ao sofá e para o seu livro.

Mais para o final do dia a temperatura caiu lá fora e repercutiu dentro da cela de Telmo Rizzo, que se viu obrigado a fechar a janela. Foi quando o sol abriu uma pequena brecha nas nuvens e sem estardalhaço enfiou aí sua cara desconfiada, já fria. Telmo Rizzo não viu o sol. Apenas o percebeu pela fresta da janela por onde se apertou uma réstia de luz e entrou só para mostrar-lhe como sua habitação estava infestada de pequenas partículas que balançavam no facho de luz que passava rente à sua cara para acender um ponto enviesado na parede. Ele punha o indicador na luz como para rasgar aquela película luminosa que jogava na parede a sombra do seu dedo.

Telmo Rizzo estava nostálgico. Não sabia se era um abatimento que baixava sobre ele ou se eram as sombras desse dia interminável que o deixavam nesse estado cinzento. Por fim, ele adormeceu. Deve ter sonhado porque quando, mais tarde, um funcionário parou na porta da cela, viu que ele movia o corpo, que se sacudia embalado por um riso que ele ria inconsciente.

O funcionário fez um glissando com a chave na grade. Telmo deu um salto do sofá, efetivamente assustado. O livro que também dormia sobre o seu peito voou com estardalhaço. Antes de se acomodarem no piso as folhas se abriram e surgiram no ar como as asas de uma garça que não existe, uma garça pintada de preto, uma garça pedrês. O funcionário riu e esfregou os olhos. Telmo Rizzo olhou para o funcionário. Em seguida, protestou:

– *No debía usted jorobarme de esta manera. No se olvide de que soy su prisionero y tiene que cuidar por mi seguridad.*

– *No, no… no sos prisionero de nadie* – soou a voz de Picardo que vinha atrás do funcionário.

– *Si no fuera yo un prisionero no estarían las rejas entre nosotros* – Telmo Rizzo disse enquanto agarrava o livro e o deixava a um lado do sofá.

– *Bueno, mi función está hecha. Solo vine a traerte el oficial que quiere hablarte* – disse o funcionário, um traço malicioso na cara larga.

– *Bueno, andate; ahora es conmigo. Nos vemos luego* – Picardo diz ao funcionário, que concorda com um sorriso manhoso puxado para o canto da boca.

– *Sí... claro; nos vemos...*

Ato contínuo, o funcionário sai sem muita pressa. Antes da curva do corredor ele olha para trás. Vê Picardo bem próximo da grade. O corredor toma outra direção e leva junto o funcionário, que tem a cabeça cheia de planos.

Telmo Rizzo, sentado no sofá, entende o sinal que Picardo faz para que ele se levante.

Picardo olha pressuroso para o corredor, abre rapidamente uma mochila e daí tira um *laptop*. Levanta a tampa do dispositivo. Sem demora ele digita alguns comandos. Em seguida introduz o aparelho pela grade.

– *El próximo acto es tuyo* – ele diz enquanto Telmo Rizzo segura o aparelho.

– *¿Así como está?*

– *Por supuesto.*

– *Me imaginaba que habías dicho Miami.*

– *Te imaginaste bien, pero hice un cambio* – Picardo diz, e olha fria e diretamente para Telmo –. *Me quedo por ahí, es más cercano para el caso de que tenga que viajar... además, éste es el sitio en el que acostumbramos trabajar.*

– *Para mí, da lo mismo* – Telmo Rizzo diz.

Picardo permanece olhando para dentro da cela e, ao mesmo tempo, vigiando o corredor. Telmo Rizzo dá uma passada de olhos pela tela apenas para confirmar as caixas de digitação. Digita na linha superior do teclado. Pressiona a tecla *enter* e espera um segundo.

– *Aquí lo tiene* – ele diz enquanto devolve o aparelho através da grade.

Picardo toma o laptop e olha avidamente para a tela. Meneia a cabeça afirmativamente. Em seguida fecha o aparelho, prende-o entre os joelhos e mete a mão dentro da mochila. Daí tira um pequeno embrulho e o entrega a Telmo.

– *Puede conferirlo* – ele diz enquanto, de novo, seus olhos percorrem o corredor.

Telmo Rizzo rasga rapidamente o papel do embrulho. Seus olhos brilham. Também rapidamente ele verifica cada uma das peças contidas no pequeno pacote. Depois, olha para Picardo que o espera impaciente.

– *¿Entonces?* – o oficial pergunta em voz baixa.

– *Acá tengo todo.*

– *Entonces, muchacho, de mi parte estás libre para seguir tu camino.*

– *Cumpliste bien tu papel.*

– *Lo cumplimos los dos* – Picardo intervém, faz um aceno encostando dois dedos na fronte e começa a andar pelo corredor enquanto Telmo

Rizzo continuava olhando para ele.

"O filho da puta fala como se eu estivesse com o meu passaporte nas mãos" – Telmo Rizzo pensa.

Telmo Rizzo recorda a situação em que foi apanhado. Nada tinha a ver com o que aquele oficial estava investigando. Seu azar foi ele estar metido em trampos com algumas pessoas das que faziam parte do mandado que o policial levava. O oportunismo do policial foi o responsável pela sua ação contra Telmo que, parece, andava meio descuidado. Ele vacilou e o policial não perdeu a carreira.

"Las oportunidades llevan este nombre porque no surgen todos los días. Cuándo llegan deben de ser agarradas" – Picardo pensou na ocasião.

Algo ele haveria de conseguir com aquelas coisas, pois elas não poderiam estar ali por nada. De imediato Picardo vislumbrou uma oportunidade de tirar alguma vantagem da situação. Bastava agora que ele descobrisse exatamente para que serviam.

"Não fosse por ele, eu não estaria aqui... Pelo menos uma pontinha do meu erro acaba de ser corrigida. Agora é esperar o que vai fazer aquela juíza que me pareceu da mesma laia que esse Picardo" – Telmo Rizzo pensou enquanto olhava para o corredor já vazio.

Esperou alguns segundos antes de começar sua tarefa de destruição dos dispositivos que o acompanhavam havia muito tempo e que a boa proposta para o momento, seria fazê-los desaparecer. Então, Telmo Rizzo começou a picar suas peças siliconadas com os caninos. Depois, usando a tranca da grade ele começou a esticar as luvas e as máscaras a partir dos furos feitos com os dentes. Não tardou a reduzir tudo a pequenos fragmentos que, sem demora, foram atirados ao vaso sanitário e descarregados para a cloaca. Estava feito. Ele estava livre desta porque, diferente das fotografias e das gravações, esse material não permite cópias salvo na matriz. Sobre esse assunto Telmo Rizzo não precisava mais preocupar-se. Estava definitivamente resolvido. Ele podia temer qualquer coisa para o futuro, menos chantagens por conta de materiais retidos em mãos escusas.

*** *** ***

Alguns dias depois, Carolina já reunira todo o material de que necessitava para entrar com a representação.

A essas alturas – e tardiamente – a juíza Nayara já dera início ao processo contra o *"estafador"* Telmo Rizzo. Para o seu bem, teria feito melhor se não o tivesse feito.

Sem maiores cuidados as provas materiais que haviam sido arrecadadas no momento em que Telmo foi detido foram juntadas ao processo. Nayara considerara que estava amparada por essas provas, e devia mesmo estar. Com elas ela oficiaria a detenção de Telmo Rizzo e estaria de acordo com os ditames da justiça. Ela não sabia, mas não estava. Confiou na sorte, essa bastarda, que só pra chatear, gosta de travestir--se de azar.

No momento de verificar as provas o fiscal teve dúvidas sobre o que significavam algumas das peças de borracha. Então, levantou-se e foi ter com a juíza Nayara.

O fiscal entrou na sua sala, o processo nas mãos. Acercando-se da mesa, postou-se de pé, ao seu lado, e deixou aí o documento aberto. Marcou com o dedo um ponto na página, que já viera aberta, e perguntou qual o significado do que estava escrito. Nayara suspendeu o que fazia e olhou para a página. Parou a olhá-la por alguns segundos. Depois, levantou a cabeça desdenhosamente, olhou para cima e encontrou os olhos do fiscal, que está de pé ao seu lado.

– *Esta es la primera vez que tengo que explicar una prueba, Doctor* – a resposta da juíza foi grosseira e imediata.

– *Sí... es de eso mismo que hablo; mira que vine a hablarle personalmente...*

– *Muy raro ¿verdad? No me acuerdo de alguna vez haber pasado por esto* – a juíza diz, sem disfarçar o aborrecimento.

– *Ni yo* – o fiscal diz com segurança –. *Pero ahora me parece necesaria éste tipo de intervención, y...*

– *¿Y no tenemos todo ahí?* – com visível agastamento a juíza interrompe o fiscal.

– *Este es el punto exacto de nuestra habla, Doctora.*

– *¿Y por qué vino a hablarme personalmente, si lo normal es hacerlo en los* *autos?*

O fiscal arqueia as sobrancelhas e olha diretamente para a juíza.

– *Lo normal es que sea así... claro... pero ahora me parece que hubo un engaño y preferí venir a hablarle a usted antes de proseguir con el proceso... por lo menos de la forma en que se encuentra.*

Sem ter prestado atenção ao final da frase do fiscal, a juíza retruca, já voltando os olhos para o documento que examinava quando o fiscal entrou na sua sala.

– *Entonces, dígamelo ya porque me encuentro sobrecargada de trabajo.*

O fiscal muda o tom da sua abordagem.

– *Doctora Nayara, no hay pruebas.*

– *No me jorobe, Doctor; por supuesto que las hay* – a juíza diz, olhando o fiscal de baixo para cima.

Ela arrasta a pasta do fiscal, ainda sobre a mesa, e aponta um dado no documento.

– *La prueba es esta. No hay otras pero creo que le basta al proceso. ¿No le parece, señor Fiscal?* – ela fala com ironia, a cara séria.

– *¿Ésta?* – o fiscal pergunta, a voz indiferente.

– *¡Sí, esta!* – a juíza exclama.

– *Entonces no la entiendo... hablo de la prueba; no logré entenderla para nada* – o fiscal diz.

– *Con esto no tengo que ver. No es un problema mío, Doctor* – a magistrada fala, os lábios há pouco sisudos, agora esboçam um riso de mofa.

– *Señora Juez, si estas no fueren las únicas pruebas, hace falta que se agreguen las que están omitidas, si no este proceso no va a seguir bien. Ya si son las únicas...*

– *Que si, son las únicas... las creo más que suficientes* – a juíza diz agastada.

– *¿ Puede usted darme un minuto?* – o fiscal solicita.

Nayara olha-o por um instante e diz, levantando o indicador.

– *¡Un minuto!*

– *Permiso.*

O fiscal sai rapidamente. A juíza Nayara segue-o com os olhos até ele chegar à porta.

Instantes depois o fiscal volta. Tem nas mãos uma caixinha de matéria plástica.

– *¿Son estas las pruebas?* – ele pergunta enquanto deixa a caixa sobre a mesa.

A juíza puxa o objeto para o seu lado e começa a levantar a tampa.

– *Por supuesto.*

– *¿Está segura?*

Nayara olha para o fiscal sem entender suas dúvidas.

– *¿Qué pasa? No lo entiendo, señor Fiscal.*

O promotor tira uma das peças de dentro da caixa e põe-na sobre a mesa. A juíza acompanha o seu gesto e tira outras peças.

– *Entonces está segura de que ¿éste material es lo que tenemos?*

– *Claro.*

– *Creo que algo no está bien en todo ésto.*

– *No tengo la más mínima idea de lo que usted quiere decir con estas tonterías. Ahora, déjame trabajar, por favor.*

– *Todo bien… no sé cómo esto pueda ayudar en este proceso, pero…* – o fiscal recolhe as peças deixadas sobre a mesa e as deposita na caixinha. Em seguida, sai da sala.

A juíza Nayara fica cismando sobre a interferência do promotor sem atinar com a sua real intenção. Volta-se para a análise do processo em que trabalhava, mas não consegue conciliar a ideia no que lia. Decide-se por levantar. Vai à cantina; toma um refresco. Depois dirige-se à sala do fiscal, que tem o processo aberto diante dos olhos e a caixa de plástico a descansar em um canto da mesa.

¡Adelante! – ele diz antes mesmo de a magistrada, que acabara de chegar à porta, manifestar-se.

Sem nada dizer a juíza entra e para diante da grande mesa de mogno-brasileiro importado do sul do Pará. Atrás, ela deixou meia porta aberta. Adivinhando que ela estava aí por conta das dúvidas que, provavelmente, se levantaram na sua cabeça depois da visita que ele fizera à sua sala, o fiscal, sem nenhuma cerimônia, simplesmente empurra a caixa, que desliza sobre o avermelhado da mesa para o lado da juíza.

– *No la guardé todavía. Estaba seguro de que usted no se sentía confortable*

393

luego de que yo salí de su despacho.

– La verdad que no logré entender lo que usted quiso decir con la presentación que hizo de esta caja, y más allá, con lo que me dijo, Doctor.

– No le dije nada diferente de lo que tenemos ahí. Me hubiese gustado terminar mi exposición si usted me lo hubiera permitido.

– ¿No se lo permití yo? – A juíza pergunta como se estivesse desculpando-se.

O fiscal esboça um riso. Não por sarcasmo; apenas um relaxamento.

– Siéntese, por favor – ele aponta a cadeira ao lado da juíza.

– No gracias; estoy cómoda.

– Como quiera.

– Permiso – a juíza diz, enquanto abre a caixa de plástico.

Nayara pega peça por peça e as deixa sobre a mesa. Em seguida agarra uma máscara. Mira-a. Depois larga-a sobre a mesa, segura uma luva e a espicha.

– Entonces, señor Fiscal, ¿usted tiene algo que decirme acerca de éstos materiales?

– Quisiera poder decirle que no. Mientras tanto...

– Mientras tanto...

O fiscal levanta-se. Vai mecanicamente até a um armário. A juíza o acompanha com os olhos verdes, agora, um pouco sem o forte do seu tom. Parecem entristecidos; ou cansados. Eles veem quando o fiscal abre o armário, olha atentamente para as prateleiras e fecha de novo o móvel. A juíza pensou que ele fosse buscar algo no armário, que se relacionasse ao processo em que o fiscal estava debruçado. Ele sabia que não ia buscar nada, mas se fosse perguntado por que fora até ao móvel e o abrira, ele não saberia dizer.

– Mientras tanto, Doctora... mientras tanto las cosas no son como parecen.

– Esto a mí me importa un carajo, Doctor – a juíza diz com enfado.

Surpreso com os maus modos da juíza, o promotor simplesmente diz:

– Yo no diría eso.

Nayara percebeu desde o começo dessa conversa, ainda no seu escritório, que o fiscal parecia muito seguro das dúvidas que lançava. Então passou a considerar que algo realmente não ia bem com o procedimento. Mas ela não sabia o quê.

– *No me jorobe, Doctor. ¿Por qué no abre, ya, el juego? Porque a mí me parece que usted habla de chanza* – ela diz.

– *Hablar de chanza ¿Yo? ¿Le parece?* – o fiscal diz, enquanto contorna a mesa e se deixa cair na sua cadeira.

– *A mí me parece que...* – a juíza começa a responder.

O fiscal não deixa que ela termine a frase.

– *Si le parece que hablar de chanza sea una conversación particular independiente de los autos a fin de que se evite, o que por lo menos, se intente evitar un mal más grande, puedo decir que estoy de acuerdo. De otra forma, no.*

Alejandro, o fiscal, toma uma das luvas e pergunta:

– *De veras que usted cree que ¿esto es una prueba?*

– *Desde el inicio* – Nayara responde.

– *Pues a mí me parece que usted ha cometido un gran error.*

O fiscal silencia por um momento. A juíza olha-o com os olhos em chispas. Ele continua:

– *En este proceso usted habla de unos guantes* – o fiscal diz a olhar de frente para juíza.

– *Claro... y lo hago con la misma propiedad de siempre* – ela diz, furiosa.

– *¿Serían estos los guantes de los que habla usted?* – o fiscal pergunta, enquanto empurra uma das luvas para a juíza.

Ela segura o objeto.

– *No hablo de otra cosa que no sean estos guantes...*

– *Entonces, Doctora, míralos bien porque no corresponden para nada a la descripción contenida en estas fojas.*

Nayara olha o objeto que tem nas mãos.

– *¿Y?* – ela indaga ironicamente.

– *Míralos bien, por favor.*

Nayara observa a peça. Vira-a por todos os lados, porém sem muito interesse, mais para atender à insistência do promotor. Ela conhece muito bem todas aquelas peças.

– *Ya está, Doctor* – ela diz espichando o braço e devolvendo a peça ao fiscal.

– Por favor, le pido, mírala bien – Alejandro diz, a voz grave, o rosto sombrio –. *Y le pido a usted que, por favor, no entienda mi insistencia como siendo una implicancia sino como una tentativa de arreglar las cosas antes de que se compliquen.*

–¿Qué dice? No logro entenderlo para nada – Nayara diz, meneando negativamente a cabeça.

– Otra vez le pido Señora Juez, mire bien lo que tenemos. Le aseguro que este proceso seguirá igual, dé a estos guantes la debida atención o los ignore. Pero no me gustaría, dada la consideración que tengo por usted, de tomarla de sorpresa – Alejandro diz. Ao mesmo tempo, empurra a luva para o lado da juíza.

A contragosto Nayara recomeça a examinar a luva que tem nas mãos. Olha bem os lados externo e interno da peça. Com cuidado espicha-lhe um dos dedos. Solta-o. Então, os olhos como duas rodas, ela muda as feições. No seu rosto um traço de incredulidade. Pega outra luva e a observa, agora sem muito esmero, pois o que ela não queria ver está bem na cara, bem visível, se é que se pode dizer assim. Então ela despenca na cadeira como se tivesse sido empurrada.

– ¡No puede ser! ¡No puede ser! – Ela exclama, a voz quase sumida, pouco mais que um gemido.

O fiscal a observa em silêncio. A juíza finca os cotovelos na mesa e segura a cabeça entre as mãos.

– ¿Algo errado, Doctora?

– No lo puedo creer – Nayara fala ensimesmada.

– Era sobre eso que intentaba hablarle desde el comienzo – o fiscal diz.

– Usted sabe que estos no son los guantes de los que hablo – Nayara fala, enquanto olha infantilmente para o fiscal.

– No lo sé...

– Claro que sabe. Estaba conmigo cuando los incauté.

– Por supuesto. Mas en ese entonces yo era un mero observador. Además no nos olvidemos de que a pesar de que aquél día el juzgado ya estaba, de alguna forma, involucrado en eso, el procedimiento real sólo empezó muchos días después, algo anormal, dicho sea de paso.

– De todas formas usted sabe lo que pasó.

– *No lo puedo negar pero no puedo atestar nada acerca de los sucesos de aquél día. No se olvide de que comparecí al procedimiento, pero no participé de nada. Yo vi a la caja igual que a los guantes y a las máscaras. Pero no tuve nada de eso en mis manos. Por lo tanto todo me parece igual... lo que veo ahora es para mí lo que vi aquél día* – o fiscal explica.

–*Sí, claro... pero podría darle al processo su testimonio sobre los guantes* – a juíza fala sem muita segurança quanto ao que diz.

O fiscal se ri timidamente.

– *Yo no soy testigo en ese proceso. No se olvide, Señora Juez, de que soy el Fiscal... el Fiscal.*

– *Claro, claro. Fue una broma. Estoy desarbolada.*

– *Tenga en mente, Doctora, que si voy a acreditar una cosa acerca de este embrollo, tengo que hablar de lo del hombre preso en la ilegalidad. Además he preferido hablarle personalmente a fin de que podamos dirimir algunas dudas... como se dice, en off. Convengamos que si esto sigue como está tendremos un problema difícil de solucionar. Pero ¡ya estamos!*

– *Picardo!* – a juíza Nayara fala quase gritando.

– *¿Quién?* – o fiscal pergunta, secamente.

– *El policía, el oficial Picardo* – Nayara responde.

– *¿Qué pasa con él?*

– *No le pasa nada. Estaba aquél día con nosotros. Él fue quien trajo detenido al tipo que tenía esta caja.*

– *¿Y?*

– *Voy a mandar llamarlo* – a juíza diz, inquieta.

– *¿Le parece?* – o fiscal pergunta.

– *Voy a llamarlo yo misma, ahora.*

A juíza pega o telefone e caminha pela sala. Liga para Picardo.

O fiscal não vê em que isso pode ajudar já que a justiça trabalha com provas e ele não compreende como poderia o policial, se fosse o caso, mudar o andamento do procedimento, ou trocar objetos já citados na inicial. Enfim, era esperar o que Nayara teria a dizer após a ligação.

O telefone do policial não atende. A juíza tenta mais de uma vez; em vão.

– *¡Infierno! Este no está nunca cuándo se lo necesita.*

A juíza senta-se. Agarra luva por luva. Agora, vê com facilidade os detalhes das suas faces anteriores e não compreende como pôde não vê-los logo que o fiscal lhos apresentou em seu gabinete. Sente-se uma idiota.

"Por ello el tipo estaba tan seguro", ela pensa acerca do fiscal.

O fiscal parece concentrado no seu trabalho enquanto a juíza se mostra inquieta. Mas ele não está concentrado em nada a não ser nas reações da magistrada.

"Parece que hay algo muy extraño en esta patraña" – ele pensa.

Nayara liga outra vez. A chamada é atendida. Ela começa a falar, no começo, normalmente, mas o fiscal percebe que apenas ela fala. Pouco depois está alterada. O fiscal Alejandro levanta-se, abre a gaveta, aí dentro larga o processo que tem nas mãos. Em seguida, sai discretamente sem que Nayara perceba. Quando ele gira a maçaneta da porta a juíza olha rapidamente para esse lado. Então, ele faz um sinal e diz em baixo tom:

– *Esté cómoda, vuelvo pronto.*

E sai.

Minutos depois o fiscal retorna. Encontra a juíza absorta com a mão direita calçada com a luva, os olhos perscrutando a palma da mão como buscasse algum detalhe que tinha de estar aí e que ela por algum deslize, alguma desatenção não vira. Mas não havia nada aí, nenhum detalhe, nenhum traço que pudesse indicar aquela peça como uma obra de arte para algum fim. Não passava de uma peça ordinária, de látex. A única característica que a diferençava de uma dessas que se usam para proteger as mãos em serviços de limpeza geral, era a sua textura mais refinada, mais parecida com as luvas cirúrgicas. Apenas sua cor diferia da destas. Sua superfície era igual tanto no lado anterior quanto no posterior, lisa como uma bexiga dessas usadas à larga em comemorações de toda a natureza. Do material – luvas e máscaras – que Nayara havia recebido das mãos de Picardo e que deram início a toda essa trapalhada, apenas a cor era a mesma.

Mergulhada no caos em que se vê desde que o fiscal lhe comunicou sobre uma irregularidade no bojo do processo Nayara não percebeu quando ele, o fiscal Alejandro, retornou para a sala. Ele já estava ao seu lado quando lhe falou:

– *¿Habló con él?*

Nayara estava de tal modo concentrada em seus pensamentos que se assustou com a voz do fiscal. Ela volta-se para ele, e olha rapidamente para as coisas de redor. No seu atordoamento ela juraria que estava no seu gabinete, mas se dá conta de que não estava na sala do juízo, mas na do fiscal. Ela deixa a mão cair pesada sobre a mesa.

– *Discúlpame si la molesté* – o fiscal diz, enquanto olha para a juíza e tenta compreender o que passava naquela cabeça.

– *No fue nada...*

– *¿Entonces?*

– *Aquél hijo de la puta madre no está en Montevideo.*

Se Alejandro tinha alguma dúvida de que Nayara se encontrava em uma enrascada, agora não tinha mais. Ele conhecia o seu rompante, sua forma grosseira de manifestar-se quando se encontrava em situação indesejável, acossada. Ela está em uma situação assim; não restava qualquer dúvida.

– *Está en un operativo complicado en Salto hace un par de días, y solo volverá el fin de semana.*

– *¿Un operativo en Salto? Confieso que no lo sabía pero no se amohíne. Lo tendrá muy pronto; al final hoy ya es viernes.*

– *Me dijo que por el lunes, una eternidad para quien se muere de ansiedad* – Nayara diz sem medir as palavras.

– *¿Está ansiosa usted?*

Nayara percebe que está-se entregando, dando azo a interpretações que podem desfigurar o sentido das suas palavras, e anular a possibilidade de uma justificativa crível, se alguma vez tiver de fazê-la. Enfim, dando bandeira, dando sopa para o azar; e não pode ser assim. As coisas não podem acontecer dessa maneira.

– *Sí... es decir, no. Para nada* – ela se enrola com as palavras –. *Lo que pasa es que de veras estoy preocupada de lo que tenemos* – ela aponta para a caixa com os simulacros.

Alejandro olha para a caixa e nada diz.

"Yo también no lo sabía. Algo no está bien en esa movida. Ya no lo veo desde nuestra animosidad. Siempre una disculpa, un sino. Puede estar escondiéndome algo, el cabrón" – a juíza pensa atendo-se ao que Picardo lhe dissera sobre uma operação policial fora dos limites de Montevideo.

– *El lunes* – ela repete absorta.

O fiscal apenas olha para ela e faz um gesto de assentimento com a cabeça.

Nayara se levanta e vai para a porta. Alejandro a acompanha com o olhar. A juíza sai da sala e bate a porta sem perceber que o havia feito.

Alejandro olha pela janela o céu azul lá fora. Quem vê a claridade do tempo e o brilho do sol não imagina como pode estar tão frio. Para quem está nas ruas a brisa que balança as folhas das árvores e deixa em desalinho os cabelos desprotegidos corta como uma lâmina. O fim de semana promete baixas temperaturas. Será mais um que não vai dar praia. Os aficionados deverão contentar-se com suas atividades *indoor*, seus mates, suas *parrilladas*. Alguns hão de preferir enroscar-se nas costelas de uma companhia interessante e só sair da cama segunda-feira para recomeçar sua rotina. A Alejandro nada disso apetece. De decepção em decepção ele sente, pelo menos temporariamente, que está completa a sua cota de desenganos. Em casa, com frio ou com calor, o que ele faz é estudar processos e estudar a doutrina do direito. Para aquecer-lhe as costelas ele se vale de um *calienta camas*.

Alejandro tira os olhos da vidraça e volta a concentrar-se no seu trabalho. Um suspiro profundo quase lhe rasga o peito.

*** *** ***

Durante o final de semana Nayara ligou para Picardo um sem--número de vezes. Em todas as oportunidades ela ouviu que a pessoa não podia atender e que a ligação seria encaminhada à caixa postal. Ela não deixava recado. Passou mal esse fim de semana; não mal de saúde, mas mal de humor. Ela não sabia como as provas tinham sido trocadas e esperava que Picardo tivesse alguma explicação sobre o fato. Teria ele anexado ao processo um material diferente do que fora apresentado ao juízo?

"No puede ser... yo misma hice la incautación; me vuelvo loca con todo eso. No tengo explicación para lo que está pasando." – ela pensou muitas vezes nesses dias.

Nayara sabe muito bem as coisas não muito ortodoxas que anda fazendo e tem consciência de que os fiscais estão no seu pé. Ela já passou por mais de um momento de justificativas que não foram bem digeridas. Isto não significa que ela foi absolvida em cada caso, mas apenas que sua parte em cada episódio tinha sido deixada de molho; em *stand-by*. A verdade é que Nayara nunca necessitou dar explicações diretas sobre sumiços, avarias ou substituições sub-reptícias de objetos que estavam sob sua guarda, mas apenas sobre temas que, ainda que estivessem sob sua jurisdição, não lhe diziam respeito diretamente, eis que os encarregados da execução, do manejo eram outras pessoas. Assim, ela se saiu muito bem em todas as investidas que sofreu. Afinal, em todos os sítios a corda sempre rebenta no ponto mais fraco.

A magistrada se lembra do caso mais recente, em que um prisioneiro sem nenhum atributo atlético, conseguiu escapar correndo, quando o policial que o conduzia, nada obstante o fato de sua condição de policial presumir um preparo físico diferenciado, ainda era um policial atleta. Apesar de uma advogada conhecida ter levado USD 25000, a investigação resultou que a juíza nada tinha a ver com o episódio. Foi suficiente o fato de não ser ela quem conduzia o prisioneiro. Pelo menos isto era certo. Se na fuga teve o seu dedo, ninguém conseguiu provar.

Já eram muitos os casos que envolviam suspeitas sobre a conduta de Nayara.

A despeito de os resultados dos procedimentos em que a magistrada era investigada resultarem sempre negativos, a promotoria nunca ficou satisfeita com o desfecho das apurações. Alguma vez chegou a suspeitar, embora sem qualquer fundamento, de que algum membro da comissão disciplinar estava de conluio com a investigada. Enquanto isto, Nayara, em atitudes de infantilidade inexplicáveis para alguém com o grau de conhecimento que ela tinha – ou deveria ter – sobre as normas internas do judiciário, bem como com o seu envolvimento com falcatruas, imaginava que após o encerramento de cada procedimento interno era posta uma pedra sobre o fato. Ela estava enganada. Esse foi seu maior equívoco: o mal de todos os safardanas, que sempre se julgam mais espertos que qualquer um.

*** *** ***
***
*

Capítulo 31

Já era segunda-feira.

Apesar das insistentes chamadas de Nayara, e para a sua ira e seu desconsolo, o telefone de Picardo seguiu sugerindo que as mensagens seriam enviadas para a caixa postal. O oficial não compareceu ao juízo conforme prometera a Nayara, nem deu notícias, pelo menos, até ao momento, já pela metade da tarde.

Esse estava sendo um péssimo dia para a juíza. Ela tinha os seus motivos para preocupação. Aprendera a conhecer a competência do oficial, tanto para o bem, como para o mal. De alguma forma ela tinha a impressão de que se Carolina entrasse com a representação, a sua condição de juíza, desta vez, não a eximiria das responsabilidades, eis que no mesmo barco estava o oficial Picardo, indivíduo ladino, que já dera mostras de não estar disposto a entregar os pontos. Nayara estava preocupada, mas sua ingenuidade pueril era quem a ajudava a convencer-se de que as coisas não estavam tão mal como pareciam.

"Él no vino por el operativo, y nadie tiene el control sobre órdenes jerárquicas" – Nayara pensava na simplicidade do seu pensamento pressionado, enquanto caminhava até à janela para tomar ar puro.

"No me parece que pueda haber un operativo en Salto" – a juíza segue pensando, agora contrapondo seu primeiro pensamento, que fora alimentado pela informação que recebera de Picardo, semana passada. O que ela pretende é concatenar suas ideias para, de uma forma racional e aceitável, justificar a ausência do oficial.

"¿Y si me miente el hijo de la tía?" – é a derradeira questão que ela se lança antes de perceber que em sua desesperação mordera a mucosa labial inferior. O sangue inunda a sua boca ressecada pelo estresse. Nayara o engole e vai ao espelho. Com os dedos indicador e médio da mão esquerda ela descortina o lábio e vê o estrago que fizera na boca.

Nayara, que não tivera tranquilidade no final de semana, não teve sossego durante esse dia. Estava irritada e tensa. Os funcionários que por razão de ofício entraram no seu gabinete nesse dia atribuíram sua animosidade a problema de mulheres.

– *La jueza está en aquellos días* – dizia um ao voltar do gabinete.

–*¿Y que tengo yo con sus problemas?* – indagava outro – *Yo también tengo los míos y ni por eso...*

– *¡Ah!* – exclamou um que trabalhava abnegado em uma mesa na sala contígua, mas que prestara atenção ao lamento do recém-chegado – *¿Le dijiste eso a ella, verdad?*

– *¿Qué?*

– *¿Dijiste a la jueza que tenés tus propios problemas?...* – o da sala contígua perguntou reticente.

– *Ni loco, boludo, ni loco...*

– *Entonces al trabajo, muchacho. Y que tengas en mente que en tu despacho hay otro expediente para llevarle* – o da sala disse, nos lábios um traço de cinismo, de zombaria. O que ele queria era ver o circo pegar fogo.

*** *** ***

No último quarto do expediente, quando os funcionários já fechavam suas gavetas e trancavam seus armários, o oficial Picardo deu as caras. Chegou tranquilo, embora antes de entrar na sala tenha dito a alguém que o acompanhava, que tinha pressa e sairia rapidamente. Era questão de ele inteirar-se de um tema *urgente* – ele enfatizou a palavra urgente como para sublinhá-la – que a juíza disse ter para discutir com ele. Ao pronunciar a palavra, o que ele fez foi arregalar os olhos e arquear os sobrolhos; no beiço fino um risinho sarcástico, irônico que traduziu ao seu acompanhante a indiferença que ele tinha pela situação. Ele entrou na sala, o rosto vermelho, queimado. Ao vê-lo Nayara sentiu um alívio quase infantil. Era a hora de ela botar as coisas em pratos limpos. Esperava que Picardo a ajudasse nessa tarefa.

– *¿Qué te preocupa tanto que tuviste que llamarme miles de veces?* – o oficial pergunta, a voz gelada.

– *Buenas tardes para usted, también* – a juíza diz, irônica.

– *¡Vaya!... por favor... ¿qué pasó tan importante que tuviste que llamarme alocadamente durante todo el fin de semana?*

– *Conténgase, señor Oficial* – Nayara responde, a voz enérgica, tentando tomar as rédeas da conversação –. *No se olvide que está delante de la jueza...*

Picardo olha-a com uma indiferença que Nayara não consegue ignorar. Ela olha, as feições carregadas, para Picardo esperando que ele diga algo. Mas Picardo permanece calado.

Então, Nayara afrouxa os músculos da cara e modera o modo de falar. Ela sabe que Picardo não é suscetível a pressões. Com ele a força não resolve. Então, ela muda o tom da sua fala.

– *Entonces, dígame ¿cómo fue el operativo en Salto? Lo veo quemado... ¿estabas en el campo?*

– *¿Yo?*

– *¿No?*

– *¿Operativo?*

– *Por supuesto. Usted ¿no estaba en un operativo en Salto?*

Picardo agora ri. Um riso largo e pegajoso e tuteia a juíza como se estivesse em casa. Por sua vez ela o trata com formalidade.

– *No, de ninguna manera, darling.*

– *Me lo dijo el otro día...* – Nayara diz confrangida.

– *¿Verdad que dije eso?* – Ele diz e dá uns passos pela sala.

Nayara não responde. Limita-se a fitar o homem com olhos de fúria.

"¿Cómo pude enamorarme de ése hijo de su madre? ¿Qué me ha pasado?" – Nayara se pergunta enquanto tenta parecer tranquila. Faz sua melhor cara e volta-se para seu interlocutor:

– *¿Estoy engañada?* – ela pergunta quase com ternura.

– *Rotundamente* – Picardo responde de pronto.

– *Puede que sí...* – Nayara diz de si para si – *Lo veo morocho como si hubiera estado en campo abierto.*

– *En cuanto a eso tenés toda la razón...*

– *Ah ¿sí? – ¿obtuvo suceso?* – ela pergunta imaginando que Picardo estivesse se divertindo com ela.

Ele brincava, sim. Brincava da pior maneira. Zombava dela essa é a verdade.

– *Claro ¿no ves? Si acabaste de hablar de mis quemados...* – ele diz sem disfarçar a zombaria.

Nayara nada diz.

– *Lo que pasa, negra, es que yo no estaba exactamente en el campo... es decir, estaba ahí de una forma diferente. Me fui a Arapey para unos días de sol ya que por acá el frío y el viento parecen que no se van más.*

– *¿Me está diciendo que se fue de licencia?* – Nayara pergunta, visivelmente desgastada.

– *¿Puedo?* – Picardo responde com outra pergunta.

– *Por supuesto... pero...*

– *¿Pero?*

– *Me ha dicho que estaba trabajando en un operativo...* – Nayara comenta – *¿Está usted jugando conmigo?*

Picardo não responde de pronto. Por instantes, ele olha desdenhosamente para a mulher. Sua resposta só vem depois de mirar profundamente os olhos da juíza. Nayara recebe sua resposta como fosse uma patada.

– *Yo no sabía que tenía que darle informaciones a la Sede Penal sobre mis pasos. No cumplo una pena, tampoco uso una tobillera electrónica* – Picardo fala, a cara séria, os olhos símios, brilhantes –. *Además, no pertenezco al Poder Judicial, Señora... pero en una oportunidad futura te brindo mi agenda, desde que me notifiques. Ahora, vamos a lo que interesa. ¿Por qué estoy aquí? ¿Por qué me llamaste tan histéricamente durante todos estos días?*

De fato Picardo sabe o motivo pelo qual está diante da juíza. Esperava por isto e avalia que ela até demorou a chamá-lo.

Nayara não responde. Suspira. Agarra o telefone e faz uma chamada. O telefone é atendido mal ela terminou a digitação dos números. Ela fala apressadamente como se temesse que seu interlocutor a deixasse falando sozinha por já estar na hora de encerrar o expediente.

– *Perdón, Doctor; ya sé que es la hora de se cerrar los cajones, pero me gustaría que...*

– *No... para nada. La verdad que ya estoy libre y... bueno, solo esperaba su llamada* – ela ouviu do outro lado da linha.

– *¿Sí?*

– *Verdad. Ya salía cuando vi pasar al oficial. Como sabía de sus intereses acerca de él, volví adentro y ya tengo la cajita en mis manos. Así resolvemos ya nuestra pendencia. Ya me voy.*

– *Gracias, Doctor. Lo espero.*

Nayara deixa o aparelho no gancho e olha para Picardo. É chegada a hora de ela saber o que está acontecendo, de deixar as coisas em pratos limpos. Picardo está impassível parado no meio da sala.

Instantes depois, o fiscal entra no gabinete.

– *Ahora nosotros podemos aclarar lo que pasó con todo eso* – a juíza diz.

– *La verdad, Doctora, ya tengo formada mi opinión. Este acto es para mí nada menos que un careo casi innecesario* – o promotor diz à medida que abre a caixa plástica e expõe o seu conteúdo.

A caixa aberta, um instante de silêncio. Nayara esperava que alguém dissesse algo. Diante do silêncio dos outros presentes foi ela mesma quem falou, dirigindo-se ao oficial.

– *¿Reconoce usted éste material?*

Picardo se aproxima um pouco mais da mesa e olha para a caixa. Em seguida levanta a cabeça e olha alternadamente para o promotor e para a juíza.

– *¿Entonces?* – o promotor pergunta.

– *¿Qué pasa? No entiendo* – Picardo responde.

– *¿ Reconoce usted el contenido de ésa caja?* – Nayara repete a pergunta, a voz um tanto carregada.

– *Sí, Señor Oficial* – o promotor interfere, a voz tranquila de um beneditino –, *¿ya ha visto esta caja?*

– *Por supuesto que ya la ha visto* – Nayara responde como se a pergunta a ela tivesse sido dirigida.

– *Por favor, Doctora, permita que el Señor Oficial conteste por si mismo* – o promotor diz sem alterar a voz.

– *Perdón, Doctor, es que…*

– *No se preocupe Señor Fiscal* – Picardo interrompe a fala de Nayara –. *La Señora Juez está con la razón. El primer contacto con esa pieza lo tuve yo. Conozco y reconozco ése aparato.*

Diante do que ouve, Nayara percebe que deu uma mancada quando antecipou a resposta para Picardo. Ao que parece, ela o municiou. Então, resolve mudar sua versão.

– *No me he expresado bien. Lo que quise decir es que no fue esta la caja incautada por el Señor Oficial…*

– *¿Cómo no, Doctora? Esta es exactamente la caja que usted me encargó de incautar aquél día* – Picardo reclama.

– *Yo le digo que no, Señor Oficial. Mire su contenido y sabrá lo que digo* – a juíza diz.

Picardo se aproxima mais da caixa, agarra uma luva e a levanta um palmo sobre a mesa. Depois, deixa-a cair dentro da caixa.

– *Lo que puedo garantizar, Señora Juez, es que esta es la caja que presenté al juzgado. Además…* – Picardo faz uma pausa que é imediatamente preenchida pela juíza.

– *¿Además, qué, Señor Oficial?*

Picardo olha significativamente para o promotor e diz:

– *De acuerdo al recibo que tengo, y que me fue pasado por nadie menos que la Señora Juez misma, aquí presente, la caja que tenemos, bien como su contenido, es lo único que tenía bajo mi responsabilidad hasta transferir su encargo al juzgado. Ahora, lo que tengo para acreditar es el recibo firmado por la autoridad competente, como lo he dicho.*

– *Pero a pesar de la caja ser la misma, le aseguro que su contenido es diverso* – a juíza diz, exasperada.

– *En ese caso, no sé cómo ayudarla, Señora Juez, ya que desde que le entregué ese material al juzgado con el no tuve ningún contacto.*

– *Agarre las piezas y dígame si en realidad son estas las que usted incautó aquel día* – Nayara fala um tanto angustiada.

– *Yo le aseguro que la caja más allá de su contenido son el resultado de la incautación que me fue ordenada por usted* – Picardo diz olhando nos olhos da juíza. Em seguida, ele prossegue:

– *No entiendo, Senõr Fiscal, como puede la Señora Juez pretender… mejor dicho, que quiera que yo hable de una cosa que está en su poder desde que empezó todo ésto.*

Calculadamente Picardo se cala. O Promotor limita-se a olhar para a juíza e a fechar a caixa.

– *Gracias, Senhor Oficial. Está dispensado* – finaliza o promotor.

– *¡Espera!* – a juíza grita.

– *Doctora... Doctora...* – o promotor intervém, na voz a mesma tranquilidade de sempre. Apenas o tom é diferente. Suas reticências dão a entender que sobre aquele fato não há mais o que discutir.

– *Permiso* – Picardo diz, os olhos pequenos fincados na juíza Nayara.

Picardo deixa a sala consciente de que poderá não sair ileso daquele evento. Apenas espera que por conta das irregularidades constatadas nas possíveis provas que, definitivamente, incriminariam um estrangeiro, nada de mais grave caia sobre si. Afinal, sua parte naquele episódio resumiu-se ao primeiro ato no dia dos acontecimentos. Havia a ameaça de Carolina, mas o resultado dessa ameaça, até prova em contrário, não seria tão funesto quanto o que rondava a juíza Nayara.

– *Ahora, Doctora, hace falta esperar por los resultados. Lo que podía hacer en su favor, aun contra los trámites normales, ya lo hice.*

– *Claro. Se lo agradezco a usted* – a juíza diz sem convicção.

– *Nada personal, Doctora; créame.*

Alejandro saiu da sala. Nayara ficou remoendo seus pensamentos sem ter a menor ideia de como puderam as provas autênticas desaparecer dos seus armários.

– *Tengo la certeza de que las guardé, pero... no sé qué hacer ahora...*

*** *** ***

***

*

Capítulo 32

A pesar de algum desajuste, Justino tem sido um bom homem ao longo da sua vida. É um sujeito contra quem nunca pesou nenhuma dúvida. Trabalhador, não é do tipo que muda de emprego todos os dias. Em toda a sua vida ele não trabalhou em mais do que duas empresas a primeira, ainda na adolescência, de onde se desligou por razões particulares. Entretanto, ele não é um santo. Às vezes passa semanas praticamente sem dormir. As noites longas demais o envolvem em uma tormenta que o corrói como uma ferrugem. Para a sociedade ele é apenas insignificante, porque insignificante é todo o indivíduo que passa despercebido por não fazer nada que lance sobre si os holofotes. Ou de quem nada se sabe que possa desabonar sua conduta, pelo menos, até que se saiba. Para a justiça ele é um homem limpo e continuará sendo.

Mas Justino sabe que não passa de um criminoso, apesar de, de acordo com a lei, ele que é um homem livre, estaria livre de qualquer maneira, eis que praticou um crime quando era adolescente, menor de idade, situação que o livraria de maiores consequências. Por outro lado, ainda que não fosse essa a sua situação, Justino estaria livre de punição porque, a despeito dos esforços da polícia, o crime que ele cometeu nunca foi desvendado e, de uma forma ou de outra, já estaria prescrito. Nessa situação ele poderia sofrer eventuais consequências relacionadas a parentes e amigos da sua vítima, mas a lei, pela sua ortodoxia, já não podia alcançá-lo.

Quanto aos parentes e amigos da vítima, esses, tal qual a polícia, nunca souberam a motivação do crime, ou quem foi o seu autor. Justino cometeu seu disparate sem nenhum comentário em casa ou com amigos. Fez sozinho o que, de acordo com o seu pensamento, tinha de ser feito. Não deixou marcas, não deixou rastros, não deixou qualquer suspeita. Quando tudo aconteceu, ele sequer morava na cidade.

Mas se pela lei ele está livre, o mesmo não ocorre quanto à sua consciência, que só teve paz enquanto ele imaginou que sua ação havia sido justa, que havia feito justiça ao que acontecera com a sua irmã. E isto já vai para muitos anos; que tudo se tornou claro para ele ainda no natal daquele mesmo ano, ocasião em que foi passar as festas em casa, conheceu o noivo de Ramona e, atormentado, desapareceu antes da consoada.

Nos primeiros anos ele conseguiu, mesmo a duras penas, suportar seu remorso, mas depois, seu estado de alma foi-se agravando. Suas tormentas noturnas empioraram de tal forma que ele mal conseguia conciliar o sono.

*** *** ***

Passou-se um curto tempo depois da exposição. Justino nunca conseguiu saber se Estefânio tinha sido o responsável pelo sumiço dos *Wagyu*, nem se sentia responsável pelo episódio. Afinal, Estefânio havia percebido a impossibilidade de obter lucros com uma raça tão requintada e, por isto mesmo, muito visada.

Quando Estefânio o procurou para acertar definitivamente o que, de acordo com o prometido, ele merecia, já não o encontrou em seu juízo perfeito. Seu mal-estar evoluíra de uma esquizofrenia incipiente para uma demência irreversível. Ele não chegou a saber que os bois japoneses estavam em uma estância nas proximidades do *Fortín Gabino Mendoza*, no Paraguay, quase na fronteira com a Bolívia; não sabia a quem pertenciam nem quem fora o responsável pelo seu desvio. Ele chegou a atender a um telefonema de Estefânio, mas não conseguiu atinar com quem falava. Para ele seu interlocutor era só um estranho, que não falava coisa com coisa e que o chamara para, simplesmente, aborrecê-lo. Ele já não podia compreender o que ouvia nem coordenar as próprias palavras.

Ficou o dito pelo não dito. Estefânio não pôde dar sua contrapartida ao homem que, bem o mal, o ajudara em mais uma das suas trapaças.

Por esses dias o peão Justino já não trabalhava, que o seu mal o derrubara sem muito aviso.

Poucos dias depois da chamada de Estefânio, o patrão de Justino, que nunca soubera a origem do seu empregado, tentou, sem êxito, encontrar algum familiar seu. Não conseguiu. Internou, ele mesmo, o tresloucado em um sanatório.

Sabe-se que ele deu muito trabalho e que não tinha nenhum tipo de relacionamento com os outros internos do estabelecimento de saúde. Em dias de visita ele se mantinha alheio e solitário.

Quase a totalidade das pessoas internadas no estabelecimento era completamente apática. Apesar disso percebia-se que, sem muito espalhafato, cada uma ao seu modo manifestava alegria ao receber uma visita, ainda que fosse de um desconhecido. De certo, muitos não tinham sequer a capacidade de discernir entre um parente e um estranho. Para esses, todos eram iguais e significavam a mesma nulidade em relação ao relacionamento humano. Alguns simplesmente ficavam calados durante todo o tempo que permaneciam com aquele que o buscava. Em alguns momentos olhavam-no profundamente, de um modo constrangedor; noutros, o olhavam sem nenhum interesse, os olhos vazios, tristes, como se vissem a escuridão. Apesar disso se podia perceber nos seus rostos sombreados um sintoma de luz que iluminava sua face naqueles breves momentos de convívio com alguém de extramuros. Eles não sabiam, mas sua natureza humana era quem se incumbia de processar um sentimento de alívio à revelia da situação em que se encontravam, e estampá-los nos seus rostos enfumaçados.

Justino comportava-se como uma estátua. Sem atinar o que acontecia ele olhava pasmado para as pessoas que circulavam pelo pátio. Ele mesmo nunca recebeu uma visita. O máximo que acontecia era alguém que visitava algum parente compadecer-se da sua solidão e se acercar dele, apesar de ele não manifestar qualquer alteração de ânimo com esse conchego momentâneo. Ele permanecia horas e mais horas de cócoras, envergado sobre os joelhos, o cotovelo de um braço, cuja mão amparava o queixo, colado à barriga, enquanto a outra mão servia de apoio a esse braço. Costumava sussurrar. Era quando dizia palavras desconexas em que narrava um crime sempre repetido e misturava esse tema com alusões a bodas e a trabalho no campo. Poucas eram as pessoas que logravam entender o que ele dizia. Quando chovia ele ludibriava os cuidados dos enfermeiros e caminhava debaixo de chuva pelo pátio. Era quando ele abria os braços, as mãos em concha, aparava a chuva que caía, os olhos esbugalhados ofuscados pela cortina da água. Então, fitava o vazio e gemia enquanto caminhava a esmo sob a irracional observação dos outros internos. Debaixo de chuva ele chorava, mas não sabia que o fazia. Era como se o atormentasse um mal que não fosse psíquico, ou pelo menos, que não fosse apenas psíquico.

Às vezes, Justino mijava na roupa, uma das derradeiras degradações por que passa um indivíduo que não esteja sob pressão material. Mas Justino já não passava de um arremedo de homem, uma figura decrépita que, sem saber, esperava a morte, senhora de tudo, mas que, por algum capricho inexplicável, também o havia abandonado.

*** *** ***

Carolina levou ao órgão competente da justiça a reclamação que tinha contra a juíza Nayara. Ela carregou nos efeitos, embora sem nenhum exagero. O que fez, além de denunciar a situação por que ela passara sob o talante da juíza, foi aproveitar a oportunidade e apresentar, em um só pacote, todas as suspeitas de que ela já tivera notícia, a respeito de irregularidades praticadas pela magistrada. Apesar de tais notícias não terem o peso da sua narrativa a respeito do fato que a levara a manifestar-se contra a que deveria ser apenas a distribuidora de justiça, também tinham o seu peso.

A maioria desses casos já havia passado pelo crivo da justiça com resultado favorável à juíza por absoluta ausencia de provas. Todavia o que não se pode ignorar é que a falta de provas não significa que tais provas inexistem, mas apenas que não foram ainda levantadas. Assim mesmo, Carolina não teve o mínimo constrangimento ao evocar situações jurídicas, já de certa forma resolvidas, e que, por isso mesmo, até prova em contrário, estavam ultrapassadas. Com essa atitude, ela conseguiu chamar à baila assuntos que já estavam relegados ao esquecimento, e que encontraram clima favorável à efervescência, agora na cola de uma situação relevante e inadmissível protagonizada por alguém que deve – ou deveria – apenas fazer cumprir a lei, não violá-la, como amiúde tem feito a juíza Nayara.

*** *** ***

Carolina tem o seu tempo quase que completamente tomado pelas duas atividades que exerce, a pública e a autônoma, como advogada. Apesar da sua faina, o tempo que lhe sobra, somado aos finais de semana, ela o consome entre rezas e serviços da paróquia. Não se pode dizer que essas atividades sejam suficientes para que alguém possa encher a boca e dizer que vive bem, mas o caráter difícil de Carolina, não lhe permite outras opções. Uma coisa completa a outra e assim ela vai levando sua vida chocha e descolorida.

Embora insista em não culpar-se, uma vez mais, Carolina viu um relacionamento amoroso seu naufragar por falta de traquejo da sua parte. Intimamente ela não aprecia a solidão e mesmo refuga a ideia de não ter alguém para aquecer os seus lençóis nas intermináveis noites de inverno, ou para ajudá-la a amassá-los nas noites tíbias. Sente inveja, ainda que velada, não só de amigas suas, mas também de amigos, gente que consegue relacionar-se bem uns com os outros e acaba, casando-se ou não, constituindo família. A essa gente o que importa é a vida tranquila. É trabalhar, mas não apenas isso; é gozar a vida sobretudo.

Carolina parece não foi programada para compartilhar sua vida com alguém que não seja ela mesma, simplesmente por que nunca conseguiu assimilar a ideia de camaradagem, e por não ter aprendido nunca a conviver com o sexo oposto, ou com quem quer que seja, desde que a pessoa não concorde plenamente com as suas ideias. Seus interesses sobrepujam qualquer abnegação efetiva que ela possa ter em relação a terceiros e não permite que, fora das suas atividades profissionais, ela se dedique a algo que não seja a igreja. Assim mesmo, há quem diga que ela se entrega tanto à religião não exatamente por fé, mas por conta de conveniências mui particulares. De fato, Carolina re-

415

cebe alguns favores da igreja e nunca pareceu disposta a abdicar deles. Ela gosta de se sentir paparicada, apenas para dizer não, e ficar por cima. O que ela não entende é que, nesses casos, quanto mais por cima a pessoa se sente, mais baixo ela realmente se encontra.

Paradoxalmente, Carolina alimenta um egoísmo sem par, mas não é uma pessoa corrupta; longe disso. Apenas sua alma o é... mas corrupção de alma não constitui crime em lugar algum deste mundo.

Carolina não tem jogo de cintura. Não tem mesmo. Ela consegue espantar o pretendente mais bem intencionado, por mais seduzido que ele esteja. Uma mulher irascível, dominadora e inconsequente quando se trata de amor. Deve ser por isto que, sendo bonita e inteligente, continua sozinha.

Quando existe um conflito em um relacionamento em que esteja envolvida ela não consegue discuti-lo para saná-lo, e quando ele não existe, ela o cria por sua conta. Quando percebe que não se houve bem já é tarde, mas assim mesmo não se dobra nem se deixa dobrar.

Ela tenta trazer para a vida normal sua experiência conquistada nos tribunais que lhe proporciona, através da retórica, pelejar e pelejar na tentativa de ganhar a causa para o seu cliente, ainda que para tanto precise sustentar uma tese em que ela mesma não acredita. "Se o caso já é considerado perdido, vale a pena, pois o que vier é lucro." – Carolina considera sempre que precisa justificar, para si própria, seus ardis jurídicos.

Nos tribunais ela não se entrega nunca. Também, nunca se desculpa se na sua labuta ofende alguém. São os ossos do ofício; faz parte do processo e cada qual se vira como pode. Carolina não está errada. Mas daí a trazer esse comportamento para uso cotidiano vai uma distância muito grande. Ela não é pessoa capaz de dar o braço a torcer em nenhuma circunstância, por mais desfavorável se lhe apresente a situação. Espera sempre que a outra parte se curve à sua intransigência; que seu litigante ou simples interlocutor assuma um erro ainda que não o tenha cometido.

Sem entrar no mérito dos motivos de Carolina, foi isso o que aconteceu durante seus dois casamentos. O resultado da sua intolerância não podia ser outro senão o divórcio depois de um curtíssimo tempo de difícil convivência. O mesmo sucedeu com um ou outro relacionamento casual em que se envolveu. Verdade que não há quem suporte o temperamento ácido de Carolina.

Lucas não suportou.

Os dois iniciaram algo que parecia promissor. Não foi. Tudo começou muito bem, mas não mereceu maiores considerações já que o resultado não foi diferente das situações vividas anteriormente por Carolina. Os dois não chegaram a se encontrar uma terceira vez. As cobranças da advogada espantaram de vez o moço, já vacinado contra esse mal. Discretamente, Lucas caiu fora antes que a situação se agravasse. Seu intuito não foi outro senão evitar um mal maior para os dois.

Carolina quer ser muito independente e não abre mão disso. Ocorre que na vida, independência demais faz mal. Às vezes se torna uma prisão dentro do próprio indivíduo que a vivencia. A vida tem desígnio próprio. Dá o que tem de dar e toma o que tem de tomar, independente da vontade dos envolvidos. Porquanto, os amores de Carolina resultam sempre em uma coisa só: ela está sempre sozinha a consumir-se no trabalho e na oração. Muito pouco para que alguém diga que é feliz.

*** *** ***

***

*

Capítulo 33

A representação de Carolina contra a juíza Nayara chegou à Suprema Corte de Justiça e tudo aconteceu como se a justiça esperasse ansiosa por aquela provocação. Como se estivesse de braços cruzados sem ter o que fazer e visse naquele documento a oportunidade de fazer-se notar.

Mas não era nada disso. O fato é que havia tempos aquela Corte esperava uma representação substanciosa contra a juíza Nayara, que vinha se valendo da impunidade para exercer a magistratura. A corte só ansiava pelo aparecimento de um documento que não chegasse já fadado ao arquivamento ou que não reunisse as características necessárias a um processamento efetivo que levasse à condenação daquela a quem sabiam uma indigna de estar no serviço público.

O documento apresentado por Carolina revestia-se das características necessárias para ter prosseguimento. Além de prefaciar sua representação com todos os fatos anteriores, alguns já julgados – expostos apenas para deixar clara a trajetória de desvios daquela funcionária – Carolina fechou seu arrazoado com a denúncia do sequestro, circunstanciadamente explicado, a que fora submetida sob mando da juíza que, quando foi ouvida, negou que a advogada tivesse sido sequestrada.

As circunstâncias em que o episódio havia ocorrido, e que foram minuciosamente descritas por Carolina, no dia em que foi ouvida pela juíza, como sendo apenas para que ela prestasse informações a respeito do indivíduo preso, foram corroboradas quando ela, Carolina, foi ouvida no processo. Nesse momento ela acrescentou que Telmo Rizzo estava ilegalmente detido havia muitos dias e levantou a suspeita de que a juíza parecia ter intenções outras que não a de cumprir a lei. De fato, no dia em que Carolina foi levada à chefatura, Rizzo já estava fora de circulação havia uma semana. Apenas no dia seguinte àquela audiência é que ele foi efetivamente enquadrado, fato que se deu justamente por conta da promessa de Carolina quanto a representar contra a juíza Nayara. Naturalmente, naquela oportunidade, a juíza não fez constar no procedimento o detalhe da detenção ilegal a que Rizzo estava submetido.

A juíza Nayara não conseguiu explicar o suposto desaparecimento do material apreendido.

Em algum momento do seu depoimento ela confirmou que tais objetos estavam, sim, sob a sua guarda, mas que de alguma forma haviam sido retirados, ainda que ela não tivesse como comprovar isto.

Além de Nayara e Picardo, ninguém vira o material que havia sido apreendido, mas os julgadores se basearam na descrição do minucioso relatório que a juíza havia redigido por ocasião dos fatos. Portanto, era acreditar no teor daquele relato. Por conta disso bastante era dar crédito ao material físico apreendido em contraposição com a narrativa feita nos autos, pela juíza. Ademais, o relato do agente policial responsável pela apreensão narrava as mesmas características expostas pelo relatório da magistrada. Diante do que tinham para julgar, algo não estava bem; mas nenhum dos dois mentiu.

Ao declarar perante a Corte que o material apreendido se revestia de determinadas características, Picardo disse a verdade. Entretanto, também a juíza Nayara falava a verdade quando declarou que o material agora examinado não era o mesmo que fora apreendido.

A juíza Nayara valeu-se do que tinha à mão para relatar o que foi a base para o enquadramento de Telmo Rizzo. Portanto, o que estava escrito e o que tinham diante de si, bem ou mal, contavam uma história. Se um e outro não batiam, em algum momento a juíza mentira. Então, que arcasse com a realidade que desenhara para si.

A esse tempo, o relato de ambos nada tinha a ver com as características do material da caixa, mas em algum momento, certamente, representaram a fidelidade dos fatos.

Todos tinham que o material poderia mesmo ter sido retirado, trocado, mas não existia qualquer dúvida de que, se de fato houve a troca,

Nayara era a única responsável, eis que sob a sua guarda ficavam as chaves da sala e de todos os compartimentos dela. Diante das evidências não havia como a magistrada safar-se, principalmente, por que já andava na mira da justiça e essa era a hora de resolver de uma vez por todas esse assunto.

No seu depoimento Picardo não aumentou nem diminuiu nada. Foi curto e grosso, como se diz.

– *¿Está usted seguro de que era esta la caja?* – o fiscal Alejandro indagou exibindo-lhe a caixa com as máscaras e as luvas.

– *Por supuesto. Yo mismo fui quien hizo la incautación* – Picardo respondeu.

– *Pero la Señora Juez dijo que no reconoce las piezas contenidas ahí.*

– *No lo puedo creer...*

– *A pesar de eso, también ha declarado que usted recién confirmó que era esta. ¿Como lo explica usted?*

– *Doctor, como le dije a usted fui yo quién llevó el material a la Juez luego de averiguarlo e informarla respeto de lo que había encontrado.*

– *¿Entonces lo miró?*

– *Perfecto.*

– *¿Y eran esas la piezas?* – o inquiridor pergunta, enquanto tira as luvas de dentro da caixa.

– *Sin lugar a dudas* – Picardo responde.

Alejandro empurra uma das luvas para o lado do depoente.

– *¡Agárrela!*

Picardo faz um movimento afirmativo com a cabeça, mas suas feições denotam enfado pela insistência sobre o que para ele eram dúvidas sobre suas respostas. Era como se o inquiridor não acreditasse no que ele dizia. Sem o mínimo interesse, ele segura uma das luvas.

– *No logro entender la pregunta, Doctor. Al final yo incauté todo eso y lo tuve en estas manos. Claro que...*

Picardo interrompe o que dizia no momento em que olhava a palma de uma das luvas. Arregala os olhos. Silencia.

– *¿Qué pasó?* – Alejandro pergunta.

– *No Doctor, no puede ser...*

Picardo se levanta um pouco do seu assento e alcança a caixinha de plástico, que descansa sobre a mesa. Pega cada uma das luvas e olha atentamente para elas. Depois, deixa-se cair na sua cadeira.

– *Señor Fiscal* – ele diz –, *la Señora Juez tiene razón. No son estos los guantes.*

– *¿Seguro?*

– *Lamentablemente, sí… además, no fueron estos los que dieron causa a que yo llamase a la Señora Juez. Así que estos no son los que entregué a la sede. Algo pasó y yo no tengo la más mínima condición de explicarlo ya que nunca más puse las manos arriba de estos objetos salvo ahora…*

– *Ya lo imaginaba* – o fiscal comentou quase para si mesmo.

Picardo meteu as luvas dentro da caixa. Ao fiscal ele parecia espantado com o que vira.

– *Entonces, ¿está usted seguro de lo que acabó de declarar?*

– *Sí, por cierto.*

– *Sanseacabó. Muchas gracias.*

O promotor dá por encerrada a oitiva do policial.

Picardo levantou-se e caminhou para a porta. Num estalo ele se voltou para o promotor:

– *Doctor, se me ocurrió algo que puede ser importante…*

– *¿Sí?*

Picardo caminha na direção da mesa do promotor e para na frente dele.

– *¿Entonces?*

– *Tengo las fotos…*

– *¿De cuáles fotos habla usted?* – o promotor pergunta, os olhos muito abertos.

– *Yo saqué algunas fotos detalladas en el día que hice la incautación.*

– *Ah, ¿sí?* – os olhos do promotor se acendem.

– *Me gusta fotografiar, y ahora veo que aquellas fotos pueden ser útiles a nosotros.*

– *¿En dónde están?*

– *En mi casa.*

– *¿Puede traérmelas?*

– *¿Puede ser mañana?*

– *¿Puede ser hoy?*

Picardo olha o relógio na parede.

– *No se preocupe. Si no hay inconvenientes para usted, yo lo espero aunque pasa la hora* – o promotor diz respondendo a velada pergunta de Picardo.

– *Está bien. Vuelvo lo más rápido que pueda.*

E saiu apressadamente pela porta.

Quem o visse no corredor não veria em seu rosto nenhum sinal de preocupação, senão de tranquilidade.

– *¡Yesss, yesss!* – ele pensou.

– *¿Perdón?* – inquiriu uma empregada da limpeza por quem ele passou.

– *¿Sí?*

– *¿Qué dice?* – a funcionária perguntou.

– *¿Yo?*

– *Sí.*

– *Yo, nada* – ele respondeu. Saiu pelo corredor, um sorriso maroto nos lábios finos, cuja dureza habitual se abrandou um pouco.

Nos próximos dias o caso da juíza veio a público e caiu como uma bomba, pelo menos junto ao público em geral, já que no seio da justiça não passou de um procedimento de muito, esperado.

Nayara foi inicialmente afastada das atividades e proibida de entrar no juízo. Em poucos dias estava processada com prisão e já não atendia mais no seu endereço habitual, usando uma toga, confinada que estava na Sede de la Guardia Republicana, na Av. José Pedro Varela. Por vários dias a imprensa explorou o caso, que passou a ser o assunto da moda onde estivessem reunidas pelo menos duas pessoas, conhecidas ou não, minimamente interessadas nos assuntos mais palpitantes da cidade.

Por motivos diversos dos que animavam as discussões da gente livre nas ruas e nos quiosques, o caso repercutiu também nos estabelecimentos penais, locais densamente povoados por pessoas, cuja sorte havia sido decidida pela caneta da juíza processada. Indivíduos animalizados, salvo poucas exceções, avessos às normas, que viveram sempre à margem da lei, que gostariam imensamente de ter a juíza Nayara por perto, agora que ela se encontrava desvestida dos poderes jurisdicionais em que se pautava para atuar, nem sempre dentro da lei, para que tivessem a oportunidade de ir à forra contra ela. Esses exemplares não se preocupavam com os motivos que os levaram a ser apartados da sociedade. Não os analisavam, salvo da única maneira que conheciam, a que os coloca como vítimas da sociedade. Mais que tudo, o que fazem é atribuir a terceiros a culpa pelos seus próprios erros imbuídos do instinto de preservação que, sob nenhum pretexto, admite que se divida as razões ou, pior, que a dê a outro, ainda que ao outro ela se ajuste melhor. Se era justo o motivo por que estavam aí isso não lhes importava, pois queriam, a despeito de tudo, estar soltos nas ruas praticando sua vida miserável em detrimento das pessoas que levantam cedo para trabalhar.

Naturalmente, a juíza Nayara não foi enviada para uma penitenciária comum. Não poderia mesmo ser. Encerrá-la em um presídio ordinário seria o mesmo que decretar a sua sentença de morte. Mesmo onde estava, fora do antro prisional, era preciso cuidar para que um visitante dissimulado, com interesses sobre a juíza e alguns dos seus atos controversos, não se arremessasse sobre ela nas barbas dos funcionários.

Picardo passou pelo mesmo procedimento que Nayara, mas a sua situação, pelo menos nesse episódio, era menos grave do que a da magistrada. Ele havia sido apenas o agente cumpridor da ordem recebida, uma determinação que, apesar de não estar escrita, não era ilegal. Pelo menos, não manifestamente ilegal. O fato de ele ter detido Telmo Rizzo, quando menos até ao momento da prisão, era um ato legal. Ninguém poderia negar que o indivíduo tinha sido pilhado em flagrante. Não foi um flagrante de ação, mas de intenção, figura jurídica inexistente, mas que pode ser aplicada por extensão e didatismo, ainda que apenas para que se compreenda um determinado comportamento. Se, passado o primeiro ato, o procedimento se revestiu de outra roupagem Picardo não tinha nenhum poder para mudar isto. Não era tema que lhe competia.

Esse policial nunca foi flor que se cheire, já está dito. Como Nayara ele também já foi processado sem prisão em outras oportunidades, situação que voltou a experimentar no presente. Pode ser que mude, mas, pelo menos por enquanto, sua situação é melhor que a da juíza.

Como Nayara, Picardo também era buscado. Estava na mira, tanto da disciplina interna do órgão de segurança a que pertencia quanto na da justiça. Era certo que em mais de um caso de desvio de conduta funcional sob investigação nos últimos tempos, seus nomes caminham na mesma trilha, vinculados entre si. Picardo e Nayara como representantes da banda podre dos órgãos a que serviam. Ambos mancomunados em busca da locupletação escudados pela autoridade dos seus cargos. Mas para a juíza Nayara o final da trilha já chegara. Era o saneamento da justiça que, pelo menos nesse caso, finalmente atingia o seu objetivo.

O policial respondia ao mesmo processo, mas sem prisão, e já fora informado pelo seu advogado que dessa ele sairia sem nenhuma mancha. Simplesmente absolvido. Contra ele não havia no processo nenhuma prova; ao contrário, tinha atenuantes. As fotos que ele apresentara ao fiscal e que ficaram apensadas aos autos foram providenciais. Seu zelo ao fazer as fotografias prestou-se a duas decisões diversas entre si: a condenação da juíza, que não teve como provar que não tinha nada a ver com o sumiço do material que estava sob sua guarda, e com a absolvição do próprio Picardo.

O oficial havia se safado de mais uma, desta feita, talvez por que na armadilha havia uma presa mais valiosa. Contra a juíza não pesou apenas o delito de prisão ilegal contra Telmo, que só foi legalizada depois que Carolina foi levada sob as condições já conhecidas, para dar o seu depoimento; nem só pela denúncia de sequestro feita pela advogada junto à Suprema Corte. Contra a magistrada foram levantadas todas as pendências antigas, reexaminadas todas as suspeitas que pairavam sobre ela. Tudo isto foi trazido à baila como evento novo. Desta vez, tendo uma base sólida em que se apoiar, tudo foi comprovado em um processo que não teve postergação e que durou apenas o tempo necessário para o seu trâmite.

Quanto a Telmo Rizzo, em que pese a suspeição do material apreendido em seu poder, ele estava livre. Ele não chegou a colocar as máscaras diante de nenhuma das testemunhas para que essas comprovassem se ele havia mesmo praticado algum delito em prejuízo delas, usando aqueles arremedos como sendo sua face, o que seria feito naturalmente se o material não tivesse desaparecido antes desse momento. De qualquer forma, nada comprovariam, já que Rizzo não havia praticado nenhum ato contra aquelas pessoas usando as luvas ou quaisquer das máscaras. Não comprovariam, mas serviriam para que os investigadores judiciais percebessem a perfeição do *modus operandi* daquele sujeito. Não teriam utilidade como prova porque com aquelas pessoas tudo havia sido feito de cara limpa já que a relação inicial entre eles ocorreu quando ele buscava cuidados espirituais para o seu filho. Foi quando conheceu alguns daqueles indivíduos, gente ambiciosa que, logo de início, lhe surgiu como uma fonte de lucros. Seriam apenas as palavras de uns contra a do outro. Nenhuma prova material, nenhuma marca pessoal.

Depois, o filho de Telmo acabou morrendo, pois outra coisa não podia ser esperada... tratar câncer de verdade com rezas, e pretender curar o mal, só mesmo para os parvos de todos os sentidos. Talvez por isso mesmo, Telmo Rizzo foi à forra e encheu a burra às custas daqueles espiritualistas mal intencionados.

A não comprovação material de nenhum delito de Telmo foi bem especificada pelo juiz em sua sentença como uma garantia de que estava fazendo justiça eximindo o sujeito de qualquer responsabilidade. Portanto, ficou o dito pelo não dito. Demais, se ele praticou atos avessos usando as máscaras para parecer pessoa diferente da que realmente era, isto ficou só na aparência... mas é certo que não as usou. Pelo menos, não nesse caso que, aí, seu mister fez água e nela os burros se afogaram.

Não restaram impressões digitais para confrontar com as impressas nas luvas já que estas desapareceram e não foram usadas. Se alguma marca de dedo tivesse sido levantada para exame, estas não seriam outras que não as do próprio Telmo. Mas estas não estavam em jogo porque não consta que ele alguma vez as tenha comprometido. Suas artimanhas são sempre bem elaboradas. Ele não deixa traços que o persigam. Telmo Rizzo não tem o hábito de andar pegando nas coisas nem de amparar-se em corrimãos. Suas mãos ele só as põe onde quer. E só onde quer.

Telmo Rizzo, mais de uma vez, já se viu em maus lençóis, mas nunca perseguido por identificação datiloscópica, senão por reconhecimento facial, mas isto não diz muita coisa. Caras existem muitas iguais em todos os lugares. E na dúvida...

A marca da sua ideologia criminosa – e só ela – ficava após a sua passagem por algum sítio, mas como essa não é marca de mão, também não gera material de confrontação. É abstrata, volátil. Talvez, justamente por isto, sumamente sólida.

As impressões datiloscópicas do indivíduo real, às vezes representado por Telmo Rizzo, nunca foram encontradas em nenhum corpo de delito. Quando apareciam, não eram as dele. Não eram. O indivíduo era sempre o mesmo, mas o rastro que deixava era sempre de outra pessoa. Se alguma marca ficava era a da sua dissimulação. Marcas de verdade, nenhuma. Em razão disso, o indivíduo que o juiz tinha diante de si, nada tinha que o incriminasse. Essa circunstância foi a principal tese usada pela justiça para encerrar o processo que, segundo o promotor, no que se referia a Telmo Rizzo, sequer deveria ter sido iniciado.

As falsidades que foram descobertas através do pedido feito à justiça nortenha por Nayara não se justificavam nesse juízo pelo simples fato de aí ele não ter cometido nenhum daqueles delitos, mesmo nenhum ato tipificado como crime naquela jurisdição. Pelo menos, não até prova em contrário, provas essas que, no momento ninguém estava muito interessado em buscar. Foi mais fácil deixar as coisas como estavam.

A justiça não pode agir de ofício. Embora um juiz saiba que o que ele, particularmente, sabe sobre um caso, daria ao processo um desfecho diferente do que o a que se chegou, por mais diverso do que está sendo provado, ele não pode decidir contra as provas, ainda que estas sejam forjadas. Pode declarar-se suspeito, mas não era esse o caso. No caso de Telmo Rizzo, o juiz sabia ou presumia que na realidade podia haver mais coisas a serem buscadas fora dos autos, mas as nuanças dos autos não o autorizavam a decidir nada diferente da absolvição do sujeito. Portanto, quanto a ele, o favorável que resultasse no fechamento daquele processo estaria de acordo com as letras da justiça, ainda que fosse por falta de provas, mas isto, por si só, é motivo absoluto para a absolvição de qualquer marginal. Que se seguisse o que estava nos autos e não restaria qualquer comprometimento de nenhuma das autoridades que tivesse laborado nas suas etapas. Se aquele homem não tinha nada que provasse algo contra ele, era inocente. E pronto!

Consideradas as características dos objetos apreendidos em poder de Telmo, a Sede Penal sabia que esse indivíduo não estava ali por erro. Estava mais do que claro que ele era um infrator. Para enquadrá-lo bastava apenas que se provasse que aqueles objetos eram o instrumento que ele usava para perpetrar suas falcatruas, coisa que foi impossibilitada, depois do desaparecimento do material apreendido.

– *Si se perdieron los anillos, aquí quedaron los dedillos* – o promotor disse.

– *¡Vaya! Lo que está hecho, hecho está* – respondeu o escrivão sem levantar os olhos.

*** *** ***

Como se desafiasse a sorte, Telmo Rizzo permaneceu mais alguns dias em Montevidéu. Estava livre e desimpedido; mas nunca se sabe. Afinal de contas, a parte que tocava a Picardo no processo recente em que ele, a juíza Nayara e Telmo estiveram envolvidos lhe havia reservado uma sorte diferente da que foi destinada à juíza. O oficial seguia em atividade nas ruas. Bem podia dar de cara com Telmo e lhe armar alguma na expectativa de conseguir mais algum.

Mas correr riscos sempre foi um desafio para Telmo. Era a excitação que o mantinha em atividade desde a meninice e não seria agora, a partir das quatro da tarde, já quase na hora de dependurar as chuteiras, que ele ia se acovardar. Mesmo com os riscos, o frisson o impulsionou; não se foi.

Nos próximos dias ele não foi mais do que um turista solto na cidade. Assistiu a um Peñarol e Nacional no *Estadio Centenario*, a uma peça nas primeiras filas da *platea* do Teatro Solis, visitou o Mausoleo General Artigas e tomou um refresco na mesma lanchonete onde se encontrara com Carolina. Enquanto esteve aí, experimentou uma frustração por lembrar que com Corolina ele não havia conseguido nada. Desde o início ele não deu sorte com ela, esta é a conclusão a que ele chegou enquanto mirava o cavaleiro de metal montado num cavalo imóvel sobre um monólito no meio da praça. Voltaria ao Brasil com essa frustração.

Durante o seu *tour* pela cidade, chegou a ler na imprensa os primeiros passos do processo em que ele havia sido inocentado e os rumos que tomava quanto à juíza Nayara. Ele riu ao ver que Picardo estava limpo naquela história e chegou a cogitar voltar à sede e denunciar o roubo que o policial havia cometido quando embolsou um monte de dólares que ele guardava no dia em que foi levado à Sede Penal. Também podia denunciar a conta que o policial mantinha no Panamá, a mesma para a qual o próprio Telmo transferira dinheiro de dentro da cela social em que estava na sede, em troca dos seus pertences que haviam sido apreendidos, instrumento do seu trabalho, usando o laptop do oficial. Depois, ponderou que era melhor deixar tudo como estava. Incriminar aquele servidor público desonesto poderia revolucionar o caso, e ele, Telmo Rizzo, ser preso, desta vez, irremediavelmente, junto com o oficial. Ele estava indignado pela conduta do funcionário, mas preferiu esquecer tudo. Já estava mesmo acostumado a ter algum prejuízo nas suas relações para ganhar dinheiro fácil. Era o ônus da sua atividade. Ônus que se transformava em bônus, eis que ele perdia para ganhar. Desta vez seu ganho não foi dinheiro, mas a própria liberdade, conseguida por linhas transversas.

Alguns dias depois, qual um mochileiro, preferiu sair do país por terra, os pertences imprescindíveis para uma viagem embolados em uma bolsa presa às costas. Saiu por Aceguá. Antes disso, quis passar pela *Quebrada de los Cuervos*, sítio que ele já visitara uma vez e de onde saíra frustrado por não ter visto os corvos que davam nome ao lugar.

Telmo Rizzo embarcou em *Tres Cruces* no primeiro ônibus com destino a Melo. Pouco depois da oito da manhã, em uma programada interrupção da viagem, ele desembarcou na parada do km 306,8, da Ruta 8. Mediante régio pagamento ele conseguiu que o dono do armazém da parada o levasse ao seu destino e ficasse ao seu dispor durante todo o tempo que ele permaneceu no parque. Na volta, sua frustração não era diferente da que experimentara na vez anterior. Onde estariam os corvos, será que se escondiam quando ele aparecia? O fato é que, como da primeira vez, a despeito de ele imaginar que veria uma nuvem negra de urubus voando, descansando nas pedras ou dando rasantes sobre a sua cabeça, ele não viu mais do que uma meia dúzia deles. Parecia que eram os mesmos que ele já vira, que já eram seus conhecidos. Ainda assim, planavam longe, na jusante do riacho que serpenta preguiçoso entre as pedras do vale.

De volta à parada ele esperou o ônibus que o levaria a Melo. Queria conhecer a cidade aonde o papa foi sem ter ido; ou não foi, tendo ido. Os melenses não conseguem explicar bem esta questão. Principalmente os incautos que viram na visita do papa a redenção das suas vidas miseráveis, como se as coisas se transformassem num toque de mágica. Os sonhos, sim, se desfazem dessa maneira porque basta acordar. Eles acordaram e nem haviam começado a dormir. Por água abaixo foram suas tontas ânsias de melhoria de vida. Passada a visita do papa eles ficaram pior do que estavam.

Telmo Rizzo imaginava encontrar uma *Plaza del Papa* verdejante, florida, um monumento ao pontífice bem no centro, cujo significado, reservadas as características históricas de cada um, seria igual ao que é devotado ao General Artigas ou ao caudilho Aparicio Saravia. Encontrou foi uma área ao realengo que, na estação das chuvas, serve como pasto para cavalos sem pasto, que aí são amarrados pelos seus donos. Na outra estação, não passa de um terreno descoberto, baldio, miserável como quase tudo em derredor. A única referência perceptível sobre o papa é uma silenciosa e desbotada inscrição em uma propriedade particular, em cujo muro dos fundos, que dá para a área papal inculta, se lê: JUAN PABLO II EL MUNDO DEL TRABAJO TE SALUDA. Além disso, o que havia era a gritante revolta da vizinhança contra o engodo daquela peregrinação papalina que resultou na miséria definitiva de muita gente dali, de acordo com informações que o próprio Telmo Rizzo colheu ao entrevistar-se com gente dos arredores, justamente para compreender melhor o que havia acontecido naquele rincão oriental.

Essa noite Telmo Rizzo passou em Melo. Na manhã seguinte pegou um ônibus para Aceguá. Pela volta do dia já chegara a Bagé, definitivamente distante de qualquer problema que pudesse enfrentar no país vizinho, para onde ele estava decidido a não mais voltar. Nas atuais circunstâncias ele abandonou os planos de viver em praia de água doce.

*** *** ***

***

*

Capítulo 34

Enzo Grimaldi estava disposto, se não a parar de uma vez por todas com suas tramoias, pelo menos dar um tempo. Ele já cultivava intenções de parar, mas não era para agora, entretanto diante das circunstâncias e do susto por que passara, talvez fosse melhor reconsiderar suas intenções e rever seus ânimos.

Não seria fácil para Grimaldi livrar-se dos seus vícios antigos, por menos que deles necessitasse. Afinal, a sua atividade nada ortodoxa já fizera dele um indivíduo próspero, cuja prosperidade não lhe foi proporcionada pelo suor, mas lhe exigira intenso trabalho intelectual durante toda a sua vida. Uma prosperidade que ele nunca contestou nem questionou. Para ele era um meio de vida como qualquer outro; que apenas e por mérito próprio, não lhe exigia que cansasse o corpo nem calejasse as mãos. Um trabalho de resultados imprevisíveis por mais otimista seja seu executor, mas que exigia mais astúcia, mais competência, para que resultasse, o que, de alguma forma o torna superior aos outros trabalhos. Aí, Grimaldi encontra o que o excita e impulsiona.

Se ele não subjugava o corpo precisava estar com a mente a mil para planejar suas investidas e para não dar com os burros n'água. Aí residia o seu mérito e a sua superioridade. Planos não são para qualquer um. Esta era a uma das razões que ele se dava, se alguma vez pretendia comparar as características da sua vida com as do trabalhador comum. Ele não era comum. Nunca o foi. Nasceu diferente e não tinha como viver de outra maneira.

"Se para a mãe de um marginal ele será sempre o seu filhinho, por que a minha atividade não pode ser trabalho?" – assim ele se justificava.

Era uma doença, uma excitação, um prurido que o fazia viver e que não o deixava parar por muito tempo em um lugar por mais que ele se desse bem aí. Mas ele estava assustado pela primeira vez em sua vida. Metera-se em uma embrulhada que, não fosse a sua perspicácia ao lidar com certa classe de agentes públicos, poderia ter-lhe causado um grande mal. Pior, no estrangeiro, onde tudo se complica mais. Que pelo normas da casa alheia por mais que se assemelham às da nossa, nem sempre se processam igual. Decididamente ele havia passado por um grande susto, mas agora, estava em casa, portanto, mais confortável, apesar de seguir precisando de muita habilidade para caminhar ileso e sem atropelos.

Durante toda a sua vida ele agiu à margem da lei mais por desafios. Mais para testar sua capacidade de ludibriar a boa-fé alheia, principalmente por que sabia que nenhum enganado merece compaixão eis que, no geral, só são enganados os que querem enganar. É quando encontram uma suposta vítima mais esperta que eles, e é quando pagam o pato: caem na armadilha por eles próprios armada.

Enzo Grimaldi sabia que era buscado no Brasil, assim como o era Telmo Rizzo, outro personagem que ele representava. Ele não tinha dúvidas acerca disso. Entretanto, tudo ficou muito mais claro, mais solidificado com as informações recentes trocadas no curso do processo em que se metera em Montevidéu. A juíza Nayara pedira informações tardias a seu respeito – mais para safar-se – às autoridades brasileiras. Dos três nomes pedidos, apenas um dos documentos levava a foto e a marca do polegar do homem detido. Os demais não lhe pertenciam; tinham cara, nome e identificação diferentes. Tudo suspeito porque uma pessoa não pode portar documentos de terceiros e passar em branca nuvem, mas essa situação não comprovava nada, até porque o sujeito não foi apanhado com a mão na massa, fazendo-se passar por nenhuma daquelas pessoas; sequer tentando.

A respeito daquele indivíduo que portava três carteiras de identidade, cuja falsidade, se houvesse, seria apenas ideológica, nada se pôde comprovar. Não havia notícias de que ele as tivesse usado, sem contar que nenhum dos documentos apreendidos com ele tinha qualquer sinal de rasura, o que lhes conferia a qualidade de autênticos pelo menos até que se provasse o contrário. De qualquer forma restava uma indagação: que estaria aquele homem fazendo com identidades de terceiros? Esta é uma pergunta que podia ser feita. Telmo Rizzo respondeu sem titubear. Mas que ninguém pense que ele se incriminou, claro. Por que ele? Se todos negam...

Em resposta às indagações feitas a autoridades brasileiras, a Sede Penal recebeu informações a respeito de Enzo Grimaldi e Telmo Rizzo. Contra Nuno Riquelme, nada surgiu. Com sua verdadeira identidade Nuno Riquelme é um indivíduo cujo nome é limpo em qualquer praça, embora isto não seja de todo verdadeiro. Ele tem um caso pendente em sua vida, uma mácula sem par pela qual, por motivos óbvios, nunca pagou, e que, ainda que tivesse de pagar já não o faria porque o tempo já se encarregara de eximi-lo de qualquer acusação. A essas alturas, a pendência que ele tinha relacionava-se a alguém, a uma pessoa, a uma família em particular que, de repente, pudesse aparecer para cobrá-lo. Afora isto, nada.

Para a sociedade ele era um criminoso, mas para a lei ele era um homem livre, o que é mais importante, não importando a prejuízo de quem.

*** *** ***

Na noite da sua adolescência em que os policiais o buscavam, Nuno Riquelme, o Nôzinho, dormia tranquilamente em casa. Os detetives não tinham um mandado para entrar naquela casa. Até aquele momento sequer havia uma razão robusta para que se expedisse tal mandado. Só queriam certificar-se de que a pessoa que eles procuravam residia naquele endereço. Uma vez certificados, sem dar maiores explicações, mas tendo trabalhado mal, prometeram aos pais do garoto que voltariam no dia seguinte. Do seu quarto Nôzinho ouviu o zum-zum na sala. Não sabia do que se tratava, e nem sabia que os visitantes eram policiais. Para não acabar com a noite dos pais preferiu nem perguntar nada. Certamente teria de dar explicações que ele não se julgava capaz de proporcionar. Essa certeza foi bastante para ele pular a janela logo depois da saída dos policiais e derreter na quiçaça, desaparecer sem deixar notícia. Isto já vai para quatro décadas.

– Aqueles filhos da peste não perdem por esperar – vociferou um engomado, um tanto exaltado, junto ao balcão da padaria, enquanto pagava o que comprara.

– Por que será que não fugiram? – foi a pergunta de um idoso compenetrado, sentado a tomar café.

– Claro que fugiram – uma senhora, que esperava na fila da caixa, um livro preto nas mãos, a voz esganiçada, respondeu transbordando mau humor.

Todos os circunstantes olharam para ela com desagrado. A moça da caixa, que sequer levantara os olhos até agora, ergueu a cabeça e entortou o pescoço para buscar a pessoa que acabara de falar. Os que conversavam se calaram por uns instantes.

– A Senhora se engana – voltou a falar o que tomava café, a voz solene.

– Fugiram? "Fugiram" sim, mas foi pra dentro da Febem – destacou um rapazinho com ares de bem informado, que acabava de entrar no recinto e ouvira o comentário da mulher.

– Pois tenho para mim que foi uma injustiça o que fizeram... – a moça da caixa disse compungida.

– Concordo – a voz esganiçada voltou a soar, interrompendo a caixa –, a menina não merecia isso...

– Eu também concordo com a Senhora sobre a menina – a caixa retomou o que dizia –, mas falo dos dois rapazes. Eu os conheço... conheço-lhes a boa índole, conheço as duas famílias muito bem. E não sou apenas eu. Nesta cidade praticamente todos nos conhecemos muito bem. Alguém já ouviu falar alguma coisa contra os dois?

A caixa lança um olhar vago sobre todos os presentes. Antes de retomar o seu trabalho, olha diretamente para o livro preto que sua interlocutora apertava contra o peito.

– "Não julgue, Senhora. Essa mania..." – ela diz.

O homem que tomava café observa tudo em silêncio.

– Eles não fugiram porque não tinham motivos para fugir – olhando diretamente para o cliente que tem diante de si a caixa fala como se respondesse a pergunta feita por um dos presentes no início dessa conversação. Então, faz um gesto chamando o próximo cliente.

– Quá – resmungou a mulher do livro preto.

O moço que tomava café na mesa meneou a cabeça em silêncio. Levantou-se e deixou sua bandeja na ponta do balcão.

Os dois amigos que estiveram com Nuno naquela quermesse foram levados para uma instituição de menores infratores e sumiram do mapa. Eles não deviam ter sido enviados para tal instituto, lugar de criminosos mirins como qualquer outro do gênero, pois nada fizeram que justificasse tal disparate. Apenas foram apontados, por todos com quem a polícia falou, como tendo sido vistos na companhia do que fugira. Tal fato foi relevante e suficiente para selar a sorte aos dois adolescentes, que se converteram em bodes expiatórios para aquele rumoroso caso de estupro seguido de morte.

Não podia mesmo ser diferente. Afinal, naquela cidade as ocorrências mais sérias que se registravam, ainda assim, de longe em longe, não passavam de furtos de galinhas e desavenças familiares por conta de bebida e ciúmes, temas que se resolviam em dois tempos por um juiz de paz. Pouca gente se perguntou por que os dois rapazolas não fugiram. Talvez eles pensassem que os garotos não o fizeram por que se julgavam mais espertos do que Nuno, e que essa conduta dispersaria a atenção da polícia.

Os inocentes pagaram e pagaram caro por algo que não cometeram. Mas essa não foi a primeira vez que uma coisa assim acontecia; e nem seria a última. Nuno, o único responsável pelo crime não se preocupou com os amigos na época nem nunca.

– "Cada um com a sua sorte" – é o que ele sempre diz quando quer justificar a desgraça alheia, principalmente quando ele próprio está envolvido em uma trama em que alguém que não seja ele se dá mal.

"Amanhã posso ser eu..." – e bate na madeira.

Ao longo da sua vida Telmo Rizzo só experimentou facilidades, coisa que fizeram dele um indivíduo próspero, para quem as portas se abrem com mais facilidade que para outros mais idôneos do que ele. Como tem sido um afortunado, o que ele não tem são motivos para queixar-se de nada. Poucas foram as vezes em que se viu envolvido em uma esparrela. Entretanto, como ninguém consegue se dar bem em todas as tacadas, em algumas oportunidades ele se viu apertado. Normal. Ele entendia assim. Mas mesmo quando isso aconteceu, ele, conduzido por sua percepção fora do comum, saiu ileso; tirou de letra seus inconvenientes. Contudo, ele tem consciência de que a sorte é uma entidade sorrateira que vem e vai sem aviso. Sabe até que mais que aliada ela é traiçoeira porque muitas vezes anima um incauto para descapacitá-lo de uma vez, e definitivamente, em apenas uma estocada. É quando ela anima um indivíduo a prosseguir com o jogo para, em um sopro, dissipar tudo o que lhe proporcionou, além de levar nesse empuxo tudo o que ele tinha ao começar suas apostas.

Telmo Rizzo compreende que para não cair no marasmo e na insignificância, todos deveriam ter ambição, essa característica dos seres humanos mais inquietos, pois sem ela os indivíduos não passam de fantoches sem determinação, sem força e sem presença na sociedade. Mas precisa ser uma ambição monitorada, que apenas seja a adrenalina que estimula o sujeito, não o ópio que o envenena e faz perder a razão e o rumo. Por entender a vida dessa maneira e por saber que como qualquer um ele está sujeito às intempéries do mundo, é que ele está decidido e pendurar as chuteiras. Os últimos acontecimentos fizeram com que ele compreendesse que a mesma sorte que o tem acompanhado de repente pode transmudar-se em azar. Ele não quer correr esse risco. Não quer abusar.

Diferente do que fazia no passado, no início da sua carreira às avessas, quando não avaliava bem os percalços de uma empreitada e alguma vez teve de deixar tudo para trás para se ver livre, Telmo Rizzo agora deu para comparar os resultados dos seus feitos com os feitos alheios. Não é uma comparação ambiciosa e egoísta, daquela que se faz para diminuir o mérito alheio e enaltecer os próprios méritos. Quem age assim não passa da primeira curva porque o inimigo não tem escrúpulos e não perdoa.

O que Telmo pretende com sua nova tática é estudar, analisar fatos alheios e estranhos, filtrar os erros que se cometem e identificar novas estratégias para aplicá-las, ou aperfeiçoá-las para a consecução do seu próprio trampo. Essa preocupação surgiu depois do contratempo por que passara em Montevidéu.

Aquela tinha sido a primeira vez que ele se metia em um perrengue em que estava envolvida uma autoridade judicial. Ele compreendeu rapidamente que só se safou do imbróglio por que os envolvidos não avaliaram bem a situação e foram com muita sede ao pote. Melhor para ele, que foi salvo, mais por conta da desavença havida entre os envolvidos do outro lado do que por outra coisa.

Entre a juíza Nayara e o oficial Picardo era difícil saber quem era a criatura e quem era o criador. Às vezes as definições se misturavam e era quando eles tinham desavenças. Já haviam passado por mais de uma e saído ilesos. Isto, nas vezes em que foram ameaçados por terceiros ou pelo sistema, justamente por conta dos seus malfeitos. No entanto, as coisas se degringolaram quando eles se sentiram ameaçados um pelo outro, a juíza pelo que podia advir como consequência dos últimos acontecimentos, no caso de Picardo dar com a língua nos dentes para salvar o seu lado. Quanto a Picardo, seu temor era a consequência da retaliação da juíza.

Ele não se esqueceu do que conversaram logo após a oitiva de Carolina. Desde esse momento passou a destacar, em pensamento, o diálogo que travaram, para elaborar seu contragolpe contra aquela com quem, incontáveis vezes, já dormira para preencher o vazio das suas vidas sem recheio, ou para amenizar a pressão de um trabalho desgastante.

"– *¿En qué nos ha metido, cabrón?* – a juíza dirige-se a ele logo que cruzaram a porta.

– *No la entiendo, Señora Juez* – Picardo responde sem mirá-la, enquanto se dirige a uma cadeira.

– *No entiendes porque sos un boludo, y...*

– *Para, para* – Picardo modifica o tratamento que dispensava à juíza. Levanta-se bruscamente da cadeira em que acabara de sentar-se e olha diretamente para a magistrada, o dedo em riste.

– *¿Cuántos y cuántas ya nos amenazaron, doctora Nayara?* – Picardo pergunta, zombeteiro.

– *Pero nunca nos hemos encontrado a doctora Velásquez.*

– *¿Y?*

– *Ya verás, ya verás...*

A juíza tamborila os dedos no queixo, os pensamentos dando voltas. Depois, continua:

– *Ella no es como los demás. Nosotros debemos prepararnos para problemas. Si no fuese por tu precipitación no estaríamos ahora en ese lío, esa movida.*

– *¡Mirá quién habla!* – Picardo ironiza.

– *Ten en mente que no buscabas a ese tipo y lo encontraste por azar. ¿Por qué lo trajiste?* – a juíza pergunta.

– *¿Por qué?* – o oficial interfere – *Te voy a decir el porqué. No te olvides de que luego de llamarte y explicarte lo que pasaba, mandaste que lo trajera hacia vos.*

– *Pero tu ambición sin medida fue lo que te impulsó a llamarme* – a juíza Nayara diz enojada.

– *Bueno, no sé lo que pasa contigo pero estamos juntos en esa como estuvimos siempre.*

– *Entonces ¿dónde está la orden judicial?*

– *No la tengo, no la tuve nunca.*

– *Entonces, querido...*

Picardo entende. Então, não deixa que a juíza prossiga com sua fala, e dá o seu recado.

– *Te pido que no me transformes en enemigo, cariño. Ya me conocés como amigo pero no me conocés como enemigo."*

Nayara quis botar as mangas de fora ao ameaçar, ainda que sutilmente, o seu comparsa. Foi uma imprudência. Uma atitude mal tomada, um pensamento mal elaborado. Com isso, ela cometeu o maior erro da sua vida. Picardo era macaco velho e não perdeu tempo. O resultado já se conhece. Deu no que deu.

Telmo Rizzo sabia muito bem os contratempos que causara à dupla de funcionários públicos, não por ouvir dizer em alguma esquina ou em algum boliche, mas por ter ouvido do próprio Picardo nos dias que se seguiram à soltura de Telmo quando, por acaso, os dois se encontraram na *Plaza Independencia*, esquina de Peatonal Sarandí. Rizzo acabara de sair de uma sessão no Teatro Solis. Foi parado por Picardo que o convidou para um drink, que Rizzo estrategicamente aceitou. Picardo pediu uma Patricia; Telmo, um refrigerante. O outro olhou-o por uns instantes. Depois, comentou com estranheza:

– *¿Eso es lo que te vas a tomar?*

– *Esto es lo que me tomo siempre.*

– *¿Es así?*

– *No exactamente porque siendo refresco tengo otras preferencias pero si no encuentro lo que me gusta me agarro a un primo.*

– *Primo... ¿cómo es eso?*

– *Otro cualquiera desde que sea algo sin alcohol.*

– *¿Sin alcohol? ¿Nunca tomás?*

– *No puedo...*

– *¿Sí... por?* – Picardo perguntou enquanto olhava para uma mulher que acabava de entrar no restaurante.

– *No me lo permite mi profesión* – Telmo responde, o dedo apontando para a cerveja do outro, um leve sorriso nos lábios.

– *¿Por qué la risa?*

Antes de responder Telmo deixa seu riso silencioso transformar-se em uma curta gargalhada.

– *No sé por qué te reís.*

– *Me río por lo que tomás.*

Picardo segura a garrafa pelo gargalo e gira-a sobre a mesa. Sem lograr compreender o que o outro havia dito, ele a deixa, suarenta, outra vez, em repouso.

– *¿Sabés qué? Es que en mi tierra esto se come y acá se bebe.*

– *¿De qué me hablás vos?* – Picardo pergunta enquanto gira outra vez a garrafa e olha o rótulo.

– *Te hablo de la cerveza* – Telmo remata distraído.

– *No entendí...*

– *No importa. Y te digo más. Si tomara, por cierto, no estaría acá, pues la bebida destraba la lengua, y lengua suelta no hace bien a gente como nosotros, ¿verdad?*

– *Puede que sí...*

Picardo estava interessado no modo como Telmo trabalhava. Queria informações que o brasileiro, entre risos e afagos, não lhe proporcionou. Mais que isto, apenas algumas piadas curtas que o outro, acostumado com as quilométricas de Luís Landriscina, nunca entendia.

O oriental chegou ao cúmulo de desculpar-se por tê-lo conduzido à juíza. Depois, quis ser amistoso reconhecendo que poderia ter agido de outra forma com ele no dia em que o levou à Sede Penal.

– *Me hubiera salido mejor si hubiese resuelto lo nuestro allí, ¿te parece?* – Picardo indagou.

– *Por supuesto... es que usted padece todavía la enfermedad de la impaciencia* – Telmo respondeu piscando um olho.

– *No había nunca pensado en eso, pero lo reconozco.*

– *A los dos nos podríamos haber ido a más si hubiésemos constituido una sociedad* – Telmo disse, provocativo.

– *¿Te parece?* – Picardo perguntou ansioso, mas sofreado pelo tempo do verbo usado pelo outro.

– *Ya no. Antes me pareció porque percibí que usted tenía algo de maleabilidad, que tenía un potencial importante como para estar conmigo en una buena relación de patrañas. Al final eso es lo que hacemos mejor, yo por convicción y usted por ambición.*

Telmo fez uma pausa; Picardo interferiu laconicamente.

– *¿Y?*

– *A medida que pasaban los días cambié la opinión que tenía y se fue a la tierra la imagen que había hecho a su respecto. Comprendí que usted no pasaba de un precipitado que puede poner a perder una idea por más buena que sea.*

Picardo ouvia indignado, engolindo em seco. Nunca alguém lhe falara daquela maneira, nem a juíza Nayara. Ele teve ímpetos de partir sobre aquele velho ali mesmo, mas preferiu saber mais sobre o que aquele indivíduo podia dizer sobre ele. Afinal o outro não estava errado. Ouvi-lo era desconcertante para Picardo, ainda que fosse uma lição de vida. As coisas que Telmo dizia, Picardo as entendia como certas. Uma experiência humilhante por que ele passava. Mas afinal qual lição não traz embutida a fantasia da humilhação? Ele deveria observar aqueles ensinamentos se quisesse ter algum futuro nas duas atividades que exercia.

– *Me imaginé que nos llevaríamos bien, usted con su autoridad de policía y yo con mi experiencia de hombre vivido.*

– *¿Entonces no tenemos chance los dos?* – Telmo arriscou a perguntar.

– *Imposible después de la cagada que hiciste.*

Telmo mudou o tratamento que dispensava ao sujeito. Picardo percebeu. Em outra situação ele o teria enquadrado, mas dessa vez não se animou. Preferiu calar-se. Telmo prosseguiu:

– *Cuando me llevaste a jefatura sentí que me había engañado contigo, y que había otra persona con quién tendría que hablar. Todo un disparate. En ese tipo de actividad – hasta me arriesgo a decir –, en nuestro ramo de actividad, no podemos convivir con la descentralización, si me entendés* – Telmo faz uma pausa e sorve um gole do seu refrigerante. Picardo aproveita para um aparte.

– *Ahora te comprendo. Tarde, pero comprendo.*

– *Bueno, para mí no pasás de un aventurero, y los aventureros no me gustan ni por esas* – Telmo humilha o ambicioso Picardo, que olha para a garrafa de cerveja enquanto entorna o resto do líquido no seu copo vazio.

Telmo olha para a praça. Do ponto em que está vê uma jovem parada no sinal na esquina do Palácio Presidencial. Ao seu lado, três cães estão sentados, atentos no movimento do logradouro. Parece que olham o sinal, mas Telmo não acredita nisto. De repente a luz verde se acende. Rapidamente os cães se levantam. Telmo tem a impressão de que um deles bate o focinho na perna da passeadora como para alertá-la de que o sinal se abrira. A moça olhava para Artigas montado em seu cavalo bem no meio da praça. Todos os dias ela passa por aí, mas não se acostuma com aquele monumento que a remete à história do seu país. A moça fala alguma coisa com os animais e ganham o leito da avenida. Nesse momento seus cães parecem arrastá-la para saírem rápido da pista. Os quatro já estão do outro lado. Telmo, amainando o tom da sua fala, como se assoprasse a pancada moral que acabara de desferir no sujeito, diz:

– *Entonces, negro, ya estamos. Pasado mañana me voy de Montevideo.*

Picardo estava com a mente vagando distante, como se urdisse qualquer coisa. Ele percebe a mudança de ânimo daquele com quem fala. Tem certeza de que esse é um homem, cujo ânimo é impossível de prever, portanto, um homem perigoso.

– *Perdón. ¿El martes?* – Picardo pergunta.

– *¿Martes?... no, no; no me di cuenta que hoy es domingo. El miércoles me voy...*

– *¿A qué hora te vas?*

– *Me tomo el avión a eso de las seis...*

– *¿San Pablo?*

– *Sí...*

– *Conozco ese vuelo* – Picardo balança a cabeça com ar de assentimento. Depois, mirando o rótulo da garrafa vazia no meio da mesa pergunta, intrigado:

– *¿Qué hablabas cuando pedí la cerveza?*

Telmo olha para Picardo sem compreender o que ele diz. Então o outro dá uns piparotes na garrafa. Telmo entende.

– *Hablaba de Patricia.*

– *¿La cerveza?*

– *¿Hay otra?*

Telmo Rizzo mentiu quando falou da sua viagem. Ele conhecia pouco aquele artiguense, mas o conhecia o suficiente para nele não confiar. Naquela mesma noite viajou ao Brasil por outra via que não aquela que ele declarara a Picardo. Tomou o primeiro ônibus para Melo, o das quatro da manhã. Pelas oito e meia ele desceu na parada do Km 306,8, *Ruta 8*, acesso a *Quebrada de los Cuervos*. Não fez isto para fugir de alguma situação desconcertante. Quando esteve com Picardo naquela tarde, já passara por *Tres Cruces* e adquirira sua passagem. O que ele não fez foi contar ao outro os rumos exatos da sua vida. Se ele nunca o fizera antes, em situações mais confortáveis, não seria agora que o faria.

Picardo passou toda a madrugada de quarta-feira em Carrasco, de onde só se foi depois da decolagem do voo Gol G3 7727, para São Paulo, quando se deu conta de que Telmo Rizzo não viajara. Pelo menos, não naquele voo; ou o enganara. A essa hora Telmo acordava em Bagé com sua verdadeira identidade e se preparava para viajar a Porto Alegre.

*** *** ***
***
*

445

Capítulo 35

Telmo Rizzo estava realmente acomodado... ou se acomodando. Sentia que sua idade apesar de lhe proporcionar experiência e desenvoltura para ele realizar o que fazia já não lhe permitia a mesma mobilidade de outros tempos. Sua vida podia ser muito prazerosa se ele apenas usufruísse o que amealhara ao longo do tempo. De que valeria ficar a vida inteira no trampo e não se aposentar?

Tudo tem o seu tempo e o dele parecia estar no fim. As aventuras são empolgantes mais exigem muito dos seus adeptos. Enquanto viajava de volta à sua terra Telmo conjecturava que imediatamente voltaria a ser o nome que consta na sua certidão de nascimento. Ele, como indivíduo, estava decidido a aposentar-se enquanto tinha forças para aproveitar a vida.

Aqueles que ele representava, até prova em contrário, já haviam deixado o cenário, coisa que aconteceu quando ele se viu obrigado a destruir os apetrechos de identidade espúria de que se valia quando estava em ação. Telmo Rizzo e Enzo Grimaldi foram à terra de Artigas e não voltaram. Era como se tivessem morrido depois de uma curta estada na terra do General.

A identidade real desse indivíduo era o bem maior que lhe pertencia, mas um domínio em que ele dificilmente se encontrava. Eram sempre os seus prepostos que apareciam para exercer os direitos que lhes eram delegados pelo titular daquele nome. Nuno Riquelme era um homem livre, porque o impedimento que poderia ter, já não o alcançava. Legalmente poderia andar por qualquer lugar do seu país. Preferiu um lugar tranquilo.

Ainda na viagem decidiu que passaria a viver na paragem em que costumava ir apenas para descansar ou desfrutar o ar puro nos braços de garotas que lhe apeteciam e que ele levava a tiracolo. Precisava mesmo disso enquanto tinha forças para aproveitar. Depois, não adiantava nada, pois o dinheiro só faz figura quando o corpo de quem o detém ainda resiste.

Nuno Riquelme desceu em Confins e não fez parada. Alugou um carro e desceu para o Lago de Furnas, especialmente, Escarpas do Lago, onde ele tinha o seu balneário particular. Pode-se dizer que aí ele se amoitou.

Formiga. No caminho, ao passar por uma placa indicativa de município, Nuno Riquelme não pôde deixar de recordar a bela Isabel, que lhe proporcionara emoções inesquecíveis naquela cidade. Uma mulher deliciosamente especial. Ele teve ganas de sair pela rotatória e entrar na cidade. Não o fez. Na próxima rotatória, a entrada que o deixaria no coração da cidade, onde ele teve seus negócios, ele parou o carro e pensou por uns instantes. Por dentro, ele queria sair por ali, passar, ainda que fosse, uma noite no lugar... Mas não podia.

Lembrou-se do apuro que Telmo Rizzo passou na noite em que, atendendo ao convite, quase intimação, de João Machado, se expôs mais do que devia e teve de escafeder-se. Telmo Rizzo não era homem de ser visto e confrontado com ninguém.

"Não posso reclamar, os avisos me foram sendo dados aos poucos... eu não os entendi e quase me lasquei" – ele pensa e ri –. Não. Decididamente, ele não podia parar aí. Então, acelera.

*** *** ***

Acostumado ao bafafá das cidades por onde ele conduz sua vida a maior parte do tempo, Nuno Riquelme experimentou a calmaria nos primeiros dias nas Escarpas. Ele fez seus contatos e ali não passou sozinho mais que dois dias.

O lugar é movimentado, mas é na base do cada um na sua. No restaurante é que as pessoas podem se encontrar, mas dificilmente essa relação se estende além daí. Depois, cada um segue para a sua atividade de folguedo e, por extenso que seja o seu tempo no balneário, não é comum que se vejam novamente que, afinal, aí ninguém tem horários fixos para nada.

Nuno Riquelme prefere ficar dentro dos seus domínios e, quando está fora, está montado no seu jet sky preferido, na garupa a carne nova do momento a cingir-lhe a cintura, a mordiscar-lhe o cangote e a esfregar-se no seu costado.

Diferente de outras vezes em que esteve aí, Nuno modificou o seu comportamento. Já não fazia estripulias com o aparato nas margens do lago esparzindo água e marcando presença. Preferiu a discrição. Navegava sem estardalhaço, sempre utilizando o álveo do lago. Ele não quer notoriedade. Aprendeu que para estar por dentro de algo o melhor é ficar por fora. Desse modo, ele consumiu as primeiras semanas naquele paraíso artificial.

Mas Nuno Riquelme não nasceu para aquela calmaria. Seis semanas mais tarde, já estava inquieto, a pelejar contra a sua determinação de se aquietar. Os ventos malfazejos que sempre comandaram os seus passos batiam na sua porta e o convidavam a cair no mundo e a fazer das suas. Aos poucos, ele foi ficando enjoado daquela vidinha insossa e sem adrenalina, e começou a pensar que estava adoecendo. Definitivamente, as Escarpas não eram lugar para ele viver, mas apenas para fazer um passeio e descansar uns dias. As águas azuis e calmas do lugar, no início, inspiradoras já eram entediantes e cansativas.

Da sua varanda, Nuno Riquelme passava horas mirando a praia, as pessoas que transitavam na areia, os barcos que singravam as águas. O cheiro de lambari frito, que lhe aguçava o apetite nos primeiros dias, já era enjoativo, já lhe causava náuseas. A única coisa que ainda o animava era a morena que o acompanhava a essas alturas. Mas até ela já não lhe parecia ter o mesmo fogo, a mesma disposição.

O dia está transparente. O sol ilumina um domo de azul absoluto e arde na pele de quem se expõe.

Sentado em uma espreguiçadeira em sua varanda Nuno Riquelme vê a areia balançar, uma película de vidro reflete uma imagem tremulante na sua superfície. Isto inquieta a alma trepidante desse homem, agora reduzido a uma peça sem utilidade no paraíso das Escarpas.

Nuno Riquelme está vivendo um drama. Conduz-se como se estivesse em estado de abstinência, como se tivesse sido privado de uma droga que usava a diário. Está apático, sem brilho; ainda assim, disposto a suportar aquele marasmo até poder ser um homem comum, um homem como qualquer outro, um homem que ele nunca tinha sido, um que não passava sustos nem tinha muitas chances de tropeçar.

Em meio à sua luta íntima contra a inatividade a ideia que lhe parecia fixar-se cada dia mais é a de que devia, finalmente, aproveitar a vida. De certa forma ele tem sido ajudado pelo acaso. Durante o mês e meio em que está no seu paraíso particular ele nunca precisou ligar para ninguém, salvo para as garotas, que ele trocava de vez em quando. Também não recebeu qualquer chamada. Não era assediado pelas pessoas que normalmente o colocavam em ação. Isto lhe fazia bem, pois ajudava-o a acostumar-se com o estilo de vida simplório que ele está namorando.

Ele aguentaria. Tinha de aguentar, isto é o que lhe vibrava dentro da cabeça, o que o martelava por dentro como fosse um estouro de boiada. Ele vê algumas pessoas se arriscando sob o sol ardente; outras se refrescam com os respingos do jet ski. No varandão do restaurante e sob os coqueiros da margem, outras pessoas se deliciam com o lambari frito que a Enzo já não apetece. Todos parecem muito felizes e, com certeza, muito poucas daquelas pessoas têm mais condições econômicas do que ele. Mas ele, decididamente, não se sente feliz naquela paralisia.

Um iate luxuoso passa ligeiro na direção da península do aeroporto. Enzo Grimaldi olha a embarcação até ela desaparecer. Depois, ele pega o chapéu da sua companheira, abandonado sobre a espreguiçadeira ao lado, recosta-se e cobre os olhos. Parece soluçar. Enzo Grimaldi adormece. Está como uma criança que chora até dormir.

De repente ele acorda com seu telefone tocando. Era a primeira vez desde que está aí. Enzo Grimaldi não reconhece o número, mas atende. Seja quem for, ele estava precisando disso.

– ¿Señor Estefanio? – ele ouve. A ligação horrível. E já não se lembra de que é apenas Enzo Grimaldi. Sabe que é mais do que isto, que na sua personalidade existem outras pessoas.

– *Si.*

– *Hablo desde el Fortín Gabino Mendoza. Nosotros dos no nos conocemos pero usted me hizo un servicio y me gustó.*

– *Perdón.*

– *Por un tema de la pareja bovina, ¿se acuerda?*

Estefânio pensa por um momento, enquanto busca em sua memória.

– *Por supuesto... me acuerdo. ¿Cómo le va?*

– *Muy bien, gracias. Me voy directo al tema pues la llamada está muy complicada.*

– *Dale.*

– *Necesito una importación desde Brasil la que se me está siendo difícil.*

– *Siga.*

– *Ya la intenté y lo que conseguí fue perjuicio.*

– *¿Y?*

– *Me acordé que usted se hubo muy bien la otra vez y...*

– *¿Entonces?*

– *¿Adónde está?*

– *¿De qué hablamos?* – Estefânio pergunta, sem responder a questão que lhe foi feita.

– *Un trámite importante que nos resultará millones de dólares, y...*

Estefânio suspira.

O outro segue falando, delineando o que tem em mente. Estefânio olha para a praia. O sol já não lhe parece tão quente. O cheiro de lambari frito lhe cai muito bem.

– *No, no... basta. No hablemos todo por aquí. Hay tiempo para todo* – Estefânio, corta o paraguaio.

– *Claro, claro. ¿Qué le parece a usted?*

– *Me parece muy bien.*

– *¿Cuándo nos vemos?*

– *Ahora mismo.*

O outro ri.

– *El próximo lunes en Asunción.*

– No.

– ¿No?

– No en Asunción.

– ¿Adónde?

– Corumbá.

– Hecho. Tengo ahí un lugar en el que me acostumbro quedar. Un lugar tranquilo propiedad de un amigo mío.

Os dois homens combinam os detalhes do encontro. Apesar da ligação precária eles se delongam alguns minutos mais e gastam esse tempo conversando banalidades como se se conhecessem. O mistério das tramoias é o responsável pela afinidade de todos os que a elas se dedicam, e pela fraternidade, tênue, mas fraternidade, em que labutam.

A ligação torna-se impraticável. Eles desligam. Estefânio esboça um sorriso, cobre os olhos com a aba do chapéu.

A companheira de Estefânio havia se aproximado e ouvido o final da conversa.

– Pelo menos esse telefonema serviu para animá-lo um pouco. Você estava um saco – ela diz.

Estefânio ri. Puxa a moça para o seu lado.

– Está livre para fazer uma viagem comigo? – ele pergunta.

– Sempre.

– Então, vá arrumar nossas coisas.

– Para onde vamos?

– Para o Centro-Oeste.

A moça olha para ele como a indagar um ponto exato.

– Não importa, garota. Vai ou não vai?

– Claro, meu senhor.

Enzo Grimaldi, Telmo Rizzo, Estefânio, Nuno Riquelme ou seja lá quem for, não podia mesmo ficar parado por muito tempo...

FIM

Campo Grande-MS, 09 de novembro de 2017 - 14:37

SOBRE O AUTOR

Nascido aos vinte e tantos de agosto de um ano qualquer em Cláu-
dio Manoel, terras de Mariana-MG, no pé de uma montanha, um pouco acima de um moinho que não existe mais.

456

ESTA É UMA OBRA DE FICÇÃO ATÉ AO PONTO EM QUE PODE SER...